PETRA DURST-BENNING

Die Köchin – Lebe deinen Traum

Petra
Durst-Benning

Die KÖCHIN

Lebe deinen Traum

ROMAN

blanvalet

Verlagsgruppe Random House FSC® N001967

1. Auflage 2022
© 2022 by Blanvalet
in der Penguin Random House Verlagsgruppe GmbH,
Neumarkter Straße 28, 81673 München
Redaktion: Gisela Klemt
Umschlaggestaltung: Johannes Wiebel / punchdesign
unter Verwendung von Motiven von stock.adobe.com
(Thomas Launois, KatyaKatya, victoria_novak, lynea)
und Abigail Miles / Arcangel Images
BSt · Herstellung: sam
Satz: Uhl+Massopust, Aalen
Druck und Bindung: GGP Media GmbH, Pößneck
Printed in Germany
ISBN 978-3-7645-0787-9

www.blanvalet.de

Liebe Leserinnen und Leser,

ist Ihnen eigentlich schon aufgefallen, dass sich Kochen und Schreiben ziemlich ähneln? Man arbeitet bei beiden Tätigkeiten immer mit den gleichen Zutaten wie Kartoffeln, Butter, Eier oder Buchstaben... Ob daraus ein Einheitsbrei wird oder etwas anregend Neues – das liegt einzig an dem, der den Kochlöffel schwingt beziehungsweise den Text verfasst.

Ich werde für Sie mit meiner Köchinnen-Trilogie ein hoffentlich einzigartiges Drei-Gänge-Menü kreieren. Genießen Sie jedes Häppchen und lassen Sie sich immer wieder aufs Neue überraschen!

»Mit einem Buch kann man verreisen, ohne einen Koffer packen zu müssen« – dieses Zitat gehört seit jeher zu meinen Lieblingssprüchen. Und weil das so ist, lade ich Sie auch mit meiner neuen Trilogie ein, mit mir an meine persönlichen Lieblingsorte zu verreisen: Genießen Sie die ersten Kapitel am berühmten Canal du Midi in Südfrankreich, der heute zum Weltkulturerbe gehört. Besuchen Sie danach ein mediterranes Weingut in der mittelalterlichen Stadt Carcassonne. Reisen Sie weiter nach Lyon, der kulinarischen Hauptstadt der Welt.

Liebe und Leidenschaft, Sinnlichkeit und Lebensfreude sind weitere Zutaten, die ich für meine Trilogie verwende. Aber all das wäre nichts ohne Fabienne! Sie möchte nämlich als eine der ersten Frauen eine klassische Männerdomäne erobern – die Küche eines feinen Restaurants. Und das zu einer Zeit, in der Frauen eigentlich nur am heimischen Herd kochen durften – die Gourmetküche für Feinschmecker und verwöhnte Gaumen traute man einer Frau schlicht nicht zu. Vor diesem Hintergrund erstaunt es einen fast ein bisschen, dass Frauen als *Gäste* im Restaurant gern gesehen und sogar üblich waren!

Beim Lesen kann man wunderbar Kraft tanken. Machen Sie es sich deshalb ganz gemütlich. Vergessen Sie den Alltag, genießen Sie Lesestunden, die nur Ihnen gehören. Und wer weiß? Vielleicht schenkt Ihnen Fabienne mit ihrem Mut und ihrer Tatkraft genau die Inspiration, die Sie jetzt gerade gebrauchen können!

Ich wünsche Ihnen ganz viel Spaß beim Lesen!

Ihre Petra Durst-Benning

Kapitel 1

Februar 1880, Sallèles-d'Aude
am Canal du Midi, Südfrankreich

Markttage waren die schönsten Tage der Woche!, dachte Fabienne nicht zum ersten Mal, während sie und ihre Mutter Violaine von Stand zu Stand gingen, um einzukaufen.

An Markttagen sah man in Sallèles-d'Aude, dem kleinen südfranzösischen Ort am Canal du Midi, nur gut gelaunte Menschen. Wer morgens griesgrämig aus dem Haus ging, dem zauberten die Markthändler mit ihren frechen Sprüchen schnell ein Lächeln auf die Lippen. Und wer für die Scherze der Markthändler nichts übrighatte, wurde vielleicht vom Anblick der Berge von *Saucissons* aufgeheitert, jener schmackhaften Würste, die es am Stand von Monsieur Garonne gab und deren rauchiger Geruch einem das Wasser im Mund zusammenlaufen ließ. Vielleicht waren es auch die getrockneten Veilchenblüten, mit denen Estelle Vialle ihre runden Ziegenkäse liebevoll dekorierte, die den einen oder anderen Marktbesucher selig lächeln ließen.

Lag es wohl am honigsatten Mimosenduft, der aus den umliegenden Gärten zum Markt wehte, dass die Leute an diesem Februarmorgen so glücklich wirkten?, fragte sich Fabienne, während ihre Mutter sich vom Käsehändler ein Bröckchen Blauschimmelkäse zum Verkosten reichen ließ. Blühten die Mimosen, war das Frühjahr mit seinen warmen Temperaturen nicht mehr weit, das wusste jeder im Süden! Entsprechend groß war die Freude, wenn die ersten Bäume und Sträucher zu blühen begannen. In der Provence, woher ihre Mutter stammte, wurde sogar ein Fest zu Ehren der sonnengelben Blüten gefeiert. Violaine Durant sprach nur selten über ihr Heimatdorf, aber zur Mimosenzeit war ihr Blick stets ein wenig wehmütiger als sonst in die Ferne gerichtet, gerade so, als habe sie Heimweh. Und auf dem Tisch im Schleusenwärterhaus stand Tag für Tag ein frischer Strauß blühender sattgelber Mimosenzweige, deren Duft für Fabies Empfinden fast schon zu aufdringlich war.

Auch Fabienne hätte an diesem Morgen die ganze Welt umarmen können – was allerdings weder am kulinarischen Marktangebot lag noch an der blütenschweren Luft, sondern einzig an der Tatsache, dass sie heute Abend Eric wiedersehen würde. Eric Lacasse mit seinen dunkelbraunen Augen, die glänzten wie ein frisch aufgeschnittener Trüffel. Eric, der sagte, dass er sie liebte. Wenn er sie anschaute, wurde ihr immer ganz anders zumute und ...

»Kommst du? Wir brauchen noch Salat und Eier.« Mit einem kleinen Stups riss ihre Mutter sie aus ihren Träumen.

Den Einkaufskorb über den Arm gehängt, folgte Fabie ihrer Mutter durch das dichter werdende Gedränge auf dem Markt. Wenn *Maman* Salat und Eier einkaufte, bereitete sie heute bestimmt Mimosen-Eier zu, dachte sie. Das Gericht gehörte zu ihren persönlichen Lieblingen – bei den Kanalschiffern hingegen war es nicht ganz so beliebt, die Männer bevorzugten eher handfeste Eintöpfe oder Ragouts. Dennoch würden die Tische auf ihrer Terrasse heute wieder bis zum letzten Platz besetzt sein, denn so gut wie bei Violaine aß man entlang des Kanals nur selten.

Fabiennes Elternhaus – das Schleusenwärterhaus – lag ein Stück außerhalb von Salèles d'Aude inmitten von unendlich wirkenden Rebenfeldern direkt am Canal du Midi, dem 1681 erbauten, 240 Kilometer langen Wasserweg, der Toulouse mit dem Mittelmeer verband. Fabiennes Vater Guy Durant war der Schleusenwärter, und seine Schleuse war auf der langen Route des Kanals eine ganz besondere Station, und das aus gleich mehreren Gründen: Bevor die Schiffe Guys Schleuse passierten, mussten sie nämlich zuvor ein Stück auf dem Fluss Aude fahren, der dem Ort seinen Namen verliehen hatte. Zu Trockenzeiten war die Aude so harmlos wie der Kanal selbst, aber wehe, es regnete mal ein paar Tage lang! Dann wurde aus dem kleinen Flüsschen ein reißender Strom, und das Befahren war höchst gefährlich. Entsprechend erleichtert waren die Schiffer, wenn sie Guys Schleuse passiert hatten und wieder auf dem von Menschenhand erbauten Kanal fahren konnten. So genau wusste es niemand, aber es hieß, dass dieser Streckenabschnitt des Canals der einzige war, wo von den Erbauern ein natürlicher Fluss in den Kanal miteinbezogen worden war.

Eine weitere Besonderheit von Guy Durants Schleuse war das seitliche Trockendock, auf das die Barkenschiffe mittels einer Seilwinde gehievt werden konnten, wenn eine Reparatur durchgeführt werden musste. Bei den arg strapazierten Schiffen ging öfter eine Kleinigkeit kaputt, das Trockendock war entsprechend häufig frequentiert.

Auf der anderen Seite der Schleusenkammer verbreiterte sich der Kanal zu einer Art kleinem Hafen. Hier warteten die Schiffer nicht nur darauf, dass Guy Durant sie durch seine Schleuse brachte – hier blieben die *gens de l'eau,* die Herren des Wassers, wie sich die Barkenschiffer selbst nannten, auch gern für eine Nacht.

Offiziell durften sie für eine Rast überall auf dem Kanal anlegen, solange sie die anderen Schiffe nicht an der Durchfahrt hinderten. Doch im ovalen Hafenbecken von Guy Durant hielten die Männer besonders gern über Nacht an, was vor allem an Violaines Kochkünsten lag. Nach einem langen Tag auf dem Wasser, an dem sie Dutzende von Schleusen passieren mussten, gönnten sich fast alle Schiffer ein Essen auf der Terrasse des Schleusenwärterhauses. Dass Violaine gegen ein kleines Entgelt außerdem ihre verschwitzten Kittel und schmutzigen Hosen wusch, während die Männer ihre wohlverdiente Nachtruhe genossen, trug noch weiter zur Beliebtheit der Schleusenstation bei. Selbst waschen konnten die Schiffer auf der zweiwöchigen Reise nicht – das durch Müll und Fäkalien verunreinigte Wasser des Kanals war dafür viel zu schmutzig.

Während Fabienne und ihre Mutter über den Markt gingen, grüßten sie hier, tauschten da ein paar Worte – in Sallèles kannte jeder jeden. Dass sich ein Fremder hierher verirrte, kam eher selten vor – selbst die Barkenschiffer, die in Sallèles auf den Markt gingen, um Proviant einzukaufen, waren keine Unbekannten. Niemand wusste es ganz genau, aber man schätzte, dass rund zweihundertfünfzig Schiffe die Wasserstraße nutzten. Bei einer durchschnittlichen Besatzung von drei Mann pro Kahn – der Bootsbesitzer, ein Matrose und ein Postillon, der für die Pferde zuständig war – war die Anzahl der Schiffer also überschaubar.

Der geringe Schiffsverkehr sorgte bei Fabiennes Vater regelmäßig für Verdruss. In seiner Kindheit habe sich eine Barke an die nächste gereiht, und die Schlange vor der Schleuse, die damals noch sein Vater geführt hatte, sei den ganzen Tag lang nicht kürzer geworden, erzählte Guy Durant jedem, der es hören wollte oder nicht. Das seien noch Zeiten gewesen! Doch die goldenen Jahre des einst so stolzen »Königlichen Kanals« waren längst vorbei, und schuld daran waren in Guy Durants Augen die hohen Herren in Paris, die im Jahr 1859 den fatalen Fehler begangen hatten, den gesamten Canal du Midi an eine Eisenbahngesellschaft zu verpachten. Eisenbahner, die sich um eine Wasserstraße kümmern sollten? Das konnte doch nur schiefgehen!, hatten die *gens de l'eau* geargwöhnt. Sie hatten Recht behalten: Anstatt den ihr anvertrauten Wasserstraßen Aufmerksamkeit zu schenken, richtete die *Compagnie des chemins de fer du Midi* all ihre Anstrengungen darauf aus, den Bahntransport zu steigern. Während also in ganz Südfrankreich mehr und mehr Schienenkilometer gebaut und Waren per Bahn transportiert wurden, ging es mit dem Kanal immer weiter abwärts. Jetzt fehlte nur noch, dass die feinen Herren hier durch den Ort eine Eisenbahnlinie bauten, unkte Guy Durant oft, dann könnten sie alle ihre Schleusenwärterbüros schließen und einpacken.

Normalerweise stellte sich Fabienne taub, wenn ihr Vater so lamentierte, doch insgeheim fragte auch sie sich, was passieren würde, wenn eines Tages die Winzer, Olivenbauern und andere Produzenten hier im Süden ihre Ware nur noch mit der Bahn verschickten. Dann würden nicht nur die ganzen Kanal-Angestellten, wie ihr Vater einer war, arbeitslos, sondern auch die Barkenschiffer wie Eric und sein Vater.

Der Gedanke, eines Tages ohne Einkommen dazustehen, sorgte alle *gens de l'eau*. Doch keiner der Männer war so verbittert wie Guy Durant! Fabie und Violaine hofften inständig, dass niemals ein Vertreter der *Compagnie des chemins de fer du Midi* bei ihnen auftauchen würde. Denn Guy Durants Hass auf diese Gesellschaft war so groß, dass er jeden, der dort angestellt war, wahrscheinlich verprügelt hätte.

Wer Mutter und Tochter über den Markt laufen sah, dachte unwillkürlich, dass hier der Apfel nicht weit vom Stamm gefallen war. Beide hatten dieselbe hochgewachsene Statur, dieselben langen, schlanken Beine. Ihre Schultern reckten beide stolz nach hinten, den Kopf – aber nicht die Nase – trugen sie hoch, und jede ihrer Bewegungen war von natürlicher Grazie. An den Durant-Frauen war weder etwas Gekünsteltes noch etwas Lautes. Doch hier endeten die Gemeinsamkeiten, denn während Violaines einstmals so satt kupferfarben leuchtende Haare immer mehr ausblichen und silbrig wurden, waren Fabiennes Haare von einem tiefen Kastanienbraun. Und wo die Augen der Jüngeren erwartungsvoll funkelten, wirkten Violaines Augen oft müde und irgendwie desillusioniert. Dunkle, fast violette Schatten lagen unter Violaines Augen, aber wen wunderte es? Wo doch die Arbeit im Haus des Schleusenwärters Durant nie ausging!

Violaine hielt am Stand eines alten Mannes an, der außer Hühnereiern auch noch Gänse- und Enteneier im Angebot hatte. Letzte Woche hatte sie ihre Eier am Stand von Madame Lacasse eingekauft und die Woche davor wieder woanders. Violaine Durant hatte keine Stammhändler – dies hätte ihrer Ansicht nach dazu geführt, dass die Marktleute sich auf ihren Lorbeeren ausruhten und nachlässig wurden.

Als ob es irgendjemand wagen würde, ihrer *Maman* minderwertige Ware anzudrehen, dachte Fabienne spöttisch. Violaine musste eine Ente nur anschauen und wusste anhand von Federkleid, Schnabel und dem Abnutzungsgrad der Krallen, wie alt oder jung das Vieh war. Wenn Violaine Fisch kaufte, dann nur den mit den klarsten Augen und leuchtend roten Kiemen. Und wenn sie Käse kaufte, dann musste sein Reifegrad optimal sein. Und wehe, jemand wagte, auch nur einen Sou zu viel zu berechnen! Manchmal war Fabienne Violaines Auftreten fast schon peinlich, doch zu ihrem Erstaunen schienen die Händler sie gerade deswegen zu respektieren. Jedenfalls traute sich niemand, der Frau des Schleusenwärters ein Ei anzudrehen, das nicht noch nestwarm war!

Während Violaine Durant drei Dutzend Eier aussuchte, schaute Fabie unruhig in Richtung Kanal. Was, wenn Eric und sein Vater früher als geplant in Sallèles eintrafen und sie ihn verpasste? Es wäre nicht das erste Mal...

Eric und sein Vater waren Barkenschiffer, ihnen gehörte ein so genanntes *Pinardier*-Boot. Die »Aurelie« – nach Erics Mutter benannt – konnte über hundert Weinfässer auf einmal transportieren. Unter den Bootsleuten waren die *Pinardier*-Schiffer besonders hoch angesehen, denn das Hantieren mit den schweren Fässern war nicht ganz ungefährlich. Immer wieder gab es beim Be- und Entladen Unfälle, zum Beispiel, wenn jemand die Kontrolle über eins der schweren Fässer verlor und davon an eine Wand gedrückt oder überrollt wurde. Sehr unbeliebt waren bei den *Pinardiers* auch Ladungen, die nur aus Brandy bestanden, denn mehr als einmal war es schon vorkommen, dass sich die Ladung bei einer kleinen Unachtsamkeit entzündete und das Schiff in Flammen aufging. Doch so gefährlich die Arbeit der *Pinardiers* auch war, so mangelte es ihnen nie an Aufträgen, denn in Paris und Lyon war ständiger Nachschub an Wein aus dem Süden erwünscht. Noch sträubten sich die Winzer dagegen, ihren Wein mithilfe der neu erbauten Eisenbahnlinien zu verschicken – der Canal du Midi lag nicht nur näher an ihren Weingütern, es gab auch wesentlich mehr Häfen als Bahnhöfe. Und so trudelte ein Auftrag nach dem anderen bei den *Pinardiers* ein.

Wenn der Winzer, für den Eric und sein Vater fuhren, den Abholtermin diesmal vorverlegt hatte, dann hatte die »Aurelie« womöglich die Schleuse ihres Vaters längst passiert, und sie würde Eric verpassen...

»Fabienne, du träumst heute ständig vor dich hin! Komm, wir brauchen noch getrocknete Pilze.« Im nächsten Moment schnappte ihre Mutter den inzwischen schwer gewordenen Einkaufskorb und marschierte los. Fabienne, aus ihren Gedankengängen gerissen, folgte ihr mürrisch.

Vorbei ging es am Blumenstand – für Blumen war im Hause Durant kein Geld übrig –, vorbei auch am Stand von Colette Laroque. Sowohl Mutter als auch Tochter warfen der Fischhändlerin einen herablassenden Blick zu, so, wie sie es jede Woche taten. Umgekehrt war der Blick, mit dem die Marktfrau Mutter und Tochter bedachte, nicht weniger unfreundlich.

»Colette ist eine *femme bâclée*«, hatte Violaine ihrer Tochter vor langer Zeit einmal zugeraunt, als Fabie hatte wissen wollen, warum sie eigentlich nie an diesem Stand einkauften. Eine schlampige Frau – bis heute wusste Fabienne nicht, ob es Colettes äußerst großzügig geschnittenes Dekolletee war, ihre ständigen Männergeschichten, von denen man sich im Dorf erzählte, oder der Fisch, den man schon von weitem roch, der Violaine zu dieser Aussage verführt hatte. Im tiefsten Innern fand Fabie die Frau, die mit ihren verhangenen Augen immer dreinblickte, als wäre sie gerade erst aus dem Bett gestiegen, irgendwie geheimnisvoll und interessant, aber das hätte sie natürlich nie laut gesagt.

So, wie Colettes Stand der einzige war, den sie nie aufsuchten, war der Tisch des alten Monsieur Ballard der einzige, den Violaine regelmäßig besuchte. Denn seine getrockneten Pilze waren schlichtweg die besten und landeten fein gemörsert als Gewürz in fast jedem von Violaines Gerichten.

Im trockenen Flachland nahe der Küste wuchsen keine Pilze. Der alte Mann ritt deshalb mit seinem alten Gaul weit hinauf in die Berge rund um Assignan. Und selbst dort gäbe es nur wenige Plätze, wo Steinpilze und Pfifferlinge zu finden waren, hatte er ihnen einmal verraten.

Während der Pilzhändler ein kleines Säckchen seiner kostbaren Ware abfüllte, sogen Mutter und Tochter das würzige Aroma nach Wald und dunkler Erde, nach Baumrinde und ein wenig auch nach Hühnersuppe tief in sich auf. Unwillkürlich mussten sie lachen. Dass sie beide ständig irgendwo schnupperten und an etwas rochen, war schon immer so gewesen.

»Mangold, Möhren und Salat sind ja schön und gut«, sagte Violaine und nickte in Richtung der Marktstände. »Aber langsam kann ich es kaum mehr erwarten, dass die ersten Tomaten auf den Markt kommen. Der Duft von reifen Tomaten, für mich gibt's nichts Schöneres…«, seufzte sie genießerisch.

»Ich freue mich erst mal auf Erdbeeren!«, erwiderte Fabienne. Während vor ihrem inneren Auge noch das Bild der kleinen süßen Früchte entstand, begann Violaine plötzlich zu taumeln. Hilfesuchend schaute sie sich um, als suchte sie etwas, woran sie sich festhalten konnte. Noch bevor Fabienne in der Lage war zu reagieren, schoss Monsieur Ballard mit unerwarteter Wendigkeit hinter seinem Tisch hervor und griff Violaine fest unter die Arme.

Kurze Zeit später saß Violaine im Café von Bébé an einem der kleinen wackligen Tische und hatte eine Tasse Kaffee in der Hand, heiß und mit viel Zucker. Ein Kaffee und ein bisschen Tratsch gehörten traditionell zum Marktbesuch dazu, doch heute konnte Fabienne weder das eine noch das andere genießen. Besorgt schaute sie ihre Mutter an. Dies war nun schon das dritte Mal in letzter Zeit, dass Violaine schwindlig geworden war.

Diese trank ihren Kaffee in einem Schluck leer. »Das tat gut!«, sagte sie und wollte ruckartig aufstehen. Doch Fabienne legte eine Hand auf ihren Arm.

»Bleib doch noch ein wenig sitzen und ruh dich aus, es ist noch früh am Tag.« Ein wenig Farbe war immerhin in *Mamans* blasses Antlitz zurückgekehrt, dachte sie erleichtert.

»Ausruhen? Dein Vater würde mir was erzählen! Wer macht denn dann die Arbeit?« Violaine lächelte müde.

»Die Arbeit, die Arbeit! Warum kannst du nicht einmal an dich denken?«, fuhr Fabienne lauter auf, als sie wollte. »Wie lange hast du gestern Nacht wieder in der Waschküche gestanden? Bis zwei? Bis drei?« Sie, Fabienne, hatte sich kurz nach eins vor lauter Müdigkeit nicht mehr auf den Beinen halten können und war ins Bett gegangen. Hätte sie doch bloß auch durchgehalten, dann wäre ihre Mutter jetzt nicht so erschöpft, dachte sie schamvoll. »*Maman*, ich mache mir Sorgen um dich!«, fügte sie leiser hinzu.

Doch Violaine Durant winkte nur ab.

Fabienne presste die Lippen aufeinander. Was hätte sie auch sagen sollen? Dass *Mamans* Kochen und Waschen mehr in die Familienkasse einbrachte als die Arbeit des Vaters, war eine unausgesprochene Tatsache – der Beruf eines Schleusenwärters war zwar hoch angesehen, aber äußerst schlecht bezahlt. Ohne die harte Arbeit von Mutter und Tochter hätten sie schlichtweg nicht überlebt.

Kapitel 2

Wie konnte man Wein, Meeresfrüchte und andere Güter vom Mittelmeer und dem Atlantik in andere Gegenden des Landes transportieren, ohne den langen, aufwendigen und teilweise auch gefährlichen Weg über die Straße von Gibraltar zu nehmen? Genau diese Frage war es, die die französischen Könige und ihre Pariser Minister seit jeher umtrieb und die schließlich im Jahr 1667 durch König Ludwig den XIV. zum Bau des berühmten Canal du Midi geführt hatte.

Gerade das Languedoc entlang der Mittelmeerküste war schon immer bekannt gewesen für Wein, Olivenöl, Meeresfrüchte und Obst. Genauso bekannt war der Appetit der Pariser auf all die Köstlichkeiten aus dem Süden. Doch wie hätte man die Ware auf dem Landweg transportieren sollen? Hätte man Langusten, Austern und Doraden mittels Lastenponys auf staubigen Landstraßen von A nach B gebracht, wären sie noch auf dem Transportweg verdorben. Und hätte man mühevoll Weinfass für Weinfass in einer Kutsche transportieren sollen? Ein Schiff hingegen konnte man mit hunderten Fässern Wein beladen – *das* war rentabel!

Die bis dahin einzige Möglichkeit, vom Mittelmeer zum Atlantik zu gelangen, war aber bisher der Seeweg rund um die Iberische Halbinsel. Für diesen über dreitausend Kilometer langen Seeweg benötigte man hochseetaugliche Schiffe und mutige Besatzungen, denn vor allem vor der spanischen und portugiesischen Küste waren Piratenüberfälle an der Tagesordnung. Dass immer wieder ganze Schiffsladungen feinsten Bordeaux-Weins in den Schlünden von Seeräubern verschwanden, anstatt auf feinen Pariser Tafeln zu landen, war äußerst ärgerlich!

Noch ärgerlicher wurde dieser Umstand angesichts der Tatsache, dass der Weg quer durchs Land im Grunde nicht weit war: Vom Atlantik bis zum Mittelmeer betrug die Luftlinie nicht mehr als fünfhundert Kilometer, und ein Teil davon war schon durch Flüsse und Kanäle befahrbar. Und so spielte man schon im Mittelalter mit dem Gedanken, einen Wasserweg quer durch den Süden des Landes zu erbauen. Dann würde die Schiffsreise keine zwei Monate, sondern nur noch zwei Wochen dauern! Und hochseetaugliche Schiffe benötigte man für die Fahrt auf einem Kanal auch nicht, dafür reichten einfache Barken, achtundzwanzig Meter lang, auf Treidelpfaden von Pferden gezogen. Das Ziel war, auf diesen Barken bis zu hundert Fässer Wein zu transportieren. Und wenn man dann noch – zur Krönung des Ganzen – ausländischen Schiffen das Befahren des Kanals verbot, hätten die französischen Produzenten aus dem Midi einen wahren Vorteil erlangt!

Doch trotz aller Gedankenspiele war der Bau des »Königlichen Kanals« lange Zeit an der Frage gescheitert, woher das Wasser dafür kommen sollte. Erst dem in Béziers geborenen Kanalbaumeister Pierre-Paul Riquet gelang es, dieses Problem mithilfe eines ausgeklügelten Wasserversorgungssystems zu lösen. Diese Herausforderung war nur eine von vielen, die den Kanalbaumeister Zeit seines Lebens beschäftigten. Doch ganz gleich, wie schwierig die topografischen Verhältnisse waren, ganz gleich, wie schwierig die Finanzierung, ganz gleich auch, wie groß teilweise die politischen Widerstände einzelner Landesherren waren – für seinen Traum vom Canal du Midi überwand Paul Riquet jedes Hindernis.

Alle *gens de l'eau* – die Schiffer und die Kanalangestellten – waren gleichermaßen davon überzeugt, dass es kein großartigeres Bauwerk als »ihren« Kanal gab. Doch keiner war stolzer als Guy Durant, der sogar ein Buch über den Bau des Kanals besaß. In seinem Schleusenwärterbüro hing außerdem eine große Karte, auf der alle Häfen des Kanals eingezeichnet waren. Wann immer Fabie oder eins ihrer Geschwister dem Vater als Kinder etwas zu essen oder zu trinken gebracht hatten, hatte er ihnen auf der Karte diese oder jene Besonderheit gezeigt. So wie andere Väter familiäre Anekdoten zum Besten gaben, so erzählte Guy Durant seinen Kindern von Paul Riquet und seinen heldenhaften Taten, bis der Mann Fabie wie ein Märchenprinz vorgekommen war, wie ein Zauberer, der übermenschliche Kräfte besaß. Doch auch die schönsten Märchen konnten traurig enden, hatte Fabienne in ihrer Kindheit gelernt: Paul Riquet war kurz vor seinem Ziel gewesen – der Inbetriebnahme des Kanals –, als der liebe Gott ihn zu sich geholt hatte.

Nach dem Marktbesuch und der Einkehr bei Bébé waren Fabienne und ihre *Maman* auf dem Nachhauseweg, der sie am Kanal entlangführte. Statt jedoch an die technischen Finessen des Bauwerks oder die ebenso geniale wie tragische Figur seines Erbauers zu denken, hingen die beiden Frauen ihren eigenen Gedanken nach.

Violaine ordnete im Geist die vielen Aufgaben des Tages. Und Fabienne fragte sich, ob sie zulassen durfte, dass Eric und sie sich demnächst einmal sehr viel näherkamen, als dies bisher der Fall gewesen war. Er könne es kaum mehr erwarten, sie zur Frau zu machen, hatte Eric schon vor Wochen gesagt, und ihr war allein bei seinen Worten ganz schwummerig geworden. War das schon eine Art Heiratsantrag gewesen?, hatte sie sich gefragt. Auch sie sehnte sich sehr danach, endlich in seinen Armen zu liegen und seine Hände auf ihrem Körper zu spüren! Eric war bestimmt ein guter Liebhaber, davon war Fabienne überzeugt – auch wenn ihr nicht ganz klar war, was eigentlich dazugehörte. Und solange er ihr keinen richtigen Heiratsantrag gemacht hatte, würde sie das wohlige Rumoren in ihrem Unterleib, das entstand, sobald er sie küsste, wohl weiterhin ignorieren müssen! Sich ihm einfach so hinzugeben, kam für sie nicht in Frage – sie war schließlich keine *femme bâclée* wie Colette Laroque!

Bisher war Eric der einzige Mann, der sich je für sie, Fabienne, interessiert hatte. Unattraktiv war sie zum Glück nicht, aber als besonders hübsch galt sie auch nicht – dazu war der Zug um ihren Mund zu resolut, ihr Blick zu direkt, ihre Nase vielleicht eine Spur zu lang. Vielleicht wäre es von daher gut, Eric nicht zu lange hinzuhalten?

Aber selbst wenn sie bereit gewesen wäre, sich ihm hinzugeben – wo sollte dies geschehen? Für Eric war es schwierig genug, überhaupt vom Schiff herunterzukommen, denn fast immer verdonnerte sein Vater ihn zur Schiffswacht, während er selbst sich beim Kartenspiel mit anderen Schiffern vergnügte. Und ihr gelang es auch nur selten, sich wegzustehlen. Doch war das Glück ihnen einmal hold, dann waren weder der kleine Wald inmitten der Rebenfelder noch die kleine Quelle hinter der Schleuse, wo Violaine tagsüber Wäsche wusch, gute Verstecke für zwei Liebende. Aufs Schiff selbst wagte Fabienne sich nicht. Im Lagerraum unter Deck, hinter den Weinfässern – da würde sie niemand entdecken, hatte Eric behauptet. Fabie war sich nicht so sicher – was, wenn sein Vater früher als erwartet vom Kartenspielen zurückkam und sie erwischte?

Warum mussten sie sich überhaupt verstecken wie Diebe?, dachte Fabienne wütend. Mit ihren bald siebzehn Jahren war sie erwachsen genug, um zu entscheiden, wen sie liebte, oder etwa nicht? Eric würde ihr ein guter Ehemann sein, davon war sie überzeugt.

Sie seufzte selig auf, was ihr sogleich einen Seitenblick ihrer Mutter eintrug, den sie geflissentlich ignorierte. Stattdessen streckte sie genießerisch ihr Gesicht der Sonne entgegen, die schon erstaunlich viel Kraft hatte. Weder Fabie noch Violaine wäre es im Traum eingefallen, unter den Platanen zu laufen, die das Kanalufer befestigten und in der heißen Jahreszeit den dringend benötigten Schatten für Mensch und Tier spendeten. Sie waren beide Sonnenanbeterinnen und nutzten jede Möglichkeit, sich wärmen zu lassen.

Fabienne ließ ihren Blick über die noch kahlen Rebstöcke schweifen und gab ihre Gedanken wieder frei.

Violaine war auch erst achtzehn gewesen, als sie Lily, Fabiennes älteste Schwester, zur Welt gebracht hatte. Und zu diesem Zeitpunkt war Violaine schon von Zuhause ausgezogen *und* verheiratet gewesen! Fabiennes Geschwister hatten ebenfalls alle recht früh das Haus verlassen, ohne dass jemand sie daran gehindert hätte. Nur bei ihr wurde fast jeder Schritt überwacht. Fabienne warf ihrer Mutter einen missmutigen Blick zu. Doch als sie sah, wie gebückt und müde Violaine neben ihr herging, wandelte sich ihr Anflug von Wut rasch in Mitleid. War es nur der schwere Korb, oder war es die Last ihres Lebens, unter der Violaine fast zusammenzubrechen schien?, fragte sich Fabienne traurig.

»Wollten wir den Korb nicht abwechselnd tragen?«, sagte sie. Als Violaine keine Anstalten machte, den Einkaufskorb herzugeben, nahm Fabienne ihn ihr einfach ab.

Schweigend liefen die beiden Frauen weiter.

Die imposant weitläufige Schleusenanlage, das Zuhause von Fabiennes Familie, war aus ockerfarbenem Sandstein gebaut und bestand neben dem Schleusenbecken, dem Hafenoval und dem Trockendeck auch aus dem Schleusenhauptgebäude auf der anderen Seite des Kanals, in dem Guy Durants Schleusenwärterbüro und die Wohnung der Familie untergebracht war. Es handelte sich um ein langgestrecktes, architektonisch schönes Bauwerk im Stil von Ludwig dem XIV., mit hohen Fenstern und hellgrünen Fensterläden. Zwischen zwei Fenstern war in den Sandstein die Jahreszahl 1670 eingeschlagen. Dass seine Schleuse schon vor der Eröffnung des Kanals gebaut worden war, war in Guy Durants Augen ein Indiz dafür, welche Bedeutung ihr die Erbauer schon bei der Gesamtplanung beigemessen hatten. Davon zeugte auch die steinerne Brücke, die bei ihnen anstatt eines Eisenstegs über den Kanal führte und die so breit war, dass ein Pferdefuhrwerk sie befahren konnte. Und dann die geschwungenen Treppen, die links und rechts der Brücke hinab zum Kanal führten und sich auch in einem Amphitheater gut gemacht hätten!

An die Wohnräume der Familie schloss sich auf Höhe des Kanals eine Terrasse an, auf der ein paar grob gezimmerte Tische und Bänke standen. Hier verköstigte Violaine die Schiffsleute. Bei Regen gab es allerdings kein Essen, denn die Terrasse war nicht überdacht.

Hinter dem Hauptgebäude befand sich ein Obst- und Gemüsegarten, in dem ein riesiger Feigenbaum stand. Wenn die Früchte im Juli reif waren, mussten Fabienne und Violaine schnell sein beim Ernten, sonst kamen die Wespen! Ganz am Ende des Gartens, dort, wo die natürliche Quelle war, stand der Schuppen, in dem Violaine die Wäsche der Schiffsleute wusch.

In der milchig-trüben Februarsonne leuchtete das Sandsteingebäude in einem sanften Gelb und wirkte so friedlich wie ein Kloster. Doch die Ruhe trog: Obwohl es noch nicht einmal zehn Uhr am Morgen war, warteten schon drei Schiffe darauf, von Guy Durant durch die Schleuse gebracht zu werden. Weitere Schiffe lagen im kleinen Hafenbecken. Und in der Ferne sah Fabienne noch mehr Barken herankommen, allesamt *barques de voitures,* die Waren aller Art transportieren. Am rechten Kanalufer standen mindestens zehn Pferdefuhrwerke und versperrten sich gegenseitig den Weg – jeder wollte so nah wie möglich am Wasser halten. Weinfässer, Getreidesäcke, Glasballons mit Olivenöl oder Likör wurden von den Wagen ab- und auf die Schiffe umgeladen – dass Guys Schleusenstation als Umladehafen diente, war ebenfalls eine ihrer Besonderheiten. Dockarbeiter so wie in den großen Häfen gab es bei ihnen nicht, die Arbeiten wurden von den Bauern und Barkenschiffern selbst durchgeführt.

Mutter und Tochter tauschten einen kurzen Blick. Heute schien es ein guter Tag für die Schleusenstation zu werden.

»Violaine, *chérie*, ich habe einen ganzen Sack Wäsche für dich!«, rief einer der Männer von seinem Boot zu den Frauen hinauf.

»Dann bring sie mir nachher vorbei!«, gab Violaine zurück.

»Violaine, Severine hat mir die getrockneten Tomaten mitgegeben, die du bestellt hattest!« Behände kletterte ein junger Mann von einem anderen Boot die Uferböschung hinauf und drückte der erfreuten Violaine ein Leinensäckchen in die Hand. Sein Hund, der seinem Herrn beherzt gefolgt war, sprang aufgeregt an Fabiennes Korb hoch.

»Violaine! Was gibt's heute Mittag zu essen? Doch hoffentlich nicht etwa Severines alte Schrumpeltomaten?«, rief ein anderer der wartenden Schiffer.

Lucien Fabre hatte anstelle von Waren Passagiere und Post geladen. Viele dieser *barques de post* gab es nicht mehr – seit vor mehr als zwanzig Jahren die Zugstrecke von Bordeaux nach Sète eingeweiht worden war, reisten die meisten Leute mit dem Zug. Wenn überhaupt noch jemand auf dem Kanal unterwegs war, dann fuhr er meist auf einem der Frachtschiffe mit. Wie es Lucien Fabre dennoch gelang, Passagiere für sein Boot zu finden, war Fabienne schleierhaft.

»Von wegen Schrumpeltomaten, sei nicht so frech!«, antwortete Violaine lachend. »Sag mir lieber, wie viele Passagiere du an Bord hast!« Sie schirmte mit der rechten Hand ihre Augen ab, um gegen die Sonne besser sehen zu können.

»Fünf Herren, sie interessieren sich *sehr* für die Historie des Kanals! Es wäre ihnen eine Freude, würde der Herr Schleusenwärter ihnen ein wenig von seinem reichen Wissensschatz vermitteln«, antwortete der Schiffer und grinste ihr verschwörerisch zu. »Bis später!«

Fabienne stieß einen zufriedenen Seufzer aus. Mutter ging es wieder gut, Vater würde heute in seinem Element sein – wenn jetzt noch Eric kam, dann konnte man sich über den Tag wahrlich nicht beklagen!

Als sie über die Brücke zum Hauptgebäude gingen, sah Fabienne, dass im Trockendock ein Boot lag. Metallisches Hämmern war zu hören, auch lag der Geruch von Teer in der Luft. Warum konnte das nicht die »Aurelie« sein, das *Pinardier*-Boot von Erics Familie?, dachte Fabienne. Eine defekte Ruderanlage vielleicht oder ein Schaden nach einer leichten Havarie mit einer der anderen Barken. Dann würden Eric und sein Vater gezwungen sein, länger als eine Nacht bei ihnen an der Schleuse zu verweilen. Doch gleich darauf schämte sich Fabienne für diesen Gedanken – wie kam sie dazu, Erics Familie derartige Umstände zu wünschen, nur damit sie sich sehen konnten?

Den ganzen Trubel ignorierend gingen die beiden Frauen ins Haus. In zwei Stunden erwarteten die *gens de l'eau* ihr Mittagessen!

Während Fabienne den Ofen anschürte und das Wasser für die Eier aufstellte, begann *Maman*, den Salat zu putzen.

»Hoffentlich bringt Bastien genügend Baguette mit«, sagte Violaine mehr zu sich als zu Fabienne.

Bastien war der Bäcker des Dorfes. Jeden Tag kam er kurz vor Mittag vorbeigeritten, auf dem Rücken einen großen Sack voller Baguette. Violaine und Fabienne waren für diesen Service sehr dankbar, denn sie hatten auch ohne die Brote genug Einkäufe zu schleppen.

»Befürchtest du, die Eier reichen nicht?« Fabienne schaute stirnrunzelnd nach draußen. Sie hatten drei Dutzend gekauft, wenn jeder Gast zwei bekam...

Violaine winkte ab. »Wir kriegen schon alle satt. Zur Not bekommt jeder einfach einen Klacks Mayonnaise und ein Stück Brot mehr!«

Fabienne nickte. »Hast du die riesige Wildschweinkeule gesehen, die der alte Gustave an seinem Stand hatte? Ein Wildschweinragout mit Rüben und viel Rotwein – das könnten wir auch mal kochen, solange es noch nicht so heiß ist«, sagte sie, während sie das Olivenöl für die Mayonnaise holte. Wenn das Fleisch so zart war, dass es von der Gabel fiel... Fabienne lief allein beim Gedanken daran das Wasser im Mund zusammen.

»Eine Wildschweinkeule möchte Mademoiselle? Haben wir etwa einen Geldscheißer? Das beste Essen kocht nicht der Reiche, sondern der Arme, lass dir das gesagt sein.«

Als Fabienne beobachtete, wie Violaine ein Ei nach

dem anderen so sorgfältig ins kochende Wasser gab, als handelte es sich um einen kostbaren Schatz, fühlte sie sich beschämt. »Du hast recht, wer braucht schon ein Wildschwein!«, sagte sie betont fröhlich. »Die Schiffer lieben deine Mimosen-Eier! Magst du mir noch mal erklären, wie du sie zubereitest?«

Violaines Gesicht leuchtete auf. »Das Wichtigste ist, dass du einen Teil der hartgekochten Eigelbe durch ein sehr feines Sieb streichst. Das Gekräusel, das unten aus dem Sieb herauskommt, sieht aus wie Mimosenblüten. Und...«

Wie lebendig ihre Mutter wirkte, wenn sie beim Kochen war! Wie ihre Augen glänzten. Und wie weich und sanft ihre Stimme wurde, wenn sie ein Rezept erklärte. Wie zärtlich sie das Wasser aus den Salatblättern schüttelte. Als wäre Kochen ein Liebesakt.

»Denkst du schon wieder an Eric, oder warum lächelst du so versonnen?«, fragte Violaine und hielt mitten in ihrer Bewegung inne.

»Nein, nein«, winkte Fabienne ab. »Soll ich die Mayonnaise aufschlagen?«

»Gleich. Geh zuerst in den Garten und schneide etwas Dill. Und bring auf dem Rückweg Äpfel aus dem Vorratskeller mit, ich will noch zwei Apfelkuchen fürs Dessert backen.«

Fabie tat, wie ihr geheißen, sie kannte es nicht anders. Von Kindesbeinen an hatten ihre Geschwister und sie in der Schleusenstation mitgeholfen, Tag für Tag. Kaum waren sie von der Schule zurück gewesen, hatten die Jungs den Vater an der Schleuse unterstützt oder sich beim Be- und Entladen der Boote nützlich gemacht. Die

Mädchen halfen der Mutter in der Küche, im Garten und in der Wäscherei – Lucie, die zwei Jahre älter als Fabienne war, hatte auch gern bei der Versorgung der Pferde, die die Schiffe zogen, mit angepackt. Sie hatte den Tieren Heu und Eimer mit Hafer hingestellt und ihnen mit einem feuchten Schwamm den Schweiß aus dem Fell gewaschen, so dass sie für die Weiterfahrt erfrischt waren. Das Geld, das die Schiffsleute ihr dafür gaben, war in die Haushaltskasse gewandert.

Sosehr Fabienne die Arbeit in der dampfig-heißen Waschküche hasste, sosehr liebte sie es, ihrer Mutter in der Küche zu helfen. Wenn *Maman* aus stets denselben Zutaten wie Eier, Mehl, Milch und Kartoffeln immer wieder neue Gerichte fabrizierte, war das für Fabie wie Zauberei! Wie konnte es sein, dass man aus Eiern einerseits ein Omelette machen konnte, das so luftig war wie Federwölkchen an einem Sommerhimmel, und andererseits ein rustikales Bauernfrühstück mit Speck und Kräutern? Wie konnte es sein, dass aus einem Sack gewöhnlichem Mehl so unterschiedliche Dinge entstanden wie *Crêpes* oder Nudeln oder Mehlklöße?

Ob ein ganzer Korb Kartoffeln zu schälen war oder ob sie ein Huhn zum Rupfen auf dem Schoß hatte, ob es galt, die *gens de l'eau* auf der Terrasse zu bedienen oder danach Berge von Geschirr zu waschen – Fabienne war zufrieden damit. Oder war es zumindest bis vor kurzem gewesen. Sie half ihrer Mutter wirklich gern und begeistert, aber in der letzten Zeit verspürte sie doch auch Unmut darüber, dass sie so gar kein Recht auf ein eigenes Leben zu haben schien.

Jetzt stieg sie die wenigen Treppen in den Vorratskeller hinab. Er lag am hinteren Ende des Hauptgebäudes, dort, wo auch der Garten war. Vielleicht hätte sie sich in der Vergangenheit öfter mal ein wenig dümmer anstellen sollen? Hätte wie ihre Schwester Lucie Stunden mit den Pferden der Schiffer verbringen sollen? Als die Eltern nämlich mitbekommen hatten, wie gern Lucie die Tiere versorgte, war sie von den Küchenpflichten befreit worden. Nun, Fabienne hätte auch wie Lily, ihre andere Schwester, beim Rupfen eines Huhns ständig Würgegeräusche von sich geben können – nachdem Violaine nämlich mitbekommen hatte, wie sehr es die feinfühlige Lily vor dem toten Tier auf ihrem Schoß grauste, war sie fortan von dieser Aufgabe verschont geblieben. Sie, Fabienne, war jedoch stets die patente, handfeste gewesen, auf die Mutter immer zählen konnte – sie hatte man von keiner Aufgabe verschont.

Und weil sie so zuverlässig und arbeitsam war, befand sie sich nun in einer misslichen Lage, ging es Fabienne durch den Kopf. All ihre Geschwister waren weggegangen, nur sie war noch in der Schleusenstation. Jeder hatte einen eigenen Weg gewählt: Noah, Fabiennes ältester Bruder, hatte eine Schleusenstation am Canal du Robinie übernommen – dieser Sohn, der in seine Fußstapfen trat, war natürlich der ganze Stolz von Guy.

Fabiennes zweitältester Bruder Hugo hingegen... Sie wollte nicht an den vielen Streit denken, den Hugos Berufswahl ausgelöst hatte. Wochenlang hatte der Haussegen schief gehangen, als Hugo verkündete, ausgerechnet bei der Eisenbahn arbeiten zu wollen! Er wolle nicht wie Vater Tag für Tag über zwölf Stunden in einem Schleusenbüro hocken, angekettet wie ein Hofhund, aufgefressen von der Arbeit!, hatte Hugo bei seinem Weggang dem Vater entgegengeschleudert. Seine zukünftige Frau sollte sich nicht zu Tode schinden müssen, wie *Maman* es tat.

Fabie war erschrocken gewesen über seinen Ton, aber auch über seine Sicht der Dinge. Die *gens de l'eau* waren allesamt stolze Männer, wie konnte er sie mit einem Hofhund vergleichen? Es war eine Ehre und ein Privileg, am Kanal arbeiten zu dürfen, wie kam es ihm auch nur in den Sinn, dies aufzugeben? Hätte Paul Riquet aufgegeben, wäre der Canal du Midi nie gebaut worden!, hatte Guy Durant seinem Sohn erwidert. Doch Hugo hatte nur gelacht und gemeint, dass er nicht aufgab, sondern einfach einen anderen Weg wählte.

Ob Vater und Hugo je wieder ein Wort miteinander sprechen würden?, fragte sich Fabienne, während sie die Tür des Vorratskellers aufschloss.

Zwei Schwestern hatte Fabienne nie kennengelernt. Die Zwillinge kamen zur Welt, als Lucie und Lily gerade einmal ein beziehungsweise zwei Jahre alt waren. Eine reiche Pariser Familie hatte sie mitgenommen – die Frau hatte selbst keine Kinder bekommen können. Sie würden es sehr gut haben, hatte die von den kurz aufeinanderfolgenden Geburten sehr erschöpfte Violaine der zweijährigen Lily weinend erklärt. Lucie war für Erklärungen noch zu klein gewesen. Lily hatte fortan in Angst gelebt, eines Tages auch weg zu müssen. Doch alle anderen Kinder hatten bleiben dürfen.

Lucie hatte einen Lehrer aus Toulouse geheiratet und führte dort seitdem das Leben einer feinen Dame. Und Lily war in einem Haushalt in Narbonne angestellt, wo sie ihr eigenes Geld verdiente und nach Feierabend bestimmt ihr Leben genoss.

Feierabend haben, eigenes Geld verdienen – das würde ihr, Fabienne, auch gefallen! Genauso gern hätte sie einen Beruf gelernt. Welchen genau, war ihr nicht ganz klar, aber ihre Lehrer hatten immer gesagt, sie sei ein kluges Mädchen, das es mit etwas Fleiß durchaus zu etwas bringen konnte. Als sie die Schule letztes Jahr beendete, hatte einer ihrer Lehrer sogar mit ihren Eltern gesprochen. Eine weiterführende Schule oder eine Lehre für die jüngste Tochter – ob man sich das vorstellen könne? *Maman* hatte nachdenklich genickt, doch Guy Durant hatte nur abgewunken. »Und wer soll dir bitteschön helfen, wenn Fabienne nicht mehr da ist?«, hatte er schnaubend zu Violaine gesagt. *Maman* hatte resigniert mit den Schultern gezuckt.

Vater hatte recht, dachte Fabienne. Ohne sie würde Mutter wirklich nicht zurechtkommen. Ein Dienstmädchen oder eine Küchenhilfe einzustellen, dafür langte das Geld nicht. Außerdem – wozu sollte sie irgendeinen anderen Beruf erlernen – sie lernte doch genug bei *Maman*!

Bisher hatte sie sich ein anderes Leben als jenes, das sie kannte, gar nicht vorstellen können. Doch seit Eric und sie sich liebten, war alles anders. Im Mai wurde sie siebzehn – ein Alter, in dem andere junge Frauen schon ans Heiraten dachten. Wenn es nach ihren Eltern ging, sollte sie jedoch gewiss einmal als alte Jungfer enden...

Im Vorratskeller war es kühl und dunkel. Im Winter musste Fabienne eine Ölfunzel mitnehmen, um genug sehen zu können, jetzt im Februar reichte schon das durch die Tür einfallende Licht, dass sie erkennen konnte, wie spärlich die Regale gefüllt waren. Ein paar Gläser Marmelade standen noch da, ein Topf mit eingelegtem Gemüse und ein Korb Äpfel. Höchste Zeit, dass der Sommer kam, dachte Fabienne fröstelnd.

Aprikosen, Pfirsiche, Feigen – sobald die ersten Früchte reiften, kochten *Maman* und sie Obst ein oder bereiteten Marmeladen und Mus zu. Ein Teil der Früchte wurde über Nacht mit der Restwärme des Ofens gedörrt. In besonders erntereichen Jahren kochten sie aus den Früchten sogar Saft oder Sirup, das war ein Fest!

Waren die Zucchini und Paprika reif, legten sie das Gemüse sauer ein. Möhren durften ihren Winterschlaf in feinstem Sand verbringen, bis sie ausgegraben und zu deftigen Eintöpfen verarbeitet wurden.

Der Vorratskeller war Violaines und Fabiennes ganzer Stolz! Jede Woche ging eine von ihnen hinab, um Staub zu wischen und zu kontrollieren, ob sich nur ja nirgendwo Schimmel oder Fäulnis gebildet hatte.

Fabienne hatte schon ein Dutzend Äpfel in ihrer Schürze eingesammelt, als sie abrupt innehielt.

Der Vorratskeller! War er nicht das perfekte Versteck für Eric und sie, um ein wenig miteinander allein zu sein?

Kapitel 3

Mit gleich vier Tellern auf einmal ging Fabienne nach draußen.

»Monsieur Berlot, *bon appétit!*« Schwungvoll und mit einem Lächeln servierte Fabienne das Essen.

»Jean, für dich, *bon appétit!* Und hier, für euch zwei – lasst es euch schmecken! Fréderic, schling nicht so gierig, ja?«

»*Merci, Mademoiselle bon appétit!*«, riefen die Männer wie aus einem Mund.

»Gern geschehen«, sagte Fabienne und machte einen übertriebenen Knicks.

»*Mademoiselle bon appétit, pardon!*«, rief einer der Schiffer. »Aber mit meinem Essen stimmt etwas nicht – da liegen Mimosenblüten drauf!«

Der Witz war alt – wann immer Fabienne Violaines Lieblingsspeise servierte, konnte sie damit rechnen, dass einer der Männer ihn ihr zurief. Dennoch brachte er Fabienne immer noch zum Lachen.

Sie wollte gerade zurück ins Haus gehen, um weiteres Essen zu holen, als sie aus den Augenwinkeln sah, wie ein Mann an einem der Tische Platz nahm. Er war im Alter ihres Vaters, sein Kittel war so fadenscheinig, dass man das Unterhemd durchsah, und seine Hose so schmutzig, als hätte er sie seit Ewigkeiten an, was wahrscheinlich auch der Fall war. Mit einem lauten Rums stellte er einen verfleckten Leinensack neben sich ab.

Ein *clochard*!, dachte Fabienne stirnrunzelnd. Sie holte tief Luft, dann ging sie zu dem Mann hinüber. »Monsieur, diese Tische sind für die Schiffer reserviert. Wenn ich Sie bitten darf zu gehen.« Sie fuchtelte mit der rechten Hand in Richtung Brücke.

»Ich habe aber Hunger. Und Geld!«, sagte der Mann mit brüchiger Stimme.

Fabienne runzelte die Stirn. Was nun? Sie wollte vor den anderen Männern nicht unnötig Aufmerksamkeit erregen.

Eilig lief sie in die Küche. »Draußen sitzt ein *clochard*. Er stinkt! Ich habe ihm gesagt, dass er gehen soll. Aber er will essen«, berichtete sie ihrer Mutter.

Violaine warf dem Mann durchs Fenster einen Blick zu. »Ich kenne ihn«, sagte sie. »Er hatte mal eine Schneiderwerkstatt in Coursan. Als seine Frau starb, verfiel er dem Alkohol. Er konnte seine Miete nicht mehr zahlen, der Hausherr warf ihn hinaus, seitdem… Keine Ahnung, wovon er lebt.« Noch während sie sprach, bereitete sie einen Teller mit einem Ei extra zu. »Bring ihm das!«

»Aber…«

»Kein Aber!«, schnitt Violaine Fabienne das Wort ab. »Gastfreundschaft ist eine Selbstverständlichkeit!«

Na wunderbar, dachte Fabienne. Da drehten sie auf dem Markt jeden Sou um, aber kaum kam solch eine

Gestalt daher, war *Maman* die Großzügigkeit in Person.

Nicht sonderlich freundlich stellte sie dem Mann sein Essen hin.

»Liberté, égalité, fraternité«, murmelte der Mann und zog vor Fabienne seinen Hut. »An der Tafel einer guten Gastgeberin sind alle Menschen gleich.«

Sie hatte schon eine schnippische Antwort auf den Lippen, als sie plötzlich Eric entdeckte, der sein Boot, die »Aurelie«, an einem der Poller vertäute. Sie schienen gerade erst angekommen zu sein.

Vergessen war der *clochard*, vergessen waren auch die restlichen Speisenteller, die in der Küche auf sie warteten. Hastig strich Fabienne sich die Haare glatt und befeuchtete ihre Lippen, dann sprang sie davon. Erics Vater war weit und breit nicht zu sehen, vielleicht war er irgendwo austreten …

»Eric!« Nur mit Mühe konnte sie sich davon abhalten, ihm nicht vor den Blicken aller um den Hals zu fallen.

»Fabienne!« Seine Augen leuchteten auf, als er sie sah. Einen Moment lang rechnete Fabienne damit, dass er sie in den Arm nehmen und küssen würde. Stattdessen nickte er angstvoll in Richtung seines Vaters, der damit begonnen hatte, Weinfässer von einem Pferdefuhrwerk abzuladen.

»Vater braucht nicht mitzubekommen, dass wir uns unterhalten. Wir sehen uns nachher, wenn er bei euch zu Mittag isst!«, raunte er ihr zu.

Babtiste Lacasse gönnte sich meistens ein Essen bei ihnen – seinen Sohn ebenfalls einzuladen, fiel ihm dabei nicht ein.

Nicht nur sie, auch Eric wurde von seinen Eltern wie ein Sklave behandelt, dachte Fabienne wütend. Und wie ihre Eltern stellten sich auch Erics Eltern gegen ihre junge Liebe. »Ich habe das perfekte Versteck für uns entdeckt – unser Vorratskeller! Hinter dem Haus führt eine Treppe hinunter. In einer halben Stunde? Ich bring dir was zu essen mit.« Sie lächelte und machte eine Geste, als würde sie einen Kuss über die Innenfläche ihrer rechten Hand in Erics Richtung fliegen lassen, dann sprang sie davon.

»Ach, schaut Mademoiselle auch mal wieder vorbei?«, sagte Violaine, kaum dass Fabie die Küche betreten hatte. Noch während sie sprach, drückte sie ihr weitere Teller in die Hand. »Sollen die Männer wegen dir ewig auf ihr Essen warten? *Vite, vite!*«

»Ich habe dich so vermisst…« Zärtlich strich Fabienne über Erics Wange. Konnte man in den Augen eines anderen ertrinken?, fragte sie sich. Im nächsten Moment warf sie sich in seine Arme und schmiegte sich so eng an ihn, dass sie seinen Herzschlag spüren konnte.

Seine Hände wanderten ihren Rücken hinab zu ihrem Po, er bekam ein Stück ihres Rocks zu fassen, raffte ihn in die Höhe, Stück für Stück, und stöhnte dabei in freudiger Erwartung. Dem Baguette und dem Käse, die Fabienne auf einem kleinen Teller für ihn aus der Küche herausgeschmuggelt hatte, schenkte er keine Aufmerksamkeit.

Fabie lächelte in sich hinein. Nie hätte sie gedacht, dass sie, Fabienne Durant, einmal einen Mann verrückt machen konnte – so verrückt, dass er deswegen sogar aufs Essen verzichtete! Sie atmete tief auf und räkelte sich noch mehr in Erics Armen, so dass er ihre harten Brustwarzen spüren konnte.

Sie waren im Vorratskeller. Eric hatte sich verbotenerweise von der »Aurelie« heruntergeschlichen, während sein Vater bei ihnen auf der Terrasse aß. Im Grunde war die Wache, zu der er verdonnert wurde, völlig unnütz, denn sollte der unmögliche Fall eintreten, dass jemand es wagte, eins der wertvollen Weinfässer zu stehlen, hätte man das von der Terrasse aus jederzeit gesehen. Allem Anschein nach wollte Erics Vater unbedingt vermeiden, dass Eric und sie sich trafen.

Fabienne wiederum war einfach ohne weitere Erklärungen gegangen. Ihre Mutter wusste eh, dass sie sich mit Eric traf.

Ideal war ihr neuer Treffpunkt nicht, hatten sie gleich zu Beginn festgestellt, denn es gab im Keller keinerlei Möglichkeit, sich zu setzen, geschweige denn hinzulegen! Beim nächsten Mal würde sie wenigstens eine Decke hineinschmuggeln, schwor sich Fabienne. Weiterdenken konnte sie nicht, denn Erics rechte Hand kroch unter ihrem Unterrock ihren nackten Schenkel empor. Sie spürte, wie ihr Unterleib von einer weiteren heißen Woge Leidenschaft erfasst wurde. Es kostete sie die größte Überwindung, sich nicht noch mehr an ihn zu drängen.

Stattdessen wand sie sich aus seinen Armen und zog ihren Rock wieder nach unten. »So mag ich das nicht. Ich komme mir schäbig dabei vor«, sagte sie. »Warum müssen wir uns im Keller verstecken? Warum können wir nicht einfach einen schönen Spaziergang durch die

Rebenfelder machen oder entlang des Kanals? Wir lieben uns, was ist daran verboten?« Wenn sie sich Eric das erste Mal hingab, dann sollte es auf einem weichen Bett aus Gras und Blumen sein und nicht hier zwischen Einmachgläsern und Sauerkraut!

Eric seufzte leicht enerviert auf. »Das haben wir doch schon zig Mal erörtert! Sowohl deine Eltern als auch meine sind gegen unsere Beziehung.«

»Aber wir sind erwachsen, verflixt! Wie kann es sein, dass jeder ein eigenständiges Leben führen darf, nur wir zwei nicht?« Warum ging er nicht einfach zu seinen Eltern und sagte ihnen ins Gesicht, dass er sie liebte?, dachte Fabienne. Doch sie traute sich nicht, ihm die Frage zu stellen. Er sollte schließlich nicht das Gefühl haben, dass sie ihn zu einer Heirat drängte!

Mit einem Grinsen zog Eric sie wieder an sich heran. »Wenn du so wütend bist, werde ich noch wilder nach dir...« Im nächsten Moment spürte sie seine vollen Lippen auf den ihren, seine Zähne knabberten erst spielerisch an ihrer Unterlippe, doch schon im nächsten Moment wurde sein Küssen fordernder. Bereitwillig öffnete sie ihre Lippen. Eine Zukunft war ihnen derzeit nicht vergönnt, aber diesen einen Kuss konnte ihnen niemand nehmen.

Als Fabienne zurück in die Küche kam, war Violaine dabei, die Essensteller abzuspülen. Der Duft von frisch gebrühtem Kaffee lag in der Luft, draußen auf der Terrasse saßen die Männer bei Apfeltarte und Mokka. Manch einer zog eine kleine Flasche *Eau-de-vie* aus seiner Hosentasche und gab davon einen Schluck in den Mokka.

Fabienne nahm ein Geschirrtuch und begann wortlos, die gespülten Teller abzutrocknen. Wieder einmal war ihr Treffen gehetzt und viel zu kurz gewesen. Wieder einmal hatten sie fast nichts besprechen können. Sie wusste nicht einmal, wann Eric wiederkommen würde!

»Eric ist nichts für dich.«

Ein paar Worte nur, hingeworfen wie ein nasses Handtuch. Doch für Fabienne waren sie wie Messerstiche in ihrer Brust.

»Schlag ihn dir aus dem Kopf, Fabienne!«, fuhr ihre Mutter fort, als sie nicht antwortete. »Die *Pinardier*-Schiffer heiraten nur unter ihresgleichen, das weißt du ganz genau. Bestimmt hat Babtiste Lacasse schon längst ein Mädchen für Eric ausgesucht.«

»Pfff! Als ob Eric sich darum scheren würde.« Fabienne machte eine lässige Handbewegung. »Er liebt mich, warum ist das so schwer zu verstehen?«

»Liebe...«, antwortete Violaine müde.

»Ja, Liebe!«, sagte Fabie heftig. »Ich bin mir sicher, dass Eric bei der nächsten Gelegenheit mit seinem Vater spricht. Babtiste Lacasse kann seinen Sohn ja nicht ewig wie einen Hund auf dem Schiff anketten! Ich hingegen...« Sie zuckte mit den Schultern, den Tränen nah. »Mich behandelt ihr ebenfalls, als wäre ich eure Gefangene. Dabei bist du als junges Mädchen auch auf und davon und hast *Papa* geheiratet!«

»Das musste ja kommen.« Violaine lachte bitter auf. »Ja, ich bin dem Ruf der ›Liebe‹ gefolgt. Und wie du siehst, hat mich mein Traumprinz direkt in sein Schloss gebracht. Seitdem lebe ich glücklich und zufrieden wie eine Prinzessin im Märchen. Oder halt – verwechsle ich da etwa was?« Wie in einer Parodie legte sie ihren Zeigefinger an ihre Stirn, als dächte sie angestrengt nach. »Bin ich womöglich doch nur *Cendrillon,* das Aschenbrödel?«

Fabienne spürte, wie sich die feinen Härchen auf ihren Armen aufstellten, als fröstelte es sie. Wie bitter sich *Maman* auf einmal anhörte.

»Das klingt ja fast so, als wärst du unglücklich und würdest bereuen, uns Kinder bekommen zu haben. Sind wir dir als Familie nicht gut genug?« Wie schrecklich war dieser Gedanke!

Violaine nahm Fabienne abrupt in den Arm und drückte sie fast so fest an sich, wie es Eric zuvor gemacht hatte. »*Mais oui!* Ihr Kinder seid das Beste, was mir je widerfahren ist. Ich bin so stolz auf euch, stolz wie ein Pfau! Ich will nur nicht, dass du etwas Überstürztes tust. Eric ist dein erster Schwarm, gib dich ihm nicht achtlos hin! Und ans Heiraten solltest du auch noch nicht denken. Ich war viel zu jung und dumm damals – heute weiß ich das. Glaube mir, es wird nicht alles besser, wenn man geht. So manche Träume lösen sich schneller in Luft auf, als man schauen kann.« Wie ein Blasebalg, aus dem jedes bisschen Luft entwichen war, sackte Violaine in sich zusammen. Einen Moment lang sah es so aus, als würde sie erneut umkippen, doch dann zog sie sich einen Schemel heran und setzte sich.

Fabienne erschrak, aber bevor sie etwas sagen konnte, winkte Violaine ab. »Es ist nichts, mir tun bloß die Füße weh vom vielen Stehen und Laufen.« Ihr Lächeln wirkte verkrampft und nicht überzeugend, als sie fortfuhr: »Ich weiß, wie es ist, jung zu sein. Man möchte die Welt erobern. Und wenn man dann noch verliebt ist, sieht alles aus wie rosaroter Zuckerguss. Aber glaube mir, im Augenblick bist du hier noch gut aufgehoben. Und wer weiß? Vielleicht kommt eines Tages ein junger Mann daher, der Freude daran hat, deinem Vater an der Schleuse zu helfen. Dann würdest du es jedenfalls besser haben als mit einem Barkenschiffer, der in jedem Hafen eine andere hocken hat.«

Eric ist anders, lag es Fabie auf der Zunge zu sagen, doch als sie in das erschöpfte Gesicht ihrer Mutter sah, verkniff sie sich ihre trotzigen Worte. Sie wusste auch so, dass sie, Fabienne, recht hatte.

»*Bien!*« Violaine stand mit einem Seufzer auf. »Worüber ich mit dir noch sprechen wollte – Lilys Geburtstag im April fällt dieses Jahr auf einen Sonntag. Wenn sie von ihrer Herrschaft an diesem Tag frei bekommt, dann wird sie uns sicher besuchen. Ich würde ihr gern einen Kuchen backen. Was meinst du, wäre eine Tarte mit getrockneten Feigen gut? Oder besser ein Rhabarberkuchen?«

Fabie erkannte das Ablenkungsmanöver, dennoch ging sie darauf ein. »Das ist lieb gemeint, *Maman*, aber Lily hat sich ja noch nie viel aus Süßem gemacht. Wenn es sonntags ein Dessert gab, hat sie es immer einem von uns spendiert!«

Violaine lachte auf. »Deine Schwester ist wirklich der einzige Mensch, der nicht gern Kuchen isst – wie konnte ich das vergessen?«

Fabienne wusste nicht, warum, aber vor ihrem inneren Auge erschien plötzlich der Stand von Monsieur Garonne auf dem Markt, der seine *saucissons* immer kreisförmig aufeinanderstapelte, was äußerst hübsch aussah. Ebenfalls wie aus dem Nichts kam ihre eine Idee. »Wie wäre es, wenn wir eine *deftige* Torte für Lily zubereiten?«, sagte sie gedehnt.

»Stimmt, ich könnte auch eine *Quiche Lorraine* backen.«

»Ich meine eine richtige Torte, mit verschiedenen Schichten und schön verziert, allerdings nicht mit Erdbeeren und Sahne, sondern mit Blutwurst, *saucissons* und Leberpastete. Dekorieren könnten wir mit Cornichons oder Oliven oder...« Fabienne war gerade dabei, sich warm zu reden, als *Maman* sie unterbrach.

»Würste, Leberpastete – wer soll das alles bezahlen? Für das Geld, das diese Zutaten kosten würden, verköstige ich fünf Tage lang die Barkenschiffer!«

Fabienne runzelte die Stirn. So eine deftige Torte war tatsächlich ein teurer Spaß. Aber Lily würde solche Augen machen!

Lily war Fabiennes Lieblingsschwester – auch wenn sie das nie laut gesagt hätte. Lily war für jedes wilde Spiel, jeden Streich, jede verrückte Laune zu haben gewesen – im Gegensatz zur braven Lucie, die so gern las und zum Beten in die Kirche ging. Wenn es nach ihr, Fabienne, ging, dann hatte Lily die beste Geburtstagsüberraschung überhaupt verdient!

»Wahrscheinlich hast du recht«, sagte sie zu ihrer Mutter, während sie sich fragte, wie sie um alles in der Welt die Zutaten für Lilys Torte zusammenbekommen sollte.

Die nächsten Wochen vergingen wie im Flug. Die Tage in der Schleusenstation waren betriebsam wie immer – durch den vielen Regen, den das Frühjahr sah, wurde die

Arbeit noch erschwert. Die Pferde rutschten und schlitterten auf den Treidelpfaden, und jeder wartete darauf, dass eins der stoischen Tiere ins Wasser fiel. Die Speichen der Fuhrwerke, die Waren für die Schiffe brachten, schleuderten Matsch durch die Gegend, an den Schuhen der Barkenschiffer klebte ebenfalls Dreck, und im Garten hinter der Schleuse wuchsen nicht nur die kleinen Gemüsepflanzen prächtig heran, sondern auch das Unkraut. Normalerweise liebte Fabienne es, Unkraut zu jäten und den steinigen Boden aufzulockern, damit die Pflanzen genügend Wasser und Nährstoffe aufnehmen konnten. Sie freute sich alljährlich auf den Tag, an dem sie die jungen Zucchinipflanzen, die sie in Töpfen entlang der Hauswand vorgezogen hatten, in exakte Reihen ins Beet setzen durfte. Sie mochte es auch, überflüssige Triebe von den Tomatenstauden mit dem Fingernagel abzuknipsen. Wenn der leicht metallische Geruch der rostroten Erde in ihre Nase stieg, wurde sie davon fast berauscht. Und wenn *Maman*, eine ebenso fleißige Gärtnerin wie Fabienne, und sie ihre Arbeit unterbrachen, um eine kleine Brotzeit zu genießen, dann war Fabienne glücklich.

Doch in diesem Frühjahr war es für sie nicht einfach, die Gartenarbeit auch noch in ihren vollgepackten Tagen unterzubringen. Denn sie musste dringend Geld verdienen, wenn sie ihre Schwester wirklich mit ihrer Geschenkidee überraschen wollte. Und so ging Fabienne Tag für Tag für ein, zwei Stunden ins Dorf, manchmal frühmorgens, manchmal abends, nach getaner Arbeit. Sie putzte die Fenster von Renauds Boulangerie, sie holte an Markttagen für die Marktleute Kaffee bei Bébé, sie half beim Frühjahrsputz bei der alten Madame Grosz. Violaine duldete ihr Treiben, auch wenn dies bedeutete, dass bei ihnen zu Hause nicht alles ganz rundlief. Zum einen war sie im tiefsten Inneren stolz auf Fabiennes Ehrgeiz, zum andern sah sie es gern, dass ihre Tochter nicht einmal mehr Zeit hatte, Eric Lacasse zu treffen.

Normalerweise wäre Fabienne darüber am meisten betrübt gewesen, doch sie vertröstete sich selbst auf die Zeit nach Lilys Geburtstag. Derzeit war nur eins für sie wichtig: Sie wollte, dass ihre Lieblingsschwester einen unvergesslichen Geburtstag verlebte.

Kapitel 4

»*Maman*, würde es dir etwas ausmachen, wenn wir heute getrennt voneinander auf den Markt gehen?« Getrennt voneinander, wie blöd sich das anhörte, dachte Fabienne, noch während sie sprach.

Es war Samstag, der zehnte April, einen Tag vor Lilys Geburtstag. Die Schwester würde von ihrer Herrschaft am morgigen Tag tatsächlich frei bekommen, um im Schleusenhaus zu feiern. Außer Lily wollte auch Noah kommen. Als Fabie ihren Bruder das letzte Mal gesehen hatte, hatte er verlegen gesagt, er würde ihnen gern seine Braut vorstellen. Seine Braut! Wie erwachsen sich das anhörte. Fabienne konnte es kaum erwarten, die junge Frau kennenzulernen.

»Ich verstehe nicht…?« Violaine schaute von ihrem Waschbrett auf.

»Nun ja… Weil ich doch die Zutaten für Lilys Kuchen kaufen muss. Das wird ein bisschen länger dauern als sonst.« Verlegen trat Fabienne von einem Bein aufs andere. Sie hatte hart gearbeitet in den letzten Wochen, und nun klimperten viele kleine Münzen verführerisch in ihrer Schürzentasche. Im Geist sah sie sich schon von

Stand zu Stand gehen, hier die appetitlichsten Würste aussuchen, da das schönste Stück Leberpaté, dort noch einen Batzen Frischkäse. Sie würde mit dem Geld hantieren wie eine feine Dame! War es gemein von ihr, diesen Moment des Triumphs, wie sie ihn im Stillen nannte, allein auskosten zu wollen?

Violaine wandte sich wieder ihrer Wäsche zu. »Warum gehst du nicht ganz allein und bringst mir die paar Sachen, die auf meiner Einkaufliste stehen, mit?«

Fabienne schaute ihre Mutter stumm an. Wieder einmal lagen dunkle Schatten unter ihren Augen, und durch ihre Sommerbräune, die von der Gartenarbeit kam, schimmerte eine ungesunde Blässe. Die Stirnfalte, die sich schon vor Jahren auf Violaines Miene eingegraben hatte, wirkte noch tiefer als sonst. War es die Anstrengung am Waschbrett?

Es hätte nicht viel gefehlt, und Fabienne hätte Violaine die Wäsche aus der Hand gerissen und in den Kanal geworfen. Diese elende Schinderei, Tag für Tag, Woche für Woche! Da fiel der stärkste Gaul irgendwann um. Und *Maman* war alles andere als ein starkes Pferd, sie war vielmehr eine Elfe. Den ganzen Winter über hatte Violaine Gewicht verloren, und in den letzten Wochen vielleicht noch mehr.

»Das bildest du dir ein«, wiegelte sie jedes Mal ab, wenn Fabienne sie darauf ansprach, »mein Rock sitzt so eng wie eh und je.«

Ja, weil du ihn mit einer Schnur zubindest!, hätte Fabienne in solchen Momenten am liebsten gesagt. Aber was hätte es genutzt? Ihre Mutter war vielleicht nicht stark wie ein Pferd, aber stur wie ein Esel allemal!

»Das mach ich gern, aber nur, wenn du mir versprichst, dich ein wenig hinzulegen«, sagte sie mit gequält leichter Stimme.

Und dann war er da, Lilys dreiundzwanzigster Geburtstag. Nachdem es den ganzen Morgen geregnet hatte, kam pünktlich zum Mittag die Sonne heraus – und so trugen Violaine und Fabienne Teller und Besteck nach hinten in den Garten.

Fabienne schwebte wie auf Wolken, und daran war nicht nur das gute Wetter schuld. Am Vortag hatte Eric ihr durch einen befreundeten Schiffer einen Zettel zukommen lassen, auf dem stand, dass er an sie dachte und sie vermisste. Hätte sie ihre ganze Aufmerksamkeit nicht Lilys deftiger Torte widmen müssen, wäre ihre Sehnsucht nach ihm danach grenzenlos gewesen! Stattdessen wurde Fabiennes Konzentration beansprucht von dem tortenrunden Brotlaib, den Bastien, der Bäcker, extra auf ihr Geheiß gebacken hatte. Es galt, ihn von oben nach unten in dünne Scheiben zu schneiden und diese mit Wurst und Leberpastete zu belegen, ehe das Ganze wieder zusammengesetzt wurde, damit es wie eine Torte aussah. Hoffentlich würde alles zusammen auch schmecken, bangte sie, während sie eine Schicht dünnste Salamischeiben auflegte. Und hoffentlich besaßen sie ein Messer, das scharf genug war, später Tortenstücke aus dem Gebilde zu schneiden. Was, wenn die Wurstscheiben dabei herausfielen? Doch trotz aller Aufregung spürte Fabienne schon beim Zubereiten, dass sie angesichts ihrer Kreation vor Stolz fast platzte.

Fabienne hatte ihre Torte gerade mit Frischkäse bestrichen und dann eilig zum Kühlhalten in den Vorratskeller gebracht, als sie draußen die Stimme ihrer Schwester hörte und kurz darauf Noahs. Allem Anschein nach waren beide gleichzeitig zu Fuß angekommen.

Rasch wusch sie sich die Hände, trocknete sie an ihrer Schürze ab und ging nach draußen, um der Schwester, die in ihr schönstes Gewand gekleidet war, zu gratulieren.

Zur Überraschung aller hatte sich Guy Durant zur Feier des Tages von einem der Barkenschiffer aus Sète am Samstag ein paar Dutzend Austern mitbringen lassen. »Unsere Vorspeise«, sagte er und präsentierte Lily stolz die Blechwanne mit den Austern.

»Bei solchen Gaben möchte ich nicht hintanstehen!« Lässig zog Noah zwei Flaschen Rosé aus seiner Tasche. An seiner Seite stand etwas verlegen ein hübsches junges Mädchen mit runden Wangen und einem lebhaften Blick. Seine zukünftige Braut, hatte er zuvor verlegen genuschelt.

»Roséwein und Austern für mich?« Lily klatschte mit fast kindlicher Begeisterung in die Hände.

Warte nur, bis du deine Torte siehst!, frohlockte Fabienne im Stillen.

Sonntags ruhte der Schleusenbetrieb, und so konnte ihr Vater Noahs Braut in aller Ruhe seine Schleuse zeigen. Violaine schickte Lily derweil nach hinten in den Garten. Das Geburtstagskind sollte es sich schon einmal am Tisch bequem machen – zu helfen war heute verboten!

In der Küche bereitete Violaine eilig eine kleine Vinaigrette aus Essig, Öl und fein geschnittenen Radieschen zu. Fabienne achtelte zwei Zitronen, dann schnitt sie etwas Baguette auf. Nach den salzigen Austern würde ihre deftige Torte, die nun zur Hauptspeise avanciert war, noch besser schmecken, dachte sie. Dann trug sie alles nach draußen.

»Noah scheint sich ein nettes Mädchen geangelt zu haben, oder?«, sagte sie und nickte in Richtung der Schleuse, wo der Bruder, seine Freundin und Guy zusammenstanden.

»Ein feines Mädchen für einen feinen Kerl!«, erwiderte Lily voll schwesterlicher Loyalität.

Fabienne nahm Lilys rechte Hand und drückte sie. »Und – wie geht's dir in Narbonne? Hast du etwa auch schon die große Liebe gefunden?«

»Die große Liebe!« Lily schnaubte. »Wenn, dann müsste mir die in der Waschküche oder am Bügelbrett begegnen, eventuell auch beim Böden bohnern oder Staub wischen. Von der Stadt jedoch sehe ich so gut wie nichts, dabei gibt es so schöne Geschäfte und Cafés!«

Fabienne runzelte die Stirn. »Du wirst doch auch einmal Feierabend haben?«

»Von wegen! Bis ich mit meinem Tagwerk fertig bin, ist's abends acht Uhr. Die Herrschaft wünscht nicht, dass ich mich danach noch ›draußen herumtreibe‹.«Lily verzog den Mund. »Und so verbringe ich meine freie Zeit in meiner Kammer. Meist schlafe ich vor Müdigkeit eh schnell ein.« Sie schaute ihre Schwester nachdenklich an. »Als ich damals ging, dachte ich, ich hätte das große Los gezogen. Raus aus dem Dorf, weg von hier – das war mein einziger Gedanke. Aber inzwischen glaube ich, dass du es tausendmal besser getroffen hast!«

Während Fabienne noch nach einer Antwort suchte, beugte sich Lily ihr entgegen und sagte im Flüsterton: »Sag mal, ist eigentlich mit *Maman* alles in Ordnung?«

»Wieso fragst du?« Unwillkürlich wanderte Fabiennes Blick besorgt in Richtung Küche.

Lily zuckte unsicher mit den Schultern. »Nun ja, als sie mich umarmte – sie besteht ja nur noch aus Haut und Knochen!«

Fabienne nickte. Um eine Antwort kam sie herum, denn just in diesem Moment betraten ihr Vater, Noah und seine Zukünftige den Garten.

Kurze Zeit später saß die Familie im Schatten des Feigenbaums zusammen. Noahs Braut hieß Elodie, sie sprach nicht viel, aber wenn sie etwas sagte, dann in einem solch melodischen Tonfall, dass er Fabienne an Gesang erinnerte. Ganz offensichtlich war sie sehr in Noah verliebt, denn sie hatte nur Augen für ihn.

Fabienne war neidisch. Wenn nur Eric und sie ihre Zuneigung auch so offen hätten zeigen dürfen!

Sowohl Violaine als auch Guy schienen von der zukünftigen Schwiegertochter sehr angetan, mehr noch – Für Fabienne hatte es den Anschein, als würden ihre eigenen Gefühle füreinander angesichts der jungen Liebe wieder ein wenig aufflackern. Jedenfalls schien Guy um seine Frau ungewohnt bemüht, rückte ihr den Stuhl zurecht, schenkte ihr Wein nach, wenn ihr Glas leer war, und ging sogar einmal selbst an den Brunnen, um die Wasserkaraffe aufzufüllen.

Der alte Holztisch wackelte wie eh und je, während Guy als Familienoberhaupt eine Auster nach der anderen öffnete. Immer der Reihe nach legte er jedem eine auf den Teller.

Lilys Augen glitzerten so verdächtig, dass Fabienne einen Moment befürchtete, ihre Schwester würde vor Freude in Tränen ausbrechen. Die Familie, bei der sie im Dienst stand, hatte ihr nicht einmal zum Geburtstag gratuliert, hatte Lily bei ihrer Ankunft mit leicht bitterem Unterton erzählt. Im nächsten Moment wurde Fabienne aus ihren Gedanken gerissen, weil Lily sie in die Seite stupste.

»Weißt du noch, wann wir das erste Mal Austern gegessen haben? An meinem achten Geburtstag! Ich erinnere mich noch genau – wir waren zuvor in Narbonne, und ich hatte mein erstes Paar Schuhe bekommen.«

»Jeder von uns hat an seinem achten Geburtstag sein erstes Paar Schuhe bekommen!«, unterbrach Fabienne ihre Schwester grinsend.

»Das mag sein. Aber an meinem achten Geburtstag hat *Maman* noch zusätzlich Baguette, Käse, Wasser und Wein in eine Tasche gepackt, und damit sind wir ans Meer gefahren.«

»Ans Meer? Dann muss es ein Sonntag gewesen sein«, warf Guy Durant ein.

Lily zuckte mit den Schultern – wen kümmerten schon solche Details? »Ein Boot aus Leucate legte gerade an, es war randvoll mit Austern. Ich weiß nicht mehr, für was oder wen die Austern bestimmt waren, aber du, *Maman*, hast den Mann überredet, uns zwei Dutzend zu verkaufen. *Papa* hat sie dann an Ort und Stelle mit seinem alten, verrosteten Taschenmesser geöffnet. Lucie und ich hatten solche Angst, dass du dich dabei verletzt! Gleichzeitig waren wir aber auch fasziniert von diesem Vorgang. Doch als wir sahen, was für eine schleimige Masse uns aus den schönen Muscheln entgegenschaute, haben wir uns nur noch geekelt! Wir wollten keine Austern, haben uns lieber am Baguette und Käse satt gegessen. Du, Fabienne, warst jedoch mutig, hast den Kopf in den Nacken gelegt und dir eine Auster an die Lippen gelegt. Dann hast du sie so geräuschvoll ausgeschlürft, dass es mich gleich wieder gruselte!« Lily schaute lachend zu Fabienne.

Dieser lief ein leichter Schauer über den Rücken. Nie würde sie die Verblüffung vergessen, die sie beim Essen ihrer ersten Auster erlebt hatte: Die Meeresfrucht schmeckte kühl und salzig zugleich, sie roch nach Fisch und nach Tang. Und was das Verrückteste war – sie machte süchtig! Denn kaum hatte sie die erste gegessen, wollte sie eine zweite, eine dritte, eine vierte…

Noah sagte: »*Meinen* achten Geburtstag habe ich auch noch in Erinnerung, allerdings in keiner sehr guten.« Er grinste schelmisch. »An dem Tag bekam ich nämlich nicht nur mein erstes Paar Schuhe, sondern hatte auch meinen ersten Rausch.«

»Mit acht Jahren?« Elodie legte erschrocken eine Hand auf ihren Mund.

Die Schwestern kicherten. Ja, im Hause Durant war es immer ein wenig wilder zugegangen als sonst wo. Ob Noah seiner Braut auch schon erzählt hatte, wie sie als Kinder immer verbotenerweise in den Kanal gesprungen waren, um zu baden?

Noah verzog den Mund. »Wie alle Kinder bekamen auch wir zum Essen immer einen kleinen Schluck Wein ins Wasser. Wer Schuhe trägt, ist auch alt genug, um Wein unverdünnt zu trinken!, befand ich. Also habe ich mir immer dann, wenn *Maman* und *Papa* nicht geschaut haben, einen Schluck Wein aus der Flasche ins Glas geschenkt und hastig getrunken. Am Ende des Essens war mir so schlecht, dass ich mich übergeben musste. Das war der erste und letzte Rausch für sehr lange Zeit!«

Alle lachten. Sogar *Mamans* blasse Wangen waren vor Freude ein wenig gerötet, stellte Fabienne glücklich fest. Die Familie war doch das Wichtigste auf der Welt, da hatten die Alten, die das immer so sehr betonten, wirklich recht.

Im nächsten Moment raffte Violaine ihre Röcke zusammen. »Dann räume ich mal kurz ab! Mit dem Hauptgang warten wir noch ein Weilchen, *oui*?« Schon nahm sie die Schüssel mit den nun leeren Austernschalen.

Unwillkürlich sprangen auch Fabienne und Lily auf, um zu helfen. Doch Violaine schüttelte den Kopf. »Nichts da, ihr bleibt schön sitzen und plaudert ein wenig.«

Fabienne wollte schon protestieren, doch dann schwieg sie. Vielleicht wollte *Maman* ein wenig Ruhe, um sich auszuruhen?

Die erste Flasche Wein war fast geleert, viele Geschichten aus der Kindheit waren ausgetauscht, und Violaine war noch immer nicht wieder erschienen, als Fabienne aufstand. »Ich schau mal nach dem Essen.«

»Oh fein! Was gibt es denn noch Gutes?«, fragte Lily.

»Torte!«, sagte Fabienne im Brustton der Überzeugung.

»Torte.« Lilys Strahlen erlosch.

Fabienne grinste in sich hinein. Dann ging sie hinters Haus in Richtung Vorratskeller.

»Lily glaubt wirklich, sie bekommt eine Obst- oder Sahnetorte zu essen«, feixte Fabienne, als sie mit der Torte in die Küche kam, doch ihre Mutter war nicht da. Vorsichtig stellte Fabie ihr Werk auf der Arbeitsplatte ab und betrachtete es kritisch. Der Überzug aus Frischkäse war zwar glatt wie einer aus Sahne oder Creme, doch das Ganze wirkte etwas langweilig.

»*Maman*, kommst du? Ich brauche deinen Rat!«, rief Fabienne. »Vielleicht sollte ich die Torte doch noch mit ein paar Cornichons verzieren? Sie soll einfach perfekt sein, verstehst du?« Erwartungsvoll holte sie schon einmal den Tontopf mit kleinen Gürkchen.

»*Maman?*« Stirnrunzelnd zögerte Fabienne, ehe sie in Richtung Elternschlafzimmer ging. Hatte Violaine sich doch hingelegt und war eingeschlafen?

Kapitel 5

Dass jemand am Alter starb oder an einer langen Krankheit, das kannte man. Dass jemand einen langen feuchtkalten Winter nicht überlebte, weil er eine kranke Lunge hatte, kannte man auch. Und dass jemand einen Unfall hatte, unter die Räder eines Pferdefuhrwerks kam, beim Fischen ertrank oder bei einem Gewitter von einem Baum erschlagen wurde – auch das war den Menschen von Sallèles d'Aude nicht unbekannt.

Aber dass sich jemand im Alter von nicht mal fünfzig Jahren an einem schönen Sonntagvormittag – dem Geburtstag der Tochter obendrein!, murmelten die Leute an dieser Stelle – einfach ins Bett legte und starb? Die Wege Gottes waren unergründlich, darin war man sich im Dorf einig.

Dicht an dicht standen die Menschen, erst in der Kirche und dann auf dem Friedhof, und schnappten in dem vom Regen und Weihrauch getränkten Dunst nach Luft. Alle waren gekommen, um Violaine Durant die letzte Ehre zu erweisen. Verwandte, Freunde, die Marktleute, bei denen Violaine dreimal die Woche ihre Einkäufe getätigt hatte, Bastien, der Bäcker, Bébé vom Café – sogar

Colette Laroque, deren Fischstand Violaine immer links hatte liegen lassen. Ein paar befreundete Schleusenwärter waren erschienen und Barkenschiffer – Eric und sein Vater waren nicht darunter, stellte Fabienne enttäuscht fest. Für den Tod einer Mutter gäbe es keine Worte des Trostes, hatte er bei ihrem letzten Treffen gemurmelt. Dann hatte er Fabienne besonders fest in den Arm genommen. Fabienne liebte ihn seitdem noch mehr.

Aus Toulouse war Lucie angereist – ihr Mann, der Lehrer, hatte nicht freibekommen. Noah war da, und natürlich Lily, die nicht aufhören konnte zu weinen. Sogar Hugo war gekommen. Der verstoßene Sohn stand fernab der Familie, inmitten der Trauergemeinde, die ihn teils mitleidig, teils reserviert beäugte.

Der in violett gewandete Pfarrer, die heilige Messe, das Requiem, der Gang der Familie von der Kirche zum Grab durch die Spalier stehenden Trauergäste, begleitet von deren mitleidvollen Blicken, Schritt für Schritt entlang der dicht beieinanderliegenden Gräber – Fabienne bekam alles wie aus der Ferne mit, gerade so, als wäre sie in einem nicht enden wollenden Albtraum gefangen. Ungelenk warf sie eine Schippe Erde ins Grab, schüttelte die Hände der Kondolierenden, legte den Arm um Lily, die immer noch weinte, schaute nach ihrem Vater, der mit steifem Rücken und sturem Blick ins Leere starrte, gerade so, als ginge sie das nichts an.

Maman war tot, und sie verstand es nicht.

Der Sarg war ins Grab hinabgesenkt worden. Die Trauernden hatten sich in alle Himmelsrichtungen zerstreut. Nur noch die Familie stand mit gesenkten Häuptern rings um Violaines letzte Ruhestätte, als Guy aufschaute.

»Komm ruhig her, du Feigling!«, rief er Hugo zu, der ein paar Meter entfernt neben einem riesigen steinernen Engel verharrte. »Das hier ist dein Werk!« Er zeigte auf Violaines Grab. »Du hast sie ins Grab gebracht. Du und dein Verrat an allem, was uns heilig ist!«

Fabienne und ihre Schwestern hielten erschrocken die Luft an. Nicht die alte Geschichte, bitte nicht jetzt, dachte Fabienne.

Doch Hugo war – wie sein Vater – noch nie jemand gewesen, der einem Streit aus dem Weg ging. Hasserfüllt schaute er seinen Vater an. »Nein, Vater, das hier ist allein dein Werk«, sagte er und machte eine weit ausholende Handbewegung, den Friedhof und die Umgebung mit einschließend. »Du hast tatenlos zugeschaut, wie Mutter sich sprichwörtlich zu Tode geschuftet hat. Keinen Tag lang war es ihr vergönnt, sich einmal auszuruhen! Wenn sie etwas Ruhe wollte, musste sie vorgeben, Schmerzen zu haben oder krank zu sein – etwas anderes hast du als Grund für eine Rast nie akzeptiert.« Hugos Brust bebte vor Erregung. »Du und nur du allein bist schuld an *Mamans* Tod!« In hohem Bogen spuckte er seinem Vater vor die Füße, dann ging er mit großen Schritten davon.

Die Schwestern griffen sich erschrocken an den Hals, und Fabienne kam es vor, als wäre Violaine in diesem Moment ein zweites Mal gestorben.

Schweigend marschierte die Familie in Richtung Schleuse. Allen voran gingen Guy und Noah. Bestimmt wartete schon eine ganze Armada von Booten darauf, durchgeschleust zu werden. Noah, der für seine Schleuse einen Ersatz gefunden hatte, hatte dem Vater versprochen zu helfen, den Andrang zu bewältigen.

Hinter den beiden Männern gingen Fabienne, Lily und Lucie, deren lavendellastiges Parfüm sie bei jedem Schritt umwehte.

Nach Reden war niemandem zumute, allen klang noch der böse Schlagabtausch zwischen Vater und Sohn im Ohr.

Dabei gäbe es so viel zu besprechen!, dachte Fabienne verzweifelt. Tausend Gedanken schossen ihr durch den Kopf, düster und pfeilschnell wie die Fledermäuse, die man allabendlich in der Dämmerung sah. Alles war wichtig. Und nichts.

»Was… was sagt denn deine Herrschaft zu alldem?«, richtete sie schließlich das Wort an Lily, und ihre Stimme klang belegt wie bei einer schweren Erkältung.

Lilys Kopf fuhr erstaunt zu ihr herum. »Was soll meine Herrschaft sagen? Sie kannten *Maman* doch gar nicht.«

»Nun ja, es wird ihnen gewiss nicht gefallen, dass du nun kündigen musst, oder?«

»Wieso muss ich kündigen?« Lily klang entsetzt.

Fabienne runzelte die Stirn. Allem Anschein nach war die Schwester genauso benebelt von der Trauer wie sie. »Ach Lily«, sagte sie traurig. »Irgendjemand muss den Laden doch am Laufen halten. *Maman* hätte sicher gewollt, dass fortan wir beide für die *gens de l'eau* waschen und kochen.«

»Das hätte *Maman* nie und nimmer gewollt«, widersprach Lily bestimmt. »Sie wusste, wie froh ich war, woanders arbeiten zu können! Tut mir leid, Fabie, aber vielleicht kann euch ja ein Mädchen aus dem Dorf helfen?«

Fabienne glaubte nicht richtig zu hören. Ein Mädchen aus dem Dorf? Der Gedanke, dass Lily und sie gemeinsam den Stab von Violaine übernehmen würden, war das, was sie bis jetzt über Wasser gehalten hatte. Dass Lily dies gar nicht wollte, war ihr nie in den Sinn gekommen. Sie waren doch eine Familie!

Es gab kein »Mädchen aus dem Dorf«, das ihnen hätte helfen können, das wusste Lily ganz genau. Die jungen Frauen, die noch keine eigene Familie hatten, wurden von ihren Eltern genauso eingespannt wie sie von ihren Eltern. Und außerdem – wie hätten sie das Mädchen bezahlen sollen? Laut Violaine reichte ihr Einkommen gerade für sie drei und die Haushaltsführung aus.

Lucie, die ein paar Schritte zurückgefallen war, schloss wieder zu ihnen auf. »Ach Fabie, du tust mir so leid!« Impulsiv warf die Schwester beide Arme um Fabienne. »Ich würde dir so gern helfen, glaub mir! Aber als Ehefrau ist es natürlich meine vorderste Pflicht, meinem Mann zur Seite zu stehen.«

Fabienne schwieg. Lucies Mann würde bei seinem Beruf doch sicher ein halbes Jahr allein zurechtkommen. Vielleicht fand sich bis dahin ja eine andere Lösung. Doch bevor sie etwas in dieser Art vorbringen konnte, gab Lucie ihr einen Kuss auf die Wange und hakte sich dann bei Lily ein, als wollte sie sagen: Thema beendet.

Die Arbeit wartete. Guy und Noah gingen direkt zur Schleuse. Lily wollte gegen Abend zurück nach Narbonne, Lucie hatte vor, am nächsten Tag die Reise nach Toulouse anzutreten. Am liebsten hätte Fabienne sich in ihr Zimmer verkrochen, die Decke über den Kopf gezogen und nur noch geweint. Doch so einfach wollte sie das Gespräch von vorhin nicht auf sich beruhen lassen. Und so schürte sie das Feuer im Herd an, um Wasser für eine Tasse Kaffee aufzusetzen.

Es fühlte sich alles so normal an, dachte sie, während sie den Kaffee aufbrühte. Der aromatische Duft, die Rufe der Männer draußen. »Weiter links!«, »Aufpassen, das Fass kommt!« »Mach voran da vorn!« Die Sonne, die in schmalen Streifen durchs Fenster auf den alten Holztisch fiel.

»Ich verstehe ja, dass ihr keine Lust habt, euer Leben für das hier aufzugeben«, sagte sie, nachdem sie sich zu ihren Schwestern an den Tisch gesetzt hatte. »Aber ihr könnt mich doch nicht einfach im Stich lassen!«

»Fabie, bitte! Jetzt sei nicht so dramatisch«, sagte Lucie lehrerhaft tadelnd.

»Von im Stich lassen kann nun wirklich nicht die Rede sein«, widersprach auch Lily. »Jede von uns hat ihre Pflichten, nicht nur du.«

»Aber wie soll ich das alles schaffen? Das Kochen, die Waschküche – das war doch alles schon für Mutter und mich fast zu viel!« Fabienne zuckte hilflos mit den Schultern.

Einen langen Moment herrschte Schweigen.

»Es gibt etwas, was mir seit *Mamans Tod* durch den Kopf geht…«, begann Fabienne schließlich wieder, nachdem von ihren Schwestern nichts kam. »Lucie, du hast mir doch erzählt, dass wir noch Zwillingsschwestern haben. Sie sind jünger als ihr, und sie wurden von einer Pariser Familie adoptiert.«

Beide Schwestern schauten sie perplex an.

»Jetzt tut doch nicht so, als würdet ihr euch nicht erinnern!« Fabienne spürte, wie Unmut in ihr aufstieg. Lucie und Lily machten es sich ziemlich einfach! »Ich frage mich, ob wir die beiden nicht auch über *Mamans Tod* hätten informieren sollen. Und vielleicht würde ja eine von ihnen heimkommen wollen, um mir zu helfen?« Wenn ihr es schon nicht tut, schwang vorwurfsvoll in ihren Worten mit.

»Heimkommen? Was redest du denn da für einen Blödsinn!«, sagte Lucie ärgerlich. »Die Schwestern waren kleine *bébés*, als sie wegkamen. Bestimmt haben sie längst vergessen, woher sie einst kamen! Ich jedenfalls kann mich überhaupt nicht an sie erinnern.«

»Ich habe zwar noch eine vage Erinnerung, aber kenne nicht mal ihre Namen«, fügte Lily hinzu. »Fabie... Wir wissen, dass das alles nicht ganz einfach für dich ist. Aber *Maman* hat dir vertraut, und wir tun es auch. Vielleicht ist es am besten, wenn du aufhörst zu träumen und dich der Realität stellst.«

Fabienne nickte dumpf, während sie im Geist hörte, wie die Tür zu ihrem Gefängnis, die bisher immer einen Spalt offen gestanden hatte, mit einem lauten Klick ins Schloss fiel.

Mit geschlossenen Augen, die Hände über ihrer Brust gefaltet, lag Fabienne in ihrem Bett. Es war fünf Uhr morgens, eigentlich hätte ihr Tag schon vor einer halben Stunde beginnen sollen. Schwing endlich deine Beine aus dem Bett!, forderte sie sich immer wieder auf. Doch statt aufzustehen, blieb sie wie gelähmt liegen.

Sie war so müde, so erschöpft! Die Arme taten ihr weh, die Beine auch, und an ihren Händen schälte sich die Haut vom Wäschewaschen ab. Hinter ihrer Stirn spürte sie schon jetzt ein unangenehmes Pochen, wenn sie daran dachte, was es heute wieder alles zu bedenken galt. Hatte *Maman* sich so gefühlt, als sie sich an Lilys Geburtstag ins Bett gelegt hatte? Würde auch sie, Fabienne, vor Erschöpfung sterben, wenn sie einfach liegen blieb?

Zwei Wochen war Violaine nun schon tot. Statt sich ihrer Trauer hingeben zu können, versuchten Fabienne und Guy, den Schleusenbetrieb am Laufen zu halten. Und dies war nicht nur eine Redensart, dachte Fabienne, während sie weiter reglos im Bett lag – sie versuchte wirklich alles!

Doch ganz gleich, wie sehr sie sich auch anstrengte – ersetzen konnte sie ihre Mutter nicht. In der Waschküche mochte es noch einigermaßen gehen. Und bei ihren Einkäufen auf dem Markt machte sie sich auch ganz gut – die Marktleute wussten, dass sie Violaines Tochter keine schlechte Ware andrehen konnten. Und so landeten in ihrem Korb stets die zartesten Kohlrabis, die frischesten Kräuter, die größten Eier.

Aber sonst...

Erst gestern war es in der Küche wieder kompliziert geworden. Eine Tomatensuppe sollte es geben. Dazu Baguette und Ziegenkäse, den ihre Mutter immer in reichlich Olivenöl und frischen Kräutern eingelegt hatte. Da ihre eigenen Tomaten im Garten noch nicht reif waren, hatte sie welche auf dem Markt kaufen müssen. Als die Marktfrau sie fragte, wie viele Tomaten sie benötigte, hatte sie ratlos dagestanden, wie so oft, wenn es um Mengen ging. Hätte sie früher nur besser aufgepasst, wenn Violaine einkaufte! Stattdessen hatte sie, Fabienne, lieber hier ein Schwätzchen gehalten, da einen Scherz gemacht. Die Marktfrau hatte daraufhin einfach ein paar Handvoll Tomaten in Fabiennes Korb gelegt.

Fabienne liebte Tomatensuppe! Sie war einfach und schnell zu kochen, und zudem schmackhaft. Beschwingt hatte sie Zwiebeln klein geschnitten und in Olivenöl angebraten, bis sie schön weich waren. Wie *Maman* hatte sie darauf geachtet, dass die Würfelchen nicht zu viel Bräune abbekamen. *Maman* nahm immer eine Handvoll Knoblauchzehen, also tat sie es auch. Dann hatte sie die klein geschnittenen Tomaten dazugegeben und alles sanft verrührt. Frischer Oregano und Rosmarin aus dem Garten waren in den Topf gewandert, ein Schuss Weißwein und Wasser.

Dieser Duft! Und wie die Zwiebelstückchen im Fett auf und ab hüpften, gerade so, als führten sie einen Tanz vor! Wie bei *Maman*, hatte sie gedacht, und einen Moment lang hatte es sich so angefühlt, als wäre die Mutter noch da.

Doch dann war ausgerechnet gestern der Hafen voller Barkenschiffe gewesen. Und als hätte das nicht gereicht, war auch noch Lucien Fabre mit seiner *barque de post* und zehn Passagieren angekommen!

Um alle satt zu bekommen, hatte sie immer mehr Wasser in die Tomatensuppe geben müssen. Am Ende war sie dünn wie Spülwasser gewesen. Und als wäre das nicht schon schlimm genug, hatte Fabienne außerdem zu wenig Ziegenkäse eingekauft, so dass Lucien und seine Passagiere, die als Letzte gekommen waren, nur trockenes Baguette zur Wassersuppe erhielten.

»*Mademoiselle bon appétit*, deine *Maman* wäre stolz auf dich!«, hatten die Schiffer dennoch zu ihr gesagt. Und dass sie viel zu kritisch sei und keinen Grund habe, sich dermaßen zu grämen.

Die guten Seelen! Fabienne hatte dennoch gesehen, wie der eine oder andere sich, kaum auf seinem Schiffsdeck angekommen, ein Stück mitgebrachtes Brot in den Mund schob.

Fabienne stieß einen gequälten Laut aus. *Maman* würde sich im Grab herumdrehen, wenn sie wüsste, dass einer der Männer hungrig von ihrem Tisch aufgestanden war!

Es gab aber auch Tage, an denen alles gut ging. Anfang der Woche hatte Fabienne eine riesige Pfanne mit Gemüse zubereitet und darin wie in kleinen Nestern Spiegeleier gebraten. Die Eierspeise sei so gut wie bei Violaine, hatten die Männer einstimmig gemeint. An solchen Tagen ergab ihr Leben einen Sinn. Dann fühlte sie sich gewachsen, in Violaines Fußstapfen zu treten – mehr noch, sie war sogar stolz darauf.

Doch gleich am nächsten Tag war ihr das Mehl ausgegangen, als sie mitten beim Backen von *Crèpes* gewesen war. Gott sei Dank hatte sie noch genügend Baguettes gehabt, und so hatte sie diese in Scheiben geschnitten, in Eiermilch gewendet, in heißem Fett ausgebacken und mit Zucker bestreut.

Trés bon!, hatten die Barkenschiffer ihr *Pain perdu* gelobt, und der eine oder andere hatte ihr sogar ein besonders großes Trinkgeld gegeben.

So gnädig die Männer waren, so wenig Lob bekam sie von Guy, der den ganzen Tag nur vor sich hinstarrte. Zu der großen Ungerechtigkeit seines Lebens, dem schleichenden Untergang des Canal du Midi, war nun eine zweite Ungerechtigkeit hinzugekommen – der frühe Tod seiner Frau. Fabienne kam es so vor, als würde er von Tag zu Tag mürrischer.

Kapitel 6

Es war der sechzehnte Mai, und Fabienne hatte Geburtstag. Nicht dass es jemanden interessierte – weder ihr Vater noch einer der *gens de l'eau* kamen auf die Idee, ihr zu gratulieren. Aber Fabie war das ganz recht – es gab eh nichts zu feiern. Nachdem es den ganzen Tag geregnet hatte, kam am frühen Abend doch noch die Sonne heraus, und so nahm Fabienne ihre Stopfarbeit und setzte sich damit auf die Terrasse. Immer wieder wanderte ihr Blick hinüber zur »Aurelie«, die am Nachmittag bei ihnen im Hafen angedockt hatte und über Nacht bleiben würde. Ein paar Worte hatten Eric und sie bei seiner Ankunft wechseln können. Er war irgendwie seltsam gewesen. Sie war nicht dazu gekommen zu fragen, was mit ihm los war, denn Babtiste Lacasse hatte Eric ziemlich barsch angefahren. Sie hatten Weinfässer zu laden, *vite, vite!*

Fabienne und Eric hatten sich vertraulich zugenickt. Später!

Bestimmt würde es nicht mehr lange dauern, und Erics Vater ging zu einem Kollegen auf dessen Schiff, um mit ihm zu bechern. Eric würde sich dann unbemerkt vom Schiff schleichen können. Vielleicht dachte er ja an ihren Geburtstag?, dachte Fabie frohlockend.

Seit Anfang Mai gab es bei ihnen abends kein Essen mehr für die *gens de l'eau*. Fabienne hatte die Arbeit einfach nicht mehr bewältigt und tränenreich zum Unmut ihres Vaters verkündet, dass sie fortan nur noch mittags kochen würde. Begeistert waren die Schiffer von der neuen Regelung nicht – manche zogen es sogar vor, nachmittags nach dem Be- und Entladen gleich weiterzufahren, um dort anzudocken, wo es Speis und Trank für sie gab. Die Schiffer, die weiterhin über Nacht bei ihnen im Hafen blieben – Guys kleiner Hafen galt als sicher, hier hatte es noch nie einen Überfall oder anderen Ärger gegeben –, besuchten sich gegenseitig auf den Booten, aßen und tranken zusammen.

Nun, ein Gutes hatte diese Änderung. Fabienne durchfuhr ein erwartungsfroher Schauer. Gleich würden Eric und sie sich sehen können, da sie nicht in der Küche stehen musste!

So traurig es war – aber seit *Mamans* Tod war es für sie generell wesentlich einfacher, Eric zu treffen. Ihr Vater saß meist dumpf brütend in seinem Schleusenwärterbüro und kam gar nicht auf die Idee, nach ihr zu schauen.

Sie hatte gerade einen Socken fertig gestopft, als ihr Vater aus dem Haus trat. Er hatte seine Mütze auf und verkündete, ins Dorf zu gehen.

Fabienne stutzte. Seit *Maman* tot war, hatte Guy die Schleusenstation noch kein einziges Mal verlassen. Nicht einmal auf dem Friedhof war er gewesen. »Willst du Boule spielen? Oder auf ein Glas Wein zu Bébé ins Café?«

Doch statt ihr zu antworten, ging er einfach davon.

Dann eben nicht, dachte Fabienne und eilte freudig ins Haus. Das Stopfzeug landete achtlos im Korb. Vor dem Spiegelscherben, der über dem Spülbecken hing, kämmte sie ihre Haare, dann wusch sie sich das Gesicht. Ohne Vater in der Nähe war es noch einfacher, Eric zu treffen!

Fabienne spürte einen wohligen Schauer in ihrem Körper. Es war ein warmer Abend, sie würden sich im kleinen Wäldchen hinter dem Brunnen ein Lager machen können. Sollte sie Eric zur Feier des Tages erlauben, ihr die Unterhose auszuziehen? Mehr musste ja nicht passieren. Fabienne schürzte ihre Lippen und warf sich im Spiegel einen Kuss zu. Sie würde die Dinge einfach auf sich zukommen lassen. Aber immer, wenn sie in Erics Armen lag und er sie streichelte, bis sie vor Lust erschauerte, konnte sie für einen Moment vergessen, dass *Maman* nicht mehr da war.

Dann – und wenn der Duft von gebratenen Zwiebeln in der Luft lag.

»Unser ganzes Dorf ist in heller Aufregung, es wird nur noch über diese verdammte Hochzeit gesprochen! Noch in diesem Jahr soll sie stattfinden. Ob Justine und ich das überhaupt wollen, danach fragt keiner!« Eric fuchtelte so aufgeregt mit den Händen durch die Luft, als wären sie von einem Schwarm Stechmücken umzingelt.

Wenn es nur Mücken wären!, dachte Fabienne. Das, was Eric gerade von sich gab, stach schlimmer als der gemeinste Moskito.

»Ich verstehe das alles nicht – wer ist diese Justine

überhaupt? Du hast bisher noch nie von ihr erzählt, und jetzt sollst du sie auf einmal heiraten?«

Als sie vorgeschlagen hatte, in den Wald zu gehen, hatte Eric nur abgewunken und gesagt, er müsse mit ihr reden. Und so saßen sie am Brunnen, hinten im Garten vom Schleusenwärterhaus. Statt sich seinen Küssen hinzugeben, kniete Fabienne vor ihm und hörte fassungslos zu. Was für eine Geburtstagsüberraschung!

»Justine ist ein Mädchen aus der Nachbarschaft, wir kennen uns von Kindesbeinen an. Ihr Vater ist auch *Pinardier*-Schiffer. Sie ist ein freundliches, humorvolles Ding.«

Humorvoll, aha. Ob das von ihr auch einer behaupten würde?, fragte sich Fabienne.

»Aber deshalb will ich sie doch nicht gleich heiraten!«, rief Eric, und einen Moment hatte Fabienne Angst, er würde in Tränen ausbrechen. »Vater und ich hatten einen Riesenstreit deswegen. Was mir einfallen würde, mit den alten Gesetzen brechen zu wollen, hat er mich angeschrien, und dass die *gens de l'eau* immer unter ihresgleichen heiraten würden.«

In Fabiennes Ohren klingelte es schrill. Genau das hatte auch Violaine gesagt. Sie, Fabienne, hatte damals spöttisch abgewunken, sie erinnerte sich noch genau. Dass so etwas heutzutage noch üblich war, hatte sie einfach nicht glauben wollen.

»Und was sagt diese Justine dazu?« Fabienne hörte selbst den eifersüchtigen Unterton, der in ihren Worten lag.

»Ich habe noch nicht mit ihr gesprochen, aber sie mag mich, das weiß ich. Ich kann mir vorstellen, dass sie insgeheim schon immer davon ausgegangen ist, dass es eines Tages so kommt.« Verzweifelt raufte Eric sich die Haare. »Justines Vater gehört eine *Pinardier*-Barke, die einfach so im Hafen herumliegt. Keiner fährt mit ihr! Deshalb hat mein Vater in den letzten Jahren immer mal wieder den Versuch gemacht, das Boot zu kaufen. Doch Justines Vater hatte keinerlei Interesse daran. Wahrscheinlich sah er es die ganze Zeit als Justines Mitgift an. Verstehst du – wenn ich Justine heirate, würde das Boot von allein in unsere Familie kommen!«

»Wegen eines Bootes will dein Vater dich zu einer Heirat zwingen?«, fragte Fabienne ungläubig.

Eric nickte unglücklich. »Die Barke heißt ›Justine‹, sie wurde einst nach ihrer Großmutter benannt. Allem Anschein nach nennen sie alle Mädchen in der Familie Justine!« Eric spie die Worte regelrecht verächtlich aus. »Justine! Justine! Justine!«

Was hält er sich so mit diesem Namen auf? Als ob es etwas ändern würde, wenn Boot und Mädchen Mathilde heißen würden oder Emma oder Martha!, dachte Fabienne und spürte, wie sie wütend wurde. So, wie Eric sprach, konnte man fast annehmen, für ihn sei schon alles beschlossene Sache.

»Und jetzt?«, sagte sie hitzig. Sie wusste zwar nicht genau, wie ihre gemeinsame Zukunft aussehen konnte, aber *dass* sie eine hatten, daran hegte sie nicht den geringsten Zweifel. »Du bist doch hoffentlich bereit, für unsere Liebe zu kämpfen?«

»Nichts anderes tue ich schon die ganze Zeit«, erwiderte Eric elend. »Aber Vater lässt in der Sache nicht mit sich reden, die Tradition geht ihm über alles. Fabie –

wenn mir nicht etwas wirklich Gutes einfällt, sind wir verloren!«

Erics letzter Satz ließ Fabienne nicht einschlafen. Immer und immer wieder ging sie seine Worte durch. Was hatte er mit »wirklich Gutes« gemeint? Einen Plan? Eine zündende Idee? Hatte er irgendein Eisen im Feuer, das er ihr noch nicht verraten wollte? Und dann die Art, wie er gesprochen hatte – hatte er zuversichtlich geklungen oder doch eher resigniert? Immerhin hatte er »wir« gesagt, das hatte doch etwas zu bedeuten, oder nicht?

Ganz gleich, wie sehr Fabienne auch grübelte – Antworten fand sie keine. Irgendwann fiel sie in einen unruhigen Schlaf.

»Wenn mir nicht etwas wirklich Gutes einfällt, sind wir verloren!«
Als Fabienne am nächsten Morgen um sechs wie gerädert aufwachte, war es dieser Satz, der ihr als Erstes einfiel. Und wieder kreisten tausend Fragen um Eric in ihrem Kopf. Warum hatte er *sie* nicht aufgefordert, sich auch Gedanken zu machen? Traute er ihr das nicht zu? War diese Justine womöglich nicht nur humorvoller, sondern auch schlauer als sie, Fabienne? Und was, wenn ihm der Gedanke, das Mädchen zu heiraten, mit der Zeit immer leichter fiel? Hatte in seiner Rede nicht schon mitgeklungen, dass er bereit war, seines Vaters Anweisung zu folgen?

Eilig schlüpfte sie in ihre Kleider, dann rannte sie ohne Schuhe los.

Sie musste noch mal mit ihm reden, bevor er wieder

losfuhr, dringend! Denn wann sie sich wiedersahen, stand in den Sternen. Zuvor mussten sie sich gegenseitig Mut zusprechen, und Hoffnung. Liebe war doch so viel mehr wert als ein dummes Boot, selbst wenn es ein *Pinardier*-Schiff war!

Am Hafenbecken angekommen, sah sie jedoch zu ihrem Entsetzen, dass die »Aurelie« längst abgelegt hatte.

»Was schaust du, als hättest du ein Gespenst gesehen?«, sagte ihr Vater, der wie jeden Morgen um diese Zeit Müll aus dem Hafenbecken fischte. Er klang ungewöhnlich froh.

Es war in der Nacht zuvor bei ihm spät geworden. Inmitten ihres Gedankenkarussells hatte Fabienne jegliches Zeitgefühl verloren, doch sie schätzte, dass es nach Mitternacht gewesen war, als sie Guy ein Liedchen trällernd und mit schweren Schritten die Treppe hochwanken gehört hatte.

Doch statt ihn nach dem Grund für seine gute Laune in der Nacht und jetzt zu fragen, ging sie ins Haus und heulte vor lauter Verzweiflung los.

Wenn mir nicht etwas wirklich Gutes einfällt, sind wir verloren!

Erics letzter Satz begleitete sie zum Markt. Gab es eigentlich schon einen Termin für diese erzwungene Eheschließung, oder war es bisher nur vages Gerede?, fragte sie sich, während sie wahllos hier auf Tomaten zeigte und da auf Gurken. Warum hatte sie Eric solche Dinge nicht gefragt? Das hätte sie tun sollen, anstatt ihn mit großen Augen hilflos anzuschauen!

Wenn mir nicht etwas wirklich Gutes einfällt, sind wir verloren!

Erics letzter Satz leistete Fabienne Gesellschaft, als sie das Mittagessen zubereitete – Pellkartoffeln, zu denen es einen fetten Hering gab. Was, wenn diese Justine in Wahrheit Eric unbedingt wollte und ihn verführte?, fragte sie sich und vergaß prompt, Salz ins Kochwasser zu geben. Mit so etwas würde sie Eric wahrscheinlich auf ihre Seite bekommen. Sie, Fabienne, hingegen hatte die ganze Zeit die Keusche spielen müssen! Sie knallte ein paar Kartoffeln auf einen Teller. Dann schnappte sie einen der Heringe so fest, dass er ihr aus der Hand rutschte und auf den Boden fiel. Glitschige Viecher, ärgerte sie sich. Nichts für sie. Sie wollte etwas mit Substanz!

Wenn mir nicht etwas wirklich Gutes einfällt, sind wir verloren!

Erics letzter Satz begleitete sie auch, als sie mit den ersten drei Tellern nach draußen auf die Terrasse trat. Sie hatte fast einen Tisch erreicht, als zwei Dinge auf einmal geschahen: Aus den Augenwinkeln sah sie, dass Colette Laroque am Ende der Terrasse stand und sich mit ihrem Vater unterhielt. Und dann rutschten Fabienne gleich von zwei Tellern die Heringe auf den Schoß eines Barkenschiffers. Sie wollte sich gerade wortreich und mit hochrotem Kopf bei dem Mann für ihr Versehen entschuldigen, als sie auf ihrer rechten Seite einen leichten Schweißgeruch wahrnahm. Nicht aufdringlich, nicht übel riechend, einfach nur wahrnehmbar, vom Körper einer Frau, die an einem heißen Tag vom Dorf hierhergelaufen war.

Colette Laroque. Die hatte ihr gerade noch gefehlt, dachte Fabienne missmutig. Was um alles in der Welt wollte die Frau hier?

»Pardon, Monsieur, das haben wir gleich«, sagte Colette und begann unter Fabiennes entgeistertem Blick, dem Barkenschiffer mit einer Serviette auf dem Schoß herumzutupfen. »Besser ein Hering *auf* der Hose als *in* der Hose, *non*?« Sie zwinkerte dem Mann zu. Ihre Brüste hingen dabei gefährlich aus ihrer Bluse, sie baumelten fast vor den Augen des Schiffers, der Colettes Witz mit einem schallenden Lachen quittierte. »Kein Problem, Madame, kein Problem«, winkte er großzügig ab.

Fabienne wäre am liebsten vor Scham im Erdboden versunken. Dass Männer solche derben Witze machen, kannte man ja. Aber eine Frau?

Colette hingegen schaute zufrieden auf. »Sie bekommen sogleich einen neuen Hering!« Die Fischhändlerin winkte Fabienne zu, ihr ins Haus zu folgen.

Fabienne lief perplex hinter ihr her. »Was fällt Ihnen ein, sich derart einzumischen?«, rief sie, kaum dass sie außer Hörweite der Männer waren.

»Freu dich doch, dass ich dir aus der Patsche geholfen habe, Mädchen«, sagte Colette und schaute sich in der Küche um. »Sind noch Heringe da? *Mon Dieu*, wenn ich das gewusst hätte, dann hätte ich doch gleich welche mitgebracht.«

Fabienne wollte auflachen, so aberwitzig kam ihr das Ganze vor. Doch das Lachen blieb ihr in der Kehle stecken, als sie sah, mit welcher Selbstverständlichkeit die Fischhändlerin an Violaines Arbeitsplatz trat, um einen neuen Teller Essen herzurichten.

»Stopp!«, rief Fabienne scharf. »Bitte gehen Sie, sofort! Ich brauche keine Hilfe!« Und deine Hilfe schon dreimal nicht, fügte sie stumm hinzu.

Colette lächelte mitleidig. »Ach Mädchen... Es ehrt dich, dass du alles allein stemmen willst. Aber dein Vater macht sich große Sorgen um dich, er sagt, du bist überfordert. Guy und ich... Er vertraut mir, musst du wissen. Wir kennen uns seit Ewigkeiten. Ich bin hier im Schleusenwärterhaus schon früher ein und aus eingegangen. Doch dann hat Guy deine Mutter kennengelernt und...« Sie winkte ab, als wollte sie sagen: Wen kümmert's? »Als er mir gestern erzählte, wie schwer ihr euch tut nach Violaines Tod, da war es für mich selbstverständlich, meine Hilfe anzubieten.«

Fabienne war fassungslos. Diese Frau war einst hier aus und ein gegangen? Kein Wunder, dass Mutter immer etwas gegen sie gehabt hatte!

»...und so werde ich euch fortan ein wenig unter die Arme greifen!«

Fabienne rang verzweifelt die Hände. Was um alles in der Welt hatte Vater der Frau erzählt? »Madame Laroque, das ist sehr freundlich von Ihnen, aber völlig unnötig. Außerdem – wer schaut dann nach Ihrem Marktstand?« Was kümmerte sie in Wahrheit Colettes Marktstand?, fragte sie sich im selben Moment, und die Situation kam ihr noch aberwitziger vor.

Die Fischhändlerin zuckte mit den Schultern »Meine Tochter ist gerade aus Biarritz zurückgekehrt. Ihr Ehemann ist ein grober Klotz. Scheinbar hat er sie einmal zu viel geschlagen, da hat sie ihre Sachen gepackt und ist gegangen.«

Ein Schatten fiel in die Küche, und Fabiennes Blick wanderte zur Tür. »Vater, endlich!«, rief sie erleichtert. Es war das erste Mal, dass sie ihn in der Küche sah. Er gehörte nicht hierhin, dachte sie im selben Moment. »Hier liegt ein Missverständnis vor. Madame Laroque will uns helfen, doch das erübrigt sich. Sag ihr doch bitte, dass ich alles im Griff habe.«

»Das habe ich gerade gesehen«, antwortete Guy und nickte verdrießlich in Richtung Terrasse. »Aber wen wundert's? Die Arbeit ist für dich allein wirklich zu viel. Deshalb wird Colette dich in der nächsten Zeit unterstützen.« Er lächelte der Fischhändlerin in einer Art zu – vertraut, fast innig –, die in Fabienne unvermittelt Zorn und Eifersucht aufsteigen ließen. Sie, Fabienne, war in dieses Lächeln nicht eingeschlossen.

»Aber…«, hob sie entsetzt an. Das hier ist *Mamans* Küche, eine andere Frau hat hier keinen Platz, wollte sie sagen. Und die Fischhändlerin schon gar nicht!

»Kein Aber«, schnitt Guy ihr das Wort ab.

»Guy, bitte«, sagte Colette, und ihre rechte Hand strich ihm so rasch über die Wange, wie der Schwanz einer Katze im Vorübergehen ein Möbelstück streift. »Das Mädchen ist natürlich überrascht. Aber keine Sorge, wir werden uns schon aneinander gewöhnen.«

»Ich heiße Fabienne, und ein Mädchen bin ich schon lange nicht mehr!«, knurrte Fabie, gab sich jedoch wohl oder übel geschlagen. Sie hatte nicht die geringste Ahnung, was ihr Vater gestern in leicht angetrunkenem Zustand Colette gegenüber von sich gegeben hatte. Aber wer sich hier an wen gewöhnte, das blieb noch abzuwarten!

Kapitel 7

»Du brauchst in Zukunft nicht mehr auf den Markt zu gehen«, verkündete Guy am nächsten Morgen.

»Was soll das heißen?«, fragte Fabienne, die mit Einkaufskorb unterm Arm schon im Gehen begriffen war.

»Das heißt das, was ich sage«, erwiderte Guy kurz angebunden. »Colette hat mit den Marktleuten gesprochen, wir bekommen unsere Ware fortan geliefert. Das spart Zeit und ist einfacher.«

»Aber...«, hob Fabienne an. Sie wollte ihre Lebensmittel selbst aussuchen! Die Marktleute würden ihnen sonst alles Mögliche unterjubeln! Außerdem – Madame Laroque wusste doch gar nicht, dass es heute eine *Pissaladière* geben sollte und welche Zutaten sie dafür benötigte.

»Kein Aber!«, unterbrach ihr Vater sie.

Fabienne glaubte, nicht richtig zu hören. Ein Albtraum, dachte sie, gleich würde sie aufwachen und herzlich über alles lachen können.

Falls es ein Albtraum war, dann dauerte er an. Eine Stunde später hielt ein Pritschenwagen, dessen Gaul so aussah, als würde er spätestens auf dem Heimweg zusammenbrechen. Auf dem Kutschbock saß nicht nur der Kutscher, ein junger, schmieriger Kerl, der Fabienne sofort unsympathisch war, sondern auch Colette Laroque. Die beiden lachten und scherzten miteinander, als wären sie beste Freunde.

Wer war der Mann?, dachte Fabienne misstrauisch. Sie hatte ihn noch nie im Dorf gesehen.

»*Bonjour*, Mädchen!«, sagte Colette und sprang vom Wagen.

Mit verschränkten Armen schaute Fabienne zu, wie der Mann die Lade öffnete, um Ware auszuladen. Das Pferd hustete, sein Speichel flog dabei meterweit durch die Luft.

Ein Albtraum, dachte Fabienne erneut, während der Mann eine Holzkiste Kartoffeln auf den Treppenstufen abstellte. Ein Sack Äpfel folgte und eine zweite Kiste mit Zucchini und Zwiebeln. Obendrauf lag ein Knochen, der aussah wie das Brustgerippe eines Lamms.

»Die Kartoffeln können Sie gleich wieder mitnehmen. Sie haben alle schon Augen, schauen Sie, hier, hier und hier! Um diese Jahreszeit koche ich längst mit den ersten neuen Kartoffeln«, herrschte Fabienne den Mann an. »Und die Zucchini sind auch nicht mehr frisch.«

Der Mann schaute Colette düster an.

»Das passt schon«, erwiderte die Fischhändlerin und lächelte besänftigend. »Mädchen, am besten trägst du alles gleich ins Haus, dann können wir mit dem Kochen loslegen. Es gibt Eintopf, *vite, vite!*«

Fabienne war wie vor den Kopf geschlagen. Und was war mit ihrer *Pissaladière*?

Während sie das Gemüse wuschen, klein schnitten und zu einem Eintopf verarbeiten, sprach Fabienne kein Wort. In ihrem Kopf surrte es, als wäre er ein Bienenkorb. Wie um alles in der Welt konnte ihr Vater ihr dies antun?, fragte sie sich. Sie hatte doch alles gegeben. Sicher, ihr waren ein paar Missgeschicke unterlaufen, aber das war doch kein Grund, ihr diese... Person vor die Nase zu setzen!

Diese unmögliche Frau war noch keinen halben Tag hier, und schon hatte sie alles, was Fabienne heilig war, auf den Kopf gestellt: der tägliche Besuch auf dem Markt, das Festlegen der Speisen, die sie kochen wollte, und die Art, *wie* sie kochte. Statt das Gemüse erst schön in Olivenöl anzubraten, warf Colette alles in einen Topf mit Wasser! Wenn das Mutter wüsste, dachte Fabienne, während Colette in dem Topf so grob herumrührte, als ginge es um Lehm für den Hausbau. Violaine würde sich im Grab herumdrehen!

Als sie nach Mutters Tod davon gesprochen hatte, Hilfe zu benötigen, hatte sie an jemanden gedacht, der ihr zur Hand ging. Aber doch nicht jemand, der gleich das Ruder an sich riss! Es hätte nicht viel gefehlt, und Fabie wäre vor lauter Verzweiflung in Tränen ausgebrochen. Doch diese Blöße wollte sie sich nicht geben.

Eine Stunde später war der Eintopf fertig. »Möchtest du ihn kosten?«, fragte Colette und hielt Fabienne einladend den Löffel hin, den sie gerade selbst abgeleckt hatte.

»Danke, nein«, antwortete Fabienne gepresst. Sie wusste auch so, wie der Eintopf schmecken würde, fad und nach altem Schaf.

Colette warf den Löffel in die Spüle. »*Bon!* Du kannst jetzt Wäsche waschen, den Rest schaffe ich allein. Ab heute werde ich die *gens de l'eau* bedienen.« Noch während sie sprach, zog sie ihre weit ausgeschnittene Bluse, deren Knöpfe vom üppigen Busen fast gesprengt wurden, zurecht.

»Madame Laroque, das geht nicht! Die Männer kennen mich, sie erwarten, dass ich sie bediene«, rief Fabienne entsetzt. Ich bin doch *Mademoiselle bon appétit!,* fügte sie im Stillen hinzu.

»Du wirst staunen, wie schnell die Männer sich umgewöhnen«, sagte Colette mit einem zuckersüßen Lächeln. »Ich rufe dich, wenn es ans Geschirrspülen geht, aber bis dahin kannst du dich in aller Ruhe deinen Pflichten in der Waschküche widmen.«

Entgeistert schaute Fabienne zu, wie Colette zwei Teller nahm und nach draußen trug. Und sie hatte plötzlich eine dumpfe Ahnung, wie ihr Alltag zukünftig aussehen würde.

Fabienne lag mit ihrer Vermutung nicht falsch. In den nächsten Wochen riss Colette Laroque das Ruder immer weiter an sich. Wütend und hilflos zugleich musste Fabienne mitansehen, wie die neue Frau im Haus nach und nach alles ausmerzte, was Violaine wichtig gewesen war. Statt qualitativ wertvoller Lebensmittel wurde nun das billigste vom Billigen verarbeitet, lauter Lebensmittel, die der schmierige Bursche mit seinem altersschwachen Gaul brachte. Die Kartoffeln hatten schon Augen? Das machte doch nichts! Die schnitt man einfach großzügig heraus. Die Gurken waren verschrumpelt? *Pas de problème!* Genug Essig würde die schlappen Gurken schon wiederbeleben. Apropos Essig – während Violaine einen Traubenessig verwendet hatte, der die Zunge streichelte wie ein Likör, kochte Colette mit Apfelessig. Jedes Mal, wenn Fabienne davon aß, tat ihr danach das Zahnfleisch weh. Am liebsten hätte sie aus lauter Protest gegen die ganzen Neuerungen gar nichts mehr gegessen. *Sie* war *Mamans* Nachfolgerin am Herd, nicht die Schlampe vom Fischstand, bei der nichts, aber auch gar nichts schmeckte! Doch was sie zu ihrem Vater diesbezüglich auch sagte – sie stieß bei ihm immer auf taube Ohren. Nachts weinte Fabienne deswegen heiße Tränen der Wut und Verzweiflung. Warum wogen Colettes Worte bei ihm mehr als die seiner Tochter? Es hieß doch immer, Blut sei dicker als Wasser!

Die Arbeit in der Waschküche war hart, und es wurde von Woche zu Woche immer heißer. Wollte sie nicht umfallen, musste Fabienne essen, ob es ihr nun passte oder nicht. Ihr Leben lang hatte Fabienne mit Freude alles gegessen, was der Tag ihr bot. Baguette und Marmelade zum Frühstück, ein Apfel zwischendurch, beim Kochen ein Löffelchen Soße hier, eine Gabel Gemüse da, später dann die Reste vom Mittagstisch oder frisches Obst und Gemüse direkt aus dem Garten. Baguette, Oliven und Käse als Abendbrot. Nun aber aß sie gerade so viel, dass sie bei Kräften blieb. Der Appetit war ihr längst vergangen, und das lag nicht allein an Colettes geschmackloser Küche, sondern auch an den Barkenschiffern. Die *gens de l'eau*, die Fabienne jahrelang als Freunde – manche fast schon als Familienmitglieder – angesehen hatte, entpuppten sich nun allesamt als untreue Verräter.

Denn anstatt sich über Colettes Essen zu beschweren, waren die Männer zufrieden, denn ihre Portionen waren so üppig wie ihr Dekolletee, auf das sie den Männern beim Servieren immer großzügige Blicke gewährte. Und so, wie die *gens de l'eau* zuvor ihr, *Mademoiselle bon appétit,* ein Trinkgeld zugesteckt hatten, so steckten sie es nun Colette in den Ausschnitt.

Es war Anfang Juli, und über dem Canal du Midi hatte sich die träge Sommerhitze festgesetzt, die bis in den Herbst hinein bleiben würde.

Fabienne ging durch den Garten nach hinten zum Brunnen, um dort Eric zu treffen. Geistesabwesend ließ sie ihre Hand über die in voller Blüte stehenden Kräuter streichen. Früher hatte sie den Duft des Dills genossen und das würzige Aroma des blühenden Rosmarins in sich eingesaugt – heute hatte sie das Gefühl, als wären all ihre Sinne eingeschlafen.

Nichts war mehr, wie es war – nicht einmal ihre Vorfreude auf Eric, dachte Fabienne traurig, während sie sich auf die steinerne Bank neben dem Brunnen setzte.

Die »Aurelie« war vor einer Stunde von Guy durchgeschleust worden, beladen wurde sie erst morgen früh. Das hieß, mit ein bisschen Glück würde Eric wahrscheinlich gleich zu ihr kommen. Doch statt es vor Freude kaum mehr auszuhalten, war Fabienne angespannt. Die Hochzeitspläne, die Babtiste Lacasse für seinen Sohn schmiedete, waren trotz Erics anhaltendem Widerstand noch immer nicht vom Tisch. Jedes Mal, wenn Fabienne Eric sah, bangte sie, dass dieser Widerstand inzwischen Risse bekommen hatte oder dass ein Termin festgelegt worden war, oder dass sonst etwas, was sie nicht steuern konnte, geschehen war.

Lustlos begann sie, ein paar Ackerwinden herauszureißen. Überall wucherte etwas, was nicht hierhergehörte!, dachte sie angewidert.

Früher, als *Maman* noch gelebt hatte, waren sie beide gleich frühmorgens noch vor ihrem Marktbesuch in den Garten gegangen und hatten einmal zügig jedes Beet durchgeharkt, so dass der Boden locker blieb und sich keinerlei dorniges Gestrüpp breitmachen konnte. Die Arbeit war ihnen leicht von der Hand gegangen, sie hatten nicht viel gesprochen dabei, sondern den Vögeln zugehört und dem Grillen der Zikaden. Dann hatten sie alles geerntet und gepflückt, was die Natur hergab. Bohnen, die, wenn man sie auseinanderbrach, knackten und Saft verspritzten. Tomaten, die so gut dufteten, dass einem ganz schwindlig davon wurde. Und dann die ersten reifen Feigen! Die hatten *Maman* und sie gleich vor Ort aufgeritzt und so gierig gegessen, dass ihr Fruchtfleisch zwischen den Zähnen hängen blieb. In solchen Momenten hatten sie miteinander gelacht und waren einfach nur froh gewesen.

Doch Colette hielt nichts von der Gartenarbeit und bestand darauf, dass Fabienne, anstatt Unkraut zu jäten, besser noch einen Korb Wäsche wusch. Das brachte Geld!, sagte sie in so tadelndem Ton, als würde Fabienne im Garten dem Müßiggang frönen. Fabiennes Argument, dass das selbst angebaute Obst und Gemüse aus dem Garten nichts kostete und besser war als alles, was der Lieferant daherbrachte, wischte Colette einfach beiseite.

Ihrem Vater brauchte Fabie mit solchen Themen nicht zu kommen. Er fand grundsätzlich alles gut, was Colette Laroque tat. Wann immer sie einen ihrer derben Witze machte, lachte er lauthals heraus. Und wenn sie mit ihm schäkerte, wurden seine Wangen rot wie die eines Schuljungen. Scheinbar schmeckte ihm auch ihr Essen. Für Fabienne hatte es fast den Anschein, als wäre Guy in die Frau verliebt. Jedenfalls hatte sie ihn in all den Jahren noch nie so glücklich und zufrieden gesehen. Ihr Vater war der schlimmste Verräter von allen!, dachte Fabienne.

Als Eric endlich ankam, war er gehetzt und sein Gesicht ungewöhnlich bleich. Statt sie zur Begrüßung zu küssen, nahm er sie in den Arm und drückte sie so fest, dass ihr fast die Luft wegblieb. Was für ein feines Gefühl Eric doch hatte, dachte Fabie, während sie sich seiner Umarmung hingab. Wieder einmal spürte er, wie unglücklich sie war. Am besten erzählte sie ihm gleich alles, was bei ihnen in den letzten Tagen vorgefallen war.

»Mir kommt es so vor, als setzte Colette alles daran, mir *Maman* ein zweites Mal zu nehmen. Sie ändert alles, was Violaine und mir heilig war«, endete sie ihre Tirade. »Wann immer ich in der Küche gewerkelt habe, fühlte ich mich *Maman* verbunden! Ich hatte das Gefühl, sie steht mir bei, sie leitet mich, ja, manchmal hörte ich fast ihre Stimme, die tadelnd sagte: ›Fabie, du säbelst schon wieder die halben Kartoffeln ab beim Schälen!‹ Und wenn ich eins von *Mamans* Lieblingsgerichten gekocht habe, konnte ich mir sogar vorstellen, sie käme gleich zur Tür herein, und alles wäre wie früher. Doch seit Colette am Herd steht, habe ich das Gefühl, *Mamans* guter Geist ist völlig verflogen!«

»Ich weiß genau, was du meinst«, sagte Eric erregt. »Auch ich habe das Gefühl, von allen guten Geistern verlassen zu sein! Stell dir vor, jetzt haben Justines Mutter und meine Mutter angefangen, sich darüber zu streiten, wessen Hochzeitskleid Justine einmal tragen soll – das ihrer Mutter oder das meiner Mutter!«

»Eric!«, rief Fabienne entsetzt. »Und nun?«

»Die wollen mich mürbe machen, das ist mir schon klar«, sagte er. »Aber ich spiele da nicht mit. Wenn es sein muss, brennen wir zwei einfach durch! Mir fehlt nur noch die Idee, wovon wir fortan leben sollen. Ich will dich ja nicht in eine ungewisse Zukunft entführen.«

»Oh Eric, du machst dir zu viele Gedanken. Wir sind doch beide jung und kräftig, wir können arbeiten, wo immer wir wollen!«, rief Fabienne mit jubelndem Herzen.

Einfach durchbrennen – es war dieser Gedanke, an den Fabienne sich fortan klammerte. Er gab ihr das Gefühl, eine Wahl zu haben, nicht für immer und ewig gefangen zu sein – mehr noch, der Gedanke half ihr, die veränderten Umstände vorerst stillschweigend hinzunehmen, anstatt Tag für Tag gegen sie aufzubegehren. Wie hatte *Maman* immer gesagt? »Du kannst den Regen nicht ändern. Aber was du über den Regen denkst, das kannst du ändern!«

Dass sie Colette nicht ständig Konter gab, hieß jedoch noch lange nicht, dass sie zu allem Ja und Amen sagte.

Im Gegenteil. Sie würde die Neue fortan schlichtweg ignorieren, beschloss Fabienne. Sie würde die Wäsche der Barkenschiffer waschen, wie Colette es ihr auftrug. Doch darüber hinaus würde sie die Zeit für sich nutzen. Denn ein Gutes hatte Colettes Regime – dank der wesentlich niedrigeren Ansprüche an Haus, Küche und Garten hatte sie, Fabienne, zum ersten Mal in ihrem Leben etwas freie Zeit. Und so saß sie abends zum Beispiel in ihrem Zimmer, sortierte Unterwäsche und andere Dinge und überlegte, was sie davon unbedingt behalten wollte und wovon sie sich im Notfall auch trennen konnte. Sollten Eric und sie wirklich abhauen, wären ihre Siebensachen schnell gepackt!

An manchen Abenden, wenn es in ihrer Kammer trotz geschlossener Fensterläden zu heiß war, ging Fabie zum Brunnen, hielt die Füße ins kühlende Wasser und träumte von einer goldenen Zukunft voller Liebe und Glück. Dass Eric eine gute Idee haben würde, wie das zu bewerkstelligen war, daran hatte sie nicht den geringsten Zweifel.

Kapitel 8

Die Wochen vergingen, alles blieb beim neuen Alten. Die Sonne brannte unerbittlich, die Erde rund um die Schleusenstation wurde immer ausgedörrter. Zwei Mal sah man in der Ferne in Richtung des Schwarzen Gebirges Rauchschwaden aufsteigen. Jeder hoffte, dass sein Dorf, sein Acker, sein Hof von Bränden verschont blieb. Und obwohl die hohen Platanen den Pferden, die die Barken zogen, genügend Schatten spendeten, schwitzten und stöhnten die Tiere bei ihrer harten Arbeit so schwer, dass Fabienne regelmäßig Angst hatte, eins davon würde mitten auf dem Treidelpfad zusammenbrechen.

Eric sprach nicht mehr vom Durchbrennen. Scheinbar hatte sich Justines Mutter das Knie verdreht und konnte nicht laufen, was bedeutete, dass sie die Arbeit, die sie in Haus und Hof sonst leistete, zwischen Justine und weiteren Familienmitgliedern aufteilen musste. Justines Verheiratung war nicht mehr Gesprächsthema Nummer eins. Eric hoffte inständig, dass Justine dauerhaft als Arbeitskraft im Haus der Eltern bleiben musste – so wie Fabienne in ihrem Elternhaus.

Doch Fabienne war skeptisch – die Frau hatte schließlich kein Bein verloren, sondern sich nur das Knie verdreht.

Es war Anfang August, als Colette sich eines Abends die Schürze abband und aus einer Tasche, die Fabienne bisher nicht bemerkt hatte, eine frische Bluse holte. »Dein Vater und ich machen uns heute einen schönen Abend, da lohnt es kaum, dass ich später noch zurück ins Dorf gehe, also bleibe ich über Nacht«, sagte sie, während sie ihr verschwitztes Oberteil auszog und sich am Waschbecken in der Küche die Achseln wusch. »Magst nicht *du* ein wenig ins Dorf gehen? Es ist doch unnormal für ein junges Mädchen, immer nur daheim zu hocken. Irgendwann endest du noch als alter Trauerkloß!« Sie lachte, als hätte sie einen besonders lustigen Scherz gemacht.

Fabienne, die den ganzen Tag über Kopfweh gehabt hatte und nichts lieber wollte, als sich mit einem kalten Waschlappen auf der Stirn auf ihr Bett zu legen, drehte sich auf dem Absatz um und verließ das Haus. Bevor sie mitanhören musste, wie Guy und Colette mit jeder Flasche Wein, die sie tranken, immer frivoler wurden, hielt sie lieber ihr Kopfweh weiter aus.

Ins Dorf zu gehen, hatte sie keine Lust. Seit sie nicht mehr auf den Markt kam, hatte sie den Kontakt zu den Dorfbewohnern mehr oder weniger verloren. Und irgendwelche Fragen nach Colette und dem Stand der Dinge mochte sie erst recht nicht beantworten, dachte Fabienne, während sie den Kanal entlang in Richtung Narbonne stapfte. Wenn sie zügig ausschritt, würde sie Noahs Schleusenstation in einer halben Stunde erreichen. Es war höchste Zeit, dass ihr Bruder erfuhr, wie es bei ihnen zu Hause zuging!

Das Zirpen der Zikaden in den Büschen und Bäumen, die den Kanal säumten, war ohrenbetäubend laut. Dennoch gelang es ihnen nicht, die Disharmonie in Fabiennes Kopf zu übertönen.

Colette blieb über Nacht. Die Frage, wo sie übernachten würde, erübrigte sich. Die Vorstellung, dass die Frau in *Mamans* Bett liegen würde, war mehr, als Fabienne ertragen konnte.

Es war nicht so, als hätte sie diese Entwicklung nicht kommen sehen, vielmehr wunderte sie sich, dass Colette diesen Schachzug nicht schon längst ausgeführt hatte. Denn dass die Fischhändlerin es vom ersten Tag an auf Vater abgesehen hatte, stand für Fabienne inzwischen fest. Umgekehrt wurde ebenfalls ein Schuh daraus – seit Wochen schon schlich Guy wie ein liebestoller Kater um Colette herum.

Fabienne schüttelte stumm den Kopf. Mutter war noch kein halbes Jahr tot, und Vater begehrte eine andere Frau! Und sie, Fabienne, war Guy und seiner Neuen lästig geworden.

Zu Fabies Erstaunen traf sie außer Noah auch Lily an. Die beiden Geschwister saßen bei einem Krug Rosé vor Noahs Schleusenwärterhäuschen. Anscheinend sahen sie sich öfter – von Narbonne aus hatte Lily zu Noah nicht weiter zu gehen als Fabienne. Als sie die beiden an dem wackligen Tisch sitzen sah, fühlte sie sich, wund, wie sie eh schon war, einen Moment lang ausgeschlossen. Warum war sie bei diesen Treffen bisher nie dabei gewesen? Doch gleich darauf siegte ihre Vernunft. Brauchte sie etwa eine Einladung? Es hatte sie schließlich nie jemand davon abgehalten, Noah einfach zu besuchen, so wie sie es jetzt tat.

Er brachte einen dritten Stuhl herbei, und Fabienne wurde ihre Litanei los.

»Ihr hättet mal sehen sollen, wie aufgeregt Colette war, als sie von dem ›schönen Abend‹ sprach, den sie sich zusammen mit Vater machen wollte! Mutter hatte schon recht, als sie meinte, Colette sei eine *femme bâclée!*« Fabies Augen funkelten vor Wut und Entrüstung.

Auch Lily und Noah waren zornig, ihre Wut richtete sich gleichermaßen auf Colette Laroque und den Vater.

»Jetzt fehlt nur noch, dass diese Colette Vater ein Kind anhängt, damit er sie heiratet!«, schnaubte Lily. »Dann wäre sie unsere Stiefmutter.«

Fabienne erschrak. An so etwas hatte sie noch gar nicht gedacht. War Colette nicht schon zu alt, um Kinder zu bekommen? »Und ich soll dann die Kindsmagd spielen, während Colette mit den *gens de l'eau* herumschäkert?« Sie setzte sich aufrechter hin, als müsste sie sich schon hier und jetzt dagegen wappnen.

Noah sagte: »Ich weiß nicht, ob an dem Gerücht was dran ist, aber ich habe mal jemanden reden hören im Dorf…« Er brach ab, unsicher, ob er überhaupt weitersprechen sollte. Doch beide Schwestern starrten ihn so voller Neugier an, dass ihm gar nichts anderes übrigblieb. »Scheinbar waren Vater und Colette in jungen Jahren ein Paar, mehr noch – alle hatten damals erwartet, dass die beiden heiraten. Doch dann lernte Vater *Maman* kennen, und er hat Colette einen Korb gegeben.

Sie habe damals Gift und Galle gespuckt, hieß es. Tja, wie es aussieht, will Colette Laroque sich jetzt nehmen, was ihr damals verwehrt geblieben ist!«

»*Mon Dieu!*«, rief Lily entsetzt. »Heißt das, Colette Laroque wird tatsächlich unsere Stiefmutter?«

Colette, Justine – was fiel den Frauen ein, sich auf derartige Weise einen Mann zum Heiraten ergattern zu wollen?, dachte Fabienne. Sie ergriff Lilys rechte Hand und sagte: »Am liebsten würde ich noch heute Abend mit dir nach Narbonne gehen! Sag, benötigt deine Herrschaft nicht noch eine zweite Magd?«

»Wenn, dann würde *ich* eine zweite Magd brauchen«, sagte Lily ironisch. »Aber Madame ist der Ansicht, dass ich die Arbeit sehr wohl allein bewältige.« Sie drückte Fabiennes Hand. »Glaube mir, du kämst vom Regen in die Traufe. Nein, das wäre nichts für dich!«

Fabienne runzelte die Stirn. Woher wollte Lily das so genau wissen? »Kannst du dich dann wenigstens umhören, ob irgendwo in eurer Nachbarschaft eine Stelle frei wird?« Eric würde sie auch in Narbonne treffen können, die »Aurelie« hielt dort ebenso regelmäßig an wie an Guys Schleusenstation.

Lily nickte. »Bei uns in der Nähe gibt es einen kleinen Park. Es hat sich so eingebürgert, dass die feinen Herrschaften, die eine Magd suchen, an dessen Eingangstor einen Zettel hinterlassen. In letzter Zeit hing keiner da, aber sobald ich etwas sehe, sage ich dir Bescheid.«

»Das hört sich gut an«, sagte Fabienne dankbar, dann wandte sie sich an ihren Bruder. »Darf ich in der Zwischenzeit bei dir wohnen?«

»Fabie!« Noah lachte laut auf. »Schau dir mein Haus

an! Wie das werden soll, wenn Elodie und ich erst einmal geheiratet haben, weiß ich auch noch nicht. Wahrscheinlich werde ich ein, zwei Zimmer anbauen müssen. Nur – ob mir die Eisenbahngesellschaft das erlaubt? Die Schleusenwärterhäuschen sind ja von uns nur gepachtet, sie gehören uns nicht.«

Fabienne biss sich auf die Lippe. Noahs Haus war wirklich winzig klein. Es bestand aus einer Küche und einem Schlafzimmer, mehr Räume gab es nicht. Hinten befand sich noch ein kleiner Anbau, wo Noah seine körperlichen Verrichtungen tätigte und sich wusch.

»Fabie, jetzt sieh nicht alles ganz so schwarz!«, sagte Lily. »Am besten versuchst du, dich vorerst einmal mit den Gegebenheiten zu arrangieren. Und vielleicht kommt alles ja auch ganz anders. Unser Vater hat *Maman* schließlich sehr geliebt, da wird er nicht so einfach eine neue Frau ins Haus lassen.«

»Lily hat recht«, sagte auch Noah. »Und wenn es dir mal zu bunt wird, dann kommst du mich einfach besuchen. Wir trinken einen Wein zusammen, und schon sieht die Welt wieder anders aus.« Aufmunternd hielt er ihr sein Glas zum Anstoßen hin.

Danke für eure wertvollen Ratschläge, aber ihr steckt ja nicht in meiner Haut, lag es Fabienne auf der Zunge zu sagen. Doch sie schluckte ihren Sarkasmus herunter. Ihre Geschwister konnten schließlich nichts für die Lage.

Am nächsten Tag brachte der schmierige Lieferant ein paar Kisten mit Colettes Sachen – mehrere Taschen, aus denen Kleider und Unterwäsche herausquollen, eine

Madonnenfigur, von der die Farbe abblätterte, ein kleines Schränkchen. Alles sonderte einen leichten Geruch nach Fisch und Parfüm ab.

Sprachlos schaute Fabienne zu, wie Colette die Sachen ins Haus trug. Wie hatte die Frau schon vor ihrer ersten Nacht mit Guy wissen können, dass er sie zum Bleiben auffordern würde? War sie sich ihrer Verführungskünste derart sicher?, fragte sie sich, während Colette die Madonnenfigur auf die Anrichte stellte, genau dorthin, wo immer *Mamans* Vase für die Mimosen gestanden hatte. Es hätte nicht viel gefehlt, und Fabie hätte die Figur mit ausgestrecktem Arm von dem Möbelstück gewischt. Was für eine Unverfrorenheit! Auf einmal hatte sie Lilys Worte vom Vorabend im Ohr: »Vater hat *Maman* schließlich sehr geliebt, da wird er nicht so einfach eine neue Frau ins Haus lassen.« Von wegen!

Wäre Fabienne ehrlich zu sich gewesen, hätte sie zugeben müssen, dass ihr Vater regelrecht aufblühte, seit Colette Laroque bei ihnen war. Noch nie in ihrem ganzen Leben hatte sie ihn so viel lachen hören, nicht einmal an den besten Tagen mit *Maman*. Und noch nie hatte sie ihn so selten über die Eisenbahnergesellschaft, die den Kanal verwaltete, schimpfen hören. Im Gegenteil – alles war *bon*!

Doch verletzt wie Fabienne war, sah sie nur die eine Seite der Medaille.

Guy und Colette verbrachten jede freie Minute im Schlafzimmer. Fabienne musste sich abends ein Kissen über den Kopf legen, wollte sie Vaters Stöhnen und die ungehemmten Schreie von Colette nicht hören. Wie liebestolle Katzen im Frühling, dachte sie mehr als einmal und wusste nicht, ob sie lachen oder heulen sollte.

An einem Tag Anfang Oktober hingen frühmorgens plötzlich dünne Nebelschwaden über dem Kanal. Lustlos schwang Fabienne ihre Füße aus dem Bett. Statt sich anzuziehen, blieb sie auf der Bettkante sitzen und starrte auf ihre Hände, die nach den langen Monaten am Waschbrett völlig zerschunden waren. Die Männer brachten – ermutigt von Colette – immer mehr Wäsche mit, teilweise sogar von ihren Frauen zu Hause – Blusen, Schürzen, weiße Schlüpfer, die Fabienne eine halbe Ewigkeit auf dem Waschbrett bearbeiten musste, um sie einigermaßen sauber zu bekommen.

Das Wasser an sich, das Ausrubbeln des Drecks, das Auswringen, die Seifenlauge – erst waren Fabiennes Hände wund geworden, dann hatten sich dicke Schrunden gebildet, die irgendwann Risse bekamen. Tapfer hatte Fabie abends ihre Hände mit Olivenöl massiert, in der Hoffnung, dass die Haut wieder weich und widerstandsfähig wurde. Doch vor ein paar Wochen hatten die Risse angefangen zu bluten. Seitdem war es immer wieder vorgekommen, dass Fabienne ein weißes Leinenhemd frisch gewaschen von der Wiese, wo die Sonne es bleichen sollte, aufnahm und es dabei mit ihren blutenden Händen wieder verschmutzte, so dass sie es noch mal waschen musste. Es war gut, dass dann niemand in der Nähe war, der ihre Flüche hören konnte.

Nein, *Maman*, nicht du warst das *Cendrillon*. Wenn, dann bin *ich* das Aschenputtel!, dachte Fabienne und schaute durchs Fenster in den Himmel. Sie hatte keine

Ahnung, wie sie mit diesen Händen einen weiteren Tag in der Wäscherei durchstehen sollte.

Während sie sich anzog, wanderte ihr Blick rastlos durch ihre Kammer. Da war das Kissen, dessen Bezug Violaine ihr aus Wollresten gestrickt hatte. Da stand die kleine hölzerne Kiste, in der sie das dünne Lederband aufbewahrte, an dem eine durchbohrte Muschel baumelte – ein Geschenk von Eric. Der kunstvoll aus Holz geschnitzte Haarkamm, den sie sich nur an besonderen Tagen ins Haar steckte, lag neben der Vase, in der Violaine immer ihre geliebten Mimosensträuße dekoriert hatte.

Alles war ihr so vertraut. Und dennoch hatte Fabienne von Woche zu Woche mehr das Gefühl, hier – in dieser Kammer, in diesem Haus – nur noch Gast zu sein, oder sogar nur eine Magd, wie Lily in Narbonne. Während Lily jedoch Lohn für ihre Arbeit bekam, ging sie, Fabie, leer aus.

Fühlte sich so Abschiednehmen an?, fragte sie sich und zog die Tür fest hinter sich zu. Ihr fiel ein Sprichwort ein, das sie einmal irgendwo aufgeschnappt und nie mehr vergessen hatte: »Wenn an einem Tisch keine Liebe mehr serviert wird, musst du aufstehen und gehen.«

Dass sie mit Eric weggehen würde, stand für Fabie längst fest. Die Frage war lediglich – wann würde das endlich sein?

»Freiwillig werden unsere Väter uns niemals ziehen lassen, das ist mir inzwischen klar geworden«, hatte Eric bei ihrem letzten Treffen gesagt. »Schließlich bist du die kostenlose Magd und ich die Garantie dafür, dass ein weiteres Boot in den Besitz unserer Familie kommt.

Mein Plan sieht deshalb vor, dass wir uns heimlich davonmachen. Ich warte nur noch auf die perfekte Gelegenheit.«

Eric wagte es, sich gegen seinen Vater zu stellen? Er wählte sie anstatt Justine? Fabienne war in diesem Moment ganz schwindlig geworden vor lauter Glück. Gleichzeitig konnte sie sich nicht des Eindrucks erwehren, dass sich Erics Pläne weiterhin recht vage anhörten. Sie sollten sich davonschleichen wie Diebe?

»Aber wie weit kommen wir zu Fuß? Was, wenn uns jemand entdeckt? Wäre es nicht besser, gleich weit wegzufahren, wo uns niemand finden kann?«

Eric hatte bei diesen Worten nur gegrinst und gemeint, Fabienne solle ihm vertrauen. Wenn alles klappte, wären sie bald für immer frei!

An dieses Versprechen klammerte sie sich wie ein Ertrinkender an ein Stück Holz.

»Fabienne, wo bleibst du denn?«, wurde sie von Colette angefahren, kaum dass sie die Küche betreten hatte, wo sie sich ein Glas Wasser und ein Stück Brot holen wollte. »Die Wäsche muss heute warten, ich brauche dich hier. Die Postbarke hat sich mit zwanzig Passagieren angesagt. Ich werde einen Eintopf servieren!« Sie zeigte auf einen Berg Gemüse und einen mageren Hasen, den sie gerade zu zerlegen begonnen hatte.

Alles in Fabienne rief danach, Colette kühl eine Abfuhr zu erteilen nach dem Motto: All die Monate hast du mich aus der Küche ausgesperrt, jetzt sieh zu, wie du allein zurechtkommst!

Stattdessen stellte sie sich wortlos ans Schneidebrett

und begann, Kartoffeln zu schälen. Alles war besser als noch ein Tag Wäschewaschen.

Colette hatte gerade die Keulen des Hasen abgetrennt, als sie das Hackmesser zur Seite warf und an Fabienne vorbei ans Waschbecken stürzte.

Fabienne verzog missbilligend den Mund, während Colette würgte und prustete. Hatten Vater und die Neue am Vorabend mal wieder zu viel Wein getrunken?

Violaine hatte stets lediglich eine Karaffe Wein auf den Tisch gebracht, bei Guy und Colette waren es hingegen drei oder vier. Kein Wunder, dass einem davon übel wurde!, dachte Fabienne. Hoffentlich wusch Colette sich die Hände, bevor sie den Hasen wieder anfasste.

Irgendwann hörte das Würgen auf, Colette wusch sich prustend den Mund, dann wischte sie ihn mit einem Schürzenzipfel ab.

»Morgenübelkeit... Wie bei den andern beiden auch, *merde!*«, murmelte sie vor sich hin.

Fabiennes Kopf schoss zu Colette herum. Bedeutete das etwa...

Colette schaute vom Spülbecken auf, den Schürzenzipfel immer noch in der Hand. Ihr Gesicht war zu einem schrägen Grinsen verzogen, als sie sagte: »Hat die alte Colette mit ihren zweiundvierzig Jahren noch Leben in sich – wer hätte das gedacht?« Sie lachte leicht hysterisch auf. »Mädchen, wie es aussieht, bekommst du bald ein Geschwisterchen! Und *ich* werde doch noch Madame Durant.«

Kapitel 9

Nur wenige Tage nachdem Colette die frohe Nachricht ihrer Schwangerschaft verkündet hatte, schlich sich Fabienne mit einem Koffer voller Habseligkeiten aus dem Haus. Die Zeit, Abschied zu nehmen, war gekommen.

Die Nacht war kühl und mondlos, leichter Nebel lag über dem Kanal. Aus den abgeernteten Rebenfeldern ertönte das heisere Grunzen eines Wildschweins, das sich durch irgendetwas gestört fühlte. Ansonsten war es still, als Fabienne auf Zehenspitzen auf die »Aurelie« zuging, die am nächsten Morgen nach Toulouse aufbrechen sollte.

Es war zwei Uhr in der Früh. Erics Plan sah vor, dass Fabienne sich als blinder Passagier im Heckladeraum der »Aurelie« verstecken und dort auch bis zur Ankunft in Toulouse bleiben sollte.

Derweil wollte Eric während der achttägigen Fahrt ganz normal seiner Arbeit nachgehen, die darin bestand, die Pferde zu versorgen, am Ruder zu stehen, wenn Babtiste seinen Mittagsschlaf machte, und einmal am Tag das Deck zu schrubben. Fabienne wollte er heimlich mit Essen und Wasser versorgen und außerdem dafür sorgen, dass Babtiste Lacasse den hinteren Laderaum nicht betrat. Eric war diesbezüglich zuversichtlich, denn sie hatten neue, bisher unbenutzte Fässer geladen, die für einen Winzer in Toulouse bestimmt waren – die ganze Strecke über wurde die »Aurelie« also weder zusätzlich be- noch entladen. Auch hatte Babtiste vor, so wenig Zwischenstopps wie möglich einzulegen, was perfekt war, denn jeder Halt weniger reduzierte das Risiko, dass Fabienne durch irgendeinen dummen Zufall entdeckt wurde. Ein solcher Frachtauftrag genau jetzt – Fabienne kam dies fast schicksalshaft vor.

In Toulouse angekommen, so sah es Erics Plan vor, würden sie heimlich von Bord gehen und sich von dort aus nach Bordeaux durchschlagen. Im großen Seehafen der Stadt, einem lebhaften Umschlagplatz für Wein und Güter aller Art, hoffte er, Arbeit als Dockarbeiter zu finden. Fabienne hoffte ebenfalls, dass sie eine Anstellung fand – welcher Natur auch immer. Solange sie mit Eric zusammen war, war sie zu allem bereit!

Als Fabienne einen letzten Blick auf ihr Elternhaus warf, schlugen zwei Herzen in ihrer Brust, und zwar so heftig, dass es wehtat. Einerseits freute sie sich auf Eric und alles, was kommen würde. Andererseits hätte sie heulen können angesichts der Tatsache, dass ihr nichts anderes übrigblieb, als sich davonzumachen wie ein lästig gewordenes Haustier – ungeliebt und überflüssig geworden.

Eric wartete schon auf sie. Trotz der Dunkelheit konnte Fabienne sehen, wie seine Augen aufleuchteten, als er sie entdeckte. Sie spürte, wie ihre Anspannung ein wenig nachließ. Jetzt würde alles gut werden!

Statt seine Hand zu ergreifen, hielt sie Eric zuerst ihren Koffer hin. Prompt stieß er damit gegen die Boots-wand der »Aurelie«.

Fabie schrak zusammen. »Nicht so laut! Wenn dein Vater aufwacht, war's das mit unserem Plan!«

»Nach einer halben Flasche Pastis wacht der so schnell nicht auf«, erwiderte Eric.

Sie kicherten nervös. Auf Zehenspitzen folgte sie ihm nach unten in den hinteren Frachtraum, der für die nächsten acht Tage ihr Zuhause sein würde.

»Von nun an wird uns nichts mehr trennen.« Zärtlich strich Eric Fabienne eine Haarsträhne aus dem Gesicht, dann küsste er Finger für Finger ihrer rauen Hände. »Wir werden eine glückliche, goldene Zukunft haben.«

Jedes seiner Worte war wie eine Liebkosung. Seine Lippen sanken auf ihren Mund, und Fabienne erwiderte seinen Kuss voller Hingabe.

Sie fühlte sich wie auf Rosen gebettet! Gleich drei De-cken hatte Eric für ihr Lager besorgt und von irgend-woher auch noch ein Kissen aufgetrieben, dabei hatte sie doch das Kissen von *Maman* eingepackt. Angelehnt an eins der Weinfässer, fühlte sie sich richtig geborgen. Ein paar Wasserkrüge standen für sie bereit, ein Korb Äpfel und ein Baguette. Ein wenig verschämt hatte Eric auf einen Eimer gezeigt, den er ihr ebenfalls hingestellt hatte. Fabienne hatte eilig genickt – irgendwo musste sie ja ihre Notdurft verrichten. Sie nahm sich vor, so wenig wie möglich zu essen und zu trinken und den Eimer nachts, wenn Babtiste Lacasse schlief, selbst zu leeren. Alles andere wäre zu peinlich gewesen.

Erics Finger umkreisten sanft ihre Brustwarzen, und ein wohliger Schauer durchfuhr Fabienne. Doch gleichzeitig wurde ihr mulmig bei dem Gedanken, dass sie noch immer im Hafenbecken ihres Vaters lagen – am liebsten wäre ihr gewesen, die »Aurelie« wäre auf der Stelle losgefahren! Hoffentlich ging nichts schief, bangte sie, es stand einfach zu viel auf dem Spiel.

»Ist die Decke weich genug? Hier, nimm meine Jacke auch noch als Kissen.«

Wie besorgt er um sie war! Impulsiv drängte Fabienne sich noch dichter an ihn und erschrak, mit welcher Intensität sich ihre Lippen fanden – rau, fordernd, besitzergreifend, so, als würden sie mit diesem Kuss eine unsichtbare Linie überschreiten. Und war es nicht auch so? Sie saßen wortwörtlich im selben Boot, dachte sie, als sie in seinem unregelmäßigen Atmen das Echo ihres aufgeregten Herzschlags wiedererkannte. Wie sie war auch Eric im Begriff, alles Vertraute aufzugeben. Wie sie war auch er bereit, im weiten Meer der Freiheit zu schwimmen – ohne schutzspendendes Boot, ohne Schwimmweste aus Kork, dafür aber ausgestattet mit dem besten Rettungsanker, den ein Mensch haben konnte – dem der Liebe. Ein Schluchzen entfloh Fabiennes Kehle, so romantisch empfand sie den Moment.

»So oft habe ich von diesem Augenblick geträumt...«, flüsterte er zärtlich. Seine rechte Hand wanderte von ihren Brüsten hinab zu ihrer Taille, zärtlich glitten seine schlanken Finger an den hervorstehenden Hüftknochen entlang. Fabie stöhnte, als sie seine Hand unter ihrem Rock spürte. Mit geschlossenen Augen ließ sie es zu, dass er das Band ihres Unterrocks löste. Sie bewegte sich nur ein wenig, der Leinenstoff glitt wie von selbst über ihre Schenkel nach unten, und sie spürte, wie sich auf ihrer entblößten Haut die Härchen aufstellten.

»Eric...«

»Hab keine Angst, *mon amour*, beim ersten Mal passiert nichts. Ich werde dich glücklich machen, *ma chère*.« Noch während er sprach, zerrte er sich seine Hose vom Leib. Er ergriff ihre Hand, führte sie nach unten, legte sie auf sein Glied, das so hart war wie eine Lanze. »Spürst du, wie sehr ich dich begehre?«

Das Wasser des Kanals schwappte leise an die Bootswand, das noch rohe Holz der Weinfässer strömte einen hypnotisierend herben Duft aus. Wie hart und seidig zugleich Eric sich anfühlte, dachte Fabienne fasziniert. Und wie fordernd sich seine Männlichkeit an sie drängte! War sie bereit, in dieser Nacht zur Frau zu werden?

All die Monate hatte sie sich geziert. Hatte sich ihm nicht im Vorratskeller hingegeben, hatte sich auch nicht im Wald von ihm nehmen lassen. Doch nun, in der ersten Nacht ihres neuen gemeinsamen Lebens, noch im Hafenbecken der heimischen Schleuse, war sie bereit, für immer seine Frau zu werden. Sie öffnete ihre Beine, um ihn zu empfangen.

Kapitel 10

Das Café Fleury lag in einer schmalen Seitenstraße von Carcassonne und war von außen als Café oder Bar nur schwer zu erkennen. Die zwei Fenster, die dazugehörten, waren mit dunklen Tüchern verhängt, die Tür war meistens geschlossen. Und dies war wohl gut so, denn was hinter den dunklen Tüchern vorging, wäre für die frommen Bewohner der Stadt nur schwer zu ertragen gewesen. Bei dem Café handelte es sich nämlich um ein typisches Café Cantante, in dem der *Flamenco* gesungen, getanzt und musiziert wurde.

An eng beieinanderstehenden Tischen saßen und standen an diesem Oktobertag Männer und Frauen und rauchten Zigaretten oder Tabak, eingedreht in Zeitungspapier. Manche küssten sich, manche umarmten sich eng, andere standen allein. In den Gläsern mancher Gäste glitzerte smaragdgrüner Absinth, in anderen milchig-trüber Pastis. Wasser trank niemand. Die Luft war zum Schneiden dick, was die euphorische Stimmung jedoch nicht dämpfte, sondern eher noch zu ihr beitrug. Immer wieder sprang eine der Frauen auf die kleine Bühne am hinteren Ende des Cafés, um – begleitet von

José, dem Gitarrenspieler, der auf einem Hocker neben der Bühne saß – zu den Klängen eines *Fandango*, eines *Garrotín* oder einer *Soleá* zu tanzen.

Ins Café Fleury verirrte sich keine Frau, die nicht tanzte. Und alle, die dort tanzten, waren Meisterinnen des *Flamenco*. Die meisten kamen aus Südspanien, sie stammten aus Cordoba, aus Cádiz oder Sevilla. Ihre bunten Schleppenkleider wirbelten durch die Luft, die langen Stoffbahnen und Volants schmiegten sich wie zärtliche Liebhaber an ihre Leiber, nur selten berührte eine Schleppe den Boden. Angefeuert von lauten Rufen aus dem Publikum drehten die Frauen sich, stampften im Wechsel mit ihren Absätzen, Fußspitzen oder dem ganzen Fuß auf. Es waren stolze Frauen, die hier tanzten, und doch lag im Blick einer jeden eine schmerzliche Sehnsucht nach Liebe und Leidenschaft, die sich auf die Zuschauer übertrug. Lieben! Und geliebt werden! Um nichts anderes ging es doch im Leben!

Es war schon fast elf, als eine weitere Frau in Richtung Bühne ging. So bunt die Schleppenkleider der anderen Frauen waren, so rabenschwarz war ihr *Bata de Cola*. Wie alle anderen Frauen hatte sie ihre braunen Haare zu einem eleganten Knoten aufgesteckt. Ihre Schuhe, der fransenbesetzte Umhang – alles glänzte seidenschwarz, genau wie der Schleier, mit dem sie ihr Gesicht in der Art einer Haremsdame verhüllte. Nur die Augen der Frau waren grün wie die einer Katze, ihr Blick stolz und vielleicht eine Spur zu arrogant. Sie trug ihren Kopf hoch erhoben und schenkte keinem der Anwesenden auch nur die geringste Aufmerksamkeit.

Schlagartig erhöhte sich die Erregung der Gäste noch.

Zigaretten wurden ausgedrückt, Gläser hektisch geleert, Gespräche unterbrochen, alle Blicke richteten sich auf die schwarzgehüllte Gestalt.

Der letzte Tanz des Abends. Und wieder war es die geheimnisvolle Fremde, die ihn tanzen würde, wie so oft in jüngster Zeit.

Wer in die Augen der Gäste schaute, der sah, wie ihre Pupillen sich weiteten und ihre Atmung schneller ging als bei einem Liebesakt.

Alle kannten die Tänzerin, aber niemand kannte ihren Namen. Alle wussten, dass sie nie etwas anderes vorführte als eine *Soleá*, aber niemand wusste, wo sie dies gelernt hatte. Allen war auch bekannt, dass Pedro, der Wirt des Café Fleury, seine Schürze abbinden, hinter seiner Theke hervorkommen und nach vorn zur Bühne gehen würde, sobald die geheimnisvolle Tänzerin sich ihr näherte. Zwar wusste niemand, woher die Fremde kam, aber allen war klar, dass sie die Bühne erst betreten würde, wenn die Takte von Josés Gitarrenspiel und Pedros rauchigem Gesang erklangen. So manche Tänzerin machte es wütend zu sehen, wie José und Pedro nach der Pfeife der Fremden tanzten. Doch die Nacht war zu verheißungsvoll, um sich lange über Dinge zu ärgern, die man doch nicht ändern konnte. Alle hörten gebannt zu, als Pedro von einer mit einem schwarzen Schleier bekleideten wunderschönen Frau, einer Verheißung Gottes mit großem Herzen sang.

Aber wann betrat sie endlich die Bühne? Unmut machte sich breit, er kratzte die Gäste wie billiger Stoff. Gern hätten sie die fremde Tänzerin, die nie mit jemandem sprach, nie lächelte und für keinen Flirt zu haben war, für ihre Arroganz gehasst. Doch sie wussten alle, dass ihre Wut sich spätestens dann, wenn die Fremde tanzte, in Luft auflösen, mehr noch, zu Liebe werden würde.

Pedro beendete die erste Strophe mit einem kraftvollen »*Yej!*«, und endlich kam die Schwarzgekleidete auf die Bühne. Ein Raunen ging durch den Raum. José spielte weiter, die Klänge, die er seiner Gitarre entlockte, spiegelten eins zu eins die Bewegungen der Tänzerin wider – erst waren sie langsam, fast stockend, dann immer schneller, fordernd, selbstbewusst, die Kontrolle nie auch nur für einen Augenblick verlierend…

Die Füße der Tänzerin waren so klein wie die eines Kindes, doch ihr Auftreten war kraftvoll wie das eines gestandenen Mannes. Sie hielt sich streng an den Rhythmus von Josés *Soleá*, und dennoch lag in der Art, wie sie ihre Zehenspitzen oder ihre Fersen auf den Boden stieß, so viel eigener Ausdruck und Individualität, dass die Zuschauer baff vor Erstaunen die Luft anhielten. War die Fußarbeit bei den anderen Tänzerinnen lediglich eines von vielen Stilmitteln, gleichgesetzt den Bewegungen von Kopf und Armen, so dominierte sie bei der Schwarzgekleideten den ganzen Tanz. Minutenlang stand die Frau auf derselben Stelle und zog mit ihrem *Zapateado*, dem rhythmischen Fußstampfen und Klappern der Absätze, alle in einen Bann, aus dem man sich selbst dann nicht lösen konnte, wenn die Kehle trocken wurde oder die Blase zu einem Gang hinters Haus drängte. Wie sie die Arme in die Höhe streckte! Als wollte sie die Endlichkeit zwischen Fußsohle und Scheitel auflösen. Und mit welchem Selbstbewusstsein sie auf die raumgreifenden Bewegungen der anderen Tänzerinnen verzichtete! Wie konnte man an einer Stelle stehend einem *Flamenco* so viel Gefühl und Tiefe verleihen?

Keiner sah den Mund der Fremden – er wurde durch den schwarzen Schleier verdeckt. Doch alle wussten instinktiv, dass die Mundwinkel der Frau triumphierend nach oben gebogen waren. Alle spürten, wie sie es genoss, ihren jungenhaft schlanken Körper bis über seine Grenzen hinaus zu fordern. Selbst wenn sie bei ihrem *Zapateado* am Ende vor Erschöpfung auf der Bühne zusammenbrechen würde, es wäre ihr egal – sie würde sogar so tun, als wäre dies der gewollte Schlussakkord ihres Tanzes!

So weit kam es nicht, denn nach einer Viertelstunde ertönte ein letzter Wehlaut aus Pedros Kehle, dann klatschte der Wirt in die Hände.

»*Adiós, Adiós señoras y señores*, bis zum nächsten Mal!« Noch während er sprach, sammelte er Gläser und Geldmünzen ein, und alle wussten, gleich darauf würde er die Stühle auf die Tische stellen und, wenn alle das Café verlassen hatten, mit einem harten Bürstenbesen den Schweiß vom Boden wischen.

So eilig es Pedro hatte, so eilig hatte es auch die letzte Tänzerin. Rasch zog Stéphanie den schwarzen Fransenumhang, den sie während des Tanzes wie eine Verlängerung ihrer Arme eingesetzt hatte, über ihr Haar und band ihn wie ein Kopftuch fest. Ihr Herz klopfte noch immer von der Anstrengung, ihr Körper bebte vor Erregung, und ihre Augen glänzten berauscht. Sie nickte Pedro kurz zu, um die anderen Gäste kümmerte sie sich nicht.

Mit gesenktem Kopf huschte sie durch die einsamen Gassen. Falls jemand just in dem Moment aus dem Fenster schaute, sah er eine dunkel gekleidete Gestalt, eine Magd vielleicht, die zuvor heimlich das Haus ihres Herrn verlassen hatte und nun hoffte, sich unbemerkt in ihre Kammer zurückschleichen zu können.

Beim Gedanken, wie falsch ein nächtlicher Späher mit seiner Vermutung liegen würde, musste Stéphanie Morel schmunzeln. Wenn schon, dann spielte sie das Märchen von *Cendrillon* nach. Allerdings verwandelte sie sich nach ihren nächtlichen Ausgängen nicht in das Aschenbrödel, sondern blieb eine Prinzessin!

Für Stéphanie Morel, der zwanzigjährigen Tochter von Chevalier Albert Morel, gab es nichts Aufregenderes, als in die Haut eines anderen zu schlüpfen, und wenn es auch nur von kurzer Dauer war! Seit einiger Zeit war ihre Lieblingsrolle die einer *Flamenco*-Tänzerin. Doch schon lange bevor sie den *Flamenco* kennengelernt hatte, hatte sie – stets bis zur Unkenntlichkeit verkleidet – viele Rollen eingenommen.

Sie war unten am Canal du Midi gewesen und hatte im Hafen mit tief in die Stirn gezogener Mütze und aufgemaltem Bart so getan, als sei sie einer der *gens de l'eau*, die den Wein ihres Vaters transportierten. Sie hatte in schmierigen Hafenspelunken zugeschaut, wie die Bootsleute Karten spielten, würfelten oder sich im Armdrücken maßen. Sie war sogar wie die Männer nach hinten in eine Gasse getreten und hatte so getan, als würde sie pinkeln wie sie. Unter niedergeschlagenen

Lidern hatte sie sich angeschaut, was welcher Mann aus der Hose holte, und war erstaunt darüber, welche Unterschiede es doch gab. Eine heiße Woge Lust war durch ihren Unterleib geschwappt, und sie hatte sich vorgestellt, wie es wohl sein würde, wenn einer dieser Männer mit seinem Glied in sie eindringen würde.

Doch die Bootsleute hatten sie so schnell gelangweilt, wie Feinstickereien es taten.

Eines Tages hatte sie bei einer Ausfahrt mit ihrer Mutter beobachtet, wie ein Straßendieb äußerst geschickt einem harmlosen Passanten etwas aus der Tasche stahl. Der ganze Vorgang hatte keinen Wimpernschlag lang gedauert! Und sogleich hatte sie sich gefragt, ob ihr das auch gelingen würde. Um es herauszufinden, hatte sie sich nicht einmal verkleiden müssen – niemand nahm an, dass die Tochter des reichsten Mannes der Gegend eine Diebin war. Ein kleiner Rempler hier, ein gehauchtes Pardon da, und sie hatte sich als Meisterdiebin erwiesen! Die Straßen und feinen Geschäfte Carcassonnes waren bald keine Herausforderung mehr für sie, also hatte sie begonnen, ihre Kunst im Chateau, sozusagen in der Höhle des Löwen, auszuüben. Was war es für eine Aufregung gewesen, als bei einem Ball Duchesse de Balfort ihr Smaragdcollier vermisste! Sie, Stéphanie, hatte bei der Suche natürlich geholfen, mehr noch, sie war es gewesen – logischerweise –, die der aufgelösten Duchesse ihr wertvolles Schmuckstück wiederbrachte. Es habe unter einer Treppe gelegen, hatte sie lächelnd gesagt und war die Heldin des Tages gewesen. Bisher war sie bei all ihren Coups unbemerkt geblieben, aber natürlich konnte auch einmal etwas schiefgehen.

Stéphanie verließ sich darauf, auch dann richtig zu reagieren. Es gab immer Mittel und Wege, um zu verhindern, dass man ihr die Schuld gab!

Die Lust, sich das Leben eines anderen überzustreifen, hatte sie nicht mehr losgelassen. Einmal hatte sie wissen wollen, wie es sich anfühlte, als Dirne im Schatten der Ringmauer auf Kunden zu warten. Oh, was war es für ein Vergnügen gewesen, für diesen Auftritt ein Kostüm zusammenzusuchen – das ganze Haus hatte sie nach passenden Kleidungsstücken durchforstet. Ausgerechnet in der untersten Kommodenschublade ihrer Mutter war sie fündig geworden. Und zu ihrer Entzückung war sie in ihrem Aufzug – einer fast transparenten Spitzenbluse, die mehr als den Ansatz ihrer Brüste zeigte – mehrmals angesprochen worden. Wie die Pupillen der Männer bei ihrem aufreizenden Anblick vor Lust ganz dunkel wurden! Wie ihre Blicke sie gierig verschlangen! Und dann ihre Enttäuschung, wenn sie die Männer mit einem hochnäsigen Kopfschütteln abwies… Dass sie die Macht hatte, solche Gefühle im anderen Geschlecht auszulösen, bereitete ihr ein prickelndes Erschauern. Einen der Freier hatte sie sogar gekannt, umgekehrt war sie dank ihres Gesichtsschleiers, den sie wie immer getragen hatte, unerkannt geblieben.

Dabei machte die Gefahr des Entdecktwerdens den Reiz ihrer Maskeraden ebenso aus wie die Unterschiedlichkeit der Rollen, in die sie schlüpfte. Alle hatten jedoch eins gemeinsam: Sie waren weit entfernt von dem, was sie in ihrem wahren Leben darstellte!

Wenn sie als Hafenjunge oder Dirne verkleidet unterwegs war, dann war sie frei. Dann wollte niemand etwas von ihr, sie hatte keinerlei Konventionen zu entsprechen und konnte sein, wie sie wirklich war.

Einfach sie selbst zu sein – schon oft hatte Stéphanie sich gefragt, warum sie damit ihren Eltern nicht genügte.

Wenn der liebe Gott gewollt hätte, dass Delphine Morel mit den kunstvollen Feinstickereien ihrer Tochter prahlen konnte, dann hätte er ihr, Stéphanie, geduldig die Hand bei solchen Arbeiten geführt. Stattdessen wurde ihr das Handarbeiten schon nach wenigen Nadelstichen langweilig.

Und hätte der liebe Gott gewollt, dass sie die feine Gesellschaft mit künstlerischen Fähigkeiten beeindruckte, dann hätte sie mit Farbe und Pinsel mehr zustande gebracht als kindliche Kritzeleien.

Singen konnte sie auch nicht.

Nur in einem war sie – abgesehen vom *Flamenco*-Tanzen – wirklich gut: Sie verstand es perfekt, sich auf jedes Gegenüber einzustellen und charmant mit ihm zu parlieren, ganz gleich, ob es die Freundinnen ihrer Mutter waren, Vaters Freunde oder die vielen jungen Männer, die ihre Nähe suchten. Vielleicht waren es ihre nächtlichen Ausflüge, die sie gelehrt hatten, tief in die Menschen hineinzuschauen, vielleicht hatte sie diese Gabe auch schon immer besessen. Ganz gleich, wen sie vor sich hatte – es fiel Stéphanie leicht, verborgene Geheimnisse zu erahnen, Sehnsüchte und Träume. Und genauso leicht fiel es ihr, diese Sehnsüchte im Gespräch zu befriedigen. Eine hoffnungsvolle Bemerkung hier, ein unerwartetes Lob da, eine Anspielung, mit der das Gegenüber nicht rechnete...

Dank dieser Gabe war sie überall gern gesehen, dank dieser Gabe wurde ihr so manche Exzentrik verziehen. *Echtes* Interesse, Mitgefühl, Bewunderung – all das empfand Stéphanie nur selten. Für sie waren solche Gespräche ein Spiel, dessen Regeln nur sie kannte.

Aber Spiel hin, Spiel her – warum musste sie überhaupt so tun, als würde sie sich auf den gähnend langweiligen Bällen, zu denen ihre Eltern sie immer schleppten, amüsieren? Warum verstand niemand, dass es sie anödete, wenn sie ein förmliches Menuett oder eine sterbenslangweilige *Musette* tanzen musste? Wenn auf den Bällen wenigstens öfter mal ein Walzer gespielt worden wäre! Es gab wahrscheinlich keine bessere Walzertänzerin als sie – *das* war etwas, was sie wirklich konnte! Wenn ein Herr sie zum Klang eines Walzers schwungvoll über die Tanzfläche drehte, dann gelang es Stéphanie fast, sich einzubilden, sie wäre glücklich.

Doch richtig glücklich war sie immer nur dann, wenn sie ihr gutmütiges Kutschenpony spätabends aus dem Stall holte, vor den Einspänner spannte und heimlich das Chateau verließ – leise, immer darauf bedacht, niemand zu wecken. Dann kitzelte innere Erregung sie wie Brennnesseln auf nackter Haut. Ihr Ziel war stets Carcassonne, die Stadt mit den vielen verwinkelten Gassen, wo hinter jeder Straßenecke ein neues Abenteuer auf sie wartete. Bisher war sie von keiner ihrer Ausfahrten enttäuscht worden, auch in dieser feuchtkalten Oktobernacht nicht.

Der Schweiß auf Stéphanies Haut war noch nicht getrocknet, als die letzten Häuser der Stadt schon hinter ihr lagen und sie den Unterstand erreichte, in dem sie

Pferd und Wagen zurückgelassen hatte. Das Pony, dem sie zuvor ein paar mitgebrachte Büschel Heu hingelegt hatte, döste vor sich hin. Die Gitarrenklänge rauschten noch in Stéphanies Ohren, der Rauch der Zigaretten hing in ihrem Haar, als sie die Kutsche bestieg. Mit einem leisen Schnalzen setzte sie das Tier in Bewegung. Weder Mond noch Sterne erhellten ihren Weg, und das war Stéphanie nur recht. Sie war die Königin der Nacht! Und das Feuer der Leidenschaft, das in ihr glühte, war der einzige Wegweiser, den sie brauchte.

Kapitel 11

Fabienne kannte außer dem kleinen Hafen von Le Somail, der nur wenige Kilometer von zu Hause entfernt lag, und der Schleuse, die ihr Bruder Noah betreute, keine weiteren Schleusen oder Häfen am Canal du Midi. Und sehen konnte sie von ihrem Lager hinter den Weinfässern aus auch nichts, doch sie wusste, dass die Platanen den Kanal jetzt im Herbst überspannten wie ein rostrot eingefärbter Baldachin. Und auch die Route, die die »Aurelie« mit ihr als blindem Passagier nahm, kannte sie dank der Passion ihres Vaters für die Wasserstraße auswendig. Und so wusste Fabie, dass sie westwärts fuhren und am ersten Tag die Schleusen von Argens-Minervois und Homps passiert hatten. Am zweiten Tag waren es die Schleusen von Trèbes und der mittelalterlichen Stadt Carcassonne. Am dritten Tag würden sie Castelnaudary erreichen, eins der vielen Dörfer am Canal du Midi.

Das leichte Schaukeln der Barke war einschläfernd, die Stimmen von Eric und seinem Vater Babtiste drangen nur gedämpft zu ihr in den Lagerraum herab, genau wie das Tageslicht, das durch den Schlitz der Einstiegsluke hereindämmerte.

Eigentlich hatte Fabienne gedacht, dass sie sich zu Tode langweilen würde, so eingesperrt und zur Untätigkeit verdammt. Doch dem war nicht so. Ihr heimlicher Abschied von zu Hause, die Liebesnächte mit Eric, dazu die innere Anspannung – Fabienne war viel zu sehr mit sich, ihren Gedanken und Gefühlen beschäftigt, als dass sie sich auch nur eine Minute gelangweilt hätte. Ihre Befürchtung, dass sie vielleicht frieren oder ihr schlecht werden würde vom steten Schaukeln der Barke, traf ebenfalls nicht ein. Wenn es so weiterging, würde sie die Fahrt bis Toulouse gut überstehen.

Es war der dritte Tag ihrer Reise. Fabienne hatte eben zum Frühstück ein Stück altbackenes Brot gegessen, als das Schiff einen Ruck machte, gerade so, als hätte es die Böschungswand des Kanals touchiert. Fabienne rutschte der Wasserkrug, aus dem sie gerade trinken wollte, aus der Hand und kullerte über den Boden, noch bevor sie ihn zu fassen bekam. Wasser ergoss sich über die Holzplanken. Sie hielt erschrocken die Luft an.

»Kannst du nicht aufpassen, du Tölpel?«, hörte sie über sich die herrische Stimme von Babtiste Lacasse. Und gleich darauf: »Was war das für ein Geräusch? Ist die Ladeluke nicht zu?«

»Doch Vater, natürlich ist sie das«, erwiderte Eric.

»Aber da war ein Geräusch! Was, wenn es eine Ratte ist?«

Fabienne wagte kaum zu atmen.

»Da ist nichts, und eine Ratte schon gar nicht!«, sagte Eric im Brustton der Überzeugung. »Wenn wir gleich in Castelnaudary anlegen, soll ich dann ...«

»Erinnerst du dich nicht? Vor einem Jahr in Carcassonne?«, unterbrach Babtiste seinen Sohn. »In deren Drecksloch von Hafen hat es damals schon von Ratten nur so gewimmelt. Als wir weiterfuhren, hatten wir prompt unerwünschten Besuch an Bord! Es hat Tage gedauert, bis wir das Vieh zu fassen bekamen, das ganze Unterdeck hat wochenlang nach Rattenpisse gestunken. Das passiert mir kein zweites Mal!« Stiefelgetrampel folgte, dann ein dumpfes, metallisches Geräusch. Fabienne wurde fast ohnmächtig vor Angst.

»Halt, Vater, übernimm du das Steuer, *ich* schaue nach!«, hörte sie Eric eilig sagen. »Auch wenn ich mir absolut sicher bin, dass kein Getier an Bord ist. Die Luke war die ganze Zeit zu.«

»Absolut sicher! Wann bist du dir schon mal bei etwas sicher?«, schnaubte Babtiste verächtlich. »Nein, ich geh selbst runter, und wenn ich das Drecksvieh erwische, bekommt es gleich eins mit der Schaufel über den Kopf.«

Noch bevor Eric es verhindern konnte, hörte Fabienne, wie die Ladeluke aufgerissen und die Leiter nach unten ausgeklappt wurde. Panisch schaute sie sich um, während Babtiste schweren Schrittes herabstieg. Es gab kein weiteres Versteck! Hilflos kauerte sie sich zusammen, die Knie dicht an sich gezogen. Am liebsten hätte sie wie als Kind die Hände vor die Augen gelegt, nach dem Motto: Sehe ich dich nicht, siehst du mich nicht. Doch dies hätte heute genauso wenig geholfen wie einst in Kindertagen. Das Einzige, was sie tun konnte, war, regungslos abzuwarten. Vielleicht würde Babtiste ja nur einen kurzen Blick in den Laderaum werfen und sich dann wieder verziehen.

Doch Babtiste lief Reihe für Reihe der Weinfässer ab und stocherte, leise vor sich hin fluchend, mit seiner Schaufel in den Hohlräumen herum.

»Vater, lass das! Da ist nichts!«, hörte Fabie Eric, der ebenfalls nach unten gekommen war, immer wieder verzweifelt sagen.

Geh! Geh wieder!, redete auch Fabienne dem Barkenschiffer stumm zu.

Doch im nächsten Moment stand er wie vom Donner gerührt vor ihr.

»Fabienne Durant...« Er blinzelte. Schüttelte den Kopf, als wollte er eine Vision vertreiben. Blinzelte wieder.

»*Bonjour*, Monsieur Lacasse«, sagte Fabienne und schaute Erics Vater mit einer Mischung aus Trotz und Ergebenheit an.

»Ja verdamm mich... Was machst du auf meinem Schiff? Ich verstehe nicht...« Wie von der Tarantel gestochen fuhr er zu Eric herum, der mit hängendem Kopf und feuerroten Wangen dastand. »Eric! Was ist hier los?«

»Vater, es tut mir leid... Aber Fabienne und ich...«, hob Eric händeringend an. »Ich...« Er warf beide Hände in die Luft, als würde er nach den richtigen Worten hangeln.

»Wir lieben uns!«, rief Fabienne, als von Eric nichts kam.

»Liebe? Erzähl mir nichts von Liebe, du Närrin! Liebe vergeht, Boot besteht, heißt es nicht umsonst«, sagte Babtiste mit vor Wut hochrotem Kopf. »Wir sprechen uns gleich, Mademoiselle! Zuerst jedoch habe ich ein Wörtchen mit meinem Sohn zu reden! Eric, *vien*!« Er drehte sich auf dem Absatz um. So schwerfällig er die

Treppe heruntergekommen war, so behände stieg er sie nun wieder hoch. Eric folgte ihm wortlos und mit hängenden Schultern.

»Eric! Warte auf mich!«, rief Fabie. Es war doch besser, den Stier zu zweit an den Hörnern zu packen!

Fabienne war gerade oben an Bord angekommen, als sie sah, wie Babtiste Eric eine krachende Ohrfeige verpasste.

»Was fällt dir ein?«, schrie er, am ganzen Leib vor Wut bebend, und ein weiterer Fausthieb landete auf Erics Leib. »Bist du geisteskrank oder was?«

»Vater, bitte, hör auf!«, schrie Eric und versuchte vergeblich, sich hinter dem Steuerrad vor den auf ihn einprasselnden Schlägen in Schutz zu bringen.

»Die Barke rammt gleich die Böschungswand!« schrie Fabienne. Zu ihrer Erleichterung ließ Babtiste von seinem Sohn ab und ergriff das Steuerrad.

Fabienne wagte es, die angehaltene Luft auszustoßen. Hätte es jetzt noch einen größeren Schaden an der »Aurelie« gegeben ...

Während Babtiste mit dem Steuer zu tun hatte, stellte Fabienne sich schützend vor Eric. Irgendwie war sie erleichtert, dass die Katze nun aus dem Sack war, stellte sie zu ihrem Erstaunen fest. Wenn Babtiste sah, wie ernst es Eric und ihr war, würde er sich ihrem Glück sicher nicht in den Weg stellen.

»Monsieur Lacasse, ich weiß, das kommt alles etwas plötzlich für Sie. Aber können wir nun vielleicht in aller Ruhe miteinander reden?«, fragte sie daher sanft und bestimmt zugleich. Sie drückte Erics Hand in einer Art, die Mut und Zuversicht ausstrahlen sollte.

»Reden willst du?«, antwortete Babtiste schroff. »Mädchen, das hättest du tun sollen, bevor du dich auf diese Schnapsidee hier eingelassen hast! Aber anscheinend hat mein Sohn es versäumt, dir mitzuteilen, dass er am übernächsten Sonntag heiratet – und zwar nicht dich!«

Fabienne glaubte, nicht richtig zu hören. Die Hochzeit... übernächsten Sonntag...

»Stimmt das?«, fragte sie Eric mit blecherner Stimme. Wann immer er von der arrangierten Hochzeit mit Justine gesprochen hatte, hatte sich alles recht vage angehört, so als wäre längst noch nichts endgültig besprochen. Und nun hieß es, Eric und die andere sollten übernächsten Sonntag heiraten?

Anstatt ihr zu antworten, wandte Eric sich an seinen Vater. »Vater, ich...«

»Sei still!«, fuhr Babtiste auf. »Was bist du nur für ein gewissenloser Schuft! Als wäre es nicht schon schlimm genug, dass du die brave Justine, ohne mit der Wimper zu zucken, im Stich lassen würdest, obwohl eure Heirat schon seit Monaten eine beschlossene Angelegenheit ist – nun wagst du es auch noch, Guy Durants Tochter mit falschen Liebesschwüren zu bezirzen? Davon, dass du die Ehre eines jeden *Pinardier*-Schiffers – und meine ganz besonders – beschmutzt, will ich erst gar nicht reden. Pfui Teufel, kann ich da nur sagen, pfui Teufel!« Babtistes Stimme kippte fast, so aufgeregt war er.

Jedes Wort war wie ein Splitter, der unter Fabiennes Haut getrieben wurde. Ihrer eigenen Stimme nicht trauend, schaute sie Eric flehentlich an. Sag du was! Mach, dass dieser Albtraum ein Ende hat.

»Aber warum kann diese geplante Eheschließung nicht

einfach rückgängig gemacht werden?«, rief Eric verzweifelt. »Ich liebe Justine nicht!«

»Liebe, Liebe – jetzt fängst du auch noch damit an! Als
einer der *gens de l'eau* solltest du eher Worte wie Ehre
und Anstand in den Mund nehmen. Liebe ist etwas für
Schwächlinge!« Babtiste Lacasse spuckte abfällig über
die Reling ins Wasser.

»Dann bin ich eben ein Schwächling«, murmelte Eric,
doch sein Vater nahm keine Notiz von ihm. Er wandte
sich stattdessen an Fabienne und sagte in sanfterem
Ton: »Verzeih, wenn ich dir gegenüber etwas laut geworden bin. Dir mache ich keinen Vorwurf, im Gegenteil.
Ihr jungen Dinger seid leicht zu beeinflussen, das weiß
jeder. Wie mir scheint, hat mein Sohn das sträflich aus-
genutzt. Aber keine Sorge, Babtiste Lacasse macht das
wieder gut.« Er begann, in seiner Hosentasche zu kramen, zog ein Säckchen Münzgeld hervor. »Hier – dreißig
Francs! Dafür muss eine Magd einen ganzen Monat lang
schuften. Das Geld ist für dich, Fabienne, als Entschä-
digung für die Dummheit meines Sohnes. Sobald wir
im nächsten Hafen sind, suchst du dir eine Möglichkeit
zur Heimreise.« Er ließ das Säckchen vor ihren Augen
hin und her baumeln. »Und falls dir dein Ruf auch nur
irgendetwas wert ist, dann vergiss diesen kleinen Ausflug hier. Erzähl deinem Vater irgendeine Geschichte,
denk dir was aus! Du könntest sagen, du hättest deine
Schwester besuchen wollen oder sonst etwas. Aber erzähl ihm bloß nicht, wie dumm du und mein Sohn wart!«

Fabienne schaute von Babtiste zu Eric und wieder zurück. »Ich will Ihr Geld nicht. Eric und ich …«

»Es gibt kein Eric und du! Hast du das immer noch

nicht verstanden?«, schrie Babtiste erneut so laut, dass die Schiffer einer vorbeifahrenden Barke ihre Köpfe zu ihnen herumdrehten. Babtiste machte eine unwillige Handbewegung in ihre Richtung. Dann drückte er Fabienne das Geldsäckchen in die Hand, noch bevor sie es abwehren konnte.

»Er...ic?«, sagte sie, und ihre Stimme brach zwischen den beiden Silben wie ein zu dünnes Ästchen.

»Es tut mir leid«, war alles, was sie von ihm zur Antwort bekam.

Im Hafen von Castelnaudary gewährte Babtiste ihnen gnädig einen Moment des Abschieds.

Eric nahm Fabiennes Koffer und ging damit an Land. Als er ihr seine Hand reichen wollte, um ihr ans Ufer zu helfen, lehnte sie ab. Am ganzen Leib zitternd, überwand sie ohne Hilfe die Kluft zwischen Boot und Ufer, während sie krampfhaft versuchte zu verstehen, was vorgefallen war.

»Fabie, ich weiß, dass du sauer bist. Und zu Recht! Aber glaube mir, mir tut das alles auch furchtbar leid.« Erics Stimme klang verzweifelt, und er konnte ihr nicht in die Augen schauen.

Er glaubte, sie sei sauer? Es tat ihm leid? Fassungslos schaute Fabienne ihn an. So etwas konnte man sagen, wenn man einem anderen auf den Fuß getreten war. Aber doch nicht, wenn von der großen Liebe nur noch ein Scherbenhaufen übrig blieb!

»Die Familie, die Erwartungen, die alle an mich stellen, das alles ist eine Riesenlast auf meinen Schultern. Dennoch glaubte ich, dass ich es schaffe, mich davon freizumachen. Gemeinsam mit dir – sonst hätte ich dich niemals mitgenommen! Aber du hast meinen Vater ja gerade erlebt... Wenn ich jetzt gehen würde, dann ließe mich mein schlechtes Gewissen ihm und der Familie gegenüber wahrscheinlich nie zur Ruhe kommen, verstehst du?«

»Ach, und mir gegenüber hast du kein schlechtes Gewissen?«, fuhr sie ihn an.

»Doch, natürlich! Aber bitte versteh doch... Ich bin einfach nicht so stark wie du.«

Herumjammern – war das alles, was er konnte? Warum hatte er ihr nicht gesagt, dass seine Hochzeit unmittelbar bevorstand? Und was hieß hier »stark sein«? Wenn er wollte, konnte er sich immer noch gegen seinen Vater stellen, hier und jetzt! Alles, was es brauchte, war ein bisschen Mumm!

Aber wollte *sie* das überhaupt noch?, fragte sie sich, während ihre Finger Babtistes Geldsäckchen so fest umklammerten, dass es wehtat. Konnte sie sich überhaupt noch eine Zukunft mit Eric vorstellen?

»Wie du mich anschaust, so voller Abscheu... Fabie, jetzt sag doch etwas«, bat er flehentlich, während Babtiste ihn herrisch zu sich herwinkte.

»Was soll ich denn sagen, damit es dir besser geht?«, erwiderte sie dumpf. »Dass ich dir verzeihe? Dass es mir nichts ausmacht, von dir belogen worden zu sein? Dass ich vollkommen verstehe, wenn du jetzt mit deinem Vater weiterfährst anstatt mit mir? Von wegen ›Von nun an kann uns nichts mehr trennen!‹ – ein geangelter Fisch hat eine längere Lebensdauer als die Worte, die du mir so süß zugeflüstert hast in unserer ersten Nacht

124

an Bord!« Die Ironie in ihren Worten brannte bitter auf ihrer Zunge, einen Moment lang hatte sie Angst, sich übergeben zu müssen. Und sie dumme Kuh hatte geglaubt, er würde sie heiraten! Sie fühlte sich so benutzt! So lächerlich gemacht.

»O Gott, alles ist so schrecklich…« Unglücklich schüttelte Eric den Kopf. »Ich… ich weiß nicht, was ich sagen soll. Aber ich überleg mir was, versprochen! Wenn wir uns wiedersehen, dann…«

Fabienne stieß einen Laut aus, der halb Wehklagen, halb Lachen war. »Glaubst du wirklich, ich werde mich weiterhin heimlich mit dir treffen, wenn du erst einmal verheiratet bist? Für was hältst du mich – für eine Ehebrecherin?« Es hätte nicht viel gefehlt, und sie hätte vor ihm auf den Boden gespuckt. Stattdessen warf sie ihm den Geldsack seines Vaters vor die Füße. »Hier, für dich! Das sind zwar keine dreißig Silberstücke, sondern dreißig Francs, aber Judasgeld ist es allemal, so wie du mich verraten und verkauft hast.«

Ohne ein weiteres Wort des Abschieds schnappte sie sich ihren Koffer und ging davon, ohne zu wissen, wohin.

Noch nie in ihrem Leben war sie so gedemütigt worden. Noch nie hatte jemand sie so belogen. Noch nie war ihr jemand so untreu geworden. Ihre goldene Zukunft, all ihre Pläne – zertreten wie ein Wurm unter den Schuhsohlen von Eric und seinem Vater.

Wie konnte Eric nur?, fragte sie sich immer wieder und wusste doch, dass keine Antwort je befriedigend gewesen wäre.

Eric Lacasse war wirklich der feigste Mann auf Gottes Erdboden, dachte Fabienne, während sie im Schutz einer Zypresse darauf wartete, dass die »Aurelie« die Schleuse von Castelnaudary passiert hatte. Und sein Vater war auch das Allerletzte. »Liebe vergeht, Boot besteht!« – pah! Waren denn alle Menschen nur noch auf Besitztümer aus? Colette, die es darauf anlegte, Vater zu heiraten, um in seinem Haus zu wohnen. Und Babtiste, der seinen Sohn an Justine verschacherte wegen eines jämmerlichen Bootes!

Kaum war die »Aurelie« außer Sicht, sackte Fabienne in sich zusammen. Ihre Wut, die sie bis hierher getragen hatte, verflog. Alles aus und vorbei. Und nun? Was sollte sie jetzt machen? Sie hockte sich neben ihren Koffer auf den Boden und weinte bitterlich.

Fabiennes Tränen flossen noch, als sie trotz ihrer verstopften Nase den Duft von frischen Brioches wahrnahm, der aus dem Ort ans Kanalufer herüberwehte. Genauso hatte es an den Markttagen in Sallèles immer gerochen, wenn sie mit *Maman* einkaufen gewesen war, schoss es ihr durch den Kopf, und die Erinnerung ließ sie erneut in Tränen ausbrechen. Im selben Moment begann Fabiennes Magen lautstark zu knurren, als wollte er sie auf andere Gedanken bringen. Erschöpft stand sie auf, nahm ihren Koffer und ging die paar Meter in den Ort. Es war Ewigkeiten her, dass sie etwas Ordentliches gegessen hatte.

Die Brioches schmeckten nicht so gut, wie sie gerochen hatten. Trotzdem stopfte Fabienne drei Stück in sich hinein, sie musste schauen, dass sie zu Kräften kam und wieder einigermaßen klar denken konnte.

Es war noch nicht einmal elf Uhr am Vormittag, am besten schaute sie sich gleich nach einer Barke um, die ostwärts fuhr und sie mitnahm. Da sie die meisten Schiffer kannte, war dies gewiss kein Problem.

Aber was würde sein, wenn sie in Sallèles ankam? Wie sollte sie ihren kleinen Ausflug erklären? War ihr Vater wütend, oder machte er sich Sorgen um sie? Ursprünglich hatte sie überlegt, ihm einen Abschiedsbrief zu hinterlassen, doch dann waren ihr nicht die richtigen Worte eingefallen, und so hatte sie es sein lassen. Gott sei Dank!, dachte sie nun, so konnte sie ihm und allen anderen erzählen, sie habe Lucie in Toulouse besuchen wollen, sei dann aber unvermittelt umgekehrt, aus welchen Gründen auch immer.

Ein gebrochenes Herz allein war schon schlimm genug! Aber die Vorstellung, dass in Sallèles alle über sie, die Verschmähte, tuscheln würden, war mehr, als Fabienne ertragen konnte. Es reichte, dass *sie* mit ihrem gekränkten Stolz zurechtkommen musste – damit, und mit der Scham über ihre grenzenlose Dummheit. Auf den Spott der anderen konnte sie gut verzichten.

Wie hatte sie einem wie Eric nur trauen können? Wie hatte sie sich so täuschen können in ihm? Und das, obwohl Violaine sie so eindringlich vor ihm gewarnt hatte.

»Danke fürs Mitnehmen, Luca!« Winkend verabschiedete sich Fabienne von dem älteren *Pinardier*-Schiffer, der sie von Castelnaudary zurück nach Carcassonne mitgenommen hatte. Fabienne kannte ihn, er hatte jahrelang Guys Schleuse passiert und zu ihren treuesten Gästen gehört, doch seit Violaines Tod hatte sie ihn nicht mehr gesehen. Er würde inzwischen nur noch die Strecke Toulouse – Carcassonne fahren. Weiter gen Süden kam er nicht, ansonsten hätte er sie gern bis nach Sallèles mitgenommen, hatte er ihr bedauernd erklärt. Fabienne hatte abgewinkt, kein Problem! Wenn sie an den Schleusen jeweils die Barke wechselte, sparte sie sich die langwierigen Schleusengänge und kam noch am selben Abend daheim an. Sie musste nur den Schiffer fragen, der seine Barke gerade in die Schleuse hineinnavigierte! Er hieß Manuel, und auch ihn kannte sie seit Jahren, er transportierte meistens Holz und Tonziegel. Mit ihm konnte sie gleich das nächste Wegstück fahren.

Aber – wollte sie das wirklich?

Die ganze Fahrt über hatte sie schon ein seltsames Gefühl in der Magengegend verspürt. Ein Sträuben, einen Widerstand, so, als würde man einer Katze oder einem Hund gegen den Strich durchs Fell fahren.

Seit Colette im August bei ihnen eingezogen war, hatte sie, Fabienne, sich innerlich immer mehr von ihrem Zuhause entfernt. Hatte im Stillen schon Abschied genommen, ohne genau zu wissen, wann und in welcher Form er tatsächlich kommen würde. Und als sie dann zu Eric ins Boot gestiegen war, hatte sie das im Bewusstsein getan, die Schleusenstation für immer zu verlassen.

Und nun sollte sie zurück in ein liebloses Zuhause, in dem niemand sie wertschätzte? Zurück in die Schleusenstation, wo ein Tag dem andern glich? Nur weil Eric Lacasse ein Feigling war?

Ihr Blick wanderte vom Canal du Midi hinauf zu der riesenhaft wirkenden Festung, deren Türme wie Speerspitzen in den Himmel ragten – bereit, es mit jedem Gegner, jedem Kampf aufzunehmen. Sich fürs Leben wappnen – vielleicht sollte sie das auch tun, anstatt wieder bei ihrem Vater unterzuschlüpfen?

Auf einmal kam Fabienne der Moment regelrecht schicksalhaft vor. Da stand sie nun – auf der einen Seite der Kanal, auf der anderen die unbekannte Stadt. Und sie genau dazwischen. Wie oft im Leben bekam ein Mensch die Chance – die Freiheit –, sich zwischen zwei Leben entscheiden zu können?

Fabienne hatte keinen blassen Schimmer, wovon sie leben sollte. Sie wusste auch nicht, wie schwierig es für sie als junge Frau sein würde, Arbeit und eine Unterkunft zu finden. Ihr Alter würde sie zumindest verschweigen müssen. Und ihr Erspartes, das sie von zu Hause mitgenommen hatte – es war nicht viel –, würde sie höchstens die ersten Tage über Wasser halten, länger nicht. Was das Leben danach für sie bereithielt, wusste Fabie nicht. Und dass sie genügend Mut haben würde, um sich allein durchs Leben zu schlagen, konnte sie auch nur hoffen.

Dafür wusste sie jedoch Folgendes plötzlich mit absoluter Sicherheit: Sie wollte nie mehr ins Schleusenwärterhaus zurück. Und unter den Rock ihrer Geschwister schlüpfen wollte sie im Moment auch nicht – diese Möglichkeit blieb ihr zur Not immer. Nein, fortan wollte sie für sich selbst verantwortlich sein! Nie mehr in ihrem Leben ihr Glück von einem anderen Menschen abhängig machen, so wie sie es getan hatte, als sie Eric gefolgt war. So, wie ihre *Maman* es vor vielen Jahren gemacht hatte, als sie Vater gefolgt war.

Sie wollte von nun an ihr Glück selbst in die Hand nehmen!

Fabienne warf erneut einen Blick auf die Türme von Carcassonne, dann packte sie ihren Koffer und stapfte los.

Kapitel 12

Keine halbe Stunde später hatte Fabienne in der Unterstadt, der *Bastide*, eine Unterkunft in einer Pension gefunden.

Die Wirtin, die Fabie von ihrer Art her unangenehm an Colette erinnerte, wollte weder irgendwelche Papiere sehen, noch fragte sie nach Fabies Alter – dafür bestand sie auf Vorauszahlung. Fabienne gab ihr Geld für eine Woche.

»Suchst du auch Arbeit?«, fragte die Wirtin, nachdem sie Fabies Zimmer – es lag im Erdgeschoss, und das Fenster ging zum Hinterhof hinaus – aufgeschlossen hatte. Ein Bett, eine Kommode, eine Waschschüssel, ein Stuhl – es war alles da, was sie brauchte. Und sauber war es auch.

Fabie nickte. »Haben Sie etwa einen Tipp für mich?«

»Wenn du ein Mann wärst, könntest du sofort bei der Eisenbahn anfangen, beim Gleisbau benötigen sie jede Hand. Aber zu uns kommen auch viele junge Frauen vom Land. Manche finden Arbeit in einer der Schuhmanufakturen, in einer Weberei oder einer Schneiderwerkstatt. Wenn du lieber bei einer Familie oder in einem

Geschäft arbeiten möchtest – auf dem Marktplatz hier in *Bastide* hängt eine Holztafel, auf der findest du entsprechende Angebote.« Die Frau schaute hinter sich auf eine Wanduhr. »Heute brauchst du allerdings nicht mehr hinzugehen. Die Leute scharen sich gleich frühmorgens um die Holztafel, die Zettel mit den Angeboten werden so schnell abgerissen, wie sie aufgehängt wurden. Du musst also früh dran sein, Mädchen.«

Fabienne bedankte sich für den Rat. Von einer solchen Tafel mit Arbeitsangeboten hatte Lily im Sommer auch erzählt, erinnerte sie sich. Bei der Vorstellung, dass sie sich mit zig anderen Frauen um eine Anstellung streiten sollte, war ihr allerdings unwohl.

Eigentlich hatte Fabienne sich nur ein bisschen ausruhen wollen. Doch kaum hatte sie sich hingelegt, musste sie an Eric denken, und die Tränen stiegen ihr erneut in die Augen. Erschöpft vom Weinen schlief sie irgendwann ein.

Als sie wieder aufwachte, wusste sie im ersten Moment nicht, wo sie war. Der Geruch des Bettes war fremd, die Kammer war fremd. Ihr Blick wanderte durch das Fenster in den Hinterhof, wo es dämmerte. Vom Licht her konnte es Abend sein.

Carcassonne! Die Pension! Sie brauchte dringend Arbeit! Hektisch schwang sie ihre Beine über die Bettkante. Solange es noch einigermaßen hell war, konnte sie schon einmal schauen, wo dieser Marktplatz lag, von dem die Wirtin gesprochen hatte. Vielleicht würde sie auch zu der ehemaligen Festung hinauflaufen und sich die Türme und dicken Festungsmauern, die sie schon von Lucas Barke aus fasziniert hatten, genauer anschauen.

Es war ein milder, ruhiger Oktoberabend, und so schlang Fabienne lediglich ein dünnes Tuch um ihre Schultern. Als sie aus dem Haus in die schmale Gasse trat, hatte sie einen Moment das Gefühl, nicht in einer fremden Stadt, sondern in Sallèles zu sein, so ähnlich sah es hier aus. Die vom Schmutz der Jahrhunderte dunkel gewordenen Sandsteinhäuser, das abgewetzte Kopfsteinpflaster, auf dem man schnell umknicken konnte, wenn man nicht aufpasste, die frisch gewaschene Wäsche, die über der schmalen Gasse auf gespannten Leinen hing, der Geruch von gebratenem Fisch, der aus den geöffneten Fenstern wehte – das alles wirkte sehr vertraut. Fabienne spürte, wie ihre innere Anspannung ein wenig nachließ. Im nächsten Augenblick hörte sie ihren Magen knurren. Seit den drei Brioches am Morgen hatte sie nichts mehr gegessen. Trotzdem – warum konnte man Hunger nicht einfach abstellen?, ärgerte sie sich. Wo sollte sie um diese Zeit etwas Essbares herbekommen? Vielleicht hatte sie Glück und kam an einer Herberge vorbei, die Reisende verköstigte? Aber selbst wenn – würde sie sich trauen einzutreten?

Sie hatte noch nicht zu Ende gedacht, als ihr eine Woge Essensgeruch in die Nase stieg – es roch nach grünen Bohnen und Knoblauch. Unwillkürlich lief Fabienne das Wasser im Mund zusammen. Töpfegeklapper war zu hören und laute Männerstimmen.

Im nächsten Moment wurde bei dem Haus, vor dem sie gerade stand, eine Tür aufgerissen, und ein Mann mit hochrotem Kopf trat heraus. Er trug eine vor Dreck starrende Kochschürze, seine Haare waren fettig, sein Gesicht war rot aufgedunsen wie das eines Säufers. »Ich reiße Hugo den Kopf ab, wenn ich ihn erwische! Das ist nun schon das dritte Mal in diesem Monat, dass der Bursche nicht aufgetaucht ist!«, schrie er und schüttete in hohem Bogen einen Eimer Spülwasser aus.

Wäre Fabienne nicht beherzt nach hinten weggesprungen, hätte das Wasser sie erwischt. »Haben Sie keine Augen im Kopf?«, wollte sie den Mann anfahren, doch da fiel die Tür schon wieder hinter ihm ins Schloss.

Was für ein Blödmann! Fabienne hob gerade ihren Rock, um über die Lache zu springen, als die Tür erneut aufgerissen wurde. Der Mann erschien, mit einem Zettel, Hammer und Nagel in der Hand. Er streifte Fabienne mit einem düsteren Blick, dann nagelte er den Zettel an seine Tür.

Fabienne wollte ihn schon anfahren wegen seiner Unvorsichtigkeit, doch als sie seine verschlagene Miene sah, hielt sie den Mund. Was, wenn er auf sie losging? Ihr Blick fiel auf den Zettel.

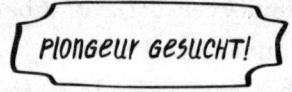

Plongeur gesucht!

Der Mann hatte Arbeit zu vergeben? Fabienne blinzelte. »Monsieur!«

»Was ist?«, knurrte er, die Klinke in der Hand.

»Sie suchen eine Spülhilfe? Ich kann für Sie arbeiten!«

»Mädchen, belästige mich nicht, ich suche einen Mann, der hart arbeiten kann! Und der regelmäßig zur Arbeit erscheint«, fügte der Mann hinzu und schaute mit zusammengekniffenem Blick die Gasse entlang, als hoffte er insgeheim noch immer, dass besagter Hugo erscheinen würde.

Er traute ihr nicht zu, ein paar Teller und Töpfe spülen zu können?

»Ach, und nur weil ich ein Mädchen bin, glauben Sie, ich kann nicht hart arbeiten? Und was ist damit?« Herausfordernd streckte sie ihm ihre von der Waschküche schwieligen, verhornten Hände entgegen. Hinter der Tür begann ein Topfdeckel zu klappern, als wollte er Fabienne Applaus spenden. Vielleicht kochte auch nur etwas über, dachte sie feixend.

Der Mann schaute hektisch von der Gasse in Richtung Tür, Fabienne sah, wie er mit sich kämpfte. »In Gottes Namen, dann komm, sonst ersticken wir noch in einem Berg von schmutzigem Geschirr!«

Über Fabiennes Gesicht glitt ein triumphierendes Lächeln. Noch während sie dem Mann folgte, krempelte sie ihre Ärmel hoch.

Der Mann hieß Bernard Sevèstre, ihm gehörte eine Herberge. Bei ihm wohnten die Männer, die die Gleise für die neue Eisenbahnstrecke zwischen Bordeaux und Sète verlegten. Die Gleisarbeiter stammten fast allesamt aus der Normandie und lebten viele Monate getrennt von ihren Familien. Bernard Sevèstre beherbergte die über hundert Männer nicht nur, er kochte auch allabendlich für sie – einfache, nahrhafte Speisen wie Eintöpfe und Ragouts.

Außer Bernard gab es noch zwei weitere Kräfte in

der Küche: Bernards Sohn Philip, dem immer wieder ein nervöses Zucken die Miene verzerrte und der nicht viel sprach. Und Alphonse, ein älterer, grobschlächtiger Mann aus der Nachbarschaft. Die beiden putzten Gemüse, nahmen Fische aus, zerlegten Geflügel und verrichteten weitere Arbeiten, damit alles vorbereitet und zur Hand war, wenn Bernard Sevèstre zu kochen begann.

War das Essen fertig, oblag es Philip, die Teller mit den Speisen in den Schankraum zu tragen, wo die Gleisarbeiter dicht aneinander gedrängt an langen schmalen Tischen saßen. Fabiennes Aufgabe als *plongeur* war es, dafür zu sorgen, dass der Topf mit heißem Wasser nie leer war, und alles, was an schmutzigem Geschirr und Besteck anfiel, zu waschen. Und das waren tatsächlich Berge! Von wegen »ein paar Teller und Töpfe«, dachte Fabie mehr als einmal und musste dabei ehrlich zugeben, dass Sevèstres Zweifel, ob sie als Frau die Arbeit eines *plongeurs* schaffen konnte, berechtigt gewesen waren.

Die Küche war so winzig, dass man sich regelmäßig in die Quere kam, was stets zu lautem Geschrei und Flüchen von Bernard führte. In den ersten Tagen versuchte Fabienne, die sich auf so engem Raum mit den drei Männern äußerst unwohl fühlte, noch, sich an ihrem Spülbecken so klein wie möglich zu machen, weil ansonsten schnell mal »völlig unabsichtlich« im Gedränge eine Hand ihren Schenkel, ihren Hintern oder ihre Brust streifte. Doch schon bald fand sie heraus, dass es besser war, wenn sie ihre Ellenbogen einsetzte, während sie zwischen dem Tisch, auf dem sich das schmutzige

Geschirr aus dem Schankraum stapelte, und dem Spülbecken hin und herrannte.

Anfangs hatte Fabienne geglaubt, dass es ihr schwer-
fallen würde, in einer Küche nur an der Spüle zu stehen, und dass sie Sehnsucht haben würde, endlich wieder einmal selbst an den Herd zu treten. Doch zu ihrem
eigenen Erstaunen war dies nicht der Fall. Zum einen
lag dies an Bernard Sevèstres Art zu kochen – ganz
gleich, welche Zutaten er verwendete, am Ende wurde
ein fad schmeckender Eintopf oder ein pampiges Ragout
in einem unappetitlichen Grau daraus. Fabienne, die ihr
Leben lang ständig hier etwas genascht und da einen
Löffel gekostet hatte, verspürte in Bernards Küche dazu
nicht das geringste Bedürfnis. Wenn sie überhaupt ein
paar Happen aß, dann waren es gekochte Kartoffeln
oder Rüben, auf denen sie lediglich ein Stückchen Butter schmolz.

Der zweite Grund, warum es Fabienne nicht an den
Herd zog, war der Herd selbst: Anstelle eines Ofens,
wie sie ihn von zu Hause kannte, gab es in der Küche
der Herberge eine altertümliche Kochstelle mit offenem
Feuer. Darüber hingen an einem eisernen Gestell mit
Ketten ein oder zwei riesengroße Töpfe. Die Flammen
des Feuers schlugen bis in den Abzug hinauf und durch-
drangen den winzigen Raum mit einer solchen Hitze,
dass Fabienne Angst hatte, davon ohnmächtig zu werden. Die Männer schwitzten wie Büffel, und genauso rochen sie auch. Die Hitze in der Küche, und nicht der
übermäßige Genuss von Alkohol, war auch der Grund
für Bernards hochroten Kopf.

Was das Schwitzen anging, konnte Fabie es durchaus

mit den Männern aufnehmen. Wenn sie allabendlich um sechs ihren Dienst angetreten hatte, dauerte es keine halbe Stunde, und sie war bis auf die Unterwäsche nassgeschwitzt. Ihr Kleid klebte unangenehm an ihrer Haut, aus ihren zu einem Dutt hochgesteckten Haaren lief der Schweiß ihren Rücken und ihre Stirn hinab. Ihre Schläfen brannten, als wäre Fabienne zu lange in der Sonne gewesen, und regelmäßig wurde ihr schwindlig. Wenn sie dann noch vergaß, hin und wieder einen Schluck Wasser zu trinken, war sie einer Ohnmacht ziemlich nahe. Am schlimmsten jedoch waren ihre Hände, die schon in keinem guten Zustand gewesen waren, als sie bei Bernard Sevèstre angefangen hatte. Zu den Schwielen gesellten sich nun auch noch eine Art Brandblasen, die so wehtaten, dass Fabienne hätte heulen können. Nach der ersten Woche ging sie in eine Apotheke und bat um eine Heilsalbe. Diese war zäh und roch ranzig, aber sie half – die Hitzeblasen verschwanden. Und besser noch, auch die alten Schwielen bildeten sich etwas zurück.

Als Fabienne ihrer Vermieterin von ihrer Arbeit bei Bernard Sevèstre erzählte, lupfte diese skeptisch die Brauen. In der Küche eines Männerwohnheims arbeiten? Als Frau nachts allein durch die düsteren Gassen von Carcassonne laufen? Beides hielt sie für keine gute Idee. Doch wenn Fabienne allabendlich um zehn oder später schweißgebadet in die Pension zurücktaumelte, war sie schlicht zu erschöpft, um noch vor irgendetwas Angst zu haben.

Und tatsächlich wurde sie von niemandem belästigt. Es kam schon einmal vor, dass ein paar Männer ihr hinterherpfiffen oder irgendeine dumme Bemerkung machten, aber beides ignorierte Fabienne stoisch. Und hätte ihr jemand ungewollte Avancen gemacht, dann hätte sie ihm mit dem letzten bisschen Kraft, das sie nach ihrer Schicht in Sevèstres Küche noch besaß, zwischen die Beine getreten, so wie ihre Brüder es ihr einst gezeigt hatten! Ob sich all das für eine junge Frau schickte – darüber machte sich Fabienne keine Gedanken. Wozu auch? Ihr blieb schließlich nichts anderes übrig, als für ihren Lebensunterhalt arbeiten zu gehen, und das mit allen Konsequenzen.

Dass ihr Vorgänger Hugo eines Tages einfach nicht mehr zur Arbeit erschienen war, dafür entwickelte Fabienne schnell größtes Verständnis – die Arbeit war hart und schlecht bezahlt. Mehr als einmal nahm sie sich vor, sich eine neue Stelle zu suchen, doch dann erinnerte sie sich daran, wie sie den ganzen Sommer lang in der heißen Waschküche gestanden und schmutzige Wäsche geschrubbt hatte. Und hatte sich ihre Schwester Lucy nicht auch oft über ihr schweres Los bei den Herrschaften in Narbonne beklagt? Woanders war es auch kein Zuckerschlecken!

So hart die Arbeit in der Herberge war, so barg sie doch auch Vorteile: Für Essen musste Fabienne fast kein Geld ausgeben, denn beinahe jeden Abend blieben ein paar Kartoffeln, etwas Brot, Gemüse oder sonst etwas übrig, was Alphonse und sie sich teilen konnten. Außerdem hatte Fabienne tagsüber frei und konnte ausgedehnte Spaziergänge in die umliegenden Weinberge oder hinauf zur Festung machen. Am Canal du Midi spazierte Fabienne bewusst nicht entlang – nun, da sie entschieden hatte, nicht nach Hause zurückzukehren, wollte sie keinem der Barkenschiffer über den Weg laufen. Am Ende tauchte noch ihr Vater hier auf, um sie zurückzuholen, weil Colette eine Waschmagd und ein Kindermädchen für ihr Neugeborenes benötigte! Fabienne hatte Guy zwar nach ihrer Ankunft in Carcassonne eine kurze Nachricht geschickt – ohne zu schreiben, wo sie war –, um ihn wissen zu lassen, dass es ihr gut ging und er sich keine Gedanken um sie machen sollte, zu mehr fühlte sie sich ihm gegenüber jedoch nicht verpflichtet.

Am liebsten ging Fabienne hinauf in die *Cité* zur mittelalterlichen Festung. Auf dem Weg dorthin kam sie an einem alten Feigenbaum vorbei, dessen Früchte niemand abgeerntet hatte. Da sie Feigen über alles liebte, stopfte sie sich selig die Taschen voll. Auf dem Berg angekommen, suchte sie sich ein ruhiges Plätzchen, saß oftmals stundenlang einfach da, den Rücken an die warme Ringmauer der Festung gelehnt, aß die überreifen Früchte und schaute über das weite Aude-Tal hinweg. Zu ihrem eigenen Erstaunen fühlte sie sich nicht einsam. Sie vermisste weder ihren Vater noch ihre Geschwister – wenn überhaupt, dann vermisste sie nach wie vor Violaine. Irgendwann würde sie ihre Familie vielleicht besuchen, würde Lucy in Narbonne treffen und Noah mit seiner Elodie in seiner Schleusenstation. Und ganz bestimmt würde sie auch irgendwann neue Kontakte knüpfen. Vielleicht konnte sie sogar eine Freundin finden – das hatte sie sich in Sallèles immer gewünscht. Aber im Augenblick genügte sie sich selbst.

Am Sonntag von Erics Heirat vergoss Fabie ein paar Tränen. Doch ansonsten dachte sie nur sporadisch an ihn, den Mann ohne Rückgrat. Manchmal kam es ihr vor, als hätte sie sich die Episode mit ihm nur eingebildet. Und damit konnte sie gut leben.

Das lange Ausschlafen am Morgen, die einsamen Spaziergänge am Tag, die Hektik in der Herbergsküche am Abend – Fabiennes Alltag war so einfach wie überschaubar. Außer Bernard Sevèstre kommandierte niemand sie herum. Es gab keine drängenden Probleme, für die sie eine Lösung hätte suchen müssen. In ihrer freien Zeit musste sie lediglich dafür sorgen, dass ihre Kleider und sie sauber wurden und sie satt wurde – dank der Essensreste aus der Herberge war dies nicht schwer. Sie musste allabendlich pünktlich zur Arbeit erscheinen und ihrer Wirtin zum Monatsersten das Geld für die Kammer geben. Zu Fabiennes Erstaunen konnte sie von ihrem mageren Lohn sogar ein paar Francs sparen. Dass ihr das alles so gut gelang, erfüllte sie mit einer noch nie gekannten Zufriedenheit.

So mild die Herbstsonne war, so mild war auch ihre Stimmung. Endlich konnte sie nachholen, wozu sie bisher noch nicht gekommen war: Violaines Tod zu betrauern und zu verarbeiten, anstatt ihn nur zu verdrängen. Ihre Mutter war zwar alles in allem eine unglückliche Frau gewesen, aber am Tag ihres Todes – Lilys Geburtstag – war sie frohen Mutes und hatte sogar gelacht. Sie hatten zusammen gekocht und mit der ganzen Familie gegessen. Vielleicht war Violaine sogar als glückliche Frau gestorben? Aus diesem Gedanken schöpfte Fabienne genug Trost, um die Mutter endlich gehen lassen zu können.

Kapitel 13

Im Dezember nahm Fabiennes Zufriedenheit ein jähes Ende. Sie wollte gerade zu einem ihrer Spaziergänge aufbrechen, als ihre Pensionswirtin sie im Hausflur aufhielt. »Ich benötige deine Kammer anderweitig. Du musst noch heute deine Sachen packen und gehen. Für Dezember gebe ich dir deine Miete zurück, hier ist dein Geld!« Mit ausgestrecktem Arm, als litte Fabienne an einer ansteckenden Krankheit, hielt die Wirtin ihr ein paar Münzen hin.

»Madame, ich verstehe nicht – warum muss ich gehen?« Fabienne schaute die Frau entsetzt an.

»Das weißt du ganz genau«, erwiderte die Wirtin scharf.

»Nein! Ich verstehe überhaupt nichts… Madame, ich flehe Sie an, sagen Sie mir, was los ist! Wo soll ich denn auf die Schnelle eine neue Bleibe finden?«

»Das hättest du dir überlegen sollen, bevor du dich von irgendeinem dahergelaufenen Kerl hast schwängern lassen! Glaubst du, ich bin blöd? Seit einer Woche höre ich, wie du dir jeden Morgen die Seele aus dem Leib kotzt, und wenn du aus dem Bad kommst, bist du weiß wie eine Milchflasche. Eine ledige Mutter in deinem Alter? *Non merci!* Ich führe ein ordentliches Haus. Mit einer wie dir handle ich mir nur Ärger ein.«

»Sie glauben, ich bin… schwanger?« Fabienne lachte hysterisch auf. Und sie hatte schon gedacht, sie hätte sich auf irgendeine Art schlecht benommen, ohne dies zu bemerken. »Madame, ich kann Sie beruhigen. Die Essensreste bei Monsieur Sevèstre… In der Hitze schlägt eine Speise schnell um, davon kann einem schon mal übel werden.«

»Welche Hitze? Wir haben Dezember! Vielleicht kannst du *dir* etwas vormachen, mir jedoch nicht. Essensreste – pah! Das ist die typische Morgenübelkeit! Und jetzt pack deine Sachen und leg mir den Schlüssel hier auf die Theke, wenn du gehst.«

»Aber Madame…« Einen Moment lang glaubte Fabienne, den Verstand zu verlieren. Morgenübelkeit? Darüber hatte Colette Laroque geklagt, aber doch nicht sie. Ihr war lediglich oft schlecht vom Essen! Die Wirtin war verwirrt, anders war ihre abstruse Anschuldigung nicht zu erklären. Sie und schwanger, wie lächerlich! Zwei- oder dreimal hatte sie mit Eric geschlafen, öfter nicht. Außerdem hatte er gesagt, dass beim ersten Mal sowieso nichts passieren würde. Nur, wie sollte sie das der Frau erklären?

Die Wirtin, die sich vor dem Garderobenspiegel ausgehfertig machte, warf Fabienne über ihre Schulter einen Blick zu. Ihre Stimme war sanfter als zuvor, als sie sagte: »Wenn du einen guten Rat hören willst – am besten suchst du dir so schnell wie möglich jemanden, der dir hilft, den Bastard wieder loszuwerden.«

»Kein Zimmer frei!«

»Wir vermieten nicht an alleinstehende Frauen!«

»Wir vermieten nur an Männer.«

Den ganzen Tag lief Fabienne von einer Gasse zur nächsten, klopfte an vielen Türen, wartete lange oder gar vergeblich, bis ihr jemand öffnete. Als sie in der *Ville Basse* nicht fündig wurde, marschierte sie hoch in die *Cité*. Doch auch in den Häusern, die sich unterhalb an die Burg schmiegten, fand sie keinen Unterschlupf.

Als sie um sechs bei Bernard Sevèstre ankam, war sie so erschöpft, dass sie kaum mehr stehen konnte. Unauffällig versteckte sie den Koffer mit ihren Habseligkeiten unter dem Spültisch und legte noch einen alten Lumpen darüber, dass ja niemand ihn sah.

Der Küchenbetrieb war im vollen Gange, es roch so durchdringend nach Knoblauch, dass Fabienne angewidert die Nase krauste. Statt einer Begrüßung nickte sie Philip und Alphonse, die Berge von Möhren und Kartoffeln schälten, nur kurz zu. Sie wollte sich gerade ihre Schürze umbinden, als Bernard Sevèstre sie zu sich rief.

»Ich habe heute früh schon Lamm-*jus* gemacht, Hier, der Topf, wasch ihn und bring ihn mir gleich wieder, ich brauche ihn dringend!«

Wortlos nahm Fabienne den schweren Eisentopf und trug ihn zur Spüle. Erleichtert stellte sie fest, dass schon irgendjemand Wasser für sie erhitzt hatte, so konnte sie gleich mit ihrer Arbeit loslegen.

Doch wo sollte sie später hingehen? Die Frage hämmerte unaufhörlich hinter ihrer Stirn. Wäre es Sommer gewesen, hätte sie eine Nacht oder zwei irgendwo im Freien unter dem Schutz einer Hecke verbringen können. Doch jetzt im Dezember waren die Nächte dafür zu kalt.

Verzweifelt hievte sie den Topf ins Seifenwasser und war gerade dabei, die Bürste aus harten Schweineborsten zu suchen, als ihr ein weiterer, erschreckender Gedanke durch den Kopf schoss: Was, wenn sie wirklich schwanger war?

Schlagartig wurde ihr speiübel. Sie ließ Bürste Bürste sein und rannte nach draußen in die schmale Gasse. Vornübergebeugt hielt sie krampfhaft ihren Bauch fest. Doch als sie würgte und spuckte, kam außer etwas gelbem Schaum nichts. Was hätte auch kommen sollen?, dachte sie, sie hatte den ganzen Tag noch nichts gegessen. Und trotz der Übelkeit verspürte sie Hunger. Hoffentlich blieben heute Abend ein paar Kartoffeln übrig, dachte sie und ging zurück in die Küche.

Bernard Sevèstre, der gerade eine gekochte Lammschulter zerteilte, warf ihr einen düsteren Blick zu.

Es kam selten vor, dass Bernard etwas anbrannte, doch ausgerechnet heute schien dies der Fall gewesen zu sein. Angewidert starrte Fabienne auf den Topfboden, der mit einer schwarzen Kruste aus eingebrannten Essensresten überzogen war.

Vielleicht konnte sie heute Nacht hier übernachten?, fragte Fabienne sich, während sie mit der Bürste kleine Lammfetzen und Zwiebelfasern vom Topfboden losschrubbte. Als ob sie eine Wahl hatte – sie *musste* hier übernachten! Doch Bernard um Erlaubnis fragen wollte sie nicht, das hätte nur unnötige Fragen nach sich gezogen.

Von den Männern unbemerkt klemmte sie einen kleinen Stein zwischen Hintertür und Rahmen, so dass diese nicht ganz zuging. Sehr gut – später musste sie sich nur so lange irgendwo in der Gasse verstecken, bis das ganze Haus zur Ruhe gekommen war, dann konnte sie sich wieder Eintritt verschaffen.

Die Vorstellung, auf dem Küchenboden zu schlafen, auf dem sich der Schmutz von Jahrzehnten eingetreten hatte, war zwar widerlich, aber etwas Besseres fiel Fabienne nicht ein. Morgen war ein neuer Tag, morgen würde sie bestimmt eine Pension finden!

Der Gedanke munterte sie so weit auf, dass sie den Rest des Abends überstand, ohne in der Hitze ohnmächtig zu werden, sich noch mal übergeben zu müssen oder einen Teller fallen zu lassen. Zu ihrem Leidwesen blieb für sie lediglich ein halber Teller Lammragout übrig, Kartoffeln gab es nicht mehr. Sie hatte kaum mit einem Stück Brot das letzte bisschen Soße aufgetunkt, als ihr Magen schon wieder knurrte.

Es war schon fast elf, als sie ihren Schal umlegte, um so zu tun, als würde sie zu ihrer Pension gehen, als Bernard Sevèstre ihren Namen rief. Sie drehte sich um. »*Oui?*«, sagte sie, und ihre Stimme zitterte angstvoll.

»Ab morgen arbeitet unser alter *plongeur* Hugo wieder hier, deine Dienste werden dann nicht mehr benötigt. Das hier ist der Lohn für den Rest der Woche, ich bin ja kein Unmensch.« Bernard hielt ihr ein paar Münzen entgegen.

»Was?« Fabienne glaubte, nicht richtig zu hören. Bitte lieber Gott, mach, dass das nicht wahr ist! »Aber ...« Sie schüttelte den Kopf, unfähig, auch nur einen vernünftigen Gedanken zu denken oder gar zu äußern. Sollte sie tatsächlich an ein und demselben Tag ihre Arbeit *und* ihre Unterkunft verlieren?

Da Fabienne das Geld nicht nahm, legte es der Wirt auf die Arbeitsplatte. »Ich habe von Anfang an gewusst, dass ich mir mit einer Frau in der Küche Ärger einhandle«, sagte er, während er ein paar Töpfe im Regal an der Wand zurechtrückte. »Aber dass du gleich mit einem Braten in der Röhre daherkommst, damit hatte ich nicht gerechnet.« Der Blick, den er ihr zuwarf, war vorwurfsvoll und angewidert zugleich. »Dass dir so oft schlecht ist – genau wie bei meiner Schwester! Am Ende heißt es noch, einer von den Gleisarbeitern hätte dir das Kind gemacht. Auf das Gerede kann ich gut verzichten!«

»Aber Monsieur...«, hob Fabienne an, wurde jedoch sogleich von Sevèstre unterbrochen.

»Nimm deine Tasche und geh! Und lass dich nie wieder hier blicken!«

*

Es war elf Uhr in der Nacht, als Stéphanie, begleitet vom unmelodischen Geläut verschiedener Kirchtürme, nassgeschwitzt und mit aufgelöstem Haar in Richtung Stadtausgang eilte. Wie sehr hatte sie es vermisst, den *Flamenco* zu tanzen! Ganze drei Wochen war es ihr nicht gelungen, zu einem ihrer heimlichen Ausflüge aufzubrechen. Mal hatte sie ihre Eltern auf eine Reise begleiten müssen, mal hatte es ein Fest auf dem Chateau gegeben, bei dem ihre Anwesenheit erwünscht war. Und an den Abenden, wo nichts derlei stattfand, hatte ihre Mutter auf ihrer Gesellschaft bestanden. Wie sie diese steifen Zusammenkünfte von Mutter und Tochter, bei denen sie sich nichts zu sagen hatten, hasste!

Und wie froh war sie gewesen, als sich ihre Mutter am heutigen Abend ungewöhnlich früh in ihr Gemach zurückgezogen hatte! Sie, Stéphanie, hatte am Abendessen nicht teilgenommen – dass ihre Eltern sich dabei stritten, hatte sie dennoch mitbekommen. Die Mauern des Schlosses waren zwar dick, aber als Stéphanie den Flur in Richtung Toilette entlanglief, hatte sie dennoch gehört, wie es im Speisesaal laut wurde. Um Geld war es bei dem Streit gegangen, so viel hatte sie verstanden. Vielleicht hatte Vater eine Geliebte, für die er zu viel ausgab? So spannend Stéphanie den Gedanken auch fand, so hatte sie ihm doch keine weitere Aufmerksamkeit geschenkt. Denn als sie von der Toilette zurückkam, war sie auf dem Gang ihrer Mutter begegnet, die ihr mit gequälter Stimme verkündete, sich für den Rest des Abends zurückziehen zu wollen.

Stéphanie hatte frohlockt – das war die Chance, auf die sie so lange hatte warten müssen! Mit Mühe hatte sie einige Worte des Bedauerns an ihre Mutter gerichtet, dann war sie in ihr Zimmer zurückgerannt. Voller Vorfreude hatte sie ihre Haare zu einem eleganten Dutt geschlungen, ihr schwarzes Tanzkleid angezogen und war in den Stall gegangen. Sie machte sich keine Sorgen, dass ihr Vater etwas von ihren Umtrieben mitbekam. Sobald Albert Morel eins seiner Fachbücher über den Weinanbau aufgeschlagen hatte, vergaß er völlig die Welt um sich herum.

Ihr altes Pony hatte bei ihrem Anblick leise gewiehert, anscheinend hatte es die nächtlichen Ausflüge genauso vermisst wie sie.

Und offenbar hatte man sie auch im Café Fleury vermisst, dachte Stéphanie zufrieden, während der langgezogene Ruf eines Käuzchens durch die Gassen schallte. Denn kaum hatte sie das Café betreten, waren vereinzelte Pfiffe ertönt, hier ein Johlen, da ein wohlwollendes Zunicken. Sie hatte so getan, als würde sie nichts davon mitbekommen. Pedro, der Wirt, hatte ihr wortlos ein Glas Weißwein hingestellt – etwas anderes trank Stéphanie nicht. Mit dem Glas in der Hand schaute sie den Darbietungen der anderen Tänzerinnen zu und beobachtete die Reaktionen des Publikums. Am liebsten hätte sie jede Tänzerin, die an diesem Abend die Bühne betrat, weggestoßen, so groß war ihre Sehnsucht zu tanzen gewesen, wild, ungehemmt und dennoch kontrolliert! Doch sie hatte sich beherrscht, so wie immer. Erst der letzte Tanz war der ihre, so wie immer.

Wirklich glücklich war sie nur, wenn sie *Flamenco* tanzte, ging es Stéphanie nicht zum ersten Mal durch den Kopf. Und am liebsten würde sie gleich morgen Nacht wieder ins Café Fleury gehen!

Der Unterstand, in dem sie Pferd und Wagen zurückgelassen hatte, war noch ein Stück entfernt, als sie sich daran erinnerte, wie sie zum ersten Mal mit dem *Flamenco* in Berührung gekommen war.

Es war in Barcelona gewesen, vor zwei Jahren. Ihr Vater hatte geschäftlich dort zu tun gehabt, ihre Mutter und sie hatten ihn begleitet.

Schneiderwerkstätten, Schuhmacher, Hutmacher –

ihre Mutter hatte täglich einen Termin nach dem andern gehabt und sie, Stéphanie, mitgeschleppt. Doch wie gern wäre sie stattdessen einfach die Prachtstraßen der Stadt entlangspaziert, hätte Tauben gefüttert, die stolzen Katalanen beobachtet und sich eingebildet, eine von ihnen zu sein!

Am vorletzten Tag ihrer Reise war ihre Mutter wieder einmal zu einer kurzen Anprobe in einer Schneiderwerkstatt gewesen. Sie, Stéphanie, hatte sich geweigert, noch mal in das stickige Geschäft mitzugehen, und hatte lieber in der Kutsche, die ihr Vater für den ganzen Aufenthalt gemietet hatte, gewartet. Sie war vor Langeweile schon fast eingeschlafen, als sie aus der Kutsche hinaus durch ein Fenster auf derselben Straßenseite die Umrisse eines Frauenkörpers sah, der sich ständig bewegte – geschmeidig, selbstverliebt, spontan und doch beherrscht. Es hatte einen Moment gedauert, bis Stéphanie verstand, dass die Frau tanzte! Und zwar auf eine Art, wie sie es noch nie gesehen hatte, so, als folgte sie einer eigenen inneren Melodie und nicht dem langweiligen Cembalostück eines Galanterie-Tanzes! Schlagartig war Stéphanies Langeweile verflogen. Sie wollte – nein, sie musste! – unbedingt wissen, was für einen Tanz die Frau vorführte. Am liebsten hätte sie sich an das Fenster gestellt und, die Augen mit den Händen gegen die Sonne abgeschirmt, neugierig hineingelinst, doch in dem Moment war ihre Mutter zurückgekommen und hatte gehetzt aufs Weiterfahren gedrängt – die Hutmacherin wartete! Als die Kutsche losfuhr, hatte Stéphanie einen Blick auf das Schild erhascht, das über dem Fenster mit der tanzenden Frau hing: »Café de la Unión«.

Noch am selben Abend – ihre Eltern waren ausgegangen, sie hatte leichtes Unwohlsein vorgetäuscht und war in ihrer *Auberge* geblieben – hatte sie sich heimlich davongeschlichen. Mit der Tür zum Café de la Unión hatte sich für sie zugleich die Tür zu einer ganz neuen Welt geöffnet: der Welt des *Flamenco*.

Mit großen Augen und offenem Mund hatte Stéphanie die tänzerischen Darbietungen bestaunt – dass eine Frau allein, ohne Partner, tanzen konnte, hätte sie nie für möglich gehalten! Und doch, es brauchte den Mann nicht. Stéphanies Ohren waren verzaubert gewesen von den teils melancholischen, teils lebhaft wilden Gitarrenklängen, und fasziniert hatte sie den Sängern und ihren Liedern von Liebe und Liebesleid gelauscht.

Das Café de la Unión war ein so genanntes Café Cantante, also eins, in dem *Flamenco* gesungen, getanzt und musiziert wurde, lernte sie an jenem Abend. Und es war nicht das einzige in Barcelona! Da gab es außerdem das Café Sevillano, das Café Maciá, das Café de la Mezquita – allesamt Flamencolokale. Wie gern hätte Stéphanie jedes Etablissement aufgesucht! »Können wir nicht noch ein paar Tage bleiben?«, hatte sie ihren Vater bekniet, doch die Heimreise war nicht zu verschieben gewesen.

Wieder zurück in Carcassonne hatte sie nur eins im Sinn gehabt: herauszufinden, ob es bei ihnen in der Stadt auch solch ein Tanzlokal gab. Unter verschiedenen Vorwänden war sie immer wieder durch die Gassen und Hinterhöfe der Stadt gestreift. Carcassonne war zwar nicht so groß wie Barcelona, aber es gab Ecken und Gegenden, in die sie mit ihrer Mutter, die nur einige wenige Geschäfte aufsuchte, bisher noch nie gekommen war. In einer etwas heruntergekommenen Ecke der Stadt war Stéphanie schließlich fündig geworden und hatte das Café Cantante entdeckt.

Nur wenige Tage später hatte sie sich nachts das erste Mal davongeschlichen. Kaum hatte sie die Tür des Cafés geöffnet, waren ihr der gleiche Zigarettenrauch, der gleiche säuerliche Geruch nach Absinth, die gleichen Gitarrenklänge wie in der Bar in Barcelona entgegengekommen. Stéphanie hatte ihr Glück kaum fassen können. Doch schon hatte sie vor der nächsten Herausforderung gestanden: Nun, da sie die faszinierende Welt des *Flamenco* entdeckt hatte, wollte sie unbedingt ein Teil von ihr werden!

Der Zufall – vielleicht war es auch das Schicksal – hatte es so gewollt, dass ihre Eltern und sie kurze Zeit später zu einem großen Maskenball eingeladen wurden. Ein *Flamenco*-Kostüm ganz in Schwarz, mit schwarzem Fransentuch und schwarzen Lederpantoletten – das hätte sie gern, hatte Stéphanie ihre Mutter angefleht. Doch Delphine Morel wollte ihre Tochter lieber als Hofdame von Louis XV. sehen, sie hatte sogar schon ein entsprechendes Kostüm in Auftrag gegeben. Stéphanie war mit gesenktem Kopf und leidender Miene in ihr Zimmer gegangen, hatte sich dort eingeschlossen und drei Tage nichts gegessen. Danach hatte sie ihr Kostüm bekommen – und es war prachtvoller, als jedes Hofdamenkostüm je hätte sein können! Sie trug es seither bei jedem Besuch des Café Cantante.

Warum nur hatte der liebe Gott sie nicht in Barcelona oder Sevilla zur Welt kommen lassen, im Idealfall als

Tochter einer *Flamenco*-Tänzerin?, fragte sich Stéphanie jetzt nicht zum ersten Mal, als sie weiter vorn in
der Straße eine zusammengekauerte Gestalt hocken
sah. Ein Bettler, dachte sie und war schon im Begriff, in
ihrer Rocktasche nach ein paar Münzen zu kramen, als
sie erkannte, dass dort eine junge Frau auf dem Kopfsteinpflaster saß und weinte.

Kapitel 14

Fabienne konnte sich nicht daran erinnern, wann sie das letzte Mal derart geweint hatte. Nicht einmal an Violaines Beerdigung hatte sie so viel Tränen vergossen! Es waren Tränen der Verzweiflung, aber auch Tränen der Wut und Hilflosigkeit. Davon abgesehen, dass sie an Eric und die Liebe geglaubt hatte, hatte sie nichts, aber auch gar nichts falsch gemacht – warum also befand sie sich in dieser unmöglichen Situation? Ein neuer Heulkrampf erschütterte sie.

Es dauerte einen Moment, bis sie realisierte, dass jemand an ihren Arm tippte.

»Ist alles in Ordnung? Kann ich dir helfen?«

Fabienne schaute auf, peinlich berührt. Ausgerechnet jetzt musste jemand vorbeikommen und sie so sehen!

Es war eine junge Frau in ihrem Alter. Sie hatte hellbraunes Haar, zu einem Knoten aufgesteckt. Sie war spindeldürr, und ihrer Kleidung nach zu urteilen war sie eine Tänzerin. Bestimmt war ihre Arbeit in irgendeinem Tanzschuppen, wo sie zum Vergnügen johlender Männer ihre Kunst vorführte, zu Ende, und sie befand sich auf dem Heimweg.

Der Gedanke, dass die junge Frau ein Zuhause hatte und sie nicht, ließ ihr erneut die Tränen in die Augen schießen. Was sollte sie nur tun, wo sollte sie hin? Fabienne klammerte sich an ihren Koffer wie an einen Rettungsanker, während sie vor lauter Weinen kaum Luft bekam.

Die junge Frau kniete sich neben Fabienne auf den Boden. »*Mon Dieu*, hat dir jemand etwas angetan? Bist du überfallen worden? Egal, was es ist – ich helfe dir! Ich heiße Stéphanie...«

Fabienne nuschelte ihren Namen und wischte sich die Tränen fort, während die Fremde in einer fast mütterlichen Geste ihren Arm streichelte. Sie war verschwitzt und strahlte eine unglaubliche Wärme aus.

Einen langen Moment saßen die beiden Frauen einfach nur da, und Fabienne beruhigte sich langsam.

Die Fremde wollte ihr helfen? Fabie konnte sich nicht daran erinnern, ob sie je schon einmal ein solches Angebot bekommen hatte. Aber blieb ihr denn überhaupt etwas anderes übrig, als sich der Fremden anzuvertrauen? Vielleicht konnte sie bei der Tänzerin übernachten? Damit wäre ihr schon sehr geholfen.

Die *Flamenco*-Tänzerin wartete immer noch geduldig. Fabienne gab sich einen Ruck. »Normalerweise bin ich keine Heulsuse, aber heute musste ich zwei Schläge gleichzeitig verkraften, weil mich sowohl meine Pensionswirtin als auch mein Arbeitgeber vor die Tür gesetzt haben«, erzählte sie. »Die eine benötigte ganz dringend und ohne jede Vorwarnung meine Kammer anderweitig, und der Wirt in der Herberge zieht es vor, seinen alten *plongeur* wieder einzustellen, statt mich weiter zu beschäftigen. Dabei habe ich geschuftet wie ein

Tier! Als Frau allein hat man es nicht leicht, das habe ich in der letzten Zeit immer wieder feststellen müssen.« Sie verzog den Mund zu einer missmutigen Grimasse.

Dass beide sie verdächtigten, schwanger zu sein, und dies auch der Grund für beide Rauswürfe war, behielt Fabienne für sich. Es tat nicht Not, solche dummen Behauptungen noch zu wiederholen!

Die Miene der jungen Tänzerin war mit jedem Satz, den Fabienne von sich gab, düsterer geworden.

Fabie runzelte die Stirn. War sie zu offen gewesen? Hielt die Fremde sie nun für naiv und dumm? Sie hätte mit beidem recht gehabt. Fabienne wollte sich gerade für ihre Offenheit entschuldigen, als die junge Frau aufsprang und mit einem ihrer Absätze fest auf das Kopfsteinpflaster stampfte.

»Ich fasse es nicht! Diese Ungerechtigkeit! Wehe, man ist nicht wie die andern – dann fallen sie über dich her und setzen alles daran, dich zu brechen. O Fabienne, du tust mir schrecklich leid…«

Fabienne runzelte die Stirn. Ganz so drastisch hätte sie es nicht ausgedrückt, aber dass Stéphanie sich ihretwegen derart aufregte, tat dennoch gut. Bevor sie wusste, wie ihr geschah, schnappte die Tänzerin Fabiennes Koffer und sagte: »Es ist kalt, lass uns gehen, bevor wir uns noch den Tod holen. Du übernachtest heute selbstverständlich bei mir!«

Fabiennes Herz machte einen kleinen Hüpfer. »Bist du dir sicher?«, fragte sie dennoch ungläubig nach.

»Und ob«, antwortete die Fremde grimmig. »Ich werde dafür sorgen, dass dir so schnell niemand mehr Leid zufügt!«

»Du hörst dich an wie eine Rebellin!«, sagte Fabienne, die glaubte, dass die Fremde einen Scherz gemacht hatte, lachend.

»Jede Frau ist eine Rebellin! Die meisten wissen es nur nicht«, erwiderte Stéphanie, und ihre grünen Augen funkelten im Licht einer Straßenlaterne.

»Das ist der erste kluge Satz, den ich seit langem gehört habe«, erwiderte Fabienne und folgte dankbar der Fremden, die mit ihrem Koffer voranlief. Zumindest ein Mensch auf dieser Welt stand auf ihrer Seite, das tat gut.

Ohne weitere Worte liefen sie durch die stillen Gassen der Stadt.

»Wohin gehen wir?«, fragte Fabienne schließlich, als sie die letzten Häuser hinter sich gelassen hatten. Sie hatte gedacht, Stéphanie würde irgendwann anhalten und die Tür zu einem kleinen alten Haus aufschließen, stattdessen waren schon die ersten Rebenfelder zu sehen.

»Ich wohne etwas auswärts«, erwiderte Stéphanie. »Da vorn in dem steinernen Unterstand stehen mein Pferd und Wagen. Es ist nur eine kurze Fahrt, komm!«

Fabienne runzelte die Stirn. Eine *Flamenco*-Tänzerin besaß Pferd und Wagen? Und was sollte sie außerhalb der Stadt, wo sie doch gleich morgen nach einer neuen Bleibe und nach Arbeit Ausschau halten musste?

Mit gemischten Gefühlen bestieg Fabienne die kleine, aber äußerst elegante Kutsche. Am liebsten hätte sie gefragt, ob die Kutsche gestohlen war – sie wollte schließlich nicht noch mehr Ärger! –, doch gleichzeitig mochte sie ihre Retterin nicht brüskieren.

Sie fuhren gen Norden in Richtung des Schwarzen Gebirges. Die Straße war kurvig und schmal und schien kein Ende zu nehmen. Fabie hatte Mühe, im trüben Licht des Sichelmondes ihren Verlauf zu erkennen, doch Stéphanie lenkte das Pferd so souverän, als würde sie die Strecke in und auswendig kennen. Egal, wo sie auch landeten – es war bestimmt besser, als wie ein Bettler eine Nacht unter freiem Himmel zu verbringen, sagte sich Fabienne und kämpfte gegen das mulmige Gefühl in ihrer Magengegend an.

Irgendwann wurde die Straße wieder breiter, die Steigung hörte auf, und sie befanden sich auf einer Hochebene. Vor ihnen erhob sich ein riesiges Chateau mit zwei Türmen. Seine Außenmauern waren aus gelblichem Sandstein und sahen fast aus wie die Festungsmauern in der *Cité*. Das riesige zweiflügelige Tor stand offen, und mit großer Selbstverständlichkeit fuhr Stéphanie hindurch. Links und rechts war das Schloss von allen möglichen Außengebäuden gesäumt. Ein so großes prachtvolles Gebäude gab es in ganz Sallèles nicht!, dachte Fabie eingeschüchtert. Du lieber Himmel, wo war sie hier nur hingeraten? Sie musste dem Drang widerstehen, sich in den Arm zu zwicken. Träumte sie womöglich nur?

»Willkommen im Chateau Chevalier Albert Morel!«, flüsterte Stéphanie, während das Pferd von allein in Richtung eines Stalles trottete. »Es ist spät in der Nacht, wir müssen leise sein. Es braucht niemand wissen, dass ich einen kleinen Ausflug gemacht habe.« Sie grinste Fabienne verschwörerisch zu. »Am besten wartest du kurz vor dem Stall, bis ich das Pferd versorgt habe. Ich überlege mir in der Zwischenzeit, wie ich dich ins Haus bekomme, ohne dass wir jemanden wecken.« Noch während sie sprach, sprang Stéphanie vom Wagen.

»Halt, warte!«, rief Fabienne verwirrt. Was machte eine *Flamenco*-Tänzerin in einem Schloss? War sie in Wahrheit eine Magd und hatte Pferd und Wagen »ausgeliehen«?

»Ich will nicht, dass du wegen mir Ärger bekommst. Am besten übernachte ich im Stall, und sobald es hell wird, verschwinde ich unbemerkt.« Sie war müde, ihre Füße brannten schmerzhaft, und vor lauter Hunger war ihr schon schlecht. Leichter Taumel erfasste sie, hastig suchte sie nach etwas, woran sie sich festhalten konnte.

Stéphanie schaute sie besorgt an. »Wirst du jetzt ohnmächtig?«

»Blödsinn«, gab Fabienne barsch zurück. »Mir ist nur ein wenig schlecht. Vor lauter Arbeit bin ich heute Abend nicht zum Essen gekommen. Vielleicht, wenn es nicht zu viel verlangt ist, könntest du mir einen Apfel besorgen? Oder ein Stück Brot? Ich zahle auch dafür!«

»Die Köchin hat leider schon Feierabend, aber ich bin mir sicher, wir finden in der Küche etwas für dich«, sagte Stéphanie.

Fünf Minuten später kam Stéphanie wieder aus dem Stall. Sie bedeutete Fabienne, ihr zu folgen, und ging mit derselben Selbstverständlichkeit, mit der sie auf den Hof gefahren war, um das Gebäude herum.

»Und du bist dir sicher, dass es in Ordnung ist, wenn ich mit reinkomme?«, flüsterte Fabienne, während ihre Retterin eine schwere Holztür, die einen Spalt weit offen gestanden hatte, aufschob.

Stéphanie grinste. »Na und ob, ich wohne schließlich hier! Das Chateau, also das Weingut, gehört seit vielen Generationen meiner Familie, mein Vater ist Chevalier Albert Morel, und ich bin Stéphanie Morel, die Tochter des Hauses.«

»Du bist… was?« Entgeistert schaute Fabienne ihre Retterin an. »Und ich dachte, du wärst…« Sie brach ab, plötzlich unsicher, was sie sagen sollte, nun, da sie wusste, dass es sich bei ihrer Retterin um eine reiche, hochgestellte Person handelte.

»…eine Tänzerin?«, vollendete Stéphanie ihren Satz. »Das wäre ich gern, glaube mir!«

Kapitel 15

Fabienne hatte sich von dem Schrecken darüber, dass ihre Retterin die Tochter des Hauses war, noch nicht ganz erholt, als schon die nächste Überraschung auf sie wartete. Denn kaum hatten sie das Chateau betreten, fand sich Fabienne in der größten Küche wieder, die sie je gesehen hatte – nicht dass sie überhaupt schon in vielen Küchen gewesen war.

Aber was hieß hier Küche? Der Raum war so groß wie der Schankraum von Bernard Sevèstre!, dachte Fabienne, während sie ungläubig ihren Blick schweifen ließ. Die riesige Feuerstelle mit der blank polierten Eisenplatte, die mitten im Raum thronte – darauf fanden bestimmt zehn Töpfe und Pfannen auf einmal Platz! Zu ihrer Verwunderung glomm im Herd ein kleines Feuer, und die Herdplatten waren noch heiß. Wurde das Feuer von irgendeiner armen Seele, die nachts deswegen extra aufstehen musste, am Leben gehalten, so dass die Köchin morgens gleich das Morgenmahl kochen konnte?

Zeit, sich dieser Frage zu widmen, hatte Fabienne nicht, denn schon wurde ihre Aufmerksamkeit von der sicher fünf Meter langen Anrichte in Beschlag genommen, die vollständig bedeckt war mit Fliesen aus Keramik und so blitzeblank, dass man davon hätte essen können. In einer Ecke standen fein säuberlich mit Wachstuch abgedeckte Teller. Bestimmt hatte die Köchin schon etwas für den nächsten Tag vorbereitet. Was für ein Unterschied zu Bernard Sevèstres beengter Küche, wo jeder herumstehende Teller einer zu viel war!

Hier ein Huhn zerteilen, einen Kuchen backen oder auch nur Gemüse putzen zu dürfen – das wäre das reinste Vergnügen, dachte Fabienne neidisch.

Entlang der Wände standen Regale mit allerlei Gläsern, Dosen, Körben, Schalen. Fabienne erkannte Trockenfrüchte aller Art – da gab es runzelige Aprikosen, fein geschnittene Apfelringe, tiefdunkle Pflaumen und gedörrte Feigen, die noch so saftig aussahen, als wären sie gestern erst vom Baum geerntet worden. Fabie lief allein beim Anblick das Wasser im Mund zusammen. Ein riesiges Porzellangefäß mit der Aufschrift »*Sucre*« stand ebenfalls in diesem Bord. Sperrte man den Zucker hier denn nicht weg?

In einem weiteren Regal befanden sich nur Gläser mit Gewürzen und Kräutern – Meersalz, ganze Pfefferkörner, rote getrocknete Chilischoten, getrockneten Rosmarin und Thymian erkannte Fabienne auf Anhieb. Zwei Mörser – einer aus Messing, einer aus einem grauen Stein – standen ebenfalls dort.

In einem weiteren Regal lagerten in Körben verschiedene Lebensmittel wie Zwiebeln, Schalotten und Knoblauch. Ein paar runzelige Möhren gab es auch.

In einer Ecke stand ein Tisch, an dem mindestens zwölf Personen, wenn nicht sogar mehr Platz hatten. Ob hier vielleicht die Bediensteten ihr Essen einnahmen? Auch dafür hatte es in Sevèstres Küche keinen Platz gegeben. Alphonse und sie hatten sich die Speisereste stehend und während des Aufräumens in den Mund schieben müssen.

Stéphanie zeigte auf die abgedeckten Teller auf der Anrichte. »Das sind bestimmt Überbleibsel vom Abendessen, kalter Braten, Kartoffeln, keine Ahnung! Bedien dich ruhig!« Noch während sie sprach, drehte sie eine Pirouette. Die Rüschen ihres *Flamenco*-Kleids raschelten, die Fransen des Schultertuchs flogen durch die Luft.

Zu gern hätte Fabienne die Tochter des Hauses gefragt, was es mit dem Kleid auf sich hatte, doch ihrem knurrenden Magen stand der Sinn nach etwas anderem. Sie hatte schon die Wachsfolie des ersten Tellers angehoben, als sie in der Bewegung innehielt. Vielleicht hatte die Köchin die vermeintlichen Reste für morgen eingeplant. Ein paar getrocknete Feigen würden doch auch genügen, dachte sie, als sie auf einem der Fensterbretter eine irdene Schale entdeckte, in der ein seltsames Sammelsurium lag – ein paar Scheiben Brot, ein paar Champignons, Pfifferlinge und die Stängel von irgendwelchen Kräutern. Sie schaute ihre Retterin an. »Kann ich das hier haben?«

Stéphanie runzelte die Stirn. »Ich glaube, das ist Schweinefutter. Normalerweise holt das einer der Knechte am Abend noch ab, keine Ahnung, warum das heute nicht geschehen ist.«

Fabienne blieb für einen Moment die Luft weg. Die Pilze hatten lediglich ein paar braune Stellen! »Schweinefutter? Aber daraus kann man doch noch etwas Gutes kochen!«

Nun war es Stéphanie, die Fabienne völlig entgeistert anschaute. »Aus Essensresten – bist du verrückt?«

»Abgesehen von der späten Stunde – was ist verrückt daran, aus Resten etwas Gutes zu kochen? Bei uns zu Hause wurden nicht mal Karottenschalen weggeworfen, aus denen hat meine *Maman* eine würzige Soße gemacht. Aus Spargelschalen kochten wir Suppe, und das Grün von Radieschen oder Karotten wurde zusammen mit Olivenöl, etwas Salz und Pfeffer zu einer kalten grünen Soße gemörsert.« Ein Lächeln huschte über Fabiennes Miene, als sie daran dachte, wie ihre Mutter und sie sich beim Mörsern immer abgewechselt hatten – das Grün der Karotten war ziemlich störrisch gewesen.

»Wovon sprichst du, ich verstehe nicht... Du kannst kochen?« Die Tochter des Hauses starrte Fabienne perplex an.

»Ja, natürlich! Bei uns daheim wurde ich immer *Mademoiselle bon appétit* genannt.« Fabienne lächelte. »Jede Frau kann kochen, das wird uns doch in die Wiege gelegt. Sagt man nicht sogar, Kochen sei eine Christenpflicht?«

»Eine Christenpflicht?« Stéphanie Morel lachte so laut auf, dass Fabienne Angst hatte, im nächsten Moment würde jemand in der Küche erscheinen und sie hochkant hinauswerfen. »Das ist das Lustigste, was ich seit langem gehört habe«, gluckste Stéphanie. »*Mademoiselle bon appétit* – du bist vielleicht ein komischer Vogel!«

Fabienne schwieg. Sie hatte keine Ahnung, was in die junge Frau gefahren war.

»Vielleicht kann jeder von Geburt an *essen*, aber ganz gewiss kann nicht jede Frau von Geburt an kochen«, sagte Stéphanie, nachdem sie sich wieder beruhigt hatte. »Kochen muss man lernen. Und davon abgesehen – essen kann auch nicht jeder. Ich zum Beispiel *hasse* es, zu essen! Essen ist langweilig, man verschwendet so unglaublich viel Zeit bei Tisch. Tanzen hingegen – das ist toll!« Grinsend stampfte sie mit dem Absatz ihres rechten Schuhs auf, als wollte sie ihre Aussage damit unterstreichen.

»Ich frage mich wirklich, wer von uns beiden der komischere Vogel ist.« Fabienne lachte. Wie jemand nicht gern essen mochte, war ihr schleierhaft. »Ich könnte den ganzen Tag essen, es gibt fast nichts, was ich nicht mag. Und das Kochen habe ich wirklich nie gelernt, ich habe meiner *Maman* in der Küche einfach nur zugeschaut, genau wie meine Schwestern. Und kaum konnten wir über die Küchentheke schauen, mussten wir mithelfen. Seitdem kann ich kochen! So, und jetzt koche ich etwas für uns aus den Resten.« Resolut trat sie an den Schrank mit den Pfannen, holte zwei kleine heraus und stellte sie auf die noch heiße Herdplatte. Dann wagte sie es, aus dem Butterfass, das auch auf der Fensterbank stand, mit einem Löffel etwas Butter abzuteilen und in die Pfannen zu geben. »Ich finde, eine Frau, die nicht kochen kann, ist arm dran. Sie kann weder für sich selbst sorgen noch für ihre Liebsten«, sagte sie, während sie die Pilze von den braunen Stellen befreite und dann in kleine Stücke schnitt.

Stéphanie schnaubte. »Du redest schon wieder Unsinn – wer will denn für sich selbst sorgen? Ich werde mal eine gute Partie heiraten, und dann werden mir die goldenen Täubchen in den Mund fliegen, und ich werde sie wieder ausspucken, weil ich sie nicht mag. So, da hast du den Mist!« Triumphierend schaute sie Fabienne an, und sie mussten beide lachen. Fabienne hatte noch nie jemanden kennengelernt, der so völlig… anders war als sie. Und sie hatte immer gedacht, Lucy, Lily und sie seien völlig unterschiedlich, dachte sie.

»Meine *petits toasts* wirst du mögen, wetten? Und falls nicht, dann esse ich sie allein«, sagte Fabienne und gab die Pilze zusammen mit einer fein gewürfelten Schalotte in die zerlassene Butter, die herrlich nach Nüssen und Meersalz duftete. Violaine hätte alles mit einem halben Glas Weißwein abgelöscht, doch Wein sah Fabienne nirgendwo herumstehen. Und das auf einem Weingut, dachte sie, während sie das alte Brot in dünne Scheiben schnitt, butterte und in die andere Pfanne legte. Was für ein Glück, dass der Ofen nicht mehr richtig heiß war, so konnten die Pilze langsam anbraten. »Rohe Pilze sind eine ziemlich langweilige Angelegenheit, findest du nicht auch?«, sagte sie zu Stéphanie, ohne eine Antwort von ihr zu erwarten. »Aber wenn man sie in ein bisschen Butter anbrät, dann entfalten sie ihre würzigen Aromen so wunderbar, dass einem das Wasser im Mund zusammenläuft!« Unter Stéphanies erstauntem Blick wedelte sie sich genießerisch den Duft zu, der aus der Pfanne aufstieg.

»Ob ich wohl eins der Eier haben kann?« Sie zeigte auf eine hölzerne Steige, in der mindestens zwei Dutzend braune Eier lagen.

Stéphanie machte eine beiläufige Handbewegung, als wollte sie sagen: Nimm, was du willst!

Fabienne wollte das Ei gerade vorsichtig an einer kleinen Porzellanschüssel aufschlagen, als Stéphanie entsetzt rief: »Halt! So machst du das Ei doch kaputt!«

Machte die andere sich über sie lustig? Doch Stéphanies Entsetzen war ehrlich, erkannte Fabienne bei einem Blick ins Gesicht ihrer Retterin. Schlagartig wurde ihr klar, dass sie nicht die geringste Ahnung von Stéphanies Leben hier im Chateau hatte – genauso wenig, wie Stéphanie sich vorstellen konnte, wie ihr, Fabiennes, Leben aussah. Wahrscheinlich hatte sie, die reiche Tochter, wirklich noch nie gesehen, dass jemand ein Ei aufschlug? Wer in einem Schloss lebte, wurde bestimmt von vorn bis hinten bedient, und für jeden Handgriff gab es Angestellte. Andererseits – wie passte dazu, dass Stéphanie nachts mutterseelenallein mit Pferd und Wagen durch die Nacht fuhr? Allem Anschein nach war Stéphanie eine sehr geheimnisvolle junge Frau! Zu gern hätte sie sich länger mit ihr unterhalten, vielleicht sogar die ganze Nacht lang, so wie sie es mit Eric auf dem Schiff gemacht hatte. Aber angesichts der Tatsache, dass sie morgen schon wieder weg sein würde, würde sie der Vernunft folgen und sich nach dem Essen irgendwo einen ruhigen Schlafplatz suchen. Überhaupt – wer sagte denn, dass die Tochter des Hauses sich mit ihr unterhalten wollte? Dass Stéphanie sie aus Mitleid mit hierhergenommen hatte, war eins – aber das hieß ja nicht gleich, dass sie irgendein Interesse an ihr, Fabie, hatte. Vielleicht wäre es sowieso besser gewesen, ihre Retterin mit »Sie« und »Mademoiselle Morel« anzusprechen, anstatt sie einfach zu duzen?

»Soll ich dir zeigen, wie man ein Ei aufschlägt?«, fragte sie zaghaft.

Doch Stéphanie wischte Fabiennes Angebot mit einem Wedeln der Hand vom Tisch. »Als ob mich das interessieren würde. Mach einfach und beeil dich, ich habe keine Lust, den Rest der Nacht hier herumzuhocken!«

Noch während sie sprach, ließ sich Stéphanie auf einen der Stühle am Küchentisch fallen.

Schweigend und ein wenig verletzt trennte Fabie das Ei. Die Schale mit dem Eiweiß stellte sie zur Seite, das Eigelb verquirlte sie mit einer Gabel. O Gott, es tat so gut, endlich wieder einmal zu kochen!, dachte sie, während das Ei immer schaumiger wurde.

Vergessen war Stéphanies unfreundliche Bemerkung. Mit einem Lächeln auf den Lippen nahm Fabie die Pfanne mit den Pilzen von der Kochstelle, dann hob sie sanft das Eigelb unter die Pilze. Bei dem Gedanken daran, wie cremig ihr Gericht gleich sein würde, lief Fabienne das Wasser im Mund zusammen. Und wie die gerösteten Brotscheiben dufteten! Vielleicht gab es auf der ganzen Welt keinen schöneren Duft.

Auf einmal waren all ihre Sorgen weit weg. Die Frage, was morgen aus ihr werden würde – verschwunden! Die Angst, von Fabiennes Eltern oder einer Haushälterin entdeckt zu werden – verflogen. Leichtfüßig und als würde sie schon ewig in dieser Küche arbeiten, holte Fabienne zwei robuste Steingutteller aus einem Regal. Jetzt kam der schönste Teil des Kochens – das Anrichten! Sie schnitt die goldgelb gerösteten Brotscheiben in zwei Hälften und legte sie auf die beiden Teller. Mit einem Löffel verteilte sie dann vorsichtig, so dass kein Tropfen Pilzsaft vergeudet auf dem Teller landete, die Pilzmischung auf den Broten.

»*Bon appétit, Mademoiselle Flamenco!*«, sagte sie und stellte Stéphanie schwungvoll einen Teller hin.

Kapitel 16

Obwohl der Streit zwischen Albert und ihr nun schon Stunden zurücklag, konnte Delphine Morel noch immer nicht einschlafen. Wortfetzen ihrer Auseinandersetzung huschten wie Gespenster durch ihren Kopf, wütende Gesten, vor Angst verzerrte Mienen – die von Albert und ihre eigene – tauchten immer wieder vor ihrem inneren Auge auf.

Noch nie hatte sie so einen schrecklichen Abend erlebt wie den heutigen! Und das alles nur, weil sie den Mund aufgemacht hatte.

Dabei hatte sie wochenlang geschwiegen, hatte die Worte nur im Geist hin und her bewegt, hatte nach dem besten Gesprächseinstieg und einer sanften Taktik gesucht, um nur ja Alberts Gefühle und seinen Stolz nicht zu verletzen. Heute jedoch ... hatte sie ihr Schweigen gebrochen.

Sie hatten gerade zu Ende gegessen, Albert hatte sich eine Zigarre angezündet und wollte sich in ein Buch vertiefen, als sie mit zitternder Stimme sagte: »Albert, Geliebter, ich weiß, dass du es nicht gern hast, wenn ich mich ins Geschäftliche einmische, aber dieses Gespräch lässt sich nicht länger aufschieben. Wir müssen über das Chateau reden! Die Reblaus…«

»Was gibt es da zu reden? *Chérie*, zerbrich dir nicht dein hübsches Köpfchen. Die Reblaus hat uns einen kleinen Rückschlag versetzt, aber eh wir uns versehen, wachsen und gedeihen unsere Reben wieder«, hatte er sie unterbrochen, wie immer, wenn sie es wagte, auch nur eine winzige Frage das Weingut betreffend zu stellen oder gar einen Vorschlag zu machen. Sie, die brave Ehefrau, hatte dann bisher den Mund gehalten. Doch heute hatte sie sich nicht länger beherrschen können.

»Albert«, hatte sie gequält gesagt. »Es ist ein feiner Zug von dir, dass du mich schonen möchtest. Aber glaubst du nicht, es wäre besser, wenn wir beide der Wahrheit ins Gesicht sähen? Um den Kopf in den Sand zu stecken, sind wir weiß Gott zu alt! Wenn ich unsere finanzielle Lage besser kenne, kann ich dir helfen, eine Lösung zu finden!«

Er hatte sie angeschaut wie ein Kalb mit fünf Beinen – erstaunt, verwundert fast, als ob er ihr so viel Realitätssinn nicht zutrauen würde.

Eine Weile lang hatte er sich noch geziert, doch dann hatte er gesagt: »Also gut, du willst es ja nicht anders. Die bittere Wahrheit ist, dass ich nicht weiß, wovon ich nächsten Monat unsere Bediensteten bezahlen soll!«

Delphine hatte nur mit Mühe einen Schrei unterdrückt, so war sie bei diesen Worten erschrocken. Sie hatte geahnt, dass es schlecht um sie stand, aber dass es ihnen *so* schlecht ging?

Ihr Mann hatte eine lange Litanei darüber begonnen, mit welchen Weinbauexperten er sich schon über den

Reblausbefall in ihren Weinbergen ausgetauscht hatte. Über Blattrebläuse und Wurzelrebläuse hatte er doziert, über reblausresistente Wurzelstöcke und andere gähnend langweilige Dinge. Laut Albert würde es Jahre dauern, bis ihr Rebland wieder gute Trauben hervorbringen würde – aus dem derzeitigen Ertrag könne man lediglich einfachsten Fusel machen. Probleme, Probleme, Probleme!, hatte sie gedacht. Und keine einzige Idee, wie man sie lösen könnte, das war mal wieder typisch für Albert.

»Warum kaufst du nicht einfach Wein aus Algerien zu, so wie die anderen Gutsbesitzer es tun? Und wenn er nicht so perfekt ist wie dein Wein, dann könntest du ihm Zucker und Rosinen hinzufügen, damit er besser schmeckt. Andere Weingüter machen das doch auch!« Und kommen damit bestens über die Runden, hatte sie im Stillen angefügt.

Albert hatte sie angeschaut mit einem Blick, in dem eine Mischung aus Entsetzen und Abscheu lag. »Wir Franzosen sind berühmt dafür, unsere Weine in die ganze Welt zu exportieren! Nie im Leben würde ich Wein importieren. Und was deine Idee mit dem Weinpanschen angeht – das sollen andere tun, *ich* jedoch werde meine Ideale gewiss nicht verraten.« Sein Schnauben war hochnäsig und abfällig zugleich gewesen.

Delphine setzte sich in ihrem riesigen, mit Seidenkissen übersäten Bett auf. Seine Ideale wollte Albert nicht verraten, dafür aber sie und Stéphanie? Nur mit Mühe unterdrückte sie ein Schluchzen.

Auf ihrem Nachttisch brannte noch eine Kerze und erhellte das Schlafzimmer mit goldenem Glanz. Erschöpft und aufgekratzt zugleich ließ Delphine ihren Blick durch den Raum schweifen. Doch sie fand keinen Trost beim Anblick des prächtigen Buketts Gewächshausrosen, das auf der mit Intarsien verzierten Kommode stand, von der es hieß, sie stamme aus einem Landgut von Louis XV. Die weinroten Damastvorhänge, für die drei Ballen Seide hatten herhalten müssen, erfreuten sie so wenig wie der chinesische Seidenteppich in der Mitte des Raumes, der ein kleines Vermögen gekostet hatte. Sie fand auch keinen Trost im Anblick der prachtvollen Robe, die ihre Zofe schon für den morgigen Tag hergerichtet hatte. Vielmehr verspürte sie so etwas wie Angst. Wie lange würde sie all die schönen Dinge noch genießen können? Wer würde zukünftig die Kommode abstauben, wer die Seidenvorhänge waschen und wer Feuer in den vielen Öfen machen, wenn sie die Dienstboten nicht mehr halten konnten?

»Wie viel Geld benötigen wir, um über die Runden zu kommen, bis unsere Weinberge wieder Ertrag abwerfen?«, hatte sie gefragt, als Albert einmal kurz Luft geholt hatte. Der Betrag, den er genannt hatte, war schwindelerregend hoch gewesen.

Sie hatte fieberhaft nachgedacht. In ihrem Besitz waren einige wertvolle Schmuckstücke – lauter Erbstücke, die sie bei ihrer Heirat von ihrer *Maman* und Großmutter bekommen hatte. Eine Kette mit Perlen so groß wie Mirabellen! Jede einzelne mit einzigartigem Lüster und so gleichmäßig, dass man sich fast darin spiegeln konnte. Diamantschmuck, ein Collier aus Rubinen, in hochkarätiges Gold gefasst, Ringe mit Diamanten, Smaragden und anderen Edelsteinen. Der Gedanke, sich von ihren Schätzen trennen zu müssen, war fast mehr, als Delphine ertragen konnte. Jedes Schmuckstück barg so viele Erinnerungen!

Außerdem – was hätte sie bei den Festen, Empfängen und Bällen, zu denen Albert und sie eingeladen waren, tragen sollen? Sollte sie etwa nackt gehen? Sollte man ihnen gleich auf den ersten Blick ansehen, dass sie arm wie Kirchenmäuse waren?

Nein, ihr Schmuck blieb, wo er war – in ihrer silbernen Schatulle!

Das Schweigen zwischen ihnen hatte sich im Raum breitgemacht wie der Gestank von Alberts Zigarrenrauch. Fieberhaft hatte Delphine weiter nachgedacht und ihn dafür gehasst, dass sie als Frau sich überhaupt mit solchen Themen beschäftigen musste. Sie konnte sich nicht vorstellen, dass ihre *Maman* auch nur einen Gedanken daran verschwendete, wer den Dutzenden von Angestellten von Chateau Angleterre welchen Lohn aus welcher Schatulle zahlte! Ihr Vater hatte seine Frau sein Leben lang auf Händen getragen, und genau das hatten ihre Eltern auch von Albert angenommen, als sie in die Heirat zwischen Delphine und ihm eingewilligt hatten. Wer hätte damals auch ahnen können, dass Chevalier Albert Morel kein bisschen geschäftstüchtig war? Immerhin waren Alberts Vorfahren über Generationen hinweg Steuereintreiber für den Klerus gewesen und dabei selbst so reich geworden, dass sie nicht nur das Chateau bauen konnten, sondern auch Stadthäuser mit riesigen Weinkellern kauften, in Narbonne, Paris und anderen Städten!

Mit der Weinherstellung hatten die Morels erst angefangen, nachdem sie 1818 das Chateau hatten bauen lassen. Im Gegensatz zu anderen Winzern, für die das Gesetz etliche Beschränkungen vorsah, hatten die Morels durch ihre guten Verbindungen zum Klerus so viele Weinberge ankaufen können, wie sie nur wollten. Eine Familie, so reich und mit solch guten Verbindungen – das hatte Eindruck auf sie, Delphine, und ihre Eltern gemacht. Und dass die Morels auch noch ihren eigenen Wein kelterten, fanden sie *très bon*!

In ihrer Euphorie hatten sie allerdings eins übersehen: Nämlich, dass Albert der erste Morel war, der mit den Geschäften seiner Vorfahren nichts mehr zu tun haben wollte. Die Weinherstellung war für ihn nicht nur ein fröhlicher Zeitvertreib – nein, Albert hatte einen Traum! Er wollte Wein produzieren, der so fein und edel war, dass er mit dem besten Roten aus Bordeaux mithalten konnte. Was sie und ihre Eltern ebenfalls nicht gewusst hatten – nicht hatten wissen können! –, war, dass Albert für diesen Traum einige Opfer gebracht hatte. Die eleganten Stadthäuser in Narbonne und Paris gab es längst nicht mehr, denn Albert hatte sie verkauft, um mit dem Geld weiteres Rebland erstehen zu können. Alles, was sie heute besaßen, war das Chateau Chevalier Albert Morel und Weinberge – soweit das Auge reichte, kahl gefressen von der Reblaus.

Aus Delphines Kehle erklang ein leiser Wehlaut, als sie daran dachte, welche Richtung das Gespräch danach genommen hatte. Als suchte sie einen Fluchtweg, schaute sie aus dem Fenster. Das Tal und Carcassonne lagen verschwommen im Nebel, einzig das Chateau ragte daraus hervor. Der Anblick erschien ihr auf einmal sinnbildlich. Wie lange würde es ihnen noch gelingen, den Kopf über Wasser zu halten?

»Und was, wenn wir ein Darlehen aufnehmen? Wir haben ja immerhin das Chateau als Sicherheit«, hatte sie schließlich gesagt und war an den Worten fast erstickt. Nie durfte jemand erfahren, wie es um sie stand. Es war dieser Moment gewesen, in dem eine große Wut sie erfasste. Alles war so ungerecht! Während sie sich mit Geldangelegenheiten abgeben musste, war die größte Sorge ihrer Freundinnen lediglich die Frage, ob sie für die Frühjahrsgarderobe in die Schneidersalons von Perpignan oder Béziers fahren sollten, und ob der Champagner bis zur nächsten Lieferung, die sie in Reims bestellt hatten, reichen würde.

Albert hatte nur müde abgewinkt. »Als ob ich das nicht längst versucht hätte! Aber in den letzten Jahren, seit die Reblaus in weiten Teilen des Languedoc wütet, haben die Banken bei anderen Weinbauern leider schon zu viele Totalausfälle gesehen, als dass sie noch den Versprechungen eines Winzers Glauben schenken würden.«

»Du lieber Himmel, Albert, du bist ein Morel! Wie kannst du es zulassen, dass die Banken dich mit einem einfachen Weinbauern vergleichen? Zählt denn unser guter Name gar nichts?«, hatte sie fassungslos erwidert. Da spielte Albert vor ihren Freunden und Bekannten stets den erfolgreichen, selbstbewussten Grandseigneur, und wenn es darauf ankam, ließ er sich von einem kleinen Bankbeamten einschüchtern?

Doch Albert hatte weiter stur behauptet, dass weder ihr guter Name noch das Chateau mit seinen derzeit wertlosen Weinbergen den Banken als Sicherheit ausreichten.

Und da hatte es Delphine langsam gedämmert. Albert hatte mit der Rettung des Chateaus viel zu lange gewartet, und nun war es dafür fast zu spät.

Wie einfach wäre es, wie Albert den Kopf in den Sand zu stecken und so zu tun, als wäre alles gut, hatte sie gedacht. Doch eines Tages würde das Unvermeidliche eintreffen, und sie würden wie Bettler vom Hof gejagt werden, weil sie Lieferanten nicht mehr zahlen konnten oder die Schulden überhandnahmen. Wollte sie das wirklich zulassen? Oder war es nicht ihre Aufgabe als Ehefrau und Herrin des Chateaus, dies zu verhindern?

Einen langen Moment noch hatte sie geschwiegen. Hatte tief in sich hineingehorcht und dabei das schwache Echo ihrer eigenen Kraft vernommen. Würde ihre Stärke ausreichen, um das zu tun, was getan werden musste? War sie bereit, die Vereinbarung, die zwischen Albert und ihr herrschte, zu brechen? Die Vereinbarung, die lautete, dass ihre Tochter Stéphanie einmal würde heiraten dürfen, wen immer sie wollte.

Auch über die Beweggründe für ihr stillschweigendes Übereinkommen in diesem Punkt hatten sie nie gesprochen. Eine arrangierte Ehe aus irgendwelchen finanziellen oder sonstigen Gründen hatten sie einfach nicht nötig, hatte Delphine sich immer gesagt, wenn wieder einmal eine ihrer Freundinnen ihre Tochter »gut« verheiratet hatte.

Doch heute Abend hatte sie noch einmal tief Luft geholt und dann hervorgestoßen: »Es gibt eine Möglichkeit, das Chateau zu retten! Sie wurde mir vor ein paar Tagen sozusagen auf dem Silbertablett präsentiert – nicht dass ich ihr zu dieser Zeit irgendeine Aufmerksamkeit geschenkt hätte! Aber nun, wo die Dinge sind, wie sie sind ...«

Und als sie Alberts Aufmerksamkeit gewonnen hatte, ihren Plan weiter ausgeführt.

Obwohl es fast Mitternacht war, war Delphine so aufgewühlt, dass es sie nicht mehr in ihrem Bett hielt. Sie schwang die Beine über die Kante, zog ihre seidenen Hausschuhe an und setzte sich vor den großen Spiegel, an dem sie sich von ihrer Zofe immer frisieren ließ. Sie erschrak, als sie den stumpfen Ausdruck ihrer Augen sah. Und dann die Sorgenfalten auf ihrer Stirn ... Wo war ihre Lebensfreude hin, wo ihre Leichtigkeit? Sie war gerade einmal vierzig Jahre alt! Ihr sinnlicher Mund, ihre großen Augen, ihre rosigen Wangen, dazu ihr hellblondes dichtes Haar, das sie mithilfe verschiedener Hausmittel stets in ein silbriges Blond verwandelte – dank all dieser Attribute hatte sie ihr Leben lang als ausgesprochen attraktive Frau gegolten. Aber wenn sie nun nicht aufpasste, sah sie bald aus wie eine verhärmte alte Frau.

Hektisch befingerte sie den blonden Zopf, den sie sich selbst nachlässig gebunden hatte. Sie musste etwas tun, irgendwas, sonst wurde sie verrückt! Normalerweise ging sie nicht ins Bett, bevor ihr Haar mit hundert Bürstenstrichen zum Glänzen gebracht worden war, doch heute hatte sie auf diese Prozedur verzichtet und ihre Zofe weggeschickt. Nach diesem Abend hatte sie nur allein sein wollen.

Strähne für Strähne öffnete Delphine nun den Zopf, dann begann sie, ihre Haare zu bürsten. Die Striche mit der harten Bürste taten ihr gut, fast kam es ihr vor, als würden die Gedanken in ihrem Kopf nicht mehr ganz so wirr umherschwirren. Vielleicht gelang es ihr sogar, einen davon zu fassen und zu Ende denken zu können? Vor ihr lag eine heikle Aufgabe, und sie hatte noch nicht den blassesten Schimmer, wie sie diese angehen sollte. Vielleicht war es nötig, dass sie sich zuerst einmal den bitteren Wahrheiten ihres Lebens stellte?

Das Leben mit dem Chevalier Albert Morel war bisher völlig anders verlaufen, als sie es sich als junge Frau ausgemalt hatte. Ihr Mann war unglaublich attraktiv – selbst unter anderen sehr gutaussehenden Herren stach er noch hervor. Dazu ihre eigene Schönheit... Gemeinsam waren sie ein Paar, das überall, wo sie auftraten, die Blicke auf sich zog. Albert verstand es, ihr in aller Öffentlichkeit so zu schmeicheln, ja, ihr regelrecht den Hof zu machen, als wären sie Jungverliebte, dass alle glaubten, er verehre den Boden, auf dem sie ging.

Dabei war alles ganz anders.

Wenn Albert überhaupt jemanden liebte, dann sich und seine Schnapsidee von einem Spitzenwein. Um sie und Stéphanie scherte er sich in Wahrheit kein bisschen, das hatte sie spätestens heute Abend mit allergrößter Deutlichkeit erkannt. Er schmückte sich gern mit seiner schönen Frau und schönen Tochter, doch tiefere Gefühle hegte er nicht.

Und als wäre es nicht genug, dass Albert herzlos war und keinerlei Geschäftssinn besaß – er war zudem noch ein lausiger Liebhaber, dachte Delphine verbittert. In all den Jahren, in denen Albert Morel ihr Bett aufsuchte, war er nicht in der Lage gewesen, sie zu befriedigen. Aber das wusste natürlich auch niemand, im Gegenteil! Bei den Festen und Empfängen, die sie besuchten, schmolzen die Damen in Alberts Gegenwart regelrecht dahin, so männlich, wie er mit seiner hochgewachsenen Statur, seinen breiten Schultern und seiner muskulösen Kraft auf alle wirkte.

Dabei hatte er es nicht einmal geschafft, einen Sohn zu zeugen! Delphine zog die Bürste so fest durchs Haar, dass es wehtat.

Außer einem anderen Paar aus ihrem Freundes- und Bekanntenkreis, den Sardas, die schon seit Jahren auf Gottes Kindersegen warteten, waren Albert und sie die Einzigen, die mit nur einer Tochter vorliebnehmen mussten. Alle andern hatten mehrere Töchter und Söhne bekommen. Und zudem hatte der liebe Gott ihnen auch noch ein kränkliches Mädchen geschenkt.

Als Stéphanie vor zwanzig Jahren auf die Welt kam, war sie so zart und zerbrechlich, dass Delphine Angst gehabt hatte, sie auch nur auf den Arm zu nehmen. Alle hatten geglaubt, dass das Kind nach wenigen Tagen sterben würde. Rasch hatte man eine Amme ins Haus geholt, diese hatte das Kind alle paar Stunden gestillt, ansonsten wäre es wahrscheinlich wirklich gestorben. Für Delphine war der Anblick, wie sich die langen Wimpern ihrer zarten Tochter an der mit Venen durchzogenen Brust der Bauersfrau rieben, so schockierend gewesen, dass sie dem Vorgang nur einmal beigewohnt hatte. Genug war genug – wofür war das Kindermädchen da, sollte es die Frau in Empfang nehmen und wieder verabschieden.

Und geweint hatte der Säugling, so viel geweint! Selbst als Stéphanie samt Kindermädchen in den äußersten Nordflügel des Schlosses umgezogen war, hatte man in der Nacht noch ihr Weinen gehört – Delphine war davon fast verrückt geworden. Sie liebte ihre Tochter und wollte, dass es ihr gut ging. Aber scheinbar war sie keine gute Mutter.

Ihre Verzweiflung war so groß gewesen, dass sie auf den Rat ihrer *Maman* hin mit Stéphanie sogar nach Lourdes gereist war. Eine solche Pilgerreise sei nicht nur sehr hilfreich, sondern auch *trés chic*, hatte ihre *Maman* gemeint.

Gemeinsam mit Alten und Kranken, mit pockennarbigen Bettlern und hilflosen Krüppeln hatte Delphine in einer Schlange angestanden, ihr Kind im Arm, um es mit dem heiligen Wasser von Lourdes segnen zu lassen. Als sie an der Reihe gewesen waren, hatte die Kleine wie nicht anders erwartet wie am Spieß geschrien, sobald sie den ersten kleinen Spritzer Wasser abbekam.

Das heilige Wasser hatte dennoch seine Wunder bewirkt. Denn nach dieser Reise hatte das Mädchen tatsächlich etwas zugenommen, es war nicht mehr ganz so zerbrechlich gewesen, und sie, Delphine, hatte endlich gewagt zu glauben, dass sie ihr einziges Kind aufwachsen sehen würde.

Ein Lächeln huschte jetzt über Delphines Gesicht, es fühlte sich fast fremd an.

Was kaum jemand für möglich gehalten hätte – Stéphanie war zu einer gesunden, wenn auch sehr schlanken jungen Frau herangewachsen, deren Charme ebenso legendär war wie ihre Schönheit. Ganz der Vater!, riefen die einen. Ganz die Mutter!, die andern. Delphine lächelte in solchen Momenten dünn und schwieg. Wäre das Kind nicht zu Hause zur Welt gekommen, hätte sie gewettet, dass es bei der Geburt vertauscht worden war, so fremd war ihr die Tochter manchmal. Ja, Stéphanie war außerordentlich attraktiv und charmant! Sie war großzügig und setzte sich gern für die Armen und Schwachen ein. Gleichzeitig jedoch konnte sie bockig sein wie ein Esel. Zudem war sie aufbrausend und schnell beleidigt. Wehe, sie bekam eine Bemerkung in den falschen Hals, dann Gnade mit demjenigen, an dessen Loyalität sie zweifelte!

Wenn ihre Tochter doch nur ein wenig ihr, Delphines, dickes Fell geerbt hätte, dachte Delphine nicht zum ersten Mal. Aber kaum ging etwas nicht nach Stéphanies Kopf, oder wehe, etwas belastete ihr Gemüt, dann schlug ihr das sofort auf den Magen. Keinen Bissen brachte sie dann hinunter, und aus der schlanken Schönheit wurde innerhalb weniger Tage eine abgemagerte Kindfrau, die aussah, als würde der nächste Windstoß sie davonwehen. In solchen Momenten bekam Delphine es wieder mit der Angst zu tun, so wie in Stéphanies Kindertagen.

Und so fassten Albert und sie die Tochter bis zum heutigen Tag mit Samthandschuhen an. Dabei wäre ein Machtwort des Öfteren angebracht – wenn Delphine nur an Stéphanies kindische Freude am Verkleiden dachte! Oder an ihre Sprunghaftigkeit und Unzuverlässigkeit – heute begeisterte sie sich für dieses, morgen für jenes, und beides war übermorgen wieder vergessen. An Stéphanies Neigung, die Wahrheit ständig so zu verdrehen, dass sie ihr in den Kram passte, mochte Delphine erst gar nicht denken!

Ach, was hätte sie darum gegeben, wenn ihre Tochter wäre wie die Töchter ihrer Freundinnen – junge Mädchen, die mit niedergeschlagenem Blick *»Oui, Maman«* und *»Merci, Maman!«* hauchten und klaglos alles taten, was ihre Eltern von ihnen verlangten.

Delphine ließ mutlos die Bürste sinken. Und nun sollte ausgerechnet Stéphanie, die in vielem noch so kindlich und unreif war, die Last von Alberts Versagen tragen. Wie sollte das funktionieren?

An Schlaf war nun gar nicht mehr zu denken. Delphine zog sich ihre Morgenrobe an und band den Gürtel so eng, dass es wehtat. Dann machte sie sich auf den Weg zur Küche. Eine heiße Milch mit Honig würde ihre Nerven vielleicht ein wenig beruhigen. Vielleicht war die Köchin schon wach oder eins der Dienstmädchen? Und wenn nicht, dann musste sie eben nach jemandem klingeln!

Kapitel 17

Im Erdgeschoss des Chateaus angekommen, musste sich Delphine kurz orientieren. Es kam selten vor, dass sie die Küche aufsuchte, von daher entfiel ihr schon einmal, wo sie genau lag. Im rechten Flügel, das wusste sie natürlich, die Frage war nur, hinter welcher Tür?

Während Delphine den Gang zum Hauswirtschaftsbereich entlanglief, kam ihr der Duft von geröstetem Brot entgegen. Zwei Frauenstimmen waren zu hören, Lachen und das Klappern von Tellern. Es war kurz nach Mitternacht – dass die Mägde so früh schon das *petit-déjeuner* vorbereiteten, hatte sie nicht gewusst. Aber gut, es bedeutete, dass ihre heiße Milch mit Honig in verheißungsvolle Nähe rückte.

Schwungvoll öffnete Delphine die Küchentür.

»Stéphanie?« Den Türgriff noch in der Hand, schaute Delphine entgeistert auf ihre Tochter, die mit einer wildfremden Frau, eher noch war es ein Mädchen, am Tisch saß. So fröhlich die beiden gerade noch miteinander gelacht hatten – nun wirkten sie genauso erschrocken wie Delphine.

Delphine war die Erste, die sich wieder fing.

»Was machst du hier? Und warum hast du dieses alberne Kostüm an? Hast du etwa schon wieder *Flamenco*-Tänzerin gespielt?«, herrschte sie ihre Tochter an und konnte nichts gegen den aggressiven Unterton in ihrer Stimme tun. Sie hasste es, wenn ihre Tochter solche infantilen Rollenspiele machte! Als wäre sie ein Kleinkind und nicht eine junge Frau im heiratsfähigen Alter.

»Und wer ist das?« Mit spitzem Finger zeigte Delphine auf die fremde Frau. Noch während sie sprach, registrierte sie, dass das *Flamenco*-Kostüm zu dieser späten Stunde die eher kleinere Absonderlichkeit war – viel ungewöhnlicher war, dass ihre Tochter einen *petit toast* in der Hand hielt, von dem sie schon einmal abgebissen hatte. Und auf ihrem Teller lagen drei weitere Brotscheiben mit gebratenen Pilzen darauf.

Unwillkürlich lief Delphine das Wasser im Mund zusammen, so gut roch das geröstete Brot.

»*Maman* ... darf ich vorstellen: Fabienne Durant! Sie hat in einer Küche in Carcassonne gearbeitet. Einer der Köche wurde ihr gegenüber aufdringlich, und bevor es zum Schlimmsten kam, rannte sie weg. Ich war gerade ein wenig Luft schnappen, als Fabienne an unserem Tor vorbeikam. In ihrer Panik hatte sie sich verlaufen und wusste nicht mehr weiter ...«

Delphine bemerkte, wie der Kopf der Fremden fragend zu Stéphanie herüberschoss. Es hätte diese Geste nicht gebraucht, um Delphine zu verraten, dass Stéphanie ihr gerade eine ihrer Lügengeschichten auftischte, an denen sie so viel Spaß hatte. Luft schnappen, nach Mitternacht! Und das auch noch in einem Tanzkostüm! Und von wegen, die junge Frau hatte sich verlaufen ...

Doch Delphine beschloss, über Stéphanies Märchengeschichte hinwegzugehen. Für heute hatte sie genug mit der Wahrheit zu tun gehabt.

»*Maman* ... Kann Fabienne nicht hier im Chateau arbeiten? Sophie braucht doch eh Hilfe, jetzt, wo Monique leider hat gehen müssen.« Stéphanie biss von ihrem gerösteten Brot ab, kleine goldene Brösel fielen auf den Tisch.

Delphine traute ihren Augen kaum, als Stéphanie diese mit ihrem rechten Zeigefinger auftupfte, als wollte sie nur ja keine Krume vergeuden.

Ihre Tochter aß? Und es schmeckte ihr? Delphine war so irritiert, dass sie kaum einen klaren Gedanken fassen konnte. Lass dich nicht ablenken!, ermahnte sie sich stumm. Stéphanie hatte aus welchem Grund auch immer einen Narren an dieser jungen Fremden gefressen und wollte, dass sie hier zu arbeiten anfing. Sollte sie, Delphine, diesem Wunsch nachgeben?

Die letzte Küchenhilfe hatte gestohlen, ausgerechnet Stéphanie hatte sie dabei erwischt. Das hatte so sehr auf ihr Gemüt geschlagen, dass sie tagelang keinen Bissen herunterbekam.

Die junge Frau hingegen wirkte auf den ersten Blick so, als hätte sie ein offenes und ehrliches Wesen. Delphine hatte zwar keine Ahnung, wie es dazu gekommen war, dass die Fremde in Sophies Küche etwas für Stéphanie gekocht hatte, aber irgendwie fand sie diesen Umstand rührend. Und Stéphanie schien es auch zu gefallen, so froher Stimmung, wie sie war! Vielleicht würde es sogar ihren Appetit beflügeln zu wissen, dass die junge Frau hier arbeitete?

»Was kannst du denn alles, Mädchen?«, wandte sie sich geschäftig an die Fremde, aber im Grunde war ihre Entscheidung längst gefallen. Es war wichtig, dass Stéphanie glücklich und zufrieden war, denn sonst lag die Chance, dass sie bei ihrem Plan mitspielte, von Anfang an bei null. Und dann waren sie alle verloren, so einfach war das! Nicht dass sie das jemals in dieser Deutlichkeit zu Stéphanie sagen würde – nein, alles musste beiläufig geschehen. Stéphanie sollte glauben, aus freiem Willen zu agieren und nicht, weil ihre Eltern sie unter Druck gesetzt hatten.

Diese Fabienne Durant schaute sie so ungläubig an, als hätte sie nicht im Geringsten damit gerechnet, dass sie, Delphine, Stéphanies Vorschlag überhaupt in Betracht zog.

»Ich kann eigentlich alles«, sagte sie mit fester Stimme. »Von Kindesbeinen an habe ich meiner Mutter in der Küche geholfen, mir ist keine Arbeit fremd.«

Delphine nickte. »Also gut, da es der Wunsch meiner Tochter ist, dass du hier arbeitest, gebe ich dir eine Chance.«

Ein triumphierendes Lächeln huschte über Stéphanies Miene.

»Ich ... darf ... wirklich hier arbeiten? *Merci, Madame, merci beaucoup!* Ich werde Sie nicht enttäuschen, das verspreche ich!« Die Augen von Stéphanies Schützling glitzerten, als würde sie gleich anfangen zu weinen.

Delphine, die genug Dramen für eine Nacht erlebt hatte, winkte ab. »In wenigen Stunden wird es hell, bis dahin kannst du hier in der Küche schlafen. Später am Tag ziehst du dann zu Sophie, unserer Köchin, ins hintere Gesindehaus. Da die vorige Küchenhilfe weg ist, ist dort ein Bett frei geworden.« Sie wandte sich an ihre Tochter. »Und du, Stéphanie, gehst nun schleunigst wieder ins Bett! Und zieh endlich dieses lächerliche Kostüm aus!«

Ohne heiße Milch und Honig, dafür aber mit dem guten Gefühl, einen ersten Schritt in Richtung der Erfüllung ihres Plans getan zu haben, ging Delphine davon.

*

Nachdem Stéphanie fort war, spülte Fabienne noch das Geschirr und räumte auf. Danach sah die Küche aus, als hätte das nächtliche Kochen nie stattgefunden. Sie konnte ihr Glück noch immer nicht fassen, als sie sich vor dem warmen Ofen ihr Lager richtete. Sie würde hier in diesem schönen Schloss, in dieser wunderbaren Küche arbeiten dürfen! Und eine Unterkunft hatte sie ebenfalls gefunden – wie konnte man nur so viel Glück auf einmal haben? Und alles hatte sie Stéphanie zu verdanken…

Mit einem seligen Lächeln schlief Fabienne ein. Nun wurde gewiss alles gut.

Nur wenige Stunden später war Fabienne wieder wach. Eilig räumte sie ihren Koffer zur Seite, dann ging sie nach draußen, um herauszufinden, wo sie ihre Notdurft verrichten konnte. Doch kaum war sie vor die Tür getreten, war die drückende Blase vergessen. Schon in der Nacht war ihr das Chateau mit seinen vielen Außengebäuden beeindruckend groß vorgekommen, aber nun, im gerade aufgehenden Sonnenlicht, erkannte sie, dass die ganze Anlage äußerst gepflegt und harmonisch war. Die hellgolden glänzenden Sandsteine der Schlossmauern waren von einer Regelmäßigkeit, wie Fabienne es noch nie gesehen hatte. Links und rechts des großen Eingangsportals standen riesige irdene Kübel, in die in Form geschnittene Bäume gepflanzt waren. Über dem Eingangsportal war eine eiserne Tafel angebracht, auf der stand: *Vent d'Est, Vent d'Ouest.* Fabienne runzelte die Stirn. Bei ihnen kam der Wind entweder aus dem Norden oder, wenn er Nebel mit sich brachte, vom Mittelmeer her. Hier oben wehten anscheinend eher der Ostwind und der Westwind. Ihr Blick schweifte weiter über den Hof, in dessen Mitte eine riesige Platane stand, die ohne ihr dichtes Blätterwerk winterlich nackt anmutete. Unter der Platane gab es einen runden schmiedeeisernen Tisch mit Stühlen. Im Sommer, wenn der Baum kühlen Schatten spendete, war dies bestimmt der Platz, wo die Familie ihr Mittagessen einnahm, dachte Fabienne. Im ganzen Hof lag kein bisschen Laub herum, keine Pferdeäpfel und auch sonst kein Unrat. Wer hielt dies alles so sauber?

Fabienne trat auf der dem Tal zugewandten Seite an die Außenmauer des Chateaus. Vor ihr öffnete sich das gesamte Tal der Aude, kleine Dörfer sprenkelten die Landschaft, durch die sich auch der Canal du Midi wie ein träger blassgrüner Wurm schlängelte. Carcassonne lag unten eingebettet in die Hügellandschaft wie eine Perle in einer Muschel.

Fasziniert ging Fabienne an der Mauer entlang und sah, dass sich hinter der Hochebene, auf der das Chateau lag, langsam, aber stetig die *Montagne Noir,* das Schwarze Gebirge, erhob. Auch in dieser Richtung entdeckte sie die eine oder andere Ansiedlung von Häusern, alle so weit vom Chateau entfernt gelegen, als wollten sie einen ehrfurchtsvollen Abstand halten. Derjenige, der dieses Schloss gebaut hatte, hatte sich wirklich den schönsten Platz von allen ausgesucht, dachte Fabienne tief beeindruckt. Dann machte sie sich auf die Suche nach einem Abort.

Sophie Colbert war eine große stoische Frau mit Oberarmen wie ein Savate-Boxer aus Marseille. »Du bist also die Neue«, sagte sie zu Fabienne, nachdem diese sich schüchtern vorgestellt hatte.

Fabie nickte. »Ich habe bis gestern in einer Küche in der Stadt gearbeitet, leider wollte der Wirt mich nicht mehr. Dass ich nun hier arbeiten darf, habe ich Mademoiselle Stéphanie zu verdanken.« Selbst für ihre Ohren hörte sich das seltsam an, aber mehr durfte sie über das zufällige Zusammentreffen von Stéphanie und ihr nicht sagen, das hatte sie ihrer Retterin versprochen.

Die Köchin hob unmerklich die Brauen. »Hier in der Küche sind die Tage lang, und die Arbeit ist hart – das ist kein Spiel!«

Ein Spiel? Was für einen seltsamen Eindruck hatte die Köchin bloß von ihr? Fabienne verzog den Mund zu einem Lächeln. »Hört sich an, als sprächen Sie von meinem Elternhaus! Dort war es nämlich genauso. Machen Sie sich keine Sorgen, ich bin harte Arbeit gewohnt.« Wie bei Bernard Sevèstre streckte sie der Köchin ihre schwieligen Hände entgegen.

Sophie Colberts Brauen hoben sich erneut, doch diesmal war es keine Geste der Skepsis, sondern der Anerkennung. »*Bon.* Dann zeige ich dir mal, wo alles ist. Und danach gehen wir den Plan für heute durch. Du hast Glück, an deinem ersten Tag steht lediglich ein kleines *Diner* für acht Personen an, abgesehen vom üblichen *petit-déjeuner* und dem Mittagsmahl.«

Fabie runzelte die Stirn. Aus irgendeinem Grund hatte sie in der Nacht den Eindruck gehabt, dass Stéphanie und ihre Eltern allein in dem riesigen Schloss lebten.

»Acht Personen? Hat Mademoiselle Stéphanie noch so viele Geschwister? Oder wohnen noch andere Verwandte hier?«

»Keine Geschwister, keine Verwandten, zumindest keine, die hier leben. Du musst wissen, dass wir nicht nur für die Familie kochen, sondern fast täglich für eine Geselligkeit – gerade jetzt in der vorweihnachtlichen Zeit! Madame empfängt ihre Freundinnen gern zu einem späten Champagnerfrühstück oder nachmittags zu feinen Häppchen in ihrem Wintergarten, sie organisiert aufwendige, mehrgängige *Diner,* und mindestens einmal im Monat findet auf dem Chateau ein Ball statt. Monsieur lädt außerdem zu Jagdgesellschaften und Weinverkostungen ein. Die Morels sind in der Gesellschaft sehr beliebt und haben viele Bekannte und Freunde.«

»Und für all diese Geselligkeiten kochen Sie ganz allein?« Fabie schluckte. Das war doch ein Ding der Unmöglichkeit!

»Die Speisen für die großen Bälle liefert ein *traiteur* aus Carcassonne, aber für alle anderen Tischgesellschaften koche tatsächlich ich allein. Und dazu kommt noch das Essen für uns Bedienstete. Nun, es ist alles eine Frage der Organisation.« Sophie Colbert zuckte mit den Schultern, doch der Stolz in ihrer Stimme war nicht zu überhören.

Fabie hingegen war nun erst richtig eingeschüchtert. »Ich hoffe aus tiefstem Herzen, dass ich Ihnen eine gute Hilfe sein werde«, sagte sie inbrünstig.

Die Köchin reichte ihr schon eine blütenweiß gestärkte Schürze. »Die gehörte deiner Vorgängerin, sie müsste dir passen. So, und nun gib acht, damit du später alles findest und mir keine Löcher in den Bauch fragst! Wir Dienstboten nehmen unsere Mahlzeiten übrigens alle hier in der Küche ein. Den Tisch kannst du gleich decken.« Sie zeigte auf den Tisch, an dem Fabie und Stéphanie in der Nacht gesessen hatten. »Wir essen täglich um drei – also in der Zeit zwischen dem Mittagessen und Abendessen der Familie.«

Und Frühstück gab es nicht?, lag es Fabie auf der Zunge zu fragen, aber sie traute sich nicht. Sie zeigte auf den Schrank, in dem ungefähr zwei Dutzend Teller und Schalen aus robustem Steinzeug standen. »Und das soll für die ganzen Tafeln, die Sie vorhin geschildert haben, ausreichen?« Wenn sie an die Berge von Geschirr dachte, die sie bei Bernard Sevèstre gespült hatte, war das hier ein Klacks.

Sophie lachte auf. »Du lieber Himmel, wo denkst du hin? Das ist nur das Geschirr fürs Dienstbotenessen. Das feine Porzellan aus Limoges und das Kristall aus Baccarat befinden sich in drei Einbauschränken im Gang, es sind verschiedene Service mit Hunderten von Teilen. Du kannst später mal einen Blick drauf werfen. Fürs

Spülen ist unser *plongeur* Louis zuständig, er kommt erst am Nachmittag. Die Tische decken auch nicht wir ein, sondern Monsieur Gaffe, der Oberdiener. Er organisiert auch die Serviermädchen und Diener, allesamt junge Leute aus den umliegenden Dörfern. Die einen wohnen hier auf dem Gut, andere kommen täglich zur Arbeit her.«

Fabies Mund stand vor Staunen offen. Sie hatte tausend Fragen, doch dafür war keine Zeit, denn schon ging Sophies Einweisung weiter.

»Die Speisekammer befindet sich hinter dieser Tür, hier in dem Regal liegt immer nur der Tagesvorrat. Unser Gemüse pflanzen wir größtenteils selbst an, das Chateau beschäftigt drei Gärtner. Monsieur ist außerdem ein begeisterter Jäger, somit habe ich stets genügend Nachschub an Fasanen, Enten und Wildschweinen. Was das Obst angeht, so haben wir einen eigenen Garten mit Pfirsichbäumen, Himbeerhecken, einen Pflaumenbaum gibt es auch und…«

Eine halbe Stunde später schwirrte Fabienne der Kopf vor lauter neuen Informationen. Sophies Küche schien wie ein perfekt geschmiertes Uhrwerk zu funktionieren, wo ein Zahnrad ins andere griff, dachte sie und spürte, wie ihre Befürchtung, der neuen Aufgabe nicht gewachsen zu sein, kleiner wurde. Denn Sophie Colbert wirkte nicht nur froh darüber, wieder eine Küchenhilfe zu haben, sondern auch sehr hilfsbereit.

Die nächsten Stunden vergingen wie im Flug. Fabie putzte auf Sophies Anweisung hin Gemüse, rupfte drei Hühner, schnitt Zwiebeln in hauchdünne Ringe, hackte frischen Rosmarin, den sie aus dem Kräutergarten holte –

er war schon jetzt ihr Lieblingsort im ganzen Anwesen. Der Höhepunkt ihres Tages war, als sie unter Sophies scharfem Blick eine Kräuterbutter zubereiten durfte – diese wurde für die Schnecken gebraucht, die es abends als Vorspeise geben sollte. Majoran, Thymian, ein Hauch Rosmarinnadeln nur, alles zusammen mit dem Meersalz im Mörser fein zerstoßen, dazu die zimmerwarme Butter... »Vergiss bloß nicht den Spritzer Zitronensaft!«, hörte Fabie im Geist ihre *Maman* sagen.

»Du lächelst?« Sophie, die dabei war, ein paar Lammkarrees mit Knoblauch in einer Pfanne anzubraten, schaute fragend zu Fabie hinüber.

Sie nickte. »Ich bin so glücklich, hier sein zu dürfen! Es gibt doch nichts Schöneres, als in einer Küche arbeiten zu dürfen, *non*?« Sie holte ein frisches Leinentuch, um damit die Schüssel mit der Kräuterbutter abzudecken.

Doch Sophie zeigte auf eine Flasche Pastis am Ende der Arbeitsplatte. »Warte! Gib davon noch einen kleinen Spritzer dazu und schlag die Butter dann noch mal schön cremig auf.«

»*Oui, Madame!*«, rief Fabienne. Pastis in die Kräuterbutter? Das hatte sie noch nie gehört.

»So mag ich das«, sagte die Köchin wohlwollend. »Wenn du fertig bist, kratz mir eine Vanilleschote aus. Madame wünscht sich für heute Nachmittag eine *Tarte à la crème*. Weißt du, wie man einen Mürbeteigboden herstellt?«

»Ich glaube schon...«, sagte Fabienne zögerlich.

»Dann hol dir Mehl und Butter, Eier, *vite, vite*!«

Nun durfte sie auch noch einen Kuchen backen! Fabie konnte ihr Glück kaum fassen.

Kapitel 18

»Deine Freundin Philomena hat geheiratet, in Orly, den Duc de Cabenasse. Dreihundert Gäste waren ins elterliche Schloss eingeladen. Da haben sich die Signets nicht lumpen lassen, was meinst du?« Über den Rand der Zeitung hinweg schaute Delphine Morel ihre Tochter an.

»Philomena ist nicht meine Freundin«, sagte Stéphanie gelangweilt. »Wenn es hochkommt, habe ich sie drei Mal in meinem Leben gesehen.«

»Philomenas Kleid sei herausragend schön gewesen, schreibt die Zeitung, ich zitiere …«

Ungeduldig wartete Stéphanie ab, bis ihre Mutter die entsprechende Stelle in der *Tout le monde* gefunden hatte. Die aufwendig illustrierte Zeitung berichtete regelmäßig von gesellschaftlichen Ereignissen, ihr Verbreitungsgebiet reichte von Lyon bis nach Perpignan.

Es war Nachmittag, und ihre Mutter hatte sie zu Tee und Gebäck in den gelben Salon gebeten. In solchen Momenten las Delphine gern kleine Passagen aus der Zeitung vor und erwartete, dass sie, Stéphanie, Interesse zeigte. Die stickige Luft, die sterbenslangweiligen Zeitungsnachrichten, Delphines Kommentare dazu –

Stéphanie konnte es kaum erwarten, wieder entlassen zu werden. Wie es der kleinen *Mademoiselle bon appétit* in der Küche wohl erging?, fragte sie sich und ließ im Geist die nächtliche Begegnung noch mal Revue passieren. Als was für ein klägliches Bündel sie Fabienne auf der Straße vorgefunden hatte ... Weinend. Von der Welt verstoßen. Was hätte die arme junge Frau nur ohne sie, Stéphanie, gemacht? Womöglich wäre ihr sogar etwas Schlimmes zugestoßen! Was für ein Glück, dass sie so hilfreich zur Stelle gewesen war – es tat immer gut, wenn man helfen konnte. Stéphanie nahm sich vor, später einmal nach ihrem Schützling zu schauen.

»Hier steht es! Duchesse Philomena de Cabenasse bezauberte in einem Traum aus dreißig Lagen Brüsseler Spitze. Die Robe wurde zwei Jahre lang aufwendig von drei deutschen Perlenstickerinnen mit über zweihunderttausend Perlen bestickt.« Delphine Morel schaute auf. »Was für ein Traum, findest du nicht auch?«

»Ich frage mich, warum es Philomenas Pariser Hochzeit überhaupt in die *Tout le monde* geschafft hat – die Zeitung sollte besser über das gesellschaftliche Leben bei uns hier im Süden berichten!«, sagte Stéphanie mürrisch. Ihr schwarzes *Flamenco*-Kleid hatte acht oder zehn Lagen Stoff, die ganz herrlich beim Tanzen schwangen. Wie mochten sich gar dreißig Lagen Stoff anfühlen?

»Das würde die *Tout le monde* bestimmt gern, *chérie*. Aber die wenigen außergewöhnlichen Festlichkeiten, die es bei uns gibt, kann man an einer Hand abzählen! *Papa* und ich mühen uns redlich, selbst gute Gastgeber zu sein. Und unser Silvesterball wird bestimmt etwas ganz Besonderes, aber eine so große Hochzeit wie die der wunderschönen Philomena…« Delphine Morel seufzte theatralisch. »Dagegen kommt wirklich nichts an!« Sie nahm ihre hauchdünne Teetasse auf. »Ich weiß ja, dass du nicht ans Heiraten denkst. Aber falls du doch je einmal den Bund der Ehe schließen wolltest – was wäre dir wichtig bei einem Mann?«

Stéphanie runzelte die Stirn. Was war denn das für eine Frage? Ihr reichte es, den Männern den Kopf zu verdrehen – ans Heiraten hatte sie bis jetzt tatsächlich noch nicht ernsthaft gedacht. »Glaubst du etwa, ich würde von einem Prinzen träumen, der mich vom Schloss weg entführt?«, fragte sie ihre Mutter spöttisch. Was wäre daran eigentlich so schlecht?, schoss es ihr im selben Moment durch den Kopf. Dann hätte die quälende Langeweile endlich ein Ende. Dann würde sie nicht mehr mit Mutter Tee trinken müssen.

Delphines Lächeln hatte etwas leicht Gequältes. »Tut das nicht jede junge Frau insgeheim? *Chérie*, stell dir einfach vor, meine Frage gehört zu einem Spiel – wie sollte dein Märchenprinz aussehen?«

Stéphanie zog undamenhaft ein Bein unters andere. Sie wusste, dass ihre Mutter es hasste, wenn sie so auf einem Stuhl saß. Dass sie jetzt nichts dazu sagte, zeigte, wie wichtig ihr dieses Gespräch war. Einen Moment lang überlegte Stéphanie, sich stur zu stellen, doch dann bemerkte sie zu ihrem Erstaunen, dass sie im tiefsten Innern Lust auf dieses Spiel hatte.

»Nun ja, er dürfte natürlich kein Langweiler sein, sondern müsste immer etwas Spannendes zu erzählen haben. Gut aussehen sollte er natürlich auch. Er müsste immens reich sein, damit er mir all meine Launen finanzieren kann. Ein Chateau wäre mir nicht wichtig – viel lieber würde ich in einem prächtigen Stadtpalast leben!« In dessen Nähe es ein gutes Café Cantante gab, fügte sie im Stillen hinzu. »Er sollte mir meine persönlichen Freiheiten lassen und mich nicht zwingen, zu jedem Ball zu gehen, so wie ihr es tut«, fuhr sie fort, während sie schon überlegte, was sie ihrer Aufzählung noch hinzufügen konnte, um ihre Mutter zu ärgern. »Und was unser Hochzeitsfest angeht – mit dreihundert Gästen würde ich mich nicht zufriedengeben – es müssten schon doppelt so viele sein, damit die *Tout le monde* etwas zu berichten hätte! Ich würde einen Zirkus engagieren, der sein Zelt aufbaut und meine Gäste nach dem *Diner* mit Jonglierkünsten, kleinen Äffchen und wunderschönen weißen Pferden, die Pirouetten drehen, unterhält. Und eine ganze Armada von *Flamenco*-Tänzerinnen – die hätte ich auch gern! Sie sollten dem Anlass entsprechend in weiße knisternde Seide gekleidet sein, von Tisch zu Tisch gehen und die Gäste mit ihrem Tanz in den Bann ziehen.« In sich hineingrinsend wartete Stéphanie auf eine von Mutters Tiraden darüber, dass Bescheidenheit eine Zier war und sie, Stéphanie, mit ihrer überschäumenden Fantasie noch jeden Mann vertreiben würde.

Doch anstatt sich über ihre exzentrischen Wünsche zu echauffieren, nickte Delphine Morel nur gedankenvoll. Sie öffnete den Mund, als wollte sie etwas sagen, überlegte es sich dann aber wohl wieder anders. Ihr Blick schweifte sinnend aus dem Fenster.

»Mutter?« Stéphanie runzelte die Stirn. »Wolltest du etwas sagen?«

Delphine lächelte ihre Tochter an. »Es ist verrückt, aber

197

es gibt einen jungen Mann, der…« Sie winkte ab. »Ach, wen interessiert's! Schließlich ist Heiraten kein Thema für dich, meine Frage eben war lediglich ein Spiel.«

Ein Spiel – glaubte ihre Mutter wieder einmal, für alles andere wäre sie nicht erwachsen genug? »Ist es nicht unhöflich, ein Thema anzuschneiden und dann das Gegenüber mit seinen Gedanken allein zu lassen? *Maman*, von wem wolltest du mir gerade erzählen?«

Mit fast unerträglicher Gemächlichkeit schenkte Delphine Morel erst Stéphanie, dann sich selbst Tee nach. Sie nippte an der Tasse, stellte sie ab, atmete tief durch. »Ich weiß wirklich nicht, ob ich überhaupt mit dem Thema beginnen soll. Es würde dich vielleicht zu sehr verwirren.«

Stéphanie lachte schallend auf. »Du lieber Himmel, seit wann verstehst du es, etwas so spannend zu machen? *Maman*, wenn du nicht sofort mit der Wahrheit herausrückst…« Sie tat so, als würde sie ihrer Mutter einen scherzhaften Klaps auf den Arm verpassen.

Sie lachten beide. Und Stéphanie platzte fast vor Neugier.

»Also gut, ich erzähle dir alles. Aber du musst mir versprechen, dass du dich nicht zu sehr aufregst und meine Information vertraulich behandelst.«

Stéphanie zuckte nichtssagend mit den Schultern. Das würde man ja sehen.

Delphine Morel holte tief Luft. »Es gibt einen jungen Mann, er stammt aus einer der besten Familien Frankreichs – der so verrückt nach dir ist, dass er dir all das, was du aufgezählt hast, und wahrscheinlich noch viel mehr bieten würde. Du kennst ihn, aber wahrscheinlich ist er dir noch nicht ernsthaft aufgefallen. Im Gegensatz zu so manchem Herrn ist er kein Großmaul, sondern hält sich in der Öffentlichkeit vornehm zurück.«

»Jemand will mich heiraten?« Stéphanie war baff. »Aber ... ich verstehe nicht – warum fragt mich derjenige nicht selbst? Wer ist es?«

»Oscar de Carneval!«

»Oscar?« Stéphanie schaute ihre Mutter mit weit aufgerissenen Augen an. »Oscar will mich heiraten?«

Oscar de Carnevals Familie gehörte eine ganze Reihe von Banken. Obwohl er nur wenige Jahre älter als sie war, leitete er schon die Narbonner Filiale. Er zählte zu der Gruppe von jungen Männern und Frauen, mit denen sie des Öfteren zusammentraf – bei Tanzbällen, im Theater, auf Jagden. Da Oscar durch die Bank nicht ganz so viel Zeit hatte, war er eher unregelmäßig bei ihren Unternehmungen dabei. Stéphanie konnte sich nicht daran erinnern, je mehr als ein paar Sätze mit dem Mann gewechselt zu haben. Er sah weder besonders gut noch besonders schlecht aus, sondern hatte schlicht ein Alltagsgesicht.

»Oscar will mich heiraten?«, wiederholte sie.

Delphine Morel schaute sie triumphierend an. »Jetzt bist du baff, nicht wahr? *Ma chérie*, wenn ich ehrlich bin, konnte ich es selbst nicht glauben, als seine Mutter Sylvette mir kürzlich von Oscars Wunsch berichtet hat. Verstehe mich nicht falsch – natürlich bist du eine ganz wundervolle junge und sehr attraktive Frau! Aber immerhin bist du auch schon zwanzig Jahre alt, und bisher hat sich auch noch niemand für dich interessiert ...« Delphine schaute Stéphanie fast bedauernd an.

»Als ob mir das irgendetwas ausmacht!«, sagte Stéphanie heftig. Was fiel ihrer Mutter ein, sie wie ein armseliges Mauerblümchen darzustellen! Oder schlimmer noch, wie eine alte Jungfer. Und was hieß eigentlich »kürzlich«? Da passierte einmal etwas Spannendes, und Mutter erzählte ihr nicht davon?

»Und mit dieser Einstellung hast du auch recht«, bekräftigte Delphine die Aussage ihrer Tochter. »Auf der anderen Seite gibt es junge Männer aus bestem Haus, mit guten Verbindungen und einem entsprechenden finanziellen Hintergrund nicht unendlich – von daher könnten Jahre ins Land gehen, bis ein Mann auftaucht, der für dich in Frage käme. Dass nun ausgerechnet Oscar de Carneval einen Narren an dir gefressen hat – verrückt!« Delphine lachte auf, als hätte jemand einen besonders lustigen Scherz gemacht.

Stéphanie spürte einen altbekannten Stich in der Herzgegend. Was war daran verrückt? War sie in den Augen der Mutter nicht gut genug für Oscar? Warum freute sich Delphine nicht, dass ein so feiner Mann ihr den Hof machen wollte?

»Warum hast du mir nicht gleich davon erzählt? Und überhaupt – warum spricht seine Mutter mit dir und nicht mit mir? Warum spricht *er* nicht mit mir? Ich bin doch kein Rennpferd, über das man auf dem Viehmarkt verhandelt!« Stéphanie stellte ihre Teetasse so abrupt ab, dass das Porzellan ein klirrendes Geräusch von sich gab. Warum gelang es ihrer Mutter immer wieder, sie derart zu verletzen?

»Stéphanie, bitte, halte deinen Eifer im Zaum! Oscar de Carneval gehört zu den reichsten Männern Frankreichs, und du bist die Tochter eines Chevaliers. Bei einer so hochkarätigen Verbindung ist es üblich, dass zuerst die Eltern vorfühlen, ob solche Avancen überhaupt erwünscht sind, bevor der junge Mann seiner Angebeteten selbst den Hof macht«, sagte Delphine. »Dein Vater und ich würden dich nie zu einer arrangierten Ehe zwingen, habe ich zu Sylvette gesagt. Wenn es einmal so weit ist, dann entscheidest ganz allein du, wen du heiratest. Wäre nicht der Artikel über Philomenas Hochzeit gewesen, wäre das Thema Heirat gar nicht aufgekommen, und ich hätte dir über Oscars Heiratsabsichten gar nichts erzählt.«

Stéphanie war fassungslos. Ohne den Zeitungsartikel hätte ihre Mutter geschwiegen? Konnte es sein, dass Delphine ihr einen derart reichen Ehemann nicht gönnte? Dass ihr Vater in Bezug auf Geldangelegenheiten nicht das Geschick seiner Vorfahren hatte, war ihr bewusst. Delphine, die aus einem reichen Elternhaus kam, gefiel es bestimmt nicht, dass Vater sich lieber um seine Weinreben als um ihre Finanzen kümmerte! Bei dem Streit gestern Abend, den sie gehört hatte, als sie sich heimlich aus dem Haus schlich, war es scheinbar auch wieder einmal um Geld gegangen.

»Allem Anschein nach willst du doch nicht, dass ich selbst entscheide, wen ich heirate und wen nicht. Denn sonst hättest du mir Oscars Avancen nicht verheimlicht«, sagte Stéphanie spröde. Sie stand auf, schaute von oben auf ihre Mutter herab. »Richte Sylvette de Carneval aus, dass ich bereit bin, ihren Sohn in entsprechendem Rahmen zu treffen. Bei gegenseitiger Sympathie ist eine Heirat nicht ausgeschlossen.« Sie raffte ihre

Röcke zusammen und rauschte mit hoch erhobenem Haupt aus dem Raum.

»Aber Kind, ich ... Bist du dir sicher? Wir wollen doch nur dein Bestes!«

Wenn Delphine wirklich nur das Beste für sie wollte, dann hätte sie Oscar de Carneval doch längst hierher eingeladen, dachte Stéphanie, während Delphines Stimme verklang. Aber warum regte sie sich eigentlich so auf? War es nicht schon immer so gewesen, dass sie ihrer Mutter nichts recht machen konnte? Zornig stürmte sie den Gang entlang.

*

Fabienne war gerade dabei, den Teig für die Tarte zu kneten, als die Küchentür schwungvoll aufgestoßen wurde und Stéphanie erschien. Sie trug ein elegantes Seidenkleid, ihre hellbraunen Haare, die sie gestern zu einem schlichten Dutt gesteckt hatte, waren nun zu einem kunstvollen Zopf geschlungen, der ihr über den Rücken hing und fast bis zu ihrem Po reichte.

»Stéphanie!« Unwillkürlich leuchteten Fabiennes Augen auf. Die ganze Zeit überlegte sie schon, wie es ihr wohl gelingen konnte, sich nochmals bei ihrer Retterin zu bedanken.

»Ich wollte nur schauen, ob du dich schon eingelebt hast.« Während sie sprach, tippte Stéphanie mit ihrer rechten Hand nervös auf die Arbeitsplatte und wedelte damit eine kleine Mehlwolke auf.

»Du glaubst gar nicht, wie dankbar ich dir bin, dass ich hier arbeiten darf! Das Chateau, die Küche... Alles

202

erscheint mir wie ein Traum«, sagte Fabienne inbrünstig. »Und von Madame Colbert, die ich jetzt schon glühend verehre, kann ich bestimmt noch viel lernen. Falls dir die Kräuterbutter heute Abend besonders gut schmecken sollte – die habe ich zubereitet! Nach Madame Colberts Rezept natürlich«, fügte sie eilig an.

»Butter!«, sagte Stéphanie abfällig. »Du glaubst doch nicht im Ernst, dass ich die nach unserem nächtlichen Mahl nun jeden Tag esse! Aber schön, dass es dir bei uns gefällt. Vergiss nur nie, dass du mir diese Anstellung zu verdanken hast, nicht der von dir so ›verehrten‹ Madame Colbert…« Sie drehte sich auf dem Absatz um, dann war sie wieder weg.

Fabienne war wie vor den Kopf geschlagen. Warum hatte Stéphanie so ironisch, fast böse zu ihr gesprochen? Eilig wischte sie sich die Hände an ihrer Schürze ab, dann rannte sie ihrer Retterin hinterher, die gerade aus dem Hintereingang in den Hof lief.

»Stéphanie, warte!«

Die Tochter des Hauses drehte sich um. »Was ist denn noch?«

»Um Gottes willen, was habe ich denn Falsches gesagt?«, rief Fabienne, als sie die Tränen in den Augen der anderen sah. »Ich wollte dich nicht verletzten, bitte verzeih mir!« Spontan schlang sie die Arme um ihre Retterin und erschrak, wie mager Stéphanie war. Jeder Knochen war zu spüren!

Zu ihrer Verwunderung ließ Stéphanie die Umarmung zu. Hoffentlich roch ihr feines Kleid später nicht nach Zwiebel und anderen Küchendünsten, dachte Fabie, während sich Stéphanies Schultern hoben und wieder senkten, als würde sie von einem stummen Weinkrampf geschüttelt. Was tat sie hier eigentlich? Sie war eine Küchenhilfe, Stéphanie die Tochter des Hauses!

»Magst du mir sagen, was los ist?«, flüsterte Fabienne. So aufgelöst war die junge Frau gewiss nicht ihretwegen. Irgendetwas anderes musste vorgefallen sein, dachte Fabie und war zu ihrer Bestürzung erleichtert.

Stéphanie Morel löste sich aus der Umarmung. »Entschuldigung, aber ich bin sehr durcheinander. Es gibt einen jungen Mann, der angeblich ganz vernarrt in mich ist. Er stammt aus einer der besten Familien Frankreichs und ist immens reich. Aber statt sich für mich zu freuen, erzählt mir meine Mutter nichts davon, nur durch Zufall kam es jetzt heraus!« Sie schüttelte erst den Kopf, dann schaute sie Fabie mit weit aufgerissenen Augen an. »Wie kann eine Mutter so gemein sein?« Wütend und verletzt zugleich warf sie beide Hände in die Luft.

Fabienne nickte. »Das kommt mir sehr bekannt vor«, murmelte sie. »Eltern glauben immer, alles besser zu wissen als man selbst.« Manchmal haben sie allerdings auch recht, fügte sie stumm hinzu.

Stéphanie schaute Fabienne mit funkelnden Augen an. »Ich habe es so satt, dass meine Eltern ständig über mich bestimmen wollen, als wäre ich noch ein Kind! Ich weiß sehr wohl, wer oder was gut für mich ist. Nur – wie kann ich sie davon überzeugen?« Sie schaute Fabienne so verzweifelt an, dass diese unwillkürlich schmunzeln musste.

»Hast du nicht erst gestern Abend zu mir gesagt, dass jede Frau eine Rebellin ist? Ich bin mir sicher, dir wird schon ein Weg einfallen, wie du deine Eltern auf deine Seite bekommst!«

»Du duzt die junge Mademoiselle?«, sagte Sophie leise, nachdem Fabienne wieder in die Küche gekommen war. »Und ihr führt private Gespräche?«

»Das hat sich so ergeben«, sagte Fabienne zerstreut. Seltsam – Stéphanie hatte nur davon gesprochen, dass der Mann ganz verrückt nach ihr war, ihre eigenen Gefühle hatte sie jedoch nicht erwähnt. Mochte sie den Mann überhaupt? *Wollte* sie ihn heiraten?

Die Köchin runzelte die Stirn. »Das solltest du schleunigst beenden. Mademoiselle Stéphanie und ihre Familie verkehren in den höchsten Kreisen, es schickt sich nicht für unsereins, so jemanden zu duzen. Und was persönliche Gespräche angeht – ihr seid keine Freundinnen, Mademoiselle Stéphanie gehört zur Herrschaft und du zum Personal. Heute mag Mademoiselle deine Vertraulichkeit geduldet haben – aber schon morgen kannst du wegen so etwas gefeuert werden!«

Erschrocken und verletzt zugleich schaute Fabienne auf. Natürlich waren Stéphanie und sie keine Freundinnen, aber sie waren im selben Alter und verstanden sich gut. Musste sie sich trotzdem unterwürfig verhalten, oder konnten sie sich ganz normal begegnen?

Kapitel 19

In den nächsten Wochen sah Fabienne ihre Retterin nur selten, und wenn sie sich irgendwo im Chateau begegneten, dann waren sie beide stets in Eile. Dabei hätte Fabie sich so gern noch einmal länger mit Stéphanie unterhalten. Was es mit deren Faszination für den *Flamenco* auf sich hatte, ob sie mal wieder einen ihrer nächtlichen Ausflüge unternommen hatte, und wie es um die verbotene Liebe stand. Doch in der Küche ging es mit jeder Woche, die Weihnachten näher rückte, heißer her. Kleine Gesellschaften, große Gesellschaften – fast täglich fuhren Kutschen auf den Hof und brachten hungrige Gäste mit. Wenn Fabie und Sophie abends ausgelaugt und mit geschwollenen Füßen in ihre Kate liefen, dann wehte der wohlige Klang von Gelächter, Gläserklirren und Gesprächsfetzen aus den Fenstern zu ihnen herab. Ob auch der Mann dabei war, der Stéphanie angeblich anhimmelte?, fragte sich Fabie an so manchem Abend. Dass sie derart neugierig war, kannte sie von sich gar nicht, jedenfalls konnte sie sich nicht erinnern, sich im Schleusenhaus jemals so für die Belange anderer interessiert zu haben. Doch

Stéphanie in all ihrer Fremdheit faszinierte sie ungemein.

Nicht einen Moment lang war Fabie neidisch auf die Morels und ihre Gäste – im Gegenteil, sie war noch immer froh und dankbar, auf dem Chateau Unterschlupf und Arbeit gefunden zu haben. Dass sie und die anderen Bediensteten Kartoffeln und Bohnen aßen, während die Herrschaft feinste Speisen und Champagner genoss – auch das machte ihr nichts aus. Zum einen war sie froh, dass ihr nicht mehr schlecht wurde vom Essen so wie bei Bernard Sevèstre. Und zum andern schmeckte Sophies Kartoffelbrei fast so gut wie der von Violaine!

Sophie und sie schufteten von frühmorgens bis spätabends. Manchmal hatten sie nicht einmal Zeit, sich zu den anderen an den Mittagstisch zu setzen. Dann aßen sie nebenher, im Stehen.

Fabie akzeptierte auch das klaglos – je mehr sie zu tun hatte, desto seltener dachte sie an die Veränderungen, die sie beim Be- und Entkleiden und beim Waschen an ihrem Körper wahrnahm. Sie wusste, dass sie sich wie eine Katze benahm, die beim Anblick eines gefährlichen Hundes die Augen schloss in der Hoffnung, dass, wenn sie ihn nicht sah, er sie auch nicht sehen konnte. Aber was hätte sie auch anderes machen sollen? Alles zu ignorieren war das Einzige, was ihr blieb. Zumindest für jetzt.

Die viele Arbeit war auch der Grund dafür, dass Fabienne mit den anderen Bediensteten des Schlosses nur wenig in Kontakt kam oder gar Freundschaften schließen konnte. Sicher, sie unterhielten sich ein wenig am Mittagstisch. So erfuhr Fabie wenigstens, wer in welcher Kate auf dem Gelände des Chateaus lebte und wer aus einem der umliegenden Dörfer oder aus Carcassonne zum Arbeiten herkam. Und wenn Fabie in den Garten ging, um Kräuter zu schneiden, dann wechselte sie auch mal ein paar Worte mit einem der Gärtner. Aber Zeit, um sich mit den Kammerdienern, Zimmermädchen oder den Stallburschen länger zu unterhalten, blieb ihr nicht. Und auch mit dem uralten, in sich zusammengesunkenen Weib, das Tag für Tag auf der Bank vor dem Stall saß und die Wintersonne genoss, konnte sich Fabienne nicht länger unterhalten. Sie fand lediglich heraus, dass die Frau Marianne hieß, in einem der kleineren Gesindehäuser wohnte und einst die Kinderfrau von Monsieur und später von Stéphanie gewesen war. Obwohl sie schon lange nicht mehr für die Herrschaft arbeitete, durfte sie weiterhin auf dem Weingut wohnen bleiben, wofür sie sehr dankbar war.

Ob Diener oder Zimmermädchen, ob Knecht oder Zofe – niemand im Chateau hatte in den Wochen vor dem Heiligen Fest Zeit für Müßiggang. Silber musste poliert werden, die Makellosigkeit der Spitzentischdecken überprüft, alle Fenster auf Hochglanz geputzt werden.

Ab Januar würde es bei ihnen allen ruhiger zugehen, und man würde auch einmal Zeit für ein Schwätzchen oder ein Kartenspiel am Küchentisch haben, sagte Sophie. Jetzt aber galt es, den wichtigsten Festmonat überhaupt – den Dezember – gut zu überstehen! Statt diese Bemerkung als tröstend zu empfinden, wie sie von Sophie durchaus gemeint gewesen war, wurde Fabienne dadurch erst die Bedeutsamkeit der vor ihnen liegenden Aufgabe bewusst: Was, wenn sie bei so vielen *Diners* in der Küche mal versagten? Was, wenn die Herrschaft sich ihretwegen blamierte? Was, wenn die Gäste nach Hause gingen, hungrig, unzufrieden oder gar mit verdorbenem Magen? Auch wusste sie nicht, wie lange sie in ihrem Zustand die vielen Stunden Küchenarbeit noch gut bewältigen konnte.

Die Verantwortung lastete schwer auf Fabiennes Schultern, und es nutzte nur wenig, dass sie sich immer wieder sagte, es sei ja eigentlich Sophie, die in vorderster Front stand, und dass sie ihr »nur« half.

Sophie... Mit jedem Tag wuchs Fabiennes Bewunderung für die Köchin, die nichts aus der Ruhe zu bringen schien. Ganz gleich, wie viel es zu tun gab, Sophie verlor nie den Überblick. Schon früh am Morgen standen riesige Töpfe mit Wurzelgemüse und Knochen auf dem Herd, aus der daraus entstehenden Kraftbrühe bereitete Sophie später Soßen aller Art zu. Dunkle Rotweinsoßen mit roten Zwiebeln und Pilzen für die diversen Wildgerichte, die sie aus dem Wildbret der Jagd des Chateaus herstellte. Helle Soßen mit viel Sahne, Zitronenschale und Kräutern für Fischgerichte, Pasteten und Geflügelragout.

An einem Tag mussten dreißig Tauben entbeint werden, am nächsten ein ganzer Korb Mandeln enthäutet werden. Blätterteig wurde zubereitet und Enten zerteilt für ein *confit*. Fabie lernte, wie man einen Rehbraten spickte – bei ihnen zu Hause war Wild nur selten auf den Tisch gekommen –, und dass es bekömmlicher war, wenn man beim Wildschwein das ganze Fett wegschnitt, anstatt es mit anzubraten.

Violaine war auch eine gute Köchin gewesen, aber ihr

Repertoire an Gerichten war doch ziemlich begrenzt, stellte Fabienne angesichts der Speisen, die Sophie zubereitete, fest. Wann immer es ihre eigenen Aufgaben zuließen, schaute sie Sophie über die Schulter. Sie wollte lernen und alles in sich aufsaugen wie ein Schwamm!

Und dafür bot sich reichlich Gelegenheit. Denn zusätzlich zum täglichen Essen gab es für den Weihnachtsschmaus zu *réveillon,* dem Heiligabend, auch einiges vorzubereiten. Sophies Menü sollte acht Gänge haben, und Fabie kam es so vor, als wäre eine Speise aufwendiger als die andere! Als Vorspeise sollte es Austern geben, dann eine Weinsuppe, auf die Gänseleberpastete folgte, für die sie extra eine Zwiebelkonfitüre herstellten. Ein Süßwasserfisch folgte, danach kam erst die Hauptspeise an die Reihe. Für die Desserts – dreizehn an der Zahl, so wie es die Tradition gebot – mussten der Weihnachtsbaumkuchen vorbereitet und kühl gestellt und Früchte in Sirup getränkt werden. Gugelhupfe wurden gebacken, Pfannkuchen auch.

Fabienne war dankbar für jeden Handgriff, den die Köchin ihr zeigte, jeden Kniff, den sie mit ihr teilte. Dass Sophie außerdem ihre kleinen Fehler ausmerzte und ihre Nerven beruhigte, wenn sie, Fabie, mal wieder Angst hatte, der vielen Arbeit nicht gewachsen zu sein, kam noch hinzu.

Zwei Tage vor dem Fest wurde die Hauptspeise geliefert – ein riesengroßer Truthahn. Sophie hatte ihn schon zu Jahresbeginn bei einem Bauern bestellt, das Tier war das ganze Jahr über auf einer eigens für ihn reservierten Wiese gemästet worden.

»Der ist ja größer als manches Schaf!«, rief Fabie bei seinem Anblick entsetzt. Wie um alles in der Welt sollten sie den rupfen? Auf den Schoß nehmen ging ja wohl schlecht.

Sophie lachte nur und tätschelte das zwanzig Kilo schwere Tier liebevoll. »Wenn ich ihn mit meiner *farce* aus Maronen, Speck und Datteln gefüllt habe, ist er noch größer! Aber keine Sorge, bisher habe ich noch jeden *dende de noël* in den Ofen bekommen«, sagte sie. Gemeinsam mit Pierre, dem *plongeur*, hievten sie das Tier auf die Arbeitsplatte, dann wies Sophie Fabienne an, es zu rupfen.

Tapfer holte Fabie sich einen Hocker und stellte sich darauf. Vielleicht ging es mit dem Rupfen einfacher, wenn sie ein wenig höher stand? Doch schon nach den ersten Handgriffen stellte sie fest, dass die Federn viel fester saßen als bei einem Huhn. Lag es daran, dass sie schwarz waren? Bald klebten Federn an ihren Händen, in ihrem Dekolletee, sie flogen in ihr Haar und ganz kleine Flusen in ihre Augen. Je länger Fabie an dem Tier arbeitete, desto öfter musste sie pausieren, so sehr taten ihr die Hände weh. Zum ersten Mal in ihrem Leben gab es eine Tätigkeit in der Küche, die sie mit echtem Widerwillen verrichtete. Fast neidisch schaute sie zu Pierre und seinem Berg Geschirr hinüber.

So lange sie auf Heiligabend hingearbeitet hatten, so schnell vergingen der Tag selbst und auch der Abend in der Küche des Chateaus Morel.

»Ich glaube, so erschöpft war ich noch nie in meinem Leben«, sagte Fabienne, als sie sich gegen zehn mit einem lauten Stöhnen auf ihr Bett plumpsen ließ. »Am liebsten würde ich jetzt auf der Stelle einschlafen – und wenn heute zehn Mal Heiligabend ist!«

Sophie, die ebenfalls ihre Beine hochgelegt hatte, lachte. »Ich hoffe, das Wachbleiben fällt dir leichter, wenn du erfährst, dass ich eine kleine Auswahl an Käse für uns besorgt habe.«

Fabienne runzelte die Stirn. »Du hast Käse besorgt?« Beim Tranchieren des Truthahns hatten sie ein paar Stücke des weniger ansehnlichen Fleischs gegessen, dazu hier ein Stück Brot, da ein paar Oliven. Richtig hungrig war sie nicht. Aber dass Sophie sich nach den anstrengenden Wochen auch noch um ihr persönliches Weihnachtsessen gekümmert hatte, rührte sie. Wie gut, dass sie auch eine Kleinigkeit hatte, die zufällig auch noch perfekt zum Käse passte…

»*Mais oui!* Auf dem Markt von Carcassonne. Es ist doch schließlich auch für uns Heiligabend. Der Käse liegt gut eingepackt draußen auf dem Fensterbrett, sobald ich mich ein wenig ausgeruht habe, hol ich ihn rein«, sagte die Köchin und massierte ihre Füße. Müde Schatten lagen unter ihren Augen, und obwohl Sophie so frohgemut tat, sah Fabienne, wie erschöpft die ältere Frau war.

Einen Moment lang kämpfte Fabienne noch mit sich – jetzt liegen bleiben, das täte ihr auch gut. Doch dann schwang sie ihre müden Beine wieder vom Bett und sagte: »Weißt du was? Du ruhst dich aus, und ich richte unser Abendessen!«

Während Sophie ein Nickerchen machte, zündete Fabie fünf Kerzen an und verteilte vier davon auf den beiden Fensterbänken. Normalerweise waren sie mit Kerzenlicht äußerst sparsam, doch heute sollte es hell und fröhlich bei ihnen in der Kate sein! Die fünfte Kerze stellte sie in die Mitte eines kleinen Kranzes, den sie vor ein paar Tagen aus einigen Olivenzweigen gebunden hatte. Wie festlich ihr Tisch gleich aussah!

Unter ihrem Bett zog Fabienne dann ein tönernes Gefäß mit Deckel hervor. Vor einer Woche hatte sie in einem stillen Moment in der Küche von Sophie unbemerkt geviertelte und entkernte Birnen in Zuckersirup und Cognac eingelegt. Die kleine Flasche Cognac hatte einer der Gärtner für sie besorgt, Fabienne hatte dafür tief in die Tasche greifen müssen.

Als sie nun den Deckel hob, stieg ihr ein feiner Duft nach Birne und Cognac in die Nase. Erwartungsfroh gab sie ein paar der beschwipsten Früchte samt Sirup auf einen tiefen Teller und stellte ihn auf den Tisch. Dann holte sie von draußen das in Wachspapier eingewickelte Paket. Gleich fünf verschiedene Käsesorten hatte Sophie gekauft, ein Frischkäse, der so saftig war, dass er milchig vom Papier tropfte – Fabienne füllte ihn schnell in ein Schälchen um. Ein Camembert, ein Roquefort, dessen Adern blausilbern glänzten. Die beiden anderen Sorten kannte Fabie nicht, aber allein bei dem Duft, den sie verströmten, lief ihr das Wasser im Mund zusammen. Fast andächtig hob sie einen Käse nach dem andern auf einen angeschlagenen Porzellanteller, dann schnitt sie das Baguette auf, das Sophie ebenfalls besorgt hatte.

Sophie... Fabienne mochte sich nicht vorstellen, wie sie den heutigen Tag ohne die Köchin überstanden hätte. Wahrscheinlich hätte sie von früh bis spät nur geheult.

Das erste Weihnachten ohne Violaine...

Immer mal wieder waren ihre Gedanken heute zurückgewandert ins Schleusenhaus. Vor einem Jahr hatte sie noch mit ihren Eltern, Noah und Lily zusammengesessen. *Maman* und sie hatten wie immer prachtvoll aufgetischt, sie hatten zusammen gesungen und waren glücklich. Hätte ihr damals jemand gesagt, was sich in nur zwölf Monaten alles in ihrem Leben verändern würde, sie hätte denjenigen für verrückt erklärt!

Und doch saß sie nun hier, in einem Gesindehaus des Chateaus Morel, mit einem Kind unter dem Herzen, dessen Vater nichts von ihm wusste und auch nicht wissen wollte. Wie sollte das alles nur weitergehen? Unvermittelt lief eine Träne über Fabiennes Wange, eine zweite gesellte sich dazu.

»*Ne sois pas triste, le destin est ainsi*«, hörte sie Sophie von ihrem Bett aus leise sagen. Sei nicht traurig, so ist das Schicksal nun mal.

Fabie straffte ihre Schultern. Sophie hatte recht, es tat nicht Not, dass sie mit ihren Tränen ihnen beiden den Abend verdarb. Und sich heute schon die Sorgen von morgen auszuleihen, half ihr auch nicht weiter.

»Darf ich Madame zu Tisch bitten? Die Tafel ist für Sie bereitet«, sagte sie mit gespieltem Frohmut.

Der Käse schmeckte vorzüglich, die eingelegten Birnen passten perfekt zum Roquefort, sie unterhielten sich und lachten sogar ein wenig miteinander. Fabie gelang es, ihre traurigen Gedanken zu verdrängen.

»Wie kommt es eigentlich, dass du so gut kochen kannst?«, fragte sie schließlich, während sie überlegte, ob noch ein letztes Stück Käse in ihren Bauch passte.

Sophie zuckte mit den Schultern. »Ich komme aus Paris.«

Fabienne lachte. »Das ist das Geheimnis? Das macht mir nicht gerade Mut, schließlich habe ich den Wunsch, irgendwann einmal genauso gut kochen zu können wie du.«

Sophie grinste. »Oh! Wenn ich an die *Pommes dauphine* heute Mittag denke – waren die nicht ein wenig dunkel?«

Fabienne stöhnte. »Danke, dass du mich daran erinnerst«, sagte sie in gespielt gekränktem Ton.

Sophie tätschelte schmunzelnd ihren Arm. »Übung macht den Meister! Aber zurück zu deiner Frage«, fügte sie in ernsterem Ton an. »Meine Mutter war ebenfalls Köchin in einem Chateau, ich wuchs dort in der Küche auf. Als ich alt genug war, begann ich selbst als Köchin zu arbeiten, in allen möglichen Häusern, dreißig Jahre lang. Die Arbeit machte mir so viel Freude, dass ich nie dazu kam, eine eigene Familie zu gründen. Tja, und vor neun Jahren hatte ich dann das große Glück, eine Anstellung bei Adolphe Thiers zu bekommen – sagt dir der Name was?«

Fabienne verneinte.

»Er war unser Staatspräsident!«, sagte Sophie stolz. »Obwohl er der dritten Republik diente, war er im Stillen ein glühender Verehrer der Monarchie mit all ihren Ritualen und Gesetzmäßigkeiten. Vielleicht hat er mir auch deshalb das *Cordon bleu* verliehen.« Sie zuckte beiläufig mit den Schultern.

»Ein blaues Band? Ist das eine Art Auszeichnung?«, fragte Fabienne nach.

»Das ist es in der Tat! Das *Cordon bleu* gibt es schon seit dem 16. Jahrhundert, es wird an Menschen verliehen, die herausragende Dienste für Frankreich leisten. Und da die französischen Könige allesamt Gourmets waren, bekamen natürlich auch einige Köche das blaue Band verliehen.« Sophie beugte sich vertraulich über den Tisch und sagte: »Es heißt, König Louis XV. habe das Band als Erster sogar einer Köchin verliehen – der Köchin seiner Geliebten Gräfin Dubarry nämlich! Tja, und gut hundert Jahre später bekam ich das *Cordon bleu* für meine Kochkünste.«

Fabienne war sprachlos. Ein Orden für Kochkünste? Davon hatte sie noch nie gehört.

»Das ist ja eine wunderbare Geschichte! Erzähl mehr, ich will alles erfahren!«, rief sie aufgekratzt. »Aber sag zuerst – wie bist du von Paris hierhergekommen? So eine gute Stellung gibt man doch nicht einfach auf…«

»Monsieur Thiers starb vor drei Jahren, der anstrengende Wahlkampf war wohl zu viel für sein achtzigjähriges Herz.« Sophie seufzte wehmütig. »Ich hätte natürlich sofort eine andere Stelle in Paris gefunden, aber mein großer Traum war es, im Alter im Süden zu leben. Und so kam ich hierher. Die Morels lassen mir ziemlich freie Hand, meine Arbeit wird gut entlohnt, dazu die freie Unterkunft…« Sie machte eine Handbewegung, die das Gesindehaus miteinschloss. »Ich bin zufrieden! Madame Morel ist übrigens sehr stolz darauf, eine *Cordon-bleu*-Köchin zu beschäftigen! Als ich herkam, war der alte Koch gerade…«

Kapitel 20

Oscar de Carneval war allein gekommen. Seine Eltern waren auf ihrem Landsitz bei Paris geblieben. In der Hochsaison seien sie in der Hauptstadt leider nicht abkömmlich, hatte Sylvette de Carneval auf Delphines Einladung geantwortet.

Delphine hatte sich geärgert. Nicht über Sylvette, sondern über sie, Stéphanie. »Diese Abfuhr hätte ich mir ersparen können, hättest du nicht darauf bestanden, Oscar ausgerechnet an Weihnachten einzuladen!«, hatte sie schmallippig gesagt. »Jede Familie hat ihre eigenen Rituale, Einladungen und Verpflichtungen – kein normaler Mensch nimmt zum Jahreswechsel eine Reise von Hunderten von Kilometern auf sich!«

Nicht einmal, wenn der Sohn seine Zukünftige zum ersten Mal in privatem Rahmen trifft?, hatte Stéphanie sich gefragt. Sie hatte aus Sylvettes Brief eher Arroganz herausgelesen, als wollte sie andeuten: »Wir im Norden sind ja ach so wichtig, während ihr im Süden nur ein lästiges Anhängsel der Republik seid, einem Blinddarm gleich.«

Aber wer brauchte schon ein langweiliges Bankiers-

Ehepaar! Oscar reichte ihr als Abwechslung völlig aus, Hauptsache, sie musste den Heiligabend nicht mit ihren Eltern allein verbringen. Und so konnte sie ihn in aller Ruhe näher kennenlernen und herausfinden, wie er auf die Idee gekommen war, sie heiraten zu wollen.

Delphine und Stéphanie waren in ihre schönsten Roben gekleidet, als sie sich zum Apéritif im festlich geschmückten Salon trafen. Eine Friseurin war extra am Vormittag zum Chateau gekommen, um Mutter und Tochter zu frisieren. Im Licht der Hunderten von Kerzen glänzte Stéphanies kunstvoll aufgestecktes hellbraunes Haar wie frisch geschmolzener Karamell. Auf den Rat ihrer Mutter hin hatte sie die Büste mit ein paar weichen Schichten Musselin ausgestopft, damit ihre Brüste nicht ganz so klein und spitz wirkten. Männer mochten nun einmal Frauen mit gewissen Attributen, hatte Delphine gemeint und ihren eigenen Busen stolz nach vorn gereckt.

Ein kurzer peinlicher Moment war entstanden, als Oscar und sie sich das erste Mal gegenüberstanden – schließlich waren sie sich bisher nur im Kreis ihrer Freunde begegnet –, doch sogleich hatte ein Champagnerkorken geknallt, und die leicht angespannte Stimmung war verflogen.

Das Weihnachtsmenü war vorzüglich, und Albert Morel hatte dafür seine besten Weine aus dem Keller geholt. Stéphanie zwang sich, von jedem Gang zumindest ein oder zwei Bissen zu essen. Männer mochten Frauen mit gutem Appetit, hatte ihre Mutter ihr zuvor noch eingeschärft. Das Tischgespräch war munter, sie unterhielten sich über gemeinsame Bekannte, über das vergangene Jahr und die Pläne fürs neue Jahr. Oscar de Carneval hatte zwar nicht gerade den Schalk im Nacken, aber immerhin hatte er etwas zu erzählen, und ein Trauerkloß war er auch nicht, stellte Stéphanie fest.

Dann wurden die Weihnachtsgeschenke verteilt. Von Oscar de Carneval bekam Stéphanie eine kleine goldene Uhr. Sie war in der Form eines Vogelkäfigs gestaltet worden, auf das Zifferblatt war in feinster Handarbeit ein Vogel gemalt. Die Goldkette, mit der Stéphanie die Uhr um den Hals tragen konnte, schenkte ihr Oscar gleich mit.

Obwohl sie für Schmuck nicht viel übrighatte, war Stéphanie wider Willen beeindruckt von dem ungewöhnlichen Stück. »Willst du mich etwa einsperren wie einen Vogel?«, fragte sie ihn scherzhaft, während sie sich die Uhr um den Hals hängte.

»Ganz im Gegenteil«, antwortete er ernsthaft. »Du sollst frei wie ein Vogel sein!«

Ihre Eltern tauschten einen triumphierenden Blick, der Stéphanie nicht entging. Sie schmunzelte in sich hinein. Wenn die beiden glaubten, eine nette Unterhaltung und ein, zwei hübsche Geschenke reichten aus, um sie zu gewinnen, dann hatten sie sich getäuscht. Sie hatte vor, Oscar richtig auf den Zahn zu fühlen. Und beim Anblick der Uhr kam ihr dazu auch gleich eine Idee ...

»Ein wenig frische Luft täte mir nach dem reichhaltigen Mahl gut. *Maman*, Vater – wenn ihr einverstanden seid, würde ich mit Oscar gern ein wenig spazieren gehen.«

»Aber es ist doch dunkel draußen!«, rief Delphine entsetzt.

Ihr Vater scheuchte sie mit einer liebevollen Handbewegung hinaus. »Wir waren doch auch einmal jung«,
hörte Stéphanie ihn seiner Frau zuflüstern.

Es war eine sternenklare Nacht. Die Olivenbäume im
Hof des Chateaus waren von einer leichten Frostschicht
überzogen und glitzerten noch silbriger als sonst. Schon
in den Tagen zuvor hatte es Frost gegeben – nicht stark
genug, um den Winzern Sorge zu bereiten, aber doch ungewöhnlich genug, um unter den Menschen der Region
für Gesprächsstoff zu sorgen.

»Wie schön das glitzert, fast wie Schnee. Hast du
schon einmal Schnee gesehen?«, fragte Stéphanie. Sie
hatte sich bei Oscar eingehängt, gemeinsam spazierten
sie die Schlossmauer entlang in Richtung Stallungen
und Gesindegebäude.

»Mehr als einmal«, erwiderte er. »In den Alpen ist
Schnee ganz normal. Wenn du magst, fahren wir eines
Tages hin, und ich lade dich zu einer Schlittenfahrt ein!«

»Sehr gern! Dann werde ich einen dicken Pelzmantel
tragen wie eine russische Zarin!«, rief Stéphanie. »Unser
Schlitten wird aus reinem Silber sein, und die Pferde
tragen ein Kummet mit silbernen Glöckchen.« Sie löste
sich von Oscars Arm und tanzte über den Hof wie zu
einer Melodie, die nur sie hören konnte. Aus den Augenwinkeln beobachtete sie dabei seine Reaktion.

Oscar lächelte.

Abrupt blieb sie stehen. »Stimmt es, dass du mich heiraten willst?«, sagte sie freiheraus.

»Ja«, antwortete er nur.

»Und warum?«

Er schaute sie an, sichtlich überrumpelt von ihrer Direktheit. Anstatt sich jedoch in Plattitüden zu verlieren, überraschte er Stéphanie mit einer Offenheit, die ihrer in nichts nachstand. »Ich bin Bankier. Mein Vater ist Bankier, und sein Vater war es auch. Die Familiengeschichte der Carnevals reicht zweihundert Jahre zurück. Meine Ahnen hatten eins gemeinsam – sie sind *gens de nombres*. Außer Zahlen haben wir nichts im Kopf!« Er zuckte entwaffnend mit den Schultern.

»Und was hat das mit mir zu tun?«, fragte Stéphanie mit gerunzelter Stirn.

»Du wärst meine Garantie dafür, dass ich kein langweiliges Leben führe«, antwortete er, und es huschte ein fast spitzbübisches Grinsen über seine Miene.

»Was du brauchst, ist ein Hofnarr!« Stéphanie lachte auf. »Vielen Dank, aber an dieser Rolle habe ich kein Interesse.« Offenheit war ja schön und gut, aber ein paar Schmeicheleien und Komplimente hätte sie doch gern gehört, dachte sie beleidigt.

»Verzeih mir, wenn meine Bemerkung eine solche Interpretation zugelassen hat«, antwortete Oscar erschrocken. »Was ich eigentlich sagen wollte – wann immer du bei einer Unternehmung dabei bist, ist alles so viel spannender, lebhafter! Du bist eine faszinierende Persönlichkeit, und ich glaube, dass wir beide uns perfekt ergänzen würden. Ich habe genug Geld, um uns ein schönes Leben zu bieten. Und du hast genügend Fantasie, um unseren Alltag bunter zu gestalten, als es die Carnevals normalerweise gewohnt sind.«

»Zu einem spannenden Leben gehören aber immer zwei«, antwortete Stéphanie. »Die Frage ist doch – wie weit würdest du gehen, um kein langweiliges Leben zu führen?«

Er schaute ihr tief in die Augen. »Lass es uns herausfinden...«

»Von mir aus gern!« Sie lachte auf, dann nahm sie seine Hand und zog ihn weiter. »Ich möchte kurz eine Freundin besuchen, wenn dir das recht ist? Sie wohnt in einer der Gesinde-Katen.«

Er folgte ihr, verwirrt und offenbar auf eine Fortsetzung des Gespräches wartend. Keine Sorge, die bekommst du gleich, dachte Stéphanie schmunzelnd.

An der Kate angekommen, blieb Stéphanie stehen und verzog gespielt das Gesicht. »Oje, jetzt habe ich doch tatsächlich das Geschenk für meine Freundin vergessen!«

»Hier wohnt eine Freundin von dir?« Oscar schaute sie an, nicht sicher, ob sie ihn auf den Arm nahm.

»Ja«, antwortete Stéphanie. »Fabienne ist unsere Küchenhilfe. Als sie in Not war, habe ich ihr hier Arbeit verschafft. Sie hat es nicht einfach im Leben, umso mehr hätte sie ein schönes Weihnachtsgeschenk verdient.« Spielerisch ließ sie die Goldkette mit der Uhr durch ihre Finger gleiten, und mit einer flinken Bewegung nahm sie sie dann vom Hals. »Du bist mir doch sicher nicht böse, wenn ich ihr diese Uhr schenke? Sie käme von Herzen...«

Oscar schaute sie fassungslos an und öffnete den Mund, als wollte er protestieren. Doch dann sagte er steif: »Es ist deine, deshalb kannst du darüber verfügen, wie du möchtest.«

Kleinlich war er also nicht, dachte Stéphanie und drückte ihm einen Kuss auf die Wange. »Danke! Es dauert auch nicht lange.« Sie klopfte an. »Fabienne? Darf ich kurz hereinkommen?« Ohne ein weiteres Wort ließ sie ihn stehen.

Fabienne und Sophie saßen bei Kerzenlicht zusammen. Auf dem Tisch stand eine Platte mit Käse, der einen äußerst unangenehmen Geruch verströmte.

»Ich wollte eh noch kurz zu Marianne«, sagte Sophie, stand auf und verabschiedete sich mit einem kurzen Nicken.

»Stéphanie! Dass du an mich denkst…« Fabienne nahm ihre rechte Hand und drückte sie. »Das bedeutet mir viel, danke.«

»Warum sollte ich nicht an dich denken?«, antwortete Stéphanie, während sie mit einem Hauch von Bedauern Oscars Uhr auf den Tisch legte. »Ein Geschenk. Es ist unedles Metall, aber ich finde die Uhr dennoch hübsch.«

»So etwas Schönes habe ich noch nie gesehen«, murmelte Fabienne, während sie sie andächtig in ihren Händen drehte und wendete. Sie schaute Stéphanie mit glänzenden Augen an. »Das wäre ein Schmuckstück genau nach dem Geschmack meiner Mutter gewesen. Violaine konnte sich nur billigen Schmuck leisten, trotzdem war alles, was sie trug, auf seine Art hübsch.«

Billiger Schmuck? Dass die Küchenhilfe die Uhr derart abtat, war nicht in Stéphanies Sinn. Schlagartig kamen ihr Zweifel. Hätte sie die Preziose doch behalten sollen? Sie war immerhin das erste Geschenk, das sie von Oscar bekommen hatte und sicher alles andere als billig gewesen! Doch dann wischte sie ihre Zweifel beiseite und sagte: »Du sprichst in der Vergangenheit – ist deine Mutter…?«

Fabienne nickte traurig. »Maman ist am elften April gestorben, dies ist mein erstes Weihnachtsfest ohne sie. Ich vermisse sie so schrecklich, dass es wehtut.«

Würde sie ihre Mutter auch so vermissen?, fragte sich Stéphanie. »Hast du die vielen Sterne am Himmel gesehen? Bestimmt schaut deine *Maman* von dort oben auf dich herab!«

Allem Anschein nach wirkten ihre tröstenden Worte, denn Fabienne wischte sich verstohlen eine Träne aus dem Gesicht, dann ging sie zu einem Schrank und holte einen kleinen irdenen Topf hervor. »Ich habe auch ein Geschenk für dich. Es sind Cognacbirnen – ich habe sie selbst eingekocht.«

Erstaunt und erfreut zugleich hob Stéphanie den Deckel des Gefäßes, dann langte sie mit spitzen Fingern hinein, angelte eins der Birnenstücke heraus und schob es sich ganz in den Mund.

»Langsam!«, rief Fabienne lachend. »Gleich hast du einen Schwips, und dann bekomme ich mit deiner *Maman* Ärger.«

Der Alkohol rann warm Stéphanies Speiseröhre hinab, die Birne schmeckte süß und würzig und besser als alles, was sie sonst an diesem Tag gegessen hatte. »Du hast diese Cognacbirnen selbst zubereitet?«

»*Mais oui!*«, sagte Fabienne. »Meine Mutter hat mir das beigebracht. Von ihr weiß ich auch, wie man einen Rosenlikör zubereitet, der feiner duftet als ein ganzer Rosengarten. Und *Maman* hat mich gelehrt, wie man Kirschen in Branntwein so einlegt, dass sie den ganzen Winter über köstlich schmecken. Violaine gab mir immer das Gefühl, eine gute Schülerin zu sein, dabei habe ich mich oft nicht besonders geschickt angestellt.« Fabienne lächelte wehmütig. »Wenn ich so darüber nachdenke ... Eigentlich hatte ich die allerschönste Kindheit überhaupt!«

»Wenn ich das nur auch behaupten könnte«, murmelte Stéphanie vor sich hin, und einen Moment lang war ihr zum Heulen zumute.

Fabienne schaute sie fragend an. Doch Stéphanie hatte keine Lust auf traurige Geschichten, außerdem ging im selben Moment die Tür auf, und Sophie kam zurück. Und draußen wartete Oscar.

»Tausend Dank für alles!«, sagte Fabienne und umarmte Stéphanie rasch. »Wenn du magst, koche ich gern wieder einmal nur für dich, so wie an unserem ersten Abend.«

War das ein Hinauswurf? Und überhaupt – was war denn das für ein betont aufmunternder Ton? Glaubte Fabienne etwa, sie, Stéphanie, habe Mitleid nötig?

»Vielen Dank für dein Angebot, aber fürs Kochen wird Madame Colbert bezahlt«, sagte sie hochnäsig. »Und als Küchenhilfe hast du bestimmt mehr als genug zu tun.« Sie drehte sich auf dem Absatz um und ging hinaus.

Nach dem hellen Kerzenschein in der Kate dauerte es einen Moment, bis Stéphanies Augen sich wieder auf die dunkle Nacht eingestellt hatten. Sie sah, wie Oscar aus Richtung der Pferdeställe auf sie zukam, und winkte.

»Was war denn das für eine Bemerkung? Als ob ich je meine Arbeit vernachlässigen würde, nur weil du mich hin und wieder an den Herd lässt!«, hörte sie Fabiennes Stimme durch die geschlossene Tür. Sie klang verletzt.

»Am besten hältst du dich fern von der gnädigen Mademoiselle. Es ist nicht angebracht, wenn unsresgleichen sich mit den Herrschaften zusammentut.« Auch Sophie Colberts Antwort war nicht zu überhören.

»Was heißt denn *unsresgleichen*? Du tust gerade so, als wären wir weniger wert als die Herrschaften. Dabei hast du das *Cordon bleu* als Auszeichnung für deine Kochkünste erhalten, und meine Mutter und ich haben für die *gens de l'eau* am Canal du Midi gekocht!«, drang Fabiennes Stimme durch die Tür.

Oscar war nur noch wenige Schritte von ihr entfernt, als Stéphanie Fabienne sagen hörte: »Und im Gegensatz zu uns können die Herrschaften nicht mal kochen! Dabei macht Kochen so glücklich, *n'est ce pas?*«

»Na und ob!«, erwiderte Sophie. »Wenn ich ein schönes Enten-*confit* mit Thymian und schwarzem Pfeffer zubereiten kann, bin ich der glücklichste Mensch der Welt.«

Stéphanie war fassungslos.

Fabienne glaubte allen Ernstes, sie sei ihr, der Tochter des Hauses, ebenbürtig, nur weil sie kochen konnte? Was für eine Anmaßung…

Während sich einer der reichsten Männer Frankreichs für sie interessierte, krähte nach Fabienne nicht mal ein Hahn! Und wäre sie, Stéphanie, nicht gewesen, dann säße Fabienne jetzt in der Heiligen Nacht wahrscheinlich wie einst Josef und Maria hungernd, frierend und obdachlos in irgendeinem Stall anstatt hier im Chateau.

»Und – hat sich deine Freundin über dein Geschenk gefreut?«, sagte Oscar, als sie zurück zum Haus gingen.

»Ja, sie hat mir sogar auch etwas geschenkt. Köstliche Cognacbirnen!« Stéphanie zeigte auf den irdenen Topf. »Eine habe ich schon gekostet, magst du auch?« Auffordernd hielt sie Oscar den Topf hin und beobachtete wohlwollend, wie er sich skeptisch und mit spitzen Fingern eine Birne herausfischte. Ein Spielverderber war er jedenfalls nicht.

Sie waren schon am Haupteingang angekommen, als sie Oscar anschaute und sagte: »Wenn es dir wirklich ernst ist mit dem Heiraten – wie wäre es dann, wenn wir heute in einem Jahr den Bund der Ehe eingehen?«

Er lachte. »Warum ausgerechnet am Heiligabend?«

Stéphanie, die den Termin aus einer Laune heraus genannt hatte, zuckte mit den Schultern. »Ich werde mindestens ein Jahr benötigen, um alles vorzubereiten. Außerdem – auf diese Art werden wir unseren Hochzeitstag gewiss nie vergessen!«

Oscar lachte erneut auf. »Das ist ein Argument, dem ich nichts entgegenzusetzen habe. Und eins weiß ich nach dem heutigen Abend gewiss – langweilig wird unser gemeinsames Leben nicht!« Er strahlte sie an. »Nun, da ich deine Einwilligung habe, werde ich Vorbereitungen treffen, um dir in einem entsprechenden Rahmen einen förmlichen Antrag zu machen. Und dann können wir in Ruhe alles planen – unsere Hochzeit, wo wir nach unserer Heirat wohnen möchten, ob in unserem Stadtpalast oder anderswo...«

Stéphanie lächelte dünn. Ein Jahr war lang. Niemand von ihnen konnte wissen, was in den nächsten zwölf Monaten alles geschehen würde. Doch hier und heute gefiel ihr schlicht der Gedanke, die Verlobte von Oscar de Carneval zu sein.

Oscar nahm ihre Hand. »Komm, lass uns zu deinen Eltern gehen, damit ich bei deinem Vater förmlich um deine Hand anhalten kann.«

Kapitel 21

Das Jahr 1881 begann unspektakulär, mit viel Sonne, aber auch eisigkalten Tramontane-Winden, die von den Pyrenäen zum Mittelmeer wehten und dabei auch das Chateau Morel streiften. Fabienne bedauerte die Arbeiter, die in den Rebfeldern von früh bis spät mit dem Winterschnitt beschäftigt waren – sie hatte schon eisige Finger und Ohren, wenn sie nur die paar Meter von ihrer Kate bis zum Hintereingang der Küche lief!

Wie von Sophie vorausgesagt, wurde es im Januar in der Küche ruhiger. Sie kochten für die Familie und für die Bediensteten, doch alles im bescheidenen Rahmen.

Fabienne traf Stéphanie nur selten und wenn, dann wechselten sie lediglich ein paar belanglose Worte über den eisigen Wind und darüber, wie sehr sie sich auf die warme Jahreszeit freuten. Von Stéphanies bevorstehender Verlobung mit Oscar de Carneval erfuhr Fabienne von einem der Dienstmädchen.

Mehr als einmal bemerkte Monsieur Gaffe, der Chefdiener, nach dem Abservieren betrübt, dass die junge Mademoiselle keinen Bissen gegessen hatte. Dabei sei eine warme Speise doch so wohltuend.

Wie konnte jemand nicht gern essen?, fragte Fabienne Sophie, als sie wieder allein in der Küche waren. Essen gehörte doch zu den schönsten Dingen des Lebens! Daraufhin erzählte Sophie, dass die Tochter des Chevaliers in ihrer Kindheit wohl unter solch einem schlechten Appetit gelitten hatte, dass sie fast verhungert wäre.

Erschrocken und besorgt zugleich bereitete Fabienne der Tochter des Hauses forthin immer wieder einmal ein paar besondere Happen zu – leichte, feine Speisen, die gut dufteten so wie die *petits toasts*, die sie in ihrer allerersten Nacht im Chateau zubereitet hatte. Etwas Ziegenkäse, mit Honig beträufelt und auf einer hauchdünnen Scheibe Baguette serviert. Einen *Galette*, gefüllt mit etwas Schinken und Brunnenkresse. Milchreis, duftig aufgeschlagen mit Sahne und Ei. Durch eins der Zimmermädchen ließ Fabie die Appetitanreger in Stéphanies Zimmer bringen, meist schrieb sie auch noch einen kleinen Gruß auf einen Zettel. Ob Stéphanie die Speisen aß, erfuhr sie nicht.

Fabies Gefühle gegenüber ihrer Retterin waren zwiegespalten. Einerseits war Stéphanie so charmant und erfrischend, dass Fabienne nicht anders konnte, als sich zu ihr hingezogen zu fühlen. Doch dann gab es auch die Momente, in denen Stéphanie schnippisch und verletzend war und Fabie das Gefühl hatte, sich vor ihr in Acht nehmen zu müssen. Und so wusste sie nicht, ob sie wegen Stéphanies ausbleibender Reaktion auf die kleinen Häppchen enttäuscht sein sollte oder froh.

In einem gab es für Fabienne hingegen keinerlei Ungewissheit mehr: Sie war tatsächlich schwanger. Noch sah man nicht viel, aber ihre Brüste wurden größer und ihre Hüfte breiter. Fabie ignorierte Sophies rätselnde Blicke und war dankbar, dass die Köchin sie deswegen nicht ansprach. Ihre wachsenden Rundungen versteckte sie, so gut es ging, unter einer zu großen Schürze. Mit jedem Tag wuchs ihre Angst, was sein würde, wenn die Morels etwas von ihrem Zustand mitbekamen. Wahrscheinlich würde man sie in hohem Bogen rauswerfen!

Und dann? So weit erlaubte sich Fabienne nicht zu denken, sonst wäre sie vor lauter Sorge verrückt geworden. Eins stand für sie fest: Egal, wie schwierig ihr Leben auch sein würde – sie wollte das Kind großziehen und lieben. Solange aber niemand etwas mitbekam, würde sie vorerst so tun, als wäre nichts.

*

Im März hatte sich der Winter von einem Tag auf den andern zu einem Frühling gemausert. Die Bittermandelbäume blühten rosa, die Süßmandelbäume weiß, ihre zarte Blütenpracht lag über dem Tal wie ein Brautschleier mit aufgesticktem Muster.

Chevalier Albert Morel und seine Frau waren für ein paar Tage verreist – ein befreundeter Winzer hatte sie eingeladen. Stéphanie hatte eine Erkältung vorgetäuscht, um nicht mitfahren zu müssen. Wenn sie sich schon langweilte, dann lieber hier im Chateau als auf irgendeinem alten, schlecht geheizten Weingut in der Provence!

Es war später Vormittag. Seit Stunden saß sie nun schon mit einem Zeichenblock und einer ganzen Schachtel Faber-Bleistifte – ihr Vater hatte sie ihr letztes Jahr aus Paris mitgebracht – an ihrem Schreibtisch. Das milde März-Sonnenlicht fiel in Streifen ins Zimmer und zauberte ein Muster auf ihren Zeichenblock, auf dem außer ein paar gekritzelten Linien nichts zu sehen war. Eine Hochzeitstorte wollte sie zeichnen, vielmehr, komponieren! Sie sollte eine außergewöhnliche Form haben und mehr Etagen als jede andere Hochzeitstorte. Verziert sollte sie sein, mit kunstvollen Zuckerfiguren, kandierten Veilchen und echtem Blattgold.

Sie solle die Gestaltung der Torte doch bitte einem professionellen Zuckerbäcker überlassen, hatte ihre Mutter ärgerlich angemerkt, als Stéphanie ihr von ihren Plänen erzählte. Die Familie des Bräutigams würde schließlich sämtliche Kosten für die Hochzeit tragen, warum also am falschen Ende sparen?

Dass ihre Mutter sich ärgerte, hatte Stéphanie nur darin bestärkt, selbst schöpferisch tätig zu werden. Davon abgesehen – zu sparen war das Letzte, was sie im Sinn hatte. Im Gegenteil – ihre Kreation sollte sündhaft teuer werden und so schön, dass sie zum Essen eigentlich viel zu schade war! Nicht dass sie vorhatte, davon auch nur einen Bissen zu nehmen, sie hasste Torten jeder Art.

Doch nun saß sie schon seit Stunden vor ihrem leeren Block, und nichts wollte ihr einfallen – weder eine besondere Form noch irgendwelche Verzierungen. Aber war es denn ein Wunder, dass ihre Fantasie nach dem öden Winter eingeschlafen war wie ein Fuß?

Stéphanie konnte sich nicht daran erinnern, wann ihr ein Winter so quälend lang vorgekommen war wie der zurückliegende. Nicht nur waren die Temperaturen im Januar so eisig gewesen, dass man keinen Hund vor die Tür jagte. Im Februar hatte es zudem tagelang wie aus Kübeln gegossen, kleine Bäche waren zu reißenden Strömen geworden, hatten Dörfer und Weinberge überflutet und Mensch und Tier in große Nöte versetzt. Ihr Vater hatte kein anderes Thema gehabt als das, ob seine jungen, frisch gepflanzten Rebstöcke die Wassermassen überleben würden.

Viel schlimmer noch als das Wetter war in Stéphanies Augen jedoch, dass das Café Fleury im Februar von einem Tag auf den anderen geschlossen hatte, die Gründe dafür kannte sie bis heute nicht. Und ein neues *Flamenco*-Lokal hatte sie in Carcassonne auch noch nicht entdeckt. Auf andere nächtliche Unternehmungen hatte sie keine Lust, und so war ihr Kutschpony im warmen Stall und sie im Chateau geblieben. An manchen Tagen – und vor allem auch an den Abenden – hatte sie geglaubt, vor Langeweile aus der Haut fahren zu müssen!

Die einzige Abwechslung bisher in diesem Jahr waren Oscars offizieller Antrag und die entsprechenden Feierlichkeiten gewesen. Dass sich seine Eltern trotz strömenden Regens und überfluteter Straßen auf den langen Weg von Paris nach Carcassonne aufgemacht hatten, um der Verlobung beizuwohnen, zeigte Stéphanie, wie hoch die Verbindung zwischen dem Haus Morel und dem Haus de Carneval eingeschätzt wurde. Dass sie auf einmal so wichtig war, gab ihr ein gutes Gefühl. Und dennoch kam nichts an die Empfindungen heran, die sie beim *Flamenco*-Tanzen hatte.

Vielleicht würde es ihr gelingen, ihre Eltern im Mai zu einer Reise nach Barcelona zu bewegen?, dachte Stéphanie sehnsüchtig. Dort gab es mehr Cafés Cantante, als sie in der kurzen Zeit ihres Aufenthalts besuchen konnte. Sie wäre schon froh, wenn es ihr gelänge, sich ein oder zwei Mal aus dem Hotel, in dem sie stets übernachteten, wegzuschleichen.

Abrupt klappte Stéphanie ihren Zeichenblock zu. Ihre Mutter hatte recht – sollte sich doch ein Konditor mit der Torte herumschlagen! Sie hatte weiß Gott Besseres zu tun, als an ihrem Schreibtisch zu sitzen und auf eine Eingebung zu warten. Es war zwölf Uhr, und sie musste sich dringend hübsch herrichten – schon um zwei wurde sie abgeholt.

Sie ging in ihr Ankleidezimmer. Da die Zofe, die Mutter und sie sich teilten, Delphine auf der Reise begleitete, musste sie sich selbst anziehen. Ausgerechnet heute, wo sie besonders gut aussehen musste!

Nach langer Zeit wollten sich ihre Freunde und sie endlich wieder einmal treffen. Oscar hatte dafür ein neues Restaurant in Narbonne vorgeschlagen, es hatte erst zum Jahresanfang geöffnet und war seiner Ansicht nach vorzüglich. Er hatte für den späten Nachmittag einen Tisch für die Gruppe reserviert. Da ihre Eltern mit ihrer Kutsche unterwegs waren, wollte er ihr um zwei Uhr eine eigene Kutsche schicken.

In Stéphanies Freude darüber, die alten Freunde wiederzusehen, mischte sich Verdruss. Warum hatte Oscar für diese Verabredung nicht einen Tanzsaal mit *Flamenco*-Musik ausfindig gemacht? Schließlich hatte sie ihn schon mehrmals sanft auf ihre Begeisterung für den Tanz hingewiesen. Aber nein, ein neues Restaurant war ihm lieber. »Lass uns einen netten Nachmittag verbringen«, hatte er zu ihr gesagt.

Nett… Vielleicht war das das Grundübel, dachte Stéphanie dumpf, während sie ihre Kleider durchblätterte wie die Seiten eines langweiligen Buches. Oscar de Carneval war nett, und sie mochte ihn. Aber darüber hinaus hatte er keinerlei Anziehungskraft für sie.

»Ich komm ja gleich!«, hörte sie plötzlich im Hof eine Frauenstimme mürrisch rufen. Stéphanie trat ans Fenster und schaute hinaus. Es war Fabienne, die auf ihrer Schulter einen erlegten Hasen über den Hof schleppte, wahrscheinlich hatte Sophie nach ihr gerufen. Wie das Aschenbrödel im Märchen, dachte Stéphanie amüsiert. Und im selben Moment kam ihr eine Idee, wie sie aus dem »netten« Nachmittag ein kleines Abenteuer machen konnte.

Wie wäre es, wenn sie Fabienne heute einladen würde? Im Märchen durfte das Aschenbrödel doch auch mit zum Ball! Stéphanie lachte auf. Oscar würde Augen machen, wenn sie ihm erzählte, dass es die Küchenhilfe war, die neben ihm saß, dachte sie grinsend.

Abrupt riss sie das Fenster auf und winkte hektisch. »Fabienne! Geh zu Sophie und sag ihr, dass sie heute ohne dich auskommen muss. Und dann komm bitte zu mir, es ist dringend!«

»Fabienne, meine Liebe, ich bin so froh, dass du gekommen bist. Ich möchte dich um Entschuldigung bitten!«, sagte Stéphanie. Sie bedeutete der Küchenhilfe, zu ihr herüber an den kleinen Tisch zu kommen, an dem sie saß.

»Wofür willst du dich entschuldigen?«, fragte Fabienne und blieb steif im Türrahmen stehen.

»Dafür, dass ich mich noch nicht persönlich bei dir bedankt habe für all die feinen Speisen, die du mir in den letzten Wochen geschickt hast. Ich wollte ja…« Stéphanie machte eine kleine Kunstpause. »Aber meine Mutter bläut mir immer wieder ein, ich solle mich vom Personal fernhalten. Es würde sich nicht schicken, dass ich in der Küche oder im Stall vorbeischaue. Wenn ich einen Wunsch habe, soll ich ihn Monsieur Gaffe oder einem der Dienstmädchen nennen. Dabei ist das doch wahrlich nicht dasselbe, oder?«

Fabienne stand noch immer schweigend im Türrahmen.

Stéphanie verzog den Mund. »Es ist wirklich seltsam, aber irgendwie habe ich dich liebgewonnen!«

»Ich mag dich ja auch«, kam es leise von Fabienne. »Und dass du mich hierher mitgenommen hast, dafür werde ich dir immer dankbar sein.«

»Wir alle sind froh, solch eine patente Hilfe wie dich im Chateau zu haben«, sagte Stéphanie resolut. »Doch heute, meine Liebe, sollst ausnahmsweise einmal *du* verwöhnt werden. Meine Eltern sind verreist, die Küche bleibt eh kalt, da kann Sophie dich gut entbehren. Wir zwei…« – sie schaute Fabienne herausfordernd an – »richten uns jetzt hübsch her. Und dann fahren wir nach Narbonne und gehen in ein feines Restaurant!«

»Ein Restaurant?« Fabienne runzelte die Stirn. »Was ist das? Außerdem – warum willst du mich einladen? Und wie soll das gehen? Ich bin eure Küchenhilfe, schau mich doch an!« Sie breitete ihre blutbefleckte Schürze wie einen Fächer vor Stéphanie aus.

»Wer du in Wahrheit bist, braucht doch niemand zu wissen! Wir sagen einfach, du bist eine entfernte Verwandte von mir. Eine Comtesse, auf Besuch aus Nirgendwo.«

Das war eins der besten Spiele, die sie sich je ausgedacht hatte, dachte Stéphanie triumphierend, besser noch, als wenn sie selbst in die Rolle eines anderen schlüpfte! Wahrscheinlich hatte die Küchenhilfe noch nie ein Restaurant von innen gesehen, geschweige denn in einem gegessen…

Fabienne lachte unsicher auf. »Eins muss man dir lassen – du kommst wirklich auf verrückte Ideen!«

Stéphanie, die spürte, dass sie Fabiennes Widerstand gebrochen hatte, nahm die junge Frau an der Hand und zog sie ins Ankleidezimmer. »Wir putzen dich richtig heraus! Hier sind die Kleider, da die Hüte, hier hängen diverse Schleier – such dir aus, was dir gefällt! Schau – die rote Robe hier – wäre die etwas? Oder das gelbe Samtkleid mit den Perlmuttknöpfen? Oder lieber etwas aus bestickter Baumwolle? Am besten helfen wir uns gegenseitig bei der Anprobe, ich weiß nämlich auch noch nicht, was ich tragen werde. Dieses Diadem vielleicht?« Noch während sie sprach, setzte sie sich ein diamantenbesetztes Krönchen ins Haar. Es stammte von der Großmutter ihrer Mutter und war sehr kostbar – dass sie es nun für dieses Spiel verwendete, ließ Stéphanie ausgelassen lachen. Eilig zog sie sich aus und schlüpfte ins erstbeste Kleid. Es war rosafarben – eine Farbe, die Stéphanie hasste. Im Grunde war es völlig egal, was sie trug, dachte sie, heute spielten ganz andere Dinge eine Rolle.

Sie hielt Fabienne ein Kleid hin. »Ich in Rosa und du in Hellblau, was meinst du?«

Fabiennes Augen weiteten sich vor Verlangen. »Himmelblau – was für eine schöne Farbe! Und wie seidig der Stoff sich anfühlt …«

»Das *ist* Seide, meine Liebe. Zieh es an!«

»Das passt mir nie und nimmer, du bist viel schlanker als ich«, sagte Fabienne und drückte ihr das Kleid wieder in die Hand. »Danke, aber diese Scharade ist nichts für mich.«

»Du könntest einen dünnen Mantel darüberziehen, dann sieht niemand, dass es hinten ein wenig offen steht.«

Mit einem Ruck zog Stéphanie an dem Band von Fabiennes Schürze. Das Kleidungsstück fiel plump zu Boden. Bevor Fabienne wusste, wie ihr geschah, knöpfte Stéphanie die rückwärtigen Knöpfe von Fabies Kleid auf. »Du wirst blendend aussehen in dem blauen Kleid!«, sagte sie und zog Fabienne das Kleid über den Kopf. »Es gibt sogar einen passenden Hut dazu, er …« Abrupt brach sie ab, als sie unter dem nicht ganz sauberen Unterkleid eine kleine Kugel entdeckte – Fabiennes Bauch.

Fabienne gab einen gequälten Laut von sich, während sie versuchte, sich notdürftig vor Stéphanies Blicken zu bedecken.

Stéphanie blinzelte, als hätte sie ein Haar im Auge. Das Diadem verrutschte ein wenig, es war ihr egal – das Drama vor ihr war viel interessanter. Instinktiv wusste sie, dass Fabiennes Bauch nicht vom vielen Essen kam.

»Du bist schwanger?«

Vergessen war die Scharade, vergessen auch der Ausflug. Fassungslos ließ Stéphanie sich auf dem Stuhl, auf dem sie sonst ihre Wäsche ablegte, nieder.

Fabienne schwieg. Ihre Miene war angstvoll und trotzig zugleich.

»Fabienne!«, rief Stéphanie. »Wenn du wirklich ein Kind erwartest, dann muss ich das wissen!«

Fabienne warf ihr einen unfreundlichen Blick zu. »Warum? Willst du etwa die Patentante werden?«

»Warum nicht? Ich nehme mal an, dass du in deiner Situation jede Hilfe gut gebrauchen kannst.« Sie hatte noch nicht ganz ausgesprochen, als Fabienne vor ihr auf dem Boden zusammensank und zu weinen begann.

»Ich bin schwanger, ja«, schluchzte sie. »Und ich weiß beim besten Willen nicht, wie das alles werden soll...«

Unbeholfen tätschelte Stéphanie Fabiennes Rücken, während tausend und eine Frage durch ihren Kopf huschten. Wer war der Vater? Was sagte Fabiennes Familie zu dem Kind? Wenn sie darüber nachdachte, wusste sie so gut wie gar nichts über die Küchenmagd. Ihr kam ein erschreckender Gedanke. Sie schaute Fabienne streng an, und ihre Brust blähte sich auf wie die eines kampflustigen Stiers. »Hat sich womöglich ein Mann an dir *vergangen*?«

Fabienne schaute mit tränennassen Augen zu ihr hoch. »Das nicht gerade...« Erst stockend, dann immer flüssiger erzählte sie von dem Schleusenwärterhaus, in dem sie aufgewachsen war. Sie erzählte, wie nach dem Tod der Mutter eine neue Frau sie aus dem Haus gedrängt hatte. Ihre Stimme war bitter und verletzt zugleich, als sie davon sprach, wie sie auf den verlogenen Barkenschiffer Eric hereingefallen war. »Alle meine Träume sind geplatzt wie Seifenblasen...«

Stéphanie spürte, wie sich bei jedem Satz von Fabienne ihre Stacheln mehr aufstellten. Wie infam von dieser Colette! Und dieser verlogene Eric! Mit ihr, Stéphanie, würde nie jemand so umspringen, so viel stand fest. Aber mit der armen Fabienne konnten die Leute es ja anscheinend machen...

»Eric weiß nichts von dem Kind, und wenn es nach mir geht, wird er es auch nie erfahren. Davon abgesehen würde er sowieso alles abstreiten«, beendete Fabienne ihre traurige Geschichte. »Und meine Familie braucht auch nichts zu wissen. Dort ist sowieso ein ganz anderer Säugling von Wichtigkeit – mein kleines Geschwisterchen nämlich«, fügte sie bitter hinzu. »Egal, was passiert – nach Hause gehe ich nicht mehr!«

Einen Moment lang schwiegen beide Frauen, jede in ihre Gedanken verstrickt.

Wer hätte gedacht, dass die Küchenmagd ihr etwas voraus hatte?, dachte Stéphanie, während der Duft der vielen Lavendelsäckchen, die in ihrem Ankleidezimmer hingen, sie umwehte. Die Vorstellung, dass Fabienne als ledige Frau mit einem Mann geschlafen hatte, empfand sie als gleichermaßen faszinierend und anstößig. Aber vielleicht sah man das in den unteren Schichten anders, lockerer?

»War es sehr eklig, mit einem Mann zu schlafen?«, brach sie schließlich das Schweigen.

Fabienne runzelte die Stirn. »Eklig? Wie kommst du darauf? Nein, im Gegenteil...« Ihr Blick bekam zum ersten Mal seit ihrer Ankunft in Stéphanies Gemächern etwas Weiches. »Es war wunderschön! Ich habe zwar keinen Vergleich, aber ich glaube, Eric war ein guter Liebhaber, er hat mich behandelt wie einen kostbaren Schatz.« Sie lächelte, doch im nächsten Moment übermannte sie wieder die Verzweiflung.

»O Gott, wie soll das alles nur werden... Wenn deine Eltern mitbekommen, was mit mir los ist, muss ich gehen.« Erneut schossen ihr die Tränen in die Augen.

Stéphanie hatte längst einen Entschluss gefasst. Sie würde Fabienne helfen! Diese Aufgabe war doch genau die richtige Abwechslung in ihrem Alltag.

Rasch sagte sie: »Mutter geht fast nie in die Küche, solange sich niemand ihr gegenüber verplappert, ist dein Geheimnis erst mal sicher. Und selbst wenn *Maman* Wind davon bekommt, brauchst du keine Angst zu haben – dich jagt niemand vom Hof, dafür werde ich schon sorgen!«

In Fabiennes Blick lagen Skepsis und Hoffnung zugleich. »Danke, aber ich kann mir nicht vorstellen, dass deine Eltern auf dich hören, und wenn du sie noch so lieb bittest.«

Stéphanie lachte auf, als hätte Fabienne einen schlechten Scherz gemacht. »Das lass mal meine Sorge sein!« Fasziniert schaute sie auf Fabiennes Bauch. Das war also das Ergebnis, wenn eine Frau von einem Mann beim Liebesakt geschwängert wurde...

»Darf ich mal anfassen?« Auf Fabiennes Nicken hin streckte sie zaghaft ihre Hand aus. Der Bauch fühlte sich hart und enttäuschend normal an. »Was ist das für ein Gefühl, schwanger zu sein?«

Fabienne zuckte mit den Schultern. »Als ob ich Zeit hätte, darüber nachzudenken! Aber wie fühlt sich *das* an?«, fragte sie und betastete das Diadem in Stéphanies Haar.

»Wahrhaft königlich!«, sagte Stéphanie theatralisch, und sie lachten.

»So, und nun machen wir uns hübsch und gehen aus. Den ganzen Tag Trübsal zu blasen bringt uns nicht weiter!«

»*Uns* – wie du das sagst.« Fabienne schaute sie mit großen Augen an. »Plötzlich komme ich mir schon nicht mehr ganz so allein vor.«

»Du bist nicht allein!«, erwiderte Stéphanie bestimmt. »Ich stehe dir fortan zur Seite, versprochen! Und jetzt das blaue Kleid!«

Nach wenigen Minuten war die traurige Stimmung verflogen. Willig ließ Fabienne sich anziehen und frisieren, sie lachten und scherzten dabei, als wären sie beste Freundinnen. Als Stéphanie ihr einen Schleier so ins frisierte Haar steckte, dass er Fabiennes Gesicht teilweise bedeckte, ließ sie dies ebenfalls zu.

Zufrieden betrachtete Stéphanie erst ihr Werk, dann schob sie Fabienne vor den großen Standspiegel, der die ganze schmale Seite ihres Ankleidezimmers einnahm. »Darf ich vorstellen – Comtesse Viola de la Grande! Wenn dich jemand fragt, woher du kommst, dann antwortest du einfach, du wärst aus Übersee angereist, sagen wir...« Eilig überlegte Stéphanie, wer von ihren Freunden etwas mit den französischen Kolonien zu tun hatte, doch spontan fiel ihr niemand ein. »Du kommst von der Île de la Réunion! Das ist eine Insel im Indischen Ozean«, fügte sie hinzu, für den Fall, dass die Schleusenwärtertochter mit dem Namen nichts anfangen konnte. Doch Fabienne war so in ihr Spiegelbild vertieft, dass sie gar nicht zuhörte.

Stéphanie lächelte milde. So verzweifelt Fabienne gerade noch gewesen war, so froh schien sie nun zu sein. War es nicht schön, wie viel Freude man einem anderen Menschen mit ein wenig Ablenkung bereiten konnte? Ein paar hübsche Kleider, eine interessante Geschichte – Fabiennes Verwandlung vom Aschenbrödel zur Prinzessin war für sie, Stéphanie, nicht nur ein Kinderspiel gewesen, sondern hatte ihr auch Spaß gemacht! Die Frage war nur, welcher Spaß köstlicher sein würde – die jetzige Verwandlung oder der Moment, wenn Fabienne wieder ihre blutverschmierte Küchenschürze anziehen musste ...

Kapitel 22

Noch nie in ihrem Leben war Fabienne an einem solch schönen Ort gewesen, sie hatte sich nicht einmal vorstellen können, dass ein solcher Ort existierte.

Chez Olivier – diese beiden Worte würde sie nicht mehr vergessen, dachte sie, während ihre Hand andächtig über die blütenweiße Tischdecke strich. Chez Olivier – für Fabiennes Ohren hörte sich das an wie »Der Ort, an dem die Engel leben« oder »Das Paradies auf Erden« oder »Wunder werden wahr«.

Während Stéphanie und ihre Freunde vertraut miteinander plauderten und lachten, ließ Fabienne ihren Blick immer wieder durch den Raum streifen. Er war riesengroß, hell und strahlte eine freundliche, einladende Atmosphäre aus. Am hinteren Ende gab es eine große Theke. Die Wand dahinter wurde eingenommen von spiegelverkleideten Regalen, in denen alle möglichen Gläser und Flaschen standen. Wie konnte der Wirt sich merken, welches Getränk in welcher Flasche war?, fragte sich Fabienne.

Die Tische des Restaurants – es waren mehr, als Fabie auf die Schnelle zählen konnte – waren allesamt mit weißer Tischwäsche, Gläsern und Porzellan gedeckt. Im Chez Olivier lag jedoch nicht nur eine blütenweiße Tischdecke auf dem Tisch, sondern gleich zwei! Die untere war die größere, sie reichte Fabienne bis zum Schenkel. Die obere war kleiner und von so fester Struktur, als hätte man sie in Zuckerwasser gestärkt.

Und hier lagen auch nicht nur ein Messer, eine Gabel oder ein Löffel an jedem Platz. Es gab nicht nur ein Trinkglas. Vielmehr waren die Tische mit Unmengen von glänzendem Tafelsilber und kristallenen Gläsern beladen!

Teils eingeschüchtert, teils aber auch belustigt betrachtete Fabienne die vielen unterschiedlich großen Messer und Gabeln, die an jedem Platz in derselben Weise angeordnet waren. Welcher normale Mensch benötigte so viel Besteck? Wechselten die Leute Messer und Gabel während des Essens? Der *plongeur*, der das alles spülen musste, konnte einem wirklich leidtun!

Länger vermochte Fabienne sich mit diesen Fragen jedoch nicht zu befassen, denn ihre Sinne wurden von den unterschiedlichen Düften, die das Restaurant erfüllten, so betört, dass ihr das Denken schwerfiel. Es roch nach Rotweinjus und frisch gebackenem Brot. Es duftete nach in Olivenöl geschwenkten *crevettes* und einem Hauch Knoblauch. Und über allem lag, wie eine leichte Brise, der karamellartige Duft von in Butter gebratenen jungen Schalotten. Es hätte nicht viel gefehlt, und Fabienne hätte ihre Nase in die Luft gehalten wie ein Hund, der eine hitzige Hündin erschnuppert. Und wie ihr das Wasser im Mund zusammenlief!

Welches Gericht würde bei der Vielzahl von unterschiedlichen Gerüchen wohl auf den Tisch kommen?, fragte sie sich. Ein Fleischragout oder ein Braten? Oder doch eher Fisch? Schon mehr als einmal war ein Kellner mit je einem Teller in der Hand an ihrem Tisch vorbeigegangen. Doch seltsamerweise waren die Teller von einer silbernen Haube bedeckt gewesen. Machten die Kellner das extra so, damit niemand einen Blick auf das Essen werfen konnte? Vielleicht, wenn sie ihren Hals kräftig reckte, würde sie erkennen können, was die Gäste an den umliegenden Tischen aßen. Aber so ein Gebaren empfand Fabienne als unhöflich. Sie würde ihre Ungeduld einfach noch ein Weilchen im Zaum halten müssen, dachte sie, während ihr der Duft von Fisch, scharf auf der Haut angebraten und mit Weißwein abgelöscht, in die Nase stieg. Prompt wurde ihr Mund schon wieder wässrig. Sie war im Paradies gelandet. Eindeutig.

Gleich bei ihrer Ankunft hatte Stéphanie sie ihren Freunden als Comtesse Viola de la Grande vorgestellt. Sie sei auf Europareise und nur kurz zu Besuch, hatte sie hinzugefügt. Kurzzeitig war aufgeregtes Interesse entflammt. Stéphanies Freunde, allesamt junge Männer und Frauen in ihrem Alter oder ein wenig älter, hatten *Viola* begrüßt, sich vorgestellt und erkundigt, ob ihre Reise bisher angenehm verlaufen war und wie es ihr in der alten Heimat gefiel. Fabienne hatte so einsilbig wie möglich geantwortet, woraufhin das Interesse der Tischrunde an der fremden, wortkargen Comtesse schnell abgeklungen war. Übermäßigen Charme oder Redseligkeit konnte man ihr nicht nachsagen, hatte sicher der eine oder andere bei sich gedacht. Fabienne war das nur recht, denn so konnte sie weiter ihre stillen Beobachtungen betreiben.

An jedem Tisch saß ein unterschiedlich großes Grüppchen von Gästen. Für Fabie hatte es den Anschein, als würden alle Leute, die zusammensaßen, sich kennen. Am Tisch rechts von ihnen saß eine Gruppe älterer Herren, allesamt in feinsten Zwirn gekleidet. Sie unterhielten sich mit sonoren Stimmen, in ihren Gläsern glänzte ein tiefroter Wein. An einem Tisch am Fenster entdeckte Fabienne drei junge Frauen, die sich mit ihren Gläsern so klirrend zuprosteten, dass der Klang des aufeinanderschlagenden Kristalls wie der helle Pfiff eines Vogels durch den Raum hallte. Einen Wimpernschlag lang glaubte Fabie, Lily würde dort mit am Tisch sitzen, und ihr Herz setzte kurz aus. Aber die Frau sah ihrer Schwester nur ähnlich.

Fabienne hatte keine Ahnung, was es kostete, hier Gast zu sein – sie sei natürlich eingeladen, hatte Stéphanie auf der Fahrt zu ihr gesagt –, aber bestimmt war dieses Vergnügen so teuer, dass ihre Schwester Lily es sich nie im Leben würde leisten können.

Zu Fabies Erstaunen gab es auch zwei Tische, an denen je eine Frau allein saß. Beide schienen sich sichtlich wohl zu fühlen. Frauen, die allein essen gingen? Dass so etwas möglich war, hätte Fabie nie im Leben gedacht. Mit einem Mann an der Seite, ja. Aber allein? Hingen deswegen so viele Spiegel an den Wänden? Glaubte der Besitzer des Chez Olivier, die weiblichen Gäste wollten sich darin bewundern? Das konnte gut möglich sein – jedenfalls hatte Fabienne noch nie so viele gut gekleidete Menschen, Damen und Herren, auf einmal gesehen. Vielleicht waren die Spiegel aber auch dafür da, das Licht der riesigen mehrarmigen Kerzenleuchter, die auf hohen Säulen zwischen den Tischen standen, hundertfach zu reflektieren.

»Wonach steht dir der Sinn – Wein oder Champagner? Du kannst jedenfalls nicht die ganze Zeit nur Wasser trinken!«, sagte Stéphanie und riss Fabienne damit aus ihren Gedanken.

»Wasser, Wein – von wegen! Heute gibt's Champagner! Die Rechnung geht natürlich auf mich!«, rief einer der Männer, noch bevor Fabienne hätte antworten können. Er hieß Jules Grelier und war Fabienne schon zuvor aufgefallen, allerdings weniger durch sein verwegen attraktives Äußeres, sondern durch sein großspuriges Verhalten. Ständig brüstete er sich damit, welche hochrangigen oder berühmten Persönlichkeiten er auf seinen Geschäftsreisen kennenlernte und welch gute Geschäfte er wie im Vorbeigehen tätigte. Fabienne kam es so vor, als wirkten die anderen Männer am Tisch neben ihm blass und unscheinbar.

Auf Jules' Wink hin eilte ein anderer Kellner mit einer großen Flasche Champagner herbei. Bevor Fabienne wusste, wie ihr geschah, hatte auch sie ein Glas Champagner vor sich stehen.

»*Santé!* Auf eine wunderbare Saison!«, rief Jules Grenier.

»*Santé!*«, riefen auch alle andern. Fabienne tat es ihnen gleich. Sie hatte noch nie Champagner getrunken, er schmeckte einfach wunderbar. Dieser Jules Grelier mochte zwar ein Großmaul sein, dafür aber ein ziemlich spendables, dachte sie schmunzelnd.

»Bestimmt haben Sie auf Ihrer Reise schon sehr viele gute Restaurants kennengelernt«, sagte plötzlich der junge Mann, der Fabienne gegenübersaß und den alle nur Didi nannten. »Kennen Sie das Philips in Paris?«

Fabienne verneinte.

»Das Chateau Belvédère in Montparnasse?«

Fabienne verneinte erneut. »Ich bin ja erst angekommen«, fügte sie hinzu, um sich nur ja nicht zu verraten.

Ihr Gegenüber nickte. »Sie werden schnell merken – bei der Vielzahl von Restaurants, die wie Pilze aus dem Boden schießen, fällt es einem schwer, den Überblick zu bewahren.«

Fabienne überlegte kurz, dann nahm sie ihren ganzen Mut zusammen und sagte: »Um ehrlich zu sein, war ich noch nie in solch einem Restaurant.« Sie machte eine Handbewegung, die ihre gesamte Umgebung einschloss. »Da, wo ich herkomme, gibt es so etwas nicht.«

Ihr Gegenüber runzelte kurz die Stirn, dann hellte sich seine Miene auf. »*Mais bien sur!* In unseren Kolonien ist die Entwicklung naturgemäß ein wenig hintenan…«

»Seit wann gibt es denn hier solche Restaurants?«, fragte Fabie und bekam dafür von Stéphanie einen verschwörerischen Stups in die Seite. »Du spielst deine Rolle ganz hervorragend«, flüsterte sie Fabie ins Ohr.

»Was für eine Frage! Natürlich schon immer! Sonst hätte ich nicht überlebt, als eingefleischter Junggeselle und ohne Köchin«, erwiderte Didi lachend.

»Da muss ich dich leider korrigieren, so lange gibt es Restaurants noch gar nicht«, sagte sein Sitznachbar, er hieß Laurent. »Ich habe erst kürzlich einen langen Artikel darüber in der *Tout le monde* gelesen, dass Restaurants in der Form, wie wir sie heute kennen, erst während der Revolution entstanden sind.« Laurent schaute in die Runde, hob in tragikomischer Weise seine Schultern. »Die angereisten Aufständischen mussten ja etwas essen!«

Alle lachten, auch Fabienne.

»*Égalité, Liberté!*«, rief Didi, und das Gelächter wurde noch größer.

»Ihr könnt mir ruhig glauben«, beharrte Laurent auf seiner Version. »Deshalb gab es die ersten Restaurants dieser Art auch in Paris. Sie wurden nicht vom gewöhnlichen Volk frequentiert, sondern höchstens vom Adel, von Schauspielern, Künstlern, Politikern. Aber wehe, man reise ins Umland und musste irgendwo übernachten, dann hieß es, das zu essen, was der Herbergsvater auf den Tisch brachte. Wenn man viel Glück hatte, gab es irgendwo ein kleines Café, in dem man einen Mocca und ein Stück Gebäck bekam.«

Wie das Café am Marktplatz in Sallèles, dachte Fabienne.

»Damit magst du recht haben«, sagte Oscar de Carneval. »Aber *Restaurants* im ursprünglichen Sinne ihres Namens gibt es schon seit 1700.«

Stéphanie stöhnte. »Ich weiß, worauf du hinauswillst – das Restaurant als ein Ort der Erholung und Restaurierung! In meiner Kindheit gab es ein ganz schrecklich altmodisches, in das meine Mutter mich ständig geschleppt hat. Außer einer Fleischgemüsebrühe wurde nichts weiter angeboten! Sie wurde in hauchdünnen Porzellantassen serviert, und man durfte nur Schluck für Schluck daran nippen, sie nicht trinken oder gar hinunterstürzen. Ich erinnere mich noch gut, mir war die Brühe viel zu fett und zu salzig. Aber *Maman* hatte kein Erbarmen mit mir, ich musste meine Tasse vollständig leeren. Die Essenz würde mich ›restaurieren‹ und mir neue Kräfte verleihen, hat *Maman* mir ständig vorgebetet.« Sie zog eine Grimasse, und alle lachten.

Doch Fabienne glaubte, eine gewisse Traurigkeit aus Stéphanies Erzählung herausgehört zu haben. Vielleicht hatte die Tochter des Chevaliers die Freude am Essen verloren, weil ihre Mutter sie damals dazu gezwungen hatte?

»Und all diese Leute hier sind auf der Durchreise?«, fragte Fabienne, bemüht um einen Themenwechsel. Sie nickte in Richtung der anderen Tische. »Wie kommt es, dass sich alle kennen?«

»Wieso Durchreise?« Didi lachte. »Ich schätze mal, dass die meisten hier in Narbonne oder der Umgebung leben und sich deswegen kennen.«

Fabienne runzelte die Stirn. »Aber… Wenn die Leute hier leben, warum gehen sie dann essen? Sie könnten sich doch auch selbst etwas kochen oder kochen lassen.«

Die Tischrunde brach erneut in schallendes Gelächter aus. »Stéphanie, dein Besuch aus Übersee ist herrlich erfrischend!«, rief eine der Frauen. »Dass in unseren Kolonien noch eine solch gewisse… Naivität vorhanden ist, hätte ich nicht geglaubt. Der Diplomat, der mir letztes Jahr den Hof gemacht hat, war allerdings äußerst weltgewandt. Dennoch bin ich froh, ihm einen Korb gegeben zu haben. Stellt euch vor, sonst würde ich heute in Guadeloupe leben!« Sie tat so, als würde sie erschauern.

Erneut lachten alle.

Stéphanie, die es nicht mochte, wenn jemand anderes im Mittelpunkt stand, holte sogleich zu einer weiteren Geschichte aus.

Fabienne tat so, als würde sie interessiert lauschen, aber in Wahrheit gab sie sich ihren Gedanken hin.

Als Stéphanie auf der Fahrt gesagt hatte, sie würden in eine Art Café gehen, hatte Fabienne im Geist das Bistro von Bébé vor sich gesehen. Ein Etablissement wie das Chez Olivier hätte sie sich in ihren kühnsten Träumen nicht ausmalen können! Und als wäre die ganze Pracht noch nicht genug, lag das sogenannte »Restaurant« auch noch an ihrem geliebten Canal du Midi. Durch die auf Hochglanz gewienerten Fensterscheiben sah man den Kanal so klar, als gäbe es zwischen ihnen gar kein trennendes Glas.

Fabiennes Blick fiel auf eine große Uhr, die an der Wand gegenüber hing. Seit ihrer Ankunft war gerade einmal eine halbe Stunde vergangen. Ihren ausgiebigen Beobachtungen und ihrem Magenknurren nach zu urteilen, hatte sie jedoch eher das Gefühl, schon Stunden hier zu sein. Hoffentlich gab es bald etwas zu essen, dachte sie, während Stéphanie gerade eine Anekdote erzählte, die mit ihrer Verlobung mit Oscar de Carneval zu tun hatte. Alle hingen wie gebannt an ihren Lippen – selbst Oscar, der in der kleinen Geschichte nicht sonderlich gut wegkam, lächelte seine Verlobte geradezu vergötternd an.

Fabienne grinste in sich hinein. Auch wenn sie nur mit einem Ohr zuhörte, war ihr klar, dass Stéphanie in dieser Runde das weibliche Pendant zu Jules Grelier war.

Doch wo Jules große Reden prahlerisch klangen, waren Stéphanies Geschichten witzig, unterhaltsam und charmant. Fabienne schaute stolz auf ihre Begleiterin.

Sie überlegte gerade, ob es unhöflich wäre, Stéphanie leise zu fragen, wann denn nun das Essen käme, als ein Kellner an den Tisch trat und jedem mit großer Geste ein riesiges, in Leder gebundenes Buch reichte.

Statt ihre Anekdote zu Ende zu erzählen, brach Stéphanie abrupt ab, und im nächsten Moment war jeder konzentriert in sein Buch vertieft.

Auch Fabienne nahm eins der Bücher und begann darin zu lesen. *Bœuf bourguignon. Crème Dubarry, Poitrine de veau farcie, Brochet au beurre blanc, Tournedos de bœuf à l'italienne* – Fabienne schüttelte ihren Kopf, als wollte sie ihn von Spinnweben befreien. Einen Teil der Gerichte kannte sie, unter anderen konnte sie sich nicht viel vorstellen. Was sollte diese ganze Aufzählung?

»Kann ich dir irgendwie helfen?«, fragte Stéphanie, der Fabiennes Verwirrung nicht entgangen war.

»Welches Gericht gibt es denn nun zu essen?« Fabienne zeigte irritiert auf das Buch in ihrer Hand.

»Na, alle! Such dir einfach aus, wonach dir der Sinn steht.«

»Ich soll mir etwas aussuchen?«, fragte Fabienne perplex. »Ich dachte, der Kellner bringt uns das Tagesgericht«, wollte sie noch anfügen, doch Stéphanie war schon wieder in ihre Speisekarte vertieft.

»Chez Olivier ist bekannt für seine Fleischgerichte«, raunte Didi ihr zu. »Nehmen Sie doch die Tournedos! Und vorneweg Austern – bei Austern macht man nie etwas falsch.«

252

Fabienne schaute ihn dankbar an. »Danke! Nur noch eine Frage – die *Sauce l'italienne*, die zu den Tournedos serviert wird,– ist sie womöglich nur für Italiener bestimmt?«

Didi legte seinen Kopf in den Nacken und lachte schallend auf. »Comtesse Viola, Sie sind einfach köstlich!«

Kurze Zeit später trat der Kellner wieder an ihren Tisch, und alle gaben ihre Bestellung auf. Zu Fabiennes Erleichterung nahm jeder am Tisch als Vorspeise ein halbes Dutzend Austern, auch die Tournedos wurden vom einen oder anderen gewählt. Ganz falsch lag sie mit ihrer Auswahl also tatsächlich nicht, dachte sie, während das Tischgespräch nun, da die Speisenauswahl getroffen war, wieder erwachte.

»Apropos Austern – hat eigentlich jemand von euch in letzter Zeit etwas von Émile und Sabrine gehört?«, fragte Oscar in die Runde.

»Es heißt, Sabrine sei endlich guter Hoffnung«, erzählte eine von Stéphanies Freundinnen.

Eine andere nickte und fügte an: »Wahrscheinlich behandelt Émile seine Frau deshalb wie ein rohes Ei. Fahrten über unsere schlechten Straßen darf sie gewiss nicht mehr unternehmen, damit bloß nichts schiefgeht mit Émiles heiß ersehntem Erben.« In ihren Worten schwang ein ironischer Unterton mit.

»Da kannst du recht haben. Vermutlich sitzen die beiden wie ein altes Ehepaar nur noch zu Hause«, sagte spöttisch die erste der Frauen.

»Émile Sarda ist ein Händler, der sich auf den Vertrieb von Austern spezialisiert hat. Er verkauft seine Ware bis nach Paris! Normalerweise sind die beiden des

Öfteren bei unseren Treffen mit von der Partie«, raunte ihr Didi, der sich wohl inzwischen als Fabiennes Beistand sah, zu.

»Sehr interessant«, murmelte Fabienne. »Guter Hoffnung« – wie positiv sich das anhörte. Sie hingegen war schwanger mit einem Bastard. Während die fremde Sabrine nicht einmal mehr Kutsche fahren durfte, schindete sie sich täglich körperlich ab und konnte nur hoffen, dass dies ihrem Kind nicht schadete...

»Mesdames, Monsieurs!« Mit einer schwungvollen Bewegung stellte der Kellner erst eine, dann eine zweite große Platte in der Mitte des Tisches ab. Auf den Platten lagen auf Eis gebettet mehrere Dutzend Austern sowie Zitronenschnitze.

»Die Austern kommen schon geöffnet auf den Tisch?«, entfuhr es Fabienne.

»Ja, wie denn sonst? Sag bloß nicht, das ist in den Kolonien auch anders!«, erwiderte Didi lachend.

»Falls die Austern noch geschlossen wären, würden wir alle verhungern«, stellte Stéphanie fest, träufelte etwas Zitronensaft auf eine der Austern und schlürfte sie aus.

»Ich nicht! Da wo ich herkomme, kann jedes Kind Austern öffnen«, sagte Fabienne und genoss die erstaunten Blicke der anderen.

»Ich wusste nicht einmal, dass es auf La Réunion Austern gibt!«, murmelte Oscar.

Fabienne und Stéphanie lachten verschwörerisch.

Die Kellner sorgten freundlich und unaufdringlich dafür, dass ihre Gläser nie leer wurden. Die Speisen waren wunderschön angerichtet – noch schöner, als Sophie es tat. Das Essen schmeckte vorzüglich, Fabienne aß alles auf. Als sie den letzten Rest Soße mit einem Stück Brot auftunken wollte, bekam sie von Stéphanie unter dem Tisch einen kleinen Fußtritt verpasst – allem Anschein nach war dies wohl selbst für den Besuch aus Übersee zu rustikal. Doch die kleine Rüge beeinträchtigte Fabiennes Hochgefühl nicht im Geringsten.

»Das war der schönste Tag meines Lebens! Ich danke dir von Herzen dafür«, sagte Fabienne zu Stéphanie, als sie zwei Stunden später wieder in der Kutsche saßen und in Richtung Chateau Morel fuhren.

»Freut mich, dass ich dich ein wenig auf andere Gedanken bringen konnte. Ich wusste, dass meine kleine Scharade gut ankommt! Die andern haben bis zuletzt keinen Verdacht geschöpft, dass du jemand anderes sein könntest als Comtesse Viola«, sagte Stéphanie triumphierend.

»Siehst du – du musst mir einfach vertrauen, mehr nicht.«

Fabienne nickte geistesabwesend. Das gute Essen, die schöne Einrichtung, das goldene Licht der vielen Kerzenleuchter – alle Gäste waren so frohgemut gewesen, als hätten sie keine einzige Sorge. Und Stéphanie hatte recht – auch sie selbst hatte zum ersten Mal seit Ewigkeiten ihre Probleme vergessen können.

»Ich hoffe, du bist nicht allzu traurig, dass du bald das schöne Kleid ausziehen und wieder in die Küche gehen musst…«, kam es gedehnt von Stéphanie.

Fabienne runzelte die Stirn. »Wo denkst du hin? Im Gegenteil, ich werde Sophie noch neugieriger über die Schulter schauen. Eines Tages möchte ich auch ein Restaurant besitzen und die Chefköchin darin sein! Bis dahin muss ich so viel wie nur möglich lernen.«

Stéphanie lachte schallend auf. »Du eine Chefköchin? Und ein Restaurant willst du auch besitzen?«

»Warum nicht? Bei uns im Schleusenwärterhaus nannten die *gens de l'eau* mich immer *Madame bon appétit*, vielleicht war das schon der Anfang«, sagte Fabienne herausfordernd.

»Davon abgesehen, dass du arm wie eine Kirchenmaus bist – Frauen kochen vielleicht zu Hause oder in einem Privathaushalt, so wie Sophie bei uns – aber doch niemals in einem Restaurant!«

Fabienne runzelte die Stirn. Das würde abzuwarten sein, dachte sie bei sich.

»Außerdem – warum denkst du ans Gehen? Ich dachte, dir gefällt es so gut bei uns? Wenn du unbedingt eine Köchin werden willst, dann sorge ich dafür, dass Sophie gehen muss. Ein Stückchen Eierschale im Essen hier, ein Haar in der Suppe da …«

»Bist du verrückt?«, rief Fabienne erschrocken. Sie schaute Stéphanie streng an. »Das war ein Scherz, gib es zu.« Sie lachte unsicher.

»Natürlich war das ein Scherz«, erwiderte Stéphanie mit undurchdringlicher Miene.

Fabienne nickte zögernd. »Einen Moment lang habe ich wirklich geglaubt, du …«

»Du traust mir scheinbar alles zu!«, rief Stéphanie mit gespielter Entrüstung.

»Na, und ob ich das tue, *Mademoiselle Flamenco*«, sagte Fabie etwas exaltiert und wartete darauf, dass sich das ungute Gefühl in ihrer Magengegend wieder verzog.

In dieser Nacht lag Fabienne noch lange wach. Immer wieder spielte sie den Besuch des Restaurants durch, dachte darüber nach, wie glücklich sie in diesen Stunden gewesen war. Was war so verrückt an ihrem Wunsch, eines Tages ein Restaurant wie das Chez Olivier zu besitzen? Warum hatte Stéphanie sie deswegen regelrecht ausgelacht? Nur weil sie »arm wie eine Kirchenmaus« war? Nur weil es noch keiner Frau gelungen war, in diese Männerdomäne einzubrechen?

Vielleicht würde ihr Traum ja wieder verfliegen... Fabienne wusste nicht, ob diese Möglichkeit sie hoffnungsvoll oder eher traurig stimmte. Bald würde ihr Kind auf die Welt kommen – spätestens dann hatte sie mit dem wahren Leben mehr als genug zu tun. Sie würde nicht mehr nur für sich, sondern auch für das Kleine sorgen müssen – Träume hatten dann gewiss keinen Platz mehr.

Doch mit den Träumen war das so eine Sache, das wusste sie. Wenn sie einmal an deine Tür geklopft hatten, dann wurdest du sie nicht mehr los! Sie hatte keine Ahnung, welche Träume ihre *Maman* verfolgt hatten, aber in all den Jahren hatte Violaine gewiss nie aufgehört zu träumen – von einem anderen Leben, von einer anderen Bestimmung, vielleicht auch von einem anderen Mann. Doch bevor sie ihre Träume begraben hatte, war sie selbst gestorben.

Bei ihr, Fabienne, sollte es anders sein. Sie würde ihre Träume nicht begraben, sondern zum Leben erwecken! Vielleicht würde es viele Jahre dauern, bis sie ihr Ziel erreichte. Aber das machte nichts, solange sie daran glaubte, *dass* sie es erreichen konnte. Wie oft hatte ihr Vater ihnen erzählt, dass Paul Riquet wegen seiner Idee von einem Kanal, der die Meere verbindet, von den Menschen für verrückt erklärt worden war? Hätte Monsieur Riquet sich von diesen Unkenrufen einschüchtern lassen, würde es den Canal du Midi bis heute nicht geben. Wir Kanalmenschen sind stur, dachte Fabienne. Eines Tages würde auch ihr Traum wahr werden...

Kapitel 23

Im Mai geschah etwas, was Seltenheitswert hatte: Delphine suchte die Küche auf. Sie hatte Zahnschmerzen und benötigte Eis, um ihre geschwollene Wange damit zu kühlen. Da ihre Zofe auch nach dreimaligem Klingeln nicht aufgetaucht war, stapfte sie selbst wutentbrannt in Richtung Küche, um sich das Eis zu besorgen.

»Sophie! Ich benötige…« Im nächsten Moment heftete sich ihr Blick auf die Küchenhilfe, die neben Sophie am Tresen stand und eine Taube rupfte. »Was… was ist das?« Hektisch fuchtelte sie mit dem Zeigefinger ihrer rechten Hand in Richtung von Fabiennes Bauch.

Die Küchenhilfe und Sophie erstarrten wie Dornröschen im Märchen.

»Madame Morel! Ich dachte…« Die Köchin wurde so blass, dass Delphine einen Moment lang befürchtete, sie würde in Ohnmacht fallen.

»Es tut mir leid…«, hauchte die Küchenhilfe und schaute schuldbewusst zu Boden.

»Es tut dir leid?« Delphine lachte schrill auf. Ihr Blick schoss zwischen Sophie und dem Mädchen hin und her. »Was fällt euch ein, hinter meinem Rücken solche

Geheimnisse zu haben? Sophie! Es wäre Ihre Aufgabe gewesen, mich sofort über…« – sie zeigte erneut mit spitzem Finger auf Fabiennes Bauch – »das da zu informieren! Sie haben mich zutiefst enttäuscht.«

»Verzeihen Sie, Madame Morel, aber Mademoiselle Stéphanie sagte, Sie wüssten Bescheid, und dass ich mich aus allem heraushalten soll«, erwiderte die Köchin in hellster Aufregung.

Stéphanie! Das hätte sie sich ja denken können, dachte Delphine wutentbrannt.

»Pack deine Sachen und geh! Unverheiratet und ein Kind – so ein liederliches Weibsbild dulde ich nicht in meinem Haus!«, herrschte sie die Küchenhilfe an. Dann drehte sie sich auf dem Absatz um und verließ den Raum.

Was bildete sich Stéphanie ein, sie so zu hintergehen? Wenn ihre Tochter glaubte, dies hier sei eins ihrer »Spiele«, dann hatte sie sich getäuscht! Es war höchste Zeit, dass sie Stéphanie den Marsch blies, sonst würde sie nie erwachsen werden.

Stéphanie war nicht allein. Ihre gemeinsame Zofe – nach der sie selbst zuvor vergeblich geklingelt hatte – war gerade dabei, die Haare ihrer Tochter zu frisieren.

Delphine kniff die Augen zusammen – steckte da etwa die heißgeliebte Smaragdbrosche, die sie, Delphine, von ihrer Großmutter geerbt hatte, in Stéphanies Haar?

Delphines Brust bebte vor Aufregung, dennoch beschloss sie, die Sache mit der Brosche vorerst nicht anzusprechen. Herrisch wies sie die Zofe an, den Raum zu verlassen.

»Wie kommst du dazu, Sophie zu sagen, dass sie mir

verschweigen soll, dass deine kleine Freundin schwanger ist?«, herrschte sie ihre Tochter an. »Und warum hast du mich nicht sofort informiert, als du von der Sache erfahren hast?«

»Ach Mutter...«, sagte Stéphanie. »Als ob du dich für die privaten Belange unserer Bediensteten interessieren würdest.« Sie schaute sich selbstverliebt im Spiegel an.

Delphine hätte ihre Tochter am liebsten geschüttelt. »Private Belange?« Sie schaute Stéphanie scharf an. »Weißt du womöglich auch, wer der Vater ist? Einer von unseren Gärtnern – dieser Emanuel Lagrange etwa? Dass der nichts taugt, hab ich gleich zu deinem Vater gesagt. Er hat eine Art an sich, die...«

»Fabienne war schon schwanger, als sie hier herkam«, wurde sie von ihrer Tochter gelangweilt unterbrochen. »Ich habe ihr versprochen, dass sie ihr Kind hier zur Welt bringen kann.«

»Du hast Fabienne *was* versprochen? Wie stellst du dir das vor? Das Kind liegt in einer Wiege, während die Mutter Gemüse putzt?«, fragte Delphine und konnte nichts gegen den hysterischen Unterton in ihrer Stimme tun.

»Warum nicht?«, erwiderte Stéphanie schulterzuckend. Delphine glaubte, nicht richtig zu hören. Welchen Grund hätten sie, die Morels, den Balg einer ledigen Küchenhilfe durchzufüttern?

Mit eisiger Stimme sagte sie: »Dazu wird es nicht kommen, ich habe deine kleine Freundin gerade hochkant hinausgeworfen! Sie ist schon dabei zu packen.«

Abrupt wandte sich Stéphanie von ihrem Spiegelbild ab und ihrer Mutter zu.

»Das kannst du nicht tun, Mutter!«

Delphine schnaubte. »Und ob ich das kann! Schließlich habe noch immer *ich* das Sagen hier auf Chateau Morel!«

Der Schreck wich aus Stéphanies Blick, und sie schaute fast mitleidig drein. »Und wem du *das* zu verdanken hast, wissen wir beide. Vaters Geschäftssinn ist es jedenfalls nicht«, sagte sie sarkastisch. »Glaubst du etwa, mir wäre entgangen, wie oft mein Verlobter und Vater sich ins Kontor zurückgezogen haben? Glaubst du allen Ernstes, es wäre mir nicht völlig klar, dass Vater Oscar um Geld angepumpt hat? Wie durch ein Wunder haben danach eure Streitereien um die Finanzen ein Ende genommen…« Sie legte den Kopf schräg und blickte Delphine an, als wäre diese ein interessantes Anschauungsobjekt, das es im Rahmen irgendeiner Forschungsarbeit zu ergründen gab.

Delphine spürte zu ihrem eigenen Ärger, wie unwohl sie sich unter dem Blick ihrer Tochter fühlte. Ertappt, dachte sie, ertappt.

Ihre Tochter fuhr fort: »Oscar ist eine sehr gute Partie, das ist mir wohl bewusst. Trotzdem – eine Verlobung ist lediglich ein Versprechen, mehr nicht. Und dass nicht jedes Versprechen gehalten wird, haben wir doch alle schon mal erlebt, *non*?«

Delphines Hände ballten sich zu Fäusten, bis sich die Fingernägel in ihre Handinnenflächen eingruben. »Was willst du damit sagen?«, fragte sie, und ihre Stimme klang blechern. Verflixt, Albert und sie hatten doch wirklich versucht, die Geldsorgen vor Stéphanie zu verheimlichen! Wieso wusste sie trotzdem Bescheid? Hatte sie gelauscht? Zuzutrauen wäre es ihrer Tochter allemal.

Stéphanie schaute Delphine verständnislos an. »Nichts! Aber was, wenn Fabiennes Rauswurf mich so traurig machen würde, dass ich vor lauter Gram keinen Bissen mehr hinunterbekäme? Bald wäre ich so geschwächt, dass mir gar nichts anderes mehr übrigbliebe, als die Heirat abzusagen!«

Delphine überlegte noch, was sie auf diesen Unfug erwidern sollte, als Stéphanie schon weitersprach: »Bisher haben wir Oscar als Ehrenmann kennengelernt, aber wäre er das auch, wenn die Hochzeit nicht zustande käme? Oder würde er sich in seinem persönlichen Schmerz womöglich nicht mehr an die Darlehensverträge mit Vater gebunden fühlen?«

»Als ob dich diese Küchenhilfe wirklich interessieren würde! Für dich ist das doch nur wieder eins deiner Spiele, bei dem du deinen Kopf durchsetzen willst, ganz gleich, welche Konsequenzen das mit sich brächte«, sagte Delphine bitter.

»Was sollte es denn für Konsequenzen mit sich bringen, wenn wir Erbarmen mit der jungen Frau haben?«, entgegnete Stéphanie spöttisch, dann fuhr sie sanfter fort: »Ich weiß auch, dass eine ledige Mutter in der Gesellschaft schlecht angesehen ist, aber sollen wir nur deswegen Fabienne verstoßen?«

Vielleicht hatte Stéphanie ja wirklich Mitgefühl mit der Küchenmagd? Ein Spiel oder Mitgefühl – im Grunde war es egal. Delphine wusste, dass sie mit dem Rücken zur Wand stand. Sie schaute ihre Tochter müde an. »Wenn es dir so wichtig ist, ein gutes Werk zu tun, dann soll die Küchenhilfe in Gottesnamen eben bleiben. Aber das Kind hat in der Küche nichts zu suchen! Die alte Marianne soll auf das Bébé aufpassen, dann ist sie wenigstens auch noch zu etwas nutze.«

Kapitel 24

Das Mittagessen war vorbei. Die Luft flimmerte an diesem Augusttag in der Mittagshitze. Stille lag über dem Chateau, einzig der ewig währende Gesang der Zikaden war zu hören.

Die Familie hatte sich zur Mittagsruhe in ihre kühlen Gemächer zurückgezogen, die Mägde, Knechte und Gärtner versuchten, ihre Arbeit, wo eben möglich, an einem kühlen Ort zu verrichten. Fabienne hatte sich wie jeden Tag um diese Zeit in die Kate zurückgezogen, die Sophie, sie und Victor bewohnten.

Wie immer, wenn Fabie ihren Sohn zum Stillen an die Brust legte, überflutete sie ein Gefühl von Glückseligkeit. Dass es so wunderbar war, Mutter zu sein, hätte sie nie für möglich gehalten. Aber Victor war auch das schönste und liebste Kind, das man sich vorstellen konnte! Selig streichelte Fabienne ihm übers Köpfchen, während er gierig schmatzend trank. Wie seidig seine Haut war! Kein Pickelchen verunzierte sein kleines Gesicht. Dazu die schönen dunkelbraunen Augen, die schmale, elegante Nase…

Ganz der *Papa*! Noch bevor Fabienne etwas tun

konnte, schoss ihr der Gedanke durch den Sinn. Seit Victors Geburt am fünften August musste sie öfter an Eric denken, als ihr lieb war.

Vor einem Jahr um diese Zeit hatten Eric und sie begonnen, Pläne für ihre »Flucht« zu schmieden. So viel hatte sich seitdem getan! War seine Frau auch schon schwanger? Dann würde Eric bald Vater werden, ohne zu wissen, dass er längst Vater war...

Es waren nur kleine spitze Stiche, die Fabienne bei solchen Gedanken in der Herzgegend verspürte, der große Schmerz blieb jedoch aus. Ihr Glück lag ganz nah an ihrem Herzen, an ihre Brust geschmiegt. Und ein anderes brauchte sie nicht, dachte sie und strich ihrem Sohn erneut liebevoll über den Kopf. Sie schloss die Augen und wollte einfach nur den Moment genießen. Doch ihre Gedanken wanderten zurück in die Zeit vor Victors Geburt...

Nachdem festgestanden hatte, dass sie auf Chateau Morel bleiben durfte, war Fabienne nicht ein riesengroßer Stein vom Herzen gefallen, sondern eher ein Felsbrocken! Wie Stéphanie es geschafft hatte, ihre Mutter umzustimmen, wusste sie bis heute nicht. Als sie Stéphanie danach gefragt hatte, hatte sie nur eine flapsige Antwort bekommen. Egal. Sie würde Stéphanie für immer und ewig dankbar sein!

Als Fabienne gehört hatte, dass Stéphanies Kindermädchen, die alte Marianne, auf ihr Kind aufpassen sollte, sobald dieses auf die Welt gekommen war, war sie in Tränen ausgebrochen. So viele Nächte hatte sie sich den Kopf darüber zerbrochen, wie es ihr gelingen konnte, ihre Arbeit und das Wohl ihres Kindes unter einen Hut zu bringen! Und nun sollte es in die Obhut von Stéphanies altem Kindermädchen kommen, damit sie selbst ungestört ihre Arbeit verrichten konnte. Womit hatte sie so viel Glück nur verdient?, hatte sie sich immer wieder gefragt.

Frei von dieser Sorge hatte Fabienne alles andere viel leichter ertragen können. Ihren dicken Bauch, der ihr beim Arbeiten ständig im Weg war. Dass sie nachts nicht schlafen konnte, weil ein Wadenkrampf nach dem andern sie plagte. Das Sodbrennen, das sie heimsuchte, sobald sie mehr als nur ein paar Bissen auf einmal aß.

Das sei alles normal in den letzten Wochen einer Schwangerschaft, meinten Sophie und die alte Marianne tröstend. Das Kind in ihrem Bauch hatte nun immerhin die Größe von einer riesigen Melone und würde auf alle möglichen inneren Organe drücken. So genau hatte Fabienne sich das gar nicht vorstellen wollen, dennoch war sie den beiden Frauen für ihre Fürsorge dankbar. Sophie kochte heimlich täglich eine nährende Hühnerbrühe für Fabienne – die würde dafür sorgen, dass die Muttermilch besonders gut floss, erklärte sie. Auch die alte Marianne hatte den einen oder anderen Tipp – Fabienne solle viel trinken, das würde gegen die Verstopfung helfen, sagte sie, als sie Fabienne eines Tages wieder einmal mit schmerzverzerrter Miene aus dem Klohäuschen kommen sah.

Wenige Wochen vor der Niederkunft hatte Marianne ihr ein Säckchen mit getrockneten Himbeerblättern gegeben. Als Tee aufgebraut und regelmäßig getrunken würde das Kraut die Muskeln in Fabiennes Becken lockern und für die Geburt vorbereiten. Fabie hatte fortan brav jeden Tag von dem bitteren Tee getrunken.

So beschwerlich die letzten Wochen für Fabienne in der Küche auch gewesen waren – die Geburt selbst war ein Kinderspiel. Am Donnerstagabend, dem vierten August um zehn Uhr, war es mit den Wehen losgegangen. Bei der ersten Wehe hatte Fabienne, nicht auf den Schmerz gefasst, vor Schreck und Schmerz laut aufgeheult. Auch Sophie erschrak und holte sogleich Marianne. Zu dritt hatten sie den Abend verbracht, während die Wehen kamen und gingen. Morgens um zwei, nach nicht einmal fünf Stunden, war das Kind auf die Welt gekommen.

»Ein Junge!«, hatte Marianne, die das Kind herausgezogen hatte, als Erstes gerufen. Dann hatten sie alle drei vor Freude geweint.

»Weißt du schon, wie dein Sohn heißen soll?«, hatte Sophie gefragt, als sie sich wieder beruhigt hatten.

Fabienne, die so einen dicken Kloß im Hals hatte, dass sie kaum sprechen konnte, sagte: »Hätte ich ein Mädchen bekommen, hätte ich sie nach meiner Mutter Violaine genannt. Mein Sohn soll Victor heißen – so kann ich ihm wenigstens die ersten zwei Anfangsbuchstaben von *Maman* mit auf den Weg geben.« Sie lächelte zufrieden und wehmütig zugleich.

Die erwartete Anerkennung ob ihres Geistesblitzes war jedoch ausgeblieben. »Victor – der Sieger? Heißen so nicht römische Päpste und Kaiser?«, hatte Sophie skeptisch gesagt. Und die alte Marianne hatte angefügt, ob sie sich das nicht noch einmal überlegen wolle. Ihresgleichen nannten ihre Söhne Jean, Luc oder Pierre.

Doch Fabienne hatte sich nicht umstimmen lassen.

Der Sohn einer ledigen Küchenmagd benötigte nicht nur Überlebens- sondern Siegeswillen, um in dieser Welt etwas zu werden! Victor war als Name von daher gerade gut genug.

Und nun war ihr kleiner Sieger schon drei Wochen alt, dachte Fabienne, während Victor mit einem zufriedenen Glucksen ihre Brustwarze freigab. Bald würden es drei Monate sein, bald darauf drei Jahre...

»Hast du genug, *mon chéri*?«, fragte Fabienne und legte ihn sich über die Schulter. Im nächsten Moment ertönte ein lautes Rülpsen. Fabienne lachte auf. Auf Victor war immer Verlass!

Vom ersten Tag an hatte der Säugling mit seinen kleinen Händchen gierig nach ihrer Brust gegriffen, sein Mund hatte sich um ihre Brustwarze gelegt, und sogleich hatte er zu saugen begonnen. Und Fabienne hatte – dank Sophies Hühnerbrühe – genügend Milch, um ihren Sohn alle paar Stunden zu stillen.

Nachdem sie noch rasch seine Windeln gewechselt hatte, legte sie ihn in einem Tragetuch vor ihren Körper. Wie jedes Mal, wenn sie Victor zu Marianne zurückbringen musste, war Fabiennes Herz schwer. Aber Sophie wartete auf sie. Da die Köchin ihr sowieso schon half, wo es nur ging, wäre es unfair gewesen, sie länger als nötig allein in der Küche schuften zu lassen.

Beim Hinausgehen streifte Fabiennes Blick kurz den Kinderwagen, den Stéphanie für Victor extra aus Paris hatte kommen lassen und der seitdem die meiste Zeit in der Ecke stand. Er war aus Korbgeflecht und so hoch, dass Fabienne, wenn sie ihn schob, die Arme unnatürlich nach oben strecken musste. Außerdem rumpelten seine schmalen Räder so unruhig über die Kies- und Schotterwege, dass Victor dabei jedes Mal aus dem Tiefschlaf erwachte. So gut gemeint das Geschenk von Stéphanie auch war – praktisch war es nicht.

Victors Gesicht mit ihrer rechten Hand gegen die Sonne abschirmend, ging Fabienne über den Hof zu Mariannes Hütte. Als die alte Frau sich auf ihr Klopfen hin nicht meldete, trat Fabie einfach ein.

Wie so oft um diese Zeit lag Marianne auf ihrem Bett und schlief. Ihr Mund stand offen, ihr röchelndes Schnarchen erfüllte den Raum. Vorsichtig legte Fabienne ihren Sohn der alten Frau in den Arm. Dann ging sie bangen Herzens davon.

Fabienne häutete Tomaten. Sie bereitete nach Sophies Anweisung eine Himbeercreme zu. Sie füllte Schnecken mit Kräuterbutter und putzte Salat. Doch die ganze Zeit bewegte sie nur ein Gedanke: Hoffentlich fiel Victor nicht aus dem Bett, weil Marianne sich im Schlaf umdrehte oder unruhig mit den Händen ruderte.

Kapitel 25

Die brütende Sommerhitze, die das Land ausgetrocknet und Mensch und Tier erschöpft hatte, ließ im September endlich nach. Solch einen heißen Sommer hatte es schon lange nicht mehr gegeben, war die einhellige Meinung. Dabei hatten sie im Languedoc noch Glück gehabt – im Nachbarland Spanien waren fünfzig Grad gemessen worden. Es hieß, eine so hohe Temperatur sei noch nie registriert worden, seit es Thermometer gab!

In der Küche des Chateaus war es noch heißer als draußen, vor allem dann natürlich, wenn der Ofen angeheizt wurde. An manchen Tagen waren Sophie und Fabienne, die noch immer stillte, der Hitze wegen einer Ohnmacht nahe.

Als Anfang Oktober der Wind vom Meer kam und erste Nebelschwaden mitbrachte, waren alle froh. Fast alle.

Wie ein Tier, das in einen zu kleinen Käfig gesperrt worden war, lief Stéphanie in ihrem Zimmer hin und her. Es war drei Uhr nachmittags. Am Vormittag hatte ihre Mutter darauf bestanden, dass sie, Stéphanie, sie zur Schneiderin in Carcassonne begleitete. Und wie es schien, war diese Ausfahrt wohl schon der Höhepunkt des Tages gewesen.

Obwohl die Sommersaison erst am letzten Septemberwochenende mit einer großen *fête* am Meer zu Ende gegangen war, war ihr jetzt schon so langweilig, dass es sie nach neuen Abenteuern gelüstete. Doch welche sollten das sein?

Die Hochzeitsvorbereitungen waren inzwischen so weit gediehen, dass es nun, Anfang Oktober, für Stéphanie nicht mehr viel zu tun gab. Außerdem hatte sie längst den Spaß daran verloren, Einladungen und Tischkärtchen zu schreiben oder zu überlegen, ob ihr Brautkleid noch eine weitere Lage Spitze bekommen sollte – lauter Banalitäten, die sie langweilten. Was jedoch noch viel beunruhigender war – sie hatte auch längst den Spaß an ihrem Bräutigam verloren.

Anfangs hatte sie es amüsant gefunden, Oscar de Carneval mit immer neuen kuriosen Ideen, Unternehmungen und Gedankengängen zu schockieren. Er wollte unterhalten werden? Bitte schön, das konnte er haben!

Das Problem war nur, dass Oscar vieles gar nicht so schockierend fand, wie sie angenommen hatte. Ganz gleich, ob sie die Küchenhilfe auf seine Kosten ins Restaurant einlud, barfuß auf den Tischen tanzte oder mit einer Flasche Champagner ihre vom Walzertanzen schmerzenden Füße abkühlte – er lächelte zwar jedes Mal amüsiert, mehr aber nicht. Kein einziges Mal hatte er ihr Einhalt geboten! Kein einziges Mal hatte sie von ihm ein mahnendes oder angstvolles oder entsetztes »Stéphanie!« gehört.

Und genau da lag der Haken – Oscar zu unterhalten war sehr viel anstrengender, als sie geglaubt hatte. Manchmal kam sie sich dabei vor wie ein Hündchen, das jeden Tag einen neuen Trick erlernen und vorführen musste.

Und nun stand ein weiterer Winter ins Haus und danach die Hochzeit – beides Aussichten, die Stéphanie die Luft abschnürten. Von einem Gefängnis ins nächste – immer öfter ging ihr dieser Gedanke durch den Kopf.

Auf einmal hatte Stéphanie das Gefühl, es keine Minute länger in ihrem Zimmer auszuhalten. Sie warf sich einen dünnen Schal über und rannte die Treppen hinab.

Im großen Eingangsbereich blieb sie stehen. Wohin wollte sie eigentlich? Einen Ausritt machen? Oscar in Narbonne besuchen? Stéphanies Schultern sackten lustlos nach unten. Nichts davon begeisterte sie wirklich. Was sie in Wahrheit brauchte, war einer ihrer heimlichen Ausflüge. Sie wollte endlich wieder den Geruch von Schweiß und Abenteuer in der Nase haben, tanzen, die bewundernden Blicke der Zuschauenden genießen.

Ihr Blick wanderte nach rechts, wo der Küchentrakt lag. Wie es Fabienne wohl ging?, dachte sie mit einem leichten Anflug von Schuldgefühl.

In den ersten Wochen nach Victors Geburt hatte sie die Küchenmagd regelmäßig besucht, hatte dem Kleinen eine Rassel mitgebracht oder Fabienne ein Stück Seife. Einen Kinderwagen hatte sie ihr auch geschenkt. Einmal hatte sie das Bébé sogar auf dem Schoß gehalten – das war lustig gewesen. Doch im Laufe der Zeit war ihr Fabiennes Getue um das Kind ein wenig auf die Nerven gegangen. Victor hier und Victor da – immer dieselbe Leier, hatte sie gedacht. Und dann, während des Septembers mit seinen Bällen und Hochzeitsvorbereitungen, hatte sie sowieso keine Zeit mehr gehabt, nach der Küchenhilfe und ihrem Kind zu schauen.

Aber jetzt – jetzt hatte sie Zeit! Wäre es nicht schön, wenn sie nicht nur für sich selbst für Abwechslung sorgte, sondern auch für Fabienne? Stéphanie überlegte noch kurz, dann spazierte sie in Richtung Küche.

Fabienne stand am Arbeitstisch, vor ihr lagen riesige Batzen Fleisch, die sie mit einem Messer bearbeitete. Ihr Gesicht leuchtete auf, als sie Stéphanie sah. »Stéphanie! Wie schön, dich zu sehen!«

Spontan fühlte sie sich ein wenig besser. Es tat gut zu spüren, dass man vermisst worden war. Sie warf Sophie einen unfreundlichen Blick zu, woraufhin die Köchin sich eilig ans andere Ende der Küche verzog.

Fabienne, wie immer eine aufmerksame Beobachterin, schüttelte leicht tadelnd den Kopf, doch im nächsten Moment platzte sie heraus: »Stell dir vor, Victor hat mich heute zum ersten Mal angelächelt! Und er versucht ständig, sein Köpfchen zu heben!«

Wenn Fabienne von ihrem Sohn sprach, leuchteten ihre Augen noch tausendmal mehr als bei ihrem, Stéphanies, Anblick gerade eben, dachte sie irritiert. »Er ist eben ein besonders agiles Kind«, sagte sie pflichtschuldig.

»Da hast du wohl recht«, erwiderte Fabienne, und ihr Blick wanderte sehnsuchtsvoll aus dem Fenster.

Stéphanie trat so nah an Fabienne heran, dass ihr der metallische Geruch des Fleisches unangenehm in die Nase strömte. »Stell dir vor, in Carcassonne hat ein neues *Flamenco*-Lokal aufgemacht! Ich möchte heute Nacht hin, heimlich natürlich – kommst du mit? Das wird sicher ein Spaß!«, sagte sie, und nun waren es ihre Augen, die aufleuchteten. Die Musik bis in die letzte Faser ihres Körpers hinein spüren. Alle Routine hinter sich lassen, einzig die Leidenschaft des Moments leben… Viel zu lange hatte sie darauf verzichten müssen.

Fabienne seufzte tief auf. »Ich würde natürlich sehr gern mal wieder einen Ausflug mit dir machen…«

»Und? Was hält dich davon ab?« Herausfordernd schaute Stéphanie Fabienne an. »Ein zweites *Flamenco*-Kleid habe ich zwar nicht, aber ich leihe dir gern ein anderes schönes!«

»Oh Stéphanie, Lust hätte ich schon…« Fabienne schüttelte den Kopf. »Aber Marianne ist froh, wenn ich Victor abends abhole. Sie mag ihn sehr, aber sie ist eine alte Frau – Victors Betreuung ist doch ziemlich anstrengend für sie.«

»Die paar Stunden extra machen Marianne bestimmt nichts aus«, sagte Stéphanie leichtfertig.

»Nein, das kann ich ihr nicht antun. Außerdem muss ich Victor vor Mitternacht noch einmal stillen. Auch das fesselt mich ans Haus«, erwiderte Fabienne und sah dabei sehr müde aus.

Stéphanie runzelte die Stirn. »Hast du diesen Unfug mit dem Stillen immer noch nicht beendet?« Sie war nur einmal dabei gewesen, als Fabienne ihrem Sohn die Brust gegeben hatte, doch das hatte ihr schon gereicht. Der säuerliche Geruch der Milch, das Kind, das so gierig saugte wie ein Kalb bei seiner Mutter, die nassen Flecken auf Fabiennes Oberteil nach dem Stillen – das alles war so unappetitlich, dass sie sich fragte, wie sich eine Frau das freiwillig antun konnte. Die armen Bauersfrauen hatten vielleicht keine andere Wahl, aber bei ihnen auf Chateau Morel wurden täglich mehrere Kannen Milch angeliefert, von denen Fabienne gut etwas für ihren Sohn hätte abzwacken können!

Fabienne warf ihr einen milden Blick zu. »Stéphanie ... Es ist ja nicht nur das Stillen allein. Schau dich doch um, ich weiß bald nicht mehr, wo mir der Kopf steht! Wir stecken hier schon mitten in den Vorbereitungen für das Geburtstagsfest deines Vaters, Sophie will heute noch mindestens zehn Pasteten herstellen.«

»Pasteten sind dir wichtiger als ein schöner Ausflug mit mir?«, fragte Stéphanie ungläubig.

Fabienne lachte. »Wie du das sagst ...« Sie zeigte auf die Fleischberge vor sich. »Dein Vater hat auf seiner letzten Jagd sieben Enten geschossen, die wir zu *Rillettes* verarbeiten müssen, bevor sie verderben. Ich habe keine Ahnung, wann ich heute Abend hier fortkomme – bis wir die Küche wieder sauber gemacht haben, wird es sicher acht oder neun Uhr werden. Durch das Stillen kann ich keine Nacht mehr durchschlafen, dazu die viele Arbeit – ich bin in letzter Zeit so erschöpft, dass ich mich nur noch nach meinem Bett sehne. Nach Tanzen steht mir deshalb leider nicht der Sinn!«

Von wegen erschöpft! Pasteten, *Rillettes*, Sophie, Delphine, Victor – alles war Fabienne wichtiger, als mit ihr etwas zu unternehmen!, dachte Stéphanie, als sie etliche Stunden später mit ihrem alten Kutschpony und

Wagen in Richtung Carcassonne unterwegs war. Dabei wäre es so schön gewesen, jetzt zu zweit unterwegs zu sein. Und die Küchenhilfe an ihrer Seite zu haben, hätte den Reiz des Heimlichen noch gesteigert. Aber bei Fabienne drehte sich ja alles nur noch um das Kind – Victor hier und Victor da. Wie kompromisslos Fabiennes Nein gewesen war! Da hatte sogar sie, Stéphanie gewusst, dass Nachhaken vergebliche Liebesmüh gewesen wäre.

So ungern sie es sich auch eingestand – im tiefsten Innern bewunderte sie Fabienne dafür, dass sie immer nur das tat, was *sie* für richtig hielt. Fabie war es völlig egal, was die andern dachten! Sie, Stéphanie, hingegen musste ständig irgendwelche Rücksichten nehmen. Während Fabienne ihre Familie einfach verlassen hatte, hockte sie, Stéphanie, immer noch im Chateau und langweilte sich zu Tode. Und während Fabienne auch keinen Ehemann brauchte, sondern glaubte, ihr Kind allein großziehen zu können, erwarteten von ihr alle, dass sie den langweiligen Oscar heiratete. Fabienne konnte ungestört all ihren Leidenschaften nachgehen – kochen und Austern öffnen und was auch immer! Sie hingegen musste sich noch immer heimlich davonschleichen, um tanzen zu können.

Es war unglaublich, aber von ihnen beiden war im Grunde Fabienne die wahre Rebellin!, dachte Stéphanie und spürte zu ihrem Unmut so etwas wie Respekt für die andere.

Doch was Fabienne konnte, das konnte sie schon lange. Sie würde allen zeigen, dass sie eine noch viel größere Rebellin war! Gleich heute Abend würde sie damit anfangen!

Das Pony wieherte, als es seinen alten Unterstand, in dem es die nächsten Stunden verbringen würde, wiedererkannte.

Hoffentlich war die Musik so gut wie in dem alten Café Cantante, das im Februar zugemacht hatte, überlegte Stéphanie, während sie von der Kutsche sprang. Eilig warf sie dem Pony ein paar Büschel Heu hin, dann zog sie ihren Schal enger um sich. Der Stoff ihres *Flamenco*-Kleides raschelte, als sie durch eins der Tore in die Stadt ging. Es war kalt, aber Stéphanie spürte die Kälte nicht, die Vorfreude wärmte sie von innen.

Das neu eröffnete *Flamenco*-Lokal lag nicht in irgendeiner abgelegenen Seitengasse, sondern inmitten der *Bastide*, neben den Räumen eines Tuchhändlers, den Delphine gern aufsuchte, sonst hätte sie, Stéphanie, es gar nicht entdeckt. Wie beim Café Fleury waren auch hier die Fensterscheiben verhängt. Wäre nicht auf eine der Scheiben in schwarzer Lackschrift »Café de Cante« geschrieben worden, hätte niemand auch nur vermutet, dass sich in dem alten Gemäuer ein Tanzcafé befand.

Stéphanie öffnete die schwere Holztür. Der altbekannte Dunst aus Zigarettenrauch, Schweiß und Ekstase umarmte sie wie ein vertrauter Liebhaber. Einen Moment lang blieb Stéphanie an der Tür stehen. Jeder Tisch war besetzt, goldener Muscat glänzte in den Gläsern. Im dunklen Schummerlicht erkannte sie das eine oder andere Gesicht, fast alle schauten nach vorn zur Bühne, von wo die melancholischen Klänge einer Gitarre ertönten.

Stéphanie konnte von der Tür aus nicht bis zur Bühne sehen, aber sie hätte darauf gewettet, dass es der gute alte José war, der da spielte! Gleich würde er Fahrt aufnehmen, das letzte bisschen Melancholie würde weichen, und sein Gitarrenspiel würde sich virtuos steigern, schneller und rauschhafter werden, so dass manche Tänzerin auf der Bühne Mühe hätte, den Rhythmus beizubehalten.

Stéphanie lächelte. Für sie konnten Josés Finger nicht schnell genug über die Saiten gleiten!

Sie schlängelte sich durch die eng stehenden Tische zur Theke durch, hinter der ein sehr junger Mann stand. Hätte Stéphanie ihn auf der Straße getroffen, hätte sie nie vermutet, dass er in einer *Flamenco*-Bar arbeitete.

Im Café Fleury hatte sie sich immer ein Glas Wein geben lassen und dann vom Ende der Bar aus den Tänzerinnen zugeschaut. Erst der letzte Tanz hatte immer ihr gehört. Doch würde das hier auch so sein?

Sie war gerade dabei, ein Glas Wein zu bestellen, als ihr Blick auf einen Mann am Ende der langen Theke fiel. Obwohl sie ihn nur von der Seite sehen konnte, erkannte sie ihn sofort – seine hohe schlanke Statur, das militärisch exakt und extrem kurz geschnittene Haar, die scharfkantige Wangenlinie, die Art, wie er sich bewegte – geschmeidig und äußerst agil. Es war Jules Grelier. Was machte er hier unter all den einfachen Leuten? Und was, wenn er sie entdeckte?

Jules Grelier gehörte zu ihrer Clique, doch da er die meiste Zeit auf Geschäftsreisen im ganzen Land unterwegs war, nahm er an ihren Unternehmungen nur unregelmäßig teil. Was er genau machte, wusste keiner so genau, alle nahmen aber an, dass viel Geld im Spiel war. Das letzte Mal hatte sie Jules im August gesehen, als sie alle gemeinsam die *Féria de Béziers* besucht hatten. Keiner von ihnen hatte es fassen können, als Jules in Béziers bei einer der *Corridas* plötzlich von den Zuschauerrängen aus in die Stierkampfarena getreten war. Zusammen mit zwei weiteren Matadoren war er sechs Stieren entgegengetreten. Es hatte keine fünfzehn Minuten gedauert, und er hatte den ersten Stier erlegt. Danach hatte er die Arena verlassen, ohne sich um das weitere Geschehen – oder die Clique – zu kümmern. Während das Publikum ihn ob dieses Abgangs wütend auspfiff, hatte Stéphanie ihn verstanden – er hatte seinen Spaß gehabt, was hätte er in der Arena anschließend noch tun sollen?

Aber was machte er *hier*?, dachte sie wütend. Das hier war ihr Terrain! Sie zog rasch ihren Schleier vor das Gesicht – doch zu spät, denn im selben Moment fiel sein Blick auf sie.

Wenige Sekunden später stand er neben ihr. »*Bonsoir*, Stéph! Sind die andern etwa auch hier?«

Stéph. Er war der Einzige, der sie so nannte. Als wäre sie ein Mann. »Was machst *du* hier?«, erwiderte sie anklagend, ohne auf seine Frage einzugehen.

Er zuckte mit den Schultern. »Wahrscheinlich dasselbe wie du – ich schaue den schönen *Flamenco*-Tänzerinnen zu.« Er nickte in Richtung Bühne.

Stéphanie wusste nicht, welcher Teufel sie ritt. Aber als sie aus den Augenwinkeln sah, dass die derzeitige Tänzerin im Begriff war, die Bühne zu verlassen, sagte sie mit so viel Hochmut in der Stimme, wie möglich war: »Ich muss dich enttäuschen – zuzuschauen wäre mir viel zu langweilig. Ich bin gekommen, um zu tanzen!«

Dann rauschte sie davon. Sie nickte José, der auf einem Hocker neben der Bühne saß, zu. Als er sie erkannte, stimmte er eins ihrer Lieblingslieder an, es war ein *el baile*, der mit leisen Tönen begann und sich immer mehr steigerte.

Es war, als hätte Stéphanie die Bühne erst gestern das letzte Mal verlassen. Kaum hatten ihre Füße in den Tanzschuhen Kontakt mit dem rauen Boden, führten sie ein Eigenleben. Von Minute zu Minute verschmolz Stéphanie mehr mit der Musik. Dennoch konnte sie nicht umhin, Jules Grelier über die Menge hinweg einen Blick zuzuwerfen. Sie, die zukünftige Madame de Carneval auf einer *Flamenco*-Bühne – damit hatte er gewiss nicht gerechnet!

Nach ungefähr zwanzig Minuten erklang der letzte Akkord. Bitte nicht, dachte Stéphanie mit wehem Herz, von ihr aus konnte der Tanz noch ewig gehen! Sie nickte José aufmunternd zu – noch ein Lied, bitte. Und noch eins! Und noch eins! Sie wollte tanzen, bis die Sohlen ihrer Schuhe durchgewetzt und ihre Füße blutig waren.

Doch neben der Bühne stand schon die nächste Tänzerin und wartete ungeduldig auf ihren Auftritt. Es hätte nicht viel gefehlt, und Stéphanie hatte vor Unmut aufgeheult.

Jules Grelier stieß einen kleinen Pfiff aus, kaum dass sie wieder an der Bar war. »Du bist verdammt gut!« Er hielt ihr ein Glas mit einer grünen Flüssigkeit hin.

»Behalte deine grüne Fee, ich trinke keinen Absinth!«, sagte sie, dann trank sie ihr Weinglas in einem Zug leer. Sollte sie ihn bitten, niemandem zu erzählen, dass sie sich hier getroffen hatten? Aber wäre es denn so schlimm, wenn Oscar davon erführe? Vielleicht würde ihn *das* endlich einmal schockieren, dachte sie düster.

»Warum die schlechte Laune?« Bevor sie wusste, wie ihr geschah, strich Jules mit dem Zeigefinger seiner rechten Hand über die steile Stirnfalte, die sich bei ihrem Gedanken an den Verlobten gebildet hatte.

»Vielleicht liegt das daran, dass ich lieber weitergetanzt hätte, als hier herumzustehen«, antwortete sie schnippisch. »Aber leider wollen andere Frauen auch auf die Bühne, somit muss ich mich wohl oder übel mit einem Tanz zufriedengeben.«

Jules schaute sie für einen langen Moment nur an. Dann ging er davon.

Na endlich, dachte sie. Sie hatte zwar nichts gegen Jules Grelier – im Gegenteil, sie fand ihn ziemlich attraktiv und amüsant obendrein –, aber die *Flamenco*-Abende gehörten nun mal ihr allein!

Sie hatte sich gerade ein zweites Glas Wein bestellt, als Jules zurückkam. Er nahm es ihr aus der Hand und sagte: »*Vite!* Die Bühne gehört dir für den Rest des Abends!«

Sie schaute ihn an, lachte ungläubig auf. »Das ist nicht dein Ernst.«

»Warum sollte ich wegen solch einer Bagatelle spaßen?«

»Bagatelle?« Stéphanie runzelte die Stirn. »Wenn ich auf die Bühne gehe und Prügel beziehe, weil ich eine der anderen Tänzerinnen vertreibe, würde ich das nicht als Bagatelle bezeichnen.«

»Wer weiß – vielleicht hättest du es ja verdient, dass dich mal jemand übers Knie legt?« Jules grinste sie herausfordernd an.

Stéphanie spürte, wie eine wohlig warme Woge ihren Unterleib durchflutete – ein Gefühl, das sich sonst nur beim Tanzen einstellte.

»Aber keine Sorge – ich habe dem Wirt tausend Franc gegeben, damit er dir die Bühne überlässt.«

»Du hast *was*?« Stéphanie schaute ihn fassungslos an. Er grinste immer noch. »Nun geh schon!«

Das war der schönste Abend meines Lebens, dachte Stéphanie, als sie auf der Heimfahrt war. Und Jules war der großzügigste Mensch, den sie kannte! Nicht nur hatte er ihr ermöglicht, wieder auf die Bühne zu gehen – er hatte außerdem eine Lokalrunde nach der anderen gegeben, um die Leute bei Laune zu halten. Am Ende hatten ihr alle zugejubelt, als wäre sie eine *Flamenco*-Königin aus Sevilla!

»Warum hast du das getan? Wir kennen uns doch gar nicht so gut«, hatte sie gesagt, als sie bei einem letzten Glas Wein zusammensaßen.

»Das war nun wirklich keine große Sache«, hatte er achselzuckend erwidert. »Hindernisse muss man aus dem Weg räumen. Was weg muss, muss weg – so einfach ist das. Heute waren es eben die anderen Tänzerinnen.«

Die Kutsche hatte die letzte Steigung erreicht, das Pony schnaubte vor Anstrengung, weiße Atemwölkchen erhoben sich vor der dunklen Nacht. »Was weg muss, muss weg«, murmelte Stéphanie vor sich hin. Vielleicht war es wirklich so einfach? Vielleicht sollte sie auch damit anfangen, das, was in ihrem Leben störte, aus dem Weg zu räumen?

Kapitel 26

Am 22. Oktober 1881 zeigte das Thermometer, das an der Wand der Außenterrasse hing und auf das Albert Morel so stolz war, tatsächlich zwanzig Grad an. Der Himmel war strahlend blau, ein kräftiger Wind, aus den Pyrenäen kommend, hatte in der Nacht jede Wolke gen Osten vertrieben.

Perfektes Wetter für das Fest zu Albert Morels fünfzigstem Geburtstag – darin waren sich alle im Chateau Morel einig!

Der Tag sollte mit einem Sektempfang um elf Uhr beginnen. Die eisgekühlten Austern auf großen Platten würde der mit der Familie Morel befreundete Händler Émile Sarda liefern.

Als Delphine Morel vor Wochen schon die Küche von den Plänen für den Sektempfang in Kenntnis gesetzt hatte, waren Sophie und Fabienne mehr als erleichtert gewesen. Keine *Horsd'œuvre* zum Sekt? Das würde ihnen am Festtag eine gewisse Erleichterung verschaffen. Das große Büfett für Albert Morels hundertdreißig Gäste würde zwar auch geliefert werden, doch Albert Morel hatte es sich in den Kopf gesetzt, dass Sophie zusätzlich noch eine ganze Reihe Gerichte zubereiten sollte – allesamt aus Wild, welches er höchstpersönlich erjagt hatte. Zum einen sollte das Büfett mit Wildgerichten den Gaumen seiner Gäste erfreuen, zum andern wollte er mit seinen Jagdkünsten natürlich auch beeindrucken – entsprechend groß war der Druck, der auf Sophie, und damit auch auf Fabienne, lastete.

Schon Wochen vorher hatten sie Pasteten hergestellt und diese im Eiskeller kühl gehalten. Sie hatten Entenfleisch mit Gewürzen und Fett eingekocht und dadurch haltbar gemacht – am Tag des Festes wollte Sophie die Steingutgefäße mit dem *Confit* einfach aufs Büffet stellen, damit jeder Gast sich so viel herauslöffeln konnte, wie er mochte. Zu Fabiennes Verwunderung hatte Sophie sogar Würste aus Wildschweinfleisch gemacht und diese in einem Räucherofen selbst geräuchert. Der Räucherofen stand in der Nähe der Pferdeställe und war Fabienne bis zu diesem Tag noch nie aufgefallen. Das Räuchern roch so gut, dass Fabie das Wasser im Mund zusammenlief. Zum Glück bestand Sophie darauf, dass sie eine der frisch geräucherten Würste auf der Stelle probierten – sie mussten schließlich sicherstellen, dass das Räuchergut gelungen war!

Die Würste wollte Sophie am Tag des Festes zusammen mit gesäuerten Gurken und Oliven auf großen Platten anrichten. Wenn es um Wildgerichte ging, schätzte Albert Morel eine gewisse Rustikalität, erklärte sie Fabienne, die aus dem Staunen nicht mehr herauskam. Eine gewisse Rustikalität? So, wie der Chevalier Albert Morel seinen Geburtstag feierte, hätte man glatt glauben können, er sei ein König!

Trotz der wochenlangen Vorbereitungen begann für die Küche des Chateaus der Festtag schon morgens um vier. Fabienne blieb nichts anderes übrig, als den tief schlafenden Victor aus seinem Bettchen zu heben und ihn im Dunkeln zur alten Marianne zu bringen.

Als sie in die Küche kam, hatte Sophie den Ofen schon angeheizt. Die beiden Frauen schauten sich kurz an – auf in den Kampf!, las jede im Blick der andern –, dann legten sie los: Wildschweinkeulen, die seit drei Tagen in Bottichen in Rotwein mariniert worden waren, wurden in große Eisenbräter gelegt und in die Bratröhre geschoben.

Rehragout mit Wildpilzen, Schalotten, Möhren und Weißwein schmorte in riesigen Töpfen auf dem Herd. Rebhühner wurden mit einer *farce* aus Speck, Knoblauch, gehackter Leber und vielen Gewürzen gefüllt und dann zugenäht.

»Die Bratröhre, der Herd – alles ist voll. Wo willst du die Rebhühner noch braten?«, fragte Fabienne.

Sophie grinste. »Die hängen wir in großen Leinentüchern über den Herd. Dort können sie im Dampf der Kochtöpfe garen«, erklärte sie der verblüfften Fabienne. Dann wies sie die Küchenhilfe an, eine helle Soße für die Rebhühner zuzubereiten.

Nach und nach trudelten die Gäste ein. Fabienne und Sophie sahen durchs Küchenfenster die Gäste sekttrinkend und austernschlürfend in der Herbstsonne stehen – ein schönes Bild!, befanden sie beide. Und es erfüllte sie mit Stolz, in so einem feinen Haus arbeiten zu dürfen.

*

Stéphanie war wütend. Auf Oscar, der sich schon seit einer halben Ewigkeit mit Freunden ihres Vaters unterhielt. Was war an den alten Käuzen so interessant, dass er sie, Stéphanie, deswegen ignorierte?, fragte sie sich, während sie mit einem Sektglas in der Hand an der Festungsmauer stand.

Immer wieder kam jemand auf sie zu, doch anstatt sie anzusprechen, machten die Leute angesichts ihrer unfreundlichen Miene kurz vor ihr einen Bogen und gingen unsicher lächelnd wieder davon. Gut so, dachte Stéphanie, lasst mich nur alle in Ruhe! Ihr Blick blieb kurz an ihrer Mutter haften, die zusammen mit ihrem Vater vor dem Büfett stand, das er wahrscheinlich gleich eröffnen würde.

Gut so, dachte Stéphanie erneut, dann hatte sie vor ihrer Mutter vorerst auch ihre Ruhe.

Seit Beginn des Festes hatte Delphine sie von Grüppchen zu Grüppchen geschleift, in jeder Unterhaltung hatte ihre Mutter nicht oft genug betonen können, wie sehr sie sich alle auf die Hochzeit im kommenden Januar freuten – Stéphanies Wunschtermin, der Heilige Abend, war von beiden Müttern sehr früh in den Hochzeitsplanungen begraben worden. Dass sie, die angehende Braut, alles andere als glücklich aussah, schien niemandem aufzufallen. Sobald auch nur der Name de Carneval fiel, erstarrten alle fast vor Ehrfurcht.

Bisher hatte Stéphanie mehr oder weniger naiv geglaubt, die Verlobung mit Oscar jederzeit auflösen zu können. Ein Spiel, nichts als ein Spiel, hatte sie sich immer wieder gesagt. Doch am heutigen Tag, angesichts der vielen hochrangigen Persönlichkeiten, die ihre Eltern eingeladen hatten, war ihr schlagartig klar geworden, dass dies nicht ganz so einfach werden würde, wie sie gedacht hatte. Im Gegenteil – sie würde damit einen Skandal auslösen, der, wie es aussah, das Potenzial hatte, die ganze Republik zu erschüttern.

Und das alles nur, weil Oscars Familie so reich und mächtig war!, dachte Stéphanie wütend. Dabei hatten die Carnevals es nicht einmal zum runden Geburtstag ihres Vaters für nötig befunden, ihr geliebtes Paris zu verlassen.

Während Stéphanie einen der Kellner herbeiwinkte und sich ein frisches Glas Crémant nahm, schlug ihr Vater mit einer Gabel an ein Trinkglas.

Eine Rede. Bestimmt kam wieder nur das übliche Blabla, dachte Stéphanie gelangweilt und nickte Émile Sarda zu, der ein Stück weiter an der Festungsmauer stand und trotz eines Glases in der Hand ziemlich verloren wirkte. Stéphanie hatte nicht besonders achtgegeben, aber wenn sie sich nicht täuschte, dann hatte der Austernhändler noch keinen einzigen Satz mit einem der Gäste gewechselt. Die Sardas gehörten sowohl zum Freundeskreis ihrer Eltern als auch zu ihrem eigenen Freundeskreis, was zum einen damit zu tun hatte, dass Émile und Sabrine vom Alter her genau dazwischen lagen – Émile war neunundzwanzig, seine Frau Sabrine dreißig Jahre alt. Zum andern war das Ehepaar auch deshalb interessant, weil Émile gute Geschäftskontakte zum Élysée-Palast unterhielt und so den einen oder anderen Pariser Schwank zu erzählen hatte.

Wenn sie so darüber nachdachte – Sabrine hatte sie heute auch noch nicht gesehen, dachte Stéphanie. Hatten die zwei etwa einen Ehestreit? Das würde Émiles finstere Miene erklären. Der Gedanke, dass außer ihr noch jemand unglücklich war, hellte Stéphanie auf seltsame Weise auf.

Sie trank noch einen Schluck und überlegte, wie sie am besten durch den Tag kommen würde. Warum hatte Vater nicht wenigstens für etwas Musik gesorgt? Das Einzige, was ihm einfiel, war Essen und noch mal Essen! Als hätte das bestellte Büfett nicht gereicht, musste die Küche von Chateau Morel auch noch Wildspezialitäten zum Fest beisteuern! Wenn Stéphanie die Berge von Gerichten nur sah, wurde ihr schon schlecht.

Vaters Rede war zu Ende, alle klatschten pflichtschuldig, dann eröffnete Chevalier Albert Morel das Büfett.

Wie sie sich alle aufs Essen stürzten, dachte Stéphanie angewidert. Hatten sie etwa Angst, hungrig nach Hause gehen zu müssen? Oscar stand ebenfalls in der Schlange an, um seinen Teller zu füllen. Hätte er nicht vorher zu ihr kommen und sie fragen können, was er für sie holen solle? Nicht dass sie Appetit oder gar Hunger gehabt hätte – aber sie hätte ihm wenigstens eine Abfuhr erteilen können. Keinen Gedanken verschwendete er an sie! Und wenn sie so darüber nachdachte – Fabienne hatte ihr auch schon lange kein besonderes Häppchen mehr zubereitet, so, wie sie es in ihrer Anfangszeit getan hatte. Ein cremiges Rührei mit etwas Lachs, saftige Gurkenscheiben mit Anchovis, gefüllte Tomaten – bei Fabiennes kleinen Tellerchen hatte sie tatsächlich öfter zugelangt, mehr noch, es hatte ihr geschmeckt. Aber Fabienne hatte ja nur noch eins – oder besser gesagt, einen – im Sinn.

Wenn Jules Grelier da wäre ... Er würde sich bestimmt nicht am Büfett anstellen, sondern irgendetwas Aufregendes machen!, schoss es Stéphanie durch den Kopf. Ein Rennen zwischen den angereisten Kutschen organisieren – einmal hoch ins Schwarze Gebirge und wieder zurück! Oder sein Glas erheben und halb trunken die Marseillaise anstimmen, woraufhin Vater ihn hochkant vom Hof werfen würde! Stéphanie kicherte. Mit Jules Grelier wäre es ihr bestimmt nicht langweilig!

Auch bei ihrem zweiten Zusammentreffen im Café de Cante hatte Jules ihr die Bühne für den ganzen Abend erkauft. Auf ihren Protest hin, dass er nicht so viel Geld für sie ausgeben solle, hatte er nur abgewinkt und gemeint, er würde mit seinen Anlagegeschäften so viel Geld verdienen, dass er schon nicht mehr wisse, wohin damit.

An jenem Abend war Stéphanie sehr nachdenklich nach Hause gefahren. Geld verdienen und gleichzeitig Spaß haben? Allem Anschein nach war dies möglich. Ihr Vater arbeitete sich in seinen Weinbergen den Buckel krumm und war dennoch angewiesen auf Darlehen von Oscars Bank. Oscar wiederum verdiente zwar viel Geld, fristete dafür aber ein sterbenslangweiliges Dasein hinter seinem Schreibtisch. Beide Konzepte imponierten ihr kein bisschen. Jules Grelier hingegen schien den Bogen rauszuhaben!

Stéphanie schüttelte den Kopf, als könnte sie so die Gedanken an Jules vertreiben. Wenn sie ehrlich war, beeindruckte der Mann sie mehr, als ihr recht war.

Während die Gäste sich mit ihren Tellern an den weiß gedeckten Tischen, die im ganzen Hof aufgestellt worden waren, niederließen, beschloss Stéphanie, auf ein Wort zu Émile hinüberzugehen. Wenn sie weiterhin allein dastand, würde womöglich ihre Mutter kommen und sie zwingen, sich an ihren Tisch zu setzen. Resolut stellte sie ihr Glas ab und ging zu dem Austernhändler.

»Darf ich mich zu dir gesellen?«, fragte sie freundlich.

Émile nickte stumm, dann wanderte sein Blick in Richtung Tal.

Ein freudiger Empfang sah anders aus, dachte Stéphanie stirnrunzelnd. Sie wollte schon wieder gehen, als Émile sagte: »Verzeih mir, wenn ich heute nicht die beste Gesellschaft bin. Eigentlich wollte ich nur die Austern liefern und gleich wieder gehen. Aber dann… Mich graust es so sehr beim Gedanken an daheim, dass ich doch geblieben bin.«

Also tatsächlich ein Ehestreit!, dachte Stéphanie. Doch Émiles nächste Worte erwischten sie mit der Wucht einer Reitpeitsche.

»Unser Sohn ist gestorben. Vor zwei Wochen. An einem Abend war er noch munter, am nächsten Morgen lag er tot in seiner Wiege. Unser Arzt meinte, so etwas käme öfter vor, als man denke. Sabrine… ich glaube, sie verliert deswegen den Verstand.«

»*Mon Dieu*, das ist ja schrecklich!«, entfuhr es Stéphanie. »Das tut mir so unglaublich leid für euch!«

Dass Sabrine Sarda ein Kind erwartete, hatte sie gewusst – dass das Kind inzwischen auf die Welt gekommen war, hingegen nicht.

Der Austernhändler schaute sie verzweifelt an. »Am fünften August waren wir noch die glücklichsten Menschen der Welt! Endlich ein Nachfolger, das haben wir uns beide so sehr gewünscht. Manuel war unser Ein und Alles. Doch unser Glück hielt gerade mal zwei Monate...«

Am fünften August? Stéphanie merkte auf. An diesem Tag war auch Fabiennes Sohn geboren worden. Was für ein seltsamer Zufall!

»Seit Manuels Tod isst Sabrine nichts, und sie trinkt nichts. Das Kinderzimmer ist unberührt, sie verbringt täglich Stunden darin, sitzt neben der leeren Wiege und starrt hinein. Manchmal singt sie ein Wiegenlied, so, als ob Manuel noch da wäre. Mit mir spricht sie so gut wie nichts. Nur einmal hat sie ihr Schweigen gebrochen – um mir aufzutragen, das Kind unter Ausschluss der Öffentlichkeit zu begraben. Sie kann und will einfach nicht akzeptieren, dass unser Sohn gestorben ist. Die Vorstellung, dass es ein Grab mit seinem Namen gibt, erträgt sie nicht. Glaubt sie, für mich ist das alles einfach? Die Beerdigung – es war so schrecklich! Ich war ganz allein mit unserem Pastor, es war schon dunkel, als Manuels kleiner Leib...« Ein leises Schluchzen ertönte.

Du meine Güte, in was war sie da nur hineingeraten?, dachte Stéphanie beklommen. Sie ließ ihren Blick schweifen – wo war Oscar, wenn sie ihn einmal brauchte? Wenn sie jetzt einfach ging, würde Émile sie für herzlos halten.

Der Austernhändler schaute sie verzweifelt an, Tränen glitzerten in seinen Augen. »Wie lange glaubt Sabrine, das schreckliche Geheimnis noch wahren zu können? Es wird immer schwieriger für mich, Freunde und Verwandte abzuwimmeln, alle wollen das Kind sehen! Erst gestern war ein Geschäftsfreund da und hat ein

Spielzeug abgegeben.« Er presste die Lippen zusammen, um einen Wehlaut zu unterdrücken.

Stéphanie erschauerte. »Émile, es hört sich so an, als wäre deine Frau vor lauter Kummer krank, sie benötigt ärztliche Hilfe! Vielleicht würde ihr ein starkes Beruhigungsmittel helfen?«

»Ein Beruhigungsmittel soll ein gebrochenes Mutterherz heilen? Das wäre zu schön. So, wie es aussieht, habe ich nicht nur meinen Sohn, sondern auch meine Frau verloren.« Er lachte bitter auf. »Am besten vergisst du alles gleich wieder. Wenn Sabrine wüsste, dass ich dir davon erzählt habe, würde sie mich umbringen! Ich musste ihr schwören, niemandem etwas von Manuels Tod zu sagen.« Er sackte regelrecht in sich zusammen. »Wenn ich doch nur zaubern könnte, und unser Kleiner wäre wieder da!« Jetzt weinte er stumm vor sich hin.

»Zaubern zu können, das habe ich mir auch schon oft gewünscht«, sagte Stéphanie leise. Und noch während sie sprach, hatte sie plötzlich das Gefühl, als würde sie von einem Blitz getroffen. War es ein Geistesblitz? Ein göttlicher Wink? Jedenfalls war es etwas Helles, Positives. Vielleicht konnte sie ja wirklich zaubern, dieses eine Mal… Einen Moment noch zögerte sie. Sollte sie? Oder sollte sie nicht?

»Wir Menschen können vielleicht nicht zaubern, der liebe Gott aber schon…«, sagte sie gedehnt.

Émile schaute auf. »Auf Gottes Gnade warte ich bisher vergebens, scheinbar hat er Sabrine auch aufgegeben.«

»Ans Aufgeben darfst du gar nicht denken – wer aufgibt, hat verloren, sagt man nicht so?«, erwiderte sie bestimmt. »Ich will ehrlich zu dir sein – anfangs war ich mit diesem Gespräch ziemlich überfordert. Jeder weiß schließlich, dass die Leichtigkeit des Lebens eher etwas für mich ist!« Sie lachte selbstironisch. »Aber vielleicht hat es so sein sollen, dass du ausgerechnet mir dein Vertrauen schenkst.«

»Wieso denn das?«, fragte er mit blecherner Stimme. Stéphanie hörte dennoch den Hauch Hoffnung mitschwingen, und sie verspürte ein Gefühl selten gekannter Euphorie. Was für eine schicksalshafte Fügung bei all dem Drama! Und sie mittendrin. Sie allein und niemand anderes konnte Sabrines gebrochenes Herz heilen!

»Was wäre, wenn das Schicksal euch einen anderen kleinen Jungen schenkt? Nachdem niemand vom Tod eures Sohnes weiß, würden die Leute natürlich denken, das Kind sei euer Sohn.«

»Wovon redest du? Ich… verstehe nicht…«, stotterte Émile und wischte sich seine Hände an der Hose ab, als wären sie schweißgebadet.

Stéphanie schaute sich um, um sicherzugehen, dass niemand sie hörte. »Es gibt da einen zwei Monate alten Buben, ein junges Mädchen hat ihn geboren, ausgerechnet auch am fünften August! Ich weiß das so genau, weil ich das Mädchen schwanger und ledig auf der Straße aufgelesen und dafür gesorgt habe, dass es hier im Chateau Arbeit bekommt. Émile, der fünfte August! Das kann doch kein Zufall sein, oder? Das junge Mädchen ist mit der Pflege des Kindes völlig überfordert. Sie bemüht sich, aber ich spüre, dass sie mit ihrer Kraft am Ende ist. Sie wisse bald nicht mehr, wo ihr der Kopf steht, hat sie erst vor ein paar Tagen zu mir gesagt...« Stéphanie seufzte tief auf. *Durch das Stillen kann ich keine Nacht mehr durchschlafen, dazu die viele Arbeit – ich bin in letzter Zeit so erschöpft, dass ich mich nur noch nach meinem Bett sehne,* hörte sie im Geist Fabiennes erschöpfte Stimme. »Manchmal habe ich das Gefühl, sie wünscht sich, er wäre nie geboren worden!« Das war doch tatsächlich so, oder? Stéphanie bestätigte sich ihren Gedanken stumm.

Émile Sarda schaute sie an, vor Schreck kreidebleich. »Ein Kind ist doch ein Geschenk Gottes, wie kann eine Frau so undankbar sein?«

»Nun, ich denke, sie ist einfach viel zu jung, um schon Mutter zu sein. Meine alte Amme sorgt für den Säugling, während die Kindsmutter ihrer Arbeit nachgeht, anders wäre das alles gar nicht machbar. Nur wie lange sich dieser Zustand halten lässt, das weiß ich nicht. Wenn es nach meiner Mutter ginge, müsste das Mädchen eher heute als morgen das Chateau verlassen. Mutter passt es nicht, dass wir ein so ›liederliches Weibsbild‹ beschäftigen. Aber was würde dann aus dem Kind werden? Ich mag es mir gar nicht vorstellen...«

Émile runzelte grimmig die Stirn. »Es wäre nicht das erste Mal, dass eine herzlose Mutter ein Kind auf den Stufen einer Kirchentreppe als Findelkind ablegt. O Gott, das Leben ist so grausam. Für dieses junge Mädchen ist der Junge nur eine Last – Sabrines Leben hingegen würde er wieder einen Sinn verleihen! Warum erzählst du mir das alles? Um mich weiter zu quälen?«

»Im Gegenteil«, sagte Stéphanie.

Einen Moment noch zögerte sie. Sie hatte alle Fäden in der Hand...

294

»Ich könnte das Kind zu euch bringen, so, dass niemand etwas mitbekommt«, sagte sie schließlich gedehnt. »Das würde Sabrines Herz wieder heilen. Und der Kleine hätte eine Mutter, die sich anständig um ihn kümmern kann. Aber wäre das wirklich das Richtige?«

Émile Sarda nickte. »Ja. Es wäre das *einzig* Richtige«, sagte er tränenerstickt, und Stéphanie sah, wie er sich im Geiste schon vorstellte, den Jungen seiner Frau in den Arm zu legen.

Stéphanie wurde von einer Welle der Euphorie erfasst. Da hatte sie endlich ihr Abenteuer – und tat zugleich noch ein gutes Werk! Natürlich würde sich Fabienne für eine Weile sehr grämen, wenn ihr Sohn fort war, aber irgendwann sah sie gewiss ein, dass ihr Leben ohne einen Säugling wieder viel einfacher wurde.

Kapitel 27

Die große Geburtstagsfeier vor drei Tagen war Vergangenheit, der Alltag war wieder eingekehrt ins Chateau Morel. So gnädig der Wettergott am vergangenen Samstag gewesen war, so wenig Nachsicht ließ er seitdem walten. Es regnete seit frühmorgens in Strömen! Jeder, der nicht zwingend nach draußen musste, war froh, im Haus bleiben zu können.

»Am liebsten würde ich Oscar eine Brieftaube schicken und unser Treffen für heute absagen«, sagte Stéphanie betont mürrisch, während sie sich ihre dünnen Wildlederstiefel zuschnürte. »Wetten, dass meine schönen Stiefel nach fünf Schritten durchnässt sind?« Anklagend schaute sie ihre Mutter an, die mit einer Tasse Tee in der Hand im Türrahmen zum Salon stand.

»Seinem zukünftigen Ehemann gibt man doch keinen Korb!«, entrüstete sich Delphine, während die große Standuhr neun Uhr am Morgen schlug.

»Die Stoffe und Schnitte für meine Hochzeitsreise-Garderobe könnte ich mir im Modeatelier auch allein aussuchen, und das an einem Tag, an dem es nicht wie aus Kübeln schüttet.«

»Nun ist es, wie es ist«, kam es stoisch von Delphine. »Ich finde es entzückend, dass sich ein so vielbeschäftigter Mann wie Oscar Zeit nimmt, dich ins Schneideratelier zu begleiten. Auf so eine Idee wäre dein Vater einst niemals gekommen!«

Entzückend? Das war pure Überredungskunst ihrerseits gewesen, dachte Stéphanie.

»Weißt du, woran ich derzeit immer öfter denken muss? An unsere Hochzeitsnacht Anfang kommenden Jahres! Ich möchte dich auf seidenen Laken in der schönsten Nachtrobe von allen empfangen«, hatte sie Oscar am Samstag mit gekünstelt samtener Stimme zugeflüstert, während er mitten im Gespräch mit einem anderen Bankier gewesen war. Eilig hatte er die Unterhaltung beendet, sich ihr zugewandt und dann gemurmelt: »Ich kann es auch kaum erwarten, dich endlich zur Frau zu machen.«

Sein Blick war so voller Lust gewesen, dass es Stéphanie geschaudert hatte. Sie und Oscar in der Hochzeitsnacht – unvorstellbar! In dieser Beziehung fand sie ihn nicht im Geringsten anziehend. Dennoch hatte sie ihn forsch gefragt, ob er nicht Lust hätte, sie ins Modeatelier zu begleiten, damit sie gemeinsam die zartesten Stoffe und durchsichtigsten Spitzenstoffe für ihre Nachtwäsche aussuchten. Natürlich war er begeistert gewesen.

»Wenn ich wenigstens mit unserer großen Kutsche fahren könnte«, sagte Stéphanie jetzt, die Geschichte, die sie sich zurechtgelegt hatte, im Jammerton fortführend. Ihr Vater war samt Zweispänner und Kutschmeister seit gestern auf einer Geschäftsreise und wollte erst am nächsten Tag wiederkommen. Was ihr bestens in den Kram passte. Wahrscheinlich würde ihr Plan gar nicht funktionieren, wenn sie sich von ihrem Kutscher hätte fahren lassen müssen! »Und dass Oscar mich nicht hat abholen lassen, ärgert mich auch«, fügte sie noch quengelig hinzu.

»Nun stell dich nicht so an!«, sagte ihre Mutter prompt. »Was ist denn schon dabei, wenn du die paar Meter mit deinem Kutschpony fährst? Oscar nimmt schon den weiten Weg von Narbonne nach Carcassonne auf sich, da kannst du ihm ruhig entgegenkommen! Ich hoffe nur, dass seine Kutsche nicht im Schlamm stecken bleibt...« Ihre Mutter warf einen besorgten Blick nach draußen, wo sich die Beete rund um den Hof in Matsch verwandelten.

Das hoffte sie auch, dachte Stéphanie, während sie eilig ihr Cape umwarf. Heute durfte nicht die kleinste Kleinigkeit schiefgehen, sonst könnte sie ihren Plan vergessen.

»Ich bin gespannt, wohin Oscar mich zum Essen führt«, sagte sie etwas frohgemuter. »Bestimmt irgendwo auswärts – in Carcassonne gibt es ja keine guten Restaurants. Es wird sicher Abend werden, bis ich wieder heimkomme. Also mach dir keine Sorgen, wenn ich bei einbrechender Dunkelheit noch nicht zurück bin!«

Ihr Plan war noch während des Festes entstanden, ohne dass Stéphanie lange darüber hätte nachdenken müssen. Vielleicht war es ihre Erfahrung mit den heimlichen Ausflügen, vielleicht war es auch ihre Schläue – jedenfalls wusste Stéphanie ganz genau, wie sie Schritt für Schritt vorgehen wollte, um Victor unbemerkt vom Chateau wegzubringen.

Der erste Schritt bestand darin, ihrer alten Kinds-magd Marianne einen Besuch abzustatten und ihr eine kleine Flasche *Eau-de-vie* zu bringen, so, wie sie es öfter einmal tat. Dieses Mal hatte sie jedoch ein wenig von Mutters Schlafmittel in den Schnaps gegeben.

Die alte Frau lächelte sie selig an. Stéphanie musste die alte Marianne ein bisschen animieren, damit sie sich gleich ein Gläschen gönnte, immerhin war es noch früh am Tag. Aber ein wärmender Schnaps konnte bei dem Wetter nicht schaden, *non*? Während Marianne ihren *Eau-de-vie* nippte, streichelte Stéphanie Victor, der in Mariannes Bett an der Wand selig schlief, über den Kopf.»Du liebes Kind«, murmelte sie und benetzte dabei die Lippen des Säuglings ebenfalls mit ein wenig Schlaf-mittel. Nachdem sie sich von Marianne verabschiedet hatte, öffnete sie eilig eins der im hinteren Teil des An-wesens gelegenen Holztore, die nur während der Trau-benernte benutzt wurden. Durch dieses Tor würde sie später zurückkehren.

Dann ging sie in den Stall und unterhielt sich un-gewöhnlich lange mit einem der Stallknechte. Als ihr Kutschpony eingespannt war, drehte sie eine Runde im Hof und winkte dabei ihrer Mutter zu, die am Fenster stand. Sie nickte auch Sophie zu, die gerade zwei Milch-kannen zum Hauptgebäude schleppte. Alle sollten mit-bekommen, dass sie morgens um halb zehn das Chateau verließ.

So weit, so gut, dachte sie, als sie das Tor hinter sich gelassen hatte.

Anstatt gleich in die Stadt zu fahren, stellte sie ihr Pony in einer verlassenen Scheune unweit des Chateaus unter. Sie gab dem Pony einen Sack Heu zum Fressen, wartete noch ein Viertelstündchen, dann zog sie sich ein schwarzes Tuch über den Kopf und ging im strömenden Regen zurück zum Chateau. Kein Mensch war unterwegs, niemand sah sie.

Stéphanies Herz klopfte bis zum Hals, als sie das hintere Holztor einen Spalt breit öffnete. Einer der Pferdeknechte stand an der Mauer und pisste. Eilig zog sie das Tor wieder zu. Der Mann bekam nichts mit. Er spielte noch ein wenig mit seinem Penis, dann trollte er sich endlich in Richtung Stall.

Jetzt oder nie!, dachte Stéphanie und rannte an der Mauer entlang zu Mariannes Kate. Seit ihrer Abfahrt war eine halbe Stunde Zeit vergangen. Wenn das Schlafmittel, das sie Delphine entwendet und ins *Eau-de-vie* gegeben hatte, seine Wirkung wie geplant zeigte, dann musste Marianne inzwischen selig schlafen.

*

Es war schon zwölf Uhr am Mittag, und noch immer regnete es unaufhörlich. Doch Fabienne interessierte das Wetter an diesem Tag reichlich wenig. Irgendetwas war mit ihrer Brust nicht in Ordnung, alles spannte, ziepte und tat weh. Anstatt den Strudelteig zu schlagen, den sie fürs Abendessen benötigten, strich sie mit ihren fettigen Händen ihre Brüste aus, doch auch das brachte keine Erleichterung. Am Morgen hatte Victor wie immer an beiden Seiten getrunken – zehn Minuten an der linken Brust, zehn Minuten an der rechten Brust. Die Erleichterung danach war himmlisch gewesen. Doch nur wenige Stunden später hatte Fabienne schon wieder das Gefühl, es staute sich so viel Milch in ihren Brüsten, dass diese bald bersten würden!

Resolut nahm sie eine auf dem Herd angewärmte, töpferne Schüssel und stülpte sie über den Strudelteig, damit er es schön warm hatte. Dann schaute sie Sophie an und sagte: »Darf ich bitte für eine halbe Stunde zu Victor gehen?«

Sophie runzelte die Stirn. »Schon wieder die Brust?«

Fabienne nickte mit schmerzverzerrtem Gesicht.

»Dann lauf! Pass nur auf, dass sich da nichts entzündet. Meine Schwester hatte das mal. Das war kein Vergnügen, kann ich dir sagen.«

Genau das wollte sie jetzt hören, dachte Fabienne. »Ich bin spätestens in einer halben Stunde wieder zurück«, sagte sie dankbar. Sie zog sich ein Tuch über den Kopf, dann rannte sie durch den strömenden Regen davon.

Als sie bei Mariannes Kate ankam, war sie bis auf die Unterwäsche nass. Leise fluchend klopfte sie an. Als sie von drinnen nichts hörte, trat sie einfach ein – niemand schloss hier seine Tür ab, wozu auch?

Wie fast immer um die Mittagszeit lag Marianne in ihrem Bett und schlief.

Doch der Platz neben ihr war leer.

Fabienne runzelte die Stirn. Wo war Victor? Sie blinzelte einmal, sie blinzelte zweimal, als wollte sie sich vergewissern, keiner optischen Täuschung zu erliegen. Ihr Blick wanderte hektisch zur Tür, als erwartete sie, Victor dort zu sehen. Im nächsten Moment rüttelte sie grob an Mariannes rechtem Arm. »Wach auf, Marianne, *vite!*«

Die alte Frau rührte sich nicht. Fabienne rüttelte fester. Es hätte nicht viel gefehlt, und sie hätte ihr eine Ohrfeige verpasst. Wie konnte man nur so tief schlafen?, fragte sie sich zornig, als Marianne endlich zu sich kam.

»Was… ist?« Orientierungslos blinzelten die alten Augen sie an.

»Victor ist weg! Wo ist mein Sohn? Wo ist Victor, Marianne?«, schrie Fabienne hysterisch.

*

Als Treffpunkt hatte Stéphanie Émile Sarda den Unterstand vorgeschlagen, in dem sie ihr Kutschpony an den *Flamenco*-Abenden immer warten ließ. Er lag vor den Toren von Carcassonne an einem Wirtschaftsweg seitlich der Hauptstraße. Am liebsten hätte sie Sabrine Sarda ja zu Hause überrascht und ihr den Säugling in die Arme gelegt. Dann hätte sie auch gleich gesehen, wo Victor zukünftig leben würde. Doch Leucate lag über sechzig Kilometer vom Chateau entfernt – eine Strecke, die an einem Tag hin und zurück unmöglich zu schaffen war. Und ein Grund, um aushäusig zu übernachten, war Stéphanie partout nicht eingefallen.

»Ich soll mit Sabrine nach Carcassonne kommen? Wie soll ich das machen? Seit Manuels Tod verlässt sie das Haus doch nicht mehr«, hatte Émile Sarda protestiert, als sie den Treffpunkt vorgeschlagen hatte.

»Überleg dir was, das wird dir euer Familienglück doch wohl wert sein«, hatte Stéphanie kühl erwidert. Seinen Vorschlag, dass er allein kommen und das Kind holen wollte, hatte sie abgelehnt. Wenn schon, dann wollte sie Sabrines Freude mit eigenen Augen sehen!

Stéphanie sah die prachtvolle Kutsche schon von weitem, und beim Näherkommen auch die beiden Menschen, die Arm in Arm im Unterstand Schutz vor dem Regen gesucht hatten.

Hatte Émile es also doch geschafft, Sabrine zum Mitkommen zu bewegen, dachte Stéphanie. »Dies geht nicht, und das geht nicht« – dass die Leute immer zuerst so viele Probleme sahen, statt etwas einfach zu versuchen, war so ärgerlich. Wenn man etwas wirklich wollte, dann bekam man es auch!

Sie befahl ihrem Pony anzuhalten. Dann hob sie den Säugling, den sie in einem Korb neben sich transportiert hatte, hoch. Einen Augenblick lang schossen Zweifel wie Blitze durch ihren Kopf. Tat sie wirklich das Richtige? Wenn sie Victor jetzt gleich aus der Hand gab, dann wäre keine Umkehr mehr möglich...

Sie atmete einmal tief durch und stieg aus der Kutsche. Das Kind lag warm und unschuldig an ihrer Brust.

»Émile, Sabrine, wie schön, dass es geklappt hat! Darf ich vorstellen, das ist...« Weiter kam Stéphanie nicht.

»Manuel? Mein Manuel, da bist du ja wieder!«, rief Sabrine Sarda und riss sich von ihrem Mann los.

Bevor Stéphanie wusste, wie ihr geschah, nahm die Frau des Austernhändlers ihr das Kind aus dem Arm. »Mein Junge, mein geliebter Sohn, deine *Maman* hat dich so sehr vermisst...« Tränen schossen aus ihren Augen, und sie drückte Victor so fest an sich, dass Stéphanie einen Moment lang Angst hatte, das Kind würde vor ihren Augen ersticken.

»Sabrine...«, sagte mahnend auch Émile. Es war ihm anzusehen, dass er sich mit der ganzen Situation überhaupt nicht wohl fühlte. »Ich habe dir doch gesagt, dass es ein fremder Junge ist, den wir aufnehmen werden.«

Die Frau des Austernhändlers schaute auf, ihr Blick war voller Zärtlichkeit, als sie sagte: »Ach Émile, was redest du denn da für Unsinn. Das hier ist Manuel, unser Sohn! Er war verloren gegangen, weil ich nicht gut genug auf ihn aufgepasst hatte. Aber nun ist alles wieder in Ordnung. Stéphanie hat unseren Manuel zurückgebracht.«

»Dass ich hier mit von der Partie bin, sollte sie besser niemandem erzählen«, zischte Stéphanie dem Austernhändler zu. »Niemandem, verstehst du? Es reicht schon, dass ihr die hier mitgebracht habt! Ich nehme an, sie ist eine Amme?« Sie wies auf die zusammengekauerte Frauengestalt, die sie erst beim zweiten Blick in die Kutsche der Sardas entdeckt hatte.

Émile Sarda nickte unglücklich. »Die Amme wird fürstlich von uns entlohnt, sie wird schweigen wie ein Grab.«

Stéphanie hob skeptisch die Brauen und murmelte: »Das können wir alle nur hoffen.« Daran, dass der Kleine weiterhin Muttermilch benötigen würde, hatte sie gar nicht gedacht …

»Mein Sohn, mein geliebter Manuel, deine *Maman* wird dich nie mehr aus den Augen lassen!«, flüsterte derweil Sabrine und küsste und herzte den Säugling inniglich.

Stéphanie schluckte. Sabrine hielt das Kind wirklich für ihren Sohn. Sie und Émile tauschten einen Blick, er zuckte hilflos mit den Schultern.

Stéphanie biss sich auf die Lippen. Vielleicht war es ja sogar das Beste so?

»Wir werden die schönsten Dinge zusammen machen!«, versprach Sabrine ihrem Sohn. »Wir werden malen und singen, wir werden spielen und ans Meer fahren. Deine *Maman* wird nur für dich da sein, jetzt, wo der liebe Gott dich zurückgebracht hat...«

Stéphanie lächelte erleichtert. Sie hatte alles richtig gemacht! Sabrine würde sich tausendmal besser um Victor kümmern, als Fabienne es konnte. Die Sardas waren wohlhabend, besaßen ein schönes Haus, Sabrine hatte im Gegensatz zu Fabie alle Zeit der Welt für ein Kind. Victor, der jetzt Manuel hieß, würde bei den Sardas ein gutes Leben haben – und sie, Stéphanie, hatte ihm das ermöglicht!

»Sabrine, steig in die Kutsche ein, wir wollen Manuel nach Hause bringen«, sagte Émile Sarda.

»Und ich muss auch weiter«, sagte Stéphanie. Sie war um halb zwölf mit Oscar im Modeatelier verabredet.

*

Die alte Amme hatte nichts bemerkt und konnte sich an nichts Ungewöhnliches erinnern. Sie konnte nicht einmal sagen, seit wann Victor fehlte. Es sei ihr unerklärlich, warum sie so tief geschlafen habe, meinte sie weinend. Normalerweise würde sie bei der kleinsten Bewegung, die der Säugling neben ihr im Bett machte, wach werden.

Die Gärtner, die Hausdiener, die Knechte, die Zimmermädchen und die Zofe – ganz gleich, wen Fabienne auch fragte, keiner hatte etwas Ungewöhnliches gesehen oder gar mitbekommen, wie Victor von jemandem weggebracht wurde. In ihrer Verzweiflung suchte Fabienne sogar Delphine Morel in ihrem Schlafzimmer auf, wohin sie sich laut der Zofe zurückgezogen hatte. Doch auch die Hausherrin wusste nichts über Victors Verschwinden zu sagen. Gleich nachdem Stéphanie am Morgen vom Hof gefahren war, hatte sie sich noch mal hingelegt, weil sie sich ein wenig unpässlich fühlte. Erst durch Fabiennes eindringliches Klopfen an ihrer Tür war sie wieder wach geworden.

Hatte sich jemand einen schlechten Scherz erlaubt und den Buben versteckt? So unwahrscheinlich dieser Gedanke auch war, so wurde doch in jeden Raum des Chateaus, jeden Keller, jeden Schrank geschaut, unter jedes Bett wurde ein Blick geworfen. Die gesamte Außenanlage wurde durchkämmt, Meter für Meter im strömenden Regen. Keiner konnte sich auch nur im Geringsten vorstellen, wo das Kind sein sollte. Er konnte ja schließlich nicht weggelaufen sein! Victor war ein Säugling!

Hatten sich womöglich zweifelhafte Gestalten in der Nähe der Schlossmauern herumgetrieben?, fragte Delphine Morel in die Runde der versammelten Dienstboten. Ein fremder Mann, eine fremde Frau? Alle verneinten. Aber irgendjemand musste den Säugling geraubt haben, anders konnte es gar nicht sein.

Der Nachmittag ging in den Abend über, der Tag wich der Dämmerung. Die Knechte zündeten Gaslaternen an und begaben sich zu den umliegenden Gehöften, um dort herumzufragen, ob jemand mit einem fremden Kind gesehen worden war.

Fabienne blieb im Chateau. »Wo ist das Kind?«, murmelte sie immer und immer wieder.

»Wo ist das Kind?«, schrie sie.

»Wo ist das Kind?«, schluchzte sie.

Nie sagte sie: »Wo ist mein Sohn?« oder »Wo ist Victor?« – gerade so, als könnte sie sich so das Grauen vom Leib halten.

Doch mit jeder Stunde, in der die Suche weiter ergebnislos blieb, wurde sie hysterischer und ließ sich nicht einmal mehr von Sophie beruhigen.

»Wo ist das Kind?«, murmelte sie schließlich unentwegt vor sich hin, und an ihrem Blick erkannten die andern, dass sie dem Wahnsinn nah war.

Es war schon dunkel, als eine Kutsche auf den Hof fuhr. Fabienne erkannte sie sogleich. Es war die kleine Kutsche, mit der Stéphanie sie einst hierhergefahren hatte. Noch bevor sie Halt gemacht hatte, war Fabienne bei ihr.

»Stéphanie, Gott sei Dank, du kommst endlich!« Während sie sprach, suchte sie mit irrem Blick das Innere der Kutsche ab. Sie hoffte noch immer auf ein Wunder. Ein in Seidenpapier eingeschlagenes Paket, das mit der Aufschrift eines Modeateliers bedruckt war, ein Paar nasse Stiefel, ein Strauß roter Rosen – aber von Victor keine Spur. Fabiennes Schultern sackten nach unten. Was hatte sie auch erwartet?

»Fabienne! Was ist denn los?« Stéphanie sprang vom Kutschbock. »Auf dem Weg hierher sind mir gerade unsere Stallknechte mit Lampen begegnet …«

Fabienne nahm Stéphanies Hände in die ihren, klammerte sich an ihr fest wie eine Ertrinkende an einem Stück Leine. »Stéphanie … Victor … Mein Sohn ist weg!«

Auch Stéphanie sagte, sie habe nichts gesehen oder gehört, sie war ja den ganzen Tag fort gewesen.

Irgendwann in der Nacht wurde die Suche eingestellt. Es gab keinerlei Hinweise auf den Verbleib des Kindes, was also sollten sie noch tun?, fragten sich die Suchenden, während sie stumm den Eintopf löffelten, den Sophie auf die Schnelle gekocht hatte. Es gab auf den umliegenden Gehöften niemanden, vom Kind bis zum Greis, mit dem sie nicht gesprochen hatten. Allen war es ein Rätsel, was mit dem kleinen Victor geschehen war. Dass es bei seinem Verschwinden nicht mit rechten Dingen zuging, darin waren sich allerdings alle einig.

Stéphanie ließ es sich nicht nehmen, bei Fabienne zu bleiben. Auch Sophie blieb wach.

»Wo ist das Kind?«, murmelte Fabienne immer wieder. Sie wollte nichts essen und nichts trinken. Die Milch, die ihr Sohn nicht getrunken hatte, lief ihr glänzend am Leib hinunter, so berstend voll waren ihre Brüste.

»Deine Brüste sind entzündet, du musst dringend die Milch ausstreichen«, sagte Sophie.

Fabienne schaute sie an, als wäre sie von allen guten Geistern verlassen worden. »Die Milch gehört Victor, er hat bestimmt schrecklichen Hunger!«, sagte sie entsetzt. Im nächsten Moment begann sie am ganzen Leib zu zittern. Sie wurde verrückt, hier und jetzt. Sie spürte die Blicke der beiden Frauen auf sich, war versucht, irgendetwas Beruhigendes zu sagen, konnte es aber nicht.

»Ich hole Lavendelöl, das beruhigt die Nerven, oder besser noch etwas von Mutters Beruhigungsmittel. Bin gleich zurück.« Stéphanie, die noch immer ihr Cape umhatte, sprang auf.

Sophie nickte. »Mademoiselle, bitte bringen Sie das Lavendelöl ebenfalls mit, es hilft gegen die Entzündung in Fabiennes Brüsten.«

Wie in Trance träufelte Fabienne ein wenig Lavendelöl auf ihre Brüste. Sie schluckte das Beruhigungsmittel. Der Schmerz blieb. Minuten wurden zu Stunden, die Stunden zogen sich träge dahin. Gesprochen wurde wenig. Es war, als würden sie auf ein Wunder warten, von dem niemand wusste, wie es aussehen könnte.

Am frühen Morgen machte Sophie sich in die Küche auf, um ihr Tagwerk zu erledigen.

»Kann ich dich allein lassen? Ich muss mich dringend etwas frisch machen, komme aber später wieder«, sagte auch Stéphanie.

Fabienne nickte und blieb weiter wie gelähmt am Tisch sitzen. Jedes bisschen Leben war aus ihr gewichen. Victor war verschwunden, und sie war schuld. Hätte sie nur besser auf ihn aufgepasst.

Kapitel 28

»Du hast was?«, rief Stephanie entgeistert.

»Nach der Gendarmerie schicken lassen. Was hätte ich denn sonst tun sollen?«, entgegnete ihre Mutter aufgebracht.

Stéphanie ließ sich benommen auf einen Stuhl sinken. Ein Gendarm, der hier herumschnüffelte, war das Letzte, was sie gebrauchen konnte. Was, wenn er irgendwie herausfand, dass sie …

Sie schaute ihre Mutter an. »Gendarmerie auf unserem Anwesen – ob das in Vaters Sinne ist?«

»Was im Sinne deines Vaters ist und was nicht, kann ich dir nicht sagen, denn er ist nicht hier. Es ist wie immer – um die wichtigen Dinge muss ich mich allein kümmern!«

Stéphanie hob erstaunt die Brauen. So hatte sie ihre Mutter noch nie über Vater sprechen hören. Das zeigte nur, wie aufgebracht Delphine durch die Angelegenheit war.

Stéphanie wagte trotzdem einen zweiten Versuch. »Wäre es nicht trotzdem besser, wir würden das allein regeln?«

310

»Was gibt es da zu regeln? Das ist doch nicht einer dieser Fälle, bei denen ein Zimmermädchen ein paar silberne Löffel mitgehen lässt – ein Kind ist geraubt worden! Du hast wieder einmal Vorstellungen...« Delphine Morel schüttelte den Kopf.

»Ich meinte ja nur«, sagte Stéphanie kleinlaut. Ein Kind geraubt! Wie dramatisch sich das auf einmal anhörte. Dass Victors Verschwinden einen derartigen Aufruhr verursachen würde, hätte sie nicht gedacht. »Die Gendarmerie hier bei uns, wenn sich das herumspricht. Unser Ruf...«

»Unser Ruf, ja!«, spie Delphine ihr entgegen. »An den hättest du mal besser denken sollen, als du dieses Mädchen hergebracht hast. Ich war von Anfang an dagegen, aber du hast ja wieder mal deinen Kopf durchsetzen müssen.«

Der Türklopfer ertönte, dann die eiligen Schritte einer Magd.

»Das wird der Mann sein!« Delphine strich sich den Rock glatt, als wollte sie sich für das Kommende wappnen. »Den ganzen Ärger haben wir nur dir zu verdanken! Wenn es nach mir gegangen wäre, wäre diese Fabienne spätestens dann gegangen, als ich ihre Schwangerschaft entdeckt hatte. Aber auch da warst du stur wie ein Esel. Und jetzt ist hier der Teufel los!«

Verletzt und wütend schaute Stéphanie ihrer Mutter hinterher. Dass sie wieder einmal ihr die Schuld an allem gab, war typisch. Von wegen »der Teufel war los« – Victors Verschwinden hatte mit dem Teufel rein gar nichts zu tun, dachte sie trotzig. Und mit einem Kindsraub auch nicht. Es handelte sich vielmehr um eine schicksalshafte Fügung, auch wenn es sich für die Menschen im Chateau, Fabienne an erster Stelle, im Moment noch nicht so anfühlte.

»Mutter, warte! Ich komme mit!« Eilig rannte Stéphanie ihrer Mutter nach. Selbstverständlich würde sie Fabienne zur Seite stehen, bis das Schlimmste hinter ihr lag.

*

Als Stéphanie wieder zu Fabienne kam, war sie nicht allein. Ihre Mutter und ein fremder Mann waren an ihrer Seite.

»Das ist Monsieur Grau von der Gendarmerie in Carcassonne«, stellte Delphine Morel den Mann vor. »Ich habe nach ihm schicken lassen.«

Fabienne war es auf einmal so schwindlig, dass sie Angst hatte, ohnmächtig zu werden. Die Gendarmerie! Spürhunde! Eine große Suchaktion! Jetzt würde alles gut werden.

Ohne weitere Worte trat der Gendarm ein und setzte sich Fabienne gegenüber an den Tisch. Seine Uniform war triefend nass, seine Stiefel quietschten vor Nässe, selbst aus seinem Bart rannen Regentropfen auf den Tisch. Mürrisch dreinschauend holte er ein Notizbuch, Tinte und Feder aus seinem Tornister und legte alles vor sich aus. Als er endlich fertig war, fragte er Fabienne nach ihrem Namen, den sie eilig nannte.

»Ihr Alter?«

Sie hatte den Mund schon für eine Antwort geöffnet, als sie ihn wieder zuklappte. Niemand wusste, dass sie noch nicht volljährig war. »Dreiundzwanzig.«

Der Gendarm schaute sie zweifelnd an, sagte: »Aha«, und kritzelte etwas in sein Buch.

»Wohnhaft?«

»Ich wohne hier, in dieser Kate des Chateau Morel.«

»Allem Anschein nach nicht allein.« Der Gendarm zeigte auf Sophies Bett.

»Das ist ein Gesindehaus, Sophie Colbert, unsere Köchin, wohnt ebenfalls hier«, sagte Delphine. »Aber was hat das alles mit dem Verschwinden des Kindes zu tun?«

Der Gendarm streifte sie mit einem Seitenblick, dann wandte er sich wieder an Fabienne: »Wann genau ist das Kind verschwunden?«

Fabienne biss sich auf die Unterlippe. Das Lavendelöl hatte gegen die Brustentzündung nicht geholfen, die Schmerzen waren so schlimm, dass sie kaum mehr klar denken konnte.

»Mademoiselle! Ich habe Sie etwas gefragt!«, kam es scharf.

Fabienne schaute auf. »Ich weiß es nicht«, sagte sie mit fiebrig glänzenden Augen. Was war sie nur für eine schlechte Mutter, dachte sie und spürte, wie ihr die Schamesröte ins Gesicht schoss.

»Was heißt das, Sie wissen es nicht? Sie sind doch die Mutter des verschwundenen Säuglings, oder etwa nicht?«

»Mademoiselle Durant arbeitet als Küchenhilfe hier bei uns, sie kann sich tagsüber nicht ihrem Kind widmen. Der kleine Victor war in der Obhut meiner alten Kinderfrau, als er verschwand«, sagte Stéphanie an Fabiennes Stelle.

Der Gendarm schaute Stéphanie an, als wollte er fragen: »Und wer sind Sie?«, dann sagte er zu Fabienne: »Das Kind wird also von jemand anders versorgt, während Sie arbeiten.«

Fabienne nickte stumm.

»Marianne ist zwar schon sehr alt. Aber wir haben alle gedacht, dass sie mit der Betreuung des Kindes zurechtkommt«, warf Stéphanie ein.

Fabienne schaute Stéphanie stirnrunzelnd an.

»Was wollen Sie damit sagen?«, fragte auch der Gendarm.

»Nichts!«, rief Stéphanie. Hilflos warf sie beide Arme in die Höhe. »Hätte die alte Amme nicht so tief geschlafen…«

»Und wo ist der Kindsvater?«, wandte sich der Mann wieder an Fabienne.

Fabienne zuckte mit den Schultern.

»Heißt das, es gibt keinen Vater?«

»So ungefähr.«

Der Gendarm hob missbilligend die Brauen, machte sich eine kurze Notiz, dann sagte er: »Was taten Sie, als Ihr Sohn verschwand?«

»Ich war in der Küche, wie jeden Vormittag.«

»Was genau machten Sie da?«

»Ich habe einen Strudelteig hergestellt!«

Der Gendarm gab ein Knurren von sich.

Stéphanie räusperte sich. »Verzeihen Sie, wenn ich frage – aber was haben Sie denn nun vor? Ich meine, davon, dass wir hier sitzen, wird das Kind gewiss auch nicht gefunden.«

Delphine Morel warf ihrer Tochter einen entsetzten Blick zu.

Auch Fabienne hielt den Atem an. Einerseits war sie froh, dass Stéphanie sich so für sie einsetzte. Andererseits fragte sie sich, ob ein solch forscher Ton bei einem Mann in Uniform angebracht war. Was, wenn der Gendarm aus Verärgerung gar nichts unternahm?

Er schnaubte leise. »Ihr Engagement für Ihre Dienstboten in allen Ehren, Mademoiselle Morel. Aber ich brauche niemanden, der mir meine Arbeit erklärt! Natürlich werden wir nach demjenigen suchen, der das Kind mitgenommen hat. Unser Hauptmann stellt gerade eine Gruppe von Gendarmen zusammen. Doch genauso wichtig ist es, dass ich mir ein Bild von den genauen Umständen mache. Und die scheinen mir mehr als zweifelhaft zu sein.« Er schaute von Stéphanie zu Fabienne. »Eine ledige Mutter, höchstwahrscheinlich minderjährig, der Säugling in der Obhut einer alten Frau, die wahrscheinlich nicht mehr ganz im Besitz ihrer Sinne ist, kein Vater weit und breit... sagen Sie, welchen Reim würden Sie sich an meiner Stelle darauf machen, Mademoiselle Morel?«

Oh Gott, was hatte das zu bedeuten? Hilflos schaute Fabienne von dem Gendarm zu Stéphanie und ihrer Mutter, die äußerst aufgebracht schien.

»Was werfen Sie uns eigentlich vor?«, antwortete an Stéphanies Stelle ihre Mutter. »Dass wir einer jungen Frau in einer Notlage ein Dach über dem Kopf gegeben haben? Deshalb sind wir noch lange nicht für das Verschwinden des Kindes verantwortlich, wir finden das ebenfalls höchst bedauerlich!«

Der Gendarm hob entschuldigend die Hände. »Verzeihen Sie, verehrte Madame Morel, ich wollte Sie nicht angreifen. Das spurlose Verschwinden des Säuglings ist jedoch höchst ungewöhnlich, das müssen Sie zugeben. Keiner hat etwas gesehen oder gehört, dazu der Regen der letzten Tage, der alle Spuren verwischt hat. Der Sohn von Mademoiselle Durant scheint wie vom Erdboden verschluckt zu sein...«

Fabienne, die in der Nacht tausendmal dasselbe gedacht hatte, wandte sich händeringend an den Mann: »Monsieur, ich flehe Sie an! Bitte bringen Sie mir meinen Sohn zurück, er ist doch alles, was ich auf der Welt habe!«

»Dann hätten Sie besser auf ihn aufpassen sollen«, sagte der Gendarm, dann klappte er sein Notizbuch zu.

Die Suche und die Befragungen gingen weiter. Den Gendarmen schlossen sich Männer von den umliegenden Gehöften an, diese postierten sich auf allen Straßen und befragten Reisende. Jemand kannte eine Wahrsagerin in Carcassonne und bot an, sie zu befragen. Fabienne klammerte sich an jeden Strohhalm.

Gegen Abend hatte Fabienne so hohes Fieber, dass Stéphanie den Hausarzt der Morels kommen ließ. Das Fieber käme eindeutig von der Brustentzündung, meinte der Doktor, nachdem er Fabienne untersucht hatte. Dann verabreichte er ihr Morphiumtropfen, von denen sie kurze Zeit später einschlief. Das Fläschchen aus braunem Glas ließ er da, Sophie solle dafür sorgen, dass die Kranke zweimal täglich zehn Tropfen der Medizin zu sich nahm.

Die Tage vergingen, und weder die Gendarmerie noch die Jäger fanden auch nur den geringsten Anhaltspunkt, wer Victor geraubt haben und wo er sein könnte. Im tiefsten Innern rechneten die meisten der Suchenden auch nicht mehr mit einem Erfolg – falls es je verdächtige Spuren gegeben hatte, dann hatte der Regen sie längst weggewischt.

Gerüchte machten die Runde. Das Kind sei von einem hungrigen Wolf geholt und gefressen worden. Zigeuner hätten es entführt und für viel Geld weiterverkauft. Manch einer verdächtigte Fabienne selbst. Womöglich hatte sie, die ledige Kindsmutter, den Kleinen zu Tode geschüttelt und im Wald verscharrt? Oder wie war sonst zu erklären, dass sie sich an der Suche nicht beteiligte? Dass Fabienne fiebernd und vom Morphium wie ohnmächtig im Bett lag, wussten die Leute nicht.

Die Wahrsagerin, eine schmuddelige Frau mit tiefhängenden Lidern, brachte auch kein Licht ins Dunkel, vielmehr erntete sie mit ihrer Aussage, das Kind sei von Neptun geholt worden, Spott und Gelächter.

Neptun? Es regnete zwar schon seit Tagen in Strömen, aber dass der römische Wassergott mit Victors Verschwinden zu tun hatte, bezweifelte man doch sehr.

Kapitel 29

»Steht das Kalbsragout schon auf dem Herd?«

Fabienne nickte.

»Dann kannst du jetzt die Hummerschnitten zubereiten. Als Nächstes sind die *Canapés* an der Reihe!« Ohne von ihrer eigenen Arbeit aufzuschauen, gab Sophie die Reihenfolge der anstehenden Aufgaben durch.

Fabienne folgte ihren Anordnungen stumm.

Es war der Heilige Abend. Seit dem frühen Morgen waren Sophie und Fabienne mit den Vorbereitungen für das abendliche Festessen beschäftigt. Außer Stéphanies Verlobtem waren dieses Jahr auch seine Eltern zu Gast, die Familien wollten letzte Details der Mitte Januar anstehenden Heirat besprechen.

Schon Wochen vor Heiligabend hatte Delphine Morel mit Sophie das Menü festgelegt. Die Kosten spielten keine Rolle, nur das Beste vom Besten sollte auf die Weihnachtstafel kommen, die verwöhnten Pariser sollten Augen machen, wozu man im Süden fähig war.

Damit war Sophies Ehrgeiz geweckt gewesen. Madame wollte ein beeindruckendes Menü? Das konnte sie haben! Hummerschnitten, verschiedene *Canapés* und Kardinalskrapfen als Vorspeise. Aalpastete, Kalbsragout und getrüffelte Gänseleberschnitten mit Madeirasoße als Hauptgericht, mit Maronenpüree gefüllte Enten, eine Hirschkeule – jeden Tag setzte Sophie ein weiteres Gericht auf ihre Speisenliste. Alles zusammen sollte eine Symphonie der Geschmäcker ergeben.

»Die Hummerschnitten sind fertig, soll ich schon mit den *Canapés* anfangen?«, fragte Fabienne, während die riesige Wanduhr, die im Hausflur hing, drei Uhr schlug.

Sophie, die gerade die drei Enten in der Backröhre mit Fett übergoss, schaute mit erhitzten Wangen auf. »Ja! In zwei Stunden müssen wir mit dem Servieren beginnen, uns läuft die Zeit davon. Geh ins Kühlhaus und hol alle Zutaten für *Canapés, vite, vite*!«

Fabienne tat, wie ihr geheißen. Normalerweise wäre es für sie ein Fest gewesen, so viele neue Gerichte kennenzulernen. Mit Freude hätte sie sich wie Sophie in die Vorbereitungen gestürzt, dankbar dafür, so viel lernen zu dürfen. Doch seit Victors Verschwinden war nichts mehr normal. Sie erledigte ihre Arbeit so gut, dass Sophie keinen Anlass zur Rüge fand, doch mit dem Herzen war sie nicht dabei. Ihr Herz schlug für etwas anderes. Denn in jeder freien Minute streifte Fabienne durch die Gärten und Weinberge rund ums Chateau. Jeden, den sie traf, fragte sie, ob er sich nicht doch an eine ungewöhnliche Beobachtung im Zusammenhang mit Victor erinnerte. Die Suche nach ihrem Sohn – das war das Einzige, wofür ihr Herz noch schlug.

Fabienne war gerade auf dem Weg zurück aus dem Kühlhaus, als sie sah, dass Stéphanie und ihr Verlobter aus dem Haus kamen. Beide hatten warme Kleidung an, wahrscheinlich wollten sie vor dem Abendessen noch einen Spaziergang machen.

Als Stéphanie Fabienne erblickte, wechselte sie ein Wort mit ihrem Verlobten, dann kam sie über den Hof auf sie zu.

»Oscars Mutter ist so schrecklich!«, zischte sie, kaum dass sie bei Fabienne angekommen war. »Ständig kritisiert sie mich, immer wieder lässt sie eine Bemerkung dazu fallen, dass sie eigentlich eine ganz andere Frau für Oscar im Sinn gehabt hätte. Ich halte es kaum mehr aus. Sag, kannst du mich nicht irgendwie retten?«, fragte sie händeringend und zog eine tragikomische Grimasse.

Fabienne versuchte sich an einem Lächeln.

»Sag bloß, wir müssen das alles heute essen?« Stéphanie zeigte stirnrunzelnd auf die beiden randvollen Körbe in Fabiennes Hand.

Fabienne zuckte mit den Schultern.

»Hat es dir die Sprache verschlagen? Oder redest du nur mit mir nicht mehr?«

»Tut mir leid«, murmelte Fabienne. »Ich …« Bevor sie es verhindern konnte, rollte eine Träne über ihre Wangen.

Stéphanie presste die Lippen zusammen. »Ich verstehe ja, dass du noch immer traurig bist. Aber vielleicht ist das völlig unnötig! Wo auch immer Victor ist – es geht ihm bestimmt gut, davon bin ich fest überzeugt. Das sagt doch schon sein Name, oder?«

»Namen sind Schall und Rauch«, murmelte Fabienne.

»Du lieber Himmel!«, fuhr Stéphanie auf. »Wenn du dich sehen und hören könntest! Kannst du dich nicht wenigstens an Heiligabend ein wenig zusammenreißen?«

Fabienne glaubte, nicht richtig zu hören. Sie sollte

sich zusammenreißen? Was dachte Stéphanie, was sie die ganze Zeit tat?

»Victor ist seit über acht Wochen verschwunden, und ich weiß bis heute nicht, was mit ihm geschehen ist! Geht es ihm gut? Vermisst er mich? Ist er tot? Und da soll ich mich an Weihnachten erfreuen?«, antwortete sie so heftig, dass sich ihre Stimme fast überschlug.

»Ich habe nicht gesagt, du sollst vor Freude einen Purzelbaum machen«, erwiderte Stéphanie spitz. »Aber deine Grabesmiene ist langsam nicht mehr zu ertragen, ich frage mich wirklich, wie Sophie es mit dir aushält.«

Schuldbewusst schaute Fabienne zu Boden. Dass sie nicht die beste Gesellschaft war, wusste sie auch. Aber sie konnte einfach nichts gegen die dunkle Wolke tun, die über ihrem Leben hing und die jeden Tag überschattete. Sie konnte nicht lachen, wenn ihr nach weinen zumute war. Sie war schon froh, wenn es ihr gelang, ihre Tränen nur nachts zu vergießen.

»Außerdem – lass uns ehrlich sein«, fuhr Stéphanie, die wohl spürte, dass sie bei Fabienne einen wunden Punkt erwischt hatte, fort. »Die meiste Zeit war Victor doch eine Last für dich! Hast du vergessen, wie sehr du dich zwischen der Arbeit und dem Kind hast zerreißen müssen? Wenn du mich fragst, wäre es am besten gewesen, du hättest ihn gleich nach der Geburt in eine liebe Familie gegeben.« Sie machte auf dem Absatz kehrt und stapfte davon.

Fabienne blieb fassungslos zurück.

Wie so oft konnte Fabienne auch in dieser Nacht nicht einschlafen. Doch heute Abend waren es nicht allein die

Gedanken an Victor, die sie vom Schlaf abhielten, sondern auch Stéphanies Worte, die sie wie ein Gift durch-
strömt hatten und in jede Körperzelle eingedrungen
waren.

Hatte Stéphanie recht? Hätte sie Victor wirklich gleich
nach der Geburt zu einer Familie geben sollen, wo er es
besser gehabt hätte als bei ihr?

Hätte sie es tun sollen wie ihre Mutter Violaine, die
einst die Zwillinge weggegeben hatte?

Die namenlosen Schwestern waren in ihrer Familie
immer ein Tabuthema gewesen, nur einmal, kurz nach
Violaines Beerdigung, war die Sprache auf sie gekommen. Irgendwie waren alle immer davon ausgegangen,
dass es ihnen gut ergangen war. Vielleicht hätten sie die
Sache anders gar nicht ertragen.

Etwas totzuschweigen war das eine – sich zu verbie-
ten, daran zu denken, etwas völlig anderes.

Fabienne hätte alles dafür gegeben, mit ihrer Mutter
reden zu können! Hatte Violaine Schuldgefühle gehabt,
ihre Entscheidung womöglich ein Leben lang bereut?
Hatte sie sich auch jede Nacht in den Schlaf geweint?
Oder war sie froh gewesen, der Vernunft gefolgt zu sein?
War sie vielleicht sogar stolz auf sich gewesen, weil das
Wohl ihrer Kinder für sie im Vordergrund gestanden
hatte?

Ihre Mutter war eine starke Frau gewesen. Ganz gleich,
welche Dämonen sie geplagt hatten – nie hatte *Maman*
sich unterkriegen lassen. Wieder einmal vermisste Fabienne ihre Mutter so sehr, dass es körperlich wehtat.

Während Sophies Schnarchen den Raum erfüllte,
setzte sich Fabienne in ihrem Bett auf. Violaine hatte

ihre zwei Mädchen nie mehr wiedergesehen. Aber sie, Fabienne, würde Victor eines Tages wieder in die Arme schließen können, davon war sie fest überzeugt!

»Wo auch immer Victor ist – es geht ihm bestimmt gut«, hatte Stéphanie gesagt. So grob ihre folgenden Worte auch gewesen waren – dieser eine Satz hatte für Fabienne dennoch etwas Tröstliches gehabt, weil er das bestätigte, was sie im tiefsten Innern auch fühlte: Ganz gleich, wie sehr sie Victor vermisste, ganz gleich, wie groß ihre Schuldgefühle waren – in ihrem Herzen spürte auch sie, dass ihr Sohn lebte und dass es ihm gut ging. Wäre dies nicht der Fall gewesen, hätte sie sich längst das Leben genommen.

Fabiennes Blick war aus dem Fenster in den Winterhimmel gerichtet, wo ein sichelförmiger Mond zusammen mit zwei hell leuchtenden Sternen ein Dreieck ergab.

Weder ihre Familie noch sie selbst waren besonders gläubige Menschen, und so hatte Fabienne noch nie viel Zeit im Zwiegespräch mit Gott verbracht. Nicht einmal nach Victors Verschwinden war sie in die Kirche gegangen, um Gottes Hilfe zu erbitten. Warum hätte der liebe Gott ihr auch helfen sollen, wo sie eine so schlechte Mutter war?

Doch nun, in der Heiligen Nacht, hatte Fabienne plötzlich das Gefühl, dass er ihr ganz nahe war. Das Dreigestirn am Nachthimmel erschien ihr wie ein Spiegelbild. Seit Victors Verschwinden war sie – wie der Mond – nicht mehr vollständig, der größte Teil ihres Seins war von der Tragödie überschattet. Doch neben der Mondsichel funkelten umso heller die beiden Sterne!

Sie hatten Kraft. Sie leuchteten in dunkler Nacht. Sie schienen zu rufen: Lass dich nicht unterkriegen!

Fabienne spürte, wie sich in ihrem Innern ein leiser Friede ausbreitete. Sie hatte das Schlimmste erlebt, was einer Frau widerfahren konnte. Ein größeres Unglück, als ihr Kind zu verlieren, konnte sie sich beim besten Willen nicht vorstellen. Was also hatte sie noch zu befürchten? Wovor sollte sie noch Angst haben?

Hier im Chateau Morel würde sie Victor nicht wiederfinden. Und wahrscheinlich würde es lange dauern, bis sie ihren Sohn wieder in die Arme schließen konnte. Bis dahin musste es ihr gelingen, wieder ihr Leben zu leben – und es gut zu leben! Wie ihre Mutter würde auch sie sich nicht unterkriegen lassen. Und dann, eines Tages – durch einen schicksalshaften Zufall, durch pures Glück oder Gottes Fügung – würde sie Victor finden. Und bis dahin würde sie nicht aufhören, ihn zu suchen.

*

Als Oscar und seine Eltern am zweiten Januar in ihre Kutschen stiegen, stand Stéphanie auf den Stufen des Eingangsportals und winkte ihnen mit einem eingefrorenen Lächeln nach.

Etwas musste geschehen, und zwar bald, dachte sie düster, bevor sie verrückt wurde. Allein der Gedanke an die Hochzeit in zwei Wochen reichte aus, um ein hysterisches Rauschen in ihrem Kopf auszulösen. Sie und Oscar – für immer vereint? Das war ...

Weiter kam Stéphanie in ihren Gedanken nicht, denn Fabienne lief um die Ecke und auf sie zu.

»Stéphanie! Zu dir wollte ich gerade...«

»Was hat das zu bedeuten?« Fassungslos zeigte Stéphanie auf den Koffer in Fabiennes Hand. Es war der-
selbe, den sie dabeigehabt hatte, als sie, Stéphanie, die
Küchenhilfe im Dezember vor einem Jahr in Carcassonne aufgefunden hatte.

»Ich gehe. Und ich denke, das ist das Beste«, sagte
Fabienne und schlug die Augen nieder. »Von Sophie und
deinen Eltern habe ich mich schon verabschiedet.«

Stéphanie hatte das Gefühl, als hätte ihr jemand
mit einem Knüppel einen Schlag ins Genick versetzt.
»Aber... du kannst doch nicht so einfach gehen!«

Fabienne schaute wieder auf, und ihr Blick hatte
etwas Flehendes. »Ich werde dir auf ewig dankbar dafür
sein, dass du in der Stunde der größten Not für mich da
warst. Aber verstehst du denn nicht, dass ich hier immer
an meinen Verlust erinnert werde, Tag für Tag, Stunde
für Stunde? Ich halte das einfach nicht mehr aus.«

Stéphanie schüttelte entgeistert den Kopf. »Heißt das,
du gibst die Suche nach deinem Sohn auf?« Heißt das, du
lässt mich im Stich?, hätte sie stattdessen am liebsten
gesagt. Dafür, dass Fabienne so mir nichts, dir nichts
wieder aus ihrem Leben verschwand, hatte sie sie weiß
Gott nicht aus der Gosse gerettet! Aber das war mal wieder typisch – Fabienne war egoistisch und undankbar,
dachte sie. Wieder einmal tat sie kompromisslos nur
das, was in ihren Augen richtig war, ohne Rücksicht auf
die Gefühle anderer.

Fabiennes Blick war in die Ferne gerichtet, so als
könnte sie es kaum erwarten wegzukommen. »Ich werde
die Suche nach Victor erst aufgeben, wenn ich ihn gefun-

den habe. Aber hier werde ich ihn nicht finden, das ist mir inzwischen klar geworden. Und deshalb muss, nein, *will* ich einen anderen Weg wählen. Dies ist etwas völlig anderes, als aufzugeben.«

Fabienne wollte einen anderen Weg gehen, wie wunderbar, dachte Stéphanie bitter. Sie hingegen musste hier in ihrem Gefängnis verharren, bis sie am Tag ihrer Heirat ins nächste Gefängnis kam. Warum konnte Fabienne ständig tun und lassen, was sie wollte, während sie rein gar nichts durfte?

Steif gab Stéphanie Fabienne die Hand. »Dann wünsche ich dir auf deinem neuen Weg alles Gute«, sagte sie mit blecherner Stimme.

»Danke«, sagte Fabienne und ging davon, ohne sich noch einmal umzudrehen.

So unwichtig war sie, Stéphanie, Fabienne also die ganze Zeit gewesen! Und das, wo sie so viel für sie getan hatte... Zu ihrem Entsetzen stiegen ihr Tränen in die Augen. Noch nie in ihrem Leben hatte sie sich so verraten gefühlt.

Kapitel 30

Fabienne verließ Carcassonne so, wie sie hergekommen war – auf dem Canal du Midi. Seltsamerweise hatte sie nicht einen Moment in Betracht gezogen, mit einem der Schiffe in Richtung Toulouse zu fahren – den Ort, an dem sie mit Eric ein neues Leben hatte beginnen wollen. Toulouse war nicht das, was sie suchte, das spürte sie. Und so fuhr sie gen Osten, auch wenn dies bedeutete, dass sie ihrer Heimatschleuse ziemlich nahe kam.

Trèbes, Puichéric, Homps, Argens-Minervois – das letzte Mal hatte sie diese Schleusen versteckt als blinder Passagier in der Aurelie passiert. Auch dieses Mal musste Fabie sich verstecken: Sie wollte nicht, dass einer der *gens de l'eau* sie erkannte und womöglich ihrem Vater erzählte, dass er sie gesehen hatte. Sie war immer noch nicht volljährig, und Guy hatte jedes Recht, sie nach Hause zurückzubeordern. Deshalb wickelte Fabie ihren Schal so um den Kopf, dass nur ihre Augen herausschauten. Es war Winter, und die sonnenverwöhnten Südfranzosen froren alle, niemand sah zweimal hin, wenn jemand sich in einen dicken Schal einmummelte.

Als sie im kleinen Hafen von Le Somail das Boot wechselte, klopfte ihr Herz so sehr, dass es wehtat. Von hier aus würde sie über den Canal de Jonction in weniger als einer Stunde an Guys Schleuse in Sallèles d'Aude sein. Es wäre so einfach... Ihr Vater würde zwar mit ihr schimpfen, sie aber gewiss nicht wieder fortschicken, im Gegenteil! Er und Colette wären bestimmt froh über zwei weitere kräftige Hände.

Doch Fabienne schüttelte es allein beim Gedanken daran, wieder daheim unterzuschlüpfen. Sie ließ genauso den Canal de la Robinie links liegen, der nach Narbonne führte, auch wenn sie ihre Schwester noch so sehr vermisste. Sobald sie irgendwo heimisch geworden war, würde sie Lily eine Nachricht mit ihrer neuen Adresse schicken. Vielleicht würden sie sich dann regelmäßig Briefe schreiben?

Allerdings wusste sie nicht, wohin genau sie wollte – woher hätte sie dies auch wissen sollen? Sie kannte ja nichts. Aber dass sie fortwollte, weit fort, das wusste sie.

»Geh nach Paris!«, hatte Sophie ihr geraten und angefügt, dass Paris die kulinarische Hauptstadt von Frankreich sei. In Paris würde sie Arbeit *en masse* finden, hatte Sophie gesagt. Und sie hatte mit vielem recht.

Die ganze Fahrt über hatte Fabienne ihren Rat im Hinterkopf, doch ob sie ihn befolgen würde, wusste sie noch nicht. Ja, sie wollte Distanz schaffen zwischen dem Ort ihrer Tragödie und sich. Aber Paris war sehr weit weg...

Als die Passagierbarke auf Beziers zufuhr, überlegte Fabienne einen Moment, ob sie nicht hier aussteigen sollte. Das mittelalterliche Beziers war eine große Stadt, hier würde sie höchstwahrscheinlich unerkannt leben

können. Doch als ihr Blick auf die hoch auf einem Felsen gelegene und von weitem schon sichtbare Kathedrale Saint-Nazaire fiel, erinnerte diese sie auf unan-
genehme Art an die Festung von Carcassonne. Und so
fuhr Fabienne weiter und weiter, bis sie ans Mittelmeer
gelangte.

Kastanienkuchen, Honig aus dem Gard und Oliven-
Tapenade. Berge von Meeresfrüchten und Fische aller
Art, die auf dem Markt von Sète lautstark von den
Händlern angepriesen wurden.

»Schaut euch diese silberglänzenden Sardinen an!
Habt ihr jemals so schöne Sardinen gesehen?«

»Steinbutt und Kabeljau, heute zu Bestpreisen! Fang-
frisch und beste Qualität!«

Fässer randvoll mit grün glänzendem Olivenöl und
dicke Zöpfe von lilafarbenem Knoblauch. Stände mit
Ziegenkäse und welche mit geräucherten Würsten.
Fabienne wusste nicht, wohin sie als Erstes schauen
sollte, so groß und schön war der Markt! Die Händler und die Kundschaft kannten sich, es wurde miteinander gespaßt, geschäkert, der eine oder andere derbe
Spruch war zu hören. Fabie wusste nicht, warum, aber
die Menschen hier an der Küste kamen ihr lebensfro-
her vor als alle, denen sie auf ihrer Reise begegnet war.
Lag es daran, dass die Sonne auch jetzt, Anfang Januar,
hier schon richtig schön wärmte? Längst hatte Fabie ihr
Kopftuch abgelegt, stattdessen trug sie die Haare nach
langer Zeit wieder einmal offen. Es tat gut zu spüren,
wie die sanfte Meeresbrise sich darin verfing.

Vielleicht waren die lebhafte Atmosphäre des Marktes

und die Farben und Düfte die Ursache dafür, dass alle einen so wachen Blick und ein Lächeln auf den Lippen hatten. Oder spielte die einzigartige Lage von Sète – auf einer Landzunge, eingebettet zwischen dem Mittelmeer und dem Étang de Thau – eine Rolle dabei?

Wasser, wohin man schaute – da musste man doch glücklich sein!, durchfuhr es Fabie. Und gleich darauf fragte sie sich, ob auch sie hier würde glücklich werden können. Vielleicht, wenn sie Arbeit fand und eine Wohnung und ...

Lächelnd brach Fabienne ihre Gedankengänge ab. So froh sie auch war, dass sie trotz ihrer Trauer langsam wieder ein bisschen Lebensfreude empfinden konnte, so wollte sie doch nicht gleich den ersten Impulsen folgen. Eins nach dem andern, erst einmal musste sie Proviant für die nächsten Tage einkaufen, ganz gleich, wohin es sie am Ende verschlug. Ihren Koffer hatte sie beim Hafenmeister in Verwahrung gegeben, nur ihre Tasche hatte sie umgehängt, so hatte sie auf dem Markt die Hände frei.

Was für ein Glück, dass ausgerechnet heute Markttag war!, dachte sie, als sie in einer Schlange an einem Brotstand anstand. Dessen Baguettes sah so verlockend aus, dass Fabie allein bei der Vorstellung, wie sie gleich in eins der Brote beißen würde, das Wasser im Mund zusammenlief. Zuerst würden ihre Zähne auf die Kruste treffen und diese mit einem wohligen Krachen aufbrechen. Kleine Brösel würden an ihren Lippen hängen bleiben, zu kostbar, als dass sie sie einfach wegwischen würde, nein – mit ihrer Zunge würde sie jeden goldenen Brösel wieder auffangen! In ihrem Mund würde sich dann eine Melange bilden aus den knusprigen Krusten-krumen und dem weichen Inneren. Sie würde jeden Bissen so lange kauen, bis das Brot süßlich zu schmecken begann. Sollte sie sich ein Stück Salzbutter dazu kaufen? Und etwas Käse?

Nachdem sie einmal von dem Baguette abgebissen hatte – es schmeckte noch besser, als sie es sich ausgemalt hatte –, schlenderte sie weiter über den Markt, kaufte hier etwas ein, verschmähte da etwas. Immer wieder musste sie dem Reflex widerstehen, mit ihrer Hand über etwas zu streichen, statt es nur anzuschauen. Hier der Berg von Gemüsezwiebeln, ihre strohgelbe Hülle sonnengewärmt. Und da die Kiste mit den getrockneten Aprikosen – orange wie die untergehende Sonne und weich und etwas klebrig. Und über allem hing der Geruch von Tang und Salz und Meer, der von den Ständen der Austernfischer kam, die entlang des Hafenkais ihre Ernte anboten. Austern – allein bei ihrem Anblick stiegen in Fabienne viele schöne Kindheitserinnerungen hoch. Vielleicht sollte sie sich ein halbes Dutzend gönnen?

Spontan ging sie auf einen der Austernfischer zu. Sie hatte den Kai noch nicht ganz erreicht, als sie einen jungen Mann erblickte. Er war gewiss nur ein paar Jahre älter als sie und stand bei dem Fischer, den auch sie anpeilte. Sein Teint war leicht gebräunt, sein Haar lockig, seine Lippen so voll, dass so manche Frau neidisch werden konnte. Er hatte eine Auster in der Hand und führte sie gerade zum Mund. Wie er dabei seinen Kopf in den Nacken legte und die Auster fast andächtig von oben an seine Lippen brachte, damit nur ja kein Tropfen der salzigen Flüssigkeit verloren ging! Genau wie sie es tat, dachte Fabie schmunzelnd, ihre Eltern und Geschwister hatten sich deswegen immer lustig über sie gemacht.

Der Mann leckte sich einmal über den Mund, dann warf er die leere Austernschale ins Wasser. Der Austernfischer reichte ihm eine weitere Auster. In dem Moment, als der junge Bursche sie zum Mund führen wollte, sah er Fabienne. Einen Moment lang verfingen sich ihre Blicke, und ihr wurde bewusst, dass sie ihn schon länger anstarrte, als es sich ziemte. Fabienne spürte, wie ihr die Röte in die Wangen schoss. Als der Bursche auf sie zukam, wurde ihr noch heißer.

Doch statt etwas Ungehöriges zu sagen, reichte er ihr lächelnd die Auster. »Möchte Mademoiselle auch einmal probieren?«

Fabienne nickte, ohne nachzudenken. »*Merci!*«, sagte sie fast schüchtern und deutete einen kleinen Knicks an.

Der Bursche lachte, schnipste lässig mit den Fingern, und der Austernhändler reichte ihm eine weitere geöffnete Schale.

Wie bei einem Ballett, wo jeder Schritt abgesprochen war, führten sie gleichzeitig und mit in den Nacken gelegtem Kopf die Austern zum Mund. Schwer und seidig glitt das Innere in Fabiennes Mund und erfüllte sie erneut mit Erinnerungen. Das letzte Mal hatte sie Austern an Violaines Todestag gegessen … Zu ihrem Erstaunen schoss ihr bei diesem Gedanken ein »Gott sei Dank!« durch den Kopf. Wie kläglich wäre es gewesen, wenn Violaine vor ihrem Tod nur eine verschrumpelte Kartoffel zu sich genommen hätte!

Schwungvoll warf sie die leere Schale ins Wasser

und sagte inbrünstig: »Das war ganz wunderbar, vielen Dank!«

Der junge Bursche grinste. »*Bon!* Sie wissen zu genießen. Mit Ihnen würde ich den ganzen Sack hier verputzen!« Er zeigte auf einen randvoll mit Austern gefüllten Sack, der an seinem rechten Schenkel lehnte.

»Wäre das nicht ein wenig maßlos?«, erwiderte Fabienne und lächelte. Im nächsten Moment zuckte sie innerlich zusammen. Schäkerte sie etwa gerade?

Die Augen des jungen Burschen funkelten unternehmungslustig. Er öffnete gerade den Mund zu einer wahrscheinlich forschen Erwiderung, als von hinten eine nörgelnde Männerstimme ertönte.

»Noé? Noé! Wo bleibst du denn schon wieder? Warum stehst du hier noch herum? Die Austern sollten doch schon längst auf dem Wagen sein!«

Fabienne drehte sich um und sah einen schwergewichtigen Mann mit Gehstock auf sie zukommen.

Der junge Bursche seufzte und verdrehte theatralisch seine Augen. »*Pardon*, Mademoiselle, aber aus unserem Austernfest wird wohl nichts!« Er schnappte den Sack und warf ihn sich über die rechte Schulter. Er nickte ihr ein letztes Mal grinsend zu, dann war er weg.

Noé… Diesen Namen hatte sie noch nie gehört, dachte Fabienne.

Dass Sète der Ort war, wo der Canal du Midi in den Étang de Thau und somit ins Mittelmeer mündete, das wusste Fabienne. Dass man in Sète auf den Canal du Rhône à Sète wechseln konnte und dass man darauf bis Beaucaire an der Rhône fahren konnte, wusste sie auch – schließlich hatte Guy ihnen als Kindern auf seinen Landkarten die Wasserwege immer wieder gezeigt und erklärt. Aber dass Sète eine Stadt war, die vor Lebensfreude nur so pulsierte – das hatte Fabienne bisher nicht gewusst! Hier könnte es ihr gefallen, dachte sie, als sie spätabends am Fenster ihres Pensionszimmers stand und auf den Hafen schaute. Obwohl es schon spät war, waren immer noch Leute unterwegs. Männer, die aus einer Bar kamen. Ehepaare, die Arm in Arm spazieren gingen. Eine alte Frau, die einen schweren Wäschekorb trug. Zwei ältere Männer, die den Marktplatz fegten und in einer Handkarre Müll sammelten. Nach dem einsam gelegenen Chateau Morel empfand Fabienne das lebendige Treiben als wohltuende Abwechslung. Überhaupt – der Hafen! Er war riesengroß, schön und ganz anders als die Häfen, die sie entlang des Canal du Midi kennengelernt hatte. Im trüben Licht der Gaslaternen glitzerte das Wasser geheimnisvoll, und die schlafenden Möwen, die auf den Pollern saßen, an denen die Schiffe festgetaut waren, sahen aus wie kleine antike Statuen. Rund um das riesige Hafenbecken reihte sich lückenlos ein Haus ans andere, das eine war roséfarben, das nächste ockerfarben, das darauf in einem blassen Hellblau gestrichen. Alle waren mehrstöckig und besaßen schmiedeeiserne Balkone – die Bürger von Sète schienen vom Fischfang und ihrem Hafen gut leben zu können, dachte Fabienne.

Rund um diesen hatte sie auf der Suche nach einer Pension etliche Fischlokale gesehen. Vielleicht hatte sie ja Glück, und jemand benötigte Hilfe in der Küche? Inzwischen konnte sie ja nicht nur Erfahrung als *plongeur* nachweisen, sondern auch als Küchenhilfe. Gleich morgen früh würde sie sich nach einer Arbeit umschauen!

Zwei Tage später sagte Fabienne Sète bitter Adieu. Und wieder saß sie in einer Passagierbarke, dieses Mal ging die Fahrt den Canal du Rhône à Sète hinauf. Warum sie sich nicht in eine Eisenbahn in Richtung Paris gesetzt hatte, wusste sie auch nicht. War es die Angst vor dem Unbekannten? Ein Hauch von Nostalgie? Wollte sie damit den Abschied von den Wasserstraßen hinauszögern? Der Canal du Rhône à Sète war viel kürzer als der Canal du Midi. Er endete nach knapp hundert Kilometern in Beaucaire, danach musste Fabie sehen, wie sie weiterkam.

So gut ihr Sète auch gefallen hatte – umgekehrt hatte *sie* der Stadt nicht gefallen. In jedem Lokal, in dem sie nach Arbeit gefragt hatte, hatte sie dieselbe Antwort bekommen: Alle Stellen waren besetzt. Und falls man Hilfe benötigte, dann suchte man die eines Mannes! Von freien Stellen als Zimmermädchen oder Hausmägden wusste auch niemand etwas – Herrenhäuser, in denen solches Personal gefragt war, waren rar gesät in der Stadt am Hafen.

Je länger ihre Suche fruchtlos blieb, desto mehr war ihr klar geworden, dass sie in einer echten Männerwelt gelandet war: Ob im Hafen, auf den Austernbänken, auf den ein- und auslaufenden Schiffen oder den Fischlokalen – überall arbeiteten nur Männer. Fabienne wusste nicht, ob sie dies wütend oder traurig machte. Aber eins war ihr klar geworden: Als alleinstehende Frau stand ihre Chance, in Sète Arbeit zu finden, gleich null.

In Beaucaire, das selbst an einem hellen Januartag düster wirkte, endete der Kanal.

Auf der Suche nach einer Unterkunft für die Nacht streifte Fabienne durch die engen Gassen der Stadt. Ein fremder Bäcker. Ein fremder Schuhmacher. Ein kleiner Hutmacher. Ein Laden, in dem es Tabakwaren und Zeitungen gab – Fabienne hatte die Namen der Zeitungen noch nie gehört. Was mache ich hier eigentlich?, fragte sie sich und hatte Mühe, die Tränen zurückzuhalten. Alle redeten immer von der weiten Welt – aber wo war ihr Platz darin? Nirgendwo sah sie ein Restaurant, und Herbergen gab es auch nur zwei. Die eine hatte kein Zimmer frei, also musste Fabienne zwangsläufig bei der zweiten anklopfen. Diese war in einem so eleganten Herrenhaus untergebracht, dass sie befürchtete, die Übernachtung würde ein großes Loch in ihren Geldbeutel reißen. Sie hatte zwar einige Ersparnisse, da sie im Chateau so gut wie kein Geld benötigt hatte und somit fast ihren ganzen Lohn hatte beiseitelegen können. Doch da sie nicht wusste, wie lange dieser reichen mussten, wollte sie sparsam sein.

Als eine Dame mit eleganter Hochsteckfrisur und noch eleganterem Kostüm die Tür öffnete, sah Fabienne ihre Befürchtungen sogleich bestätigt. Doch als die Dame den Zimmerpreis nannte, war dieser erstaunlich moderat. Da konnte doch irgendetwas nicht mit rechten Dingen zugehen, dachte Fabienne misstrauisch, machte sich aber rasch klar, dass sie keine andere Option hatte.

»Möchten Sie sich Ihr Zimmer vielleicht zuerst ansehen?«, fragte die Dame, die Fabiennes Zögern offenbar spürte.

Sie nickte.

Das Zimmer war groß und schön und erinnerte von der Einrichtung her an Stéphanies Zimmer im Chateau Morel. Verwundert strich Fabienne über das Bettzeug – das waren doch Daunen, oder?

»Essen gibt es um sieben, ich hoffe, Sie sind mit zwei Gängen einverstanden?«

»Aber natürlich. Sagen Sie mir einfach, was ich dafür tun soll. Ich bin kräftig und scheue mich auch vor schmutzigen Arbeiten nicht.« Bei dem Zimmerpreis und dieser Ausstattung erwartete die Dame bestimmt kräftige Mithilfe in Haus und Küche!

»Um Gottes willen, wo denken Sie hin? Sie sind doch mein Gast«, wehrte die Frau ab.

Die letzten Tage waren anscheinend doch anstrengender gewesen, als sie es empfunden hatte. Denn kaum hatte Fabienne sich aufs Bett gelegt, schlief sie auch schon ein.

Als sie aufwachte, war es sowohl draußen als auch im Zimmer noch stockdunkel. Fabienne tastete nach den Streichhölzern, die sie vorhin am Nachttisch hatte liegen sehen, und zündete eine Kerze an. Die Umhängeuhr, die sie einst von Stéphanie geschenkt bekommen hatte, zeigte fast sieben. Eilig sprang Fabie auf, richtete sich die Haare.

Im Hausflur roch es so gut nach angebratenen Zwiebeln und Knoblauch, dass ihr das Wasser im Mund zusammenlief.

Die Wirtin – sie hatte sich eine blütenweiße Schürze um ihr elegantes Kostüm gebunden – streckte ihren Kopf aus der Küchentür und rief: »Das Esszimmer ist hinter der ersten Tür rechts. Nehmen Sie ruhig Platz, Mademoiselle, ich bin gleich bei Ihnen!«

Fabienne tat, wie ihr geheißen. Auch das Esszimmer erinnerte sie sehr an das im Chateau. An dem runden Tisch, an dem Platz für acht gewesen wäre, war nur ein Gedeck aufgelegt, allem Anschein nach war sie der einzige Gast. Ein Gefühl von Unwirklichkeit überfiel Fabienne, und ihr war, als stünden die Dinge kopf. Sollte nicht sie in der Küche stehen und die elegante Dame hier sitzen?

Gleich darauf brachte die Wirtin ihr einen Teller Eintopf und einen Korb mit Brot. »Ein einfaches *Cassoulet*, ich hoffe, es mundet dennoch«, sagte sie und klang dabei fast entschuldigend.

Fabienne lächelte. »Das ist eins meiner Lieblingsgerichte, meine *Maman* hat mir beigebracht, wie man es kocht. Wir haben immer ein paar *crevettes* obendrauf gegeben.« Hungrig betrachtete sie den Hühnerschenkel, der aus dem Eintopf ragte und ihr »Iss mich zuerst!« zuzurufen schien.

Die Frau schaute sie erschrocken an. »Habe ich etwas falsch gemacht? Ich… ich koche noch nicht lange, müssen Sie wissen. Ehrlich gesagt erst seit einem Jahr, da können Anfängerfehler schon einmal vorkommen.« Sie zog eine so tragikomische Grimasse, dass Fabie lachen musste.

»Ich glaube, es gibt so viele Arten von Cassoulet, wie es Hausfrauen gibt, man *kann* dabei gar nichts falsch machen«, sagte sie im Brustton der Überzeugung und schaute die Frau lächelnd an. »Erlauben Sie mir die Frage – wie kommt es überhaupt, dass Sie zahlende

Gäste aufnehmen? Ich meine, Ihr Haus ...« Sie machte eine Handbewegung, die das ganze vornehme Haus mit einschloss.

Die Wirtin seufzte, dann setzte sie sich auf einen Stuhl Fabienne gegenüber. »Mein Mann Hubert ist vor einem Jahr gestorben. An Silvester, stellen Sie sich das einmal vor«, sagte sie fast anklagend. »Er hinterließ mir einen Berg Schulden, und ich hatte Glück, dass ich in der ganzen Misere das Haus retten konnte. Anscheinend war Hubert einem Geldbetrüger aufgesessen, keine Ahnung, worum es da ging. Eigentlich war er ein so vorsichtiger Mensch!«

Sie schüttelte den Kopf, und Fabie sah an ihrem Blick, dass sie einen Moment lang in Gedanken weit weg war. Ich weiß noch immer nicht, wie die Frau heißt, dachte Fabienne.

Diese schaute auf, und ihr Mund hatte einen leicht verbitterten Zug, als sie sagte: »Da stand ich also mit Ende vierzig. Mittellos und ohne Einkommen. Einen Beruf habe ich nie gelernt, ich war ja Ehefrau! Aus meinem Haus eine Herberge zu machen, war die einzige Möglichkeit für mich, etwas Geld zu verdienen.«

Fabienne nickte nachdenklich. Leicht stellte sie sich das nicht vor ...

»Können Sie mir sagen, wie ich nach Paris komme?«, fragte sie dann unvermittelt.

Die Augen der Frau leuchteten auf. »Paris ... Dort waren wir auf unserer Hochzeitsreise. Eine herrliche Stadt! Sagen Sie, führt womöglich auch Sie die Liebe dorthin?«

»Wenn es nur so wäre!« Nun war es Fabienne, die eine

Grimasse zog. »Ich suche Arbeit in einem Restaurant, als Küchenhilfe oder Beiköchin. Eine Bekannte riet mir, es in Paris zu probieren.« Sie zuckte mit den Schultern. »So ganz wohl ist mir bei dem Gedanken ehrlich gesagt nicht, ich komme aus einem kleinen Dorf am Canal du Midi... Aber wenn die Chancen auf Arbeit dort besonders gut sind, muss ich meine Angst vor der Großstadt wohl überwinden.«

Die Frau runzelte die Stirn. »Und warum gehen Sie nicht nach Lyon? Das liegt auf halber Strecke und ist nicht ganz so groß wie Paris.«

»Lyon?« Fabienne stutzte.

»Meine Schwester lebt dort. Ihr ist es ähnlich ergangen wie mir, nur hat ihr Jacques das gemeinsame Vermögen am Roulettetisch verspielt. Männer!« Ein verächtlicher Seufzer folgte. »Marie hat ihn verlassen und in Lyon ein kleines Restaurant aufgemacht. Sie schreibt, es liefe sehr gut, alle Tische seien jeden Tag voll besetzt. Zugegeben, sie hat nicht das feinste Publikum, bei ihr speisen wohl eher Handwerker und andere einfache Leute. Aber die Lyoner Bürger essen sehr gern, schreibt sie.« Die Frau schmunzelte, gleich darauf wurde sie wieder ernst. »Und Sie? Essen Sie nicht gern? Ihr Eintopf wird kalt!«

Der Hühnerschenkel spielte nur noch eine Nebenrolle, als Fabienne die Frau ungläubig anschaute. »Ihre Schwester hat ein Restaurant eröffnet? In Lyon?«

»Und sie ist nicht die Einzige«, erwiderte die Wirtin grimmig. »Sie glauben ja nicht, wie viele Frauen von ihren verantwortungslosen Männern im Stich gelassen werden und dann auf Almosen der Verwandtschaft

340

angewiesen sind. Manch eine landet im Armenhaus oder bringt sich gleich um. Aber in Lyon lassen sich die Frauen nicht so leicht unterkriegen, sie machen eher aus der Not eine Tugend, indem sie ein Restaurant eröffnen! Marie sagt, es gäbe sogar einen Namen für solche Frauen, man nennt sie ›Mères Lyonnaises‹.«

Fabienne war sprachlos. Die Mütter von Lyon.

Die Wirtin, die spürte, dass sie mit diesem Thema die Aufmerksamkeit ihres Gastes gewonnen hatte, fuhr fort: »Marie sagt, unter den *Mères Lyonnaises* gäbe es auch Frauen, die früher in einem Privathaushalt als Köchin angestellt waren. Weil sie aber lieber ihr eigener Herr sein wollten, eröffneten sie ein Restaurant. Oder sollte ich eher sagen – ihre eigene Herrin?« Die Wirtin lachte über ihren Scherz.

Fabienne stimmt in ihr Lachen ein. Lyon… Der Name klang so weich und süß wie ein Bonbon aus Nougat und Honig. Wenn Sète eine Stadt der Männer war – war Lyon dann womöglich eine Stadt der Frauen?

Kapitel 31

Genau zwei Wochen nach ihrer Abreise aus Carcassonne kam Fabienne in Lyon an. Mit klopfendem Herzen stieg sie aus dem Zug.

Sie war so stolz auf sich! Es war das erste Mal, dass sie mit einem Zug gefahren war, aber sehr viel anders als eine Fahrt auf dem Canal du Midi war dies auch nicht, hatte sie festgestellt: Man musste für die Fahrt zahlen. Es gab Haltestellen, an denen Passagiere ein- und aussteigen konnten, und mehrmals umsteigen musste man auch.

Nun, da sie die erste Zugreise hinter sich hatte, wusste sie selbst nicht mehr, warum sie davor so viel Angst gehabt hatte.

Lyon läge zwischen zwei Flüssen, der Rhône und der Saône, was der Stadt den Spitznamen *Presqu'île* – fast eine Insel – eingebracht hatte. Dies hatte Fabienne von einem Mitreisenden, einem älteren Herrn und geborenem Lyonnaiser, erfahren. Von den Lyoner Anhöhen aus könne man sogar die Alpen sehen, hatte er außerdem gemeint. Die Alpen so nah? Eine Stadt wie eine Halbinsel? Darunter konnte Fabie sich nichts vorstellen, doch ihre

Neugier auf Lyon war mit jedem Kilometer, den die Eisenbahn zurücklegte, gewachsen.

Sie hatte das Bahnhofsgebäude – laut ihren Mitreisenden lag der Bahnhof ebenfalls auf der *Presqu'île* – noch nicht ganz verlassen, als jemand von hinten versuchte, ihr die Tasche wegzureißen. Geistesgegenwärtig schloss sich Fabiennes rechte Hand so schnell und so fest um den Taschenriemen, dass der Dieb wieder losließ und eilig das Weite suchte.

»Nicht mit mir, du Ganove!«, rief sie dem Mann hinterher. Ein paar Leute drehten sich daraufhin um, doch niemand schien sich weiter über den Vorfall aufzuregen. Sie schüttelte den Kopf. Das fing ja gut an!

Wenigstens regnete es nicht, als sie, Tasche und Koffer fest umklammernd, auf dem Vorplatz des Bahnhofs stand und versuchte, sich zu orientieren. Sie solle vom Bahnhof Perrache einfach in Richtung der Place Bellecour laufen, hatte ihr der ältere Herr im Zug geraten, nachdem sie ihm von ihrer Suche nach Arbeit in einem Restaurant erzählt hatte. Dort würde sich ein Restaurant ans andere reihen.

Fabienne hatte ihr Glück nicht fassen können. »Und gibt es dort auch Restaurants der ›Mères Lyonnaises‹?«, hatte sie den Mann gefragt und zur Antwort bekommen, dass es die überall in der Stadt gäbe, allerdings eher in kleinen Seitenstraßen.

Fabienne war baff. Dann stimmte die Geschichte von den Müttern von Lyon also tatsächlich! Als sie fragte, welche Straße sie nehmen sollte, um zur Place Bellecour zu kommen, hatte der Mann lachend gemeint, alle Wege würden nach Rom führen. Fabienne hatte mit der Antwort nichts anfangen können, aber auch nicht nachfragen wollen.

Hoffentlich war sie hier richtig, dachte sie ein wenig eingeschüchtert, während sie eine Straße entlanglief. Die Gehsteige waren voller Passanten, jeder schien es eilig zu haben, und auf der Straße fuhren zahllose Kutschen. »Rue Auguste Comte« las Fabienne auf einem Straßenschild.

Die eleganten Bürgerhäuser hatten alle mindestens drei oder vier Stockwerke und waren so dicht aneinandergebaut, dass ihre Bewohner sich von einem schmiedeeisernen Balkon zum nächsten die Hand hätten reichen können. Im Erdgeschoss der Häuser waren Läden verschiedener Art untergebracht, Fabienne kam an einem Tabakladen vorbei, an einer Wäscherei, aus der eine Woge feuchtwarmer Luft quoll, an einem Hutladen und an einem Geigenbauer. Immer wieder kreuzten Querstraßen die Rue Auguste Comte. Wenn sie nicht ganz falschlag, war der Fluss rechts von ihr die Rhône – ihrem Verlauf war der Zug lange Zeit gefolgt. Somit musste der Fluss, der weiter links verlief, die Saône sein. Wenn man das wusste, sollte es eigentlich recht einfach sein, sich in der Stadt zurechtzufinden, dachte Fabie. Sie schätzte, dass es zu jedem der beiden Flüsse höchstens ein paar Hundert Meter waren. Das bedeutete, dass die *Presqu'île* gerade einmal einen Kilometer breit war, wenn überhaupt! Und nach schätzungsweise zweihundert Metern schien die Rue Auguste Comte zu enden, jedenfalls hörte die dichte Bebauung dort vorn abrupt auf, und alles erschien heller und weiter. War da etwa schon die Place Bellecour? Frohgemut ging Fabienne weiter.

Sie kam an einem Herrenschneider vorbei, an einem kleinen Bistro und einer Geigenbauwerkstatt, aus der schräge Töne nach draußen drangen. Das war nun schon die dritte Werkstatt dieser Art – machten die Lyoner Bürger auch noch etwas anderes, als Geige zu spielen?, dachte Fabienne amüsiert.

Der Koffer in ihrer Hand begann gerade schwer zu werden, als sie kurz vor dem Ende der Straße zu ihrer Rechten ein Restaurant entdeckte. Auf dem Schild über der breiten Fensterfront stand in schwungvollen Lettern »Le Bistrot du Lyon«, und der Name war in derselben Art noch mal mit weißer Kreide auf die gläserne Eingangstür geschrieben worden. Im nächsten Moment sah Fabienne, dass neben der Eingangstür ein Zettel angeschlagen war. »Servierkräfte gesucht!«

Sie runzelte die Stirn. Servieren konnte sie auch. Aber wollte sie das? Viel lieber wollte sie in einer Küche arbeiten. Sie ging weiter.

Die Rue endete, und Fabienne blieb wie vom Donner gerührt stehen. Was war denn das?

Sie hatte erwartet, auf einem kleinen Markt- oder Dorfplatz anzukommen. Doch die Place Bellecour war so riesengroß, dass wahrscheinlich ganze Salléles darauf gepasst hätte! Rund um den Platz standen einschüchternd prachtvolle Gebäude, deren Erdgeschosse Geschäfte, aber auch etliche Restaurants beherbergten. Bis sie die alle abgeklappert hatte, war der Tag vorbei, dachte Fabienne und schaute fassungslos auf das monströs große Reiterdenkmal in der Mitte des Platzes. Sie ließ ihren Blick weiter schweifen und sah, dass sich hinter dem Platz steil ein Hügel erhob, auf dessen Anhöhe eine Kathedrale stand. Gehörte der Hügel auch noch zu Lyon?

Es nutzte nichts – irgendwo musste sie anfangen. Fabienne beschloss, als Erstes die Häuserfront zu ihrer Rechten abzulaufen. Einen Markt oder einen Gemüseladen, wo sie etwas Proviant hätte kaufen können, sah sie nicht, dafür aber eine Apotheke, ein Geschäft mit Polstermöbeln, ein Restaurant, das so elegant wirkte, dass Fabienne sich im Leben nicht getraut hätte einzutreten, eine Buchhandlung und tatsächlich noch einen Geigenbauer. Sie kam an einem weiteren überaus eleganten Restaurant vorbei – davor standen sogar zwei livrierte Herren. Eine Bank in einem über und über mit Stuck verzierten Gebäude folgte als Nächstes, dann noch ein Restaurant, das neben einem sehr offiziell aussehenden Gebäude lag. Beide Häuser schienen dieselbe Kundschaft zu haben – streng aussehende Herren in schwarzen Anzügen.

Hier war sie völlig verkehrt!, dachte Fabienne stirnrunzelnd. Ihr taten inzwischen nicht mehr nur die Füße weh vom vielen Laufen, sondern auch ihr Rücken vom Schleppen des Gepäcks. Abrupt verließ sie den Platz und ging in die nächstbeste Querstraße. Sie brauchte dringend eine Pause, und Hunger hatte sie auch. Vielleicht würde sie ein wenig abseits ein Gasthaus finden, das nicht ganz so edel und teuer aussah?

Das Mère Boucher lag in einer Seitenstraße. Es gab ein kleines Fenster und eine Holztür, auf der der Name stand. Im Gegensatz zu den Restaurants, die Fabienne zuvor gesehen hatte, wirkte es alles andere als einschüchternd – vielmehr einladend und gemütlich. Und so hatte sie auch keine Scheu einzutreten. Sogleich kam ihr eine Woge Essensduft, Zigarettenrauch und der leicht säuerliche Geruch von billigem Rotwein entgegen.

Fabienne lächelte. Genauso hatte es bei ihnen zu Hause gerochen, im Winter, wenn sie in der Küche anstatt auf der Terrasse aßen.

Fast alle Tische waren bis auf den letzten Platz besetzt, nur ganz hinten, wo es in die Küche zu gehen schien, war an einem kleinen Zweiertisch noch ein Platz frei. Auf Fabiennes fragenden Blick hin wies das Serviermädchen sie an, dort Platz zu nehmen. Der Mann, der dort schon saß, war vermutlich Mitte vierzig und attraktiv. Sein eleganter Anzug samt Einstecktuch und Krawatte wirkte so teuer, dass Fabienne ihn eher als Gast in einem der teuren Restaurants an der Place Bellecour vermutet hätte.

Am liebsten wäre sie wieder gegangen. Sie konnte sich doch nicht einfach zu dem Fremden an den Tisch setzen!

Doch der Mann nickte ihr freundlich zu. Ein wenig gehemmt setzte sie sich und ließ unauffällig ihren Blick schweifen. Der Raum war nicht besonders hell, dafür aber behaglich eingerichtet. Tischdecken gab es keine, doch auf jedem Tisch stand eine irdene Vase mit ein paar grünen Zweigen. An den Wänden hingen ein paar einfache Ölgemälde, sie waren vom Stil her gleich, wahrscheinlich alle von demselben Maler. Das eine zeigte einen Korb voller Äpfel, das nächste eine Birne, an der sich Wespen gütlich taten, auf dem dritten Bild war ein Bauer bei der Heuernte zu sehen.

Im nächsten Moment schon hielt das Serviermädchen Fabienne eine Tafel vor, auf der fünf Gerichte standen. Mit einem Stück Kreide strich sie das oberste Gericht – ein *Bœuf bourguignon* – durch, dann fragte sie geschäftig: »Madame?«

»Ich nehme den Eintopf«, erwiderte Fabienne, die zum ersten Mal in ihrem Leben mit »Madame« tituliert worden war. Der Eintopf war das günstigste Gericht auf der Tafel.

Satt wurde sie hier, dachte Fabienne, als ein zweites Serviermädchen mit zwei Tellern, auf denen sich Fleisch, Gemüse und Kartoffeln häuften, an ihr vorbeiging. Und heiß waren die Speisen, den dampfenden Kartoffeln nach zu urteilen, auch.

Ihr Tischnachbar hielt eine Karaffe Wein hoch. »Darf ich Ihnen von meinem Wein anbieten? Ich habe meinen Durst wohl überschätzt, es wäre schade, wenn ich ihn stehen lassen müsste.«

»Einen Schluck nehme ich gern«, sagte Fabienne und war froh, dass ausgerechnet an diesem Tisch noch ein Platz frei gewesen war. Bei den zwei alten Herren am Nebentisch, die unentwegt ihre Pfeifen pafften und dabei vor sich hin grummelten, hätte sie nicht unbedingt sitzen wollen. Und bei den drei jungen Handwerksburschen, die alle paar Minuten grölend auflachten, auch nicht.

Der Mann schenkte ihr erst Wein ein, dann hielt er fragend die Wasserkaraffe hoch.

Fabie zeigte lächelnd auf ihr Weinglas. »Vielen Dank, aber hören Sie bitte auf, mich zu bedienen! Ich bin das nicht gewohnt, müssen Sie wissen.«

»Lassen Sie mir doch die Freude – schließlich erlebe ich es nicht alle Tage, dass ich mit einer Landsmännin zu Mittag essen darf«, erwiderte der Mann galant. »Sie kommen doch aus dem Süden, *non?*«

»Oje, hört man das, kaum dass ich den Mund aufmache?« Fabienne runzelte die Stirn.

»Nun ja, ich schätze, dass Sie meine Herkunft auch längst herausgehört haben«, erwiderte er und verzog das Gesicht.

Sie lachten beide.

Der Mann, er hieß Gaston Lefabre und war ein Geschäftsmann aus Beziers. Er kam regelmäßig nach Lyon, um Seide zu ordern, die er dann in seinem Einrichtungsgeschäft in Form von Vorhängen, Wandbespannungen oder als Polsterstoff für Möbel weiterverkaufte.

»Mit dem Mère Boucher haben Sie eine gute Wahl getroffen«, sagte Lefabre, »wann immer ich in Lyon bin, komme ich hierher zum Essen.«

»Sie kennen sich also aus mit den Restaurants in Lyon?« Fabienne trank von ihrem Wasser-Weingemisch.

»Das wäre zu viel gesagt, ich kenne höchstens eine Handvoll. Da es mir widerstrebt, mein schwer verdientes Geld in einem der teuren Restaurants an der Place Bellecour auszugeben, gehe ich lieber zu den ›Mères Lyonnaises‹.«

Fabiennes Augen leuchteten auf. Sie erzählte dem Mann, dass sie von ihrer Zimmerwirtin in Beaucaire das erste Mal von den *Mères* erfahren hatte. »Ich konnte zuerst gar nicht glauben, dass es wirklich Frauen gibt, die ein eigenes Restaurant besitzen. Das ist nämlich auch mein Traum, müssen Sie wissen. Doch wo ich her-

komme, hält man das für unmöglich!« Sogar Stéphanie hatte sie deswegen ausgelacht, schoss es Fabienne
durch den Kopf.

»Nun, es braucht sicher ein wenig Erfahrung und
Lebensreife, um solch einen großen Traum in die Tat
umzusetzen, und dazu noch das nötige Kleingeld…«,
sagte Gaston Lefabre vorsichtig. »Aber unmöglich ist es
nicht!«, fügte er eilig hinzu, als wollte er nicht als Spielverderber gelten.

Fabienne lachte. »Im Augenblick wäre ich schon glücklich, wenn ich eine Arbeit als Küchenhilfe oder Beiköchin fände.«

»Sehr gut – ein Schritt nach dem andern, da sind Sie
hier in Lyon goldrichtig! Bei den *Mères* werden Sie viel
lernen. Alle, die ich bisher kennengelernt habe, sind
Frauen mit Erfahrung und Können. Etliche haben einst
für reiche Fabrikanten gekocht. *Mère* Boucher, bei der
wir heute zu Gast sind, war sogar die Köchin des Lyoner
Bürgermeisters, stellen Sie sich das vor!«, erzählte der
Seidenstoffhändler.

Fabienne nickte, sichtlich beeindruckt. »Und wissen
Sie zufällig auch, wo Madame Boucher das Kochen gelernt hat?«, fragte sie leise.

Lefabre, der Gefallen an dem Thema gefunden zu
haben schien, zuckte mit den Schultern. »Sie hat mir
einmal erzählt, dass sie aus den Dombes kommt – das
ist eine fruchtbare Gegend zwischen Lyon und den
Alpen, wo viel Ackerbau und Fischzucht betrieben wird.
Ihrer Familie gehört ein Bauernhof, sie war das siebte
von neun Kindern. Mit siebzehn wurde sie schwanger
von einem ihrer Kuhhirten, daraufhin setzte ihr Vater

sie und den Hirten vor die Tür. Der Mann suchte wohl das Weite, und Madame Boucher stand allein da. Als ledige Mutter hatte sie es bestimmt nicht leicht…« Der Seidenstoffhändler seufzte.

Fabienne spürte, wie sich alles in ihr verkrampfte. Da verbot sie sich jeden Gedanken dieser Art, und nun kam das Thema ausgerechnet am Tisch eines Fremden auf…

Sie war froh, als Lefabre weitersprach. »Doch *Mère* Boucher hatte Glück und fand eine Anstellung als Kindermädchen in einer großen Molkerei am Rand von Lyon. Als deren Köchin wegen einer Krankheit ausfiel, durfte sie an den Herd. Das war wohl der Anfang ihrer Karriere als Köchin. Jahre später war der Bürgermeister zu Gast bei besagtem Molkereibesitzer – als er Madame Bouchers Essen genoss, bot er ihr sofort eine Stellung in seinem Haushalt an!«

Fabienne nickte beeindruckt. »Und… « Abrupt brach sie ab, als eine große, schlanke Frau mit weißer Schürze und einem Teller Eintopf auf sie zukam. Sie trug eine Brille, und ihre Haare hatte sie zu einem strengen Dutt zusammengebunden, den sie anstatt mit einer Haarnadel mit einer Gabel zusammenhielt. Die Frau war Fabienne auf Anhieb sympathisch.

»Wenn man vom Teufel spricht…«, murmelte Gaston Lefabre leise. »Madame Boucher – was für eine Ehre!«, rief er laut.

»Ehre? Pah, ich muss doch einen meiner liebsten Gäste begrüßen!«, sagte die Frau, dann stellte sie den Teller vor Fabienne ab. »Mademoiselle – *bon appétit!*«

Fabienne lachte auf.

Die *Mère* und Lefabre schauten sie verwundert an.

»Verzeihen Sie«, sagte Fabie eilig. »Es ist nur so ... *Mademoiselle bon appétit* wurde ich zu Hause immer gerufen, von den Schiffsleuten, die bei uns zu Mittag aßen.«

Die Wirtin schmunzelte. »Dann stammen Sie also auch aus der Gastronomie?«

Fabienne zuckte mit den Schultern. »Wie man's nimmt. Mein Vater betreibt eine Schleusenstation am Canal du Midi, meine Mutter bereitete Mahlzeiten für die Schiffsleute zu, die bei uns Halt machten. Von Kindesbeinen an half ich *Maman* beim Kochen und Bedienen«, sagte Fabienne. »Jetzt suche ich Arbeit in Lyon. Wenn ich fragen darf ... Wissen Sie zufällig, wo eine Küchenhilfe oder Beiköchin gesucht wird?«

Mère Boucher dachte einen langen Moment nach, sowohl Gaston Lefabre als auch Fabienne hielten unwillkürlich die Luft an.

Doch dann sagte die Wirtin mit einem bedauernden Kopfschütteln: »Von einer freien Stelle in einer Restaurantküche ist mir derzeit nichts bekannt, aber wenn Sie mögen, halte ich die Ohren offen.«

»Das wäre schön, vielen Dank«, sagte Fabienne und konnte die Enttäuschung nicht aus ihrer Stimme fernhalten.

Die *Mère* wandte sich an den Seidenhändler. »Monsieur Lefabre, wie lange werden Sie in Lyon sein?«

Während die beiden sich unterhielten, konnte sie genauso gut essen, bevor alles kalt wurde, dachte Fabie. Es war eigentlich nur eine gewöhnliche Suppe mit Lauch, Karotten und Kartoffelstückchen, ein paar Fleisch- und gebrühte Wurststückchen schwammen auch darin.

Doch kaum hatte sie den ersten Löffel im Mund, war gar nichts mehr gewöhnlich. Was für einen sahnigen Schmelz der faserige Lauch besaß! Und wie erdig-süß die Kartoffeln schmeckten! Und das Fleisch, kernig und zart zugleich... Stirnrunzelnd tauchte Fabienne ihren Löffel wieder ein und nahm diesmal nur von der golden glänzenden Brühe. Anstatt sie herunterzuschlucken, ließ sie die Brühe im Mund kreisen wie einen Schluck kostbaren Wein. Bilder von einer grünen Weide mit gesunden Kühen erschienen vor ihrem inneren Auge, ein Gemüseacker, auf dem sich eine Lauchstange an die andere reihte, eine Bank, auf der sie saß, friedlich beschienen von der Sonne. Irritiert löffelte Fabienne ein Kartoffelstückchen auf und zerdrückte es mit ihrer Zunge. Keine gewöhnliche Kartoffel – der Geschmack erinnerte sie eher an die gerösteten Kastanien, die auf dem Marktplatz von Sallèles im Winter verkauft wurden.

»Diese Suppe schmeckt unvergleichlich gut!«, platzte sie heraus. »Was um alles in der Welt haben Sie damit nur gemacht?«

Die *Mère* schaute von dem Gespräch mit ihrem Lieblingsgast auf. »Was soll ich damit gemacht haben?«, sagte sie amüsiert. »Ich koche lediglich jede Gemüsesorte separat, bevor alles in die Fleischbrühe kommt. Freut mich, dass es Ihnen schmeckt, *Mademoiselle bon appétit!*«

Fabienne hatte auf einmal einen Kloß im Hals. Die Art, wie die Wirtin mit ihr sprach, dass sie sich ihren Spitznamen gemerkt hatte – und ihn benutzte... Schon lange hatte Fabienne sich nicht mehr so willkommen geheißen gefühlt. Sie suchte noch nach Worten, um ihren

Gemütszustand zu beschreiben, als die Augen der Wirtin plötzlich aufleuchteten.

»Mir fällt doch gerade etwas ein!«, sagte sie. »Das Bistrot du Lyon ein paar Straßen weiter sucht gerade händeringend nach einer Servicekraft, Annabelle hat dort gestern nämlich alles hingeworfen.« Sie zeigte lächelnd auf das Serviermädchen, das Fabienne die Tafel vorgehalten hatte. »Simon – also der Wirt vom Bistrot – ist ein ziemliches Ekel und behandelt seine Leute nicht sonderlich gut, irgendwann wird es dort jedem zu viel. Aber davon abgesehen würden Sie bei ihm bestimmt viel lernen – das Bistrot gibt es schon sehr lange, es läuft wie ein fein eingestelltes Uhrwerk und hat viele Stammgäste. Und es müsste ja nicht für immer sein, nur so lange, bis Sie Fuß gefasst haben.« Sie zwinkerte Fabienne aufmunternd zu. »Aber sagen Sie bloß nicht, dass Sie von mir kommen – Simon Grecco ist nämlich stinksauer, dass Annabelle nun bei mir arbeitet.«

Fabienne nickte nachdenklich. An besagtem Restaurant war sie vorhin vorbeigelaufen, und den Zettel hatte sie ja gesehen. Sollte sie es tatsächlich dort versuchen?

»Vielen Dank für den Tipp! Ich werde Monsieur Simon gleich einen Besuch abstatten«, sagte Fabienne und hatte es plötzlich eilig, ihren Teller leer zu essen.

Kapitel 32

»Sehr verehrte Mademoiselle Stéphanie Morel – ist es Ihr freier und fester Entschluss, hier und heute mit dem Anwesenden die Ehe zu schließen, so antworten Sie bitte mit ›Ja, ich will!‹« Der Standesbeamte blickte die Braut über den Rand seiner Brille hinweg ernst an.

»Ja, ich will…«, hauchte Stéphanie und schaute ihren Bräutigam verliebt an.

Eine blasse Wintersonne fiel an diesem 20. Januar 1882 in einem schmalen Dreieck in die nüchterne Amtsstube des Rathauses von Nizza und wirbelte Staubpartikel durch die Luft.

Der Standesbeamte nickte, machte sich in seinen Unterlagen eine Notiz, dann schaute er wieder auf. »Sehr verehrter Monsieur Jules Grelier, dann stelle ich auch Ihnen die Frage – wollen Sie die hier anwesende Stéphanie Morel…«

Eine halbe Stunde später spazierten die Frischvermählten Hand in Hand über die gut besuchte Promenade am Palais de la Jetée.

Immer wieder fiel Stéphanies Blick auf ihr Handgelenk. Ein goldenes Kettenarmband baumelte daran, an dem Anhänger unterschiedlicher Art befestigt waren. Ein mit Diamanten besetztes Kreuz. Ein Ring mit einem mehrkarätigen Smaragd. Ein goldenes, perlenbesetztes Herz. Ihr Hochzeitsgeschenk. Kein anderer als Jules wäre auf diese Idee gekommen, dachte sie entzückt und erfreute sich an dem leisen Klirren, das bei jeder ihrer Bewegungen ertönte.

Sie hatte heute früh auf dem Bett ihres Hotelzimmers gelegen, schläfrig, noch satt von der vorgezogenen Hochzeitsnacht, als Jules das Armband wie aus dem Nichts hervorgezogen hatte. In Wellenbewegungen hatte er es dann über ihren nackten Körper wandern lassen, als wäre es eine Schlange. Erst ihre Beine hinauf, dann über ihre Scham, wo das Kreuz sich in den Haaren verfing, dann weiter über ihre hervorstehenden Hüftknochen. Ihre Brustwarzen waren steif geworden, als er das Armband spielerisch um sie hatte kreisen lassen. »Eheringe sind etwas für Langweiler«, hatte er geflüstert, und sie hatte sich ihm erregt entgegengereckt. »An dem Armband sind noch genügend Ösen frei – jedes Mal, wenn wir etwas Aufregendes erleben, wird ein Anhänger als Erinnerung dazukommen.« Bevor sie das Schmuckstück hatte anschauen können, hatte er es in hohem Bogen auf das neben dem Bett stehende Sofa geworfen. Dann hatte er sie genommen, hart und ausdauernd, und sie hatte vor Lust geschrien.

Besser konnte es ihr wirklich nicht gehen, dachte Stéphanie, während das Casino in Sichtweite kam. Für ihr Hochzeitsdinner hatte Jules nicht im Hotelrestaurant, sondern im Casino einen Tisch reservieren lassen. Nur für sie zwei. Ihre Trauzeugen waren die beiden Vorzimmerdamen des Standesbeamten gewesen, Gäste hatten sie nicht eingeladen. Jules hatte es so gewollt, und Stéphanie hatte sich gefügt.

Erst vor einer Woche hatte Jules ihr einen Heiratsantrag gemacht. Sie hatten sich zufällig getroffen, im Café de Cante in Carcassonne. Nach einem aufwühlenden Tanz und zwei Gläsern Wein hatte sie ihm heulend gestanden, wie sehr ihr vor der bevorstehenden Hochzeit mit Oscar grauste. Dass sie sich fühlte wie ein wildes Tier, das in einen viel zu engen Käfig eingesperrt werden sollte. Und dass sie sich mit dem Gedanken trug, einfach abzuhauen.

»Dann heirate doch mich! In meinem Beruf wäre eine Ehefrau an meiner Seite von großem Vorteil«, hatte er lässig erwidert. »Wir zwei wären ein unschlagbares Paar, und langweilig wäre es bei uns keine Minute, versprochen.« Jules und sie? Einen Moment lang hatte Stéphanie geglaubt, sich im Trubel des Lokals verhört zu haben. Aber er hatte ihr tatsächlich einen Heiratsantrag gemacht.

Dass sie ihm gefiel, hatte sie schon länger gewusst – warum sonst kaufte er ihr jedes Mal die Tanzbühne frei? Aber dass er sie heiraten wollte …

»Das hört sich an, als würdest du einen Geschäftspartner suchen«, hatte sie erwidert. »Wenn ich heirate, soll es aber die große Liebe sein!«

»Und wer sagt dir, dass es die zwischen uns nicht geben kann?« Er hatte sie eindringlich angesehen, und zu ihrem Erstaunen hatte sie in seinen Augen eine Ernsthaftigkeit entdeckt, die in einem starken Kontrast zu der Flapsigkeit seines Antrags stand.

Seltsamerweise hatte sie in diesem Moment ausgerechnet an Sabrine Sarda denken müssen. So fühlte es sich also an, wenn einem ein Wunder widerfuhr...

»Ja!«, hatte sie spontan gerufen, »Ja, ja, ja!« Und dann hatte sie Jules geküsst, so innig wie noch nie einen Menschen zuvor. Die anderen Gäste im Café hatten johlend gepfiffen und anzügliche Bemerkungen gemacht, sie sollten doch besser nach Hause gehen – und tatsächlich war die Leidenschaft, die sie für Jules Grelier empfand, in dem Moment größer gewesen als die für den *Flamenco*-Tanz.

Ein Wunder, nicht mehr und nicht weniger.

Und nun waren sie tatsächlich Mann und Frau, dachte Stéphanie belustigt, während um sie herum ein buntes Gemisch fremder Sprachen ertönte – französisch schienen die wenigstens zu sprechen. Die Flanierenden schienen bester Stimmung zu sein, sie lachten und wirkten sorgenfrei. Obwohl Stéphanie eins ihrer elegantesten Kleider trug, war sie in der Menge der Urlauber nur eine attraktive Frau von vielen.

Schon seit einigen Jahren war Nizza bei wohlhabenden Briten als Überwinterungsort sehr beliebt, auch adelige Russen auf der Flucht vor ihrem allzu strengen Winter residierten dann hier, hatte Jules ihr erklärt, als er Nizza als Ort für ihre Eheschließung vorschlug. Da er sowieso geschäftlich in Nizza zu tun hatte, würde sich das doch anbieten.

Stéphanie war auch dies recht gewesen. Überhaupt

war ihr *alles* recht, solange sie nur nicht Oscar de Carneval heiraten musste.

Sie warf ihrem Ehemann einen stolzen Blick zu. Jules war alles, was sie vom Leben erwartete. Er war abenteuerlustig, eine Spur geheimnisvoll, er war ein guter und leidenschaftlicher Liebhaber und ein noch besserer Geschäftsmann. Ganz genau wusste sie zwar immer noch nicht, womit er eigentlich sein Geld verdiente, aber es interessierte sie auch nicht. Was viel wichtiger war – er war kein bisschen langweilig!

Nun war sie also verheiratet, genauso, wie ihre Mutter es gewünscht hatte. Stéphanie stieß einen tiefen Seufzer der Zufriedenheit aus, wenn sie an ihr Abschiedsgespräch dachte.

»Du kommst hier hereinspaziert und erzählst uns wie nebenbei, dass du dich nun doch gegen Oscar entschieden hast und einen anderen heiraten willst? Bist du des Wahns?« Delphine Morel war vor Entsetzen und Ungläubigkeit einer Ohnmacht nahe gewesen. Taumelnd hatte sie sich auf die Chaiselongue im Salon sinken lassen. Ihr Mann Albert war eilig zur Anrichte gegangen und hatte zwei Gläser mit Cognac gefüllt, eins davon hatte er an Ort und Stelle heruntergekippt.

»Wer ist überhaupt dieser Mann, der dir derart den Kopf verdreht hat, dass du nicht mehr klar denken kannst?«, hatte er seine Tochter angeherrscht.

»Ich habe noch nie so klar gedacht wie jetzt«, hatte sie ihrem Vater entgegnet. »Mit Oscar wäre ich nur unglücklich geworden, er ist einfach nichts für mich! Jules Grelier hingegen ist der perfekte Mann für mich.«

»Du, du, du – wie immer zählst nur du! Wie es uns

dabei geht, kümmert dich anscheinend nicht«, hatte ihre Mutter vom Sofa aus geschluchzt. »Ein Hochzeitsversprechen aufzulösen – was für ein Skandal! Damit sind wir in der Gesellschaft ein für alle Mal ruiniert…« An dieser Stelle hatte Delphine einen Weinkrampf bekommen.

Natürlich hatte sie, Stéphanie, versucht, ihre Mutter zu beruhigen. Doch ganz gleich, was sie auch gesagt hatte – Delphine hatte sich nicht beruhigen lassen.

»Alles haben wir für dich getan, alles! Aber Undank ist der Welten Lohn, nicht wahr?«, sagte sie bitter.

In diesem Moment war es ihr, Stéphanie, zu dumm geworden. »Was habe ich euch denn zu verdanken?«, hatte sie lauter als nötig geantwortet. »Eine arrangierte Ehe mit einem Mann, der Vaters Weingut vor dem Ruin retten soll? Muss ich dafür auf die Knie fallen vor lauter Dankbarkeit? Ich dachte, euch liegt das Glück eurer Tochter wenigstens ein bisschen am Herzen. Aber scheinbar habe ich mich getäuscht. Du, *Maman*, wirfst mir vor, dass ich immer nur an mich denke. Aber in Wahrheit tust du genau dasselbe!« Voller Genugtuung hatte sie gesehen, wie Delphine bei diesen Worten kreidebleich wurde. Ja, die Wahrheit tat manchmal weh, hatte sie gedacht, dann war sie auf Nimmerwiedersehen aus dem Haus gegangen.

Für diese Erinnerung brauchte sie nicht einmal einen Anhänger an ihrem Armband, ging es Stéphanie jetzt durch den Kopf, dieses Gespräch würde sie auch so nie vergessen.

Sie atmete tief durch. Ja, sie hatte es allen gezeigt!

Ihrer Mutter, die immer alles besser wusste, die sie ein Leben lang gegängelt und nicht ernst genommen hatte. Oscar und seiner Familie, die glaubten, dass sie sich mit Geld alles kaufen konnten. Und Fabienne würde sich auch wundern, wenn sie wüsste, dass sie das Chateau ebenfalls verlassen hatte! Das hätte die Küchenhilfe ihr bestimmt nicht zugetraut.

Nun war sie, Stéphanie, die wahre Rebellin! Während Delphine im Chateau saß und Fabienne in irgendeiner Küche Gemüse putzte, war sie frei!

Stéphanies Blick wanderte über die Promenade hinweg aufs Meer, wo ein paar Möwen ihre Kreise zogen. Sie nahm ihren Ehemann an der Hand, drehte sich übermütig wie im Tanz um die eigene Achse. »Du und ich – uns kann keiner einsperren, wir sind frei wie die Vögel!«

Jules Grelier lachte. »Hoffen wir, dass du damit recht behältst, *ma chère*!«

Kapitel 33

Fabiennes Arbeitstag begann auch an ihrem Geburtstag am 16. Mai um elf – nur montags hatte sie frei, da
hatte das Bistrot geschlossen. Niemand wusste, dass sie
heute neunzehn Jahre alt wurde, und Fabienne hatte
auch nicht vor, dies jemandem auf die Nase zu binden.
Alle dachten ja, sie sei ein paar Jahre älter.

Normalerweise ging sie erst später aus dem Haus,
doch heute war sie schon um halb neun unterwegs. Normalerweise sparte sie jeden Centime, doch heute wollte
sie sich ein Frühstück gönnen. Und danach hatte sie
noch etwas anderes vor.

Sie warf ihrem Spiegelbild in einem der Schaufenster
rund um die Place de la République einen zufriedenen
Blick zu. Schlank war sie schon immer gewesen – selbst
nach der Geburt von Victor –, doch dank der vielen Stunden, die sie im Bistrot täglich auf den Beinen war, wo
sie zwischen Küche und Speisesaal hin und her sprang,
war sie nun erst recht durchtrainiert und drahtig. Ihre
Haltung war ebenfalls schon immer graziös und auf-
recht gewesen, schließlich hatte Violaine ihren Töchtern
beigebracht, mit erhobenem Kopf und nach hinten ge-

reckten Schultern durchs Leben zu gehen. Doch seit sie als Serviermädchen arbeitete, waren ihre Bewegungen lockerer, ja geschmeidiger geworden. Ihr Hüftschwung brachte ihr nicht nur den einen oder anderen anerkennenden Blick der männlichen Gäste ein – er war im engen Gedränge des Bistrots mit seinem ständigen Kommen und Gehen unverzichtbar, wollte sie die Speisen sicher an die Tische bringen.

Was sich in den letzten zwei Jahren auch verändert hatte, waren ihre Haare – das einstige Kastanienbraun hatte einen leicht rötlichen Schimmer bekommen, der sie sehr an Violaines Haar erinnerte. Ach *Maman*, du fehlst mir noch immer, dachte Fabienne seufzend. Doch lange hielt der melancholische Moment nicht an – dazu war der Maitag viel zu schön!

Nie hätte Fabienne geglaubt, dass Lyon, das ihr bei ihrer Ankunft wie eine steinerne Häuserwüste vorgekommen war, einmal so ergrünen und erblühen würde! Wo zuvor kahle Bäume trostlos in den Himmel ragten, gab es nun schattige Alleen. In den einst nackten Blumenkästen vor den Fenstern der Bürgerhäuser blühten trichterförmige blaue Mauritius-Pflänzchen mit Sommerazaleen und Wandelröschen um die Wette. Sogar an den Straßenlaternen hingen prall mit Blumen bepflanzte Drahtkörbe und sorgten dafür, dass *Presqu'île* farbenfroh und einladend wirkte.

Schwungvoll öffnete Fabienne die Tür zu der Bäckerei, die ein paar Häuser von ihrem Zimmer entfernt lag.

»*Bonjour*, Christine, wie geht's?«

»*Bonjour*, Fabienne, gut geht es mir, und dir?«

»Wenn ich zwei deiner köstlichen Croissants bekomme,

geht's mir immer wunderbar«, erwiderte Fabienne lachend, dann fragte sie nach der Gesundheit von Christines Bruder, dessen Fuß letzte Woche zwischen zwei Fuhrwerke geraten war.

Inzwischen kannte sie die meisten Geschäfte in »ihrem« Viertel, und da viele der Geschäftsleute und Kunden im Bistrot zu Mittag aßen, kannte man auch sie. Von Carcassonne hatte sie, wund im Herzen, nicht viel kennengelernt. Das sollte in Lyon anders werden, hatte sie gleich bei ihrer Ankunft beschlossen. Und so unternahm sie, wann immer ihre Zeit es erlaubte, kleine oder größere Spaziergänge. Alles hatte sie von der Stadt trotzdem noch nicht gesehen, denn an ihren freien Montagen musste sie auch Wäsche waschen und die Löcher in ihren Socken stopfen, die sie sich im Laufe der Woche hineinlief.

Mit der Gebäcktüte in der Hand bog Fabienne nach links ab zum Rhône-Ufer, wo sie auf einer der zahlreichen Sitzbänke Platz nahm. »Alles Gute zum Geburtstag!«, murmelte sie vor sich hin, dann biss sie von ihrem Croissant ab.

Ja, sie konnte sich aufrichtig gratulieren. In den fünf Monaten, in denen sie nun hier war, hatte sich ihr Leben wirklich gut entwickelt. Sie hatte ein günstiges und sauberes Souterrainzimmer bei einem freundlichen, älteren Ehepaar – die Lage an der Place de la République war perfekt für sie, denn bis zum Bistrot waren es nur wenige Gehminuten.

Die Arbeit als Serviermädchen im Le Bistrot du Lyon machte ihr Spaß, auch wenn ihr Chef Simon Grecco so launisch war wie das Wetter im April. Sie war zum ersten Mal in ihrem Leben Teil einer Mannschaft. Die weiße *brigade de cuisine* hielt sich zwar für etwas sehr viel Besseres als die schwarze Brigade, zu der sie als Serviermädchen gehörte. Doch auch die Köche wussten, dass der Restaurantbetrieb nur dann reibungslos lief, wenn sie alle an einem Strang zogen, und so waren die Frotzeleien, die zwischen Küche und Service hin und her flogen, die meiste Zeit zwar derb, aber freundschaftlich.

Bis Fabienne akzeptiert worden war, hatte es jedoch einige Wochen gedauert. Zu ihrem Entsetzen hatte sie festgestellt, dass man in Lyon Südfranzosen grundsätzlich als faul betrachtete! Dieses Vorurteil hatte Fabienne nicht nur wütend gemacht, es hatte auch Ehrgeiz in ihr entfacht. Sie würde allen zeigen, wie fleißig und hart im Nehmen sie war! Und tatsächlich, als die anderen mitbekommen hatten, wie klaglos Fabie zehn Stunden Arbeit überstand und dabei immer freundlich zu Gästen und Kollegen war, war ihr der Respekt ihrer Kollegen sicher gewesen.

Doch Respekt hin oder her – eins durfte sie auch nach fünf Monaten noch nicht: in der Küche mitarbeiten. Nicht einmal aushilfsweise wurde sie in die »heiligen Hallen« gelassen!

Für Fabienne war das mehr als ein Wermutstropfen – ihr fehlte das Kochen so sehr, dass es an manchen Tagen fast körperlich wehtat. Einmal wieder Möhren putzen und in kleine Würfelchen schneiden! Ein Brathähnchen mit Knoblauch und Olivenöl einreiben und dann zusehen, wie es Stunde für Stunde im Bräter knuspriger wurde! Sie sehnte sich selbst nach so banalen Tätigkeiten, wie einen Fisch auszunehmen oder Erbsen zu pulen.

Dennoch gelang es ihr, ihren jetzigen Posten als Vorbereitung für spätere Zeiten zu betrachten. Wenn sie erst einmal ein eigenes Restaurant hatte, wusste sie wenigstens aus eigener Erfahrung, was ein guter Kellner, ein gutes Serviermädchen alles können musste!

Fabienne zerbröselte das letzte Stück ihres Croissants in kleine Krümel und warf sie den lauernden Möwen zu. Doch statt aufzustehen, blieb sie noch einen Moment sitzen. Wie sich die Platanen im Wasser der Rhône spiegelten... Sie schaute so fasziniert auf die Spiegelung, dass sie plötzlich nicht mehr wusste, wo oben und unten war. Während sie sich an der Bank festhielt und darauf wartete, dass das Schwindelgefühl vorüberging, musste sie über sich selbst schmunzeln.

Nie hätte sie geglaubt, dass sie, die ja am Wasser aufgewachsen war, das Lebensgefühl in *Presqu'île* zwischen den zwei Flüssen als so... besonders empfinden würde! Doch inzwischen war ihr klar geworden, dass der von Menschenhand angelegte Canal du Midi mit einem natürlichen Fluss wie der Saône und der fast doppelt so langen Rhône außer dem Element Wasser nichts gemeinsam hatte.

Nicht nur sie war fasziniert von den vielen Stimmungen an der Rhône und der Saône – sie erkannte schnell, dass es allen Menschen, die in *Presqu'île* wohnten oder auch nur zur Arbeit hierherkamen, so erging. An manchen Tagen schimmerten die Flüsse hellgrün wie Peridots. Dann sprudelte ihr Wasser wie Quellwasser, roch frühlingshaft und machte übermütig. An anderen Tagen wiederum krochen die Rhône und die Saône wie zwei bräunliche träge Würmer an der Halbinsel vorbei, und verrottetes Holz, zerschlagene Dachziegel, Tierkadaver schwammen darin. Dann hing ein süßlicher Geruch nach Moder und Verwesung in der Luft. Wieder an anderen Tagen, wenn Nebel über dem Wasser waberte, verschwand die ganze Halbinsel im Dunst, und die Lyoner Bürger stöhnten vor Schwermut. Und im Februar, als es zwei Wochen am Stück geregnet hatte, hatten sie angstvoll den Pegelstand des Wassers im Blick gehabt. Wohin Fabienne auch gekommen war, überall hatte es nur ein Thema gegeben – würde ein weiteres Hochwasser drohen? Im Laufe der Jahre traten die Flüsse immer mal wieder übers Ufer, überschwemmten Straßen und rissen alles mit, was nicht niet- und nagelfest war.

Was Stéphanie wohl sagen würde, wenn sie wüsste, dass sie, Fabienne, nun in Lyon lebte?, schoss es ihr urplötzlich durch den Kopf. Sie und Sophie schrieben sich sporadisch, und so wusste sie, dass auch Stéphanie das Chateau verlassen hatte, und zwar kurz nachdem sie, Fabienne, gegangen war. Anscheinend hatte Stéphanie geheiratet, allerdings nicht den Mann, den ihre Eltern für sie vorgesehen hatten. Ob ihr das neue Leben besser schmeckte als das alte? Konnte sie nun ihrer Leidenschaft, dem *Flamenco*-Tanz, frönen? Und war sie glücklich?

Warum hatte sie eigentlich noch nicht versucht, über Sophie herauszufinden, wie Stéphanie nach ihrer Heirat hieß und wo sie wohnte? Dann hätten sie sich ebenfalls schreiben können. Doch die Frage war – wollte sie das überhaupt? Bis heute war es ihr nicht gelungen, ihre Beziehung zu der charismatischen und widersprüchlichen Tochter des Chevalier Morel zu entschlüsseln. Einerseits hatte sie Stéphanie wirklich gemocht, andererseits war sie ihr mit ihrer Sprunghaftigkeit und der scharfen Zunge ein wenig unheimlich gewesen. Bei Stéphanie hatte sie eigentlich nie richtig gewusst, woran sie war... Wahrscheinlich würde sie in Bezug auf Lyon auch nur irgendeine schnippische oder ironische Bemerkung machen, dachte Fabienne. Doch dann schob sie die Gedanken energisch beiseite.

Heute fing ein neues Lebensjahr an, und es sollte ein gutes werden! Von Trübsal blasen war noch nie etwas besser geworden, das wusste sie inzwischen. Natürlich schaute sie unwillkürlich in jeden Kinderwagen, der ihr auf den Straßen begegnete. Natürlich weinte sie sich nachts oft in den Schlaf. Trotzdem gelang es ihr schon längst, mit dem Schmerz zu leben, ihn nicht übermächtig werden zu lassen. Der liebe Gott würde ihr ihren Sohn wiederbringen, wenn Er es für richtig hielt. Bis dahin wollte Fabienne eine gute Köchin werden und ihren Traum vom eigenen Restaurant verfolgen, so dass sie ihrem Sohn später etwas zu bieten hatte.

Schwungvoll stand sie auf. Ihre Arbeit begann erst in zwei Stunden – Zeit genug für das, was sie vorhatte...

So sparsam Fabienne auch war – den Luxus, ab und zu essen zu gehen, gönnte sie sich inzwischen. Bei *Mère* Boucher war sie sogar schon drei Mal zu Gast gewesen, jedes Mal war die *Mère* an ihren Tisch gekommen, und sie hatten ein paar Worte gewechselt. Bei ihrem letzten Besuch hatte Fabienne zu ihrer Freude auch den südfranzösischen Seidenhändler wiedergetroffen. Als er sie sah, hatte er sogleich darauf bestanden, dass sie ihm an seinem Tisch Gesellschaft leistete. Und anschließend hatte er sogar kommentarlos ihre beiden Eintöpfe bezahlt.

Ob in Gesellschaft oder allein – jedes Mal, wenn Fabienne ein Restaurant betrat, wurde sie vom selben Zauber erfasst, den sie bei ihrem ersten Restaurantbesuch, damals mit Stéphanie in Narbonne, verspürt hatte – ihr kam es vor, als würde sie mit einem Streich in eine andere, friedlichere und sehr viel schönere Welt versetzt. Eine Welt, in der das größte Problem, mit dem man sich herumschlug, in der Frage bestand, ob man die gebratene Scholle oder das Kalbsragout nehmen sollte. Eine Welt, in der jeder gleich gut behandelt wurde, sei es nun der Bankier, der Tischler oder sie, das einfache Serviermädchen. Eine Welt, in der es gut roch, in der gelacht und geschäkert wurde und in der man über die Welt im Allgemeinen und im Besonderen parlierte. Streit, hitzige Debatten, aufgeregte Szenen hingegen hatte Fabienne noch nie erlebt – wer ins Restaurant ging, wollte sein Essen in Frieden genießen.

Anstatt zur Eingangstür des Mère Boucher zu gehen, die um diese Zeit noch geschlossen war, spazierte Fabienne eine Straße weiter. Dort gab es eine Hintertür zur Küche, hatte sie erst kürzlich entdeckt. Sie überlegte noch, ob sie anklopfen sollte – was wahrscheinlich niemand gehört hätte – oder einfach eintreten, als durch die Tür hindurch die sonore Stimme der *Mère* ertönte.

»Die Petersilie! Wo bleibt die Petersilie?«

»Herrgott, Jean! Die Kalbsnieren sind ja noch immer nicht gewässert!«

»Warum steht die Butter nicht kühl? Wie soll ich meine Soße mit lauwarmer Butter montieren?«

Fragen und Befehle wie Schüsse aus einer Pistole! Fabienne grinste, drückte die Tür auf und stand im Gemenge einer Küche morgens um halb zehn, wie sie es von zu Hause oder dem Chateau kannte.

Die *Mère* schaute auf, hatte schon eine scharfe Bemerkung ob der Störung auf den Lippen. Doch dann sah sie, dass es Fabienne war. »Ah, *Mademoiselle bon appétit!* Pardon, aber das Restaurant ist noch geschlossen.«

»Ich will nicht stören«, sagte Fabienne eilig. Sie zog ein Glas aus ihrer Tasche und stellte es vorsichtig auf einen der Arbeitstische. »Für Sie – Erdbeeren eingelegt in Zucker und Cognac! Ich wollte mich schon lange bedanken für Ihren Tipp mit dem Bistrot. Sie hatten recht – ich lerne dort wirklich sehr viel!«

»*Merci!*«, sagte die *Mère*, die gerade dabei war, ein Huhn von überflüssigem Fett und Sehnen zu befreien, erstaunt. »Aber das wäre nicht nötig gewesen. Dass wir Frauen uns gegenseitig helfen, ist doch selbstverständlich.« Sie nickte in Richtung der Arbeitsflächen, wo Gemüse, Fische, Fleisch und andere Zutaten darauf warteten, verarbeitet zu werden. »Am liebsten würde ich Ihre Erdbeeren gleich probieren, aber hier ist gerade ein großes Durcheinander. Meine Beiköchin Lucie ist mit ihrem Sohn im Krankenhaus, er hat sich den Arm gebrochen. Jean hilft mir, so gut es geht, dabei ist er eigentlich mein *plongeur*.«

»Wenn Sie mögen – meine Arbeit im Bistrot beginnt erst in einer Stunde, ich hätte also Zeit ...«

Die *Mère* schaute sie erstaunt an. »Sie wollen mir helfen?«

Mère Boucher hatte ihre Frage noch nicht zu Ende gesprochen, da krempelte Fabienne schon ihre Ärmel hoch.

Fabie putzte Gemüse. Fabie schnitt Zwiebeln und Knoblauch. Fabie trennte Eier und bereitete angeleitet von *Mère* Boucher einen Pfannkuchenteig zu. Fabie hackte Rosmarin, Thymian, Majoran und Salbei und mörserte die Kräuter mit Salz, bis eine duftende Streuwürze entstand.

»Tut das gut, mal wieder in einer Küche zu stehen!«, rief sie, während ihr von den aufsteigenden ätherischen Ölen ganz schwindlig war.

Der *plongeur*, von seiner Chefin zum Fische ausnehmen verdonnert, warf ihr einen verständnislosen Blick zu.

Die *Mère* schob sich schmunzelnd die Brille auf der Nase hoch. »Dann gehören Sie auch zu den Verrückten, die nur glücklich sind, wenn sie am Herd stehen?«

»Das kann man wahrscheinlich so sagen.« Fabienne lachte ebenfalls. »Schon mehr als einmal habe ich der Küchenbrigade im Bistrot meine Hilfe angeboten, aber sie lassen mich nicht mal dann in die Küche, wenn sie in Arbeit ertrinken! Warum trauen sie mir nichts zu?« Sie zog eine Grimasse, dann schnappte sie sich einen Kohlrabi und schälte ihn.

»Darum geht es nicht«, sagte die *Mère*. »Bis jemand vom Küchenhelfer zum *saucier* oder gar *cuisinier* aufsteigt, können Jahre vergehen. Jeder dieser Männer will deshalb beweisen, wie gut er ist und wie unentbehrlich. Wenn du, äh, ich meine Sie als Frau jetzt daherkommen und zeigen, was Sie alles können, verlieren die Männer ihr Gesicht, verstehst du?«

Fabie, der ganz warm ums Herz wurde, weil die *Mère* sie – wenn auch eher versehentlich – geduzt hatte, sagte nachdenklich: »So habe ich das noch gar nicht gesehen.«

Mère Boucher nickte. »Wusstest du, äh, Sie, dass euer Koch Alphonse früher Feldkoch in der Armee war?«

Fabienne lachte. »Sie dürfen mich gern duzen! Ich heiße Fabienne!«

»Dann duzt du mich aber auch, ich heiße Cathérine«, erwiderte die *Mère* lächelnd. »Zurück zu eurem Küchenchef. Er hat dort nicht nur für ganze Soldatenregimenter gekocht, sondern bestimmt auch einen ausgeprägten Sinn für Hierarchien mitbekommen – bei ihm schneit keiner einfach herein und schwingt das Gemüsemesser«, fügte die Wirtin ironisch an. Sie gab das Hühnerfett zusammen mit den Sehnen in eine heiße Pfanne, wo es sofort zu zischen und brutzeln begann. Zwiebelschalen und klein geschnittenes Gemüse folgten, die Pfanne kühlte daraufhin etwas ab, das Brutzeln wurde leiser.

Sophie bereitete auf ähnliche Art einen Soßenansatz zu, nur so viel Wein und fein gehackte Zitronenschale gab sie nicht dazu, erinnerte sich Fabienne. »Das erklärt natürlich einiges, aber helfen tut es mir nicht«, sagte sie. »Inzwischen ist es schon so, dass ich spätabends, wenn ich heimkomme, meine schmerzenden Füße ignoriere und irgendetwas koche, ohne Herd!«

Die *Mère* schaute sie amüsiert und interessiert zugleich an. »Ohne Herd kochen – geht das denn?« Sie nickte auffordernd in Richtung des Kräutersalzes, das Fabienne zuvor gemörsert hatte.

»Kochen ist vielleicht der falsche Ausdruck«, sagte diese und zog eine Grimasse. »Aber in dem Mörser, den ich neulich gekauft habe, kann ich beispielsweise Nüsse und frische Kräuter zu einer Crème verarbeiten, die ich dann mit einem Stück Baguette esse. Und auch aus ein paar Ölsardinen, Kräutern und etwas Zitronensaft kann ich mir einen kleinen Imbiss zubereiten. Ich tu also so, als würde ich kochen!«, sagte sie lachend und gab eine Fingerspitze Kräutersalz in die Pfanne.

Mère Boucher sah sie nachdenklich an. »Wie ich es vorhin vermutete – du gehörst wirklich zu den Verrückten, die ohne das Kochen nicht leben können. Ich schätze, Simon Grecco wird sich über kurz oder lang nach einem neuen Serviermädchen umsehen müssen…«

Einen Moment lang hielt Fabie die Luft an – hatte die *Mère* womöglich eine Idee, wo sie in der Küche arbeiten konnte?

Doch in dem Moment wurde die Hintertür aufgestoßen, und eine Frau mit einer steilen Stirnfalte und roten Wangen erschien. Ihre Haare waren mit Nadeln eng an ihrem Kopf befestigt. Die Frau nickte Jean und Fabienne zu, dann wandte sie sich ohne weitere Umschweife an *Mère* Boucher: »Cathérine – wie bereitest du einen Thunfisch nach provenzalischer Art zu?«

Ohne lange zu fragen, warum die Frau das wissen wollte, und ohne überlegen zu müssen, legte *Mère* Boucher los: »Ich spicke den Fisch mit ein paar Sardellenfilets – zu salzen brauchst du ihn dann nicht mehr. Dann brate ich gehackte Tomaten, Zwiebeln und viel Knoblauch an und lege den Fisch darauf. Ich übergieße alles mit einer schönen Bouillon und einem Grenache Blanc und lasse den Fisch dann am Rand vom Herd gar ziehen. Das Geheimnis jedoch sind die Kapern! Die gibst du kurz vorm Servieren zusammen mit einer Handvoll grob gehackter Petersilie über den Fisch.«

»Du nimmst einen Weißwein für Thunfisch?« Die Frau runzelte die Stirn. »Darauf wäre ich nie gekommen...« Sie lachte, dann küsste sie *Mère* Boucher links und rechts auf die Wange. »Du bist ein Schatz, *merci*! Heute Abend kommen ein paar Stadträte zu mir, einen davon habe ich vorhin auf dem Markt getroffen. Als er den Thunfisch sah, den ich eingekauft habe, hat er sich *Thon à la Provençale* gewünscht.« Sie winkte noch kurz, dann war sie so schnell weg, wie sie gekommen war.

»Das war Marie, sie ist auch eine der *Mères Lyonnaises*«, sagte *Mère* Boucher. »Ihr Restaurant liegt in der Rue Tupin. Ursprünglich kommt sie aus irgendeinem Dorf im Süden. Die Liebe führte sie nach Lyon. Aber ihr Mann – er besaß einen Handel für Webstühle – starb früh und hat ihr außer einem Berg Schulden nichts hinterlassen. Da beschloss Marie, Köchin zu werden!«

Fabienne nickte nachdenklich. Hatte die Schwester ihrer Herbergswirtin in Beaucaire nicht auch Marie geheißen? Warum nur hatte sie damals nicht nach deren Nachnamen gefragt? Sie hätte die Frau gern einmal besucht, um ihr zu sagen, dass es ihrer Schwester in Beaucaire zu verdanken war, dass sie, Fabienne, nun in Lyon lebte.

»Mit welcher Selbstverständlichkeit du deiner Konkurrentin geholfen hast!« Fabie schüttelte den Kopf. »Ich glaube, das würde ein männlicher Koch niemals tun!«

Die *Mère* winkte nur ab. »Wenn wir *Mères Lyonnaises* nicht zusammenhalten würden, wer dann?«

374

Kapitel 34

Punkt elf Uhr kam Fabienne im Le Bistrot du Lyon an. Wie jeden Tag ging sie als Erstes nach hinten in den Raum, wo sie ihre privaten Sachen ablegen und die Schürzen umbinden konnten. Auf dem ganzen Hinweg hatte sie ein altes Volkslied vor sich hin gesummt, so glücklich war sie.

»*Bonjour, chérie!*«, wurde sie von Yves begrüßt, der wie sie im Service arbeitete und gerade vor dem blinden Spiegel an der Wand seine Haare kämmte. »Heute gibt es Speckbohnen.« Er verzog das Gesicht.

»Oje, müssen wir um unsere Zähne fürchten?«, erwiderte Fabienne anstatt einer Begrüßung. Mit seinem offenen Gesicht, seinen stahlblauen Augen, den exakt gescheitelten Haaren und seiner aufrechten Statur sah Yves eher aus wie ein schneidiger Offizier der französischen Armee auf Heimaturlaub und nicht wie ein Kellner.

Täglich um Viertel nach elf wurde für die Bediensteten des Bistrots ein Mittagessen serviert. Das letzte Mal, als es Speckbohnen gegeben hatte, hatte sich einer der Köche an einem Knorpel einen Vorderzahn abgebrochen.

»Marcel sagt, bei den Kartoffeln sei auch Vorsicht geboten, er habe zwar die Keime großzügig rausgeschnitten, aber ...« Yves zuckte ergeben mit den Schultern.

Fabienne lachte. »Dann ist es ja gut, dass ich heute gefrühstückt habe!« So bekannt das Restaurant für seine gute Küche bei den Lyoner Bürgern war – so schrecklich war das Mitarbeiteressen, das aus billigen Zutaten bestand, die oftmals schon über die Zeit waren.

»Und – wie hast du deinen freien Tag verbracht?«, fragte sie, während sie sich über ihr schwarzes Kostüm eine adrette Schürze mit aufwendigen Volants band. Von der Köchin zum Serviermädchen – und das innerhalb einer halben Stunde, dachte sie amüsiert.

»Ach, *chérie*«, seufzte Yves abgrundtief und schaute sie traurig an. »Ich habe dir doch von Éleonore erzählt, *oui*?«

»Die Verkäuferin im Tabakladen vorn an der Ecke?«

»Genau die!« Yves' Seufzer wurde noch tiefer. »Es ist aus und vorbei. Es ging leider nicht anders ...«

»Lass mich raten – sie wollte von dir wissen, ob du es ernst mit ihr meinst, und da war dir mal wieder deine Freiheit wichtiger«, antwortete Fabienne lachend.

Yves Mazeau war nicht nur ihr Kollege, sondern auch ihr Freund. Wie sie kam auch er vom Land. Und wie sie hatte er als Kind und junger Mensch hart auf dem Hof der Familie mitarbeiten müssen, und das ohne freie Tage und ohne Bezahlung. Dass sie hier im Bistrot einen ganzen Tag in der Woche frei hatten, empfanden sie beide als puren Luxus. Davon abgesehen, dass der gemeinsame Hintergrund sie verband, mochten sie sich einfach unheimlich gern.

An ihren freien Montagen unternahmen sie oft gemeinsam etwas – Ausflüge, die Fabienne allein vielleicht nicht gewagt hätte. Ein langer Spaziergang am Ufer eines der Flüsse. Ein Picknick im Parc de la Tête d'Or. Da sie beide gern aßen, besuchten sie des Öfteren auch neue Restaurants – nur zu den *Mères* wollte Yves nicht gehen, das war ihm zu gewöhnlich. »Da hätte ich ja gleich zu Hause in den Dombes bleiben und bei meiner Mutter essen können«, meinte er. Fabienne lachte darüber, tief drinnen ärgerte sie sich jedoch ein bisschen – die *Mères Lyonnaises* waren ihr großes Vorbild und in ihren Augen alles andere als gewöhnlich! Aber das konnte Yves nicht wissen, denn ihren Traum, einmal ein eigenes Restaurant zu besitzen, hatte sie bisher für sich behalten.

Schon seit Ewigkeiten wollte er einmal mit ihr aufs Land fahren, zu seiner Familie, die eine Ziegenkäserei betrieb. Doch immer, wenn der Ausflug geplant war, hatte Yves einen anderen, spannenden Einfall, und die Landpartie wurde verschoben.

Fabienne kannte niemanden, der so viele Ideen hatte, das Leben so leicht nahm und so lustig und frech war wie ihr Kollege. Er brachte sie, die eher ernst durchs Leben ging, ständig zum Lachen, ob sie wollte oder nicht. Yves kannte außerdem jeden in Lyon, und jeder kannte ihn. Er wusste, wo ein neues Restaurant aufmachte. Er wurde eingeladen, wenn ein neues Tanzlokal öffnete. Er erfuhr als Erster, wenn der Zirkus in die Stadt kam, und wenn im Musée des Beaux-Arts eine Ausstellung gezeigt wurde, kannte er den Museumswächter, wurde garantiert umsonst hineingelassen und bekam prompt ein Glas Crémant gratis obendrauf. Umgekehrt gab Yves seinen Freunden die besten Fenstertische im Bistrot, außerdem teilte er freimütig all seine Geheimtipps und stellte Leute einander vor, wenn er glaubte, dass dies für diejenigen dienlich wäre.

Fabie liebte Yves für sein großes Herz und seine Großzügigkeit. Noch nie in ihrem Leben hatte sie eine beste Freundin gehabt, doch nun hatte sie einen besten Freund. Für sich allein hatte sie ihn jedoch nicht, denn ganz gleich, wo Yves auftauchte, flogen ihm die Herzen zu. Heute war es Éleonore aus dem Tabakladen, morgen die hübsche kleine Friseurin, übermorgen ein weiblicher Gast, auf den Yves ein Auge geworfen hatte – oder umgekehrt! Jedes Mal war er unsterblich verliebt. Jedes Mal endete die Liebschaft wieder, meist dann, wenn die Frauen ernsthafte Absichten von ihm erwarteten. Fabienne hatte sich inzwischen angewöhnt, nur noch mit halbem Ohr hinzuhören, wenn Yves von seinen Liebschaften erzählte. Auch sie fand ihn attraktiv, aber sich wieder verlieben? Nie im Leben!

Im nächsten Moment ertönte ein lauter Gong. Eilig zog Fabienne die Schleife ihrer Schürze glatt, dann gingen sie nach draußen. Simon Grecco konnte sehr ungemütlich werden, wenn jemand zu spät zum Mittagessen kam.

Für das Essen der Mitarbeiter wurden stets zwei Tische direkt vor dem Kücheneingang zusammengeschoben. Als Fabienne darauf zuging, ließ sie unwillkürlich ihren Blick durchs Restaurant schweifen. Wie jeden Abend hatte sie, nachdem der letzte Gast gegangen war, auch am Sonntagabend den Gastraum gekehrt, die Tische ab-

und wieder neu eingedeckt. Alles war perfekt, dachte sie zufrieden. Die Tischwäsche war blütenweiß, das Porzellan und Tafelsilber blitzblank, jedes Glas stand an seinem Platz.

In ihrer Anfangszeit war sie morgens eine Stunde früher gekommen, um einzudecken, doch mehr als einmal hatte Simon Grecco sie auf einen Botengang geschickt, oder es war etwas in der Speisekammer zu Bruch gegangen, und sie hatte die Spuren beseitigen müssen. An solchen Tagen war ihr die Zeit knapp geworden: Während sie noch dabei war, Gläser zu polieren, war schon das Essen für die Mitarbeiter aufgetragen worden, und sie hatte sich anhören müssen, sie sei langsam wie eine Schnecke! Nicht mit ihr, hatte sie beschlossen und ohne große Worte ihr neues System des abendlichen Eindeckens eingeführt. Seitdem begannen ihre Arbeitstage völlig entspannt.

»Gestern habe ich sieben Forellen in nur einer Stunde gefangen, Mann, ich dachte, sie springen mir bald freiwillig in den Eimer!« Arthur, der *poissonnier* des Bistrot, stopfte sich eine Gabel Speckbohnen in den Mund.

»Sieben in einer Stunde? Das ist ja großartig!«, sagte bewundernd Adam, der Küchenjunge, den Fabienne auf höchstens fünfzehn Jahre schätzte.

Matthieu, für Fleischgerichte zuständig, fragte: »Mit welchem Köder?«

Der Fischkoch schaute in die Runde, seine Augen glitzerten listig. »Was zahlt ihr mir dafür, dass ich euch mein Geheimrezept verrate?«

»Geheimrezept?« Alphonse lachte. »Dein Geheimrezept kannst du dir sonst wo hinstecken!«

»Wahrscheinlich pisst du einmal über die Mehlwürmer, und das ist dein Geheimrezept!«, rief Matthieu.

Die Tischrunde grölte. Fabienne tat so, als bekäme sie die unflätigen Reden nicht mit. Yves nutzte den Moment, um seinem Tischnachbarn José, einem der Beiköche von Alphonse, ein Stück Brot zu stibitzen.

»Habt ihr schon einmal eine gebratene Forelle im Crèpe-Teig gegessen?« Noch bevor jemand antworten konnte, begann Arthur mit einer ausschweifenden Beschreibung des Gerichts.

Fabienne, die sich so gut wie nie am Tischgespräch beteiligte, pickte in ihren Speckbohnen herum – sie schmeckten nach Mehl und Fett, aber nicht nach Bohnen. Und Speckwürfel hatte sie auch höchstens drei auf ihrem Teller gezählt. Sie warf Simon Grecco, der an einem separaten Tisch saß und Hummersuppe löffelte, einen wütenden Blick zu. Der Besitzer des Bistrots war nicht nur launisch und oft ungerecht, sondern ein Geizkragen obendrein – von ihm kam die Maxime, dass Alphonse für ihr Essen nur Reste verwenden durfte.

Fabienne verstand nicht, warum die Köche, allesamt gestandene Männer, nicht dagegen aufbegehrten. Betrachteten sie Greccos Geiz als eine Marotte, die man einfach akzeptieren musste? Gewundert hätte es sie nicht, denn die weiße Brigade selbst hatte auch genug Marotten...

Da war Arthur, der nicht nur jeden Fisch, den es auf den Märkten zu kaufen gab, auf Anhieb identifizieren konnte, sondern der auch jedes Fischgericht in Perfektion auf den Tisch brachte. Fabienne hatte noch nie erlebt, dass Arthur von etwas anderem redete als von seinem Metier. Er war von Fischen und Meeresfrüchten derart besessen, dass es sie nicht gewundert hätte, wenn er mit einer Garnele verheiratet wäre!

Oder da war der gutgläubige Küchenjunge Adam, der oft Zielscheibe war für den beißenden Spott der anderen.

Den Fleischkoch Matthieu mochte Fabienne am wenigsten. Er nahm sich so schrecklich wichtig! Jedes Mal, wenn sie in die Küche schaute und sah, wie er ein Stück Fleisch zerteilte, musste sie einen Lachanfall unterdrücken. Matthieu fuchtelte mit dem Messer herum, als wäre er ein Torero, der einen Stier erlegen musste. Einmal hatte er bei seiner Fuchtelei sogar versehentlich Adam am Oberarm erwischt, der daraufhin fürchterlich blutete.

Alphonse, der *chef de cuisine*, schnauzte Matthieu wegen dieser Marotte zwar regelmäßig an, doch sobald dieser mit »*Oui, Chef!*« antwortete, ließ er die Sache auf sich beruhen.

»*Oui, Chef!*« – das war hier im Bistrot die Zauberformel, hatte Fabienne schnell erkannt. Sowohl der Restaurantbesitzer als auch der Küchenchef bildeten sich ein, das Personal gut im Griff zu haben. Solange sie alle brav »*Oui, Chef!*« riefen, wenn Alphonse oder Simon Grecco ihnen einen ihrer Befehle erteilten, waren sie auf der sicheren Seite, ganz gleich, ob sie alles ausführten oder nicht. Insgeheim fand Fabienne das ein wenig lächerlich. Ihre Mutter hätte ihr etwas hinter die Löffel gegeben, wenn sie ihre Aufgaben nicht ordentlich erledigt hätte, so viel stand fest! Und wenn Sophie sagte, dies oder jenes musste getan werden, dann änderte daran auch zehnmal »*Oui, chef!*« nichts.

Doch trotz der unterschiedlichen Charaktere und verschiedenen Arbeitsauffassungen gelang es den Köchen, Tag für Tag alle Gerichte der Speisekarte zu kochen und damit viele Dutzende Gäste glücklich zu machen. Allein dafür bewunderte Fabienne die Männer.

Mehr Zeit, ihren Gedanken nachzuhängen, hatte sie nicht, denn im nächsten Moment wurde die Tischrunde aufgehoben, jeder ging wieder an seine Arbeit. Yves und sie räumten den Tisch der Mitarbeiter ab und deckten ihn neu für Gäste ein. In zehn Minuten öffnete das Bistrot, dann begann die erste von zehn Arbeitsstunden.

Als Fabienne an diesem Tag nach Hause kam, taten ihre Füße weh und ihr Rücken auch. Doch beides war ihr egal. Was für einen schönen Geburtstag hatte sie erlebt!, dachte sie und ließ sich auf ihr Bett fallen.

Ihr letzter Geburtstag in Salleles war geprägt gewesen von der Trauer um Violaine. Und im Mai vergangenen Jahres im Chateau Morel war sie schwanger gewesen. Nur dank Stéphanies Einsatz war sie nicht fortgeschickt worden. An ihren Geburtstag hatte sie angesichts dieser Umstände als Allerletztes gedacht.

Auch heute hatte niemand ihr gratuliert oder sie hochleben lassen. Und doch fühlte sich Fabienne reich beschenkt.

Es waren nicht Gedanken ans Bistrot, die ihr durch den Kopf gingen. Es war auch nicht ihre Freundschaft mit Yves. Für die war sie natürlich auch sehr dankbar, aber was sie heute so beglückte, waren die eineinhalb Stunden, die sie in *Mère* Bouchers Küche hatte verbringen dürfen. *Mère* Boucher ging so sorgsam mit Lebensmitteln um, als würde es sich bei jeder Kartoffel um ein rohes Ei handeln. So hatte sie es zu Hause bei *Maman* auch gelernt, und etwas anderes würde für sie nie in Frage kommen. Doch das war nicht der einzige Unterschied zwischen Le Bistrot du Lyon und dem Lokal von *Mère* Boucher! Wann immer diese in ihrer Küche abkömmlich war, ging sie von Tisch zu Tisch, um zu erfahren, ob es ihren Gästen schmeckte. Simon Grecco hingegen waren seine Gäste mehr oder weniger egal. Alles, was er von ihnen wollte, war ihr Geld, und so saß er die ganze Zeit nur an der Kasse. Konnte man es seinen Angestellten verdenken, wenn sie ähnlich dachten?

Plötzlich fiel Fabienne ein Ausspruch von Colette Laroque wieder ein. »Der Fisch fängt am Kopf an zu stinken!«, hatte die neue Frau ihres Vaters einmal gesagt. Wenn *sie* erst ihr eigenes Restaurant hatte – sie würde ihren Angestellten vorleben, dass man Gäste freundlich willkommen heißen musste und nicht nur als Goldesel betrachten durfte. So, wie Violaine und sie es auf der Terrasse der Schleusenstation getan hatten. *»Mademoiselle bon appétit!«* – so hatten die Gäste sie genannt.

Madame bon appétit – ob das ein geeigneter Name für ein Restaurant war?

Ein eigenes Restaurant… Manchmal, wenn sie ihre Ersparnisse zählte, die trotz aller Genügsamkeit unerträglich langsam anwuchsen, verlor Fabienne fast den Glauben an ihren Traum. Doch heute war er neu entfacht worden, einfach dadurch, dass sie erlebt hatte, mit welcher Selbstverständlichkeit Cathérine Boucher am Herd agierte. Wie sie eigenhändig, ohne sich mit jemandem abzusprechen, entschied, welche Gerichte es an diesem oder jenem Tag geben sollte. Wie souverän sie mit dem Ausfall ihrer Beiköchin zurechtgekommen war – souverän genug, um Fabiennes Hilfe anzunehmen.

Vielleicht würde es noch Jahre dauern, bis sie ihren Traum verwirklichen konnte. Aber eines Tages würde sie an ihrem eigenen Herd stehen und eigene Gerichte für ihre eigenen Gäste kochen!

Kapitel 35

Der Juni ging ins Land, dann der Juli. Der Gluthitze des Südens gelang es nicht, in den Norden bis Lyon vorzudringen, und so war es selbst an den wärmsten Tagen immer noch angenehm. Von den Flüssen her wehte eine leichte Brise, die nach Tang und Fisch roch. Wenn Fabienne die Augen zumachte, konnte sie sich manchmal vorstellen, am Meer zu sein.

Victors erster Geburtstag am fünften August fiel auf einen Samstag. Fabienne, die die ganze Nacht geweint hatte, erschien mit rot geränderten Augen zur Arbeit. Ihre Kollegen dachten alle, sie habe Liebeskummer, und sie ließ sie in diesem Glauben.

Mit versteinerter Miene und ebenso versteinertem Herzen bediente sie die Gäste, räumte Geschirr ab, schenkte Wein nach. Reiß dich zusammen, ermahnte sie sich immer wieder. Doch allen guten Vorsätzen zum Trotz schossen ihr bei jedem Kind, das an der Hand seiner Mutter vor den Fenstern des Bistrots vorbeiging, bei jedem Kinderwagen, der stolz vorbeigeschoben wurde, die Tränen in die Augen, und sie musste nach hinten in den Raum für die Beschäftigten gehen, um sich wieder zu fangen. Ein

Jahr war Victor nun schon alt! Ging es ihm gut? Hatte er jemanden, zu dem er *Maman* sagte? Konnte er womöglich schon erste Schritte laufen? Dass er von irgendjemandem, der sich sehnlichst ein Kind wünschte, gestohlen worden war, stand für sie inzwischen fest. Die Vorstellung, dass ihr Sohn höchstwahrscheinlich in einer anderen Familie lebte, war schmerzlich und tröstlich zugleich.

Zum Glück war Simon Grecco verreist – er hätte sie ansonsten bestimmt auf der Stelle rausgeworfen, so, wie sie sich heute benahm!

Als der letzte Gast gegangen, der letzte Tisch abgeräumt und wieder neu eingedeckt war, zeigte die Uhr halb elf. Weg, einfach nur weg! Nach Hause in ihr Zimmer, wo sie ihren Tränen wieder freien Lauf lassen konnte, dachte Fabienne, während sie ohne ein Wort des Abschieds die Eingangstür aufdrückte.

Im nächsten Moment kam von hinten eine Hand und zog die Tür wieder zu.

»Du glaubst doch nicht, dass ich dich allein nach Hause gehen lasse!« Yves schaute sie halb streng, halb amüsiert an. »Ich bin vieles, aber kein schlechter Freund.«

»Ach Yves«, stieß Fabienne gequält aus. »Ich weiß, du meinst es gut, aber …«

»Es gibt Tage, die hält man nur mit einem Glas Wein aus, oder zweien, oder dreien«, wurde sie von ihm unterbrochen. Er hielt ihr seinen linken Arm hin. »Komm, lass uns was trinken gehen!«

Den ganzen Tag über war es schon ungewöhnlich heiß gewesen, und nun, in der Nacht, hatte sich eine feuchte, blütenduftgeschwängerte Schwüle über die Stadt gesenkt, die das Atmen schwer machte. Trotz oder vielleicht auch wegen der Schwüle war am Ufer der Rhône noch ziemlich viel los. Lyonnaiser, die den von der Sonnenglut aufgeheizten Mauern ihrer Stadthäuser entkommen wollten, waren genauso unterwegs wie Liebespaare auf der Suche nach Abgeschiedenheit. Junge Männer, in deren Augen die Lust auf Abenteuer zu lesen war, und alte Männer, die der Einsamkeit entkommen wollten.

In der Ferne blitzte immer wieder Wetterleuchten auf, leises Donnergrollen war zu hören. Bestimmt gewitterte es bald, dachte Fabie gleichgültig, während sie an Yves' Arm auf die Bar Esplanade zusteuerte, die um diese Uhrzeit noch offen hatte. Sie hatten Glück, denn direkt vor ihnen standen Gäste auf und machten somit einen Tisch am Wasser frei.

»Und nun sag – was ist los mit dir?«, fragte Yves, kaum dass die Bedienung eine Karaffe Rotwein und zwei Gläser vor ihnen abgestellt hatte.

Fabienne schaute ihn mit leerem Blick an. »Ich weiß, du meinst es gut, aber manche Dinge werden auch dann nicht besser, wenn man über sie spricht.« Sie hob ihr Glas, prostete ihm zu, dann trank sie einen großen Schluck. Vielleicht hatte Yves recht, und Alkohol half wirklich?

Er zuckte mit den Schultern, dann trank auch er.

Der Wind wurde heftiger und wehte staubige Blätter von den umstehenden Platanen, und auch Fabiennes innerer Aufruhr nahm zu. Sie waren bei der zweiten Karaffe Wein angelangt, als sie zu reden anfing. Erst zögerlich, dann immer flüssiger sprudelten die Worte aus ihr heraus. Sie erzählte von Eric, dem Kindsvater, der sie im Stich gelassen hatte. Sie erzählte von Stéphanie und dem Chateau. Tränen schossen ihre Wangen hinab, als sie von Victor sprach, ihrem wunderbaren, schönen Sohn, den selbst der starke Name, den sie ihm verliehen hatte, nicht vor dem Verschwinden hatte retten können. Allein seinen Namen nach so langer Zeit in den Mund zu nehmen, war verstörend und erlösend zugleich. Victor. Victor. Victor.

Warum sie Yves ins Vertrauen zog, wusste Fabienne selbst nicht. War der unruhige Wind, der das Wasser des Flusses zum Kräuseln brachte, die Ursache? War es der süßliche Duft der gelb blühenden Nachtkerzen, der vom Flussufer zu ihnen herüberwehte? Er war auch durchs Fenster ihrer Kate gekommen, als sie in den Wehen gelegen hatte, damals, vor einem Jahr im Chateau... Fabiennes Augen glänzten, als sie von ihrem Sohn erzählte, den sie am liebsten gar nicht mehr aus dem Arm gegeben hätte. Er war so klein gewesen, ihr *bébé*, und hatte sie mit seinen großen Augen so vertrauensvoll angeschaut.

Yves hörte zu, aufmerksam, traurig, ganz auf sie konzentriert. Irgendwann nahm er ihre Hand, hielt sie fest, drückte sie. Fabienne kam es so vor, als würde er ihr damit die Kraft verleihen, ihm auch von jenem unheilvollen 25. Oktober zu erzählen, dem Tag, an dem Victor verschwand. Sie erzählte von dem Milchstau in ihren entzündeten Brüsten, davon, wie sie aus der Küche davongerannt war, um Victor zu stillen und Erleichterung zu bekommen. »Er war nicht mehr da, verstehst du? Victor war weg, einfach weg, vom Erdboden verschwunden, als hätte es ihn nie gegeben«, flüsterte sie rau.

»Nein, ich versteh das nicht – derjenige, der dein Kind gestohlen hat, muss doch von irgendjemandem bemerkt worden sein? Dumme Frage, ich weiß.« Yves verzog den Mund.

»Die Gendarmerie, unzählige Freiwillige, Jäger mit ihren Jagdhunden... Alle haben sich umgeschaut und umgehört, aber nirgendwo gab es auch nur die geringste verfolgungswürdige Spur. Für kurze Zeit verdächtigte die Polizei sogar mich, meinem Sohn etwas angetan zu haben!«, endete sie bitter.

»Die sind doch verrückt.« Er beugte sich ihr über den Tisch entgegen. »Ich weiß gar nicht, was ich sagen soll, das ist alles so schrecklich! Allein die Vorstellung... Ich an deiner Stelle wäre verrückt geworden.«

Fabienne nickte verloren.

»Dieser Eric ist so ein Schwein! Wie konnte er dich in diese Bredouille bringen? Wie hat er denn die Suche nach dem Kind unterstützt?«

»Ach, Eric!«, sagte Fabienne wegwerfend. »Er weiß ja noch nicht einmal, dass er einen Sohn hat. Wenn schon, dann musst du die Schuld bei mir suchen. Ich habe einfach nicht gut genug auf Victor aufgepasst...« Sie begann erneut, leise zu weinen.

»O Fabienne...« Yves schob seinen Stuhl zu ihr herüber und nahm sie in den Arm.

Nach einer gefühlten Ewigkeit hatte sie sich wieder beruhigt. »Danke«, sagte sie leise.

Yves verzog den Mund. »Und was glaubst *du*, was mit deinem Sohn geschehen ist? Wer könnte ihn entführt haben?«

»Über diese Frage grüble ich, seit er verschwunden

ist«, sagte Fabienne düster. »Ich glaube, nein – ich *weiß* –, dass ihm nichts passiert ist, das spüre ich tief in mir. Wenn ich an Victor denke, sehe ich ihn vor meinem inneren Auge in einer Familie, mit einer fremden Mutter, einem fremden Vater, vielleicht sogar mit fremden Geschwistern…« Ihr Blick verlor sich über dem Fluss. Ging es ihm gut? Wusste die Familie überhaupt, dass er heute Geburtstag hatte? Bekam er von *Maman* einen extra Kuss, gab es als Geschenk eine neue Hose, ein neues Leibchen? War die neue *Maman* eine bessere, als sie es gewesen war?

»Aber warum sollte eine fremde Familie deinen Sohn rauben?«

Fabienne zuckte mit den Schultern. »Vielleicht konnte die Frau keine eigenen Kinder bekommen und wollte deshalb meines haben?«

»Aber das heißt doch, dass derjenige überhaupt etwas von der Existenz deines Sohnes gewusst haben musste. Du sagtest vorhin, das Chateau liege sehr einsam… Das würde dann ja bedeuten, dass jemand aus deinem Umfeld Victor geraubt hat!«

»Der Gedanke kam mir natürlich auch, aber ich kann mir beim besten Willen nicht vorstellen, wer das sein sollte! Die Familie Morel, Stéphanie, jeder einzelne Gärtner, jede Kammerzofe, jeder Stallbursche – alle wurden von der Gendarmerie befragt, und keinem würde ich je so etwas Grausames zutrauen. Wie sehr kann sich ein Mensch verstellen? Wäre es jemand aus dem Umfeld des Chateaus gewesen, hätte es doch im Laufe der Suche irgendeinen Hinweis darauf gegeben, oder? Wahrscheinlich war derjenige, der meinen Jungen mitgenommen hat, zu dieser Zeit schon längst über alle Berge!« Sie schüttelte verzweifelt den Kopf. »Diese Ungewissheit… Das ewige Grübeln… Manchmal fühle ich mich wie hundert Jahre alt, dabei bin ich noch keine zwanzig.«

Yves drückte erneut ihren Arm. »Was hältst du davon, wenn wir beide in den Süden fahren? Vielleicht hat sich in der Zwischenzeit eine neue Spur ergeben, der wir nachgehen können.«

Fabienne lachte traurig auf. Eine neue Spur – dafür betete sie jede Nacht. »Würde es irgendwelche Hinweise auf Victors Verbleib geben, wüsste ich das. Sophie und ich stehen in Briefkontakt – nicht regelmäßig, aber hätte sich etwas Neues ergeben, dann würde sie mir sofort schreiben.«

Einen langen Moment schwiegen sie beide, während ganz in der Nähe ein Blitz aufleuchtete und Sekunden später Donnergrollen zu hören war.

Yves warf ein paar Münzen auf den Tisch, dann stand er auf. »Lass uns gehen, bevor das Gewitter anfängt!«

Noch während Fabienne sich erhob, kam sie ins Taumeln. Hilfesuchend klammerte sie sich an Yves' Arm. »Oje, der Wein…«, sagte sie und wusste nicht, ob sie lachen oder schon wieder weinen sollte.

Untergehakt liefen sie durch die Nacht, das Gewitter, das von Osten heranzog, folgte ihnen in gebührendem Abstand.

»Ich muss hier nach rechts«, sagte Fabienne und zeigte in Richtung der Place de la République.

Doch Yves schüttelte den Kopf. »Du glaubst doch nicht im Ernst, dass ich dich heute Nacht allein lasse? Du schläfst bei mir.«

»Und deine Wirtsleute?«, fragte Fabienne stirnrunzelnd.

»Die sind es gewohnt wegzuschauen, wenn ich Damenbesuch bekomme«, antwortete Yves achselzuckend. »Nicht dass ich dich als Damenbesuch titulieren würde!«, fügte er eilig an, als er Fabiennes erschrockenen Blick sah. »Wir werden Arm in Arm einschlafen wie Bruder und Schwester...«

Als Fabienne am nächsten Morgen erwachte, bemerkte sie gleich mehrere ungewohnte Dinge auf einmal. Da war zum einen der stechende Schmerz, sobald sie den Kopf auch nur ein wenig vom Kopfkissen hob. Da war zum andern das Kissen selbst, das nach einer fremden Seife roch. Der feuchte Fleck an der Wand war ihr auch fremd. Und dann der Duft nach Kaffee und frischen Croissants – wo war sie?

Als es ihr schließlich gelang, sich aufzurappeln, war das Erste, was sie sah, Yves, der an einem Tisch über eine Landkarte gebeugt saß. Schlagartig kam die Erinnerung zu ihr zurück.

Ihr nächtliches Trinken. Ihre Beichte. Das Gewitter, vor dem sie sich gerade noch rechtzeitig in Sicherheit gebracht hatten. Die ganze Nacht hatte der Sturm an den Fensterläden gerüttelt, Blitze hatten in gespenstischer Schönheit Yves' Kammer erhellt. Fabienne, erschöpft vom langen Tag, ihren Emotionen und dem vielen Wein, hatte sich immer enger an den Freund geschmiegt. Seine Wärme war so tröstlich gewesen, dass sie irgendwann eingeschlafen war.

Gott sei Dank war es nicht auch noch dazu gekommen, dass sie – berauscht von Wein und Emotionen – miteinander geschlafen hatten! Es reichte schon, dass sie ihr Herz auf der Zunge getragen hatte. Freund hin, Freund her – nicht einmal ihr wahres Alter hatte Yves bisher gekannt, und nun kannte er fast jedes ihrer Geheimnisse! Sie stöhnte leise auf. Warum hatte sie nicht einfach ihren Mund gehalten?

»Fabienne, du bist schon wach?« Yves schaute zu ihr herüber. Im nächsten Moment saß er bei ihr am Bett. »Ich habe mir etwas überlegt«, begann er ohne Umschweife. »Wie wäre es, wenn wir bei Grecco kündigen und uns im Süden nach Arbeit umschauen? Und dann beginnen wir ganz neu mit der Suche nach deinem…«

»Nein!«, unterbrach Fabienne ihn so scharf, dass ihr der Kopf erneut schmerzte. Sie verzog das Gesicht und sagte sanfter: »Es ist sehr lieb von dir, dass du mir helfen willst. Und sähe ich auch nur die kleinste Chance, Victor zu finden, würde ich noch heute aufbrechen. Natürlich frage ich mich auch immer wieder, ob es ein Fehler war wegzugehen! Aber wenn ich geblieben wäre – wo hätte ich noch suchen sollen?« Sie schaute Yves verzweifelt an. »Südfrankreich ist keine Stadt wie Lyon! Da gibt es Hunderte kleine Orte, teils am Canal du Midi, teils im Hinterland. Dazu kommen unzählige einsame Gehöfte – in der *Garrigue*, im Schwarzen Gebirge, im Nirgendwo. Wenn jemand einen Säugling verstecken will, dann gelingt ihm das in der dünn besiedelten Landschaft vorzüglich. Wir könnten Jahre damit verbringen, nach Victor zu suchen – solange der liebe Gott nicht will, dass mein Sohn und ich wieder zusammenkommen, bliebe jede Suche erfolglos!« Sie legte mit verzerrtem Gesicht eine Hand auf ihre Brust, als könnte sie so den Schmerz dort wegdrücken.

»Aber... heißt das, dass du die Suche nach deinem Sohn einfach aufgeben willst?« Yves schaute sie an, entsetzt, fassungslos.

»Die *aktive* Suche habe ich aufgegeben, ja«, bestätigte Fabienne mit so fester Stimme wie nur möglich. Sie schaute Yves an, flehentlich und unnachgiebig zugleich. »Es muss mir gelingen, mit meinem Schmerz zu leben – solche Tage wie gestern darf ich nicht mehr zulassen, sonst werde ich wirklich verrückt! Deshalb wäre ich dir dankbar, wenn du alles vergisst, worüber wir gesprochen haben. Darüber zu sprechen reißt nur immer wieder alte Wunden auf. Und danach fühlt sich das Loch in meinem Herzen doppelt so groß an.«

Yves sprang auf, schaute sie aus entsetzten Augen an. »Dein Sohn ist dir geraubt worden! Und du willst so tun, als wäre nie etwas gewesen, und alles totschweigen? Tut mir leid, aber das kapiere ich nicht.« Er schnappte seinen Schlüssel, im nächsten Moment knallte die Zimmertür, und weg war er.

Fabienne schaute ihm mit leerem Blick nach. Nun hatte er auch noch ihr letztes Geheimnis entdeckt – dass sie eine schlechte Mutter war.

Kapitel 36

Fabienne war gerade dabei, ihre Tasche im Raum für die Mitarbeiter zu verstauen, als Yves auf sie zukam.

»Was ich heute früh gesagt habe, war unmöglich!«, murmelte er zerknirscht. »Ich habe es nicht so gemeint, wirklich! Ich... könnte mich selbst ohrfeigen! Aber es bricht mir einfach das Herz, dich so leiden zu sehen – ich würde alles für dich tun, das weißt du!«

Fabienne nickte stumm. Ja, das wusste sie. »Entschuldigung angenommen«, sagte sie mit einem kleinen Lächeln.

»Im Ernst?«, fragte Yves mit hochgezogenen Brauen nach.

»Im Ernst«, sagte Fabienne. Yves war ihr Freund, natürlich verzieh sie ihm ein paar schnell dahingesagte Worte, und wenn sie ihr noch so wehgetan hatten. »Ich bin froh, dass ich mal alles loswerden konnte. Lange genug habe ich die Geschichte in mich hineingefressen.« Aus den Augenwinkeln sah sie, dass Simon Grecco vom Flur aus in die Kammer stierte, um zu sehen, was sie dort trieben.

Yves war die Erleichterung ins Gesicht geschrieben.

»Wir wollten doch schon seit Ewigkeiten mal in die Dombes zu meiner Familie fahren – was hältst du davon, wenn wir das morgen endlich tun?«

»Ein Ausflug? Morgen?« Fabie runzelte die Stirn. Manchmal konnte sie Yves' schnellen Themenwechseln nur schwer folgen.

»Morgen ist unser freier Tag, und ein kleiner Tapetenwechsel täte uns beiden bestimmt gut«, sagte Yves, während er sich seine Kellnerschürze umband.

»Einverstanden!« Wenn das seine Art von Versöhnungsangebot war, warum nicht?

Sie fuhren erst ein kurzes Stück mit dem Zug, dann wurden sie von einem Pferdefuhrwerk mitgenommen. In einem kleinen Weiler namens Saint-Marcel endete ihre Fahrt. Yves drückte dem Mann dankend ein paar Münzen in die Hand. Dann schnappte er sich Fabiennes Hand und sagte: »Von hier aus müssen wir zu Fuß gehen.«

Fabienne war das nur recht. Es war ein herrlicher Sommertag, die Sonne verschwand immer wieder hinter ein paar harmlosen Wolken und sorgte für ein lebhaftes Spiel aus Licht und Schatten. Schon jetzt spürte sie, wie gut es tat, wieder einmal aus der Stadt hinauszukommen.

»Die Gegend hier, ›Les Dombes‹, ist eine Art Hochebene, umringt von Bergen. Hier lebt meine Familie schon seit vielen Generationen auf einem kleinen Bauernhof. Uns gehören mehrere Ziegenherden, aus deren Milch stellt mein Bruder vorzüglichen Käse her«, erzählte Yves, nachdem sie die paar Häuser des Weilers hinter sich gelassen hatten. »Ziegenhaltung ist in den Dombes eher ungewöhnlich, die allermeisten leben vom Ackerbau oder der Fischzucht.« Er zeigte auf einen Fischweiher zu ihrer Rechten.

Schon während sie mit der Kutsche unterwegs gewesen waren, hatten sie nur noch kleinere Dörfer passiert und hier und da mal ein einsam gelegenes Gehöft – inzwischen gab es nicht einmal mehr die.

»So viel Natur hab ich schon lange nicht mehr gesehen«, sagte Fabienne lachend. »Ich habe das Gefühl, ich bin in einer Märchenwelt gelandet, in der es statt Erde nur noch Wasser gibt!« Wohin sie auch schaute – überall gab es Seen, es gab Tümpel, es gab Fischteiche, und dazwischen Hunderte von Mulden, die sich einfach mit Regenwasser gefüllt zu haben schienen. Manche Gewässer schienen so frisch und rein zu sein, dass Fabienne Lust auf einen Sprung ins kühle Nass verspürte. Andere Wasserflächen waren morastig braun. Alle paar Meter änderte sich auch der Geruch. Wenn sie an einem der Fischteiche entlanggingen, roch es nach Algen und Fisch, dann wieder roch es faulig-süß nach Verwesung und zwischendurch fast fruchtig wie ein grüner Apfel!

Fabienne schüttelte verwundert den Kopf. Eine Straße sah sie nicht, nur noch mehr oder weniger befestigte Wege, die zwischen den Gewässern hindurchführten, so wie der moosige Weg, über den sie gerade gingen. Hie und da erblickte Fabienne außerdem Getreidefelder, auf denen üppig der Weizen und Hafer stand. Wer sich hier nicht auskannte, würde sich für immer verlaufen, dachte sie.

Yves lachte. »Du liegst gar nicht so falsch. Die Älteren

erzählen den Kindern heute noch Märchen von bösen Hexen, die unfolgsame Kinder hinab in den Sumpf ziehen! Aber keine Angst, an meiner Seite bist du sicher.« Er grinste sie an, dann machte er eine ausholende Handbewegung. »Früher war das hier alles eine riesige Sumpflandschaft, völlig unwirtlich und ohne jeglichen Nutzen. Schon vor Hunderten von Jahren haben die Menschen begonnen, Rinnen und Deiche zu bauen und das viele Wasser in geordnete Bahnen zu lenken. Dabei sind dann diese Fischteiche entstanden. Von ihnen gibt es Hunderte! Die Karpfen, Hechte und Schleien, die hier gezüchtet werden, landen später in den Restaurantküchen oder auf dem Markt von Lyon oder auch in Macon im Norden. Oder sie werden vom Fischreiher gefressen!« Yves wies nach oben, wo ein Fischreiher mit einem Karpfen im Schnabel so tief über sie hinwegflog, dass Fabienne sich unwillkürlich duckte.

Überhaupt – Vögel gab es hier in rauen Mengen! Schwäne, riesige Enten, Milane und Purpurreiher. Von vielen kannte Fabienne nicht einmal den Namen – und alle zwitscherten, schnalzten, sangen oder kreischten in so ohrenbetäubender Lautstärke, dass man laut sprechen musste, um gehört zu werden. Fabienne wollte gerade fragen, wie der Vogel mit der strahlend blauen Brust hieß, der vor ihnen in einer Trauerweide saß, als Yves ihr das Zeichen gab zu schweigen. Stumm deutete er in Richtung einiger Büsche. Mit zusammengekniffenen Augen erkannte Fabienne einen riesigen Hirsch.

»Die Dombes sind ein sehr gutes Jagdgebiet, hier gibt es außer Hirschen und Rehen auch viele Wildschweine«, flüsterte Yves ihr zu. »Viele Lyonnaiser kommen am

Wochenende her, um zu jagen. Andere kommen, um Frösche zu fangen«, fügte er grinsend an, als ein besonders fettes Exemplar ihren Weg kreuzte, um von einem Wasser ins andere zu kommen.

Fabienne nickte beeindruckt. Frösche, Süßwasserfische, Getreide, Wild, Ziegenkäse – die Gegend war anscheinend so gut ausgestattet wie eine riesige Speisekammer!

Yves' Familie lebte in einem hübschen Backsteinhaus, es lag an einem Bachlauf, beschattet von etlichen Pinien. Sie hatten Glück – bis auf Elena, die Frau von Yves' Bruder Gregory, waren alle anwesend. Madame Mazeau, Yves' Mutter, eine große blonde Frau, begann vor lauter Wiedersehensfreude laut zu weinen, ihr Mann Georges kam sogleich mit einer Flasche Anisschnaps daher und schenkte jedem ein Glas ein. Während Yves das Glas in einem Zug leer trank, nippte Fabienne nur daran. Nach dem langen Marsch stand ihr der Sinn eher nach einem Glas Wasser.

Gregory, der als Yves' Zwillingsbruder hätte durchgehen können – er hatte dieselben stahlblauen Augen, dieselben blonden Haare –, holte eilig zwei weitere Stühle herbei und stellte sie an den Tisch, der unter einem alten Walnussbaum vor dem Haus stand. »Setzt euch, setzt euch! Dass du dich mal bei uns blicken lässt, muss gefeiert werden!«

Während Yves der Einladung folgte, trat Fabienne von einem Bein aufs andere. »Entschuldigung, aber ich müsste mal…«, flüsterte sie Yves' Mutter zu.

Statt ihr den Weg zu zeigen, führte Madame Mazeau

sie persönlich hinters Haus, wo es eine Art Waschraum gab und daneben einen Abort. Während Fabienne die Tür des Häuschens hinter sich zuzog, machte Yves' Mutter keine Anstalten wegzugehen.

»Es ist das erste Mal, dass Yves ein Mädchen mit nach Hause bringt«, hörte Fabienne sie durch die Tür sagen. »Ich freue mich, sehr sogar! Er ist ein guter Junge, unser Yves! Hat vielleicht ein paar Flausen im Kopf, aber wer hat die nicht?«

Fabienne fiel nichts ein, was sie darauf hätte antworten können. Natürlich nahm Yves' Mutter an, dass sie ein Paar waren. Diesen Glauben wollte sie nicht noch durch irgendwelche flapsigen Bemerkungen ihrerseits schüren. Andererseits – was war so schlimm daran, dass die Familie dachte, Yves und sie gehörten zusammen? So schrecklich war der Gedanke nun auch nicht, dachte Fabienne belustigt.

Als sie aus der Tür des Häuschens trat, stand Yves' Mutter noch immer da und strahlte sie an. Zum Glück hatte sie wohl keine Antwort erwartet. Aber Privatsphäre wurde bei den Mazeaus allem Anschein nach nicht gerade hoch bewertet, dachte Fabienne schmunzelnd.

Als sie an den Tisch zurückkamen, bog sich dieser bereits vor lauter Köstlichkeiten. Gregory hatte jede Sorte Ziegenkäse, die er herstellte, hergebracht. Es gab kleine cremige Käsetaler, eine Käserolle, in Thymian gewälzt, einen mit frischen Kräutern angemachten Frischkäse und einen Weichkäse, der, als Gregory ihn anschnitt, fast davonlief. Dazu Feigen, Pfirsiche und Aprikosen, so saftig und aromatisch, wie Fabienne noch keine gegessen hatte. Es gab frischen rosafarbenen Knoblauch, kleine runzelige Tomaten und haarige Gurken mit harter Schale. Knuspriges Baguette wurde gereicht und Karaffen mit einem kräftigen Rotwein.

Alle hatten viel zu erzählen, alle sprachen gleichzeitig und unter Einsatz von Mimik und Gestik. Was für eine lebhafte Familie!, dachte Fabienne. Nun war ihr auch klar, woher Yves sein offenes Wesen hatte. Genießerisch zerdrückte sie ein Stück Käse mit der Zunge. Er schmeckte säuerlich und nach Kräutern und auch ein wenig nussig. Dieser Käse wäre perfekt, um ihn in eine reife, ausgehöhlte Tomate zu füllen und das Ganze im Ofenrohr zu backen, dachte Fabienne, während die Tischrunde wegen eines Witzes von Gregory in Gelächter ausbrach.

Auch Fabienne lachte mit, ohne zu wissen, worum es ging. Sie hatte beschlossen, sich von den temperamentvollen Mazeaus nicht einschüchtern zu lassen, sondern die ausgelassene Stimmung einfach zu genießen! Und so aß und trank sie ungeniert, lachte genauso laut wie alle andern, wenn jemand einen Witz machte. Und hier und da gelang ihr, ihrem ernsten Wesen zum Trotz, tatsächlich auch selbst einmal ein Scherz, der von den anderen mit Gelächter honoriert wurde.

»Hast du Lust darauf, dass ich dir den Hof zeige?«, fragte Yves, als Monsieur Mazeau schließlich zur Verdauung einen Nussschnaps ausschenkte.

»Gern!«, sagte Fabienne, dann hob sie ihr Glas und trank es in einem Zug leer. Wasser trinken konnte sie wieder, wenn sie zurück in Lyon war!

»Und – wie findest du meine Familie?«, sagte Yves, kaum dass sie um die Ecke gebogen waren.

Fabienne, deren Wangen vor lauter Sonne und Schnaps feuerrot waren, lachte. »Unglaublich gastfreundlich und liebenswert!« Einen Moment hatte sie damit gerechnet, dass alle den Rundgang mitmachen würden, doch die Männer hatten in der Käserei zu tun, und Yves' Mutter wollte den Tisch abräumen – Fabiennes Hilfe hatte sie strikt abgelehnt. »Ich weiß doch, wie es ist – als junges Paar will man auch mal allein sein«, hatte sie Fabienne augenzwinkernd zugeflüstert.

»Ich dachte, du willst mir eure Ziegen zeigen?«, sagte Fabienne verwundert, als Yves den Weg, der zu den Ziegenweiden führte, ignorierte und stattdessen entlang einer hüfthohen Bruchsteinmauer weiterlief, auf deren Steinen sich kleine Eidechsen sonnten.

»Wie Ziegen aussehen, weißt du ja wohl, ich möchte dir lieber etwas anderes zeigen«, antwortete er geheimnisvoll. »Ist dir eigentlich aufgefallen, dass es rund um unseren Hof keinen einzigen Weiher, Tümpel oder See gibt, obwohl die Dombes sonst so wasserreich sind? Wir holen das Wasser ganz normal aus einem Brunnen!«

»Stimmt, jetzt wo du es sagst...«

»Irgendeiner meiner Urahnen hat einst beschlossen, das Land trockenzulegen, um es auf zweierlei Art zu nutzen. Als Weideland für die Ziegen. Und...« – er blieb stehen und öffnete ein schmiedeeisernes Tor, das in die Steinmauer eingelassen war – »... als Obstplantage!«

Fabienne, die ihm durch das Tor gefolgt war, traute ihren Augen kaum. »Das... das sind ja bestimmt hundert Bäume!«, rief sie. »Und sie hängen übervoll!« Sie schaute Yves an. »Das ist wie im Paradies.«

Noch während sie sprach, ging sie zu einem Aprikosenbaum. War das der, dessen zuckersüße Früchte sie vorhin gegessen hatten? Beim Näherkommen sah sie, dass der Boden vollkommen mit herabgefallenen Früchten übersät war, an denen sich die Wespen gütlich taten. Fabienne runzelte die Stirn. »Yves! Schau nur – der Baum muss dringend abgeerntet werden!«

Er seufzte tief auf. »*Alle* Bäume müssen dringend abgeerntet werden. Aber wer sollte das tun? Und vor allem – was soll meine Familie mit den ganzen Früchten machen?«

Was war denn das für eine Frage? Nahm Yves sie auf den Arm? »Na, Marmelade, Saft, Gelee, in Likör eingelegte Früchte, Trockenobst – mit dem, was diese Obstplantage hergibt, könnte man einen ganzen Marktstand bestücken!«, rief sie, dann pflückte sie ein paar Aprikosen, die noch am Baum hingen, und legte sie in ihre Schürze. Warum ließ Yves' Mutter das Obst verkommen?, fragte sie sich.

»Und dabei sind die Bäume seit Jahren nicht beschnitten worden«, sagte Yves und stieß einen noch tieferen Seufzer aus. »Tja, was du hier siehst, ist sozusagen mein schlechtes Gewissen.«

Fabienne hielt bei ihrer Ernte inne. »Wieso denn das?« Yves setzte sich auf einen Stein. Halb ernst, halb belustigt begann er: »Seit wir Kinder waren, stand fest, dass Gregory später einmal die Käserei übernimmt und ich dafür die Obstplantage bekomme. Aber ich hatte keine Lust darauf, Bäume zu schneiden und Marmelade zu kochen. Ich wollte in die Stadt, etwas erleben, frei sein, verstehst du?«

»Aber… das hier ist ein Schatz! So eine große Obstplantage habe ich noch nie gesehen!« Fabienne zeigte in eine Richtung. »Stehen da hinten nicht sogar auch noch Mandelbäume?«

Yves nickte. »Mandelbäume, Zitronenbäume, Aprikosen, Pfirsiche, es gibt sogar ein paar Pflaumenbäume.«

»Und was sagt deine Familie dazu, dass du das alles brachliegen lässt?« Sie schüttelte den Kopf. Da bediente er lieber zehn Stunden am Tag im Bistrot Gäste?

Er zuckte mit den Schultern. »Glücklich sind sie über diesen Umstand natürlich nicht. *Maman* und *Papa* wäre es am liebsten, ich würde ein nettes Mädchen wie dich mit nach Hause bringen, heiraten und die Plantage bewirtschaften. Aber sie akzeptieren, dass ich nun mal anders bin und sie mich nicht einsperren können. Mutter holt sich so viel Obst, wie sie für die Familie gebrauchen kann. Und manchmal kocht sie auch ein paar Töpfe Marmelade, die Gregory dann verkauft. Gregorys Frau arbeitet bei ihrem Vater im nächsten Dorf, er ist der einzige Viehdoktor weit und breit. Gregory und Vater kümmern sich um die Ziegen – für die Obstplantage hat hier niemand Zeit.«

Ein nettes Mädchen wie sie. Heiraten. Für Yves war dies anscheinend unvorstellbar. Was empfand sie selbst in dieser Hinsicht?, schoss es Fabienne durch den Kopf. Wollte sie jemals heiraten? Würde sie Ja sagen, wenn Yves sie fragen würde?

Sie blieb sich die Antwort schuldig und sagte stattdessen: »Trotzdem ist es jammerschade um die herrlichen Früchte. Am liebsten würde ich selbst davon Marmelade kochen! Könntet ihr nicht jemanden einstellen, der sich um die Obstplantage kümmert?«

»So jemanden suchen wir schon seit Jahren. Die

Dombes sind eine einsame Gegend, das Leben hier ist hart – jeder hat genug mit sich zu tun.« Yves zuckte mit den Schultern. »Glaub mir, es tut mir auch leid, wenn ich sehe, wie hier alles verkommt, aber ich will nun einmal frei sein und nicht tagein, tagaus dasselbe tun!«

»Aber genau das tun wir doch im Bistrot«, sagte Fabie verständnislos.

»Während meiner Arbeitszeit muss ich einem Herrn dienen, das stimmt. Aber erstens werde ich nicht ewig im Bistrot bleiben, und zweitens – was ich in meiner Freizeit mache, geht niemanden etwas an! Ich kann ausgehen und mich mit anderen treffen, ohne dass die ganze Gegend darüber spricht. Hier auf dem Hof hingegen hätte ich nie Freizeit, irgendetwas gibt es immer zu tun. Und ständig würde sich jemand in mein Leben einmischen…«

Fabienne schwieg. Das kannte sie von der Schleusenstation nur zu gut – wie hatte sie es gehasst, wenn ihre Mutter ihr wegen Eric Vorhaltungen machte!

»Du und ich – wir beiden nehmen uns das Recht heraus, so zu leben, wie es uns beliebt«, sagte Yves eindringlich. »Natürlich ist das nicht so einfach, wie es sich im ersten Moment anhört! Wenn man auf der einen Seite ›oui‹ sagt, sagt man gleichzeitig zu etwas anderem ›non‹, so ist das im Leben. Keiner kann den Kuchen essen und ihn gleichzeitig behalten. Und ob unsere Lebensentscheidungen immer richtig sind – wer weiß das schon? Vielleicht bin ich zu all dem hier irgendwann bereit, aber im Augenblick genieße ich mein Leben, wie es ist. Ist das nicht viel besser, als wenn wir uns in ein Korsett pressen lassen, von dem wir jetzt schon wissen, dass es uns zu eng ist?« Er schaute sie fragend an.

Und Fabie verstand.

So wie er ihre Entscheidung, nicht mehr aktiv nach Victor zu suchen, sondern auf den lieben Gott zu vertrauen, nur schwer nachvollziehen konnte, so hatte sie Probleme, *seine* Entscheidung zu verstehen. Dass er eine Liebelei nach der anderen hatte und es mit keiner der Frauen ernst meinte, gefiel ihr im tiefsten Innersten auch nicht. Was, wenn er auch irgendwann eins der Mädchen schwängerte und im Stich ließ? Allein die Vorstellung fand sie schrecklich. War sie etwa eifersüchtig? Auch das wusste Fabienne nicht, eins hingegen wurde ihr klar: Niemand musste die Entscheidungen eines anderen verstehen oder gutheißen – es reichte, wenn man sie akzeptierte. Hatte Yves sie hierhergebracht, um ihr das klarzumachen? Was für ein feiner, kluger Mensch er doch war.

»Weißt du, was mein ganz großer Lebenstraum ist?«, sagte sie so urplötzlich, dass es sie selbst überraschte.

»Sag!« Er grinste.

»Ich möchte eines Tages die beste Köchin von ganz Frankreich werden! Mit einem eigenen Restaurant, in dem ich meine Gäste täglich mit neuen köstlichen Gerichten verwöhnen kann.« Warum erzählte sie ihm das ausgerechnet jetzt?, fragte sie sich, noch während sie sprach. Sie wappnete sich schon dafür, dass Yves sich über sie lustig machte, so wie Stéphanie es getan hatte.

Doch er schaute sie nur bewundernd an, dann sagte er: »Dann werde ich Chef der schwarzen Brigade in deinem Restaurant!«

»Abgemacht!« Ohne zu zögern, reichte sie ihm ihre rechte Hand, und er schlug ein.

Kapitel 37

»Madame Colette Cléber, Chansonniere, 120 Francs —
ist notiert. *Merci*, Madame!« Stéphanie riss schwungvoll
ein Blatt von ihrem dicken Block ab und reichte es der
Frau vor ihr. Dann winkte sie den Nächsten in der Reihe
zu sich her. »Monsieur!«

Doch anstatt zur Seite zu treten, blieb die Frau stehen. »Verzeihung, wenn ich frage... Wann genau kommen Sie wieder hierher nach Montpellier?«

»In drei Monaten, verehrte Madame Cléber, das steht
doch deutlich auf dem Informationsblatt vorn an der
Tür«, erwiderte Stéphanie ungeduldig. Diese ewigen
Nachfragen! Wieso glaubten die Leute eigentlich, Jules
und ihr die Zeit rauben zu können?

»Anfang November sind wir wieder hier. Wenn Sie
weiteres Geld investieren wollen, kommen Sie am bes-
ten gleich frühmorgens, Sie sehen ja, was hier kurz vor
Mittag los ist.« Sie wies unwirsch über die Schulter der
Frau hinweg in Richtung der nicht enden wollenden
Schlange von Leuten, die allesamt darauf warteten, ihr
Geld bei Jules Grelier anzulegen. »Die Rendite-Auszah-
lungen finden immer nachmittags statt.«

Endlich ging die Frau, und ein grobschlächtiger Mann in einer schmierigen Leinenhose trat an ihre Stelle. Über seine rechte Wange zog sich eine lange Narbe, die rot geschwollen war und aussah, als ob sie unangenehm pochte.

Stéphanies Blick fiel auf die goldene Comtoise-Uhr an der Wand. Es war halb zwölf. »Um zwölf ist Feierabend?«, flüsterte sie ihrem Mann zu, der neben ihr an einem separaten Tisch saß. Jules, der gerade ein Bündel Geldscheine zählte, nickte stumm.

Zum Glück hatte Jules nicht vor, heute Nachmittag noch Auszahlungen zu tätigen! Es war immerhin Samstag. Wer seine Rendite bis jetzt nicht abgeholt hatte, musste eben drei Monate warten. Ihre geschäftlichen Angelegenheiten in Montpellier waren hiermit beendet! Gleich Montagfrüh würden sie die Stadt verlassen.

Die Luft war inzwischen zum Schneiden dick, über die vielen verschiedenen Ausdünstungen, die sie stundenlang einatmen musste, wollte Stéphanie lieber gar nicht nachdenken. Obwohl sie die Fensterläden schon am Morgen geschlossen hatten, drückte die Augustsonne unerbittlich ins Zimmer, das sich von Stunde zu Stunde mehr aufheizte. Mit der einen Hand wischte sich Stéphanie den Schweiß von der Stirn, mit der anderen hielt sie ihre Schreibfeder, während sie ihren Spruch herunterratterte: »Monsieur, Name und Adresse bitte, und dann den Geldbetrag, den Sie bei uns anlegen möchten!«

Der Mann nannte ihr alles, dann kramte er umständlich in seiner Hosentasche.

Mit spitzen Fingern nahm Stéphanie das Geldbündel, das er ihr über den Tisch entgegenstreckte.

Geld stinkt nicht – wer diesen Spruch einst erfunden hatte, hatte noch nie mit richtig viel Geld zu tun gehabt, dachte sie nicht zum ersten Mal, während sie die Geldscheine zählte. Geld stank sehr wohl! Das hatte sie in den fast sieben Monaten, in denen sie ihrem Mann nun schon bei seiner Arbeit assistierte, herausgefunden. Geld roch nach Schweiß und Angst und Gier und Armut. Nach billigem Parfüm und teurem Rasierwasser. Nach Knoblauch und Fisch und Zigarrenrauch. In ihre eigene Geldbörse kamen nur Scheine frisch aus der Bank – alles andere hätte sie geekelt.

»Wissen Sie, es war mein Bruder, der mir riet, bei Ihnen zu investieren. Er war gestern schon hier, um seinen Gewinn zu kassieren!«, sagte der Mann, während Stéphanie das Geld in die Eisenkassette legte, die neben ihr auf einem Stuhl stand.

»Ihr Bruder scheint ein kluger Mann zu sein, nirgendwo sonst gibt es dreißig Prozent Rendite«, sagte Stéphanie mit erzwungener Freundlichkeit. »Der Nächste bitte!« Es war wirklich schlimm mit den Menschen, alle waren so gierig, dass sie Jules und ihr kaum einen freien Sonntag gönnten!

Wie immer nächtigten sie auch in Montpellier im besten Haus am Platz, im Hotel Métropole, bewohnten für die Dauer ihres Aufenthalts im obersten Stockwerk eine riesige Suite mit zwei Schlafzimmern – nicht dass sie diese gebraucht hätten, sie teilten nach wie vor sehr gern das Bett. Des Weiteren gab es zwei Bäder, ein Wohnzimmer, in das sie noch nie einen Fuß gesetzt hatten, und einen formellen Salon. An dessen Tür hatten sie ihr Ge-

schäftsschild geheftet. »JULES GRELIER, FINANZIER –
SPRECHSTUNDE VON 9 – 12 Uhr und 14 – 17 UHR«
stand in großen schlichten Lettern darauf. Der Hote-
lier, der auch zu ihren Kunden gehörte, hatte ihnen eigenhändig dabei geholfen, das Schild anzubringen. Es
sei ihm eine Ehre, einen der erfolgreichsten Finanziers
Frankreichs beherbergen zu dürfen, hatte er bei ihrer
Ankunft gemeint und gefragt, ob er ihnen eine Flasche
eisgekühlten Champagner aufs Zimmer bringen lassen
dürfe. Stéphanie war gnädig gewesen und hatte es ihm
erlaubt.

In besagtem Salon empfingen sie nun schon seit Montag alte und neue Kunden, nahmen Geld an und stellten
dafür Wechsel aus, zahlten Renditen aus, vergaben Kre-
dite. Damit nichts durcheinandergeriet, fand die Geld-
annahme nur vormittags statt und nachmittags dann
die Auszahlung und die Kreditvergaben. Nur wenigen
Kunden mussten sie noch die Hintergründe über den
Goldrausch in Alaska und die Goldminengesellschaften,
die neues Geld für die Erschließung neuer Goldminen
benötigten, erörtern. Dass man mit Gold viel Geld verdienen konnte, wusste schließlich jeder!

Eigentlich hatten sie vorgehabt, am Freitagabend ihr
improvisiertes Kontor zu schließen, um am heutigen
Samstag mit Freunden eine Segeltour zu unternehmen.
Doch daraus war nichts geworden: Obwohl sie die ganze
Woche über vormittags und nachmittags je drei Stunden lang Kunden empfangen hatten, stand noch immer
eine lange Schlange von Menschen auf dem roten Teppich des Hotelflurs.

Montpellier, Bordeaux, Marseille. Ob im Hotelrestaurant, auf offener Straße oder beim Schneider oder der Hutmacherin – eigentlich war es gleichgültig, wo Jules und sie auftauchten, immer fand dasselbe Spiel statt.

»Monsieur Grelier, wann haben Sie Zeit für mich?«

»Monsieur Grelier, was muss ich tun, damit Sie mein Geld anlegen?«

»Monsieur Grelier, ich flehe Sie an, lassen Sie meinen Bruder und mich auch mit von der Partie sein!«

Hoteliers, Winzer, Abgeordnete der Nationalversammlung, die ihren Sommer im Süden verbrachten, einfache Handwerksleute, Ladenbesitzer – einfach jeder wollte in die Goldmine in Juneau, Alaska, deren offizieller Vertreter Jules Grelier war, investieren!

Dass Jules eine Art Finanzgenie war, hatte Stéphanie schon mitbekommen, als sie noch kein Paar waren. Wenn ein Mann derartige Fähigkeiten besaß, sprach sich das in ihren Kreisen einfach herum. Sie hatte also Bescheid gewusst, mehr noch, Jules lässiger Umgang mit Geld war einer der Gründe gewesen, dass sie sich für ihn entschieden hatte – wer wollte arm sein, wenn er reich sein konnte? Aber als Stéphanie dann zum ersten Mal selbst miterlebt hatte, wie begierig die Menschen waren, Jules ihr Geld anzuvertrauen, und wie blind sie ihm vertrauten, war sie doch beeindruckt. Manche Leute wollten ihnen ihr Geld sogar auf offener Straße aufdrängen, was Jules natürlich nicht zuließ. Er war ja schließlich kein Straßenhändler, sondern betrieb ein ordentliches Unternehmen. Wer bei ihm investieren wollte, musste das bei einem offiziellen Termin tun – das war schließlich bei einer Rendite von dreißig Prozent nicht zu viel verlangt.

»Liebling, kannst du mich heute Abend entbehren? Irgendwie hat Mutter erfahren, dass wir hier sind. Sie ist extra aus Carcassonne angereist, um mich zu treffen. Es gäbe etwas, was sie mit mir besprechen wolle, sie hat im Bistro Bleu einen Tisch für uns reserviert«, sagte Stéphanie, als sie endlich wieder allein waren und sie mit ausgebreiteten Armen in ihrem Unterkleid auf dem Bett lag.

Jules, der am Schreibtisch saß und die Tagesabrechnung machte, schaute sie zweifelnd an. »Deine Mutter will dich treffen? Ich dachte, sie ist dir immer noch böse, weil du mit mir auf und davon bist, anstatt den braven Oscar zu heiraten.«

Stéphanie lachte. »Das dachte ich ehrlich gesagt auch«, gab sie unumwunden zu. Als man ihr gestern an der Rezeption des Hotels den Brief ihrer Mutter überreichte, war sie nicht nur erstaunt gewesen, sondern vor allem sehr neugierig. Ihre Mutter nahm den weiten Weg auf sich, um sie zu sehen? Kam sie, um ihrer Tochter noch mehr Vorwürfe und beleidigte Vorhaltungen zu machen so wie bei ihrem Abschied im Januar? Oder – was noch viel peinlicher wäre – wollte sie etwa, dass sie, Stéphanie, bei Jules um einen Kredit für die Eltern bat? In beiden Fällen würde sie das Gespräch sofort beenden!

Vielleicht war es aber auch ganz anders, und es tat *Maman* inzwischen leid, dass sie ihre Tochter zu einer Heirat mit Oscar fast schon gezwungen hatte. Kam Delphine, um sich bei ihr zu entschuldigen? Der Gedanke heiterte Stéphanie schlagartig auf.

Sie küsste Jules überschwänglich. »Ich höre mir an,

was *Maman* zu sagen hat, wir essen eine Kleinigkeit zusammen, und spätestens zwei Stunden danach bin ich wieder frei. Der Rest des Abends und der Nacht gehört dann uns ...«

*

Da saß sie, Delphine Morel, in einer der schönsten Suites des besten Hotels am Platz und genoss einen herrlichen Ausblick auf die Stadt und das Meer! Dankbar für den Moment nippte Delphine an ihrem Champagnerglas. Zu ihrer Begrüßung hatte eine eisgekühlte Flasche in einem silbernen Kübel bereitgestanden. Dass sie noch mal eine solche Wertschätzung erfahren würde, daran hatte sie schon fast nicht mehr geglaubt ... Manchmal schlug das Leben so seltsame Kapriolen, dass ihr die Worte dafür fehlten.

Noch vor wenigen Monaten hätte Delphine eine Übernachtung in solch einer Suite angesichts ihrer prekären finanziellen Situation für ausgeschlossen gehalten. Wo kein Geld war, konnte man keins ausgeben. Und als wäre dieser Umstand allein nicht schon schlimm genug gewesen, hatte außerdem niemand mitbekommen sollen, wie schlecht es um sie bestellt war. Den schönen Schein wahren – das war Albert und ihr gleichermaßen wichtig gewesen, und wenn es auch nur noch Blech war, das leuchtete. Denn Gold hatten sie ja keines mehr, nachdem Oscar im Januar auf der sofortigen Rückzahlung des von seiner Bank gewährten Kredits bestanden hatte.

Stéphanie war noch keine Woche fort gewesen, als

Albert von Oscar in die Bank zitiert wurde. Nein, nicht per Brief. Oscar hatte auch nicht freundlich um ein Treffen gebeten, wie es sich in ihren Augen für einen Fast-Schwiegersohn gehört hätte. Nein, Oscar de Carneval hatte ihnen eine Depesche geschickt, mit rotem Wachs versiegelt! Einer seiner Angestellten hatte das Schreiben persönlich bei ihnen im Chateau abgegeben.

Delphine presste ihre Lippen so fest zusammen, dass es wehtat. Wie gedemütigt sie sich in diesem Moment gefühlt hatte! Das Misstrauen, das in diesem Vorgehen lag! Hatte Oscar Angst, dass sie behaupteten, sein Brief hätte sie nicht erreicht, sondern wäre verloren gegangen? Wusste Oscar nicht, dass Chevalier Albert Morel ein Ehrenmann war? Und dass daran auch die Tatsache, dass seine Tochter keine Ehrenfrau war, nichts änderte? Eine Verlobung so kurz vor der Eheschließung aufzulösen, war alles andere als ehrenvoll, das gab sie, Delphine, gern zu. Aber dass Oscar sie für Stéphanies Flatterhaftigkeit bestrafte, indem er ihnen den bitter benötigten Kredit entzog, war...

Noch heute, ein gutes halbes Jahr später, fand Delphine dafür keine Worte. Sie hatte sich so hilflos gefühlt damals! So verlassen, so... Aber diese Zeiten waren Gott sei Dank vorbei, dachte sie, spürte jedoch, dass sie trotzdem innerlich noch immer aufgewühlt war.

Abrupt stellte sie ihr Champagnerglas auf der Fensterbank ab und ging zum Schrank. Der chinesische Seidenteppich verschluckte jeden ihrer Schritte. Gleich nach ihrer Ankunft hatte ihre Zofe die Garderobe fein säuberlich aufgehängt. Was sollte sie bloß anziehen? Das schönste Kleid? Das teuerste? Sie hatte *nur* schöne, teure Kleider eingepackt – die Frage war deshalb eher, in welchem Modell sie sich für das Treffen am besten gewappnet fühlen würde. Dass Stéphanie in teuerster *couture* und von oben bis unten mit Schmuck behangen daherkommen würde, daran gab es für sie keinen Zweifel. Gewiss wollte ihre Tochter ihr zeigen, wie gut es ihr ging im Gegensatz zu ihrer armen, alten Mutter.

Doch von wegen arme, alte Mutter! Delphine verzog ihr Gesicht zu einer halb amüsierten, halb schmerzlichen Grimasse. In dieser Hinsicht konnte sich ihre Tochter auf eine schöne Überraschung gefasst machen.

Der Gedanke, Stéphanie nach über einem halben Jahr wiederzusehen, verursachte in Delphine einen ganzen Strudel von Gefühlen. Einerseits war sie immer noch so wütend wegen damals, dass sie ihre flatterhafte Tochter am liebsten bei den Schultern packen und kräftig schütteln wollte. Andererseits freute sie sich auch auf das Wiedersehen – die Bindung zwischen einer Mutter und ihrer Tochter war nun einmal etwas ganz Besonderes. Und aus genau diesem Grund wollte sie Stéphanie vor Augen führen, welche Konsequenzen ihr sprunghaftes Verhalten von damals mit sich gebracht hatte – für ihren Vater, für sie, Delphine, eigentlich für alle Menschen im Chateau.

Konsequenzen – an so etwas Banales dachte ihre Tochter nie, immer nur ging es um sie selbst. Nicht dass sie, Delphine, glaubte, Stéphanie diese Haltung mit dem heutigen Gespräch austreiben zu können. Ihre Tochter sollte einfach nur erfahren, was sie angestellt hatte.

Instinktiv griff Delphine nach einem Kleid in Scharlachrot. Die Farbe war intensiv, fast aggressiv leuchtend.

Die Begrüßung verlief ein wenig steif. Mutter und Tochter waren froh, als sie sich setzen konnten. Sie hatten Glück und einen Tisch am Fenster bekommen.

»Ich hoffe sehr, dass mit Vater alles in Ordnung ist?«, sagte Stéphanie, nachdem sie sich niedergelassen hatten.

»Oder warum sonst bist du hier?«, hörte Delphine die unausgesprochene zweite Frage.

»Deinem Vater geht es den Umständen entsprechend.« Wie die Umstände aussahen – das würde ihre Tochter noch bald genug erfahren. Ihr Treffen hatte gerade erst begonnen, da tat es nicht Not, gleich mit der Tür ins Haus zu fallen.

»Erzähl doch erst einmal du – wie geht es dir?«, fragte sie in leichtem Ton. Sie musterte Stéphanie mit einem wohlgefälligen Blick. Das modische Kostüm in maritimem Blau, das Armband mit Dutzenden von goldenen Anhängern, die Haare elegant hochgesteckt – Stéphanie wirkte trotz ihrer jungen Jahre schon wie eine Dame von Welt. »Gut schaust du aus, richtig erwachsen, wenn auch etwas mager. Isst du genug?« Unwillkürlich langte sie über den Tisch nach Stéphanies rechter Hand und drückte sie.

»Jules liebt meine schlanke Taille, also werde ich mir meine Figur gewiss nicht durch zu viel Essen verderben«, sagte Stéphanie leichtherzig und entzog ihre Hand Delphines Griff.

Jules – allein bei dem Namen stellten sich bei ihr Stacheln auf, die es mit denen eines Igels hätten aufnehmen können. Gott sei Dank trat der livrierte Kellner mit den Speisekarten an ihren Tisch, und so kam sie um eine direkte Antwort herum.

Nachdem sie gewählt hatten – beide nahmen sie die Pastete mit Kalbfleischragout –, erzählte Stéphanie ein wenig von den Städten, die sie wegen Jules' Geschäftsreisen zuletzt besucht hatten, von den Hotels, in denen sie übernachteten, von den bekannten Persönlichkeiten, mit denen Jules Geschäfte machte.

»Langweilig ist es mir jedenfalls keine Minute!«, sagte Stéphanie und ließ ihr Armband mit den vielen Anhängern melodisch dazu klimpern. »Du weißt ja sicher, dass Jules als Finanzier Kunden in ganz Frankreich hat. Immer mehr Menschen wollen in kanadische Goldminen investieren, dank Jules' Beziehungen zu den Kanadiern bekommen die Leute dreißig Prozent Rendite. Die Geschäfte laufen gut.« Sie zuckte lässig mit den Schultern.

Delphine hörte zu, gab hier und da einen passenden Kommentar ab. Wollte Stéphanie gar nicht wissen, wie es ihrer Mutter ging?, fragte sie sich irgendwann. Sie würde es ihr trotzdem erzählen, doch das konnte bis zum Dessert warten. In der Zwischenzeit tat es ein wenig Geplänkel.

Und so sagte sie, als Stéphanie mit ihrem Lobgesang auf ihr Leben zum Ende gekommen war: »Stell dir vor, heute vor einer Woche war ich schon einmal an der Küste, genauer gesagt am Étang de Leucate. Die Sardas hatten zu einem Gartenfest eingeladen. Du siehst, deine Mutter kommt auch ein wenig herum.«

»Ihr wart bei den Sardas?«, fragte Stéphanie mit erschrocken aufgerissenen Augen.

»Stört dich das etwa?«, erwiderte Delphine spitz. »Die Sardas sind mit uns genauso befreundet wie mit dir und deiner Clique.« Anscheinend gönnte ihre Tochter ihr nicht die kleinsten Freuden, dachte sie bitter. Wie würde Stéphanie da wohl die Neuigkeiten aufnehmen, die sie ihr noch mitzuteilen hatte?

»Das weiß ich doch«, sagte Stéphanie eilig. »Ich kann mich bloß nicht daran erinnern, dass Émile und seine Frau jemals zu sich nach Hause eingeladen hätten – normalerweise trifft man die beiden immer nur anderswo zu irgendwelchen Festlichkeiten, oder sie laden in ein Restaurant ein.«

Delphine lachte auf. »Das wundert mich inzwischen nicht mehr. Émiles Familie mag früher königlicher Hoflieferant gewesen sein, und er mag auch heute noch die besten Austern weit und breit züchten – doch das ändert nichts an der Tatsache, dass er und Sabrine am Ende der Welt leben. Allein die Fahrt dorthin! Es war so heiß! Mit jeder Stunde, die wir länger unterwegs waren, brannte die Sonne unerbittlicher auf uns herab. Und dazu die salzige Luft, ich möchte mir gar nicht vorstellen, wie schädlich die für den Teint ist…« Delphine erschauerte. »Es kam mir vor, als würden wir die Zivilisation verlassen und in ein völlig unbewohntes Land fahren. Und ich hatte geglaubt, Chateau Morel würde abgeschieden liegen…« Sie hatte die Fahrt dennoch genossen, genau wie den ganzen Ausflug. Aber das war ein anderes Thema.

Stéphanie lachte perlend auf. »Danke für die Information, dann sage ich am besten gleich ab, falls die Sardas uns auch einmal einladen sollten.«

»Es war trotzdem ein schönes Fest mit gutem Essen und bestem Wein«, sagte Delphine schulterzuckend. »Sabrine hatte die ganze Terrasse mit bunten Girlan-

418

den geschmückt, immerhin war es der erste Geburtstag ihres Sohnes Manuel.«

»Manuel?« Aus Stéphanies Gesicht wich jedes bisschen Farbe.

»Dass die Sardas ein Kind bekommen haben, hast du doch noch mitbekommen.« Delphine schüttelte tadelnd den Kopf. Aus den Augen, aus dem Sinn – so war Stéphanie! Ein Wunder, dass sie sich überhaupt noch an die gemeinsamen Freunde erinnerte.

»Natürlich weiß ich, dass die Sardas Eltern geworden sind – als Sabrine im Frühjahr vergangenen Jahres schwanger war, hat Émile sie besser behütet als seinen Augapfel«, verteidigte sich Stéphanie, während der Kellner ihre Teller vor ihnen abstellte. »Aber dass ihr Anwesen so einsam liegt, wusste ich nicht ... Was, wenn sie einmal einen Arzt für ihren Kleinen benötigen? Und wohin soll der Junge zur Schule gehen? Warum ziehen Émile und Sabrine nicht in die Stadt?«

Delphine presste die Lippen zusammen, um nicht laut aufzuschreien. Diese Fragen waren mal wieder typisch – sehr viel reifer und erwachsener schien Stéphanie nicht geworden zu sein.

»Ach Kind! Die Sardas haben ihre Austernzucht am Étang de Leucate – da können sie doch nicht einfach wegziehen, nur weil anderswo vielleicht mehr geboten wird! Ich habe dem Jungen übrigens eine goldene Taschenuhr geschenkt. Sie war ein Erbstück meines Großvaters. Eigentlich habe ich immer gehofft, ich würde sie einmal einem meiner Enkelkinder schenken können ...« Sie seufzte tief, dann probierte sie ihre Pastete. Sie schmeckte köstlich.

Stéphanie lachte kurz auf, während sie in ihrer Pastete nur herumstocherte. »Hoffentlich kommt es dazu nicht!«

Das hoffte sie auch, dachte Delphine. Stéphanie als Mutter konnte sie sich beim besten Willen nicht vorstellen. »Diese Mutterliebe von Sabrine zu ihrem Sohn – das war wirklich ganz reizend anzusehen. Du glaubst nicht, wie besorgt sie um den kleinen Manuel ist. Und ständig betont sie, wie ähnlich der Kleine doch ihr und Émile sieht. Ich selbst konnte keinerlei Ähnlichkeiten feststellen, wahrscheinlich kommt das Kind nach einem anderen Zweig der Familie. Aus Sabrine sprach einfach die Mutter, die völlig in ihren Sohn vernarrt ist!«

Mit jedem Satz war Stéphanie noch blasser geworden, stellte Delphine fest. Anscheinend nahm das Thema ihre Tochter doch mehr mit, als sie zugab. Wünschte sich Jules Grelier womöglich sehnlichst einen Nachfolger? Hatte Stéphanie etwa schon eine Fehlgeburt erlitten? Sie selbst hatte dies, bevor ihre Tochter zur Welt gekommen war, auch zwei Mal erleben müssen. Das würde nicht nur Stéphanies Sensibilität bei dem Thema Kind erklären, sondern auch ihre Magerkeit – sie selbst war damals körperlich auch äußerst angeschlagen gewesen. Delphine spürte, wie eine Woge Mitgefühl sie zu übermannen drohte. Sie holte tief Luft, als wollte sie dadurch jeden mitleidigen Gedanken vertreiben, dann legte sie ihre Gabel fort. »Du wolltest vorhin wissen, wie es deinem Vater geht.«

»Ja, und du meintest, es gehe ihm den Umständen entsprechend«, erwiderte Stéphanie und legte ihr Besteck ebenfalls beiseite. »Falls du mir irgendwelche Vorwürfe machen willst, dann sag es. In dem Fall würde ich den Kellner um die Rechnung bitten. Selbstverständlich bist du eingeladen«, fügte sie zuckersüß an.

Essen beendet, Freundlichkeiten beendet, dachte Delphine. »Es ehrt dich sehr, dass du mich einladen möchtest. Aber Gott sei Dank bin ich auf deine Almosen nicht angewiesen. Im Januar, als dein ehemaliger Verlobter unseren Kredit von heute auf morgen gekündigt hat, sah das tatsächlich noch anders aus. Damals waren wir von einem Tag auf den anderen arm wie Kirchenmäuse. Ich musste meinen ganzen Schmuck veräußern, damit wir uns etwas zu essen kaufen konnten. Keine Angst, ich mache dir keine Vorwürfe, im Gegenteil!«, sagte sie und hob beschwichtigend beide Hände, als Stéphanie unruhig auf ihrem Stuhl herumrutschte. »Alles ist gut, wie es ist.« Sie bemerkte, wie ihre Tochter innerlich aufzuatmen schien.

»Ohne Oscars dummen Kredit seid ihr bestimmt besser dran!« Stéphanie zog sich ihren Kostümärmel glatt. »Man sollte sich sowieso erst gar nicht in Abhängigkeiten begeben.«

»Da hast du völlig recht«, sagte Delphine im Brustton der Überzeugung. »Endlich muss sich dein Vater nicht mehr den Kopf zerbrechen, wie es mit dem Chateau weitergeht! Dass wir dein Erbe an Oscars Bank verloren haben, ist zwar sehr unerfreulich, aber du hast ja einen wohlhabenden Ehemann und bist auf unser Geld nicht angewiesen.«

»Mein Erbe…?« Stéphanies Stimme war plötzlich ganz piepsig, und sie wurde noch eine Spur bleicher.

Delphine winkte ab. »Zugegeben, das Chateau war

über viele Generationen hinweg in Familienbesitz, und wir hätten es sehr begrüßt, wenn dies so geblieben wäre. Aber wir hatten Glück im Unglück – Oscar de Carneval hat deinen Vater als Verwalter eingesetzt. Er darf sich weiter um die Belange des Weinguts kümmern – du kennst ja Albert, für ihn ist das das Wichtigste überhaupt!«, sagte sie im lockeren Plauderton, als würde sie einer Freundin von einer amüsanten Marotte ihres Ehemannes erzählen.

»Vater ... arbeitet für Oscar? Und das Chateau ist weg?«

»Natürlich ist das Chateau nicht weg, es gehört nur jemand anders. Aber immerhin durften wir dort wohnen bleiben, wenn auch nicht mehr im Haupthaus.« Delphine schnippte leichthin einen Brotkrümel von der Tischdecke.

»Aber wo lebt ihr denn dann? Etwa ... in einem der Gesindehäuser?« Stéphanies Stimme wurde jetzt vor Entsetzen so laut und schrill, dass sich ein paar der Gäste zu ihnen umdrehten.

Delphine zuckte nur bedauernd mit den Schultern. Sie brauchte nicht alles bis ins letzte Detail zu schildern, Stéphanie war ein fantasievoller Mensch – die Bilder, die in ihrem Kopf aufstiegen, reichten. »Ich weiß, das ist alles ein bisschen viel für dich. Aber mach dir keine Sorgen um unsere Angestellten – ein Großteil wurde von Oscar ebenfalls übernommen.« Als ob Stéphanie sich Sorgen um diese Menschen machen würde ...

»Vater hat ... ihr wohnt in ...« Stéphanie schluckte hart. »Oscar de Carneval ist so ein widerlicher Kerl!«

»Was hast du geglaubt? Dass uns ein Wunder ereilt

und das Weingut von heute auf morgen wieder Gewinne abwirft? Dass Oscar uns weiterhin gnädig gesinnt ist? So naiv bist nicht einmal du, mein Schatz. Das Leben ist nicht wie ein Kaleidoskop, an dem man so lange drehen kann, bis einem das Bild wieder passt!« Delphine lachte bitter auf.

»Das alles tut mir leid, das… habe ich so nicht gewollt«, sagte Stéphanie derart leise, dass Delphine einen Moment lang nicht sicher war, ob sie überhaupt etwas gesagt hatte.

Du lieber Himmel, es tat ihr leid! Sie schaute ihre Tochter scharf an. »Mir tut auch vieles leid. Zum Beispiel tut es mir leid, dass es mir unter diesen… Umständen nicht mehr möglich war, im Chateau zu bleiben. Ich habe Albert verlassen. Letzte Woche erst, es gab zuvor noch einiges zu regeln. Und bevor du irgendwelche Gerüchte hörst, wollte ich es dir lieber selber erzählen.«

»Du hast – was?«

Delphine umklammerte unter dem Tisch eine Hand mit der anderen, sonst hätte ihr Zittern ihren inneren Aufruhr verraten.

»Glaubst du, nur du allein hast das Recht wegzugehen? Auch mir steht ein neues Leben zu. Und mehr noch, eine neue Liebe!«, sagte sie heftiger, als sie gewollt hatte.

»Eine neue Liebe?« Stéphanie schien inzwischen einer Ohnmacht nahe.

»*Chérie*, du hörst dich an wie ein Papagei. Tu mir doch den Gefallen und sprich in ganzen Sätzen, so wie ich es mache.« Delphine gelang nun wieder ein gleichmütig freundlicher Tonfall.

»Aber… ich verstehe das nicht! Du hast Vater verlassen? Wohin… Und mit wem…« Hilflos wie ein kleines Kind warf Stéphanie die Hände in die Luft.

Delphine spürte tief drinnen ein wohliges Beben. Wie lange hatte sie auf diesen Moment gewartet! Den Moment, in dem Stéphanie erkennen musste, was für eine verantwortungslose Person sie war. Hier und jetzt musste sie der Wahrheit ins Gesicht sehen – sie, Stéphanie Morel, hatte die ganze Familie ins Unglück gestürzt.

»Mir tut dein Vater auch leid, glaube mir. Aber was hätte ich denn tun sollen? In völliger Armut wie eine Bittstellerin auf dem Gelände des Chateaus leben? Tag und Nacht mit der Angst einschlafen, dass Oscar de Carneval es sich doch noch anders überlegt und uns fortschickt?« Delphine schaute ihre Tochter halb flehentlich, halb vorwurfsvoll an.

Als von Stéphanie nichts kam, fuhr sie fort: »Wenn es nach mir ginge, dann wäre ich mit Albert alt geworden. Dein Vater hat zwar durchaus seine Fehler, aber er ist eben auch ein gut aussehender, charmanter Mann, der viele Jahre in der Gesellschaft hoch angesehen war. Doch leider ist weder von dem einen noch von dem andern viel übrig geblieben. Allabendlich betrinkt er sich mit billigem Wein – wem er die Schuld an der Misere gibt, brauche ich dir ja wohl nicht zu sagen.« Delphine holte tief Luft. »Ich hingegen mache dir keine Vorwürfe, denn mir geht es gut. Sehr gut sogar! So ein neues Leben hat durchaus etwas Reizvolles, vor allem, wenn es ein paar altbekannte Komponenten aufweist.«

»Altbekannte… Lebst du etwa wieder bei den Großeltern im Chateau Angleterre?«, sagte Stéphanie halb fassungslos, halb entsetzt.

»Um Gottes willen nein, ich schlüpfe doch nicht bei meinen Eltern unter! Diese Schmach wäre nun wirklich zu groß«, sagte Delphine. »Nachdem ich erkannt hatte, dass ich mich weder auf Albert noch auf dich verlassen kann, blieb mir nichts anderes übrig, als mich selbst zu retten. Auch in meinem Alter bin ich immer noch eine attraktive Frau und weiß meine Reize einzusetzen. Und als ich vor einiger Zeit meine Eltern im Chateau Angleterre besuchte, traf ich einen alten Bekannten wieder. War es Zufall? Eine glückliche Fügung? Sag du es mir!«

Stéphanie zuckte hilflos mit den Schultern. Allem Anschein nach war das, was ihre Mutter zu offenbaren hatte, für sie noch schwerer verdaulich als die nicht angerührte Pastete.

»César, so heißt mein… Geliebter, ist seit zwei Jahren Witwer, er besitzt in der Nähe von Chateau Angleterre ein hübsches Landgut. Tätig ist er im Import von Kaffee und anderen Luxusgütern aus den Kolonien, was aus ihm einen sehr wohlhabenden Mann gemacht hat. In einem schwachen Moment offenbarte ich ihm meine Nöte. Als er erfuhr, dass meine Gefühle für Albert nicht mehr die sind, die sie einst waren, begann er, mir den Hof zu machen. Ach Stéphanie, es tat so gut, wieder die Aufmerksamkeit eines Mannes zu genießen! Dein Vater hatte ja nur noch seine Reblaus im Kopf. César aber trug mich vom ersten Moment an auf Händen. Er verwöhnt mich, wie es dein Vater nie getan hat. Und obwohl wir uns ja von früher kennen, war es bei unserem Wiedersehen dennoch wie Liebe auf den ersten Blick. Aber wem erzähle ich das – solche spontanen Gefühle kennst du ja nur zu gut!«

Kapitel 38

Auch wenn Fabienne das Kochen vermisste, machte ihr die Arbeit im Bistrot weiterhin Spaß, und das lag vor allem an den Gästen. Die Lyonnaiser waren Genießer, die genau wussten, was sie wollten! Sie tranken nur Wasser aus der Rhône, als Wein bevorzugten sie einen tiefroten Côte du Rhône – Weine aus dem Languedoc oder dem Bordeaux waren hingegen nicht gefragt.

Schnell wusste Fabienne, was auf den Teller kam, wenn ein Gast *Quenelles* bestellte, nämlich Grießklößchen, in deren *farce* entweder Fisch oder Käse eingearbeitet wurde. Bestellte jemand eine *Poularde en vessie*, dann war Fabie klar, dass der Gast genügend Zeit mitgebracht hatte. Denn bis die Poularde in einer Schweinsblase fertig gegart war, dauerte es!

Besonders gern aßen die Gäste auch panierte Kutteln und Blutwurst – das Essen im Bistrot war nun mal ziemlich deftig und bestand nur aus heimischen Zutaten.

Sobald Fabienne das Essen brachte, verstummte jedes noch so angeregte Tischgespräch, und die ganze Aufmerksamkeit der Gäste wandte sich den Speisen zu.

Die Lyonnaiser aßen langsam, sehr langsam – viel Zeit konnte vergehen, bis Vorspeise, Hauptgericht und Dessert vertilgt waren. Keiner schlang das Essen herunter, keiner las nebenher die Zeitung, es gab keinen Zwist am Tisch, kein Gelächter, im Gegenteil – jeder Bissen wurde fast andächtig gekaut und genossen. Die Ernsthaftigkeit, mit der sich die Gäste – nicht nur im Bistrot, sondern in allen Restaurants, die Fabie bisher besucht hatte – dem Essen widmeten, gefiel ihr sehr.

Je länger sie bediente, desto besser lernte sie auch die Stammgäste kennen. Schnell fand sie heraus, dass Directeur Tridome von der Bank Lyonnaise sehr ärgerlich werden konnte, wenn sein Essen zu heiß auf den Tisch kam – also ließ Fabienne seinen Teller lieber eine Minute länger auf der Anrichte stehen, bevor sie ihn servierte. Wenn das Ehepaar Moret kam, wollten sie immer am Fenster sitzen, wo sie dann über fast jeden, der am Bistrot vorbeiging, lästerten. Fabienne fand die beiden schrecklich, auch wenn sie äußerst großzügig Trinkgeld gaben. Und wenn die alte Madame Goudot sie besuchte, brauchte man ihr die Speisekarte erst gar nicht zu bringen – sie aß die Suppe des Tages, mehr nicht.

Zu Fabiennes Erleichterung hielt Yves Wort und sprach nie wieder über Victor. Manchmal, wenn sie gemeinsam unterwegs waren und er sah, welchen Stich es Fabienne versetzte, sobald sie einer Mutter mit Kind begegneten, nahm er ihre Hand und drückte sie.

Inzwischen bereute Fabienne es nicht mehr, ihm von Victor erzählt zu haben, im Gegenteil – sie hatte das Gefühl, als wäre ihre Freundschaft dadurch noch viel inniger geworden. Dass sie nun seine Familie kannte und wusste, wo er herkam, trug außerdem dazu bei, dass ihr Yves noch vertrauter wurde. Ja, manchmal hatte sie fast das Gefühl, sie würde ihn besser kennen als alle anderen Menschen auf der Welt! Besser als Violaine, obwohl sie Tag für Tag nebeneinander gearbeitet hatten, besser auch als ihre Geschwister, bei denen sie immer nur hatte erahnen können, was sie dachten und fühlten, besser auch als Stéphanie, deren Sprunghaftigkeit ihr das Leben schwer gemacht hatte. Zu wissen, dass es mit Yves einen Menschen in ihrem Leben gab, dem sie absolut vertrauen konnte, war für Fabienne so neu wie bereichernd. Und was ihr genauso gefiel – Yves war immer wieder für eine Idee gut!

»Schau mal hier!« Yves tippte auf die Rückseite der Lyoner Tageszeitung, die ein Gast auf seinem Tisch zurückgelassen hatte.

Die letzten Gäste waren längst gegangen, auch Simon Grecco, mit der gut gefüllten Tageskasse unter dem Arm, war schon fort. In der Küche wurde noch aufgeräumt, geputzt und geflucht, im Restaurant waren sie mit dem Eindecken für den nächsten Tag fast fertig.

»Großes Weinfest am letzten Septemberwochenende auf der Place Bellecour?« Stirnrunzelnd schaute Fabienne von der Zeitung zu Yves. »Darüber, dass wir nicht zu dem Fest gehen können, weil wir arbeiten müssen, haben wir doch längst gesprochen!« Prüfend ließ sie ihren Blick über den Gastraum schweifen – hatte sie irgendwo ein Glas vergessen, oder fehlte eine Gabel, ein Löffel?

Yves verzog tadelnd den Mund. »Ich meine nicht die Anzeige für das Weinfest – die daneben ist interessant!« Er tippte darauf.

Offene Stelle – Ehrenwerter Unternehmerhaushalt sucht baldmöglichst ein Hausmeisterehepaar. Die Frau sollte eine erfahrene Köchin sein, der Mann über gute handwerkliche Fähigkeiten verfügen. Ehrlichkeit, Fleiß und Sauberkeit werden vorausgesetzt. Bewerber melden sich bitte am Samstag oder Sonntag in der Rue Deleuvre 54. Hochachtungsvoll, Armand Rivet.

Fabienne runzelte die Stirn. »Ich verstehe nicht…«

»Du lieber Himmel, Fabie, bist du so schwerfällig, oder tust du nur so? Wer will denn unbedingt Köchin werden? Das hier könnte *die* Chance sein!«

Fabiennes Stirnfalte wurde noch tiefer. »Davon einmal abgesehen, dass ich keine erfahrene Köchin bin – wo sollte ich deiner Ansicht nach denn auf die Schnelle einen handwerklich begabten Ehemann auftreiben?«

Grinsend zeigte Yves mit dem Zeigefinger auf seine Brust. »Er steht vor dir!«

Die Arbeit im Le Bistrot du Lyon langweile ihn inzwischen – wenn es sie, Fabie, nicht gäbe, wäre er schon lange weg, gestand Yves ihr auf ihrem Nachhauseweg. Die Zeit sei reif für einen Neuanfang, und zwar für sie beide, befand er. Dagegen konnte und wollte Fabienne nichts einwenden, sie hatte ja von Anfang an vorgehabt, nicht für immer ein Serviermädchen zu sein. Dass Yves die Anzeige entdeckt hatte, erschien ihr nun wie ein Wink des Schicksals.

Getreu dem Motto »Dem Mutigen gehört die Welt!« machten sie sich also am nächsten Morgen um acht auf den Weg in die Rue Deleuvre 54. Sie würden sich als Verlobte ausgeben, hatten sie beschlossen, das wäre schließlich so gut wie verheiratet.

»Die in der Stellenanzeige angegebene Adresse liegt ganz im Norden von ›Presqu'île‹, genauer gesagt in Croix-Rousse!«, sagte Yves, als sie auf der Place des Terreaux standen. Es war ein schöner Septembertag, die Sonne, die so früh am Morgen noch keine Kraft zum Wärmen hatte, tauchte die Dächer der Stadt immerhin schon in ein goldenes Licht.

Fabiennes Blick folgte Yves' ausgestreckter Hand den Berg hinauf, der Gipfel schien ewig weit entfernt zu sein! »Dieses Croix-Rousse – gehört das überhaupt noch zu Lyon?«, fragte sie skeptisch. Auf keinem ihrer Spaziergänge hatte es sie bisher auf den nördlichen Hügel der Stadt gezogen, sie liebte das Wasser und hielt sich daher lieber zwischen den beiden Flussufern auf.

»Und ob!« Yves lachte, dann bog er in eine schmale Straße zwischen einem Bäcker und einem Tabakladen ein, die steil nach oben zu führen schien. »Croix-Rousse gehört zu Lyon wie die beiden Flüsse, dort sind nämlich seit jeher die *canuts,* also die Seidenweber von Lyon ansässig. Allerdings hoffe ich sehr, dass dieser Monsieur Nivet ein anderes Unternehmen führt – falls er von seinem Hausmeister erwartet, dass er auch Webstühle repariert, dann habe ich keine Chance.« Er zeigte auf ein

Straßenschild. »Hier entlang! Die Montée de la Grande-Côte ist einer der steilsten Anstiege, aber dafür bringt sie uns auf direktem Weg nach Croix-Rousse. Und wir wollen doch heute früh die ersten Bewerber sein, nicht wahr?« Frohgemut stiefelte er los.

Fabie blieb nichts anderes übrig, als ihm zu folgen. Wie leichtfüßig Yves dieses Unterfangen anging, und das im doppelten Sinne!, wunderte sie sich nicht zum ersten Mal. Er hegte keinerlei Zweifel daran, dass er der Stelle eines Hausmeisters gewachsen war. In den Dombes auf dem Hof seiner Eltern hatte er gelernt, die eine oder andere Reparatur auszuführen. Und alles andere würde er eben lernen! Umgekehrt hatte Fabienne, die sowohl ihrer Mutter als auch Sophie in der Küche geholfen hatte, die ganze Nacht wach gelegen, getrieben von der Frage, ob ihre Kochkünste für einen feinen Unternehmerhaushalt wirklich ausreichten oder ob sie sich damit nicht völlig überschätzte. Wahrscheinlich stellte sich gleich heraus, dass ihre schlaflose Nacht völlig unnötig gewesen war – Monsieur Nivet würde sie schon allein deswegen nicht einstellen, weil sie ihm zu jung erschien oder sie beide nicht verheiratet waren.

Schnaufend stieg Fabienne eine steile Treppe hinauf, Yves immer ein paar Meter vor ihr. Sie war zwar im Restaurant täglich viele Stunden auf den Beinen, aber einen so steilen Berg war sie das letzte Mal in Carcassonne hinaufmarschiert, zur *Cité*. Kein Wunder, dass ihre Waden spannten und ihr Herz wie verrückt klopfte. Oder war es eher die Aufregung, die ihr das Herz bis zum Hals schlagen ließ?

»Wo gehst du hin?«, rief sie, als Yves direkt nach der

Treppe rechts in einen Hauseingang einbog. Er wollte doch jetzt nicht noch jemanden besuchen?

»Das ist eine Abkürzung!«, rief er ihr über seine Schulter zu.

»Aber ... wir können doch nicht einfach durch das Haus fremder Leute laufen!«, rief Fabienne entsetzt, während ihr aus einem halb geöffneten Fenster eine Woge Sauerkrautgeruch entgegenkam. Die Fenster zu ihrer linken und rechten Seite waren jetzt so nah, dass sie den Leuten, die hier wohnten, ins Zimmer gucken konnte!

»Keine Sorge, das hier ist ein so genanntes Durchgangshaus, die Lyonnaiser nennen sie *traboules*. Die Durchgänge wurden einst geschaffen, um die Transportwege zu verkürzen, die Seidenweber nutzen sie auch zum Aufwickeln ihrer Stoffballen. Also darf sie quasi jeder benutzen.«

»*Traboules, Montée* – was du alles weißt und kennst!«, wunderte sich Fabienne.

»Geigenbauer-Manufaktur« stand auf dem Haus von Armand Nivet, das sich in eine lange Reihe anderer Häuser einreihte. »Mein erster Wunsch ist schon mal in Erfüllung gegangen, hier muss man als Hausmeister keine Webstühle reparieren«, raunte Yves, während er den schweren Türklopfer betätigte.

Das Haus war ein lang gezogenes Gebäude mit mehreren Stockwerken, im Erdgeschoss befand sich, wie auch in den anderen Häusern, eine Werkstatt oder Manufaktur. In den Fenstern der oberen Stockwerke hingen Vorhänge, also waren dort Wohnräume.

Fabiennes Magen rumorte so sehr, dass sie angstvoll

eine Hand auf ihren Bauch legte – sie würde doch nicht etwa vor Aufregung eine Toilette aufsuchen müssen? Ihr Mund war so trocken, als hätte sie seit Tagen nichts getrunken. Sie räusperte sich, um zu testen, ob sie überhaupt imstande war, einen Ton herauszubringen.

Im nächsten Moment ging die Tür auf, und vor ihnen stand ein pummeliger Mann mit blonden Locken, runden Wangen, vollen Lippen und hellblauen Augen. Er strahlte sie an. »Sie kommen wegen der Hausmeisterstelle?«

Kapitel 39

Zu Fabiennes Überraschung bat der Mann sie nicht in sein Büro, sondern in sein Speisezimmer, wo er sie aufforderte, am großen ovalen Tisch Platz zu nehmen.

»Mein Name ist Armand Nivet, wie Sie sich sicher schon gedacht haben. Ich bin auf der Suche nach einem neuen Hausmeisterehepaar. Madame und Monsieur Caspis verlassen mich Ende des Monats, um in die Normandie zu ziehen, wo Madame Caspis das Haus ihrer Eltern und wohl auch einiges an Barvermögen geerbt hat. Im Idealfall sollte das neue Ehepaar also im Oktober mit der Arbeit beginnen.« Er schaute von einem zum andern.

Fabienne und Yves nickten begeistert. Je eher, desto besser!

»Früher hat sich meine geliebte Frau um die Einstellung von neuen Bediensteten gekümmert, und ach, sie hatte dabei so ein glückliches Händchen!« Die Wangen des Geigenbauers blähten sich, er stieß wehmütig die Luft aus. »Seit Silvies Tod vor vier Jahren muss ich mich um alles kümmern. Fangen wir also an – am besten erzählen Sie ein bisschen von sich.«

Fabienne und Yves schauten sich an, dann legte er los und berichtete, wo sie beide herkamen und dass sie im Le Bistrot du Lyon arbeiteten. Er führte außerdem aus, warum Monsieur Nivet nach seiner Ansicht keinen besseren Hausmeister finden würde als ihn.

Fabienne schüttelte im Geist nur den Kopf. Als der liebe Gott das Selbstbewusstsein verteilt hatte, hatte Yves anscheinend eine große Portion abbekommen!

Unauffällig ließ sie ihren Blick durch das Esszimmer schweifen, in dessen Mittelpunkt der ovale Esstisch mit acht Stühlen stand. Der Raum, der mit einem dunkelblauen Teppich ausgelegt war, war mindestens drei Meter hoch. Es gab zwei Fenster, durch die die Sonne hereinfiel. Das Blau des Teppichs fand sich in den Übervorhängen wieder und auch im Hintergrund des riesigen Ölgemäldes, das über der Anrichte hing. Im Vordergrund des Gemäldes war ein rustikaler Holztisch zu sehen. Darauf stand eine große Platte, auf der drei knusprig gebratene Hühnchen angerichtet waren. Dunkelrote Weintrauben, Pfirsiche, teils ganz, teils in Spalten geschnitten, und ein ganzer Käselaib waren ebenfalls auf der Platte drapiert.

Das Stillleben sah so appetitlich aus, dass Fabienne allein beim Anschauen fast das Wasser im Mund zusammenlief.

Was für ein perfektes Bild für ein Speisezimmer, dachte sie und verspürte auf einmal unbändige Lust, hier an diesem Tisch Gäste zu verköstigen, mit einem knusprigen Huhn und Bratkartoffeln und Gemüse und...

An dieser Stelle brachen ihre Träumereien ab. Langsam sollte sie auch etwas beitragen, um diesen Traum wahr werden zu lassen, bisher hatte lediglich Yves das Wort geführt!

Als er mit seinen Lobpreisungen der eigenen Person fertig war, nahm er Fabies rechte Hand und drückte sie. »Verheiratet sind wir noch nicht, aber verlobt! Derzeit sparen wir eifrig für das große Hochzeitsfest. Wir haben beide große Familien, müssen Sie wissen, es werden viele Gäste zu verwöhnen sein.«

...das mit der Heirat kann also noch dauern, hörte Fabienne aus jedem Wort heraus und schmunzelte in sich hinein.

Monsieur Nivet nickte. »Und wird Mademoiselle Durant für den großen Anlass dann selbst kochen?«

Fabienne schaute Yves mit einem liebreizenden Augenaufschlag an. »*Chérie?*«

»Wenn es so weit ist, soll meine Braut ihren Hochzeitstag natürlich genießen, kochen muss sie dann nicht«, kam es wie aus der Pistole geschossen. »Davon abgesehen ist Fabienne es gewohnt, für viele Gäste zu kochen. Ihre Mutter und sie betrieben bis vorletztes Jahr am Canal du Midi ein kleines Restaurant. Es erfreute sich regen Zuspruchs!«

Die Augen des Geigenbauers leuchteten erfreut auf. »Sie waren Köchin in einem Restaurant?«

Ihre kleine Schleusenwirtschaft als Restaurant zu bezeichnen, wäre Fabienne nie eingefallen. »Nun ja, ich bin sozusagen in der Küche aufgewachsen«, antwortete sie ausweichend. »Nach dem Tod meiner Mutter gab es zu Hause gewisse Veränderungen, deshalb bin ich weggegangen...« Sie zuckte mit den Schultern. Monsieur Nivet war ihr zwar auf Anhieb sympathisch gewesen,

436

und durch seine herzliche Art war auch ihre Aufregung fast vollständig verflogen. Aber allzu persönliche Details wollte sie trotz aller Wahrheitsliebe nicht preisgeben. »Im Chateau Morel, einem Weingut nahe Carcassonne, nahm ich dann eine Anstellung als Beiköchin an. Die Küchenchefin dort ist Sophie Colbert, sie hat einst für den Staatspräsidenten gekocht und wurde mit dem berühmten Orden *Cordon bleu* ausgezeichnet.« Kein einziges Wort war gelogen, dachte sie. »Es war zugleich eine große Ehre und viel Glück für mich, von Madame Colbert zu lernen.«

Der Geigenbauer nickte beeindruckt. »Sie sind zwar noch sehr jung, aber waren wir das nicht alle einmal?«, sagte er mehr zu sich als zu den beiden.

Wieder nickten Fabienne und Yves heftig. O Gott, bekamen sie wirklich eine Chance? Fabienne ballte vor Anspannung so fest die Hände zusammen, dass ihre Fingernägel sich in die Handballen gruben.

Monsieur Nivet faltete seine Hände wie zum Gebet. »Ich wäre bereit, einen Versuch mit Ihnen beiden zu wagen – die Frage ist allerdings, ob *Sie* sich die Aufgabe zutrauen. Lassen Sie mich ausführen, was ich von Ihnen beiden erwarte. Dass Monsieur Mazeau seiner Aufgabe als Hausmeister gewachsen sein wird, daran habe ich weniger Zweifel. Sowohl das Haus als auch unsere Manufaktur sind gut in Schuss – diesen Zustand gilt es schlicht zu erhalten. Ein ordentlicher, fleißiger Mann mit einem Blick fürs Detail und etwas handwerklichem Geschick bekommt das hin. Wohingegen Ihre Aufgabe, Mademoiselle Durant, nicht nur darin bestünde, für mich und meine Gäste zu kochen.« Er schaute sie ernst aus seinen blauen Augen an. »An jedem Arbeitstag gibt es pünktlich um eins ein warmes Mittagessen für meine Männer in der Manufaktur und für die Hausbediensteten, insgesamt sind es vierzehn Personen. Auch dafür wären Sie verantwortlich! Ich selbst esse mittags nur einen kalten Imbiss, der ist schnell hergerichtet.«

»Wie im Bistrot, da essen wir Bediensteten auch immer alle gemeinsam«, sagte Fabienne freudig. »Es wäre mir eine Freude, das Essen für Ihre Bediensteten zu kochen, und ich traue es mir gewiss zu!« Deftige Eintöpfe, Aufläufe, Pfannengerichte – besser als das, was sie im Bistrot bekamen, wäre ihr Essen allemal.

»Dass wir Lyonnaiser gern gut essen – am liebsten traditionelle Gerichte aus unserer Region –, haben Sie im Bistrot bestimmt schon mitbekommen«, fuhr Nivet fort, ohne auf Fabiennes Ausführungen einzugehen. »Die Frage, die ich mir nun stelle, lautet: Muss man aus Lyon stammen, um wie eine Lyoner Köchin kochen zu können?«

Fabienne schluckte. Auf die Schnelle fiel ihr keine Erwiderung ein, und auch Yves schwieg.

»Davon abgesehen müssten Sie nicht nur für mich zu Abend kochen, sondern wie gesagt auch für meine Gäste. Ein bis zwei Mal wöchentlich lade ich ein, umgekehrt bin auch ich des Öfteren zu Gast – an diesen Tagen hätten Sie frei und könnten früher nach Hause gehen. Einmal im Monat kommen sieben Herren zum Essen, es sind Geschäftsmänner wie ich, alle sind Feinschmecker und Genießer. Um unseren kulinarischen Leidenschaften zu frönen, haben wir vor Jahren eine Art privaten *Diner*-Club gegründet. Meine bisherige Köchin verstand es ausgezeichnet, unsere Runde jedes Mal mit einem feinen mehrgängigen Menü zu erfreuen. Wenn sie es für nötig hielt, konnte sie sich an diesen Abenden eins der Nachbarmädchen als Küchenhilfe holen. Trauen Sie sich das auch zu, Mademoiselle Durant, wirklich und wahrhaftig?« Er legte den Kopf schräg, als wollte er so seiner Frage noch mehr Gewicht verleihen.

Ein *Diner*-Club, du lieber Himmel, was war das? »Ich werde mir die allergrößte Mühe geben, Sie und Ihre Gäste zufriedenzustellen! Aber ob Ihnen meine Kochkünste reichen, entscheiden am Ende Sie selbst...«, sagte Fabienne und lächelte tapfer. Im Geist ging sie schon sämtliche Menüs durch, die Sophie und sie für den Chevalier gekocht hatten. Was davon würde sie allein hinbekommen? Und entsprach irgendetwas davon der Lyoner Küche?

Armand Nivet zeigte mit dem fleischigen Zeigefinger seiner rechten Hand auf Fabienne. »Ihre Unerschrockenheit gefällt mir! Was halten Sie von einem Probekochen? Allerdings nicht für mich allein, sondern für meinen *Diner*-Club. Wenn Sie mir sagen, an welchem Tag Sie im Bistrot freihaben, lade ich die Herren sogleich ein!«

»Der Mann gefällt mir, er geht aufs Ganze! Und das solltest du beim Probekochen auch tun, *chérie*«, sagte Yves grinsend, als sie auf dem Heimweg waren. Er selbst musste weder probeputzen noch etwas reparieren, um sein Können zu beweisen.

Fabienne warf ihm einen wütenden Blick zu, schwieg aber. Was hätte sie auch sagen sollen? Wo er recht hatte, hatte er recht.

Der Samstag ging vorbei, der Sonntag auch, und was immer Fabienne tat – sie war nur mit dem halben Kopf dabei. In Gedanken beschäftigte sie sich mit der Frage, was sie am Montagabend für die verwöhnten Gaumen von Monsieurs *Diner*-Club kochen sollte. Der Geigenbauer hatte ihr vertrauensvoll einen großzügigen Geldbetrag übergeben, damit sie Lebensmittel einkaufen konnte. Seiner jetzigen Köchin wollte er am Montag freigeben, Fabienne solle sich völlig ungezwungen in der Küche bewegen können, hatte er gemeint.

Völlig ungezwungen in einer fremden Küche? Fabienne war vieles durch den Kopf gegangen in diesem Moment, aber kein einziger Einwand hätte sie aus der Bredouille geholt, also hatte sie geschwiegen.

In der Nacht zum Montag schlief sie so gut wie nicht. Immer wieder stand sie auf, um sich im Schein der Kerze, die sie hatte brennen lassen, auf einem alten Block ein paar Notizen zu machen. Als Vorspeise Fisch, als Hauptgang Fleisch und als Dessert irgendwelche beschwipsten Früchte – war das originell genug? Und falls ja, welchen Fisch und welches Fleisch? Im Bistrot waren Kutteln und Blutwurst sehr gefragt, beides war typisch für die Lyoner Küche, aber damit konnte sie bei einem *Diner*-Club wahrscheinlich nicht punkten. Oder doch?

Der Geistesblitz – oder das, was sie dafür hielt – kam Fabienne erst, als sie mit hektischem Blick und klopfendem Herzen über den kleinen Markt lief, der montags in der Nähe der Place Bellecour stattfand. Während die Händler sich über die Stände hinweg freche Bemerkungen an den Kopf warfen oder mit ihren Kunden schä-

kerten, starrte Fabienne auf den Stand eines Geflügel-
händlers. Der Mann, der so blass war wie seine Hühner,
wickelte gerade ein prächtiges Huhn in ein weißes Leinentuch und reichte es dann fast andächtig einer Hausfrau.

Knusprig gebratene Hühnchen... Fabienne holte tief
Luft. Sollte sie?

Wie vereinbart fand sie sich um zwei Uhr am Mittag
in der Rue Deleuvre ein. Es öffnete nicht der Hausherr
selbst, sondern seine ausgesprochen mürrische Köchin.
»*Sie* wollen mich also ersetzen?«, fragte Madame Caspis
und musterte Fabienne so missfällig von oben bis unten,
als hätte sie eine Bettlerin vor sich. Im Eiltempo ging es
dann in die Küche, wo sie Küchenschränke und Schub-
laden aufriss, um Fabie zu zeigen, wo sich was befand.
Und noch bevor diese fragen konnte, ob sie beim Herd
irgendetwas Besonderes beachten musste, war Madame
Caspis fort.

Stirnrunzelnd schaute Fabienne der Köchin hinterher. So feindselig, wie die Frau sich verhielt, hätte man
meinen können, sie, Fabienne, wolle ihr den Posten
streitig machen. Dabei ging das Ehepaar Caspis doch
aus freien Stücken!

Resolut band sie sich die Küchenschürze um, die Sophie ihr zum Abschied geschenkt und die sie bisher wie
einen Schatz gehütet hatte, dann legte sie los.

Pünktlich um sechs Uhr ertönten sonore Männerstimmen im Flur, dazu die hellere Stimme des Geigenbauers,
der seine Gäste begrüßte.

Jeanette, das Hausmädchen von Monsieur Nivet, das nur ein paar Jahre älter als Fabienne war, holte eine Flasche Champagner aus dem Eiskeller – mit einem kalten Appetitmacher und Champagner würde jeder *Diner*-Abend beginnen, erklärte sie, während sie Tablett und Gläser herrichtete.

Fabienne klopfte das Herz schlagartig bis zum Hals. Es ging los! Ihre Hände zitterten, als sie den Saft einer Zitrone über dem marinierten Lachs auspresste, den sie als Vorspeise geplant hatte.

Jeanette, die kam, um diese zu holen, schaute in Fabies sorgenvolles Gesicht und sagte: »Mach dir keine Gedanken – wenn die Herren Lachs und Champagner intus haben, sind sie wohlgelaunt!« Versiert schnappte sie vier der acht Teller und ging davon.

Dankbar schaute Fabie dem Hausmädchen hinterher. So unfreundlich Madame Caspis gewesen war, so liebenswert war hingegen Jeanette. Mit ihr würde sie sich gut verstehen, sollte es mit der Stelle etwas werden.

Am Nachmittag, gleich nach ihrer Ankunft, hatte Fabienne das Hausmädchen nach einer Zinnplatte gefragt. Es hatte ein wenig gedauert, aber am Ende hatte Jeanette aus den Untiefen der Geschirrschränke eine solche Platte hervorgezogen. »Monsieur Nivet speist normalerweise nur von feinstem Limoges-Porzellan...«, hatte sie skeptisch geäußert, als Fabie die Platte mit heißem Wasser und einer Wurzelbürste abschrubbte. Erst als Fabienne ihren Plan verriet, war Jeanettes Skepsis verflogen. »Das ist zwar das Verrückteste, was ich je gehört habe, aber es könnte funktionieren!«, hatte sie lachend gesagt. *»Je te souhaite bonne chance!«*

Jeanette wünschte ihr Glück – das konnte sie gut gebrauchen, dachte Fabienne, während sie jetzt ihre Hauptspeise – oder sollte sie besser sagen, »das Kunstwerk« – auf der Platte anrichtete.

Die Zinnplatte mit dem Essen war am Ende so schwer, dass Jeanette es nicht schaffte, sie allein hochzuheben. Also band sich Fabienne eine frische Schürze um, und gemeinsam trugen sie die Platte ins Esszimmer.

Das Tischgespräch verstummte, noch bevor sie die Zinnplatte in der Mitte des Tisches abgestellt hatten. Fabienne und Jeanette machten einen kleinen Knicks, wünschten »*Bon appétit!*«, dann ging das Hausmädchen davon. Fabienne blieb im Türrahmen stehen.

Noch immer herrschte Schweigen. Der Geigenbauer schaute Fabienne an, seine Gäste, dann wieder Fabienne. Sein Blick wanderte über den Tisch hinweg zur Wand.

»Das…«, hob er an, schüttelte dann aber nur den Kopf, als wäre er fassungslos.

»Das ist ja…«, sagte sein Tischnachbar, aber auch er beendete seinen Satz nicht.

»Das sieht ja aus wie das Ölgemälde an der Wand!«, rief ein anderer Gast.

»Allerdings! Ich dachte gerade, ich traue meinen Augen nicht«, sagte der erste Mann lachend. »Grandios!«

»*Magnifique!*«, rief ein dritter und fing an zu klatschen.

Im nächsten Moment klatschten alle acht Männer am Tisch.

»Armand, falls du die junge Frau nicht einstellst, nehme ich sie zu mir«, sagte einer der Herren. »Meine Claudine wäre begeistert, wenn ich ihr so eine fantasievolle Köchin bringen würde.«

»Nichts da, Mademoiselle Durant ist meine Entdeckung!«, rief der Geigenbauer und zwinkerte Fabienne verschwörerisch zu. »Sie und ihr Verlobter fangen am ersten Oktober hier an, und daran ist nicht zu rütteln!«

Fabienne war so schwindlig vor Glück, dass sie sich am Türrahmen festhalten musste.

»Die Weintrauben, der Käse, das gebratene Huhn, und dazu noch die Zinnplatte – wie um alles in der Welt sind Sie auf diese Idee gekommen?«, fragte Monsieur Nivet, und seine roten Wangen waren noch eine Spur röter als sonst.

Fabie spürte, wie auch ihr die Röte in die Wangen stieg – vor Freude! »Nun ja, normalerweise ist es so, dass ein Maler das malt, was ein Koch hergerichtet hat. Ich habe es einfach umgekehrt gemacht und das gekocht, was ein Maler gemalt hat!« Sie lächelte in die Runde, getragen von einem ihr bisher unvertrauten Selbstbewusstsein. »*Einen* Unterschied gibt es allerdings zwischen dem Werk des Künstlers und meiner Speise – ich habe die gebratenen Hühner schon zerlegt, damit Sie gleich mit dem Essen beginnen können. *Bon appétit!*« Sie machte noch einen Knicks, dann ging sie eilig davon.

Kapitel 40

Das Ehepaar Caspis hatte im Dachgeschoss des Geigen-
bauer-Hauses zwei Zimmer bewohnt. Nach ihrem Aus-
zug Ende September standen diese Zimmer leer. Solange
Fabienne und Yves nicht verheiratet waren, würde er
ein Zusammenleben unter seinem Dach nicht dulden,
sagte Monsieur Nivet streng, als sie die Anstellungs-
modalitäten besprachen. Dafür, dass Nivet ihnen kein
Logis bieten konnte, legte er beim Lohn ein paar Francs
drauf.

Fabienne und Yves war das nur recht – sie hatten
beide freundliche Zimmerwirte und wohnten gern in
ihrem Viertel, und zwar getrennt voneinander! Auch
wenn sie eng befreundet waren, so hatten sie doch keine
Lust darauf, ihre freie Zeit nur noch gemeinsam und im
Haus ihres Chefs zu verbringen – lieber marschierten
sie tagtäglich den steilen Berg hinauf.

In der Geigenmanufaktur arbeiteten sieben Männer,
im Haus gab es noch eine Scheuermagd, eine Wäsche-
magd und einen Kutscher, der nicht nur den Hausherrn
fuhr, sondern auch Ware auslieferte. Wenn sie das Haus-

mädchen Jeanette, Yves und sich selbst dazurechnete, musste Fabienne mittags also 13 Personen verköstigen, dazu kam der kalte Imbiss, den sie für Monsieur Nivet herzurichten hatte. An ihrem ersten Tag gab es für die Bediensteten Bratkartoffeln mit Speck und für Monsieur Nivet etwas geräucherten Lachs mit Gurke, womit alle zufrieden waren.

Am ersten Abend servierte Fabienne ihrem Herrn einen Eintopf aus frischen Bohnen, Speck und mit viel Majoran gewürzten Schweinswürsten, die sie knusprig braun anbriet, bevor sie sie in den Eintopf gab.

Er schien Monsieur zu schmecken, und er ließ sich von Jeanette sogar ein zweites Mal davon geben.

An ihrem zweiten Tag gab es für die Angestellten einen Eintopf, für Monsieur bereitete Fabienne abends eine pürierte Kürbissuppe und eine Platte mit *petits toasts* mit Pfifferlingen zu.

»Du sollst ins Speisezimmer kommen«, sagte Jeanette nach dem Servieren sorgenvoll. Fabienne band sich ihre Schürze ab und stiefelte los.

»Suppe als Hauptgericht?«, kam es von Monsieur Nivet anstelle einer Begrüßung. Sein rundliches Engelsgesicht erschien ihr nicht so zufrieden wie am Vortag.

»Die Marktfrau hat von den Kürbissen so geschwärmt, sie sind am frühen Morgen erst vom Feld gekommen – ich wollte Ihnen diesen erntefrischen Genuss nicht vorenthalten«, antwortete sie aufrichtig. »Und den frischen Pfifferlingen konnte ich auch nicht widerstehen...«

Nivet schaute sie einen langen Moment nachdenklich an, dann tauchte er seinen Löffel in den Suppenteller und aß weiter.

Fabienne ging erleichtert zurück in die Küche.

An ihrem dritten Tag im Haus des Geigenbauers waren für den Abend zwei Herren zum Essen eingeladen. Nach einiger Überlegung kochte Fabienne ein *ratatouille*, das sie mit *boudin*s garnierte – die Würste mit frischem Schweineblut waren eine Leibspeise in Lyon!

Laut Jeanette waren der Geigenbauer und seine beiden Freunde von der Mischung aus südfranzösischer und Lyoner Küche recht angetan. Fabienne frohlockte – offenbar konnte sie als Privatköchin gut bestehen!

Am vierten Tag, einem Mittwoch, bekam ihr Chef abends Damenbesuch, was Jeanette beiläufig am Nachmittag verkündete – Monsieur Nivet selbst hatte vergessen, Fabienne über den Gast zu informieren. Die Dame hieß Madame Clape, ihr gehörte ein Hutladen in der Nähe des Bahnhofs, und sie war Monsieur Nivets Geliebte, erfuhr Fabienne zudem von dem Hausmädchen.

Da es sich um einen gewöhnlichen Wochentag handelte, hatte Fabie lediglich etwas kalten Aufschnitt vorbereitet und eine einfache, aber sehr wohlschmeckende Samtsuppe gekocht, das Rezept für die *velouté* hatte sie von Sophie gelernt. Anstatt Garnelen in die Suppe zu geben, wie Sophie es getan hatte, nahm Fabienne das zarte weiße Fleisch einer Flussforelle, das sie zuvor in kleine Stücke gezupft hatte.

Gleich nachdem Jeanette die Suppe serviert hatte, wurde Fabienne ins Speisezimmer zitiert.

»Schon wieder Suppe als Hauptspeise?«, sagte der Geigenbauer und klang dieses Mal ungewöhnlich schroff.

Fabienne, deren Knie schon auf dem Weg dorthin gezittert hatten, erbleichte. Oje, am Montag erst hatte es die Kürbissuppe gegeben – dass ihr Chef dies als zu eintönig empfinden könnte, hatte sie nicht bedacht.

Fabienne schaute angstvoll vom Geigenbauer zu seiner Tischdame, einer äußerst eleganten Erscheinung mit silbernen Haaren und viel Puder im Gesicht. Sie hatte ausdrucksvolle dunkelbraune Augen und einen amüsierten Zug um ihren Mund.

»Zweimal Suppe in einer Woche mag auf den ersten Blick einfallslos wirken«, hob Fabienne vorsichtig an. »Aber eigentlich haben die beiden Gerichte nichts gemeinsam. Die Kürbissuppe war wie ein Vorgeschmack auf den nahenden Herbst – am Montag, als sich der Nebel den ganzen Tag nicht gelichtet hatte, passte diese Suppe von der Stimmung her wunderbar. Heute jedoch war es tagsüber spätsommerlich warm.« Mit jedem Wort wurde ihre Stimme zuversichtlicher. »Ich hoffe, es ist mir gelungen, mit meiner besonders zarten *velouté* die milde Stimmung eines Spätsommertags einzufangen. Wenn ich darüber nachdenke…« – Fabiennes Miene hellte sich auf – »gibt es eigentlich Suppen für jede Stimmung, jedes Wetter, jede Gemütslage, finden Sie nicht auch?«

»Das stimmt!«, kam es erstaunt von Nivets Tischdame. »Wann immer eins von uns Kindern krank war, ließ meine Mutter von unserer Köchin eine Hühnersuppe zubereiten. Und jeden Sommer, wenn meine Söhne und ich in unserem Haus in Nizza ankommen, gibt es als erstes Gericht eine Tomatensuppe mit geröstetem Knoblauch. Diese Suppe ist so herrlich aromatisch…« Der Blick von Madame Clape war in die Ferne gerichtet, gerade so, als wäre sie in Gedanken an die Côte d'Azur gewandert.

»Allem Anschein nach haben Sie sich doch etwas bei der Auswahl Ihrer Speisen gedacht«, kam es grummelnd von Armand Nivet. Er schaute Fabienne streng an. »Und dass Sie zu jedem Ihrer Gerichte eine kleine Geschichte erzählen, hat unbestritten Charme. Ich möchte Sie dennoch bitten, ein wenig mehr Abwechslung in den Speiseplan zu bringen. Und bitte kochen Sie zukünftig mehr typische Lyoner Gerichte. Eine Hühnerleber mit Zwiebeln, ein schönes Kuttelgericht oder Schafsfüße in Remoulade – danach stünde mir mal wieder der Sinn! Ich hoffe sehr, dass Sie diese Gerichte auch beherrschen, ansonsten könnte ich noch zu der Annahme kommen, in der Auswahl meiner Köchin einen Fehler gemacht zu haben.«

Fabienne, die die Drohung erkannte, schluckte trocken.

Auch Madame Clape runzelte betroffen die Stirn, solch harsche Töne schien sie von ihrem Liebhaber nicht gewohnt zu sein. Im nächsten Moment gab sie Armand Nivet spielerisch einen Klaps auf den rechten Handrücken. »Hast du gehört, Liebster – die *velouté* deiner einfallsreichen Köchin ist besonders zart. Ich hoffe sehr, so wirst du heute zu mir auch noch sein...«

Das war ja gerade noch mal gut gegangen, dachte Fabienne, als sie wieder in der Küche war. Verflixt – hatte Sophie nicht immer wieder betont, wie wichtig Abwechslung auf dem Speiseplan war? Sie jedoch hatte noch nicht einmal daran gedacht, einen Speiseplan für die erste Woche zu schreiben! Stattdessen hatte sie sich von Tag zu Tag gerettet, hatte das gekocht, was sie sich zutraute und von dem sie glaubte, dass es Lyoner Gerichten einigermaßen nahe kam. Aber auf die Dauer würde diese Strategie nicht funktionieren, das stand fest.

Noch immer erschüttert über Nivets Schelte setzte Fabienne Wasser fürs Geschirrspülen auf.

Schafsfüße in Remoulade? Allein bei dem Gedanken wurde ihr schlecht. Hühnerleber mit Zwiebeln? Bei ihnen zu Hause hatte es nie Innereien gegeben, Violaine mochte sie nicht. Und Sophie hatte aus Innereien immer nur Pasteten hergestellt – Fabienne hatte demnach keinerlei Erfahrung, auf die sie zurückgreifen konnte.

Himmel – wenn es ihr nicht gelang, so schnell wie möglich die Lyoner Küche zu erlernen, dann verlor sie ihre Anstellung als Privatköchin so schnell wieder, wie sie sie bekommen hatte…

Zu Fabiennes großer Erleichterung bestieg Monsieur Nivet am Freitagmorgen seine Kutsche und wollte erst am Sonntagabend zurückkommen. Außer Yves, der nach dem Haus schauen musste, bekamen alle Bediensteten frei, auch Fabienne. Sobald sie das letzte Mittagessen für die Bediensteten gekocht und die Küche aufgeräumt hatte, machte sie sich auf den Weg hinab in die Stadt. Wenn ihr jemand helfen konnte, dann war es *Mère* Boucher! Die Frage war lediglich – war Cathérine dazu bereit?

Das Restaurant hatte noch geschlossen. Wie bei ihrem letzten Besuch ging Fabienne daher zum Hintereingang, klopfte an.

»*Oui?*«, ertönte es laut.

Cathérine Boucher war nicht allein, eine zweite Frau

stand mit ihr am Herd, gemeinsam füllten sie den Bauch eines Zickleins mit einer für Fabienne undefinierbaren Masse.

»*Bonjour* Cathérine.« Unsicher schaute Fabienne von einer zur andern. »Ich will nicht stören, aber darf ich ganz kurz hereinkommen?«

»Du bist doch schon drin«, antwortete die *Mère* trocken. Während sie das Hinterteil des Zickleins weit aufhielt, nickte sie in Richtung der anderen Frau. »Das ist *Mère* Ricard, ihr Restaurant liegt in der Nähe vom Bahnhof. Giselle hilft mir heute, weil meine liebe Lucie mal wieder verhindert ist.« Sie verzog den Mund. »Ellen, das ist Fabienne, sie arbeitet im Bistrot als Serviermädchen.«

Eingeschüchtert begrüßte Fabienne die zweite *Mère*. Am Mère Ricard war sie schon mehrmals vorbeigegangen, immer waren die Tische bis auf den letzten Platz besetzt gewesen. Dass nun ausgerechnet die Besitzerin dieses erfolgreichen Restaurants ihre Not mitbekam, war ihr alles andere als recht. Aber hatte sie eine Wahl?

»Im Bistrot habe ich gekündigt, ich arbeite nun oben in Croix-Rousse in einem Privathaushalt«, sagte sie verhalten.

Cathérine Boucher hob anerkennend die Brauen. »Ich gratuliere, das hast du dir doch gewünscht! Aber nun sag – was führt dich zu mir?«

Einen Moment noch zögerte Fabienne, dann begann sie zu berichten, wie sie sich bei Monsieur Nivet bisher durchgemogelt hatte. Als sie beim gestrigen Abend angelangt war, lief ihr ein unangenehmer Schauder über den Rücken.

»Wie ich da im Türrahmen stand und von Monsieur abgekanzelt wurde – das war einer der unangenehmsten Momente in meinem ganzen Leben!«, endete sie.

Cathérine Boucher lachte herzhaft auf. »Nun, eine Suppe zu servieren, wenn der Hausherr seine Geliebte empfängt – dazu gehört schon was!« Sie tauschte über den Rand ihrer Brille hinweg einen amüsierten Blick mit ihrer Kollegin.

Eine Portion Dummheit gehörte dazu, dachte Fabienne und stöhnte. »Das Schlimme ist, dass ich nicht einmal weiß, ob ich etwas anderes gekocht hätte, hätte ich schon früher von dem Damenbesuch gewusst«, sagte sie in einem Anfall von selbstzerfleischender Ehrlichkeit. »Von der Lyoner Küche kenne ich nur das, was im Bistrot serviert wird – und selbst gekocht habe ich davon noch nichts! Ich weiß nicht, wie man Blutwürste zubereitet oder Schafsfüße – so etwas wird bei uns im Süden nicht gegessen. Schon beim Vorstellungsgespräch meinte Monsieur Nivet, er glaube, dass nur jemand aus Lyon die hiesige Küche beherrscht. Deshalb hätte ich die Stelle gar nicht antreten dürfen. Aber statt wieder zu gehen, habe ich laut herumgetönt, ich würde das schon schaffen. Oh Gott, ich komme mir vor wie die größte Aufschneiderin weit und breit!« Fabienne schlug die Hände vors Gesicht.

»Dein Herr erzählt Blödsinn! Ich stamme auch nicht aus Lyon, und die Lyonnaiser essen trotzdem sehr gern bei mir«, sagte Giselle Ricard. »Und du bist doch auch nicht von hier, oder?«, wandte sie sich an Cathérine.

»Ganz genau! Bei uns in den Dombes würde keinem solch ein hochnäsiges Geschwätz über die Lippen kommen. Das ist mal wieder typisch für Lyon, lass dich bloß nicht von diesen Städtern einschüchtern«, sagte *Mère* Boucher, während sie das inzwischen prall gefüllte Zicklein mit Küchengarn zunähte.

»Meint ihr wirklich, ich als Fremde kann die Lyoner Küche erlernen?« Hoffnungsvoll schaute Fabienne von einer Frau zur andern. Dass *Mère* Boucher nicht von hier war, hatte sie schon einmal gehört – der Seidenhändler aus dem Süden hatte es erwähnt, damals, als sie direkt nach ihrer Ankunft mit ihm hier gegessen hatte.

»Erzähl doch erst mal, was du schon alles unternommen hast, um Lyoner Rezepte zu erlernen«, sagte Giselle Ricard.

»Unternommen?« Fabienne hob fragend die Brauen. Was hätte sie denn unternehmen sollen?

»Lernen kann man fast alles«, sagte Cathérine Boucher. »In deinem Fall muss es allerdings schnell gehen. Ellen, fallen dir ein paar Gerichte ein, die Fabienne auf die Schnelle hinbekommen kann?«

Die *Mère*, die das Zicklein gerade in einer riesigen Pfanne von allen Seiten anbriet, erwiderte: »Eine Hühnerleber mit Zwiebeln ist ja nun wirklich kein Hexenwerk. Du musst die Leber einfach so lange anbraten, bis sie nicht mehr blutig ist. In einer zweiten Pfanne brate ich außer den Zwiebelringen auch Apfelscheiben an und gebe dann beides über die Leber.« Sie zuckte mit den Schultern, als wollte sie sagen: Etwas Einfacheres gibt es doch nicht.

»Du kannst übrigens auch jede andere Geflügelleber nehmen«, fügte Cathérine Boucher an. »Und aus einer Geflügelleber kannst du eine Art deftige Praliné herstellen, indem du...«

Gespannt hörte Fabienne zu. Warum hatte sie kein Notizbuch mitgebracht? Gleich wenn sie nach Hause kam, würde sie alles aufschreiben! Hoffentlich konnte sie sich die Einzelheiten merken.

»Die Leute aus Croix-Rousse essen bei mir immer gern *Cervelle de canut,* das ist ein cremig aufgeschlagener Kräuterfrischkäse. Die Seidenweber essen ihn zusammen mit Pellkartoffeln«, sagte *Mère* Ricard, die nun auch Gefallen an der Lehrstunde gefunden zu haben schien. »Du kannst den *Cervelle* genauso zu allen anderen Kartoffelgerichten servieren, aber auch zu einem gesottenen Fleisch oder zu Gemüsegerichten. Er ist kinderleicht zuzubereiten, die Besonderheit an diesem Gericht ist, dass man den Käse luftig aufschlagen muss…«

»*Galette Lyonnaise* kann fast jede Hausfrau machen«, kam es von Cathérine, nachdem Giselle mit ihrem Rezept fertig war. »Du brauchst dafür lediglich Kartoffeln, Zwiebeln, etwas Muskat…« Schritt für Schritt erklärte sie dann, wie man die Kartoffelfladen zubereitete.

»Und mit *Quenelles* machst du auch jeden Lyonnaiser glücklich!«, fügte Giselle hinzu.

»Sind das diese luftigen Klößchen, die in einer Sahnesoße schwimmen? Ich habe sie schon bei dir gegessen, konnte aber nicht herausfinden, aus welchen Zutaten sie genau bestehen.« Diese Lehrstunde war ja zu schön, um wahr zu sein, dachte Fabienne dankbar.

»Du hast Glück, *Quenelles* stehen bei mir heute auf dem Speiseplan«, erwiderte *Mère* Boucher, dann reichte sie Fabienne eine Schürze. »Am besten arbeitest du uns beiden ein wenig zu, dabei lernt es sich am leichtesten!« Sie zeigte auf ein dickes Büschel frischer Kräuter.

Fabienne erkannte Petersilie, Schnittlauch, Kerbel.

»Ich brauche die Kräuter sehr fein – aber halt!«, rief sie, als Fabienne sogleich ein Messer in die Hand nahm. »In meiner Küche werden Kräuter mit der Schere geschnitten, nicht gehackt. Auf diese Art behalten sie ihre Säfte länger und somit auch ihr Aroma.«

Quenelles, Galette Lyonnaise, Tablier de sapeur, also panierte Kutteln – eine Stunde später schwirrte Fabienne der Kopf. Die *Mères* verwendeten hauptsächlich preiswerte Zutaten, die man überall kaufen konnte. Aber es waren weder der Einkauf noch die Gerichte an sich, die ihr Kopfzerbrechen bereiteten. Es waren vielmehr die unzähligen kleinen Tricks und Kniffe, die Cathérine und Giselle parat hatten, um aus Innereien wie Kutteln, Hirn oder Leber eine schmackhafte Speise zu zaubern! Diese Art von Kochkunst hatte sie weder bei ihrer Mutter noch bei Sophie im Chateau gelernt. Und auch wenn es um Gemüse ging, kochten die *Mères* völlig anders. So wanderten in den Kartoffelauflauf bei Cathérine Boucher nicht etwa nur Kartoffeln, sondern auch feinste Würfel von Sellerie, Petersilienwurzel und Pastinake – die letzten beiden hatte Fabienne noch nie verwendet. Und bei den Bratkartoffeln verwendete die *Mère* Ricard nicht etwa Olivenöl, wie Fabienne es kannte, sondern Butterschmalz. Der Duft, der ihr aus der Pfanne entgegenkam, hüllte sie ein wie eine warme Umarmung. Und dann die Soßenansätze! Wenn Fabienne in einem der Töpfe rührte, kam ihr eine Woge von Wohlgerüchen entgegen. Würde es bei ihr jemals so gut schmecken wie bei den *Mères*? Sie war skeptisch.

Nachdem die meisten Vorbereitungen für den Abend

abgeschlossen waren, nahmen die drei Frauen zu einem schnellen Imbiss Platz. Cathérine Boucher schnitt jedem eine Scheibe Fleischpastete ab, dazu gab es kleine Essiggurken und Baguette. Fabienne konnte sich nicht daran erinnern, wann es ihr zuletzt so gut geschmeckt hatte wie in der Gesellschaft der beiden Frauen.

Sie schaute von einer zur andern. »Tausend Dank, dass ihr mir aus der Patsche helft! Mit euren Rezepten komme ich immerhin schon mal die nächste Woche über die Runden. Ich weiß gar nicht, wie ich eure Großzügigkeit jemals wiedergutmachen kann …«

Mère Boucher vollführte eine wegwerfende Handbewegung. »Der Anfang ist gemacht, nun liegt es an dir, wie es weitergeht.«

»Ganz genau – jetzt weiß ich immerhin, was ich alles noch *nicht* kann!«, erwiderte Fabienne mit einem betrübten Lächeln.

»So wie du haben wir alle angefangen. Oder glaubst du, wir wurden mit einem Kochlöffel in der Hand geboren?«, kam es von Giselle. »Du musst einfach jeden Tag dazulernen, immer besser werden, verstehst du?« Sie legte ihre schwielige rechte Hand auf die von Fabienne und drückte sie aufmunternd. »Frag jeden, der was vom Kochen versteht, nach Tipps und Rezepten. Frag die Marktleute, frag den Fischhändler, bei dem du einkaufst, frag auch die Bäckerin, bei der du euer Brot erstehst. Frag deine Zimmerwirtin! Ich wette mit dir, sie bereitet für ihren Mann mindestens einmal in der Woche eine gebratene Geflügelleber zu – Männer lieben dieses Gericht. Du wirst sehen, bald beherrschst du eine solche Fülle an typischen Lyoner Gerichten, dass deinem Herrn beim Essen garantiert nicht mehr langweilig wird.«

»Aber was, wenn…«, hob Fabienne an.

»Von Wenn und Aber wird niemand satt! Und deine Arbeit behältst du damit auch nicht«, unterbrach Cathérine sie unwirsch. »Wie Giselle sagte – ab jetzt heißt es lernen, lernen, lernen!« Sie nickte Fabienne noch einmal aufmunternd zu, dann wandte sie sich an Giselle Ricard: »Bist du nächste Woche eigentlich auch bei dem Treffen von ›Madame Bouchons‹ dabei?«

Die *Mère* lachte. »*Mais oui!* Das lasse ich mir nicht entgehen – wo sonst erfährt man den pikantesten Tratsch der Stadt?«

»Und wo sonst sind am Ende des Abends alle anwesenden Frauen sturzbetrunken?«, erwiderte Cathérine.

Jetzt lachten beide Frauen.

Fabienne betrachtete eingehend ihre Pastete.

»›Madame Bouchons‹ ist eine Vereinigung von Köchinnen, die auch Inhaberinnen eines Restaurants sind«, klärte Cathérine sie auf. »*Mère* Anne Sylvain hat die Vereinigung vor drei Jahren gegründet. Wir treffen uns vier Mal im Jahr, immer in einem der besten Restaurants. Offiziell finden diese Treffen statt, damit wir uns gegenseitig in unserem Tun bestärken, um Erfahrungen auszutauschen und einen Ausblick auf die Zukunft zu wagen.« Cathérine schmunzelte. »In Wahrheit freuen wir uns einfach über einen freien Abend unter Frauen, die alle verrückt genug sind, sich die Arbeit und Verantwortung eines Restaurants aufzuhalsen.«

Eine Vereinigung von Restaurantbesitzerinnen? Fabienne war fassungslos.

»Wir lachen, streiten, und manchmal weinen wir auch zusammen, wenn das Leben einer von uns gar zu übel mitspielt. Auch wenn wir allesamt gute, erfolgreiche Köchinnen sind, so hat jede doch ihr Päckchen zu tragen. So ist das nun mal im Leben, da hilft kein Jammern und kein Klagen.« Cathérine schaute Fabienne bedeutungsvoll an.

Fabienne, die die versteckte Zurechtweisung erkannte, schwieg betreten. Das war nun schon die zweite Schelte, die sie in kürzester Zeit einstecken musste. Und zu Recht!

Wie ein kleines Kind, das zu seiner *Maman* rennt, weil es sich das Knie aufgeschlagen hat, war sie mit ihren Sorgen zu *Mère* Boucher gelaufen. Warum war sie nicht selbst auf die Idee gekommen, die Marktleute oder ihre Zimmerwirtin nach typischen Lyoner Rezepten zu fragen?

Doch schon im nächsten Moment grinste Cathérine wieder. »Wir lästern außerdem über die Herren Köche, die angstvoll unser Treiben beobachten, die sich über uns lustig machen, die versuchen, uns bei der Kundschaft madig zu machen und so weiter! Und...« Cathérine machte eine kleine Kunstpause. »Wir leisten uns bei jedem Treffen ein Menü mit mindestens sieben Gängen, das ein kleines Vermögen verschlingt! An jedem anderen Tag kochen wir für unsere Gäste, aber an diesem einen Abend – da lassen wir uns fürstlich verwöhnen.«

»Ganz genau«, bekräftigte Giselle. »Das sind wir uns wert!«

Bevor Fabienne wusste, wie ihr geschah, schossen ihr Tränen in die Augen.

»Was ist denn?«, riefen Cathérine und Giselle gleichzeitig. »Warum weinst du?«

»Ich…« Fabienne wischte sich hastig die Tränen vom Gesicht, während Cathérine ihr ein Schnapsglas mit einer klaren Flüssigkeit hinstellte. »Trink! Ein *Eau-de-vie* hilft immer.«

Na dann, dachte Fabienne, während sie den Inhalt des Glases in einem Zug hinunterkippte. Nun hielten die beiden *Mères* sie bestimmt endgültig für einen Jammerlappen. Mit einem tiefen Aufseufzen stellte sie das Schnapsglas fort.

»Dieses Treffen von euch Köchinnen… Für mich hört sich das an wie ein Märchen«, sagte sie mit rauer Stimme. »Ich dachte immer, dass mich jeder für meinen Traum, Köchin zu werden und eines Tages ein eigenes Restaurant besitzen zu wollen, auslachen und für verrückt erklären würde. Und nun erfahre ich, dass es sogar eine Vereinigung von solchen ›Verrückten‹ gibt.« Sie schüttelte ungläubig den Kopf.

»Erzähl was Neues…«, sagte Giselle und verzog das Gesicht.

»So ist es uns allen ergangen«, meinte auch Cathérine gelassen. »Das Wichtigste ist, dass du an deinen Traum glaubst! Was die andern denken, kann dir doch egal sein.« Sie holte noch zwei Schnapsgläser, dann goss sie alle drei voll. »Auf uns, die Verrückten!«

»Auf uns!«

Was hatte sie für ein Glück, den *Mères* begegnet zu sein, dachte Fabienne, als sie nach Hause ging. Es war ein kühler Abend, die Luft war qualmig vernebelt vom Rauch der ersten Kaminfeuer, die die Leute entzündeten, um es in ihren Häusern warm zu haben. Trotzdem atmete Fabienne befreit auf. Die ganze Anspannung, die sich im Haus von Armand Nivet wie ein enger Ring um ihre Brust gelegt hatte, war verflogen. An ihre Stelle war neuer Kampfgeist getreten. Sie würde die Lyoner Küche lernen, und zwar von Grund auf! Gleich morgen früh würde sie auf dem Markt anfangen und die Frau, die immer so wunderschöne Artischocken feilbot, fragen, wie man diese Frucht zubereitete und aß. Bisher hatte sie die Artischocken immer nur bewundert, aber diese Zeiten waren vorbei!

Von jetzt an würde sie nicht mehr herumjammern, sobald das kleinste Problem auftauchte, sondern nach Lösungen suchen. Durchhalten, sich nicht gleich einschüchtern lassen – weder von Artischocken noch vom Leben. Und eines Tages... Eines Tages würde sie ihr eigenes Restaurant besitzen, und sie würde gemeinsam mit Cathérine und Giselle zu einem Treffen von »Madame Bouchons« gehen.

Kapitel 41

Fünf Jahre später

Es war kurz vor zwölf an diesem Augusttag – also eine Stunde früher als sonst –, als das Kindermädchen verkündete, dass er, Manuel, für heute genug Schreibübungen absolviert habe. Schließlich sei heute sein Geburtstag, hatte sie noch augenzwinkernd angefügt. Es hatte keiner zweiten Aufforderung bedurft – wie ein Pfeil war er von seinem Stuhl hochgeschossen. Vergessen war das langweilige Buchstabenheft – er konnte kaum erwarten zu sehen, was er geschenkt bekam! Manuel wäre am liebsten auf dem Geländer die Treppe hinuntergerutscht, doch das hätte gewiss wieder einmal Ärger gegeben. So nahm er brav eine Stufe nach der anderen, während sein Herz vor Aufregung heftig schlug.

Im Salon warteten seine Eltern schon auf ihn. »*Joyeux anniversaire,* mein lieber Sohn!«, sagte seine Mutter lächelnd und breitete ihre Arme aus.

Einen Moment lang blieb Manuel abwartend im Türrahmen stehen. *Maman* wollte ihn umarmen? Sonst fragte sie doch immer zuerst, ob er brav seine Schreibübungen gemacht hatte? Vielleicht war das ebenfalls so, weil er Geburtstag hatte?

Er warf sich so überschwänglich in ihre Arme, dass sie fast ins Taumeln kam. Wie warm sie sich anfühlte und wie gut sie duftete – er hätte ewig so verweilen können.

»Contenance, mein Kind, ein wenig davon darf ich doch gewiss von einem sechsjährigen Buben erwarten, *non*?« Sie schob ihn abrupt von sich.

»*Maman!* Wann gibt es die Geschenke? Bekomme ich einen Hund? Einen Jagdhund wie Nici einen hat?«

Nicolas Brasse war zwei Jahre älter als er, seine Familie wohnte ungefähr einen Kilometer entfernt auf einem Bauernhof, den man vom Fenster seines Zimmers aus sehen konnte. Manchmal gaben sie sich Zeichen mit einer Spiegelscherbe. Zwei Mal blitzen bedeutete nur »Hallo«, drei Mal blitzen hieß: »Komm, wir treffen uns und stellen etwas an!«

Eigentlich gehörte der Hund namens Benno gar nicht Nici, sondern seinem Vater Eduard. Der war Kutscher und sah immer ein wenig finster aus. Das fand er, Manuel, spannend. Eduard Brasse war einer der Männer, die für seinen Vater Austerntransporte durchführten. Wenn er unterwegs war, holte Nici den Hund aus seinem Zwinger. Und Benno, außer sich vor Glück, begleitete Nici dann auf Schritt und Tritt. Manuel wünschte sich sehnlichst, dass auch ihm ein Hund auf Schritt und Tritt folgte. Dann würde er sich vielleicht nicht mehr so oft allein fühlen.

»Nein, einen Hund gibt es nicht«, sagte seine Mutter jedoch. Sie warf Vater einen Blick zu und zischte:

»Ich dachte, diese Marotte hast du ihm ausgeredet?« An Manuel gewandt, fuhr sie fort: »Sehr gern darfst du später einmal auf die Jagd gehen! Fast alle Herren – und so manche Dame – aus unserem Bekanntenkreis machen das, allerdings hoch zu Ross. Und nicht mit dreckigen Gummistiefeln, einer Flinte in der Hand und einem sabbernden Hund an der Leine, so wie Nicis Vater es tut.«

»Aber Nici sagt, das macht Spaß! Benno apportiert jedes Rebhuhn, ganz gleich, wo es erschossen vom Himmel fällt. Stell dir vor, Eduard hat Nici und mir gezeigt, wie man ein Rebhuhn rupft und zerlegt.«

»Du hattest aber hoffentlich kein Messer in der Hand?« Die Augen seiner Mutter bohrten sich regelrecht in ihn.

Manuel schüttelte betrübt den Kopf. »Gewollt hätte ich schon, aber Monsieur Brasse meinte, dass du bestimmt was dagegen hast. Nici durfte aber einen Schnitt machen, vom Hals des Rebhuhns entlang der ganzen Unterseite. Richtig geknirscht hat es, als er den Knochen durchtrennt hat, aber es ist nur ganz wenig Blut gekommen.« Enttäuschung klang in seinen letzten Worten mit.

Seine *Maman* schaute ihn entsetzt an. »Was fällt Eduard Brasse ein, dich bei derart unappetitlichen Vorgängen zusehen zu lassen? Blut, Tiere rupfen und zerlegen – da kannst du ja gleich zum Schlachter gehen!« Sie kniff ihre Augen zusammen. »Was hältst du eigentlich die ganze Zeit hinter deinem Rücken verborgen? Komm, zeig mir mal deine Hände!«

Nur zögerlich kam Manuel ihrer Aufforderung nach.

»Um Himmels willen, was ist das?« Sie zeigte auf die Schnittwunde am Zeigefinger seiner rechten Hand. »Von wegen, du hattest kein Messer in der Hand! Findest du es schön, deine *Maman* anzulügen? Macht das ein liebes Kind?« Oje, nun zitterte seine Mutter am ganzen Leib. »Nein, *Maman*, ich lüge nicht. Ich schwöre dir, dass ich bei den Brasses kein Messer in der Hand hatte!« Bevor er es verhindern konnte, schossen ihm Tränen in die Augen.

»Nun sei nicht so streng mit dem Jungen, es ist immerhin sein Geburtstag«, sagte sein Vater leise zu *Maman*. »Einen Hund bekommst du tatsächlich nicht, dafür aber ein anderes Geschenk. Willst du es sehen?« Aufmunternd schaute sein Vater ihn an, während der Qualm seiner Zigarre die Luft vernebelte.

Manuel nickte und warf dem riesigen, in Seidenstoff gehüllten Paket einen skeptischen Blick zu.

»Nichts da, zuerst wird gegessen«, erwiderte seine Mutter. »Mach bitte deine Zigarre aus. Und Manuel bekommt zur Feier des Tages ein Schlückchen Wein ins Wasser!«

Dieser Gedanke munterte Manuel wieder ein bisschen auf. Wenn sein Wasser ein wenig sauer schmeckte, fühlte er sich immer so erwachsen.

Hoffentlich war das Geschenk nicht das, was er befürchtete, dachte er, als sie zu Tisch gingen. Seine Eltern waren immer so traurig, wenn er sich nicht gebührend über ein Geschenk freute.

Vorletztes Jahr hatte er einen Malkasten bekommen, in dem die meisten Farben noch unbenutzt waren. Aber Malen war langweilig! Das Paar maßgefertigte Reitstiefel hingegen, das er zu seinem letzten Geburtstag erhalten hatte, trug er bei jedem Ausritt, den er mit

Papa unternahm. Doch langsam wurden die Stiefel zu eng, seine Füße wuchsen und wuchsen. Neue Reitstiefel wären prima! Aber hätten er und seine Mutter dafür nicht dem Schuster einen Besuch abstatten müssen?

Ganz gleich, was er bekam – er würde auf alle Fälle so tun, als freute er sich. Sonst war seine Mutter nur wieder enttäuscht von ihm.

Das Essen wurde aufgetragen, und seine Eltern unterhielten sich darüber, wie ärgerlich es war, dass sein Geburtstag dieses Jahr auf einen Freitag fiel. Wäre es ein Samstag gewesen, hätten sie ein kleines Fest für ihre Freunde veranstaltet. Aber freitags hatte fast niemand Zeit.

Von ihm aus könnte sein Geburtstag immer auf einen Wochentag fallen, dachte Manuel. Wenn seine Eltern Gäste einluden, musste er sich noch besser benehmen als sonst, und das war anstrengend. Andere Kinder wurden zu seinem Leidwesen nie eingeladen.

Der Hauptgang kam, es gab Fisch wie jeden Freitag. Manuel mochte Fisch. Er mochte sowieso alles, was mit dem Meer oder dem Étang zu tun hatte – den Geruch, das leise Geräusch, wenn Wasser ans Ufer schwappte, den milchig trüben Horizont, an dem die Welt scheinbar endete. Am allermeisten aber mochte er die Austernfischer, die für seinen Vater arbeiten. Und von denen war ihm Gabriel Blaire der liebste!

Von seinem Freund Gabriel würde er später bestimmt ein tolles Geschenk bekommen, dachte Manuel froh, während er seinen Fisch filetierte. Er konnte kaum erwarten herauszufinden, was es wohl war. Vielleicht ein eigenes Austernmesser?

465

Obwohl er sich heute früh so beeilt hatte, runter zu den Hütten der Austernfischer zu kommen, hatte er Gabriel Blaire leider verpasst – er war schon draußen bei den Austernbänken. Vivienne, Gabriels Frau, hatte ihm zum Geburtstag gratuliert und ihm dann einen Keks geschenkt, der nach Karamell und Salz schmeckte. Er wäre gern noch ein bisschen geblieben – in der Hütte der Blaires lagen immer so viele spannende Werkzeuge und Materialien herum, die man erkunden konnte, Messer und Zangen, Seile, Haken, Netze. Doch Madame Blaire hatte ihn weggeschickt. Wenn seine *Maman* es erlaube, dürfe er gegen Abend noch mal wiederkommen, hatte sie gemeint und angefügt, dass er dann auch sein Geschenk bekäme.

Dass seine *Maman* ihm das nie und nimmer erlauben würde und er sie immer nur heimlich besuchen konnte, wusste Madame Blaire nicht. Und er würde es ihr auch nicht sagen, denn sonst wäre sie bestimmt nur traurig.

Manuels Blick wanderte sehnsuchtsvoll aus dem Fenster in Richtung Étang. Wie schön wäre es, wenn die Blaires seine Großeltern wären, dachte er nicht zum ersten Mal. Sowohl die Eltern seiner Mutter als auch die seines Vaters waren schon lange tot. Und so stellte er sich manchmal vor, dass Gabriel sein Großvater war, von dem er all das über die Austernzucht lernen konnte, was sein Vater ihm nicht erzählte. Dass man Austern sowohl auf Tischen, an Felsen und auch auf dem Boden des Meeres kultivieren konnte. Wie die Affinage funktionierte, mit der man den Geschmack der Austern verfeinerte. Gabriel Blaire wusste auch, was zu tun war, wenn jetzt im Sommer alle Austern auf einmal laichten.

Das war alles so spannend, dass ihm, Manuel, das Zuhören nie langweilig wurde, im Gegenteil! Wenn Monsieur Blaire über Austern sprach, hörten sie sich an wie ein wertvoller Piratenschatz. Sein *Papa* hingegen sprach immer nur von der Größe, den Preisen und seiner feinen Kundschaft.

Wenn *Maman* wüsste, dass er sich bei den Blaires beim Öffnen einer Auster an der Hand verletzt hatte, wäre sie fuchsteufelswild geworden, dachte Manuel bang. Zum Glück hatte sie vorhin nicht weiter nachgefragt.

Dabei war es laut Gabriel ganz normal, dass man sich beim Austernöffnen verletzte, vor allem, wenn man ein Anfänger war wie er. »Übung macht den Meister!«, hatte er nur gemeint und einen Lappen auf die blutende Wunde an Manuels Hand gedrückt. Dann hatte er ihm noch mal ganz genau gezeigt, wie er das Messer anzusetzen hatte, damit es ihm nicht entglitt. Und beim zweiten Mal hatte er, Manuel, es hinbekommen.

Er war so stolz gewesen, als er die zwei silbrig glänzenden Hälften der Auster in der Hand gehabt hatte! Gabriel hatte für sich ebenfalls eine geöffnet, und dann hatten sie beide ihre Austern mit einem lauten Schmatzen geschlürft. Noch nie in seinem Leben hatte Manuel sich so erwachsen gefühlt. Und glücklich.

Warum seine Mutter nicht wollte, dass er sich bei den Austernfischern aufhielt, verstand Manuel nicht – immerhin waren es lauter fleißige Leute, die für *Papa* arbeiteten! Die Arbeit war hart, und eigentlich hatten die Männer dabei nicht viel zu lachen. Dass sie es trotzdem taten, gefiel Manuel. Das erste Mal, dass er einen

Mann aus ganzer Kehle hatte lachen hören, war ebenfalls unten bei den Austernfischern gewesen. Er wusste nicht mehr, was der Anlass für das Gelächter gewesen war, und ob es Gabriel oder ein anderer Mann war, der so laut gelacht hatte. Woran er sich jedoch noch gut erinnern konnte, war sein eigenes Erstaunen bei dem Ton, der aus dem weit geöffneten Mund des Mannes gekommen war. Noch nie hatte er seinen Vater derart lachen hören und auch keinen ihrer Bekannten. Die Männer verzogen lediglich ein wenig den Mund. Nicis Vater lachte auch nur selten, aber dafür konnte er so grimmig dreinschauen, dass es einen gruselte!

Manuel war so in seine Gedanken versunken, dass er erst gar nicht mitbekam, dass seine Mutter vom Tisch aufgestanden war.

»Manuel, träumst du mal wieder vor dich hin? Du darfst aufstehen, das Dessert gibt es später«, sagte sie ein wenig ungeduldig. »Dein Geschenk – du darfst es nun auspacken!« Einladend zeigte sie auf das riesige Paket, das fast so groß war wie ein Pony.

Wenn es nur ein Pony wäre…

Vorsichtig machte sich Manuel unter den gespannten Blicken seiner Eltern daran, die Seidenbänder, mit denen die Stoffbahnen über dem Gegenstand befestigt waren, aufzuknoten. Er ließ sich Zeit, tat so, als wären die Knoten besonders schwierig zu lösen. Er hörte das Seufzen seiner Mutter. Bestimmt hielt sie ihn wieder für ungeschickt.

Schließlich war das letzte Band geöffnet, und die Stoffbahnen fielen fast wie von selbst zu Boden, ohne dass er daran ziehen musste.

»Ein Klavier!« Seine Stimme zitterte, er schluckte hart, um den Kloß loszuwerden, der ihm den Hals zuschnürte. O Gott, was sollte er damit nur anfangen?

»Und nicht nur irgendeins! Es stammt aus der Manufaktur von Henri Herz in Paris. Sie zählt zu den drei bedeutendsten in ganz Frankreich, wir mussten uns schon vor langer Zeit in eine Warteliste eintragen, um überhaupt ein Klavier zu bekommen! Aber für dich ist uns kein Aufwand zu groß, nicht wahr, Émile?«

Sein Vater, der noch immer am Tisch saß und wieder rauchte, lächelte. »So ist es. Nächstes Jahr um diese Zeit gibst du vielleicht schon dein erstes kleines Konzert.«

»Mit Werken von Chopin, Bach und Mozart!«, rief seine Mutter, und ihre Wangen röteten sich voller Vorfreude. »Natürlich werden wir nur ausgewählte Freunde einladen, und ich werde Champagner und Austern servieren lassen.«

Manuel schaute von einem zum andern. »Aber ... ich kann doch gar nicht Klavier spielen«, krächzte er kläglich und hatte Angst, mit den Worten auch den Kloß in seinem Hals auszuspeien.

Die Wangen seiner Mutter röteten sich noch mehr, als sie triumphierend sagte: »Als ob ich daran nicht gedacht hätte! Natürlich wirst du Unterricht bekommen, den allerbesten sogar. Monsieur Galvini?« Sie winkte herrisch in Richtung der Tür, die in den Damensalon führte. Wie aus dem Nichts erschien dort ein grauhaariger hagerer Mann, dessen Rücken so gebeugt war wie die Bäume an den Klippen, die dem ständigen Wind ausgesetzt waren.

»Darf ich vorstellen – unser Sohn Manuel! Manuel, das ist Monsieur Galvini, sag artig *Bonjour*. Monsieur

Galvini wird fortan jeden Montag- und Donnerstagnachmittag zu uns kommen, um dir das Klavierspiel beizubringen. Natürlich reichen die zwei Stunden wöchentlich nicht aus, du wirst zudem täglich fleißig üben müssen, nicht wahr, Monsieur Galvini?«

»*Oui,* Madame!« Der alte Klavierlehrer verneigte sich so tief vor *Maman,* dass sein Kopf auf Kniehöhe war. Manuel hatte Mühe, ein Kichern zu unterdrücken.

»Komm, setz dich! Es ist dein Klavier, hab keine Scheu.« Aufmunternd schaute seine Mutter ihn an.

Manuel tat, wie ihm geheißen. Vorsichtig ließ er einen Finger auf eine der weißen Tasten sinken. Ein heller Ton ertönte, der ihn an den Schrei einer Möwe erinnerte. Er schaute seine Eltern erfreut an, und im nächsten Moment schlug er mit allen zehn Fingern gleichzeitig auf die Tasten. Sogleich erfüllte ein buntes Gemisch aus hohen und tiefen Tönen den Raum. Keine Möwe mehr. Dafür ein ganzer Vogelschwarm! Manuel lachte aus voller Kehle, dann ließ er seine Hände erneut auf die Tasten prasseln.

»*Mon Dieu,* Manuel!«

»Manuel!«

»Émile, nun tu doch was!«

Manuel war so fasziniert von dem Lärm, den er dem Klavier entlockte, dass es einen Moment dauerte, bis er den Schatten realisierte, der über ihn gefallen war. Es war sein Vater. »Manuel, mäßige dich, deine Mutter ist einer Ohnmacht nahe!«

Angstvoll schaute Manuel zu seiner Mutter hinüber. Ihre Wangen waren tatsächlich auf einmal ganz bleich. Oje, was hatte er nun schon wieder angestellt…

470

»Verzeihen Sie, Monsieur Galvini, aber unser Sohn ist manchmal ein wenig... stürmisch!«, rief sie händeringend.

Der Klavierlehrer nickte, grummelte etwas Unverständliches, dann machte er einen weiteren Bückling. Rückwärtsgehend entfernte er sich aus dem Raum.

»Wenn der noch mal wiederkommt, fresse ich einen Besen. Ich befürchte, *chérie*, du wirst dich nach einem neuen Lehrer umsehen müssen«, sagte sein Vater grinsend.

»Ein neuer Lehrer? Aber... Monsieur Galvini ist der Beste! Außerdem – wo soll ich einen neuen Klavierlehrer auftreiben? Es ist ja nicht so, als würden die bei uns auf den Bäumen wachsen!« Wütend schaute seine Mutter ihn an. »Warum musstest du dich auch so unmöglich benehmen? Mit dir kann man sich nur blamieren!«

»Nun lass es gut sein«, kam es von seinem Vater. »Manuel ist nun mal ein lebhaftes Kind, vielleicht ist er fürs Klavierspiel einfach noch zu jung.«

»Ach ja? Seit wann bist du darin ein Experte?«, fuhr seine Mutter den Vater scharf an. »Derartige Fähigkeiten muss man in jungen Jahren erlernen, das weiß doch jeder. Das gilt für Manuel, dem so vieles *nicht* in die Wiege gelegt wurde, ganz besonders! Aber bitte, wenn dir so gar nichts daran gelegen ist, dass aus unserem Sohn etwas wird...« Sie zuckte mit den Schultern, stürmte ans Fenster und schaute hinaus.

Oh, jetzt war *Maman* eingeschnappt. Manuel biss sich auf die Unterlippe. »Es tut mir leid. Ich wollte niemanden verärgern. Es hat einfach nur so Spaß gemacht...«

»Natürlich will ich, dass aus unserem Sohn etwas

wird!«, fuhr sein Vater in dem Moment auf. »Aber das Theater, das du um Manuel betreibst, ist nicht normal. Der Junge ist doch kein Äffchen, das du dressieren kannst! Eine gute Erziehung ja, aber dabei soll er ein ganz normaler Junge bleiben.«

Manuel warf seinem Vater einen dankbaren Blick zu, während seine Mutter wie von der Tarantel gestochen herumschoss.

»Ein normaler Junge?« Ihre Augen funkelten wütend, ihre Stimme war schriller als jeder Ton, der aus dem Klavier gekommen war. »Findest du es etwa normal, wenn ein Sechsjähriger wie ein Verrückter auf ein Klavier einschlägt? Und schau dir nur mal seine Hände an! Sie sind so kaputt, als würde er selbst die Austern von den Bänken ernten! Aber das findest du sicher auch normal, *non*?«

Eilig versteckte Manuel seine Hände hinter seinem Rücken. Wenn Vater jetzt auch noch schimpfte wegen seiner Verletzung ...

»Und überhaupt – wer hat denn die ganze Arbeit mit der Erziehung – du oder ich?«, fuhr seine Mutter fort, als sein Vater nichts erwiderte. »Was fällt dir also ein, meine Methoden zu kritisieren?«

»Ich kritisiere gar nichts«, gab sein Vater schroff zurück. »Ich denke nur, du solltest ein wenig dankbarer sein, überhaupt einen Sohn zu haben.«

Seine Mutter stemmte beide Hände in die Hüfte. »Was bitte schön meinst du damit?«

»Das weißt du ganz genau. Vor Jahren, da hast du dich noch an jeder Geste, an jedem Satz unseres Sohnes erfreut, doch inzwischen ...«

Mit gesenktem Kopf ging Manuel davon. Weder seine Mutter noch sein Vater hielten ihn auf, so vertieft waren sie in ihren Streit.

»Das Klavier war mein Geschenk. Und *Maman* hat ausdrücklich gesagt, ich soll Klavier spielen«, sagte Manuel, als er später mit hängenden Schultern am Küchentisch der Blaires saß.

So traurig es immer war, wenn sich seine Eltern stritten – es hatte auch sein Gutes: Niemand kümmerte sich dann um ihn, denn seine Mutter schloss sich nach einem Disput in ihr Schlafzimmer ein. Und sein Vater ging mit einer Flasche Pastis in sein Büro. Solange er, Manuel, bis zum Abendessen zurück war, würde niemand bemerken, dass er das Haus verlassen hatte.

»Aber als ich es dann versuchte, fand sie es schrecklich und viel zu laut. Und meinem Vater hat es auch nicht gefallen.« Es fehlte nicht viel, und er wäre wieder in Tränen ausgebrochen.

»Nun, mach dir nichts draus, Junge, feine Damen sind nun mal sehr empfindsam, wenn es um laute Geräusche geht«, sagte Gabriel Blaire mit betont fröhlicher Stimme.

»Genau«, fügte seine Frau hinzu. »Das hat mit dir gar nichts zu tun!«

Manuel schaute von einem zum andern. »Meint ihr?«

Die beiden nickten.

Aber warum schaute Madame Blaire dann so grimmig drein, als ärgerte sie sich über etwas?, fragte sich Manuel. Zeit, sich diesem Gedanken länger zu widmen, hatte er nicht, denn sein alter Freund beugte sich über den Tisch hinweg zu ihm. Seine dunkelbraunen Augen blinzelten gütig, als er sagte: »Wie wäre es, wenn du jetzt *mein* Geschenk bekommst?« Er erhob sich und ging zu dem Schrank in der Ecke, wo er sein Angelzeug aufbewahrte.

»Ja, ja, ja!« Manuel sprang so schnell auf, dass der Stuhl, auf dem er gerade noch gesessen hatte, umfiel.

»Manu…«, kam es leise tadelnd von Vivienne, doch da kehrte ihr Mann auch schon wieder an den Tisch zurück. »Hier! Für dich!«

»Eine Angel?« Ungläubig schaute Manuel von einem zum anderen. Sein Herz pochte vor lauter Aufregung so sehr, dass er es am Hals spüren konnte. Das war ja noch viel besser als ein Hund!

Der alte Austernfischer nickte. »Und nicht irgendeine! Diese Angel habe ich von meinem Vater bekommen, als ich in deinem Alter war.«

Manuel wurde es ganz heiß im Gesicht. »Das… das ist das schönste Geschenk, das ich jemals bekommen habe!«

Gabriel Blaire tauschte einen zufriedenen Blick mit seiner Frau. »Wenn du magst, zeig ich dir, wie man damit umgeht. Zum Angeln gehört mehr, als nur die Rute ins Wasser zu hängen, schließlich ist das Meer der Ort, an dem einst alles Leben begann…«

Kapitel 42

Der Morgen dämmerte schon, als die Hotelzimmertür mit einem leisen Knarzen aufging. Jules, dachte Stéphanie. Sie hatte einen leichten Schlaf und wurde jede Nacht mehrmals von den leisesten Geräuschen wach, so auch hier im Hotel Georgette in Calais. Und hätte nicht die knarzende Tür sie geweckt, dann wäre es die aufdringliche Duftwolke gewesen, die mit Jules' Eintreten durchs Zimmer waberte – nach Whiskey, Tabakrauch, Schweiß und Räucherfisch. Das Lokal, in dem Jules und seine Mitspieler sich zum Pokerspiel trafen, lag direkt neben einer Fischräucherei.

Während sie noch überlegte, ob sie ihm zu erkennen geben sollte, dass sie wach war, kleidete sich Jules aus. Eigentlich hatte sie keine Lust darauf zu hören, wie sein Kartenspiel verlaufen war, wer was und wie viel gewonnen oder verloren hatte – vor allem, da dies schon die dritte Nacht war, die er seit ihrer Ankunft in Calais am Spieltisch verbrachte hatte.

Von allen Städten, die sie regelmäßig besuchten, mochte Stéphanie Calais am allerwenigsten. Doch auch hier gab es mehr als genug Leute, die ihr Geld gern bei

Jules anlegen wollten. Und so hatte die Stadt in den letzten Jahren zwangsläufig auf ihrem Reiseplan gestanden. Die Tage vergingen in Calais so schnell wie anderswo – die Leute standen Schlange, und sie beide waren damit beschäftigt, jede Geldeinlage in ihren Unterlagen fein säuberlich zu vermerken. Die Abende jedoch waren in der Hafenstadt einfach nur öde! Es gab keine bemerkenswerten Theateraufführungen, die Auswahl der guten Restaurants hielt sich in Grenzen – und wohin man in der Hafenstadt auch ging, überall traf man auf betrunkene Matrosen, laute Engländer und leichte Mädchen. Da störte es Stéphanie nicht, dass Jules allein ausging.

In früheren Jahren hatte sie ihn öfter zu seinen Pokerabenden begleitet. Von einem Platz hinter dem Spielertisch aus hatte sie mit einem Cocktail in der Hand beobachtet, wie kühl und gelassen er in Situationen blieb, in denen andere Spieler Nervosität, Angst, Vorfreude oder Panik zeigten. Die Art, wie Jules seine Gegner mit geschickt platzierten Bemerkungen provozierte oder sich in einer besonders heißen Phase eines Spiels völlig gelassen Champagner nachschenken ließ – was die andern immer mächtig aus dem Konzept brachte –, hatte sie fasziniert. Doch die vielen Stunden, das lange Stehen, die von Zigarrenqualm verpestete Luft, die man kaum mehr aus Haar und Kleidung bekam – irgendwann hatten die Pokerabende angefangen, sie zu langweilen. Seitdem blieb sie lieber im Hotel, trank an der Bar ein paar Gläser Champagner und ging dann früh ins Bett. Einzig wenn Jules mal wieder mit einem seltsamen Gewinn nach Hause kam, konnte sie der Sache noch einen gewissen Charme abgewinnen. Schmuck und Taschenuhren waren ganz normal, aber einmal hatte er auch ein Rennpferd gewonnen. Ein anderes Mal war er mit einem Hund heimgekommen, dieser sei darauf spezialisiert, Trüffel aufzuspüren, hatte Jules ihr erklärt. Der bisher kurioseste Gewinn war ein Karussell mit Pferden und Wagen gewesen. Das Rennpferd, den Trüffelhund wie auch das Karussell hatten sie sogleich weiterverkauft.

Sie würde so tun, als schliefe sie, beschloss Stéphanie und drehte sich mit dem Gesicht zur Wand. Sie hörte Jules fluchen, als er sich irgendwo anstieß. Dann fiel ihm seine Taschenuhr herunter, und er fluchte erneut. Er schenkte sich Wasser aus einer bereitstehenden Karaffe ein und trank geräuschvoll. Schon wieder fast im Halbschlaf, lächelte Stéphanie in sich hinein. Jules war nicht auf der Welt, um leise zu sein! Und genau deshalb liebte sie diesen Mann.

Mit einem Plumps, der die ganze Matratze erschütterte, kam er ins Bett, riss die Bettdecke hoch und schob sich ganz nah an sie heran. Seine rechte Hand strich die Haare aus ihrem Nacken, und im nächsten Moment spürte sie seine Lippen auf ihrer Haut, seine Bartstoppeln kitzelten.

Wie immer schlief sie nackt. Eine leichte Gänsehaut breitete sich über ihrem Körper aus. Auch nach all den Jahren reichte eine lässige Berührung von Jules aus, um sie zu erregen. Und das war vielleicht gut so. Denn ganz gleich, ob sie schlief oder wach war – Jules würde sie immer nehmen, wenn er Lust darauf hatte. Und allem Anschein nach hatte er das auch heute. So beiläufig, als würde er ein Buch umblättern, drehte er sie von ihrer rechten Seite auf den Rücken.

»Jules«, flüsterte sie schläfrig.

»Du glaubst nicht, was ich heute Abend gewonnen habe! Aber mein Hauptgewinn bist und bleibst du, *chérie*...«, flüsterte er, und sein whiskeygeschwängerter Atem stieg in ihre Nase. Er befingerte grob ihre Brustwarzen, und als er merkte, dass diese hart und fest in die Höhe ragten, drückte er mit einem Bein ihre Schenkel auseinander und drang in sie ein. Jules war kein Mann, der Wert auf ein langes Vorspiel legte. Dass er sich einfach nahm, wonach ihm der Sinn stand, gefiel ihr. Sie legte die Arme seitlich neben ihren Kopf und gab sich ihm hin.

Er ritt sie hart und kompromisslos, so, wie sie es mochte. Hoffentlich würde ihr nicht wieder eine Rippe brechen, ging ihr kurz durch den Sinn. So mager wie sie war, war dies schon mehr als einmal passiert.

Wie immer, wenn er viel getrunken und vom Kartenspiel müde war, dauerte es nicht lange, bis er kam.

»Gleich nach dem Frühstück zeige ich dir, was ich heute Nacht beim Poker gewonnen habe. Du wirst Augen machen!«, murmelte er. Er küsste sie ein letztes Mal, dann drehte er sich zur Seite und schlief auf der Stelle ein.

Stéphanie schmunzelte. Jules Grelier. Sie kannte keinen anderen Mann, der so viele Facetten hatte. Er war ihr Mann, ihr Liebhaber, ihr Verbündeter. Er war honoriger Finanzier und wagemutiger Glücksritter. Obwohl er täglich mit riesigen Summen hantierte, spielte Geld für ihn im Grunde keine Rolle – an einem Pokerabend konnte er ein halbes Vermögen verlieren, und es scherte ihn den Teufel! Er war ein vermessener Abenteurer, der glaubte, dass er sich alles erlauben konnte – und noch hatte ihm niemand das Gegenteil bewiesen. Er begeisterte sich mit kindlichem Eifer für etwas und verlor genauso schnell wieder die Lust daran. Dass er an *ihr* noch nicht die Lust verloren hatte, wunderte Stéphanie ein bisschen.

Während Jules' lautes Schnarchen ertönte, stand sie auf. Sie war am Vorabend früh ins Bett gegangen und konnte sich nun nicht länger zum Schlafen zwingen. Nackt tapste sie ins Bad. Es roch nach scharfen Putzmitteln und Jules' verrauchten Kleidern. Stéphanie riss das Fenster auf, dann wusch sie seinen Samen von ihren Schenkeln und widmete sich ihrer Morgentoilette. Statt anschließend Korsett und Unterröcke anzulegen, warf sie sich nur einen leichten Morgenmantel über, setzte sich damit an ihren Frisiertisch und löste den Zopf, den sie sich für die Nacht geflochten hatte. Dann begann sie, ihre fast hüftlangen hellbraunen Haare wie jeden Morgen und jeden Abend mit fast religiösem Eifer zu bürsten.

Jules liebte ihre Haare, manchmal packte er beim Liebesspiel eine dicke Strähne, wickelte sie um seine Hand und zog so fest daran, dass es ihr einen lustvollen Schmerz bereitete.

Dass sie sich selbst um ihre Toilette kümmerte, war für Stéphanie völlig normal. Dabei hätten sie sich nicht nur *eine* Kammerzofe leisten können, sondern gleich ein ganzes Dutzend! Doch Jules hatte von Anfang an klargemacht, dass er ohne Personal reisen wollte. In den Hotels und luxuriösen Privatunterkünften, in denen sie wohnten, war genügend Personal vorhanden, hatte er argumentiert. Ihr war das nur recht, so brauchten sie sich einzig um sich zu kümmern und nicht auch noch um eine ganze Entourage.

Nach der Nacht mit genügend Schlaf konnte sie getrost in den Spiegel schauen, dachte Stéphanie zufrieden. Die feinen Runzeln um ihre Augen, über die sie sich in letzter Zeit so geärgert hatte, erschienen ihr heute gar nicht so schlimm. Und ihre Gesichtshaut wirkte nicht blass, sondern hatte eine gesunde Farbe. Ja, sie konnte sich fast einbilden, im Spiegel das junge Mädchen zu sehen, das sie einst gewesen war.

Doch es gab auch andere Morgen – die nach einer durchfeierten und durchtanzten Nacht! Die, an denen sie nicht wie siebenundzwanzig aussah, sondern wie dreißig oder vierzig. Dann war ihr Spiegelbild ihr Feind.

So aufregend ihr Leben mit Jules war, so anstrengend war es auch, dachte sie nicht zum ersten Mal, während sie ihre Haare weiter bürstete. Je älter sie wurde, desto mehr hatte sie das Gefühl, die viele Arbeit und die Aberhunderte von Kundenkontakten, die sie täglich hatten, würden sie nicht nur erschöpfen, sondern regelrecht besudeln. Die Gier der Menschen und wie sie dem Geld hinterherjagten – widerlich war das, einfach nur widerlich. Dazu die ewige Angst vor dem Tag, an dem …

Abrupt verdrängte Stéphanie die Gedanken, so wie sie es sich vor langer Zeit angewöhnt hatte. Sich Sorgen zu machen war völlig unnötig – was Jules' Erwerbszweig anging, hieß es für sie als seine Ehefrau nur: Mitgehangen, mitgefangen!

Dabei war es nicht nur sein Beruf allein, der ihr einiges an Kraft abverlangte, sondern auch das ewige Reisen. Länger als eine, maximal zwei Wochen blieben sie nirgendwo. Ja, sie wohnten überall in den besten Häusern. Und mieteten stets die luxuriöseste Suite. Aber das machte die unzähligen Stunden, die sie auf irgendwelchen Bahngleisen verbringen mussten, wenn mal wieder ein Zug Verspätung hatte, nicht wett. Von der Kutsche in die Eisenbahn, dann wieder in eine Kutsche... Zum Glück hatte diese Plage bald ein Ende!

Stéphanies Blick wanderte sehnsuchtsvoll aus dem Badezimmerfenster hinaus. Sobald sie hier in Calais fertig waren, würden sie nach Le Mans weiterreisen und dort in der Werkstatt von Amédée Bollée ihr eigenes Dampfauto abholen können! La Rapide hieß es. Versprochen hatte der Automobilbauer es ihnen schon für Anfang Juli, und nun, Anfang August, war es wohl hoffentlich fertig!

Stéphanie lächelte, und ihr Spiegelbild lächelte zurück. Ein eigenes Automobil – von ihren Freunden hatten bisher nur wenige so ein modernes Gefährt, alle würden Augen machen, wenn sie damit vorfuhren! Vielleicht würde sie sogar selbst das Fahren lernen?

Ein Automobil würde auch in den Fällen hilfreich sein, bei denen sie von jetzt auf gleich aufbrechen mussten. Dann würden sie einfach nur ihr Gepäck ins Automobil laden müssen, und fort waren sie!

Ihr Schmunzeln verblasste, sie beugte sich dem Spiegel näher entgegen. Wie konnte es sein, dass ihre Haare nach all den Bürstenstrichen noch immer so stumpf aussahen? Vor allem die Haarenden wirkten richtig trocken, so, als hätten sie zu viel Sonne abbekommen. Dabei war sie gar nicht viel in der Sonne gewesen!

»Du musst mehr Speisen mit Olivenöl essen, das sorgt

für eine schöne Haut und glänzendes Haar«, ertönte in ihrem Kopf plötzlich von weit her eine Frauenstimme.

Ausgerechnet Olivenöl – pfui Teufel!

Die Zeiten, in denen ihre Mutter oder sonst jemand sie zum Essen zwingen wollte, waren Gott sei Dank vorbei, dachte Stéphanie, während sie die Haare am Hinterkopf zu einem Chignon zusammensteckte. Wenn sie sich nur in Erinnerung rief, welchen Aufstand ihre Mutter gemacht hatte, nur weil sie nicht hatte essen wollen – sogar eine Wallfahrt nach Lourdes hatte sie als Kind deswegen über sich ergehen lassen müssen! Jules hingegen zwang sie niemals zum Essen. Ihm gefiel es, dass sie so schlank war. Dass ihr manchmal vor lauter Hunger schwindlig war oder sie einen leichten Schwächeanfall erlitt, fand er normal. Er dachte, dass es allen Frauen so erging.

»Ich könnte den ganzen Tag essen, es gibt fast nichts, was ich nicht mag«, hörte sie erneut die Frauenstimme von einst.

Fabienne Durant. Küchenhilfe von Chateau Morel. Und eine junge Frau mit großem Appetit auf alles, was das Leben ihr bot. An Fabie hatte sie schon lange nicht mehr gedacht … Warum gerade hier und jetzt?

Fabienne war die Einzige gewesen, bei deren kleinen Häppchen sie, Stéphanie, freiwillig zugelangt hatte. Die kleinen knusprigen *petits toasts*, die *omelettes*, so federleicht, dass jeder Bissen auf der Zunge zerging, die samtigen Gemüsesuppen …

Beim Gedanken an die kleinen Köstlichkeiten, die Fabienne ihr damals oft ins Zimmer gebracht hatte, verspürte Stéphanie zum ersten Mal seit langer Zeit so etwas wie Appetit. Hoffentlich wachte Jules bald auf, damit sie auf einen Kaffee und ein Croissant ins Café gehen konnten!

Ob Fabienne wohl inzwischen ein eigenes Restaurant besaß?, fragte sich Stéphanie. Falls ja, dann hätte sie dies zum Teil auch ihr zu verdanken, denn immerhin hatte sie einst dafür gesorgt, dass Fabiennes Sohn in eine gute Familie kam. Als ledige Mutter mit Kleinkind wäre es *Mademoiselle bon appétit* nämlich unmöglich gewesen, ihre Träume zu verfolgen.

Sophie wusste bestimmt, wo Fabienne sich derzeit aufhielt. Aber lebte Sophie überhaupt noch im Chateau? Oder hatte Oscar ihr schon vor Jahren gekündigt und durch eine Köchin seines Vertrauens ersetzt? Der Gedanke, dass ihr Zuhause nun dem schrecklichen Oscar de Carneval gehörte und nicht mehr ihrer Familie, versetzte Stéphanie einen Stich. Sie rieb sich grob mit der Innenfläche ihrer Hand über die Brust, als könnte sie den Schmerz auf diese Art wegstreichen. Oscar war so widerlich! Wie konnte er es wagen, sich ihr Erbe unter den Nagel zu reißen?

Wusste womöglich Delphine, was aus Sophie oder Fabienne geworden war? Stéphanie bezweifelte es. Ihre Mutter hatte mit ihrem neuen Leben im Chateau Angleterre, das sie nach dem Tod ihrer Eltern geerbt hatte, und dem neuen Mann an ihrer Seite genug zu tun.

Nach ihrem ersten Treffen in Montpellier vor einigen Jahren, bei dem Delphine geradezu genüsslich alle möglichen Neuigkeiten von sich gegeben hatte, war sie mit ihr in losem Kontakt geblieben, und wenn Jules und sie im Süden waren, trafen sie sich sogar ab und zu.

Nicht dass sie, Stéphanie, große Lust zu diesen Treffen hatte! Sie war eher von einem schlechten Gewissen getrieben, immerhin hatte ihre Mutter doch einige Schicksalsschläge hinnehmen müssen. Da konnte sie ihr nicht auch noch zumuten, den Kontakt zu ihrer einzigen Tochter völlig zu verlieren. Doch bei den seltenen Gelegenheiten, wenn sie sich trafen, war Chateau Morel zwischen ihnen eigentlich nie ein Gesprächsthema, im Gegenteil. Sie vermieden es beide, über frühere Zeiten zu sprechen.

Aber wenn sie so darüber nachdachte – sie würde Fabienne zu gern einmal besuchen! Wer weiß – vielleicht würde sie sogar im Restaurant der Freundin essen können?

Stéphanies Spiegelbild runzelte die Stirn. Freundin – ein großes Wort. Aber als solche hatte sie die junge Frau tatsächlich betrachtet. Wenn sie sich allerdings daran erinnerte, wie Fabienne das Chateau verlassen hatte – ohne sich auch nur einmal nach ihr, Stéphanie, umzudrehen –, dann hatten diese Gefühle höchstwahrscheinlich nicht auf Gegenseitigkeit beruht. Und dennoch – es wäre schön, die junge Frau einmal wiederzusehen.

Stéphanies Stirn legte sich erneut in Falten. Heute war der fünfte August – hatte da nicht auch Fabiennes Sohn Geburtstag? Vielleicht rührten daher die intensiven Erinnerungen! Wie alt wurde der Junge heute eigentlich? Sechs oder schon sieben?

Seit sie das Kind in die Obhut der Sardas gegeben hatte, hatte sie sich hin und wieder vorgenommen, den Jungen einmal zu besuchen. Aber wann immer sie unten im Süden waren, jagte eine Festlichkeit die andere, so viele Leute wollten sie treffen, nicht zuletzt ihre Mutter und ihr neuer Mann, dieser Kaffeehändler.

Victor hatte Fabiennes Sohn geheißen – seinen neuen Namen als Sohn der Sardas konnte sie sich irgendwie nicht merken. Aber immerhin wusste sie von ihrer Mutter, dass Sabrine Sarda ganz in ihrer Mutterrolle aufging und der Junge von vorn bis hinten verwöhnt wurde! Sie, Stéphanie, hatte also alles richtig gemacht.

Genug von den alten Geschichten, bestimmt würde sich irgendwann eine Gelegenheit für ein Wiedersehen ergeben. Und wenn nicht, dann sollte es eben nicht sein, dachte Stéphanie und stand abrupt auf, um sich anzukleiden.

Durchs offene Fenster ertönten jetzt Männerstimmen und Gelächter – Matrosen auf dem Weg in den Hafen, vernahm Stéphanie aus den Wortfetzen.

Ihr kam ein Gedanke. Womöglich hatte Jules ein Boot gewonnen? Nach dem Trüffelhund und dem Pferd wäre dies wirklich eine amüsante Abwechslung. Sie beschloss, ihr Kostüm mit den maritimen Streifen anzuziehen, dann wäre sie im Fall der Fälle gerüstet.

»Ein Tanzlokal?« Ungläubig schaute Stéphanie von ihrem Mann zu dem heruntergekommenen Gebäude. Es lag in der Rue Cabasse in einer etwas heruntergekommenen Gegend, nicht weit vom Hafen. Im obersten Stock befand sich eine Wohnung, im unteren das Tanzlokal, zumindest stand dies auf dem Schild über der Tür.

Jules grinste. »Es ist zwar kein Café Cantante, aber ich dachte, du findest meinen Pokergewinn trotzdem amüsant.« Noch während er sprach, zog er einen Schlüssel aus der Tasche und steckte ihn ins Schloss der dunkelgrünen Holztür. Schwungvoll öffnete er sie und ließ Stéphanie dann den Vortritt. »*Voilà!* Wenn du willst, gehört der Laden dir, ich schenk ihn dir!«

Wie lässig er war, und wie großzügig. Stéphanie warf ihrem Mann einen bewundernden Blick zu. Neugierig und mit vor Aufregung heftig klopfendem Herzen trat sie ein und war augenblicklich von dem Geruch überwältigt, der sie empfing. Nach Schweiß und Rotwein, nach billigem Parfüm und Zigarren. Genau so hatte es im Café Fleury in Carcassonne gerochen! Vor ihrem inneren Auge erschien eine geheimnisvolle Tänzerin, ihr Gesicht von einem Schleier verhüllt, die immer nur zu fortgeschrittener Stunde die Bühne betreten hatte. Der letzte Tanz des Abends – er hatte stets ihr gehört…

Sehnsuchtsvoll und unternehmungslustig zugleich ließ sie ihren Blick durch den Raum schweifen. Die lange Theke, die kleinen Tische mit den wackligen Stühlen, ein großer, fast blinder Spiegel an einer Wand… Es war alles da, was man für ein *Flamenco*-Lokal brauchte! Ein warmes Glücksgefühl durchrauschte sie. Sie würde ein eigenes Tanzlokal haben – sie als Frau! Dabei hatte sie so etwas für unmöglich gehalten – sie erinnerte sich noch gut daran, wie sie Fabienne wegen ihres Traums von einem eigenen Restaurant ausgelacht hatte.

Tanzen steigerte den Appetit, das wusste sie aus eigener Erfahrung – vielleicht sollte sie kleine Speisen anbieten? Wenn Fabienne erfuhr, dass sie, die nicht mal ein Ei kochen konnte, ein Lokal besaß… Fabie würde vor Neid vergehen!

»Aus dem Laden lässt sich etwas machen!« Stéphanie

strahlte Jules an. »Mir schwebt eine *Flamenco*-Bar vor, in der es auch kleine, feine Speisen gibt. Wenn wir den Raum weiß streichen lassen, für eine gute Beleuchtung sorgen und in ein paar hübsche Gemälde investieren, dann...«

»Halt«, unterbrach Jules sie lachend. »Das erzählst du am besten alles dem Geschäftsführer, den ich gestern noch engagiert habe. Er müsste gleich hier sein!« Er warf einen Blick auf seine Taschenuhr.

Stéphanie runzelte die Stirn. »Aber wäre es nicht schön, wenn wir uns in nächster Zeit selbst ein wenig um das Lokal kümmern? Wir könnten in der Wohnung oben wohnen! Endlich mal kein Hotel mehr, eine Zeitlang nicht aus dem Koffer leben«, sagte sie sehnsüchtig. Als sie Jules' verschlossene Miene sah, fügte sie bittend an: »Es müsste ja nicht für immer sein – wer will schon in Calais leben? Ein halbes Jahr vielleicht, dann könnten wir das Tanzlokal immer noch an einen Geschäftsführer übergeben. *Non?* Ich...«

Sie brach ab, stieß enttäuscht dieLuft aus. *Ich sehne mich danach, irgendwo Wurzeln zu schlagen,* hatte ihr auf der Zunge gelegen zu sagen. Doch so einen Satz brachte sie gegenüber Jules nicht heraus.

»Ich würde dir den Gefallen gern tun, *chérie*. Aber zum einen wartet unser Automobil in Le Mans, und zum andern warten dort auch meine Kunden. Sobald wir unseren Tresorschließfächern bei der Bank einen Besuch abgestattet haben, reisen wir ab.«

Stéphanies Miene verdunkelte sich. Die Tresorschließfächer. Vollgestopft mit Geld bis obenhin. In jeder Stadt. Wie viele sie insgesamt angemietet hatten, wusste Stéphanie nicht. Aber immer, wenn die Rede darauf kam, spürte sie ein dumpfes Drücken in ihrer Mitte, gerade so, als würde ein Elefant mit einem Fuß auf ihrem Bauch stehen.

»Du hast recht. Wir müssen weiter, immer weiter«, sagte sie und bemühte sich, Angst und Enttäuschung aus ihrer Stimme herauszuhalten.

Kapitel 43

Heute würde sie endlich mit Yves sprechen! Viel zu lange schob Fabienne dieses Gespräch nun schon vor sich her – aus Angst vor den Konsequenzen. Für ihn und für sie selbst. Aber vielleicht war Victors sechster Geburtstag der richtige Tag, um den Mut dafür aufzubringen, dachte Fabienne, während sie sich zum Ausgehen fertig machte. Sie hatte ihr Lieblingskleid aus gelber Baumwolle gewählt, ihre guten Schuhe, die dünne Goldkette, die Yves ihr zu ihrem letzten Geburtstag geschenkt hatte. Eben hatte sie sich noch viel kaltes Wasser in ihr Gesicht geschüttet, um die Schwellungen rund um ihre Augen wegzubekommen. Sie wollte nicht verheult ausgehen. Nun noch kurz die Haare bürsten, und fertig war sie.

Es war früher Abend. Gleich würde Yves kommen.

Dass er sie an Victors Geburtstag ausführte, war inzwischen zu einer Art Tradition geworden. Es war seine Art, eine leichte Note in den Tag bringen. »Ich weiß, wie schwierig es für dich ist, aber trotzdem denke ich, dass ein Geburtstag gefeiert werden sollte!«, hatte er an Victors zweitem Geburtstag gemeint und ihr versichert, dass sie bestimmt irgendwann auch wieder mit ihrem Sohn gemeinsam würde feiern können.

Fabienne war angesichts von so viel Feingefühl in Tränen ausgebrochen. Doch dann hatte sie sich zusammengerissen. Yves hatte recht, ein Geburtstag musste gefeiert werden!

Auch heute hatte sie schon viel geweint. Dabei wollte sie stark sein. Doch obwohl sie sich den ganzen Tag über mit Arbeit abgelenkt hatte, hatten die immer gleichen Fragen und Gedanken sie malträtiert.

Victor… Wo war er? Ging es ihm gut? In wenigen Wochen würde er in die Schule gehen. Ihr Sohn, den sie gerade noch im Arm gehalten hatte, war nun ein Schulkind. Wenn sie ihn heute in den Arm nehmen würde, würde er ihr schon bis zur Brust reichen…

Sie hatte nicht mitbekommen, wie er zu laufen anfing. Sie war nicht dabei gewesen, als er die ersten Worte gesprochen hatte. Und sie würde nicht an seinem ersten Schultag dabei sein. Der Schmerz in ihrer Brust war so schlimm, dass sie ihn fast nicht ertrug.

Die Zeit heilte nicht alle Wunden. Wer so etwas behauptete, hatte noch kein Kind verloren.

Zu Fabiennes Erleichterung hatte niemand etwas von ihren Tränen mitbekommen. Denn im Haus oben in Croix-Rousse war es wie jedes Jahr im August ziemlich still: Monsieur Nivet, der Geigenbauer, hielt sich in seinem Domizil in Südfrankreich auf und kam erst im September wieder. Fabienne wäre gern mitgereist in den Süden. Doch zu ihrer Enttäuschung benötigte er dort keine Köchin – er ging lieber täglich ins Restaurant. Und so blieb sie alljährlich in Lyon, während ihr Chef in Richtung ihrer Heimat aufbrach. Auch Yves blieb in Lyon, er musste lediglich einmal täglich im Haus nach dem Rechten sehen, ansonsten hatte er frei.

Jeanette und die anderen Hausbediensteten hatten sogar den ganzen Monat frei – und das bei voller Bezahlung! Die meisten nutzten die Zeit, um nach Hause aufs Land zu ihren Familien zu fahren. In der Geigenmanufaktur hingegen ging der Betrieb weiter, was bedeutete, dass Fabienne weiterhin am Mittag die sieben Geigenbauer bekochen musste. Für den Rest des Tages konnte auch sie tun, was sie wollte.

In ihrem ersten Sommer bei Monsieur Nivet hatte sie erst gar nicht gewusst, was sie mit so viel freier Zeit anfangen sollte. Doch dann hatte sie begonnen, neue, kompliziertere Gerichte auszuprobieren. Monsieur Nivet durfte sie nur perfekt gelungene Speisen servieren – die Geigenbauer hingegen nahmen es mit Gelassenheit, wenn beim Kochen einmal etwas schiefging. Sie waren froh, überhaupt so gut bekocht zu werden!

Fabienne grinste, wenn sie an das heutige Mittagessen dachte – *Quenelles,* zarte Hechtklößchen. Die Männer hatten nicht schlecht gestaunt, als sie ihnen an einem gewöhnlichen Freitag dieses Sonntagsgericht servierte! Obwohl sie die allermeisten Lyoner Gerichte inzwischen gut beherrschte, waren die *Quenelles* immer noch Glückssache – einmal gerieten sie ihr zu fest, dann wieder zerfielen sie. Und so nutzte sie jede Chance, das Gericht zu üben. Heute waren ihr die Klößchen gelungen.

Vielleicht lag es daran, dass sie heute, an Victors sechstem Geburtstag, nicht ganz so traurig wie sonst gewesen war?, fragte sich Fabienne, während sie ihre Handtasche suchte. Wenn sie genau in sich hineinhorchte, dann war da etwas, was sie schon lange nicht mehr verspürt hatte – ein Gefühl von Aufbruch, Hoffnung und Zuversicht.

Umso wichtiger war es, dass sie Yves endlich reinen Wein einschenkte, dachte sie, während sie die Tür zu ihrem Zimmer abschloss. Sie waren vorn am Ufer der Rhône verabredet, von dort aus wollten sie zum Essen gehen.

Zu ihrem Erstaunen hatte Yves einen Tisch im Le Bistrot du Lyon reserviert. Seit sie dort gekündigt hatten, war sie nicht mehr da gewesen. Die Küche war zwar gut, aber irgendwie hatte Fabienne bisher nicht das Bedürfnis verspürt, dort als Gast aufzutreten.

»Sicher wunderst du dich, warum ich das Bistrot für diesen Tag gewählt habe«, sagte Yves, kaum dass sie saßen.

Sie schaute ihn fragend an, während um sie herum das altbekannte Lied aus klapperndem Besteck, klirrendem Porzellan und Gläsern, die beim Zuprosten aneinanderstießen, ertönte.

»Vielleicht, weil wir uns hier kennengelernt haben?«, fragte Fabienne und atmete tief den Duft nach Rotweinsoße und Bratkartoffeln ein, der den Raum durchzog. Verflixt, es duftete viel zu gut für das Gespräch, das sie vorhatte.

»Ich wollte schon lange mit dir reden, aber irgendwie ...« Yves zuckte verlegen mit den Schultern. »Irgendwie fehlte mir der Mut, und so habe ich das Gespräch immer wieder aufgeschoben.«

Unwillkürlich musste Fabienne lachen. Genauso hatte sie auch beginnen wollen! Manchmal war es fast erschreckend, wie ähnlich sie dachten. Nur – was um alles in der Welt lag Yves so sehr auf dem Herzen? Aus den Augenwinkeln nahm sie wahr, wie die Damen an den umliegenden Tischen immer wieder zu ihnen herüberlinsten. Im Laufe der Jahre hatte Yves nicht an Attraktivität eingebüßt, im Gegenteil.

»Ich muss auch mit dir reden«, sagte sie gedehnt. Ihr Blick schweifte erneut über die Nachbartische. Wohin sie auch schaute, überall sah sie glückliche Menschen, die keine Sorgen zu haben schienen. »Aber vielleicht ist es besser, bis nach dem Essen zu warten?«

»Fabienne, jetzt hör erst mal mir zu!«, sagte Yves bestimmt. Er langte über den Tisch hinweg nach ihrer rechten Hand. »Und versprich mir, dass du nicht lachst bei dem, was jetzt kommt, ja?«

Sie runzelte die Stirn. Zum Lachen war ihr absolut nicht zumute. Yves war ihr bester Freund! Sie liebte ihn, und wenn sie daran dachte, was sie vorhatte, wurde ihr ganz schlecht. »Nun red schon!«

»Also gut«, sagte er und holte tief Luft. »Hier im Bistrot haben wir uns vor über fünf Jahren kennengelernt. Du warst ein junges Mädchen, ich ein dummer junger Kerl.«

Fabie verzog den Mund. »Das hört sich an, als wären wir inzwischen steinalt. Dabei bist du gerade mal sechsundzwanzig und ich vierundzwanzig. Allerdings – wie ein junges Mädchen bin ich mir schon damals nicht mehr vorgekommen.«

»Das warst du aber, ein *trauriges* junges Mädchen, das

einen schweren Verlust erlitten hatte«, sagte Yves sanft. »Und ja, alt sind wir noch nicht. Aber die Zeit steht nicht still, und wir sollten es auch nicht tun. In letzter Zeit beschleicht mich immer öfter das Gefühl, dass ich mein Leben verschwende, dass ich irgendwie nicht genug aus dem mache, was der liebe Gott mir zugedacht hat. Sicher, die Arbeit bei Nivet ist interessant, und unser Chef lässt uns beiden genügend Freiheiten – er hat ja sogar nie mehr nachgefragt, wann wir denn endlich heiraten. Und Freizeit haben wir auch reichlich.« Er machte eine umfassende Handbewegung, als wollte er den freien Abend mit einschließen. »Aber einen klappernden Fensterladen zu reparieren oder das Schloss am Eingangstor zu ölen, damit es nicht mehr quietscht – reicht mir das auf Dauer? Und wie ich meine freie Zeit verbringe, langweilt mich inzwischen auch. Die ewigen Liebschaften, das oberflächliche Geplänkel, heute ein Abend in dieser Bar, morgen eine Nacht in jenem Etablissement…« Er verzog angewidert das Gesicht. »Ich habe das alles so satt!«

Fabie schwieg. Yves wollte fort. Das war es, was er ihr sagen wollte. Auf den dumpfen Schmerz, den sie bei dieser Vorstellung in ihrer Magengegend verspürte, war sie nicht gefasst gewesen.

»Meine Zeit in Lyon geht langsam zu Ende, die Stadt kann mir nichts mehr geben. Das ist mir inzwischen klar geworden.« Er schaute sie an, und das Blau seiner Augen war ganz dunkel dabei.

Paris! Bestimmt wollte er dahin. Schon mehr als einmal hatte er von Paris geschwärmt, der Stadt seiner Träume, dachte Fabienne dumpf. Umso erstaunter war sie über seine nächsten Worte.

»Vielleicht ist es nach meinem unsteten Leben einfach an der Zeit, vernünftig zu werden. Daheim in den Dombes wartet die Obstplantage auf mich – du sagst selbst bei jedem unserer Besuche, dass es eine Schande ist, dass sich niemand um die Bäume kümmert.«

Fabienne glaubte, nicht richtig zu hören. Yves und vernünftig werden? Das Bild, wie er Aberhunderte von Obstbäumen zurechtstutzte, wollte ihr nicht recht vor Augen kommen.

»Obstbauer zu werden – ist das wirklich dein großer Traum?«

»Großer Traum hin oder her, es wäre immerhin ein völlig anderes Leben«, sagte er achselzuckend. »Und in diesem Zusammenhang gibt es noch etwas, was ich gern ändern würde. Es geht um dich und mich.« Er schaute sie ernst an. »Du weißt von meinen ewigen Damenbekanntschaften, und ich ahne, was du darüber denkst. Doch du weißt auch, dass du der wertvollste Mensch in meinem Leben bist – ein Leben ohne dich ist für mich gar nicht mehr vorstellbar. Und ja, wir waren bisher nur Freunde! Aber aus Freundschaft kann Liebe werden, *non*?« Er holte so tief Luft, dass sein Brustkorb sich hob und wieder senkte. »Liebe Fabienne, ich weiß, es kommt jetzt etwas plötzlich, aber möchtest du meine Frau werden?«

»Ein Heiratsantrag?« Fabienne schnappte so überrascht nach Luft, dass sie sich fast verschluckte. »Damit habe ich wirklich nicht gerechnet.«

Das gibt es doch alles nicht, dachte sie bei sich. Dieses Gespräch, ausgerechnet heute, wo sie ganz andere Pläne hatte. Sie wusste nicht, ob sie lachen oder weinen sollte.

»Aber es würde so viel Sinn ergeben! Meine Mutter liegt mir auch schon seit Jahren in den Ohren, dass ich dich endlich heiraten soll!«, rief Yves. »Gemeinsam könnten wir die Obstplantage im Nu wieder zum Florieren bringen. Du könntest Marmelade kochen und die Früchte in Branntwein einlegen, das ist doch eine deiner Spezialitäten! Wir würden auf Märkte fahren und unsere Ware verkaufen, wäre das nicht wunderbar? Ich würde uns ein Haus bauen, ganz nach deinen Wünschen, mit einer großen Küche natürlich, ich weiß ja, wie sehr du das Kochen liebst. Meine Familie würde uns beim Hausbau nach Kräften unterstützen. Sie wären überglücklich, wenn du und ich...« Er brach ab, als ein Kellner sich ihrem Tisch näherte.

Allem Anschein nach hatte Yves schon eine ziemlich genaue Vorstellung von der Zukunft, dachte Fabienne und verspürte einen Hauch Verärgerung. Während der Kellner die Teller vor ihnen abstellte, versuchte sie, die vielen Gedanken, die *ihr* durch den Kopf schossen, zu ordnen.

Yves und sie ein Paar.

Marmeladentöpfe, säuberlich aufgereiht auf einem Marktstand.

Ein Haus mit Küche. Ein eigener Herd...

Der Kellner hob die silbernen Hauben von den Tellern in die Höhe.

Und bevor Fabie wusste, wie ihr geschah, vertrieb der unwiderstehliche Duft des knusprig gebratenen Hühnerschlegels jeden Gedanken an Marmeladentöpfe. Die goldbraun in Butter gebratenen Kartoffeln radierten das Bild von blühenden Pfirsichbäumen aus. Alle anderen

offenen Fragen beantwortete der mit winzigen Zwiebel-
würfeln buttrig sautierte Spinat.

Das hier war das, was sie wollte. Magie. Zauberei. Es
war alles ganz einfach.

Sie schaute von ihrem Teller zu Yves und sagte: »Ja,
ich glaube auch, dass aus Freundschaft Liebe werden
kann. Vielleicht ist das sogar längst geschehen.« Sie
lachte hilflos. »Doch selbst wenn ich es wollte – ich *kann*
nicht mit dir in die Dombes gehen!«

Er runzelte die Stirn, spießte mit seiner Gabel ein
Stück Kartoffel auf, stopfte es achtlos in den Mund, nur
um etwas zu tun zu haben. »Du *kannst* nicht? Warum?«,
fragte er dann kauend.

Statt gleich zu antworten, aß auch sie. Ein Happen
Huhn, ein Stück Kartoffel, etwas Spinat – der banale
Vorgang, die Gabel vom Teller zum Mund zu bewegen,
hatte etwas Tröstliches.

»Du weißt doch, dass ich schon immer von einem
eigenen Restaurant träume«, sagte sie schließlich leise.
»Vielleicht ist es an der Zeit, dass ich nicht mehr nur
träume, sondern einen Schritt weitergehe. Monsieur
Nivet ist mit meinen Kochkünsten zufrieden, aber ich
bin es nicht. Ich will noch so viel dazulernen, und das
gelingt mir nicht, wenn ich Tag für Tag nur allein vor
mich hin werkele! Dafür muss ich in Restaurants arbeiten – als Köchin. Und dann, in ein paar Jahren … In den
letzten Jahren habe ich jeden Franc, den ich übrig hatte,
gespart. Für ein eigenes Restaurant wird es wahrscheinlich nie reichen, aber dann muss ich eben noch einen
Kredit aufnehmen. Vielleicht meint der liebe Gott es ja
gut mit mir, und es ergibt sich was?«

»Du als Frau willst einen Kredit aufnehmen?« Er schaute sie skeptisch an. »Ich möchte deiner Euphorie keinen Dämpfer versetzen, aber ist dir bewusst, dass dir ein Stein nach dem anderen in den Weg gelegt werden würde? Vielleicht wäre es das Beste, wenn du diesen Traum einfach beerdigst?«

Sie schnaubte leise. »Als ob das so leicht wäre!«

»Auf der anderen Seite… Jetzt, wo wir darüber sprechen, kommt mir ein neuer Gedanke!«, rief er. In seinem Blick lag etwas Triumphierendes. »Vergiss die Marmelade und die Märkte! Wir könnten auch über ein kleines Terrassenrestaurant nachdenken, so wie deine Mutter eins hatte.«

Fabienne lächelte bekümmert. »Es ehrt dich, dass dir mein Glück so am Herzen liegt. Aber ich träume nicht von einem kleinen Terrassenrestaurant – ich träume von so was hier!« Sie wies durch den Raum. »Und solch ein Restaurant würde in den Dombes keinen Erfolg haben, dafür fehlt schlicht die Kundschaft!« Im Geist sah Fabienne die weit auseinanderliegenden Höfe vor sich, die festgestampften Wege entlang von Fischteichen, Mooren, Wassergräben, teilweise so schmal, dass kein Gefährt sie befahren konnte.

Yves schwieg.

Fabienne kam sich vor wie ein Schuft. Seine Enttäuschung war ihm ins Gesicht geschrieben. Aber was hatte er erwartet? Dass sie zu allem einfach Ja und Amen sagte?

Sie legte eine Hand auf seinen linken Arm. »Träume sucht man sich nicht aus, sie finden einen!«, sagte sie sanft. »Jedenfalls war es bei mir so, damals, als Stéphanie mich das erste Mal in ein Restaurant mitgenommen hat. Ich weiß, es ist verrückt und vermessen von mir anzunehmen, dass ich eines Tages ein feines Restaurant haben werde. Aber selbst wenn ich meinem Traum die Tür vor der Nase zusperren würde, wäre er deshalb noch lange nicht fort! Er würde sich viel eher irgendwo hinter einer Ecke verstecken. Und eines Tages, wenn ich nicht mehr an ihn denke und arglos die Tür öffne, würde er mich erneut anspringen und mich fragen, ob ich allen Ernstes geglaubt hätte, ihn so einfach loswerden zu können. Und dann?« Sie schaute Yves fragend, fast anklagend an. »Dann würde die ganze Idylle, die wir uns in den Dombes aufgebaut hätten, in tausend Scherben zerspringen wie ein Glas, das zu Boden fällt. Yves, ich kann nicht anders! Ich muss es wenigstens versuchen.«

Er legte sein Besteck weg, öffnete den Mund, und Fabienne sah, dass er eine harsche Erwiderung auf den Lippen hatte. Sie war froh, dass er sie wieder herunterschluckte.

»Davon abgesehen ist es nicht nur mein Traum von einem eigenen Restaurant, der mich abhält, mit dir in die Dombes zu gehen«, sprach sie weiter. »Ich habe Heimweh, unglaubliches Heimweh! Nach dem Süden und noch viel mehr nach meinem Sohn …«

»Du willst zurück in den Süden? Wegen Victor? Das ändert ja alles!« Yves schaute sie aus weit aufgerissenen Augen an. »Warum sagst du das nicht gleich?«

»Das hatte ich ja vor, heute Abend!«, sagte Fabienne mit gespielter Verzweiflung. Gleich darauf wurde sie jedoch wieder ernst. »Im Grunde geht es mir wie dir – ich möchte mir ein neues Leben aufbauen. In den Süden will ich, weil ich auf irgendeine neue Spur hoffe! Ein sechs-jähriges Kind kann man schließlich nicht so gut ver-stecken wie einen Säugling.« Wie würde sie eigentlich reagieren, wenn sie den Menschen gegenüberstünde, die ihr das Kind geraubt hatten?, fragte sie sich unvermit-telt.

»Wenn wir Victor finden würden – das wäre das Schönste überhaupt!«, sagte Yves sichtlich bewegt.

Fabienne stutzte. Wir?

»Ja«, sagte sie schlicht. »Aber selbst wenn sich heraus-stellt, dass es keine neue Spur von Victor gibt, muss ich das vorerst akzeptieren. Mein Bruder Noah und meine Schwester Lily fragen in jedem Brief, wann ich endlich nach Hause komme. Sie sagen, in Narbonne gäbe es in-zwischen viel mehr Restaurants als noch vor ein paar Jahren. Wenn ich die Chance erhalte, einem guten Koch noch für ein paar Jahre über die Schulter zu schauen, dann fühle ich mich bestimmt sicher genug, um ein eigenes Restaurant zu eröffnen. Das Leben im Süden ist viel günstiger, vielleicht kann ich meinen Traum dort so-gar besser verwirklichen als in Lyon?« Sie redete, ohne Luft zu holen, Satz für Satz sprudelte aus ihr heraus. »Außerdem – mir fehlt der *Canal du Midi*, mir fehlt das Meer, mir fehlt die südliche Leichtigkeit.«

»Hast du mir nicht immer gesagt, wie toll du Lyon fin-dest? Und jetzt, auf einmal…« Yves schaute sie rätselnd an. »Ich war noch nie im Süden. Ist das Leben dort wirk-lich so viel anders?«

Fabienne spürte, wie sie allein beim Gedanken da-ran frohgemut wurde. »Nun, es wird schon einen Grund haben, dass alle Lyonnaiser und Pariser jeden Sommer

500

den weiten Weg auf sich nehmen, um ans Mittelmeer zu kommen«, sagte sie, und Stolz schwang in ihrer Stimme mit. »Allein die Luft ist anders, dieser Duft nach Mimosen, wildem Rosmarin und Thymian. Dazu das gute Essen! Im Süden ist die Küche so viel leichter als in Lyon – *dans le Midi* gibt es keine fetten Schweinshaxen und Blutwürste, beides kann ich nicht mehr sehen!« Sie verzog angewidert das Gesicht. »Ich möchte wieder frische Muscheln in Tomatensoße kochen und Kabeljau einsalzen, ich möchte kleine Kartoffeln mit Rosmarin in Olivenöl über dem offenen Feuer braten. Ich...« Sie brach ab. Warum schwärmte sie ihm vom Süden vor, wenn er doch ebenfalls zurück nach Hause wollte?

Ihre Schultern sackten nach unten, traurig sagte sie: »Können wir nicht Freunde bleiben, auch wenn sich unsere Wege nun trennen? Oder uns hin und wieder gegenseitig besuchen?« O Gott, allein der Gedanke an die Trennung tat so weh...

»Wer sagt denn, dass sich unsere Wege trennen müssen?«, fragte Yves nach einem Moment der Stille.

»Äh...« Fabienne schaute ihn irritiert an. »Ich verstehe nicht ganz?« Nun legte auch sie ihr Besteck zur Seite.

»Ich will ein anderes Leben führen als das bisherige«, sagte er. »Dass ich heimgehe und mich um die Obstplantage kümmere, war dabei die naheliegendste Idee, vernünftig, redlich. Aber wenn ich ganz ehrlich bin, also aus tiefstem Herzen heraus ehrlich...« Er schwieg erneut für einen Augenblick, ehe er fortfuhr: »Dann hat es mir bei dem Gedanken, wieder in der Abgeschiedenheit der Dombes zu leben, schon ein wenig gegraust. Eigentlich würde ich viel lieber aufregende Dinge erleben, zu neuen Ufern aufbrechen, ein Abenteurer sein! Und dass ich dir bei der Suche nach Victor helfe, ist ja wohl Ehrensache. Falls du dich erinnerst – ich wollte damals gleich damit beginnen, kaum dass ich Bescheid wusste.«

Fabienne schaute den Freund an, ungläubig, mit klopfendem Herzen. »Heißt das…« Sie wagte es nicht weiterzusprechen.

»Ja, das heißt es!« Er grinste. »Ich wäre bereit, dich in den Süden zu begleiten, allerdings nur unter einer Bedingung.« Seine stahlblauen Augen waren so ernst wie noch nie.

»Und die wäre?«, fragte sie mit zittriger Stimme, schon ahnend, was nun kommen würde. Würde sie den Mut haben, Ja zu sagen? Vertraute sie Yves so uneingeschränkt? Auf der anderen Seite, wem, wenn nicht ihm?

Er stand auf, ging um den Tisch herum, kniete sich, die anderen Gäste ignorierend, vor ihr nieder.

»Meine Bedingung ist, dass du meinen Heiratsantrag annimmst. Die Hochzeit soll natürlich im Süden stattfinden, mit deinen Geschwistern, mit alten Freunden und Muscheln in Tomatensoße als Hochzeitsessen! Deshalb frage ich dich noch einmal, liebe Fabienne, willst du meine Frau werden?«

Sie schluckte. »Ja«, sagte sie rau. »Ja!«

Nachwort

Wer meine Romane kennt, der weiß, dass es mir wichtig ist, meine Schauplätze gut zu kennen und mir dann verschiedene Freiheiten bei deren Darstellung zu nehmen. Genau das habe ich zu Beginn der Geschichte in Sallèles d'Aude gemacht: Der Ort hat in Wahrheit zwei Schleusen: Zum einen die berühmte Schleuse Gailhousty, die außerhalb liegt, und zum andern die Schleuse mitten im Ort. In meiner Geschichte habe ich beide miteinander verschmolzen. Wer weitere Informationen über die berühmte historische Schleusenstation bekommen möchte, kann beispielsweise hier schauen: http://sallelesdaude. fr/en/decouvrir/le-patrimoine/le-gailhousty.

Den Verlauf des Canal du Midi mit all seinen Stationen habe ich so genau wie möglich wiedergegeben. Unser Ferienhaus lag direkt am Canal du Midi in Sallèles, deshalb habe ich eine ganz besondere Beziehung zu dieser Wasserstraße. Bei jedem Besuch verbrachten wir Stunden damit, den Touristen mit ihren Hausbooten beim nicht ganz unkomplizierten Schleusenvorgang zuzusehen – der eine Urlaubskapitän stellte sich geschickt an, der nächste eckte mit seinem Boot an oder plumpste gar ins Wasser.

Wer mehr über dieses einzigartige Meisterwerk menschlicher Baukunst erfahren möchte, findet im Internet viele Informationen und Bilder über den Canal du Midi.

Dass die »Mütter Lyons«, also die *Mères Lyonnaises,* die ersten Frauen waren, die es wagten, eigene Restaurants zu eröffnen, ist historisch ebenfalls verbrieft. Dass Lyon die kulinarische Welthauptstadt ist und Paris in dieser Beziehung längst den Rang abgelaufen hat – auch das ist unter Gourmets eine Tatsache. Für mich lag es daher nahe, Lyon als einen meiner Schauplätze auszuwählen. Davon abgesehen – Romane, die in Paris spielen, gibt es schließlich schon genug! Über die spannenden und mutigen Mütter von Lyon stehen viele Informationen im Internet – wer Freude an eigenen Recherchen hat, wird hier schnell fündig.

Sie merken mir bei diesen Anmerkungen sicher meine große Freude und Begeisterung an, die ich für meine neue Trilogie empfinde. Und so lade ich Sie hiermit herzlich zu vielen Mitmachaktionen auf Facebook und anderen Social-Media-Kanälen ein. Gewinnspiele, gemeinsames Kochen, Fotowettbewerbe – ich habe mir einiges für Sie ausgedacht. Schauen Sie einfach vorbei unter https://www.facebook.com/Petraschreibt.

Viele spannende Infos liefert natürlich auch meine Homepage www.durst-benning.de. Und besuchen Sie auch gern meinen eigenen Youtube-Kanal oder meine Seite auf Pinterest.

Für Sie
zum Nachkochen

❦ Rezept für Mimosen-Eier à la Violaine ❦

Zutaten für eine Person

- 2 Eier
- ein paar Blätter Kopfsalat oder eine Handvoll Pflücksalat
- Mayonnaise, selbst gemacht oder ein gutes Fertigprodukt
- frische Kräuter wie Kerbel, Schnittlauch, Estragon, Petersilie, fein gehackt
- ein paar essbare Blüten wie Taubnessel, Gänseblümchen, Ringelblume, Kapuzinerkresse

Die Eier hart kochen, für zwei Minuten in kaltes Wasser legen, pellen und der Länge nach halbieren.

Das Eigelb in ein feines Sieb geben und durchdrücken. Es sieht dann aus wie frisch vom Baum gerieselte, leuchtend gelbe Mimosenblüten.

Ein Drittel des Eigelbs zur Seite stellen.

Den Rest Eigelb in einer Schüssel mit der Mayonnaise und den fein gehackten Kräutern verrühren, die Masse soll schön cremig werden.

Die Eiweißhälften mit der Masse füllen, entweder mit einem Spritzbeutel oder mit einem kleinen Löffel.

Die sauber gewaschenen und trocken getupften Salatblätter als Bett für die Eier auf einen Teller legen.

Die gefüllten Eier darauf anrichten und die essbaren Blüten als Dekoration verwenden.

Zu guter Letzt jeden Teller mit dem restlichen Eigelb bestreuen.

Servieren Sie dazu eine Scheibe Schwarzbrot oder etwas Baguette. Zur Cremigkeit der Mimosen-Eier passt vorzüglich ein Sauvignon blanc!

Bon appétit!

❧ Rezept für Fabiennes petits toasts ❧

Zutaten für fünf Personen als kleiner Snack
oder Vorspeise

- 5 Weißbrotscheiben, z. B. Bäckertoast
- 500 g gemischte Pilze
  wie Champignons, Kräutersaitlinge, Pfifferlinge,
  geputzt und in dünne Scheiben geschnitten
- 1 Zwiebel, fein gewürfelt
- 125 g gute Süßrahmbutter
- 2 Eigelb, schaumig aufgeschlagen
- ein Spritzer Zitronensaft
- ein kleiner Schuss Weißwein
- etwas Mehl, Salz, Pfeffer
- außerdem: Zwei Pfannen

Zwei Drittel der Butter in einer großen Pfanne zerlassen,
darin die Pilze vorsichtig anbraten und dann mit etwas Mehl
bestäuben. Zitronensaft und den Weißwein dazugeben und
fünf Minuten auf kleiner Flamme sanft garen. Die Pfanne
vom Herd nehmen und zügig das schaumig aufgeschlagene
Eigelb mit einer Gabel unterrühren, um das Gericht damit
abzubinden. Kurz stehen lassen.

In der Zwischenzeit in der zweiten Pfanne nacheinander
in der restlichen Butter die Toasts von beiden Seiten an-
rösten.

Die fertigen Toasts halbieren, so dass je zwei Dreiecke
entstehen. Je zwei Toast-Dreiecke auf einen Teller geben
und sofort die Pilzmischung darauf verteilen.

Bon appétit!

⚜ Rezept für Fabiennes Ölsardinen ⚜

Zutaten für zwei Personen als kleiner Snack
oder Vorspeise

- 1 Dose Ölsardinen, vorzugsweise aus Frankreich
- 2 große Rote Bete, vorgekocht gekauft
- eine Handvoll glatte Petersilie, fein gehackt
- Saft einer Bio-Zitrone sowie etwas Zitronen-
  schalen-Abrieb (Zesten)
- 1 Knoblauchzehe, fein gehackt
- Olivenöl, Salz, Pfeffer

Die Ölsardinen abtropfen lassen, etwas zerpflücken und mit
der gehackten Petersilie, dem Zitronensaft, einem Hauch
Zitronenzesten und dem fein gehackten Knoblauch vorsichtig mischen. Die Rote Bete in hauchdünne Scheiben schneiden, die Ölsardinen darauf anrichten und mit etwas Olivenöl, Salz und Pfeffer beträufeln. Dazu passen knuspriges
Baguette und ein samtiger Rotwein!

⚜ Bon appétit! ⚜

Rezept für Cervelle de Canut

(Kräuterfrischkäse nach Art der Lyoner Seidenweber)

Zutaten für vier Personen als kleiner Snack
oder Vorspeise oder für zwei Personen als Hauptgericht
zu Pellkartoffeln

- 500 g 40-prozentiger Quark
- 200 g Frischkäse, Doppelrahmstufe
- 1 mittelgroße rote Zwiebel, in sehr feine Würfel geschnitten
- verschiedene frische Kräuter wie Petersilie, Schnittlauch, Dill, sehr fein gehackt
- 2 Knoblauchzehen, sehr fein gehackt
- 1 Esslöffel gutes Olivenöl
- 1 Teelöffel Weißweinessig
- etwas Weißwein für die Cremigkeit
- Salz und Pfeffer zum Abschmecken

Quark, Frischkäse, Olivenöl und Weißweinessig gut miteinander verrühren, dann die Kräuter und die Zwiebelwürfelchen dazugeben. Mit Salz und Pfeffer abschmecken und anschließend noch mal kräftig mit dem Schneebesen aufschlagen. Wenn der Cervelle noch nicht cremig genug ist, einen kleinen Schuss Weißwein dazugeben.

Der Kräuterquark passt perfekt zu Pellkartoffeln. Sie können ihn aber auch in Salatblätter füllen und mit etwas Brot als Vorspeise servieren oder einen Tupfer davon auf Gurkenscheiben setzen oder Kirschtomaten aushöhlen und mit dem *Cervelle* füllen. Eine schöne Vorspeise sind auch angeröstete Baguette-Scheiben mit *Cervelle* als Aufstrich.

~~ Bon appétit! ~~